LE CYCLE DES ROBOTS **5**

Les robots de l'aube

Du même auteur
aux Éditions J'ai lu

Tyrann, *J'ai lu* 484
Cailloux dans le ciel, *J'ai lu* 552
La voix martienne et autres nouvelles *J'ai lu* 870
Le voyage fantastique, *J'ai lu* 1635
Le robot qui rêvait, *J'ai lu* 2388
Le renégat,*J'ai lu* 3094
Humanité,*J'ai lu* 3290

Le cycle des robots :
1. Les robots, *J'ai lu* 453
2. Un défilé de robots, *J'ai lu* 542
3. Les cavernes d'acier, *J'ai lu* 404
4. Face aux feux du soleil, *J'ai lu* 468
5. Les robots de l'aube, *J'ai lu* 6792
6. Les robots et l'empire, *J'ai lu* 5895

ISAAC ASIMOV

LE CYCLE DES ROBOTS **5**

Les robots de l'aube

Traduit de l'anglais (États-Unis)
par France-Marie Watkins

J'AI LU

Titre original :
THE ROBOTS OF DAWN

Les robots de l'aube
Précédemment paru sous les n° 1602 et 1603

I

Baley

1

Elijah Baley s'était arrêté dans l'ombre d'un arbre et il marmonnait à part lui :

– Je le savais ! Je transpire.

Il se redressa, essuya d'un revers de main son front en sueur et regarda avec dégoût l'humidité qui la recouvrait.

– J'ai horreur de transpirer ! déclara-t-il tout haut, comme s'il émettait une loi cosmique.

Et, une fois de plus, il en voulut à l'Univers d'avoir créé une chose à la fois essentielle et déplaisante. Dans la Ville, où la température et l'humidité étaient parfaitement contrôlées, où le corps n'avait jamais absolument besoin de fonctionner de telle sorte que la production de chaleur était plus importante que le rafraîchissement, on ne transpirait *jamais* (à moins de le vouloir, bien entendu).

Ça, au moins, c'était civilisé.

Il se tourna vers le champ, vers un groupe d'hommes et de femmes plus ou moins à sa charge. Ils étaient jeunes pour la plupart, des adolescents, mais il y avait quelques personnes d'âge moyen, comme lui. Ils binaient maladroitement et se livraient à d'autres tâches réservées aux robots, et que les robots auraient exécutées beaucoup plus efficacement s'ils n'avaient reçu l'ordre de se tenir à l'écart et d'attendre pendant que les êtres humains s'exerçaient obstinément.

Il y avait quelques nuages dans le ciel, et le soleil, à ce moment, était caché. Baley, incertain, leva les yeux. D'un côté, cela signifiait que la chaleur directe du soleil (et la transpiration) serait atténuée. Etait-ce, d'autre part, un signe de pluie ?

C'était ça l'ennui, avec l'Extérieur. On vacillait sans cesse entre deux possibilités désagréables.

Baley était toujours stupéfait qu'un nuage relativement petit puisse recouvrir complètement le soleil et assombrir la terre d'un horizon à l'autre, tout en laissant le reste du ciel tout bleu.

Sous la voûte feuillue de l'arbre (une espèce de mur et de toit primitifs, avec la solidité de l'écorce réconfortante au toucher), il regarda de nouveau le groupe et l'examina. Une fois par semaine, ils venaient là, quel que soit le temps.

Et ils faisaient des recrues. Ils étaient nettement plus nombreux maintenant que les quelques cœurs vaillants du début. Le gouvernement de la Ville, sans prendre une part active à l'entreprise, était assez bienveillant pour n'opposer aucun obstacle.

A l'horizon, sur sa droite – à l'est, comme l'indiquait la position du soleil –, Baley apercevait les nombreuses coupoles de la Ville, hérissées de flèches, renfermant tout ce qui rendait la vie digne d'être vécue. Il voyait aussi un petit point encore trop éloigné pour être nettement distingué.

A sa façon de se déplacer, et à des indices trop subtils pour être décrits, Baley était certain que c'était un robot mais cela ne l'étonnait pas. La surface de la Terre, en dehors des Villes, était le domaine des robots, pas des êtres humains à part les rares, comme lui-même, qui rêvaient des étoiles.

Automatiquement, il ramena son regard vers les rêveurs d'étoiles et ses yeux allèrent de l'un à l'autre. Il pouvait identifier et nommer chacun d'eux. Tous travaillaient, tous apprenaient comment supporter l'Extérieur et...

Il fronça les sourcils et marmonna :

– Où est Bentley ?

Et une autre voix, quelque peu hésitante, exubérante, se fit entendre derrière lui :

– Je suis là, papa.

Baley sursauta et se retourna vivement.

– Ne fais pas ça, Ben !

– Qu'est-ce que j'ai fait ?

– Tu arrives comme ça en douce. C'est déjà assez difficile de conserver son équilibre dans l'Extérieur, sans avoir encore à craindre des surprises.

– Je ne cherchais pas à te surprendre. Ce n'est pas commode de marcher dans l'herbe en faisant du bruit. On n'y peut rien. Mais tu ne crois pas que tu devrais rentrer, papa ? Ça fait deux heures que tu es sorti et il me semble que ça suffit.

– Pourquoi ? Parce que j'ai quarante-cinq ans et que tu n'es qu'un morveux de dix-neuf ans ? Tu te figures que tu dois prendre soin de ton vieux père gâteux, hein ?

– Ma foi, dit Ben, il y a un peu de ça. Et bravo pour ton petit travail de détective. Tu vas droit au but, on dirait.

Il souriait largement. Il avait une figure ronde, des yeux pétillants. Il tient beaucoup de Jessie, pensa Baley, beaucoup de sa mère. La figure du garçon n'avait rien de la longueur et de la gravité de celle de Baley.

Et pourtant, il avait la tournure d'esprit de son père. Il prenait parfois un air grave, une expression sérieuse, prouvant son origine absolument légitime.

– Je vais très bien, déclara Baley.

– C'est sûr, papa. Tu es le meilleur de nous tous, compte tenu...

– Compte tenu de quoi ?

– De ton âge, bien sûr. Et je n'oublie pas que c'est

toi qui as commencé tout ça. Mais quand même, je t'ai vu venir te mettre à l'ombre et je me suis dit... Eh bien, je me suis dit, le vieux en a peut-être assez.

— Je m'en vais t'en donner, du vieux ! protesta Baley.

Le robot qu'il avait aperçu du côté de la Ville était maintenant assez près pour être nettement distingué mais Baley le jugea négligeable. Il continua de parler à son fils :

— C'est raisonnable de se mettre sous un arbre de temps en temps, quand le soleil est trop éclatant. Nous devons apprendre à profiter des avantages de l'Extérieur et à en supporter les inconvénients... Et voilà le soleil qui sort de derrière ce nuage.

— Oui, c'est normal... Bon, alors ? Tu ne veux pas rentrer ?

— Je peux tenir encore un moment. Une fois par semaine, j'ai un après-midi de congé et je le passe ici. C'est mon droit, ça fait partie de ma classe C-7.

— Ce n'est pas une question de droit, papa. C'est une affaire de surmenage.

— Je me sens très bien, je te dis.

— C'est ça et dès que tu seras à la maison, tu iras tout droit te coucher et tu resteras dans le noir.

— C'est l'antidote naturel contre l'excès de lumière.

— Et maman se fait du souci.

— Eh bien, laisse-la s'en faire. Ça lui fera du bien. D'ailleurs, qu'est-ce qu'il y a de mal, à être dehors ? Le pire, c'est que je transpire, mais il va bien falloir que je m'y habitue. Je ne peux pas y échapper. Quand j'ai commencé, je ne pouvais même pas venir aussi loin de la Ville sans être obligé de faire demi-tour et tu étais le seul avec moi. Maintenant, regarde combien nous sommes et jusqu'où je peux venir sans peine ! Et je peux faire pas mal de travail, aussi. Je peux rester encore une heure. Facile. Je te dis, Ben, ça ferait du bien à ta mère de sortir elle-même.

— Quoi ? Maman ? Tu plaisantes !

— Une sacrée plaisanterie. Quand le moment viendra de décoller, je ne pourrai pas y aller parce qu'elle en sera incapable.

– Et toi aussi ! Ne te fais pas d'illusions, papa. Ce ne sera pas avant un bon bout de temps et si tu n'es pas trop vieux maintenant, tu le seras alors. Ça va être une aventure pour les jeunes.

– Tu sais, dit Baley en crispant à demi les poings, tu commences à me casser les pieds avec tes « jeunes ». Est-ce que tu as déjà quitté la Terre ? Est-ce qu'un de ces gars, là dans le champ, l'a quittée ? Moi si ! Il y a deux ans. C'était avant que j'aie eu cette acclimatation et j'ai survécu.

– Je sais, papa, mais c'était bref, et c'était en service commandé, une société montante veillait sur toi. Ce n'est plus la même chose.

– Mais si, c'est pareil, répliqua obstinément Baley, en sachant au fond du cœur que tout avait changé. Et ce ne sera pas si long avant que nous puissions partir. Si je pouvais obtenir l'autorisation d'aller à Aurora, nous aurions vite fait de mettre ce cirque en route.

– N'y pense plus. Ça ne va pas se faire si facilement.

– Nous devons essayer. Le gouvernement ne nous laissera pas partir si Aurora ne nous donne pas le feu vert. C'est le plus grand et le plus fort des mondes spatiens et sa parole...

– ... a force de loi, je sais. Nous avons parlé de ça des millions de fois. Mais tu n'as pas besoin d'aller là-bas pour obtenir l'autorisation. Les hyper-relais ne sont pas faits pour les chiens. Tu peux leur parler d'ici Ça aussi, je te l'ai dit je ne sais combien de fois.

– Ce n'est pas pareil. Nous aurons besoin d'un contact face à face, je te l'ai assez souvent répété.

– Oui, enfin, quoi qu'il en soit, nous ne sommes pas encore prêts.

– Nous ne sommes pas prêts parce que la Terre ne nous donne pas les vaisseaux. Les Spatiens nous les donneront, et avec toute l'aide technique nécessaire.

– Quelle naïveté ! Pourquoi est-ce que les Spatiens

feraient ça ? Depuis quand ont-ils de la bienveillance pour les Terriens comme nous, à la vie courte ?

– Si je pouvais leur parler...

Ben s'esclaffa.

– Allons, papa. Tu veux simplement aller à Aurora pour revoir cette femme !

Baley fronça les sourcils.

– Une femme ? Par Josaphat, qu'est-ce que tu racontes ?

– Ecoute, papa ! Entre nous, et pas un mot à maman, qu'est-ce qui s'est vraiment passé avec cette femme de Solaria ? Je suis assez grand. Tu peux me le dire, quoi !

– Quelle femme de Solaria ?

– Comment peux-tu me regarder en face et prétendre ne rien savoir de la femme que tout le monde sur Terre a vue dans la dramatique en Hyperonde ? Gladia Delamarre. Cette femme-là !

– Il ne s'est *rien* passé. Ce truc de l'Hyperonde était grotesque. Je te l'ai dit et répété mille fois. Elle n'était pas comme ça. Moi, je n'étais pas comme ça. Tout a été inventé, et tu sais que ça a été fabriqué en dépit de mes protestations, simplement parce que le gouvernement pensait que ça ferait bien voir la Terre, aux yeux des Spatiens. Et tâche de ne pas aller insinuer autre chose à ta mère !

– Loin de moi la pensée. Quand même, cette Gladia est allée à Aurora et c'est là que tu veux tout le temps aller.

– Tu veux me faire croire que tu penses réellement que ma seule raison d'aller à Aurora... Ah, *Josaphat !*

Ben haussa les sourcils.

– Qu'est-ce qui t'arrive ?

– Ce robot. C'est R. Geronimo.

– Qui ça ?

– Un de nos robots-messagers de la police. Et il est là dehors ! Je suis en congé et j'ai fait exprès de laisser mon récepteur à la maison, parce que je ne voulais pas qu'on puisse me joindre. C'est mon droit de C-7 et pourtant ils m'envoient chercher par robot !

– Comment sais-tu que c'est pour toi qu'il vient, papa ?

– Par une déduction très astucieuse. Premièrement, il n'y a personne d'autre ici qui ait des rapports avec la police et, deuxièmement, ce misérable objet se dirige droit sur moi. D'où j'en déduis que c'est moi qu'il veut. Je devrais me glisser de l'autre côté de l'arbre et y rester.

– Ce n'est pas un mur, papa. Il peut faire le tour de l'arbre.

A ce moment, le robot appela :

– Maître Baley, j'ai un message pour vous. On vous demande au siège.

Le robot s'arrêta, attendit, puis répéta :

– Maître Baley, j'ai un message pour vous. On vous demande au siège.

– J'entends et je comprends, répliqua Baley d'une voix sans timbre.

Il devait dire cela, sinon le robot continuerait de se répéter.

Fronçant légèrement les sourcils, il examina le robot. C'était un nouveau modèle, un peu plus humanoïde que les précédents. Il avait été déballé et activé depuis un mois à peine, en assez grande pompe. Le gouvernement cherchait constamment quelque chose – n'importe quoi – qui ferait mieux accepter les robots.

Sa surface était grisâtre à revêtement mat et quelque peu élastique au toucher (vaguement comme du cuir souple). L'expression, tout en restant inchangée, n'était pas tout à fait aussi stupide que chez la plupart des robots. Mais, en réalité, il était mentalement aussi idiot que les autres.

Baley pensa un instant à R. Daneel, le robot spatien qui avait accompli deux missions avec lui, une sur Terre, l'autre sur Solaria. Daneel était un robot si humain que Baley pouvait le traiter comme un ami et, encore aujourd'hui, il lui manquait. Si tous les robots étaient comme ça...

– C'est mon jour de congé, boy, dit Baley. Il n'est pas nécessaire que j'aille au siège.

R. Geronimo hésita. Une légère vibration se produisit dans ses mains. Baley la remarqua et comprit aisément que cela signifiait un certain conflit dans les circuits positroniques. Les robots devaient obéir aux êtres humains mais il était courant que deux humains exigent deux espèces d'obéissance différentes.

Le robot fit son choix et dit :

– C'est votre jour de congé, maître... On vous demande au siège.

Ben, inquiet, intervint :

– Si on a besoin de toi, papa...

Baley haussa les épaules.

– Ne te laisse pas avoir, Ben. S'ils avaient réellement besoin de moi, ils auraient envoyé une voiture fermée et employé probablement un volontaire humain, au lieu d'ordonner à un robot de venir à pied et de m'irriter avec un de ses messages.

Ben secoua la tête.

– Je ne crois pas, papa. Ils ne pouvaient pas savoir où tu étais, ni combien de temps il faudrait pour te trouver. Je ne crois pas qu'ils voudraient envoyer un être humain pour des recherches incertaines.

– Ouais ? R. Geronimo, retourne au siège et dis-leur que je serai au travail à neuf heures du matin... Va ! C'est un ordre !

Le robot hésita visiblement, puis il pivota, s'éloigna, se retourna encore, tenta de revenir et finit par s'arrêter sur place. Il vibrait de tout son corps.

Baley, encore une fois, comprit fort bien et marmonna à Ben :

– Il va probablement falloir que j'y aille. Josaphat !

Ce qui troublait le robot, c'était ce que les roboticiens appelaient un équipotentiel de contradiction au second niveau. L'obéissance était la Deuxième Loi et R. Geronimo souffrait en ce moment de deux ordres également impératifs et contradictoires. Dans le public, on faisait vulgairement allusion au robot-blocage ou plus fréquemment, pour simplifier, au robloc.

Lentement, le robot se retourna. L'ordre initial était le plus fort, mais pas de beaucoup, et sa voix fut altérée, éraillée.

– Maître, on m'a dit que vous diriez ça. Dans ce cas je devais dire... (Il hésita puis il ajouta, d'une voix encore plus rauque :) Je devais dire, si vous êtes seul...

Baley fit signe à son fils et Ben n'attendit pas. Il savait quand son père était « papa » et quand il était un policier; il battit donc en retraite promptement.

Pendant quelques instants, Baley, irrité, envisagea de renforcer son ordre, ce qui rendrait le robloc plus total, mais cela provoquerait sûrement des dégâts exigeant une analyse positronique et une reprogrammation. Les frais de ces réparations seraient déduits de sa feuille de paie et risquaient fort de se monter à une année de salaire.

– Je retire mon ordre, dit-il. Que t'a-t-on dit de me dire ?

Aussitôt, la voix de R. Geronimo s'éclaircit.

– Je devais dire que l'on vous demande pour une affaire concernant Aurora.

Baley se retourna vers Ben et lui cria :

– Accorde-leur encore une demi-heure et puis dis que je veux qu'ils rentrent. Je suis obligé de partir tout de suite.

Et il se mit en marche à longues foulées, en grommelant avec mauvaise humeur :

– Ils ne pouvaient pas te dire de me dire ça tout de suite ? Et pourquoi est-ce qu'ils ne te programment pas pour conduire une voiture, au lieu de me faire marcher ?

Il savait très bien pourquoi cela ne se faisait pas. Tout accident mettant en cause une voiture conduite par un robot déclencherait une nouvelle émeute anti-robots.

Il ne ralentit pas son allure. Il y avait près d'un kilomètre et demi, avant d'arriver aux murs de la Ville et, ensuite, ils auraient à se frayer un chemin jusqu'au siège dans une circulation embouteillée.

Aurora ? Quelle espèce de crise y avait-il encore ?

2

Baley mit vingt minutes à atteindre l'entrée de la Ville et il se prépara à ce qui l'attendait, tout en se disant que peut-être – *peut-être !* – cela n'arriverait pas cette fois.

En atteignant l'espace séparant l'Extérieur de la Ville, établissant la distinction entre le chaos et la civilisation, il appliqua la main sur la plaque signalisatrice et une ouverture apparut. Comme d'habitude, il n'attendit pas qu'elle soit totalement ouverte et se glissa dès qu'elle fut assez large pour lui. R. Geronimo le suivit.

La sentinelle de la police, de service ce jour-là, sursauta comme toujours lorsque quelqu'un arrivait de l'Extérieur. A chaque fois, c'était la même expression de stupeur, la même mise au garde-à-vous soudaine, la même main sur la crosse du foudroyeur, le même froncement de sourcils indécis.

De mauvaise grâce, Baley présenta sa carte d'identité et la sentinelle le salua. La porte se referma derrière lui... et ce fut comme d'habitude.

Baley était à l'intérieur de la Ville. Les murs se refermaient autour de lui et la Ville devenait l'Univers. Il était de nouveau plongé dans l'éternel bourdonnement infini et l'odeur des gens et de la machinerie, qui disparaîtraient bientôt sous le seuil de la conscience; dans la douce lumière artificielle indirecte qui ne ressemblait en rien à l'éclat variable et partiel de l'Extérieur, avec ses verts, ses bruns, ses bleus, ses blancs, ses taches de rouge ou de jaune. Ici, il n'y avait pas de vent capricieux, pas de chaleur, pas de froid, pas de menace de pluie; ici, c'était le calme permanent de courants d'air intangibles qui conservaient tout au frais. Ici régnait une combinaison de température et d'humidité parfaitement conçue et si bien adaptée aux humains qu'on ne la sentait pas.

Baley poussa un soupir frémissant et tout son être se réjouit d'être sain et sauf, en sécurité dans le connu et le *connaissable*.

Cela se passait toujours ainsi. Encore une fois, il acceptait la Ville comme le sein de sa mère et y revenait avec un joyeux soulagement. Il savait que l'humanité devait émerger et naître de ce sein. Alors pourquoi y replongeait-il toujours ainsi ?

Est-ce que ce serait éternel ? Allait-il conduire des multitudes hors de la Ville, loin de la Terre et les envoyer vers les étoiles et lui-même, à la fin, serait-il incapable d'y aller aussi ? Se trouverait-il toujours chez lui uniquement dans la Ville ?

Il serra les dents... Inutile d'y penser ! Il dit au robot :

– Est-ce que tu as été conduit ici en voiture, boy ?

– Oui, maître.

– Où est-elle maintenant ?

– Je ne sais pas, maître.

Baley se tourna vers la sentinelle.

– Factionnaire, ce robot a été amené ici même il y a moins de deux heures. Où est passé le véhicule ?

– Monsieur, il y a moins d'une heure que j'ai pris mon service.

A vrai dire, c'était idiot de le demander. Les conducteurs de la voiture ignoraient combien de temps il faudrait au robot pour trouver Baley, alors ils n'avaient aucune raison d'attendre. Baley eut un instant envie de téléphoner, mais on lui répondrait de prendre la Voie Express; ce serait plus rapide.

S'il hésitait, c'était à cause de R. Geronimo. Il ne voulait pas de sa compagnie sur la Voie Express et pourtant, on ne pouvait ordonner au robot de rentrer seul au siège parmi une population hostile.

D'ailleurs, il n'avait pas le choix. Sans aucun doute, le préfet n'entendait pas lui faciliter les choses; il devait être irrité de ne pas l'avoir eu immédiatement à ses ordres, congé ou pas.

– Par ici, boy, dit Baley.

La Ville couvrait quinze cents kilomètres carrés et contenait près de mille kilomètres de Voies Express, plus deux fois cette longueur de Voies Antennes, pour les besoins de ses vingt millions d'habitants. Le réseau complexe perpétuellement en mouvement existait sur huit niveaux et il y avait des centaines d'artères communicantes et d'échangeurs plus ou moins compliqués.

En sa qualité d'inspecteur de police, Baley était censé les connaître tous et il les connaissait bien. On pouvait le déposer, les yeux bandés, dans n'importe quel quartier de la Ville, lui arracher le bandeau et il trouverait son chemin sans la moindre hésitation ni erreur vers n'importe quel point donné.

Il savait donc très bien comment se rendre au siège central de la police. Il y avait huit chemins également commodes. Cependant, et durant un moment, il chercha lequel serait le moins encombré à cette heure.

Son hésitation ne dura pas, sa décision fut vite prise, et il ordonna :

– Viens avec moi, boy.

Le robot suivit docilement sur ses talons.

Ils sautèrent sur une Antenne qui passait et Baley agrippa l'une des barres verticales, blanches et tièdes, d'une texture permettant de bien les tenir. Il ne prit pas la peine de s'asseoir car ils ne resteraient pas là bien longtemps. Le robot avait attendu le geste rapide de Baley avant de placer sa main sur la même barre. Il aurait aussi bien pu rester debout sans se tenir, il n'aurait eu aucun mal à garder son équilibre; mais Baley ne voulait pas courir le risque qu'ils soient séparés. Il était responsable du robot et il n'avait aucune envie de devoir rembourser à la Ville la perte financière, si jamais quelque chose de fâcheux arrivait à R. Geronimo.

Il y avait peu de monde à bord de l'Antenne et les yeux de tous les usagers se tournèrent inévitablement, avec curiosité, vers le robot. Un par un, Baley soutint froidement ces regards. Il avait l'aspect d'un homme habitué à l'autorité et tout le monde se détourna avec un peu de gêne.

Baley fit un nouveau signe quand il sauta de l'Antenne. Elle avait maintenant atteint les bretelles roulantes et avançait à la même allure que la bretelle voisine, ce qui fait qu'elle n'eut pas besoin de ralentir. Baley passa sur l'autre bretelle et sentit l'air le fouetter, quand ils ne furent plus protégés par la coque de plastique.

Il se pencha face au vent, avec l'aisance d'une longue pratique, en levant un bras pour en atténuer la force, à la hauteur des yeux. Il courut de bretelle en bretelle, en descendant vers l'échangeur de la Voie Express, puis il remonta par celle, plus rapide, qui longeait cette Voie.

Il entendit alors le cri de « Robot ! » lancé par de jeunes voix et comprit tout de suite ce qui allait se passer (il avait été adolescent lui-même) : un groupe de gosses, deux ou trois, parfois une demi-douzaine, cavalaient de haut en bas des bretelles d'accès et s'arrangeaient pour faire tomber un robot, dans un grand fracas métallique. Ensuite, s'ils étaient surpris et arrêtés, ils prétendraient devant le magistrat que le robot les avait heurtés et que ces engins-là étaient dangereux sur les bretelles... et sans aucun doute on les relâcherait.

Le robot ne pouvait pas se défendre, dans le premier cas, ni témoigner dans le second.

Baley avança rapidement et se plaça entre le robot et le premier des galopins. Il sauta de côté sur une bretelle plus rapide, leva son bras plus haut comme pour mieux se protéger du vent et, dans l'affaire, le garçon fut délogé et poussé sur une bande roulante plus lente à laquelle il n'était pas préparé. Il poussa un cri de protestation et s'étala les quatre fers en l'air. Les autres s'arrêtèrent, évaluèrent très vite la situation et firent demi-tour.

– Sur la Voie Express, boy, dit Baley.

Le robot hésita brièvement. Les robots non accompagnés n'étaient pas autorisés sur cette voie. L'ordre de Baley était cependant ferme, alors il monta à bord. Baley le suivit, ce qui soulagea grandement la tension du robot.

Baley avança avec brusquerie dans la foule des usagers, en poussant R. Geronimo devant lui, jusqu'au niveau supérieur moins bondé. Là, il se retint à la barre verticale et garda son pied sur celui du robot, en foudroyant de nouveau du regard tous les curieux.

Au bout de quinze kilomètres et demi, il arriva au point le plus rapproché du Central de la police et sauta de la Voie, R. Geronimo avec lui. Le robot n'avait pas été touché, pas une égratignure, rien. Baley le remit à la porte et on lui donna un reçu; il vérifia soigneusement la date, l'heure et le numéro matricule du robot avant de le ranger dans son portefeuille. Avant la fin de la journée, il irait s'assurer que la transaction avait bien été enregistrée par l'ordinateur.

Maintenant, il allait voir le préfet et il le connaissait! Le moindre faux pas de Baley serait un excellent prétexte à sanctions. C'était un homme dur, le préfet. Il considérait les triomphes passés de Baley comme une offense personnelle.

3

Le préfet s'appelait Wilson Roth. Il occupait cette fonction depuis deux ans et demi, succédant à Julius Enderby qui avait démissionné après que le scandale provoqué par l'assassinat d'un Spatien fut suffisamment apaisé pour lui permettre de présenter sa démission sans trop de risques.

Baley ne s'était jamais très bien adapté au changement. Julius, malgré tous ses défauts, avait été son ami autant que son supérieur; Roth n'était qu'un supérieur. Il n'était même pas de la Ville. Pas de cette Ville-ci. Il avait été amené de l'Extérieur.

Roth n'était ni exceptionnellement grand ni anormalement gros mais il avait une grosse tête posée sur un cou qui semblait toujours se pencher sur son torse. Cela le faisait paraître lourd; le corps lourd et la main lourde. Il avait même des paupières lourdes cachant à demi ses yeux.

On aurait pu le croire plus ou moins endormi, mais rien ne lui échappait. Baley s'en était très vite aperçu, après l'entrée en fonction de Roth. Il ne se faisait aucune illusion et savait que le préfet ne l'aimait pas. Lui-même d'ailleurs le lui rendait bien. L'animosité était mutuelle.

Roth n'avait pas la mine maussade, cela ne lui arrivait jamais, mais ses mots n'exprimaient pas non plus le plaisir.

– Baley, pourquoi est-il si difficile de vous trouver? demanda-t-il.

D'une voix soigneusement empreinte de respect, Baley répondit :

– C'est mon après-midi de congé, monsieur le préfet.

– Ah oui, votre droit C-7. Vous avez entendu parler du Waver, je présume? Un appareil qui capte les messages officiels? Vous êtes soumis à un rappel même pendant vos congés.

– Je ne l'ignore pas, monsieur le préfet, mais le port du Waver n'est plus exigé. Nous pouvons être joints sans l'appareil.

– A l'intérieur de la Ville, certes, mais vous étiez à l'Extérieur... si je ne me trompe pas?

– Vous ne vous trompez pas, monsieur le préfet.

J'étais à l'Extérieur... Le règlement ne stipule pas que, dans ce cas, je doive me munir d'un Waver.

— Vous vous abritez derrière la lettre de la loi, il me semble.

— Oui, monsieur le préfet, répondit calmement Baley.

Le préfet se leva, puissant et vaguement menaçant, et s'assit sur un coin du bureau. La fenêtre donnant sur l'Extérieur, qu'Enderby avait fait percer, avait été murée et repeinte depuis longtemps. Dans cette pièce entièrement close (et plus chaude, plus confortable pour cela), le préfet paraissait d'autant plus grand.

Sans élever la voix, il dit :

— Vous comptez sur la reconnaissance de la Terre, Baley, je crois.

— Je compte faire mon travail de mon mieux, monsieur le préfet, et conformément aux règlements.

— Et sur la reconnaissance de la Terre quand vous tournez l'esprit de ces règlements.

Baley ne répondit pas.

— On estime que vous avez été très bien, dans l'affaire Sarton, il y a trois ans.

— Merci, monsieur le préfet. Le démantèlement de Spacetown en a été une conséquence, je crois.

— En effet, et toute la Terre a applaudi. On estime aussi que vous vous êtes très bien comporté sur Solaria il y a deux ans et, avant que vous me le rappeliez, le résultat a été une révision de certaines clauses des traités d'échanges avec les mondes spatiens, au considérable avantage de la Terre.

— Je pense que c'est officiel, monsieur le préfet.

— Et à la suite de tout cela, vous êtes un héros.

— Je n'ai pas cette prétention.

— Vous avez bénéficié de deux promotions, une à la suite de chaque affaire. Il y a même eu une dramatique en Hyperonde, basée sur les événements de Solaria.

— Qui a été produite sans mon autorisation et contre ma volonté, monsieur le préfet.

— Mais qui a néanmoins fait de vous une espèce de héros.

Baley haussa les épaules.

Le préfet, après avoir attendu pendant quelques secondes un commentaire moins muet, reprit :

— Mais depuis près de deux ans, vous n'avez rien fait d'important.

— Il est normal que la Terre demande ce que j'ai fait pour elle dernièrement.

— Précisément. Elle le demande probablement. Elle sait que vous êtes un meneur de cette nouvelle mode de s'aventurer à l'Extérieur, de tripoter le sol et de jouer au robot.

— Ce n'est pas interdit.

— Tout ce qui n'est pas interdit n'est pas forcément admirable. Il est possible que notre peuple vous juge aussi excentrique qu'héroïque.

— C'est peut-être conforme à ma propre opinion de moi-même, répliqua Baley.

— Le public a la mémoire notoirement courte. Dans votre cas, le héros disparaît vite derrière l'excentrique si bien que, si vous commettez une erreur, vous aurez de graves ennuis. La réputation sur laquelle vous comptez...

— Sauf votre respect, monsieur le préfet, je ne compte pas sur elle.

— La réputation sur laquelle les Services de Police *pensent* que vous comptez ne vous sauvera pas et moi, je serai incapable de vous sauver.

L'ombre d'un sourire passa un bref instant sur les traits durs de Baley.

— Je ne voudrais pas, monsieur le préfet, que vous risquiez votre position en tentant follement de me sauver.

Le préfet haussa les épaules et se permit un sourire tout aussi vague et fugace.

— Inutile de vous inquiéter à ce sujet.

— Alors pourquoi me dites-vous tout cela, monsieur le préfet ?

— A titre d'avertissement. Je ne cherche pas à vous démolir, vous savez, alors je vous avertis. *Une fois*. Vous allez être mêlé à une affaire très délicate, dans laquelle vous pourriez facilement commettre une erreur, et je vous avertis que vous ne devez pas en commettre, ajouta le préfet, et cette fois son sourire fut franc et ses traits se détendirent.

Baley ne rendit pas le sourire.

— Pouvez-vous me dire quelle est cette affaire très délicate ?

— Je n'en sais rien.

— Pourrait-elle concerner Aurora ?

— R. Geronimo a reçu l'ordre de vous dire cela, s'il le fallait, mais je ne sais rien du tout.

— Alors comment pouvez-vous savoir, monsieur le préfet, que c'est une affaire très délicate ?

— Voyons, Baley, vous êtes un enquêteur qui élucide des mystères. Qu'est-ce qui amène à la Ville un membre du ministère terrestre de la Justice, alors que vous auriez pu aisément être convoqué à Washington, comme il y a deux ans pour l'incident de Solaria ? Qu'est-ce qui fait froncer les sourcils à ce sous-secrétaire à la Justice, qu'est-ce qui lui fait manifester sa mauvaise humeur et s'impatienter parce qu'on ne peut pas vous joindre instantanément ? Votre décision de vous couper de toute liaison était une erreur, et je n'en suis en rien responsable. Elle n'est peut-être pas fatale en soi, mais vous partez du mauvais pied, je crois bien.

— Et vous me retardez encore davantage, cependant, protesta Baley.

— Pas vraiment. Le sous-secrétaire à la Justice prend un léger rafraîchissement, vous connaissez les remontants que les Terriens se permettent. On nous rejoindra après. La nouvelle de votre arrivée a été transmise, alors vous n'avez qu'à attendre, comme moi.

Baley attendit. Il avait toujours su que la dramatique en Hyperonde, qui lui avait été imposée contre sa volonté, avait peut-être servi la position de la Terre mais l'avait détruit dans la Police. Elle l'avait projeté en relief tridimensionnel sur la platitude bidimensionnelle de l'organisation et avait fait de lui un homme marqué.

Il avait été haussé à un rang plus élevé, il avait bénéficié de plus grands privilèges mais cela aussi avait accru l'hostilité de la Police. Et plus il s'élèverait, plus il se briserait facilement en cas de chute.

S'il commettait la moindre erreur...

4

Le sous-secrétaire entra, regarda distraitement autour de lui, contourna le bureau de Roth et s'assit dans le fauteuil. En sa qualité de personnage de classe supérieure, c'était une conduite correcte. Roth prit calmement un siège plus modeste.

Baley resta debout, en faisant un effort pour garder une figure impassible.

Roth prétendait l'avoir averti, mais ce n'était pas vrai. Il avait choisi volontairement ses mots, pour ne rien laisser deviner.

Le personnage officiel était une femme.

Rien ne s'y opposait. Une femme avait le droit d'occuper n'importe quel poste. Le Ministre-Général pouvait être une femme. Il y avait des femmes dans la police, l'une d'elles était même capitaine.

Mais simplement, comme ça, sans avertissement, on ne s'attendait pas à une femme. Il y avait eu des temps, au cours de l'Histoire, où des femmes étaient entrées en nombre considérable dans la fonction publique. Baley le savait, il connaissait très bien l'Histoire. Mais on ne vivait plus à l'une de ces époques.

Elle était grande, cette femme, et se tenait assise très droite dans le fauteuil. Son uniforme n'était pas différent de celui des hommes, pas plus que sa coiffure. Ce qui trahissait immédiatement son sexe, c'était sa poitrine, dont elle ne cherchait pas à dissimuler les rondeurs.

Elle devait avoir une quarantaine d'années, ses traits étaient réguliers et bien ciselés. Elle avait cette séduction de l'âge moyen et pas le moindre gris dans ses cheveux foncés.

– Vous êtes l'inspecteur Elijah Baley, classe C-7, dit-elle.

C'était une constatation, pas une question, mais Baley répondit néanmoins :

– Oui, madame.

– Je suis le sous-secrétaire Lavinia Demachek. Vous ne ressemblez guère à ce que vous étiez dans cette production en Hyperonde vous concernant.

On avait souvent dit cela à Baley.

– Ils ne pouvaient pas me représenter tel que je suis et attirer un aussi vaste public, madame, répliqua-t-il ironiquement.

– Je n'en suis pas tellement sûre. Vous paraissez plus fort que l'acteur à figure poupine qu'ils ont utilisé.

Baley hésita une seconde ou deux et décida de risquer le coup; ou peut-être ne pouvait-il y résister. Très gravement, il dit :

– Vous avez des goûts raffinés, madame.

Elle rit et Baley respira mieux.

– J'aime à le penser, dit-elle. Et maintenant, que signifie que vous m'ayez fait attendre ?

– Je n'avais pas été informé de votre visite possible, madame, et c'était mon jour de congé.

– Que vous avez passé à l'Extérieur, paraît-il.

– Oui, madame.

– Vous êtes de ces cinglés, dirais-je si je n'avais pas des goûts raffinés. Je me permettrai donc de vous demander si vous êtes un de ces enthousiastes.

– En effet, madame.

– Vous espérez émigrer un jour et fonder de nouveaux mondes dans les étendues désertes de la Galaxie ?

— Peut-être pas moi, madame. Je risque de me révéler trop vieux, mais...

— Quel âge avez-vous ?

— Quarante-cinq ans, madame.

— Eh bien, vous les paraissez. Moi aussi j'ai quarante-cinq ans, justement.

— Vous ne les paraissez pas, madame.

— Je parais moins ou plus ? demanda-t-elle, puis elle éclata de rire et reprit son sérieux. Mais ne jouons pas à ces petits jeux. Insinueriez-vous que je suis trop vieille pour être une pionnière ?

— Dans notre société, personne ne peut être pionnier sans un entraînement à l'Extérieur. Cet entraînement est plus bénéfique avec les jeunes. Mon fils, je l'espère, ira un jour dans un autre monde.

— Vraiment ? Vous savez, naturellement, que la Galaxie appartient aux mondes spatiens ?

— Ils ne sont que cinquante, madame. Il y a des millions de mondes habitables dans la Galaxie, ou qui peuvent être rendus habitables, et qui ne possèdent probablement pas de vie indigène intelligente.

— Oui, mais pas un vaisseau ne peut quitter la Terre sans l'autorisation des Spatiens.

— Elle pourrait être accordée, madame.

— Je ne partage pas votre opinion, monsieur Baley.

— Je me suis entretenu avec des Spatiens qui...

— Je le sais, interrompit Lavinia Demachek. Mon supérieur est Albert Minnia qui, il y a deux ans, vous a envoyé à Solaria. (Elle eut un petit sourire.) Un acteur l'a incarné, dans un petit rôle, dans cette fameuse dramatique; il lui ressemblait beaucoup, si j'ai bonne mémoire. Il n'en était pas content du tout, encore une fois si je me souviens bien.

Baley changea de conversation :

— J'ai demandé au sous-secrétaire Minnia...

— Il a été promu, vous savez.

Baley comprenait parfaitement l'importance des grades dans l'administration.

— Quel est son nouveau titre, madame ?

— Vice-ministre.

— Merci. J'ai demandé au vice-ministre Minnia de solliciter pour moi l'autorisation de visiter Aurora, afin de traiter de cette question.

— Quand ?

— Peu après mon retour de Solaria. J'ai renouvelé ma demande deux fois, depuis.

— Vous n'avez reçu aucune réponse favorable ?

— Aucune, madame.

— En êtes-vous surpris ?

— Je suis déçu, madame.

— Cela ne sert à rien.

Elle s'adossa un peu plus confortablement dans le fauteuil.

— Nos rapports avec les mondes spatiens sont très délicats. Vous pensez peut-être que vos deux exploits de détection ont aplani la situation et vous n'avez pas tort. Cette horrible dramatique y a contribué aussi. Mais dans l'ensemble, tout n'a été aplani que de ça (elle rapprocha son pouce de son index) comparé à cela, dit-elle en écartant les bras. Dans ces conditions, nous ne pouvons guère prendre le risque de vous envoyer sur Aurora, où ce que vous feriez pourrait créer une tension interstellaire.

Baley la regarda dans les yeux.

— Je suis allé sur Solaria et je n'ai fait aucun mal. Au contraire...

— Oui, je sais, mais vous y étiez à la demande des Spatiens, ce qui était éloigné de bien des parsecs de notre requête. Vous devez le comprendre.

Baley garda le silence. Elle laissa échapper un petit reniflement, indiquant qu'elle n'était pas surprise.

— La situation a empiré depuis que votre première demande a été présentée au vice-ministre, et ignorée comme il se devait. Elle a particulièrement empiré le mois dernier.

— Est-ce la raison de cette conférence, madame ?

— Vous impatienteriez-vous ? demanda-t-elle ironiquement. Est-ce que vous m'ordonneriez d'en venir au fait ?

— Non, madame.

— Mais si, c'est certain. Et pourquoi pas ? Je deviens lassante. Permettez-moi d'aborder le fait en vous demandant si vous connaissez le Dr Han Fastolfe.

Baley répondit avec prudence :

— Je l'ai rencontré une seule fois, il y a près de trois ans, dans ce qui était alors Spacetown.

— Il vous plaisait, je crois ?

— Je l'ai trouvé amical, pour un Spatien.

Encore une fois, elle renifla légèrement.

— Je le conçois. Savez-vous qu'il est devenu une importante puissance politique à Aurora, depuis deux ans ?

— J'ai entendu dire par... un partenaire que j'avais à l'époque, qu'il faisait partie du gouvernement.

— Par R. Daneel Olivaw, votre ami le robot spatien ?

— Mon ex-partenaire, madame.

— Lorsque vous avez résolu un petit problème concernant deux mathématiciens à bord d'un vaisseau spatien ?

Baley hocha la tête.

— Oui, madame.

— Nous nous tenons informés, à ce que vous voyez. Han Fastolfe a été plus ou moins, depuis deux ans, le phare du gouvernement aurorain, un personnage important de leur législature et on parle même de lui comme d'un futur président possible... Le président, vous savez, est ce qui s'approche le plus d'un chef de l'exécutif, pour les Aurorains.

— Oui, madame, dit Baley en se demandant si elle allait en venir à cette affaire très délicate dont parlait le préfet.

Mais Demachek ne paraissait pas pressée.

— Fastolfe, dit-elle, est un... modéré. C'est lui qui le dit. Il estime qu'Aurora, et les mondes spatiens, en général, sont allés trop loin dans leur direction, tout comme vous-même estimez peut-être que nous, sur

Terre, sommes allés trop loin dans la nôtre. Il souhaite un retour en arrière, vers moins de robotique, vers une relève plus rapide des générations, une alliance et une amitié avec la Terre. Naturellement, nous le soutenons, mais très discrètement. Si nous étions trop démonstratifs dans notre estime, cela pourrait lui nuire dangereusement.

— Je crois qu'il soutiendrait l'exploration d'autres mondes et leur colonisation par la Terre.

— Je le crois aussi. J'ai dans l'idée qu'il vous l'a dit.

— Oui, madame. Quand nous nous sommes vus.

Demachek joignit les mains et posa son menton sur le bout de ses doigts.

— Pensez-vous qu'il représente l'opinion publique des mondes spatiens ?

— Je ne sais pas, madame.

— Je crains que non. Ses partisans sont tièdes. Ses adversaires sont ardents et nombreux. C'est uniquement grâce à ses talents politiques et à sa personnalité chaleureuse qu'il reste aussi près du pouvoir. Sa plus grande faiblesse, naturellement, c'est sa sympathie pour la Terre. On s'en sert constamment contre lui et cela influence beaucoup de gens qui partageaient ses opinions sur tous les autres points. Si vous étiez envoyé à Aurora, la moindre erreur que vous commettriez renforcerait les sentiments anti-Terre et affaiblirait par conséquent sa position, fatalement peut-être. La Terre ne peut donc pas courir ce risque.

— Je vois, marmonna Baley.

— Fastolfe accepte de prendre le risque. C'est lui qui s'est arrangé pour vous faire venir à Solaria à un moment où sa puissance politique commençait à peine et où il était très vulnérable. Mais aussi, il n'avait que son pouvoir personnel à perdre alors que nous avons à nous soucier du bien de huit milliards de Terriens. C'est ce qui rend la situation politique actuelle dramatiquement délicate.

Elle s'interrompit et, finalement, Baley fut contraint de poser la question.

— A quelle situation faites-vous allusion, madame ?

— Il semblerait, répondit Demachek, que Fastolfe soit impliqué dans un scandale sans précédent. S'il est maladroit, il se détruira politiquement en l'espace de quelques semaines. S'il est suprêmement habile, peut-être tiendra-t-il encore quelques mois. Tôt ou tard, il pourrait être anéanti, en tant que force politique à Aurora, ce qui serait catastrophique pour la Terre, voyez-vous.

— Puis-je demander de quoi il est accusé ? De corruption ? De trahison ?

— Rien d'aussi banal. D'ailleurs, même ses amis ne mettent pas en doute son intégrité personnelle.

— Un crime passionnel, alors ? Un assassinat ?

— Pas tout à fait un assassinat.

— Je ne comprends pas, madame.

— Il y a des êtres humains sur Aurora, monsieur Baley. Et il y a aussi des robots, la plupart ressemblant aux nôtres, guère plus avancés dans la plupart des cas. Cependant, il existe quelques robots anthropoïdes, des robots à la forme tellement humaine qu'on peut les prendre pour des humains.

Baley hocha la tête.

— Je le sais fort bien.

— Je suppose que la destruction d'un robot de ce type n'est pas précisément un assassinat, dans la stricte acception du mot.

Baley se pencha en avant, en ouvrant de grands yeux, et s'écria :

— Par Josaphat, femme ! Cessez de jouer au chat et à la souris ! Est-ce que vous voulez me dire que le Dr Fastolfe a tué R. Daneel ?

Roth se leva d'un bond et parut sur le point de se jeter sur Baley mais le sous-secrétaire Demachek l'écarta d'un geste. Elle gardait tout son calme.

— Compte tenu des circonstances, dit-elle, je vous pardonne votre manque de respect, monsieur Baley. Non, R. Daneel n'a pas été tué. Il n'est pas le seul robot anthropoïde d'Aurora. Un autre, comme lui, a été tué si vous voulez employer le mot dans un sens élargi. Pour être plus précise, son esprit a été totalement détruit; il a été placé en robloc, définitivement et irréversiblement.

— Et on en accuse le Dr Fastolfe ?

— Ses ennemis l'accusent. Les extrémistes, qui veulent que seuls les Spatiens se répandent dans la Galaxie, qui souhaitent faire disparaître les Terriens de l'Univers, affirment qu'il est coupable. Si ces extrémistes arrivent à manipuler une autre élection dans les prochaines semaines, ils s'empareront certainement de tout le contrôle du gouvernement, avec des résultats inimaginables.

— Pourquoi ce robot a-t-il une telle importance politique ? Je ne comprends pas.

— Je n'en suis pas certaine moi-même. Je ne prétends pas comprendre la politique auroraine. Je crois comprendre que les anthropoïdes étaient mêlés en quelque sorte aux plans des extrémistes et que cette destruction les a rendus furieux. (Elle fronça le nez.) Je trouve leur politique très déconcertante et je ne ferais que vous égarer en essayant de l'interpréter.

Baley fit un effort pour se maîtriser sous le regard appuyé du sous-secrétaire. Il demanda à voix basse :

— Pourquoi suis-je ici ?

— A cause de Fastolfe. Une fois déjà, vous êtes allé dans l'espace afin de résoudre une affaire de meurtre et vous avez réussi. Fastolfe veut que vous tentiez l'aventure encore une fois. Vous devez aller à Aurora et découvrir qui est responsable du robloc. Il pense que c'est sa seule chance de renverser le courant d'opinion.

— Je ne suis pas roboticien. Je ne sais rien d'Aurora...

— Vous ne saviez rien de Solaria non plus, pourtant vous vous êtes débrouillé. Le fait est, Baley, que nous tenons vivement à découvrir ce qui s'est réellement passé, tout autant que Fastolfe. Nous ne voulons pas qu'il soit abattu. S'il l'était, la Terre serait victime de l'hostilité de ces extrémistes spatiens, plus grande que tout ce que nous avons subi jusqu'ici. Nous ne voulons pas que cela arrive.

– Je ne puis assumer cette responsabilité, madame. La mission est...

– Pratiquement impossible. Nous le savons mais nous n'avons pas le choix. Fastolfe insiste et, pour le moment, il a derrière lui le gouvernement aurorain. Si vous refusez d'y aller, ou si nous refusons de vous laisser partir, nous aurons à affronter la fureur d'Aurora. Si vous y allez, et si vous réussissez, nous serons sauvés et vous serez récompensé en conséquence.

– Et si j'échoue ?

– Nous ferons de notre mieux pour faire en sorte que la responsabilité soit uniquement la vôtre et pas celle de la Terre.

– Autrement dit, notre gouvernement sauvera sa peau.

– Il serait plus charitable de dire que vous serez jeté aux loups dans l'espoir que la Terre n'aura pas trop à souffrir. Un homme n'est pas un prix trop élevé à payer pour notre planète.

– Il me semble que puisque je suis certain d'échouer, je ferais mieux de ne pas y aller.

– Vous savez bien que c'est impossible, répliqua Demachek d'une voix posée. Aurora vous réclame et vous ne pouvez refuser... Et pourquoi le voudriez-vous ? Voilà deux ans que vous cherchez à aller sur Aurora et que vous vous irritez de ne pas obtenir notre autorisation.

– Je voulais y aller, pacifiquement, pour solliciter de l'aide pour notre établissement sur d'autres mondes, pas pour...

– Vous pourrez quand même essayer d'obtenir leur aide, pour votre rêve de colonisation, Baley. Après tout, supposons que vous réussissiez. Ce sera peut-être le cas. Alors Fastolfe vous devra une fière chandelle et fera plus pour vous, infiniment plus, qu'il n'aurait fait autrement. Et nous serions nous-mêmes assez reconnaissants pour vous aider. Est-ce que cela ne vaut pas le risque ? Même si vos chances de réussite sont bien faibles, ces chances seraient inexistantes si vous n'y alliez pas. Réfléchissez à cela, Baley, je vous en prie... mais pas pendant longtemps.

Baley pinça les lèvres et finalement, comprenant qu'il n'avait pas le choix, il demanda :

– Combien de temps ai-je pour...

Demachek l'interrompit calmement :

– Voyons, est-ce que je ne viens pas de vous expliquer que nous n'avons pas le choix, et pas le temps non plus ? Vous partez dans un peu moins de six heures.

5

Le cosmoport était situé à l'est de la Ville, dans un secteur quasi désert qui était, strictement parlant, à l'Extérieur. Mais cela était compensé par le fait que les bureaux, les guichets et les salles d'attente se trouvaient dans la Ville et que l'on approchait des vaisseaux dans des véhicules, par un passage couvert. Traditionnellement, tous les lancements avaient lieu la nuit, si bien que l'obscurité atténuait aussi l'effet de l'Extérieur.

Le cosmoport n'était pas très animé, si l'on considérait la population de la Terre. Les Terriens quittaient très rarement la planète et le trafic se réduisait surtout à une activité commerciale dirigée par des robots et des Spatiens.

Elijah Baley, attendant que le vaisseau soit prêt pour l'embarquement, se sentait déjà coupé de la Terre.

Bentley était assis à côté de lui et tous deux se taisaient, plongés dans de sombres pensées. Finalement, Ben marmonna :

– Je ne pensais pas que maman voudrait venir.

– Je ne le pensais pas non plus. Je me souviens de

son attitude quand je suis allé à Solaria. Ceci n'est pas différent.

– Est-ce que tu as réussi à la calmer ?

– J'ai fait ce que j'ai pu, Ben. Elle s'imagine que mon vaisseau va s'écraser ou que les Spatiens me tueront, une fois que je serai à Aurora.

– Tu es revenu de Solaria.

– Elle n'en redoute que plus que je prenne un second risque. Elle pense que la chance m'abandonnera. Cependant, elle se remettra. Occupe-toi d'elle, Ben. Passe le plus de temps possible avec elle et, quoi que tu fasses, ne parle pas de partir coloniser une nouvelle planète. C'est surtout ça qui l'inquiète, tu sais. Elle a peur que tu partes bientôt, dans les années qui viennent. Elle sait qu'elle ne pourra pas y aller et croit qu'elle ne te reverra plus.

– Ça se pourrait, dit le jeune homme. C'est bien ce qui pourrait se passer.

– Tu peux facilement affronter ça, peut-être, mais pas elle, alors n'en parle pas pendant mon absence. D'accord ?

– D'accord... Je crois que c'est Gladia qui l'inquiète un peu.

Baley se redressa vivement.

– Est-ce que tu as...

– Je n'ai pas dit un mot. Mais elle a vu ce truc en Hyperonde, tu sais, et elle sait que Gladia est sur Aurora.

– Et alors ? C'est une grande planète. Tu te figures qu'elle va m'attendre au cosmoport ?... Par Josaphat, Ben, elle ne sait donc pas que cette fichue dramatique était de la fiction, pour les neuf dixièmes ?

Ben changea de conversation.

– Ça fait tout drôle de te voir assis là sans aucun bagage.

– J'en ai déjà dix fois trop. J'ai les vêtements que je porte, n'est-ce pas ? Ils m'en débarrasseront dès que je serai à bord, pour les traiter chimiquement et les larguer dans l'espace. Ensuite, ils me fourniront toute une garde-robe entièrement neuve, après m'avoir personnellement désinfecté, nettoyé et astiqué, à l'intérieur comme à l'extérieur. Je suis déjà passé par là.

Le silence retomba, et Ben hasarda :

– Tu sais, papa...

Il s'interrompit, fit une nouvelle tentative, et n'alla pas plus loin. Baley le regarda fixement.

– Qu'est-ce que tu cherches à me dire, Ben ?

– Ma foi, papa, je suis peut-être idiot de te dire ça, mais je crois que je le dois. Tu n'as pas l'étoffe d'un héros. Même moi, je ne l'ai jamais pensé. Tu es un chic type et le meilleur père qu'on puisse rêver, mais tu n'es pas du genre héros.

Baley grogna.

– Tout de même, poursuivit Ben, quand on réfléchit, c'est bien toi qui as effacé Spacetown de la carte; c'est toi qui as amené Aurora dans notre camp; c'est toi qui as mis en train tout ce projet de colonisation d'autres mondes. Tu as fait plus pour la Terre, papa, que tous les gens du gouvernement réunis. Alors pourquoi n'es-tu pas plus apprécié ?

– Parce que je ne suis pas du genre héros et parce qu'on m'a imposé ce stupide spectacle en Hyperonde. Ça a fait de moi l'ennemi de tous les policiers sans exception; ça a bouleversé ta mère et m'a affublé d'une réputation à laquelle je suis incapable de faire honneur.

Le voyant s'alluma sur son communicateur-bracelet et il se leva.

– Il faut que j'y aille, maintenant, Ben.

– Je sais. Mais ce que je voulais te dire, papa, c'est que moi, je t'apprécie. Et cette fois, quand tu reviendras, ce ne sera pas seulement moi mais tout le monde.

Baley se sentit fondre. Il hocha simplement la tête, posa une main sur l'épaule de son fils et marmonna :

– Merci. Prends bien soin de toi en mon absence... et aussi de ta mère.

Il s'éloigna sans se retourner. Il avait dit à Ben qu'il

allait à Aurora discuter le projet de colonisation. Si cela avait été le cas, peut-être serait-il rentré triomphalement. Mais dans ces circonstances...

Il se dit : « Je vais revenir en disgrâce... si jamais je reviens ! »

II

Daneel

6

C'était la seconde fois que Baley prenait un vaisseau spatial et les deux ans écoulés n'avaient pas effacé le souvenir de son premier voyage. Il savait exactement à quoi il devait s'attendre.

Il y aurait l'isolement, le fait que personne ne le verrait ou n'aurait de rapports avec lui à l'exception (peut-être) d'un robot. Il y aurait les soins médicaux constants, la fumigation et la stérilisation. (Pas d'autre moyen d'exprimer ça.) Il y aurait la tentative pour le rendre apte à aborder les Spatiens éternellement conscients de la maladie, qui considéraient les Terriens comme des réceptacles ambulants d'une multitude d'infections variées.

Mais il y aurait aussi des différences. Cette fois, il ne craindrait pas autant le processus, le sentiment de privation du sein maternel serait sûrement moins pénible.

Il serait moins surpris par un environnement plus vaste. Cette fois, se disait-il audacieusement (mais avec une petite crispation d'estomac malgré tout), il serait même capable de réclamer une vue de l'espace.

Serait-ce différent, se demandait-il, des photos du ciel nocturne vu de l'Extérieur ?

Il se souvenait de sa première vision d'un dôme de planétarium (en sécurité dans l'enceinte de la Ville, bien sûr). Il n'avait éprouvé aucune sensation d'Extérieur, pas le moindre malaise.

Et puis il y avait eu les deux fois – non, trois – où il avait été en plein air la nuit, où il avait vu les vraies étoiles de la véritable voûte céleste. C'était infiniment moins impressionnant que le planétarium mais à chaque fois un vent frais soufflait et il avait eu une impression de distance, ce qui rendait le panorama plus effrayant que le dôme artificiel mais moins que dans la journée, car la nuit obscure était comme un mur rassurant autour de lui.

Alors, est-ce que la vue des étoiles par le hublot d'un vaisseau spatial ressemblerait plus au planétarium ou à la nuit de la Terre ? Ou serait-ce une sensation entièrement nouvelle ?

Il se concentra sur ces questions, comme pour éviter de penser à Jessie, à Ben, à la Ville.

Par fanfaronnade, pas autre chose, il refusa la voiture et tint à faire à pied la courte distance entre la porte d'embarquement et le vaisseau. Dans le fond, ce n'était qu'une rue avec un toit.

Le passage bifurquait légèrement et, alors qu'il pouvait encore voir Ben à l'autre extrémité, il se retourna et leva nonchalamment une main, comme s'il prenait simplement la Voie Express pour Trenton. Ben répondit en agitant les deux bras, l'index et le majeur des deux mains écartés pour former l'ancien symbole de la victoire.

La victoire ? Un geste futile, Baley en était certain.

Il passa à d'autres pensées, pour s'occuper. Quel effet cela ferait-il d'embarquer de jour dans un vaisseau spatial, avec le soleil étincelant sur le métal et lui-même, ainsi que les autres passagers, tous exposés à l'Extérieur ?

Quel effet cela lui ferait-il de se trouver dans un petit monde cylindrique, qui se détacherait du monde infiniment plus grand auquel il était temporairement attaché, pour s'élever et se perdre dans un Extérieur infiniment plus immense que n'importe quel Extérieur de la Terre, jusqu'à ce que, après une étendue infinie de Néant, il trouve un autre...

Il se forçait à marcher posément en ne montrant aucun changement d'expression, ou du moins le croyait-il. Le robot qui l'accompagnait l'arrêta cependant.

– Vous vous sentez mal, monsieur ?

(Pas « maître », simplement « monsieur ».)

– Je vais très bien, boy, répliqua Baley d'une voix sourde. Avance.

Il garda les yeux baissés et ne les leva que lorsqu'il fut au pied du vaisseau.

Un engin aurorain !

Il en était sûr. Sous la chaude lumière d'un projecteur, il se dressait, plus grand, plus gracieux et pourtant plus puissant que le solarien qu'il avait pris deux ans plus tôt.

Baley entra et la comparaison demeura favorable à Aurora. Sa cabine était plus grande que celle de l'autre fois, plus luxueuse, plus confortable.

Comme il savait exactement ce qui allait venir, il se déshabilla entièrement, sans hésitation. (Ses vêtements seraient peut-être désintégrés à la torche plasma. Il ne les retrouverait certainement pas en retournant sur Terre... s'il y retournait. On ne les lui avait pas rendus, la première fois.)

Il ne recevrait pas d'autres habits avant d'avoir été entièrement baigné, examiné, désinfecté et avoir reçu une piqûre et une potion. Il en venait presque à accepter cette humiliante procédure qu'on lui imposait. Elle l'aidait à ne pas penser à ce qui se passait. Il eut à peine conscience de l'accélération initiale et il n'eut pour ainsi dire que le temps de penser au moment pendant lequel ils quittaient la Terre et pénétraient dans l'espace.

Quand il fut enfin rhabillé, il s'examina tristement dans la glace. L'étoffe était lisse, brillante et changeait de couleur à chaque mouvement. Les jambes du pantalon étaient serrées aux chevilles et couvertes par les tiges des souliers souples qui se moulaient sur ses pieds. Les manches de la tunique étaient également serrées aux poignets et il portait des gants très fins et transparents. La tunique avait un col montant cachant le cou et un capuchon qui pouvait, s'il le désirait, recouvrir sa tête. Il savait qu'il était ainsi couvert non pour son confort mais pour réduire le danger qu'il représentait pour les Spatiens.

Il pensait, en contemplant sa tenue, qu'il devrait se sentir engoncé, mal à l'aise, moite, qu'il devrait avoir trop chaud. Mais pas du tout. A son grand soulagement, il ne transpirait même pas.

Il fit la déduction normale et demanda au robot qui l'avait accompagné et qui était encore auprès de lui :

– Boy, est-ce que ces vêtements sont climatisés ?

– Certainement, monsieur. C'est une tenue toutes saisons et elle est jugée très désirable. Elle est aussi extrêmement chère. Peu de gens d'Aurora ont les moyens de la porter.

– Vraiment ? Par Josaphat !

Baley considéra le robot. C'était apparemment un modèle plutôt primitif, pas très différent de ceux de la Terre. Cependant, il avait une certaine subtilité d'expression qui faisait défaut aux modèles terrestres. Celui-ci pouvait changer d'expression, dans une certaine mesure. Par exemple, il avait légèrement souri en révélant que Baley avait reçu des vêtements que peu d'Aurorains pouvaient s'offrir.

Son corps ressemblait à du métal mais avait pourtant l'aspect de quelque chose de tissé, de légèrement changeant à chaque mouvement, avec des couleurs agréablement contrastées. Autrement dit, à moins de le regarder de près, très attentivement, on avait l'impression que le robot, tout en n'étant nettement pas anthropoïde, portait des vêtements.

– Comment dois-je t'appeler, boy ? demanda Baley.

– Je suis Giskard, monsieur.

– R. Giskard ?
– Si vous voulez, monsieur.
– Y a-t-il une bibliothèque à bord ?
– Oui, monsieur.
– Peux-tu me procurer des films sur Aurora ?
– Quel genre, monsieur ?
– Historiques, de science politique, de géographie, tout ce qui me fera connaître la planète.
– Oui, monsieur.
– Et une visionneuse.
– Bien, monsieur.

Le robot sortit par la porte à double battant et Baley pinça les lèvres en secouant un peu la tête. Lors de son voyage à Solaria, pas un instant l'idée ne lui était venue de passer le temps perdu dans la traversée de l'espace à apprendre quelque chose d'utile. Il avait fait des progrès, depuis deux ans.

Il tenta d'ouvrir la porte par où venait de passer le robot. Elle était fermée à clef et elle ne bougea absolument pas. Le contraire l'aurait profondément surpris.

Il visita sa cabine. Il y avait un écran d'hypervision. Il tourna distraitement des boutons, reçut une bouffée de musique tonitruante et parvint au bout d'un moment à baisser le son. Il écouta avec réprobation. Métallique et discordant. Les instruments de l'orchestre paraissaient vaguement déformés.

Il toucha d'autres boutons et réussit finalement à changer de vue. Il assista alors à une partie de football manifestement disputée dans des conditions de gravité zéro. Le ballon volait en ligne droite et les joueurs (trop nombreux dans chaque camp, avec des ailerons sur le dos, aux coudes et aux genoux qui devaient servir à contrôler les mouvements) s'élevaient et planaient avec grâce. Les mouvements insolites lui donnèrent le vertige. Il se pencha et venait de découvrir le bouton d'arrêt quand il entendit la porte s'ouvrir derrière lui.

Il se retourna. Comme il s'attendait tellement à voir R. Giskard, il n'eut au premier abord que la perception de quelqu'un qui n'était *pas* R. Giskard. Il lui fallut un instant ou deux pour s'apercevoir qu'il avait devant lui une forme totalement humaine, avec une tête, une figure aux pommettes saillantes et des cheveux courts, couleur de bronze, coiffés en arrière, quelqu'un de bien habillé, dans des vêtements de coupe et de couleur discrètes.

– Nom de Josaphat ! s'exclama Baley d'une voix étranglée.

– Camarade Elijah, dit l'autre en s'avançant, avec un petit sourire.

– Daneel ! cria Baley en serrant le robot dans ses bras. Daneel !

7

Baley continuait de serrer Daneel dans ses bras, Daneel, le seul objet familier inattendu à bord, le seul lien solide avec le passé. Il se cramponnait à lui dans un débordement d'affection et de soulagement.

Enfin, petit à petit, il se ressaisit, remit de l'ordre dans ses pensées et se rendit compte qu'il n'enlaçait pas Daneel mais R. Daneel, Robot Daneel Olivaw. Il embrassait un robot, et le robot l'enlaçait légèrement, en se laissant étreindre, jugeant que ce geste faisait plaisir à un être humain et supportant cela parce que le potentiel positronique de son cerveau le mettait dans l'impossibilité de repousser l'accolade, au risque de causer de la déception et de l'embarras à l'être humain.

La Première Loi inviolable de la Robotique stipulait : « Un robot ne doit pas faire de mal à un être humain », et repousser une manifestation d'amitié ferait du mal.

Lentement, pour ne rien montrer de son chagrin, Baley relâcha son étreinte. Il donna une dernière petite tape affectueuse sur chaque épaule du robot, pour qu'il n'y ait pas de honte apparente dans son recul.

— Je ne t'ai pas vu, Daneel, depuis que tu as amené ce vaisseau sur la Terre avec les deux mathématiciens. Tu te souviens ?

— Certainement, camarade Elijah. C'est un plaisir de vous revoir.

— Tu ressens de l'émotion, n'est-ce pas ? demanda Baley d'un ton léger.

— Je ne peux pas dire ce que je ressens dans un sens humain, camarade Elijah. Je puis dire, cependant, que votre vue semble faciliter le déroulement de ma pensée et que l'attraction gravifique sur mon corps me paraît assaillir mes sens avec moins d'insistance. Il y a aussi d'autres changements que je puis identifier. J'imagine que ce que je ressens correspond à ce que vous éprouvez peut-être quand vous avez du plaisir.

Baley hocha la tête.

— Si ce que tu peux éprouver en me voyant, mon vieux partenaire, te paraît préférable à ce que tu éprouves quand tu ne me vois pas, cela me convient très bien. Tu comprends ce que je veux dire. Mais comment se fait-il que tu sois ici ?

— Giskard Reventlov vous a certifié...

R. Daneel hésita et Baley compléta, ironiquement :

— Purifié ?

— Désinfecté, rectifia R. Daneel. J'ai jugé approprié d'entrer, par conséquent.

— Voyons, tu ne crains sûrement pas la contagion !

— Pas du tout, camarade Elijah, mais d'autres, à bord, pourraient alors ne pas vouloir que je m'approche d'eux. Les gens d'Aurora sont sensibles aux risques d'infection, parfois à un point qui dépasse une estimation rationnelle des probabilités.

— Je comprends, mais je ne te demande pas pourquoi tu es ici dans cette cabine. Je veux savoir ce que tu fais à bord.

— Le Dr Fastolfe, à la maison de qui j'appartiens, m'a donné l'ordre d'embarquer sur ce vaisseau envoyé pour vous chercher et cela pour plusieurs raisons. En fait, il est souhaitable, à son avis, de porter immédiatement à votre connaissance un article en particulier, concernant ce qui sera, il en est certain, une mission difficile pour vous.

– C'est très gentil de sa part. Je l'en remercie.

R. Daneel s'inclina gravement.

– Le Dr Fastolfe estimait aussi que cette rencontre me procurerait... des sensations appropriées.

– Du plaisir, tu veux dire, Daneel.

– Comme je suis autorisé à employer le mot, oui. Et, une troisième raison, la plus importante...

A ce moment, la porte se rouvrit et R. Giskard entra. Baley tourna la tête vers lui, avec irritation. On ne pouvait s'y tromper, R. Giskard était bien un robot et sa présence soulignait, en quelque sorte, le robotisme de Daneel (R. Daneel, pensa soudain Baley), même si Daneel était de loin supérieur à l'autre. Baley ne voulait pas que le robotisme de Daneel soit souligné; il ne voulait pas se sentir humilié de ne pouvoir considérer Daneel comme autre chose qu'un être humain au langage quelque peu ampoulé.

– Eh bien, qu'est-ce que c'est, boy? demanda-t-il avec impatience.

– J'ai apporté les films que vous désirez voir, monsieur, et la visionneuse.

– Eh bien, posez-les là, posez-les. Et inutile de rester. Daneel est avec moi.

– Oui, monsieur.

Les yeux du robot (vaguement lumineux, remarqua Baley, alors que ceux de Daneel ne l'étaient pas) se tournèrent vers R. Daneel, comme pour demander des ordres à un être supérieur.

R. Daneel lui dit aimablement :

– Il serait approprié, ami Giskard, que tu restes devant la porte.

– C'est ce que je ferai, ami Daneel, répondit R. Giskard.

Il partit et Baley grommela :

– Pourquoi faut-il qu'il reste devant la porte? Serais-je prisonnier?

– Dans un sens, il ne vous serait pas permis de vous mêler à la compagnie du bord au cours de cette traversée. Je regrette d'être obligé de vous dire que vous êtes effectivement prisonnier. Cependant, ce n'est pas la raison de la présence de Giskard... Et je crois devoir vous dire ici, camarade Elijah, qu'il serait sans doute plus sage de ne pas appeler Giskard, ou tout autre robot, « boy ».

Baley fronça les sourcils.

– Cette expression le vexe ?

– Giskard ne peut se vexer d'aucune action d'un être humain. C'est simplement que « boy » n'est pas le terme usuel pour s'adresser aux robots, à Aurora, et il est déconseillé de créer des frictions avec les Aurorains en faisant involontairement connaître votre lieu d'origine, par des habitudes de langage qui ne sont pas essentielles.

– Comment dois-je l'appeler, alors ?

– Comme vous le faites pour moi, en employant son nom donné d'identification. Ce n'est après tout qu'un son indiquant la personne à qui vous vous adressez et pourquoi un son serait-il préférable à un autre ? Ce n'est qu'affaire de convention. Et puis aussi, à Aurora, on n'a pas l'habitude d'employer l'initiale « R », sauf dans des conditions officielles quand le nom complet du robot s'impose, et même alors, de nos jours, l'initiale est le plus souvent omise.

– Dans ce cas, Daneel... (Baley réprima une soudaine envie de dire R. Daneel.) Comment distingue-t-on les robots des êtres humains ?

– La distinction est généralement évidente, camarade Elijah. Il semble n'y avoir nul besoin de la souligner inutilement. Du moins c'est le point de vue aurorain et comme vous avez demandé à Giskard des films sur Aurora, je présume que vous souhaitez vous familiariser avec tout ce qui est aurorain, pour vous aider dans la tâche que vous avez entreprise.

– La tâche qu'on m'a imposée, oui. Et si la distinction entre robot et être humain n'est pas évidente, comme dans ton cas, Daneel ?

— Alors pourquoi faire la distinction, à moins que la situation soit telle qu'il devienne indispensable de la faire ?

Baley respira profondément. Il se dit qu'il aurait du mal à s'adapter à cette habitude des Aurorains de faire comme si les robots n'existaient pas.

— Mais, dit-il, si Giskard n'est pas ici pour me garder prisonnier, pourquoi monte-t-il la garde devant la porte ?

— C'est conforme aux instructions du Dr Fastolfe, camarade Elijah. Giskard est là pour vous protéger.

— Contre qui ? Contre quoi ?

— Le Dr Fastolfe n'a pas été précis sur ce point, camarade Elijah. Cependant, les passions humaines sont échauffées à cause de l'affaire de Jander Panell...

— Jander Panell ?

— Le robot dont l'utilité s'est achevée.

— Autrement dit, le robot qui a été tué.

— Tué, camarade Elijah, est un mot généralement appliqué aux êtres humains.

— Mais tu me dis qu'à Aurora, on évite de faire la distinction entre robots et humains. Alors ?

— C'est vrai. Néanmoins, la possibilité d'une distinction ou d'un manque de distinction dans le cas particulier d'une terminaison de fonctionnement est une question qui ne s'est jamais posée, que je sache. J'ignore quelles sont les règles.

Baley réfléchit un moment. Dans le fond, ça n'avait pas grande importance, ce n'était qu'une simple question de sémantique. Malgré tout, il voulait sonder la manière de penser des Aurorains, autrement il n'aboutirait à rien.

Il parla lentement :

— Un être humain qui fonctionne est vivant. Si cette vie est violemment supprimée par l'action volontaire d'un autre être humain, nous appelons cela « meurtre » ou « homicide ». « Meurtre » est le mot le plus fort. Si l'on était témoin, brusquement, de la tentative de suppression violente de la vie d'un être humain, on crierait « Au meurtre ! ». Il n'est pas du tout probable que l'on s'écrierait « A l'homicide ! ». Celui-là, c'est le mot plus officiel, moins émotif.

– Je ne comprends pas la distinction que vous faites, camarade Elijah. Puisque « meurtre » et « homicide » sont tous deux employés pour définir la terminaison violente de la vie d'un être humain, les deux mots devraient être interchangeables. Où est donc la distinction ?

– Des deux, le premier que l'on hurle glacera plus efficacement le sang d'un être humain que le second, Daneel.

– Pourquoi ?

– Question de définition, d'association d'idées; l'effet subtil, non d'une définition de dictionnaire, mais d'années d'usage; la nature des phrases, des conditions et des événements, le contexte dans lequel on a entendu ou prononcé un mot plutôt qu'un autre.

– Il n'y a rien de tout cela dans ma programmation, avoua Daneel avec une curieuse nuance d'embarras dans le manque d'émotion apparent de son élocution (le même manque d'émotion de tous ses propos).

– Acceptes-tu de me croire sur parole, Daneel ?

Daneel répondit vivement, presque comme si l'on venait de lui donner la clef de l'énigme :

– Sans le moindre doute.

– Bien. Dans ce cas, nous pouvons dire qu'un robot qui fonctionne est vivant, déclara Baley. Beaucoup de gens refuseraient peut-être d'élargir jusque-là le sens du mot, mais nous sommes libres d'imaginer des définitions à notre convenance, quand c'est utile. Il est facile de dire qu'un robot qui fonctionne est vivant, et ce serait inutilement compliqué de chercher à inventer un nouveau mot pour son état, ou d'éviter d'employer celui qui est connu et commode. Toi, par exemple, tu es vivant, Daneel, n'est-ce pas ?

Daneel murmura lentement, avec componction :

— Je fonctionne !

— Ecoute. Si un écureuil est vivant, ou une puce, un arbre, un brin d'herbe, pourquoi pas toi ? Je ne pourrais jamais dire, ou penser, que je suis vivant mais que tu fonctionnes simplement, surtout si je dois vivre à Aurora pendant un moment, en m'appliquant à ne faire aucune distinction entre un robot et moi-même. Par conséquent, je te dis que nous sommes tous deux vivants et je te demande de me croire sur parole.

— C'est ce que je ferai, camarade Elijah.

— Et pourtant, pouvons-nous dire que l'achèvement de la vie robotique par l'acte violent et volontaire d'un être humain est aussi un « meurtre » ? Nous pourrions hésiter. Si le crime est le même, le châtiment devrait être le même mais est-ce que ce serait juste ? Si la peine pour le meurtre d'un être humain est la mort, devrait-on réellement exécuter un être humain qui a mis fin à un robot ?

— Le châtiment d'un meurtrier est la psycho-sonde, camarade Elijah, suivie par la construction d'une nouvelle personnalité. C'est la structure personnelle de l'esprit qui a commis le crime, pas la vie du corps.

— Et quel est à Aurora le châtiment pour avoir mis fin violemment au fonctionnement d'un robot ?

— Je ne sais pas, camarade Elijah. Un tel incident ne s'est jamais produit à Aurora, à ma connaissance.

— Je soupçonne que le châtiment ne serait pas la psycho-sonde, dit Baley. Que penses-tu de « roboticide » ?

— Roboticide ?

— Comme terme employé pour définir le meurtre d'un robot.

— Mais quel serait le verbe dérivé du nom, camarade Elijah ? On ne dit jamais « homicider », et il serait donc impropre de dire « roboticider ».

— Tu as raison. Il faudrait dire assassiner dans chaque cas.

— Mais l'assassinat s'applique uniquement aux êtres humains; par exemple, on n'assassine pas un animal.

– C'est vrai, reconnut Baley. Et l'on n'assassine pas un être humain par accident, seulement par acte délibéré. Le terme le plus général est « tuer ». Cela s'applique à la mort accidentelle aussi bien qu'au meurtre prémédité, et ça s'applique aussi bien aux animaux qu'aux êtres humains. Même un arbre peut être tué par la maladie, alors pourquoi un robot ne peut-il être tué, hein, Daneel ?

– Les êtres humains et les autres animaux, les plantes également, camarade Elijah, sont tous des choses vivantes, répliqua Daneel. Un robot est un appareil humain, tout comme cette visionneuse. Un appareil est détruit, endommagé, démoli, et ainsi de suite. Il n'est jamais tué.

– Néanmoins, je dirai « tué ». Jander Panell a été tué.

– Qu'est-ce que la différence d'un mot peut changer à la chose décrite ?

– Ce que nous appelons une rose, avec tout autre nom aurait un aussi doux parfum. C'est ça, Daneel ?

Daneel hésita puis répondit :

– Je ne suis pas certain de ce que signifie le parfum d'une rose, mais si la rose est sur Terre la fleur commune que nous appelons une rose à Aurora, et si par son « parfum » tu entends une propriété qui peut être détectée, sentie ou mesurée par les êtres humains, alors il est certain qu'appeler une rose par une autre combinaison de sons, toutes choses étant égales d'ailleurs, ne changerait pas son odeur ni aucune de ses autres propriétés complexes.

– Exact, et pourtant les changements de noms provoquent chez les êtres humains des changements de perception.

– Je ne vois pas pourquoi, camarade Elijah.

– Parce que les êtres humains sont souvent illogiques, Daneel. Ce n'est pas une belle qualité.

Baley se carra plus profondément dans son fauteuil et joua avec les boutons de sa visionneuse, en laissant pendant quelques minutes son esprit se plonger dans des pensées personnelles. La discussion avec Daneel était utile en soi, car tandis qu'il s'amusait de cette question de vocabulaire, il parvenait à oublier qu'il était dans l'espace, que le vaisseau avançait jusqu'à ce qu'il soit assez loin des capteurs de masses du système solaire pour faire le bond dans l'hyper-espace, à oublier qu'il serait bientôt à plusieurs millions de kilomètres de la Terre et, bientôt après, à plusieurs années-lumière.

Plus important encore, il y avait des conclusions positives à en tirer. Il était clair que ce que disait Daneel des Aurorains, qui ne faisaient aucune distinction entre robots et êtres humains, était trompeur. Les Aurorains supprimaient peut-être l'initiale « R » et l'usage du « boy », ils pouvaient employer des pronoms personnels au lieu du neutre pour qualifier les robots mais, à voir la résistance opposée par Daneel à l'emploi d'un même mot pour la fin violente d'un robot et d'un être humain (résistance inhérente à sa programmation, ce qui était la conséquence normale des idées des Aurorains sur le bon comportement de Daneel), on devait bien en conclure que ces changements n'étaient que superficiels. Essentiellement, les Aurorains restaient aussi fermement ancrés dans leur croyance que les robots étaient des machines infiniment inférieures aux êtres humains.

Cela signifiait que sa redoutable mission, à savoir trouver une solution utile à la crise (si jamais c'était possible), ne serait pas trop gênée par son ignorance de la société auroraine.

Baley se demanda s'il devait interroger Giskard, afin de confirmer ses conclusions tirées de la conversation avec Daneel et, sans grande hésitation, il y renonça. L'esprit simplet et pas très subtil de Giskard ne serait d'aucune utilité. Il répondrait « Oui, monsieur » ou « Non, monsieur » jusqu'au bout. Ce serait comme si on interrogeait un enregistrement.

Eh bien, dans ce cas, décida Baley, je vais continuer

avec Daneel, qui est au moins capable de répondre avec un semblant de subtilité.

– Daneel, considérons le cas de Jander Panell qui doit être, à ce que tu m'as dit jusqu'ici, la première affaire de roboticide dans l'histoire d'Aurora. L'être humain responsable, le tueur, n'est pas connu si je comprends bien ?

– Si l'on suppose qu'un être humain est responsable, répondit Daneel, alors son identité n'est pas connue. Pour cela, vous avez raison, camarade Elijah.

– Et le mobile ? Pourquoi a-t-on tué Jander Panell ?

– Cela non plus, on ne le sait pas.

– Mais Jander Panell était un robot anthropoïde, comme toi, pas comme R. Gis... euh, Giskard, par exemple ?

– C'est exact. Jander était un robot humaniforme, comme moi-même.

– Ne serait-il pas possible, donc, qu'il n'y ait eu aucune intention de roboticide ?

– Je ne comprends pas, camarade Elijah.

– Est-ce que le tueur n'aurait pas pu croire que Jander était un être humain, expliqua Baley avec un rien d'impatience, et qu'il s'agirait d'un homicide, pas d'un roboticide ?

Lentement, Daneel secoua la tête.

– Les robots humaniformes ont toutes les apparences d'un être humain, jusqu'aux cheveux, aux poils et aux pores de la peau. Notre voix est absolument naturelle, nous pouvons faire les gestes nécessaires pour manger et ainsi de suite. Et pourtant, dans notre comportement il y a des différences visibles. Avec le temps, les raffinements de la technique, il y en aura probablement de moins en moins mais pour le moment elles sont nombreuses. Il se peut que toi, et les autres Terriens pas habitués aux robots humaniformes, ne détectiez pas facilement ces différences mais elles sautent aux yeux des Aurorains. Jamais un Aurorain ne prendrait Jander, ou moi, pour un être humain, pas un seul instant.

— Mais est-ce qu'un autre Spatien, qui ne serait pas d'Aurora, ne pourrait pas se tromper ?

Daneel hésita.

— Je ne crois pas. Je ne m'appuie pas sur une observation personnelle ou une connaissance directement programmée, mais j'ai une programmation me permettant de savoir que tous les mondes spatiens connaissent aussi bien les robots qu'Aurora; certains, comme Solaria, encore mieux. J'en déduis donc qu'aucun Spatien n'aurait pu confondre un robot avec un être humain.

— Y a-t-il des robots humaniformes sur d'autres mondes spatiens ?

— Non, camarade Elijah. Il n'y en a que sur Aurora, jusqu'à présent.

— Alors d'autres Spatiens pourraient ne pas connaître intimement les robots humaniformes, pas assez bien pour faire la différence entre les deux, et faire la confusion entre le robot et l'être humain.

— Je ne crois pas que ce soit probable. Même les robots humaniformes se conduisent d'une manière robotique dans certains cas précis et n'importe quel Spatien la reconnaîtrait.

— Voyons, il y a sûrement des Spatiens moins intelligents que la majorité, moins expérimentés, moins sûrs. Il y a des enfants spatiens, entre autres, à qui la différence peut échapper.

— Il est tout à fait certain, camarade Elijah, que le... roboticide n'a pas été commis par une personne peu intelligente, inexpérimentée ou très jeune. C'est absolument certain.

— Nous procédons par élimination. Bien. Alors, si aucun Spatien ne confondrait, que penserais-tu d'un Terrien ? N'est-il pas possible que...

— Camarade Elijah, quand vous arriverez à Aurora, vous serez le premier Terrien à mettre le pied sur la planète depuis la fin de la période de colonisation initiale. Tous les Aurorains actuellement vivants sont nés sur Aurora ou, dans relativement peu de cas, dans d'autres mondes spatiens.

– Le premier Terrien, murmura Baley. C'est un honneur pour moi. Mais est-ce qu'un Terrien ne pourrait être présent sur Aurora à l'insu des Aurorains ?

– Non, déclara très catégoriquement Daneel.

– Tes connaissances ne sont peut-être pas absolues, Daneel.

– Non ! répéta le robot sur le même ton exactement.

– Nous en concluons donc, reprit Baley avec un soupir, que le roboticide a été un roboticide conscient et rien d'autre.

– Telle était la conclusion depuis le début.

– Ces Aurorains qui ont tiré cette conclusion dès le début avaient au départ toutes les informations. Moi je me renseigne en ce moment pour la première fois.

– Ma réflexion, camarade Elijah, ne voulait pas être péjorative. Je ne vais certes pas minimiser vos talents.

– Merci, Daneel. Je sais bien que ta réflexion n'avait rien d'injurieux... Tu disais il y a un instant que le roboticide n'a pas été commis par une personne sans intelligence, inexpérimentée ou très jeune et que c'est absolument certain. Considérons donc ton propos...

Baley savait qu'il faisait un long détour. C'était nécessaire. Compte tenu de son ignorance des façons d'être et de la tournure d'esprit des Aurorains, il ne pouvait se permettre de faire des suppositions ou d'omettre la moindre incidence. S'il avait eu affaire à un être humain, celui-ci se serait fort probablement impatienté, il aurait promptement déballé tous les renseignements et aurait considéré Baley comme un crétin par-dessus le marché. Mais Daneel, étant un robot, le suivrait le long du chemin sinueux avec une patience totale.

C'était une des formes de comportement qui trahissaient le robotisme de Daneel, tout anthropoïde qu'il fût. Un Aurorain saurait vraisemblablement le classer parmi les robots, d'après une seule réponse à une question. Daneel avait raison, sur la subtilité des différences.

— On peut éliminer les enfants, reprit Baley, peut-être aussi la majorité des femmes et de nombreux hommes, en supposant que la méthode du roboticide a nécessité une grande force physique; si la tête de Jander a été fracassée ou son torse défoncé par un coup violent. Ce ne serait pas facile, j'imagine, pour quelqu'un qui ne serait pas un être humain particulièrement grand et fort.

Baley savait, d'après ce que Demachek lui avait dit sur la Terre, que le roboticide n'avait pas été commis de cette façon, mais comment savoir si elle-même n'avait pas été abusée ?

— Ce ne serait pas possible, pour aucun être humain, déclara Daneel.

— Pourquoi ?

— Vous devez bien savoir, camarade Elijah, que le squelette robotique est métallique et beaucoup plus résistant que la charpente humaine. Nos mouvements sont plus puissants, plus rapides et plus délicatement contrôlés. La Troisième Loi de Robotique stipule : « Le robot doit protéger sa propre existence. » L'assaut par un être humain pourrait être très facilement paré. L'être humain le plus fort serait immobilisé. Il est également improbable que le robot soit pris par surprise. Nous avons constamment conscience des êtres humains. Sans quoi, nous ne pourrions pas remplir nos fonctions.

— Voyons, voyons, Daneel ! intervint Baley. La Troisième Loi dit : « Un robot doit protéger sa propre existence, sauf si cela entre en conflit avec les Première et Deuxième Lois. » La Deuxième Loi est la suivante : « Le robot doit obéir aux ordres de n'importe quel être humain, sauf si cela entre en conflit avec la Première Loi », et la Première Loi dit : « Le robot ne doit pas faire de mal à un être humain ni, par son inaction, permettre qu'il arrive du mal à un être humain. » Un être humain peut donc ordonner à un robot de se détruire, et le robot se servirait alors de sa propre force pour se fracasser le crâne. Et si un être humain attaquait un robot, ce robot ne pourrait pas parer l'attaque sans faire du mal à l'être humain, ce qui serait contraire à la Première Loi.

– Vous devez penser aux robots de la Terre. Ici à Aurora, ou n'importe où dans les mondes spatiens, les robots sont plus hautement considérés que sur la Terre et sont, en général, plus complexes, plus précieux, ils ont beaucoup plus de talents variés. La Troisième Loi est nettement plus forte que la Deuxième, dans les mondes spatiens, plus catégorique que sur la Terre. Un ordre d'autodestruction serait discuté et il faudrait qu'il y ait une raison réellement légitime pour qu'il soit exécuté, par exemple un danger clair et précis. Quant à parer un assaut, la Première Loi ne serait pas transgressée car les robots aurorains sont assez adroits pour immobiliser un homme sans lui faire de mal.

– Oui, mais supposons qu'un être humain affirme que si le robot ne se détruit pas lui-même, il – l'être humain – sera détruit ? Est-ce qu'alors le robot ne se détruirait pas ?

– Un robot aurorain mettrait certainement en doute cette affirmation. Il lui faudrait une preuve évidente, bien visible, de la destruction possible de l'être humain.

– Est-ce qu'un être humain ne pourrait être assez subtil pour faire paraître au robot qu'il est effectivement en grand danger ? Est-ce l'ingéniosité nécessaire à ce plan qui t'a fait éliminer les inintelligents, les inexpérimentés et les très jeunes ?

A cela Daneel répondit :

– Non, camarade Elijah, ce n'est pas cela.

– Y a-t-il une faille dans mon raisonnement ?

– Aucune.

– Alors l'erreur est sans doute dans la supposition qu'il a été physiquement endommagé. En somme, il n'a pas été physiquement endommagé, c'est ça ?

– Oui, camarade Elijah.

(Cela signifiait que Demachek connaissait bien l'affaire, pensa Baley.)

— Dans ce cas, Daneel, Jander a été mentalement endommagé. Un robloc! Total et irréversible!

— Un robloc?

— Le diminutif de blocage de robot, la fermeture permanente des circuits positroniques du fonctionnement.

— Nous n'employons pas le terme « robloc » à Aurora, camarade Elijah.

— Comment dites-vous, alors?

— Nous parlons de « gel mental ».

— Sous un nom ou un autre, c'est la définition du même phénomène.

— Il serait sage, camarade Elijah, d'employer notre expression, sinon les Aurorains à qui vous vous adresserez ne vous comprendront pas; la conversation en serait compromise. Vous disiez tout à l'heure que des mots différents changent le sens.

— Bon, bon, d'accord, je dirai « gel ». Alors, est-ce que cela pourrait se produire spontanément?

— Oui, mais d'après les roboticiens les risques sont infiniment réduits. En ma qualité de robot humaniforme, je puis déclarer que je n'ai moi-même jamais ressenti aucun effet capable d'approcher même de loin un gel mental.

— Alors on pourrait supposer qu'un être humain a volontairement créé une situation dans laquelle se produirait un gel mental.

— C'est précisément ce que prétendent les adversaires du Dr Fastolfe.

— Et comme cela exigerait des études, de l'expérience et de l'habileté robotiques, les inintelligents, les inexpérimentés et les enfants ou les très jeunes ne peuvent être responsables.

— C'est le raisonnement normal, camarade Elijah.

— Il serait même possible de dresser la liste des êtres humains d'Aurora possédant une habileté suffisante, et puis ensuite trier un groupe de suspects qui ne seraient peut-être pas forcément nombreux.

– Cela a été fait, camarade Elijah.

– Et quelle est la longueur de cette liste ?

– La plus longue liste proposée ne contient qu'un seul nom.

Ce fut au tour de Baley d'hésiter. Il fronça les sourcils, avec colère, puis il s'exclama :

– Un seul nom ?

– Un seul nom, camarade Elijah, répondit calmement Daneel. C'est le jugement du Dr Fastolfe, qui est le plus grand théoricien de robotique d'Aurora.

– Mais alors, où est le mystère dans tout cela ? Cet unique nom, c'est celui de qui ?

– Eh bien, du Dr Han Fastolfe, naturellement ! Je viens de vous dire qu'il est le plus grand théoricien de robotique d'Aurora et c'est l'opinion professionnelle du Dr Fastolfe qu'il est lui-même le seul à avoir pu manipuler Jander Panell dans ce gel mental absolu, sans laisser aucune trace du procédé. Cependant, le Dr Fastolfe déclare aussi qu'il ne l'a pas fait.

– Mais que personne d'autre ne l'aurait pu, non plus ?

– Précisément, camarade Elijah. Voilà où réside le mystère.

– Et si Fastolfe...

Baley s'interrompit. Il ne servirait à rien de demander à Daneel si le Dr Fastolfe mentait ou se trompait, soit dans son jugement que personne d'autre que lui n'aurait pu commettre ce roboticide, soit en déclarant qu'il ne l'avait pas commis. Daneel avait été programmé par Fastolfe et il était impossible que la programmation comprenne la faculté de douter de son programmateur.

Baley déclara donc, avec autant de calme et d'amabilité qu'il le pouvait :

– Je vais réfléchir à tout cela, Daneel, et nous en reparlerons.

– C'est bien, camarade Elijah. D'ailleurs, il est

l'heure de dormir. Comme il est possible que, sur Aurora, la pression des événements vous impose des horaires irréguliers, il serait sage de profiter de l'occasion de dormir maintenant. Je vais vous montrer comment on se procure un lit et comment on organise la literie.

— Merci, Daneel, murmura Baley.

Il ne se faisait pas d'illusions et savait bien qu'il aurait du mal à trouver le sommeil. Il était envoyé à Aurora dans le but précis de démontrer que Fastolfe n'était pas coupable de roboticide et la sécurité de la Terre exigeait la réussite de cette mission. Et (ce qui était moins important mais tout aussi cher au cœur de Baley) sa carrière et sa prospérité l'exigeaient aussi. Pourtant, bien avant d'arriver à Aurora, il avait appris que Fastolfe avait pratiquement avoué le crime.

8

Baley finit par s'endormir. Daneel lui avait montré comment réduire l'intensité du champ servant de pseudo-gravité. Ce n'était pas la véritable anti-gravité et ne consommait pas autant d'énergie que le procédé qui ne pouvait être utilisé que dans des temps donnés et dans des conditions inhabituelles.

Daneel n'était pas programmé pour expliquer le fonctionnement du système et, s'il l'avait été, Baley était tout à fait certain qu'il n'y aurait rien compris. Heureusement, les commandes pouvaient être manœuvrées sans qu'il soit besoin de comprendre leur utilité scientifique.

Daneel avait dit :

— L'intensité du champ ne peut être réduite à zéro; du moins pas avec ces commandes. D'ailleurs, ce n'est pas confortable de dormir sous une gravité zéro, surtout pour qui n'a pas l'expérience du voyage spatial. Ce qu'il faut, c'est une intensité assez basse pour donner l'impression que l'on est délivré de la pression de son propre poids, mais assez haute pour conserver une orientation haut et bas. Le niveau varie suivant l'individu. La plupart des gens se sentent très à l'aise, avec l'intensité minimum permise par les commandes, mais il se peut que, la première fois, vous souhaitiez une plus forte intensité, afin de garder la familiarité de la sensation de poids, dans une plus grande mesure. Il vous suffira d'expérimenter les niveaux différents pour trouver celui qui vous convient le mieux.

Plongé dans la nouveauté de cette sensation, Baley oublia un peu le problème de l'affirmation-négation de Fastolfe, alors que son corps s'abandonnait petit à petit au sommeil. Peut-être les deux ne formaient-ils qu'un seul processus.

Il rêva qu'il était de retour sur la Terre (naturellement), suivant les Voies Express mais pas sur un des sièges. Il flottait plutôt à côté des bandes roulantes rapides, juste au-dessus de la tête des autres passagers, en les dépassant un peu. Aucune des personnes ayant les pieds sur terre ne paraissait étonnée; aucune ne levait les yeux vers lui.

Après le petit déjeuner, le lendemain matin...

Etait-ce vraiment le matin? Est-ce qu'il y avait un matin, ou n'importe quelle heure de la journée, dans l'espace?

Evidemment, c'était impossible. Baley y réfléchit un moment, puis il se dit qu'il définirait le matin par le moment suivant le réveil, et le petit déjeuner comme le repas pris au réveil, en renonçant à s'occuper de l'heure qui, objectivement, n'avait pas d'importance. Tout au moins pour lui, sinon pour le vaisseau.

Après déjeuner donc, le lendemain matin, il parcourut les feuilles d'actualité qu'on lui avait fournies, juste le temps de voir s'il y était question du roboticide d'Aurora, puis il s'intéressa aux films apportés la veille (période de veille) par Giskard.

Il choisit les titres qui lui paraissaient historiques et, après en avoir rapidement regardé plusieurs, il comprit que Giskard lui avait apporté des ouvrages pour adolescents. Ils étaient abondamment illustrés et écrits très simplement. Il se demanda quelle opinion Giskard avait de son intelligence ou, peut-être, de ses besoins. A la réflexion, Baley estima que Giskard, dans son innocence de robot, avait bien choisi et qu'il était inutile d'imaginer une insulte possible.

Il s'installa confortablement pour regarder avec plus de concentration et s'aperçut tout de suite que Daneel suivait le film avec lui. Par curiosité réelle ? Ou simplement pour s'occuper les yeux ?

Pas une fois Daneel ne demanda à ce qu'une page soit repassée, pas une fois il ne posa une question. Il devait probablement accepter ce qu'il lisait avec une confiance robotique et ne se permettait pas le luxe du doute ou de la curiosité.

Baley n'interrogea pas Daneel sur ce qu'il lisait, mais il lui demanda tout de même des instructions sur le fonctionnement du mécanisme d'imprimante de la visionneuse, qui ne lui était pas familier.

De temps en temps, Baley s'interrompait pour faire usage de la petite pièce contiguë à sa cabine, qui pouvait être employée pour les diverses fonctions physiologiques privées, si privées que l'on appelait cette pièce la « Personnelle », avec la majuscule toujours sous-entendue à la fois sur la Terre – comme le découvrit Baley quand Daneel y fit allusion – et sur Aurora. Elle était tout juste assez grande pour une personne, ce qui déroutait le citadin habitué aux immenses rangées d'urinoirs, de sièges excrétoires, de lavabos et de douches.

En regardant les films, Baley ne chercha pas à retenir tous les détails. Il n'avait aucune intention de devenir un expert de la société auroraine, pas même de passer un examen scolaire à ce sujet. Il voulait simplement s'en imprégner.

Il remarqua, par exemple, malgré le parti pris hagiographique d'historiens écrivant pour la jeunesse, que les pionniers d'Aurora – les Pères fondateurs, les Terriens venus s'établir sur Aurora dans les premiers temps des voyages interstellaires – avaient été extrêmement terriens. Leur politique, leurs querelles, toutes les facettes de leur comportement étaient entièrement terriennes; ce qui s'était passé à Aurora était semblable, par bien des côtés, aux événements arrivés alors que les régions relativement désertes de la Terre avaient été conquises et habitées quelque deux mille ans auparavant.

Naturellement, les Aurorains n'avaient eu à affronter ou à combattre aucune vie intelligente; il n'y avait eu aucun organisme pensant pour dérouter les envahisseurs venus de la Terre avec des questions de traitement, humain ou cruel. En fait, il y avait très peu de vie, d'aucune sorte. Les êtres humains s'y étaient donc très rapidement établis, avec leurs plantes et animaux domestiques ainsi que les parasites et autres organismes apportés par inadvertance. Et, naturellement, les colons avaient également apporté leurs robots.

Les nouveaux Aurorains estimèrent vite que la planète leur appartenait, puisqu'elle leur tombait entre les mains sans aucune compétition et, pour commencer, ils l'appelèrent la Nouvelle Terre. C'était normal, puisqu'elle était la première planète extra-solaire – le premier monde spatien – à être habitée. Ce fut le premier produit du voyage interstellaire, l'aube nouvelle de toute une ère nouvelle immense. Ils eurent vite fait de couper le cordon ombilical, cependant, et rebaptisèrent la planète Aurora, comme la déesse romaine de l'aube.

Ce fut le « Monde de l'Aurore ». Ainsi, dès le début, les colons se déclaraient fièrement les géniteurs d'une nouvelle espèce. Toute l'histoire antérieure de l'humanité était rejetée dans la Nuit noire et le Jour ne naissait enfin qu'avec la présence des Aurorains dans ce nouveau monde.

C'était cette grande réalité, cette monumentale autosatisfaction, qui se faisait sentir dans tous les détails, les noms, les dates, les gagnants, les perdants. C'était l'essentiel.

D'autres mondes furent conquis, certains par la Terre, d'autres par Aurora, mais Baley ne s'y intéressait pas, ni à leur histoire. Il cherchait la grande vue d'ensemble et il remarqua les deux importants changements qui avaient eu lieu et avaient écarté plus encore les Aurorains de leur origine terrienne. Ces événements étaient l'intégration croissante des robots dans tous les aspects de la vie et l'extension de l'espérance de vie.

A mesure que les robots devenaient plus avancés et plus divers, les Aurorains comptèrent de plus en plus sur eux, mais jamais au point d'en dépendre entièrement, contrairement à Solaria, se souvint Baley, où très peu d'êtres humains dépendaient d'un très grand nombre de robots. Aurora n'était pas comme ça.

Et pourtant, les Aurorains devenaient de plus en plus dépendants.

En recherchant comme il le faisait une impression intuitive, des tendances et des généralités, Baley s'apercevait que chaque pas fait sur la voie de l'interaction robots-humains semblait axé sur la dépendance. Même la façon par laquelle un consensus avait été atteint sur les droits robotiques, l'abandon progressif de ce que Daneel appelait une distinction inutile, tout était signe de dépendance. Baley avait l'impression que les Aurorains ne devenaient pas plus humains dans leur attitude par affection pour les êtres humains, mais qu'ils niaient la nature robotique des objets afin de pallier l'embarras d'avoir à reconnaître que des êtres humains dépendaient d'appareils à l'intelligence artificielle.

Quant à l'extension de la durée de la vie, elle

s'accompagnait d'un ralentissement du cours de l'histoire. Les sommets et les creux s'aplanissaient. Il y avait une continuité croissante et un plus grand consensus.

Indiscutablement, le manuel d'histoire que Baley étudiait devenait de moins en moins intéressant, presque soporifique. Pour ceux qui vivaient cette histoire, ce devait être un bien. L'histoire n'est intéressante que dans la mesure où elle est catastrophique; si cela rend le spectacle plus intéressant, c'est passablement horrible à vivre. Sans aucun doute, la vie personnelle devait continuer d'être intéressante pour l'immense majorité des Aurorains et si l'interaction collective de ces existences se calmait, qui s'en plaindrait ?

Si le monde de l'Aurore connaissait une paisible journée ensoleillée, qui, sur cette planète, réclamerait des orages ?

A un moment donné, au cours de la projection, Baley éprouva une sensation indéfinissable. S'il avait été forcé de hasarder une description, il aurait dit que c'était une sorte d'inversion momentanée. Comme s'il avait été retourné comme un gant, et puis rendu à sa première forme, au cours d'une infime fraction de seconde.

Cela avait été si fugitif qu'il faillit ne pas le remarquer, ne pas y faire plus attention qu'à un minuscule hoquet isolé.

Ce fut seulement une minute plus tard, peut-être, en songeant soudain avec le recul à la sensation, qu'il se souvint qu'il avait connu cela déjà deux fois, la première en voyageant vers Solaria, l'autre en regagnant la Terre de cette planète.

C'était le « Bond », le passage dans l'hyperespace qui dans un intervalle hors du temps et de l'espace envoyait le vaisseau à travers les parsecs et dépassait la limite de vitesse de la lumière de l'Univers. (Aucun mystère, littéralement, puisque le vaisseau quittait simplement l'Univers et traversait quelque chose où aucune limite de vitesse n'existait; un mystère total dans le concept, cependant, car il n'y avait aucun moyen de définir ce qu'était l'hyperespace, à moins d'employer des symboles mathématiques impossibles à traduire dans un langage compréhensible.)

Si l'on acceptait le fait que les êtres humains avaient appris à manipuler l'hyperespace sans comprendre ce qu'ils manipulaient, alors l'effet devenait clair. A un moment donné, le vaisseau était dans les micro-parsecs de la Terre et, l'instant suivant, dans les micro-parsecs d'Aurora.

Idéalement, le Bond durait zéro temps — littéralement zéro — et s'il était exécuté avec une parfaite souplesse il n'y avait pas, il ne pouvait pas y avoir, la moindre sensation biologique. Les physiciens affirmaient pourtant que la parfaite souplesse nécessitait une énergie infinie, si bien qu'il y avait toujours un « temps effectif » qui n'était pas absolument zéro, bien que ce temps puisse être rendu aussi bref que l'on voulait. C'était cela qui avait produit la singulière et finalement inoffensive sensation d'inversion.

En s'apercevant soudain qu'il était très loin de la Terre et très près d'Aurora, Baley fut pris du désir de voir la planète où il se rendait.

C'était en partie le désir de voir cet endroit où des gens vivaient, en partie une curiosité naturelle d'une chose qui occupait ses pensées, à la suite de son étude de tous ces livres.

Giskard entra à ce moment, avec le repas du milieu de la période de veille, entre le réveil et le sommeil (que nous appellerons le déjeuner de midi) et annonça :

— Nous approchons d'Aurora, monsieur, mais il ne vous sera pas possible de l'observer de la passerelle. Il n'y a d'ailleurs rien à voir. Le soleil d'Aurora n'est qu'une étoile brillante et nous mettrons plusieurs jours avant d'être assez près d'Aurora pour en distinguer les détails. (Puis il ajouta, comme à la réflexion :) D'ailleurs, à aucun moment il ne vous sera possible de l'observer de la passerelle.

Baley fut bizarrement déconcerté. Apparemment, on

supposait qu'il voudrait observer et ce souhait était tout simplement réprimé. Sa présence, en qualité de visiteur, n'était pas désirée.

— Très bien, Giskard, dit-il, et le robot s'en alla.

Baley le suivit des yeux d'un air maussade. Combien d'autres contraintes allait-il subir ? Sa mission était déjà impossible et il se demanda par combien de manières les Aurorains allaient s'arranger pour la rendre encore plus impossible.

III

Giskard

9

Baley se tourna vers Daneel et grommela :

— Ça m'agace, Daneel, de rester prisonnier ici parce que les Aurorains, à bord de ce vaisseau, me considèrent comme une source d'infection. C'est de la superstition pure. J'ai été traité.

— Ce n'est pas parce que les Aurorains ont peur de la contagion que vous êtes prié de rester dans votre cabine, camarade Elijah.

— Ah non ? C'est pourquoi, alors ?

— Vous vous souviendrez peut-être que lorsque nous nous sommes retrouvés ici à bord, vous m'avez demandé pour quelles raisons j'étais envoyé pour vous escorter. J'ai dit que c'était pour vous donner quelque chose de familier, en guise d'ancre, et pour me faire plaisir. J'allais vous parler de la troisième raison quand Giskard nous a interrompus en apportant les films et la visionneuse, et ensuite nous nous sommes embarqués dans une discussion sur le roboticide.

— Et tu ne m'as jamais donné la troisième raison. Quelle est-elle ?

— Eh bien, camarade Elijah, c'est simplement pour aider à vous protéger.

— Contre quoi ?

— Des passions anormales ont été attisées par l'incident que nous sommes convenus d'appeler un roboticide. Vous avez été appelé à Aurora pour tenter de démontrer l'innocence du Dr Fastolfe et la dramatique de l'Hyperonde...

— Par Josaphat, Daneel ! s'exclama Baley furieux. Est-ce qu'on a vu ce truc-là à Aurora aussi ?

— On l'a vu dans tous les mondes spatiens, camarade Elijah. Cela a été un programme très populaire et qui a pleinement démontré que vous êtes un enquêteur tout à fait exceptionnel.

— Alors quel que soit le responsable du roboticide, il a très bien pu avoir une peur exagérée de ce que je pourrais accomplir et, par conséquent, risquer gros pour empêcher mon arrivée... ou me tuer.

— Le Dr Fastolfe, dit calmement Daneel, est tout à fait convaincu que personne n'est responsable du roboticide puisqu'aucun être humain, à part lui, n'aurait été capable de le commettre. Il est d'avis que c'était un événement purement fortuit. Cependant, il y en a qui essaient de profiter de l'occasion et ce serait dans leur intérêt de vous empêcher de le prouver. Pour cette raison, vous devez être protégé.

Baley fit quelques pas rapides vers une paroi de la cabine et puis revint vers l'autre, comme pour accélérer le cheminement de sa pensée par un exemple physique. Il n'arrivait pas à se sentir personnellement en danger.

— Daneel, dit-il, combien y a-t-il de robots humaniformes, en tout, à l'Aurora ?

— Vous voulez dire maintenant que Jander ne fonctionne plus ?

— Oui, maintenant que Jander est mort.

— Un seul, camarade Elijah.

Baley s'arrêta net et regarda fixement Daneel. Ses lèvres articulèrent deux mots, en silence : « Un seul ? »

— Attends, Daneel, dit-il enfin. Que je comprenne bien. Tu es l'unique robot humaniforme d'Aurora ?

— D'Aurora et de tous les autres mondes, camarade Elijah. Je croyais que vous le saviez. Je suis le prototype et ensuite Jander a été construit. Depuis lors, le Dr Fastolfe a refusé d'en fabriquer d'autres et personne sinon lui n'est capable de le faire.

— Mais, dans ce cas, puisque sur deux robots anthropoïdes, ou humaniformes comme tu dis, un a été tué, l'idée ne vient pas au Dr Fastolfe que l'unique humaniforme restant – toi, Daneel – pourrait être en danger ?

— Il reconnaît cette possibilité. Mais le risque qu'un événement aussi invraisemblable qu'un gel mental total se produise une seconde fois, accidentellement, est tellement inimaginable qu'il ne le prend pas au sérieux. Il pense, cependant, qu'il existe le risque d'une autre mésaventure. Cela, je crois, a joué un petit rôle dans sa décision de m'envoyer vous chercher. Cela m'éloignait d'Aurora pendant une semaine ou deux.

— Et tu es maintenant tout aussi prisonnier que moi, n'est-ce pas, Daneel ?

— Je suis un prisonnier, répondit gravement Daneel, uniquement en ce sens que je ne dois pas quitter cette cabine.

— Dans quel autre sens est-on prisonnier ?

— Dans ce sens que la personne ainsi restreinte dans ses mouvements résiste à la contrainte. Un véritable emprisonnement implique qu'il est involontaire. Je comprend très bien la raison de ma présence ici et j'en reconnais la nécessité.

— Toi peut-être, grommela Baley, mais pas moi ! Je suis un prisonnier dans toute l'acception du mot. Et d'abord, qu'est-ce qui garantit notre sécurité ici ?

— Eh bien d'abord, camarade Elijah, Giskard est de garde devant la porte.

— Est-il assez intelligent pour ça ?

— Il comprend entièrement les ordres. Il est solide, fort, et il se rend parfaitement compte de l'importance de sa tâche.

— Tu veux dire qu'il est prêt à être détruit, pour nous protéger tous les deux ?

— Oui, naturellement, tout comme je suis prêt à être détruit pour vous protéger.

Baley se sentit un peu honteux.

— Tu ne t'insurges pas contre une situation où tu pourrais être forcé de renoncer à l'existence pour moi ?

— C'est dans ma programmation, camarade Elijah, dit Daneel avec simplicité, et sa voix parut s'adoucir. Pourtant, je ne sais comment, il me semble que même si ce n'était pas dans ma programmation, vous sauver la vie rendrait la perte de ma propre existence bien peu de chose par comparaison.

Baley fut bouleversé par cet aveu et ne put se contenir. Il tendit la main et la referma sur celle de Daneel, en la serrant farouchement.

— Merci, camarade Daneel, mais je t'en prie, tâche que cela n'arrive pas. Je ne souhaite pas la perte de ton existence. Il me semble qu'à côté, la préservation de la mienne est sans grande importance pour moi.

Baley fut ahuri de s'apercevoir qu'il parlait très sincèrement. Il fut même vaguement horrifié à la pensée qu'il serait prêt à risquer sa vie pour un robot. Non... pas pour un robot. Pour Daneel.

10

Giskard entra sans prévenir. Baley avait fini par s'y habituer. Le robot, étant son gardien, devait être libre d'aller et de venir à son gré. Et Giskard n'était qu'un robot, aux yeux de Baley, même si on ne parlait pas de lui comme d'un objet, même si l'on ne mentionnait pas le « R ». S'il se grattait, se mettait les doigts dans le nez, se livrait à n'importe quelle fonction biologique malpropre, il lui semblait que Giskard resterait indifférent, ne jugerait pas, serait incapable de réagir autrement que froidement, en enregistrant l'observation dans quelque banque interne de mémoire.

Cela faisait simplement de lui un meuble ambulant et Baley n'éprouvait aucune gêne en sa présence, non que Giskard se soit jamais montré importun en faisant irruption à un moment délicat, pensa distraitement Baley.

Giskard apportait une espèce de coffret.

— Monsieur, dit-il, je me doute que vous souhaitez toujours voir Aurora de l'espace.

Baley sursauta. Il fut certain que Daneel avait remarqué son irritation et avait décidé de plaider sa cause; c'était sa façon de s'y prendre. Laisser faire cela par Giskard et le présenter comme si c'était une idée de son esprit simplet de robot, c'était vraiment de la délicatesse de la part de Daneel. Cela éviterait à Baley d'exprimer obligatoirement sa gratitude. Du moins Daneel le pensait.

Effectivement, Baley avait été plus exaspéré d'être inutilement, à son point de vue, empêché de regarder Aurora que d'être maintenu prisonnier. Depuis le Bond, il y avait déjà deux jours, il ne cessait de fulminer et de regretter de ne pas voir ce spectacle. Il se tourna donc vers Daneel et lui sourit.

— Merci, mon ami.

— C'est une idée de Giskard, répondit Daneel.

— Oui, bien sûr, dit Baley avec un autre petit sourire. Je le remercie aussi. Qu'est-ce que c'est que ça, Giskard ?

— C'est, essentiellement, un récepteur de télévision ordinaire, relié au poste de vision, monsieur. Si je puis me permettre...

— Oui ?

— Vous ne trouverez pas la vue particulièrement passionnante, monsieur. Je ne voudrais pas que vous soyez inutilement déçu.

— J'essaierai de ne pas espérer trop, Giskard. Quoi qu'il en soit, je ne te tiendrai pas pour responsable de la déception que j'éprouverai peut-être.

– Merci, monsieur. Je dois retourner à mon poste mais Daneel pourra vous aider à faire fonctionner l'instrument, si besoin est et si vous avez un problème.

Il sortit et Baley se tourna vers Daneel.

– Je trouve que Giskard s'est très bien débrouillé, là. C'est peut-être un modèle simple, mais il a été bien conçu.

– Lui aussi est un robot Fastolfe, camarade Elijah. Ce poste de télévision se règle automatiquement. Comme il est déjà branché sur Aurora, il vous suffit de toucher la télécommande. Cela le mettra en marche et vous n'aurez rien d'autre à faire. Voulez-vous le mettre en marche vous-même ?

Baley fit un geste d'indifférence.

– Inutile. Tu peux le faire.

– Très bien.

Daneel avait placé le coffret sur la table où Baley avait visionné ses films.

– Ceci, dit-il en indiquant un petit rectangle plat qu'il avait à la main, c'est la commande, camarade Elijah. Il suffit de la tenir par les bords, de cette manière, et de les presser légèrement pour la mise en marche. Vous pressez de la même façon pour éteindre.

Daneel pressa le rectangle de contrôle et Baley poussa un cri étranglé.

Il s'attendait à ce que le coffret s'illumine et à y voir la représentation d'un champ d'étoiles. Mais ce ne fut pas ce qui se passa. Brusquement, Baley se trouva dans l'espace – *dans* l'espace – avec des étoiles étincelantes et fixes dans toutes les directions.

Cela ne dura qu'un instant et puis tout redevint normal : la cabine, la table, Baley, Daneel, le coffret.

– Tous mes regrets, camarade Elijah, dit Daneel. Je l'ai éteint dès que j'ai compris votre malaise. Je ne me rendais pas compte que vous n'étiez pas préparé à l'événement.

– Alors prépare-moi. Qu'est-il arrivé ?

– Cet appareil agit directement sur le centre visuel du cerveau humain. Il n'y a aucun moyen de distinguer l'impression qu'il produit de la réalité tridimensionnelle. C'est un système relativement récent et, jusqu'à présent, il n'a été utilisé que pour des scènes astronomiques qui sont, après tout, pauvres en détail.

— Tu as vu la même chose, Daneel ?

— Oui, mais très mal et sans le réalisme qui frappe un être humain. Je vois un contour vague en surimpression sur le contenu de la pièce, qui reste net, mais on m'a expliqué que les êtres humains ne voient que la scène. Sans aucun doute, quand le cerveau de mes semblables sera encore plus délicatement réglé et amélioré...

Baley avait retrouvé son équilibre.

— Le fait est, Daneel, que je ne voyais réellement *rien* d'autre. Je n'avais même pas conscience de mon corps. Je ne voyais pas mes mains, je ne sentais pas où elles étaient. J'avais l'impression d'être un esprit désincarné ou... euh... J'imagine que c'est ce que je ressentirais si j'étais mort mais existant encore consciemment dans une sorte d'au-delà immatériel.

— Je comprends maintenant que vous ayez trouvé cela plutôt troublant.

— *Très* troublant, tu veux dire !

— Je suis navré, camarade Elijah. Je vais demander à Giskard de le remporter.

— Non, non. Je suis préparé, maintenant. Donne-moi ce rectangle... Est-ce que je pourrai éteindre, si je n'ai pas conscience de l'existence de mes doigts ?

— Il restera collé à votre main et vous ne pourrez pas le laisser tomber, camarade Elijah. Le Dr Fastolfe, qui a expérimenté ce phénomène, m'a dit que la pression est automatiquement appliquée quand l'être humain qui le tient désire mettre fin au spectacle. C'est un phénomène automatique, basé sur une manipulation des nerfs, tout comme l'est la vue elle-même. Du moins, c'est ainsi que ça marche pour les Aurorains et j'imagine...

— Les Terriens sont physiologiquement assez semblables aux Aurorains pour que ça marche aussi pour nous. Bon, alors donne-moi la télécommande et je vais essayer.

Avec un petit pincement d'inquiétude au cœur, Baley pressa le bord du rectangle et se retrouva dans l'espace. Cette fois, il s'y attendait et quand il s'aperçut qu'il respirait sans difficulté et qu'il n'avait absolument pas l'impression d'être plongé dans un vide, il fit un effort pour accepter tout cela comme si c'était une illusion d'optique. En respirant assez bruyamment (peut-être pour se convaincre qu'il respirait réellement), il regarda avec curiosité dans toutes les directions.

En se rendant compte soudain qu'il entendait le bruit de sa respiration, il demanda :

– Peux-tu m'entendre, Daneel ?

Baley perçut sa propre voix, un peu lointaine, un peu artificielle mais bien audible.

Puis il entendit celle de Daneel, pas différente au point d'être méconnaissable.

– Oui, je le peux, répondit Daneel. Et vous devriez m'entendre, camarade Elijah. Les sens visuel et kinesthétique sont modifiés pour permettre une plus grande illusion de la réalité, mais le sens auditif reste intact. Dans une large mesure, en tout cas.

– Ma foi, je ne vois que des étoiles, des étoiles ordinaires. Aurora a un soleil. Nous sommes assez près d'Aurora, je pense, pour rendre l'étoile qui est son soleil considérablement plus étincelante que les autres.

– Beaucoup trop éblouissante, camarade Elijah. Elle est effacée, sinon vous souffririez de graves atteintes rétiniennes.

– Alors où est la planète ? Où est Aurora ?

– Voyez-vous la constellation d'Orion ?

– Oui, je la vois... Tu veux dire que nous voyons toujours les constellations telles que nous les découvrons dans le ciel de la Terre ? Comme au planétarium de la Ville ?

– A peu près, oui. Si l'on compte en distances interstellaires, nous ne sommes pas très loin de la Terre et du système solaire dont elle fait partie. Nous avons donc la même vue des étoiles. Sur la Terre, le soleil d'Aurora est appelé Tau Ceti et il n'est qu'à 3,6 parsecs de cette planète... Si vous tracez une ligne imaginaire, de Bételgeuse à l'étoile du milieu de la ceinture d'Orion et si vous continuez sur une longueur égale et encore un peu plus, l'étoile de moyenne luminosité que vous voyez est la planète Aurora. Elle deviendra de plus en plus nette durant les prochains jours, alors que nous nous en approchons rapidement.

Baley la contempla gravement. Ce n'était qu'une étoile parmi d'autres. Aucune flèche lumineuse clignotante ne l'indiquait. Son nom n'avait pas été soigneusement calligraphié autour d'elle.

– Où est le Soleil ? demanda-t-il. L'étoile de la Terre, je veux dire ?

– Il est dans la constellation de la Vierge, telle qu'on la voit d'Aurora. C'est un astre de seconde magnitude. Malheureusement, l'astrosimulateur que nous avons – cet appareil dont nous nous servons – n'est pas très bien informatisé et il ne serait pas facile de vous le désigner. Il ne vous apparaîtrait d'ailleurs que comme une simple étoile ordinaire, comme toutes les autres.

– Peu importe... Je vais éteindre ce truc, maintenant. Si j'ai des ennuis, aide-moi.

Baley n'eut pas le moindre ennui. L'appareil s'éteignit juste au moment où il pensait à le faire et il cligna soudain des yeux dans la lumière vive de la cabine.

Ce fut seulement à ce moment, en retrouvant tous ses sens normaux, qu'il s'aperçut que pendant plusieurs minutes il avait été dans l'espace, sans aucun mur de protection d'aucune sorte, et pourtant il n'avait pas souffert de son agoraphobie terrestre. Il avait été parfaitement à l'aise, une fois sa non-existence acceptée.

Cette pensée l'intrigua et le détourna pendant un certain temps de son visionnage des livres.

Périodiquement, il retournait à l'astrosimulateur et jetait encore un coup d'œil à l'espace, d'un poste d'observation juste en dehors du vaisseau spatial, où lui-même n'était présent nulle part (apparemment). Parfois, cela ne durait qu'un instant, simplement pour se rassurer et s'assurer que le vide infini ne lui causait pas de malaise. Parfois, il se perdait dans le déploiement des étoiles, il essayait distraitement de les compter ou de former des figures géométriques, il savourait assez le plaisir de faire quelque chose qu'il n'aurait jamais pu faire sur la Terre, parce que l'agoraphobie croissante prendrait rapidement le pas sur tout le reste.

Finalement, il devint évident qu'Aurora brillait de plus en plus. Tout d'abord, la planète commença à être facile à repérer parmi les autres points lumineux, puis elle se précisa encore et devint finalement évidente. Ce fut d'abord une fine lamelle de lumière qui, très rapidement, grandit et commença à présenter des phases.

C'était un demi-cercle de lumière presque parfait quand Baley remarqua ces phases. Il interrogea Daneel qui répondit :

– Nous approchons de l'extérieur du plan orbital, camarade Elijah. Le pôle sud d'Aurora est plus ou moins au centre du disque, plutôt dans la partie éclairée. C'est le printemps, dans l'hémisphère sud.

– D'après les ouvrages que je viens de lire, l'axe d'Aurora est incliné de seize degrés.

Baley avait parcouru la description physique de la planète avec une attention insuffisante, dans sa hâte de connaître les Aurorains, mais il se souvenait de cela.

– Oui, camarade Elijah. Bientôt, nous allons nous mettre sur orbite autour d'Aurora et la phase changera rapidement. Aurora tourne plus vite sur elle-même que la Terre...

– Oui, elle a une journée de vingt-deux heures.

– Une journée de vingt-deux virgule trois heures traditionnelles. Le jour aurorain est divisé en dix heures auroraines de cent secondes. Ainsi, la seconde auroraine correspond plus ou moins à une seconde de la Terre.

– C'est ça que veulent dire les livres, quand ils parlent d'heures métriques, de minutes métriques ?

– Oui. Au début, il a été difficile de persuader les Aurorains d'abandonner les unités de temps auxquelles ils étaient habitués et l'on se servait des deux systèmes, le normal et le métrique. Finalement, bien sûr, c'est le métrique qui a gagné. A présent, nous ne parlons plus que d'heures, de minutes et de secondes, sans spécifier, mais c'est invariablement de la version décimalisée qu'il s'agit. Le même système a été adopté dans tous les mondes spatiens, bien que sur les autres il ne concorde pas avec la rotation de la planète. Chacune emploie également un système local, naturellement.

– Comme la Terre.

– Oui, mais la Terre n'utilise que les unités de temps originales standard. C'est gênant pour les mondes spatiens, pour les échanges et le commerce, mais les Spatiens permettent à la Terre d'agir comme il lui plaît en cela.

– Pas par amitié, j'imagine ! Je les soupçonne de vouloir souligner la différence de la Terre... Mais comment est-ce que la décimalisation concorde avec l'année ? Aurora doit avoir une période naturelle de révolution autour de son soleil, qui contrôle le cycle de ses saisons. Comment a-t-on maîtrisé cela ?

– Aurora tourne autour de son soleil en 373, 5 jours aurorains, c'est-à-dire à peu près 0,95 année terrestre. Ce n'est pas considéré comme une question capitale, en chronologie. Aurora accepte que trente de ses jours équivalent à un mois, et dix mois à une année métrique. L'année métrique est égale à environ 0,8 année saisonnière ou à trois quarts d'une année terrestre. Le rapport est différent sur chaque monde, bien entendu. On appelle généralement dix jours un décimois. Tous les mondes spatiens emploient ce système.

– Mais il doit bien y avoir un moyen commode de suivre le cycle des saisons ?

– Chaque monde a son année saisonnière mais on n'y fait pas grande attention. On peut, par l'ordinateur, convertir n'importe quel jour, passé ou présent, à sa position dans l'année saisonnière si, pour une raison quelconque, cette information est souhaitée, et cela est vrai de n'importe quel monde, où la conversion des jours locaux est également possible. Et naturellement, camarade Elijah, n'importe quel robot peut faire la même chose et guider l'activité humaine là où la saison ou l'heure locale ont de l'importance. L'avantage du système métrique, c'est qu'il fournit à l'humanité une chronométrie unifiée qui n'exige guère que le déplacement d'une virgule décimale.

Baley était agacé que les livres qu'il avait parcourus n'expliquent clairement rien de tout cela. Mais aussi, d'après ses propres connaissances de l'histoire de la Terre, il savait qu'à une époque le mois lunaire était la clef du calendrier et qu'à un certain moment, pour faciliter la chronométrie, le mois lunaire avait été abandonné et jamais regretté. Pourtant, s'il avait donné sur la Terre des livres à un étranger, cet étranger n'aurait fort probablement trouvé aucune mention du mois lunaire ni de tout bouleversement historique des calendriers. Les dates étaient données sans explications.

Qu'y avait-il d'autre, que l'on donnait sans explications ?

Jusqu'à quel point pouvait-il compter, par conséquent, sur les connaissances qu'il glanait ? Il aurait à poser constamment des questions, sans rien prendre pour acquis.

Baley se dit qu'il y aurait de nombreux cas où l'évidence lui échapperait, beaucoup de risques de malentendus et mille et une façons de prendre le mauvais chemin.

Maintenant, quand Baley allumait l'astrosimulateur, Aurora emplissait sa vision et ressemblait à la Terre. (Il n'avait jamais vu la Terre de cette façon, mais il y avait des photos dans les ouvrages d'astronomie.)

Or, ce que voyait Baley sur Aurora, c'était les mêmes motifs nuageux, le même aperçu de régions désertiques, les mêmes vastes étendues de jour et de nuit, les mêmes groupements de lumières clignotantes dans l'hémisphère plongé dans la nuit, exactement comme sur les photos du globe terrestre.

Baley regardait avec ravissement et pensait : « Et si, pour une mystérieuse raison, j'avais été emmené dans l'espace, si l'on m'avait dit qu'on me transportait à Aurora alors qu'en réalité on me ramenait sur la Terre dans je ne sais quel dessein... pour une raison subtile et démente ? Comment pourrais-je m'en apercevoir avant l'atterrissage ? »

Y avait-il une raison d'avoir des soupçons ? Daneel avait pris soin de lui dire que les constellations étaient les mêmes dans le ciel des deux planètes, mais est-ce que ce n'était pas naturel, pour des planètes tournant autour d'astres voisins ? Vu de l'espace, l'aspect général des deux planètes était identique, mais ne fallait-il pas s'y attendre si toutes deux étaient habitables et habitées, confortablement adaptées à la vie humaine ?

Y avait-il une raison d'imaginer une aussi invraisemblable tromperie dont il serait victime ? Cela servirait à quoi ? Et si une raison avait existé de faire une chose aussi fantastique, ne l'aurait-il pas immédiatement décelée ?

Daneel pourrait-il être complice d'une telle conspiration ? Sûrement pas, s'il était un être humain. Mais il n'était qu'un robot; ne pouvait-il donc avoir reçu un ordre de se conduire d'une manière appropriée ?

Baley était incapable de prendre une décision. Il se surprenait à chercher les contours de continents qu'il saurait reconnaître, comme étant terrestres ou non. Ce serait la preuve concluante... mais ça ne marchait pas, hélas !

Les aperçus qui passaient rapidement entre les nuages ne lui étaient d'aucune utilité. Il ne connaissait pas assez bien la géographie de la Terre. Tout ce qu'il connaissait de sa planète, c'était ses villes souterraines, ses caves d'acier.

Les portions de côtes qu'il voyait ne lui rappelaient rien. Il était incapable de dire si elles étaient de la Terre ou d'Aurora.

Et d'ailleurs, pourquoi cette incertitude? Quand il était allé à Solaria, jamais il n'avait douté de sa destination, pas un instant il n'avait soupçonné qu'il retournait sur la Terre. Oui, mais c'était alors une mission claire et précise, qui avait une chance raisonnable de réussite. Tandis que maintenant, il avait l'impression de n'avoir pas la moindre chance.

Peut-être *voulait-il* retourner sur la Terre, dans le fond; alors il échafaudait une conspiration imaginaire, pour croire la chose possible?

L'incertitude en venait à avoir une vie propre, dans son esprit. Il ne pouvait s'en départir. Il se surprenait à observer Aurora avec une intensité presque démente, il était incapable de revenir à la réalité de la cabine.

Aurora bougeait, tournait lentement...

Il l'avait observée assez longtemps pour le remarquer. Alors qu'il contemplait l'espace, tout était resté immobile, comme une toile peinte, un motif silencieux et statique de points lumineux avec, plus tard, un petit demi-cercle de lumière parmi eux. Etait-ce l'immobilité qui lui avait permis de ne pas être agoraphobe?

Mais à présent il voyait bouger Aurora et il comprenait que le vaisseau entamait sa descente en spirale et se préparait à atterrir. Les nuages montaient à toute vitesse...

Non, pas les nuages, le vaisseau plongeait. Le vaisseau bougeait. Il bougeait lui-même. Il eut soudain conscience de son existence. Il était précipité à travers les nuages. Il tombait, sans protection, dans le vide, vers un sol dur.

Sa gorge se contracta, il avait grand mal à respirer.

Il se répéta désespérément : « Tu n'es pas dehors, les parois de la cabine, du vaisseau sont tout autour de toi ! »

Mais il ne sentait pas de murs.

Il se dit : « Même sans murs, tu es quand même enveloppé. Tu es entouré d'une peau. »

Mais il ne sentait aucune peau.

C'était pire que s'il était un être humain nu, il était une personnalité non accompagnée, l'essence de l'identité totalement découverte, un point vivant, une singularité entourée par un monde vide et infini et il tombait.

Il voulait éteindre la vision, resserrer les doigts autour de la commande, mais rien ne se passa. Ses yeux refusaient de se fermer, ses doigts ne se contractaient pas. Il était pris, hypnotisé par la terreur, paralysé par la frayeur.

Tout ce qu'il sentait autour de lui, c'était des nuages, blancs, pas tout à fait blancs, blanc cassé, un peu dorés, orangés...

Et tout vira au gris... et il se noyait. Il ne pouvait plus respirer. Il se débattit, il lutta désespérément pour libérer sa gorge nouée, pour appeler Daneel au secours...

Il ne pouvait pas émettre le moindre son...

12

Baley respirait comme s'il venait de franchir la ligne d'arrivée après une longue course. La cabine était de travers et il y avait une surface dure sous son coude gauche.

Il s'aperçut qu'il était sur le sol.

Giskard était agenouillé à côté de lui, sa main de robot (ferme mais assez froide) refermée autour de son poignet droit. La porte de la cabine, qu'il apercevait derrière l'épaule de Giskard, était entrebâillée.

Baley comprit, sans le demander, ce qui s'était passé. Giskard avait saisit cette main inerte et l'avait serrée sur la télécommande de l'astrosimulateur. Autrement...

Daneel était là aussi, sa figure tout près de celle de Baley, avec une expression que l'on pouvait croire douloureuse.

— Vous n'avez rien dit, camarade Elijah. Si j'avais eu plus rapidement conscience de votre malaise...

Baley essaya de faire signe qu'il comprenait, que ça n'avait pas d'importance. Il était toujours incapable de parler.

Les deux robots attendirent qu'il fasse un faible mouvement pour se relever. Aussitôt, des bras l'entourèrent, le soulevèrent. Il fut déposé dans un fauteuil et la commande fut doucement retirée de sa main par Giskard.

— Nous allons bientôt atterrir, dit Giskard. Vous n'aurez plus besoin de l'astrosimulateur, je pense.

Daneel ajouta gravement :

— D'ailleurs, mieux vaut l'emporter.

— Attendez ! protesta Baley.

Sa voix était rauque, chuchotante, il n'était pas sûr de se faire comprendre, alors il respira profondément, s'éclaircit tant bien que mal la gorge et répéta :

— Attendez !... Giskard !

Giskard se retourna.

— Monsieur ?

Baley ne parla pas immédiatement. Maintenant que Giskard savait que l'on avait besoin de lui, il attendrait le temps qu'il faudrait, indéfiniment peut-être. Baley s'efforçait de mettre de l'ordre dans le chaos de ses idées. Agoraphobie ou non, il lui restait encore cette incertitude quant à sa destination réelle. Cette inquiétude s'était déclarée en premier lieu, et il se pouvait bien qu'elle ait intensifié l'agoraphobie.

Il devait savoir ! Giskard ne mentirait pas. Un robot ne pouvait mentir, à moins qu'on lui ait très soigneusement ordonné de le faire. Et pourquoi donner ces ordres à Giskard ? Son compagnon était Daneel, qui ne devait pas le quitter. S'il y avait des mensonges à débiter, ce serait le travail de Daneel. Giskard n'était qu'un simple « garçon » de courses, un gardien à la porte. Il n'y aurait donc eu nul besoin de lui faire la leçon et de lui programmer un tissu de mensonges.

– Giskard, dit-il enfin d'une voix redevenue normale.

– Monsieur ?

– Nous sommes sur le point d'atterrir, n'est-ce pas ?

– Dans un peu moins de deux heures, monsieur.

Deux heures métriques, probablement, pensa Baley. Plus que deux heures réelles ? Moins ? peu importait. Ça ne ferait que tout compliquer. Laissons tomber.

Il dit, avec autant d'autorité qu'il le put :

– Donne-moi immédiatement le nom de la planète sur laquelle nous allons atterrir.

Un être humain, s'il avait répondu, ne l'aurait fait qu'après une légère pause et d'un air considérablement surpris.

Mais Giskard répondit instantanément, par une affirmation dépourvue de la moindre inflexion :

– C'est Aurora, monsieur.

– Comment le sais-tu ?

– C'est notre destination. Et puis, aussi, ça ne pourrait pas être la Terre, par exemple, puisque le soleil d'Aurora, Tau Ceti, ne représente que 90 % de la masse du soleil de la Terre. Tau Ceti est légèrement plus froid, par conséquent, et sa lumière a une teinte orangée très nette pour l'œil neuf de Terriens qui n'y sont pas habitués. Vous avez peut-être déjà remarqué la couleur caractéristique du soleil d'Aurora dans les reflets de la couche supérieure des nuages. Vous la verrez certainement dans tout l'aspect du paysage, jusqu'à ce que vos yeux s'y accoutument.

Baley se détourna de la figure impassible de Giskard. Il avait effectivement remarqué la couleur différente mais n'y avait attaché aucune importance. Une grave erreur, se dit-il.

– Tu peux aller, Giskard.

– Bien, monsieur.

Amèrement, Baley se tourna vers Daneel.

– Je viens de me ridiculiser, Daneel.

– Si je comprends bien, vous avez cru que nous vous trompions et vous emmenions ailleurs qu'à

Aurora. Aviez-vous une raison de soupçonner cela, camarade Elijah ?

– Aucune. Il est possible que ce soupçon ait été provoqué par le malaise venant d'une agoraphobie subliminale. En contemplant tout cet espace immobile, je n'ai pas ressenti de malaise perceptible mais il devait exister juste sous la surface, créant une inquiétude croissante.

– La faute est la nôtre, camarade Elijah. Connaissant votre aversion pour les grands espaces, nous avons eu tort de vous soumettre à l'astrosimulation ou, l'ayant fait, de ne pas mieux vous surveiller.

Baley, agacé, secoua la tête.

– Ne dis pas ça, Daneel. J'étais bien assez surveillé. La question qui se pose pour moi, c'est de savoir à quel point je serai surveillé à Aurora même.

– Il me semble, camarade Elijah, qu'il sera difficile de vous permettre un libre accès à Aurora et aux Aurorains.

– Néanmoins, c'est justement ce qui doit m'être permis. Si je veux découvrir la vérité sur ce roboticide, je dois être libre d'enquêter directement sur les lieux et d'interroger toutes les personnes en cause.

Baley était maintenant tout à fait remis, bien qu'encore un peu fatigué. Curieusement, et cela l'embarrassa, l'intense épreuve par laquelle il venait de passer lui laissait un violent désir d'une pipe de tabac, une habitude dont il croyait s'être définitivement débarrassé depuis plus d'un an. Il croyait sentir le goût et l'odeur du tabac passant par sa gorge et son nez.

Il lui faudrait cependant se contenter du souvenir. Il savait qu'à Aurora, en aucun cas il ne serait autorisé à fumer. Il n'y avait pas de tabac dans les mondes spatiens et, s'il en avait eu sur lui, on le lui aurait confisqué et détruit.

– Camarade Elijah, dit Daneel, il faudra discuter de cela avec le Dr Fastolfe, dès que nous aurons atterri. Je n'ai aucun pouvoir pour prendre quelque décision que ce soit à ce sujet.

– Je le sais bien, Daneel, mais comment vais-je parler à Fastolfe ? Par l'équivalent d'un astrosimulateur ? Avec une télécommande dans la main ?

– Pas du tout, camarade Elijah. Vous vous entretiendrez face à face. Il a l'intention de vous attendre et de vous accueillir au cosmoport.

13

Baley guettait les bruits de l'atterrissage. Il ne savait pas quels ils seraient, bien entendu. Il ignorait le mécanisme du vaisseau, le nombre d'hommes et de femmes qu'il transportait, ce que l'équipage aurait à faire au cours du processus d'atterrissage, quel genre de bruit retentirait.

Des cris ? Des vrombissements ? Une vague vibration ?

Il n'entendit rien du tout.

– Vous me paraissez tendu, camarade Elijah, dit Daneel. Je préférerais que vous n'attendiez pas pour me parler de tout malaise que vous pourriez éprouver. Je dois vous aider au moment même où, pour une raison ou pour une autre, vous êtes malheureux.

Le mot « dois » était un peu appuyé.

Baley pensa distraitement que Daneel était mû par la Première Loi. Il se dit : « Il a sûrement souffert à sa façon autant que j'ai souffert moi-même en esprit quand je me suis effondré, ce qu'il n'avait pas prévu à temps. Un déséquilibre interne de potentiels positroniques ne signifie sans doute rien pour moi mais risque de produire chez lui le même effet et la même réaction qu'une vive douleur chez moi. »

Et il alla plus loin, pensant : « Comment puis-je savoir ce qui existe sous la pseudo-peau et la pseudo-conscience d'un robot, pas plus qu'il ne peut comprendre ce qui se passe en moi ? »

Puis, éprouvant du remords d'avoir pensé à Daneel comme à un robot, Baley regarda au fond de ses yeux chaleureux (quand avait-il commencé à trouver leur expression chaleureuse ?) et dit :

– Je t'avertirai immédiatement du moindre malaise. En ce moment, je n'en éprouve aucun, je cherche seulement à entendre les bruits qui pourraient me révéler tant soit peu de la procédure d'atterrissage, camarade Daneel.

– Merci, camarade Elijah, répondit gravement Daneel en inclinant légèrement la tête. L'atterrissage ne devrait provoquer aucun malaise. Vous sentirez sans doute l'accélération mais elle sera réduite au minimum car cette cabine s'infléchira, dans une certaine mesure, dans la direction de l'accélération. La température montera peut-être, mais d'à peine deux degrés Celsius. Quant aux effets soniques, vous percevrez un léger sifflement bas, quand nous traverserons l'atmosphère épaissie. Est-ce que cela vous dérangera ?

– Je ne le pense pas. Ce qui me chiffonne, c'est de n'être pas libre de participer à l'atterrissage. J'aimerais apprendre comment ça se passe. Je ne veux pas être emprisonné et tenu à l'écart des événements.

– Vous avez découvert, camarade Elijah, que la nature des événements ne convient pas à votre tempérament.

– Et comment vais-je surmonter ça, Daneel ? Ce n'est pas une raison suffisante pour me garder ici !

– Camarade Elijah, je vous ai déjà expliqué que vous êtes gardé ici pour votre propre sécurité.

Baley secoua la tête d'un air nettement écœuré.

– J'y ai réfléchi et je trouve ça ridicule. Mes chances d'éclaircir cette regrettable affaire sont déjà si minces, avec toutes les restrictions qu'on m'impose et avec la difficulté que je vais avoir à comprendre quoi que ce soit d'Aurora, qu'il me semble qu'aucune personne de bon sens ne devrait se donner le mal d'essayer de me retenir. Et si on essaie, pourquoi prendre la peine de m'attaquer personnellement ? Pourquoi ne pas saboter le vaisseau ? Si nous imaginons que nous affrontons une horde de malfrats qui estiment que tous les coups sont permis, ils devraient se dire qu'un vaisseau est un prix bien léger à payer, un vaisseau et tous ceux qui sont à bord, bien sûr, Giskard et toi, et moi bien entendu !

– Cela a été envisagé, camarade Elijah. Le vaisseau a été soigneusement étudié et examiné. La moindre trace de sabotage aurait été détectée.

– En es-tu certain ? Sûr à cent pour cent ?

– Il est impossible d'être absolument certain de ce genre de chose. Cependant, Giskard et moi avons été rassurés par la pensée que la certitude était très élevée et que l'on pouvait partir avec un risque infime de catastrophe.

– Et si vous vous trompiez ?

Quelque chose de semblable à un vague signe d'inquiétude passa sur la figure de Daneel, comme s'il pensait qu'on lui demandait de considérer un sujet allant à l'encontre du bon fonctionnement des circuits positroniques de son cerveau. Il répliqua :

– Mais nous ne nous sommes pas trompés.

– Tu ne peux pas encore l'affirmer. Nous allons bientôt atterrir et c'est le moment le plus dangereux. En fait, à ce stade, il n'est pas besoin de saboter le vaisseau. Mon danger personnel est plus grand maintenant, en ce moment même. Je ne peux pas rester caché dans cette cabine, si je dois débarquer à Aurora. Je vais devoir traverser le vaisseau et être à la portée de tous les autres. As-tu pris des précautions pour assurer la sécurité de l'atterrissage ?

(Baley savait qu'il était mesquin, en s'attaquant inutilement à Daneel pour la simple raison que son long emprisonnement l'exaspérait... et à cause de l'indignité de son instant de défaillance.)

Mais Daneel répondit calmement :

– Nous en avons pris, camarade Elijah. Et, incidemment, nous avons atterri. Nous sommes en ce moment posés sur la surface d'Aurora.

Baley fut tout à fait ahuri. Il se retourna vivement de tous côtés mais, naturellement, il n'y avait rien à voir que les parois de la cabine. Il n'avait rien senti, rien entendu, rien de ce que Daneel avait décrit. Pas la moindre accélération, pas de chaleur, pas de sifflement du vent... A moins que Daneel n'ait volontairement abordé le sujet du danger personnel qu'il courait, afin de le détourner d'autres questions inquiétantes mais sans importance ?

– Et pourtant, insista Baley, il y a encore la question du débarquement. Comment vais-je descendre sans m'exposer à des ennemis possibles ?

Daneel s'approcha d'une paroi et toucha un endroit précis. Aussitôt, la paroi se fendit en deux et les deux moitiés s'écartèrent. Baley vit devant lui un long cylindre, un tunnel.

Giskard entra alors dans la cabine par l'autre porte et annonça :

– Nous allons passer tous les trois par le tube de sortie, monsieur. D'autres personnes le surveillent de l'extérieur. A l'autre extrémité du tube, le Dr Fastolfe attend.

– Nous avons pris toutes les précautions, déclara Daneel.

– Je te demande pardon, Daneel, marmonna Baley. A Giskard aussi.

La mine sombre, il s'engagea dans le tube de sortie. Tous les efforts pour le rassurer, pour lui dire que toutes les précautions avaient été prises, l'assuraient aussi que ces précautions étaient jugées nécessaires.

Baley aimait à croire qu'il n'était pas un lâche mais il se trouvait sur une planète inconnue, sans aucun moyen de distinguer l'ami de l'ennemi, sans la moindre possibilité de trouver un réconfort dans des choses familières (à l'exception de Daneel, bien entendu). Dans des moments vitaux, pensa-t-il avec du frisson, il se trouverait sans protection pour l'entourer de sa chaleur et le soulager.

IV

Fastolfe

14

Le Dr Fastolfe, tout souriant, attendait en effet. Il était grand et mince, avec des cheveux châtain clair un peu clairsemés et, bien sûr, il y avait ses oreilles. C'était elles que Baley se rappelait, après trois ans. De grandes oreilles décollées qui donnaient à l'homme un air vaguement comique, une laideur assez plaisante. Elles firent sourire Baley, plus que l'aimable accueil de Fastolfe.

Il se demanda si la technologie médicale auroraine ne s'étendait pas à la petite chirurgie plastique susceptible de rectifier l'aspect déconcertant de ces oreilles... mais il était possible que Fastolfe les aimât ainsi, tout comme elles plaisaient assez à Baley (à son propre étonnement). Que pouvait-on reprocher à une figure qui faisait sourire ?

Peut-être Fastolfe aimait-il plaire au premier abord. A moins qu'il juge utile d'être sous-estimé ? Ou simplement différent ?

– Inspecteur Elijah Baley, dit Fastolfe. Je me souviens très bien de vous, même si je persiste à penser à vous en vous donnant la figure de l'acteur qui vous a incarné.

Baley perdit son sourire.

– Cette dramatique de l'Hyperonde me poursuit, docteur Fastolfe. Si je savais où aller pour y échapper...

– Nulle part, déclara cordialement Fastolfe. Alors si ça ne vous plaît pas, nous allons l'éliminer tout de suite de nos conversations. Je n'en parlerai plus. D'accord ?

– Merci, dit Baley et, avec une brusquerie voulue, il tendit la main droite.

Fastolfe hésita visiblement. Puis il prit la main offerte, la tint un petit moment, pas très longtemps, et dit :

– Je préfère supposer que vous n'êtes pas un sac d'infection ambulant, monsieur Baley. (Sur quoi, contemplant ses propres mains, il ajouta comme à regret :) Je dois avouer, cependant, que mes mains ont été traitées avec une pellicule inerte qui n'est pas particulièrement confortable. Je suis un homme qui partage les craintes irrationnelles de ma société.

Baley haussa les épaules.

– Comme nous tous. Je redoute un peu d'être à l'Extérieur, c'est-à-dire en plein air. A ce propos, je n'aime guère venir à Aurora dans les circonstances présentes.

– Je le comprends fort bien, monsieur Baley. J'ai là une voiture fermée qui vous attend et, quand nous serons chez moi, nous ferons tout notre possible pour vous garder à l'intérieur.

– Merci, mais au cours de mon séjour à Aurora, je pense qu'il me sera nécessaire de retourner dehors à l'occasion. Je m'y suis préparé, au mieux de mes possibilités.

– Je comprends, mais nous ne vous infligerons l'Extérieur que lorsque ce sera indispensable. Ce n'est pas le cas en ce moment, alors, je vous en prie, acceptez d'être enfermé.

La voiture attendait dans l'ombre du tunnel et il y eut à peine une trace de l'Extérieur, en passant de l'un à l'autre. Baley avait conscience de la présence de Daneel et de Giskard derrière lui, bien différents d'aspect mais avec la même attitude grave, la même patience infinie.

Fastolfe ouvrit la portière arrière.

– Montez, je vous en prie.

Baley monta dans la voiture. Daneel le suivit rapidement, tandis que Giskard, presque simultanément et comme si leurs mouvements étaient chorégraphiés, montait par l'autre côté. Baley se trouva coincé entre eux, mais pas d'une manière oppressante. Au contraire, il était heureux de sentir, entre lui et l'Extérieur, la masse solide des deux corps robotiques.

Mais il n'y avait pas d'Extérieur. Fastolfe s'assit à l'avant et, quand la portière se referma sur lui, les vitres devinrent opaques et une douce lumière artificielle baigna l'intérieur de la voiture.

– En général, je ne roule pas de cette façon, monsieur Baley, dit Fastolfe, mais cela ne me gêne pas beaucoup et vous vous sentirez peut-être plus à l'aise. La voiture est complètement informatisée, elle sait où elle va et peut faire face à tous les obstacles et à toutes les contingences. Nous n'avons à intervenir en aucune façon.

Il y eut une imperceptible sensation d'accélération suivie d'un vague sentiment de mouvement qui se remarquait à peine. Fastolfe reprit :

– C'est une route sûre. Je me suis donné énormément de mal pour assurer que le moins de personnes possible sachent que vous êtes dans cette voiture et on ne pourra absolument pas vous y voir. Le trajet en voiture – incidemment, elle se déplace sur un coussin d'air et c'est donc une sorte d'hydroglisseur – ne sera pas long mais, si vous le désirez, vous pouvez en profiter pour vous reposer. Maintenant, vous ne risquez absolument rien.

– Vous parlez comme si vous pensiez que je suis en danger. A bord du vaisseau, j'ai été protégé au point d'être prisonnier, et encore à présent.

Baley contempla le petit intérieur clos du véhicule, dans lequel il était entouré par la carrosserie de métal et les vitres opaques, sans parler de la charpente métallique des deux robots.

Fastolfe rit légèrement.

— J'exagère, je le sais, mais les esprits sont échauffés, à Aurora. Vous arrivez dans un moment de crise et je préfère vous paraître stupide par mon excès de précautions, plutôt que de courir le risque terrible de sous-estimer le danger.

— Vous devez comprendre, je pense, que mon échec ici serait un rude coup pour la Terre, docteur Fastolfe.

— Je le conçois très bien. Je suis tout aussi résolu que vous à éviter cet échec, croyez-moi.

— Certes. Mais il se trouve que mon échec ici, quelles qu'en soient les raisons, aboutira aussi à ma perte personnelle et professionnelle sur la Terre.

Fastolfe se retourna sur son siège et regarda Baley d'un air choqué.

— Vraiment ? Rien ne le justifierait !

— Je suis bien d'accord, mais c'est ainsi. Je deviendrai la cible évidente pour un gouvernement terrestre désespéré.

— Cette idée ne m'est pas du tout venue quand je vous ai demandé, monsieur Baley. Vous pouvez être certain que je ferai tout ce que je pourrai, en toute franchise, affirma Fastolfe et il détourna les yeux. Ce sera assez peu, si nous perdons.

— Je le sais, répliqua sombrement Baley.

Il s'appuya contre le dossier confortable et ferma les yeux. Le mouvement de la voiture se limitait à un léger balancement berceur mais il ne dormit pas. Il réfléchit intensément... pour ce que cela valait.

15

A la fin du trajet, Baley n'eut aucun contact non plus avec l'Extérieur. Quand il sortit du véhicule à coussin d'air, il se trouva dans un garage souterrain et un petit ascenseur le transporta au rez-de-chaussée.

On le fit entrer dans une pièce ensoleillée et, en passant sous les rayons directs du soleil (oui, légèrement orangés) il eut un petit mouvement de recul.

Fastolfe le remarqua.

– Les fenêtres ne sont pas opacifiables, expliqua-t-il, bien qu'elles puissent être assombries. Je le ferai, si vous voulez. J'aurais d'ailleurs dû y penser...

– C'est inutile, grommela Baley. Je leur tournerai simplement le dos. Je dois m'acclimater.

– Si vous voulez, mais prévenez-moi si jamais vous vous sentez mal à l'aise... monsieur Baley, c'est la fin de la matinée, dans cette partie d'Aurora. Je ne sais pas quelle était votre heure personnelle à bord. Si vous êtes debout depuis de nombreuses heures et si vous éprouvez le besoin de dormir, cela peut s'arranger. Si vous êtes bien réveillé et si vous n'avez pas faim, vous n'êtes pas obligé de manger. Toutefois, si vous pensez en être capable, je me ferai un plaisir de vous inviter à déjeuner avec moi dans un petit moment.

– Merci. Cela concorderait parfaitement avec mon heure personnelle.

– A merveille ! Je vous rappellerai que notre journée est d'environ sept pour cent plus courte que sur la Terre. Cela ne devrait pas vous causer trop de difficultés biorythmiques, mais si c'est le cas, nous essaierons de nous adapter à vos besoins.

– Merci.

– Finalement... J'aimerais avoir une idée précise de vos goûts culinaires.

– Je m'arrange pour manger de tout ce que l'on veut bien me servir.

– Néanmoins, je ne me sentirais pas offensé si un plat n'était pas à votre goût.

– Merci.

– Et cela ne vous gênera pas que Daneel et Giskard se joignent à nous ?

Baley sourit un peu.

– Vont-ils manger, eux aussi ?

Fastolfe ne lui rendit pas son sourire et répondit très sérieusement.

– Non, mais je veux qu'ils restent auprès de vous à tout instant.

– Toujours du danger ? Même ici ?

– Je ne fais entièrement confiance à rien. Même ici.

Un robot entra.

– Monsieur, le déjeuner est servi.

Fastolfe hocha la tête.

– Merci, Faber. Nous serons à table dans quelques instants.

– Combien de robots avez-vous ? demanda Baley.

– Pas mal. Nous ne sommes pas au niveau solarien de mille robots par être humain, mais je possède plus que la moyenne. J'en ai cinquante-sept. La maison est grande et me sert aussi de bureau et d'atelier. Et puis ma femme, quand j'en ai une, doit avoir assez de place pour être isolée de mes travaux, dans une aile séparée, et être servie indépendamment.

– Ma foi, avec cinquante-sept robots, j'imagine que vous pouvez vous passer de deux. J'ai moins de remords de vous avoir obligé à envoyer Giskard et Daneel pour m'escorter jusqu'à Aurora.

– Je n'ai pas choisi ces deux-là par hasard, je vous le garantis, monsieur Baley. Giskard est mon majordome et mon bras droit. Il a été auprès de moi pendant toute ma vie d'adulte.

– Et pourtant vous l'avez envoyé me chercher. Je suis sensible à cet honneur.

– C'est un garant de votre importance, monsieur

Baley. Giskard est celui de mes robots en qui j'ai le plus confiance, il est fort et solide.

Baley jeta un coup d'œil à Daneel et Fastolfe ajouta :

– Je ne compte pas mon ami Daneel dans ces calculs. Il n'est pas mon domestique mais une réussite dont j'ai la faiblesse d'être extrêmement fier. Il est le premier de son espèce et si le Dr Roj Nemmenuh Sarton était son dessinateur et son modèle... l'homme qui...

Il s'interrompit, par délicatesse, mais Baley hocha brusquement la tête et murmura :

– Je comprends.

Il n'avait pas besoin que la phrase soit complétée par une allusion directe au meurtre de Sarton sur la Terre.

– Si c'est Sarton qui a veillé à la construction en soi, reprit Fastolfe, c'est grâce à mes calculs théoriques que Daneel a été possible.

Fastolfe sourit à Daneel qui s'inclina un peu.

– Il y avait Jander, aussi, dit Baley.

La figure de Fastolfe s'assombrit.

– Oui... J'aurais peut-être dû le garder avec moi, comme Daneel. Mais il était mon second humaniforme, et ça changeait tout. Daneel est mon premier-né, pour ainsi dire, une création spéciale.

– Et vous ne construisez plus de robots humaniformes, maintenant ?

– Non. Mais venez, dit Fastolfe en se frottant les mains. Allons déjeuner... Je ne pense pas, monsieur Baley, que sur la Terre la population soit habituée à ce que j'appellerai les aliments naturels. Nous avons une salade de langoustines, avec du pain et du fromage; du lait si vous le désirez ou tout un assortiment de jus de fruits. C'est un repas très simple. Une glace pour le dessert.

– Des plats traditionnels de la Terre, qui n'existent plus que dans notre ancienne littérature.

– Rien de tout cela n'est tout à fait courant à Aurora, mais j'ai pensé qu'il ne conviendrait pas de vous soumettre à notre version de la gastronomie, qui comporte des aliments et des épices strictements aurorains. Ces goûts-là doivent être acquis... Venez avec moi, monsieur Baley. Il n'y aura que nous deux, alors nous ne nous soucierons pas de protocole, pas plus que nous n'observerons de rites inutiles.

— Merci, répondit Baley. Vous êtes tout à fait prévenant. Pendant le voyage, je me suis soulagé de l'ennui en visionnant assez attentivement des ouvrages traitant d'Aurora, et je sais que la politesse exige aux repas tout un cérémonial que je redoute un peu.

— Vous n'avez rien à redouter.

— Pourrions-nous passer outre au cérémonial, au point de parler affaires pendant le repas, docteur Fastolfe ? Je ne dois pas perdre de temps.

— Je vous comprends. Bien entendu, nous parlerons de nos affaires et je pense pouvoir compter sur vous pour ne dire mot à personne de cette entorse à la bienséance. Je ne voudrais pas être chassé de la bonne société, dit Fastolfe en riant. Notez que j'ai tort de rire. Cela n'a rien de risible. Une perte de temps risque d'être plus qu'un simple inconvénient. Elle pourrait aisément être fatale.

16

La pièce que quittait Baley était austère : quelques sièges, une commode, un instrument ressemblant à un piano mais dont les touches étaient remplacées par des soupapes de cuivre, aux murs quelques dessins abstraits qui semblaient scintiller. Le sol était un damier lisse de diverses nuances de marron, peut-être pour rappeler le bois qui, tout en étincelant de reflets comme s'il venait d'être ciré, n'était pas du tout glissant.

La salle à manger, tout en ayant le même sol, était

totalement différente. C'était une longue pièce rectangulaire surchargée de décorations. Elle contenait six grandes tables carrées, manifestement des modules pouvant être assemblés de diverses manières. Un bar s'appuyait contre un des murs les plus courts, plein de bouteilles de diverses couleurs devant un miroir incurvé qui agrandissait presque à l'infini la salle qu'il reflétait. Contre l'autre petit mur, quatre niches étaient ménagées; un robot attendait dans chacune d'elles.

Les deux longs murs s'ornaient de mosaïques aux couleurs changeantes. L'une représentait une scène planétaire mais Baley ne sut pas si c'était Aurora, une autre planète ou un monde totalement imaginaire. A une extrémité, il y avait un champ de blé (ou quelque chose d'approchant) plein d'instruments aratoires compliqués, tous contrôlés par des robots. Tandis que l'œil passait le long du mur, le champ faisait place à des habitations humaines dispersées pour devenir, à l'autre extrémité, ce que Baley prit pour la version auroraine d'une Ville.

L'autre grand mur était astronomique. Une planète d'une couleur bleu-blanc, éclairée par un lointain soleil, reflétait la lumière de telle façon que, même en l'examinant de près, on ne pouvait chasser l'impression qu'elle tournait lentement sur elle-même. Les étoiles qui l'entouraient, certaines un peu ternes, d'autres brillantes, semblaient aussi changer de conformation mais lorsque l'œil se concentrait sur un petit groupe et y restait fixé, ces étoiles paraissaient immobiles.

Baley trouva tout cela déroutant et plutôt pénible.

– Une œuvre d'art, monsieur Baley, lui dit Fastolfe. Bien trop chère pour ce qu'elle vaut, mais Fanya la voulait. Fanya est ma partenaire actuelle.

– Se joindra-t-elle à nous, docteur Fastolfe ?

– Non, je vous l'ai dit, il n'y aura que nous deux. Je l'ai priée de rester pour le moment dans ses appartements. Je ne veux pas la soumettre au problème qui nous préoccupe. Vous le comprenez, j'espère ?

– Oui, bien sûr.

— Venez. Asseyez-vous, je vous en prie.

Une des tables était mise, avec des assiettes, des coupes et des couverts complexes dont certains étaient nouveaux pour Baley. Au centre, il y avait un assez haut cylindre effilé, qui ressemblait au pion géant d'un jeu d'échecs et paraissait taillé dans une substance rocheuse grise.

Baley, en s'asseyant, ne put résister à l'envie d'allonger le bras pour le toucher du doigt.

Fastolfe sourit.

— C'est un épiceur. Il possède des commandes simples, permettant à la personne qui s'en sert d'ajouter une quantité donnée de n'importe lequel des douze condiments différents, à n'importe quelle partie d'un plat. Pour faire cela correctement, on prend l'épiceur et on se livre à certaines évolutions assez complexes, qui n'ont aucune signification en soi mais qui sont extrêmement appréciées par les Aurorains distingués, et symbolisent pour eux la grâce et la délicatesse avec lesquelles chaque repas doit être servi. Quand j'étais plus jeune, je savais, avec le pouce et deux doigts, faire la triple évolution et produire du sel à l'instant où l'épiceur touchait le creux de ma main. Si j'essayais maintenant, je risquerais fort d'assommer mon invité. J'espère que vous ne m'en voudrez pas de ne pas le tenter.

— Je vous supplie de n'en rien faire, docteur Fastolfe !

Un robot plaça la salade sur la table, un autre apporta un plateau de jus de fruits, un troisième le pain et le fromage, le quatrième déplia les serviettes. Tous les quatre coordonnaient leurs mouvements à la perfection, ils ne se heurtaient jamais et évoluaient sans la moindre difficulté. Baley les observa avec stupéfaction.

Ils se trouvèrent enfin, sans aucune concertation apparente, chacun d'un côté de la table. Ils reculèrent ensemble, s'inclinèrent et pivotèrent à l'unisson, et retournèrent vers les niches le long du mur du fond. Baley s'aperçut alors de la présence de Daneel et de

Giskard dans la pièce. Il ne les avait pas vus entrer. Ils attendaient dans des niches qui, on ne sait comment, étaient apparues dans le mur au champ de blé, Daneel étant le plus près de la table.

— Maintenant qu'ils sont partis..., dit Fastolfe, puis il s'interrompit et secoua légèrement la tête d'un air confus. Sauf qu'ils ne sont pas partis. Généralement, il est d'usage que les robots s'en aillent avant que le déjeuner commence réellement. Les robots ne mangent pas. Les êtres humains, si. Il est donc logique que ceux qui mangent le fassent et que ceux qui ne mangent pas disparaissent. C'est devenu un rite de plus. Il serait inconcevable de manger avant le départ des robots. Mais dans ce cas précis...

— Ils ne sont pas partis.

— Non. J'ai pensé que la sécurité passait avant l'étiquette et aussi que, puisque vous n'êtes pas aurorain, vous ne vous en formaliseriez pas.

Baley attendit que Fastolfe commence. Le savant prit une fourchette et Baley l'imita. Fastolfe s'en servit, lentement, permettant à Baley de voir exactement comment il s'y prenait.

Avec précaution, Baley mordit dans une queue de langoustine et la trouva délicieuse. Il reconnaissait le goût, un peu comme celui de la pâte de langoustine en tube produite sur la Terre, mais infiniment plus subtil et savoureux. Il mâcha lentement et, pendant un moment, malgré sa hâte de commencer son enquête tout en déjeunant, il trouva tout à fait impensable de faire autre chose que d'accorder son attention au menu.

Ce fut d'ailleurs Fastolfe qui fit le premier pas.

— Ne devrions-nous pas commencer à aborder notre problème, monsieur Baley ?

Baley se sentit rougir légèrement.

— Si, certainement. Je vous demande pardon. Votre cuisine auroraine m'a surpris, et il m'a été difficile de penser à autre chose... Le problème, docteur Fastolfe, est votre œuvre, je crois ?

— Pourquoi dites-vous cela ?

— Quelqu'un a commis un roboticide d'une manière exigeant de très grandes connaissances techniques, à ce que l'on m'a dit.

— Roboticide ? Un mot amusant, dit Fastolfe en souriant. Naturellement, je comprends ce que vous entendez par là... Oui, on vous a bien renseigné. La méthode employée exige d'énormes connaissances techniques.

— Et vous seul en possédez assez pour accomplir cela, à ce que l'on m'a dit aussi.

— On ne vous a pas trompé non plus.

— Vous avouez vous-même — en fait, vous insistez — que vous seul avez pu provoquer chez Jander le gel mental.

— J'affirme ce qui, après tout, est la vérité. Il ne me servirait à rien de mentir, même si j'étais capable de m'y résoudre. Tout le monde sait que je suis le plus remarquable théoricien robotique de tous les cinquante mondes.

— Néanmoins, docteur Fastolfe, est-ce que le second meilleur théoricien robotique de tous les mondes, ou le troisième meilleur, ou même le quinzième, ne pourrait posséder l'habileté et les connaissances nécessaires pour commettre ce forfait ? Est-ce que cela exige réellement tout l'art et toutes les connaissances du premier, du meilleur ?

Fastolfe répondit calmement :

— A mon avis, cela exige vraiment tout l'art et toutes les connaissances du meilleur. Je vous dirai même que, encore une fois à mon avis, je ne pourrais moi-même accomplir cela que dans un de mes bons jours. N'oubliez pas que les plus grands cerveaux de la robotique — le mien inclus — ont effectué des recherches particulières pour concevoir des cerveaux positroniques qui ne peuvent *pas* être poussés à un gel mental.

— Vous en êtes bien certain ? Absolument certain ?

— Absolument.

— Et vous l'avez déclaré publiquement ?

— Naturellement. Mon cher Terrien, une enquête

publique a été ordonnée. On m'a posé les mêmes questions que celles que vous me posez actuellement et j'ai répondu franchement. C'est une coutume auroraine de dire la vérité.

— Pas un instant je ne doute que vous ayez répondu par la vérité. Mais n'avez-vous pas été un peu poussé par un orgueil bien naturel de votre réussite ? Cela aussi pourrait être typiquement aurorain, non ?

— Vous voulez dire que ma vive envie d'être considéré comme le meilleur m'aurait fait mettre volontairement dans une position où tout le monde serait forcé de conclure que c'était moi qui avais gelé Jander ?

— J'ai l'impression que vous êtes un homme qui serait prêt à risquer sa haute position politique et mondaine, à condition que sa réputation scientifique demeure intacte.

— Je vois... Vous avez une tournure d'esprit intéressante, monsieur Baley. Cette idée ne me serait pas venue. Si l'on me donnait à choisir entre reconnaître qu'il y a meilleur que moi et m'avouer coupable d'un roboticide, comme vous dites, vous êtes d'avis que je choisirais les aveux en connaissance de cause ?

— Non, docteur Fastolfe, je ne souhaite pas présenter l'affaire d'une manière aussi simpliste. N'est-il pas possible que vous vous abusiez en pensant que vous êtes le plus grand de tous les roboticiens, que vous n'avez pas d'égal, et que vous vous cramponniez à tout prix à cette opinion parce que vous sentez inconsciemment — je dis bien inconsciemment, docteur Fastolfe — qu'en réalité vous êtes sur le point d'être dépassé, ou que vous avez déjà été dépassé par d'autres ?

Fastolfe rit mais un peu jaune, avec une nuance d'agacement.

— Pas du tout, monsieur Baley. Vous vous trompez tout à fait.

— Réfléchissez, docteur Fastolfe ! Etes-vous absolument certain qu'aucun de vos collègues roboticiens ne vous approche, par l'intelligence et le savoir ?

— Il y en a très peu qui sont capables de créer des

robots humaniformes. La construction de Daneel a virtuellement créé une nouvelle profession, qui n'a même pas de nom... Humaniformaticien, peut-être ? Parmi tous les théoriciens robotiques d'Aurora pas un seul, à part moi, ne comprend le fonctionnement du cerveau positronique de Daneel. Le Dr Sarton le comprenait, lui, mais il est mort et il ne connaissait pas la question aussi bien que moi. La théorie de base est la mienne, uniquement.

– Elle a peut-être été la vôtre pour commencer, mais vous ne pouvez quand même pas espérer conserver l'exclusivité. Personne d'autre n'a appris la théorie ?

Fastolfe secoua catégoriquement la tête.

– Personne. Je ne l'ai enseignée à personne et je défie tout autre roboticien vivant de découvrir et de développer cette théorie de lui-même.

Baley riposta avec un rien d'irritation :

– Ne pourrait-il y avoir un brillant jeune homme, frais émoulu de l'université, plus intelligent que l'on n'a pu encore s'en rendre compte, plus doué, et qui...

– Non, monsieur Baley, non ! Je connaîtrais ce jeune homme. Il serait passé par mes laboratoires. Il aurait travaillé avec moi. Pour le moment, ce jeune homme n'existe pas. Peut-être en viendra-t-il un un jour, peut-être plusieurs et même beaucoup. Pour le moment, il n'y en a *aucun !*

– Donc, si vous mouriez, la nouvelle science mourrait avec vous ?

– Je n'ai que cent soixante-cinq ans. En années métriques, naturellement, cela ne fait donc que cent quinze de vos années terrestres, plus ou moins. Pour Aurora, je suis encore très jeune et il n'y a aucune raison médicale pour que ma vie soit jugée à moitié terminée. Il n'est pas du tout rare d'atteindre l'âge de quatre cents ans, en années métriques. J'ai encore bien le temps d'enseigner.

Ils avaient fini de déjeuner mais ni l'un ni l'autre ne faisait mine de quitter la table. Pas plus que les robots ne s'approchaient pour desservir. On aurait dit qu'ils étaient figés par l'intensité même de la conversation.

Le front de Baley se plissa.

– Docteur Fastolfe, il y a deux ans j'étais à Solaria. Là-bas, j'ai eu la nette impression que les Solariens étaient, dans l'ensemble, les plus habiles roboticiens de tous les mondes.

– Dans l'ensemble, c'est probablement vrai.

– Et pas un d'entre eux n'a pu commettre ce forfait ?

– Pas un, monsieur Baley. Leur habileté se réduit à des robots qui ne sont, au mieux, pas plus avancés que mon pauvre et précieux Giskard. Les Solariens ne savent rien des robots humaniformes.

– Comment pouvez-vous en être sûr ?

– Puisque vous avez été à Solaria, vous savez très bien que les Solariens ne s'approchent les uns des autres qu'avec la plus grande difficulté, qu'ils agissent entre eux et communiquent par la télévision, sauf dans les cas où le contact sexuel est absolument exigé. Pensez-vous que l'un d'eux imaginerait de créer un robot d'apparence si humaine qu'il aggraverait leur névrose ? Ils éviteraient tellement de l'approcher, puisqu'il aurait l'air si humain, qu'ils seraient incapables de s'en servir.

– Est-ce qu'un Solarien ici ou là ne pourrait pas avoir développé une étonnante tolérance au corps humain ? Comment pouvez-vous être si catégorique ?

– Même si un Solarien y parvenait, ce que je ne nie pas, il n'y a pas de Solariens à Aurora cette année.

– Aucun ?

– Aucun ! Ils n'aiment pas avoir de contacts même avec Aurora et, sauf pour les affaires les plus urgentes, aucun ne vient ici, ni dans aucun autre monde. Et même dans le cas d'une affaire urgente, ils ne s'approchent pas, ils restent sur orbite et communiquent électroniquement.

– Dans ce cas, si vous êtes, littéralement et réellement, la seule personne dans tous ces mondes capable d'avoir commis l'acte... Avez-vous tué Jander?

– Je refuse de croire que Daneel ne vous a pas dit que j'ai nié ce crime!

– Il me l'a dit, si, mais je voudrais l'entendre de votre bouche.

Fastolfe croisa les bras et fronça les sourcils. Il répondit entre ses dents :

– Alors je vais vous le dire. Je n'ai pas fait cela!

Baley secoua la tête.

– Je pense que vous croyez ce que vous dites.

– Parfaitement. Et le plus sincèrement du monde. Je dis la vérité. Je ne l'ai pas fait.

– Mais si vous ne l'avez pas fait, si personne d'autre n'a pu le faire, alors... Mais un instant! Je fais peut-être des suppositions injustifiées. Jander est-il réellement mort, ou bien ai-je été amené ici sous un prétexte fallacieux?

– Le robot est réellement détruit. Il sera possible de vous le montrer, si la Législature ne m'interdit pas tout accès avant la fin de la journée... ce que je ne crois pas.

– Dans ce cas, si vous ne l'avez pas fait, si personne d'autre ne peut l'avoir fait et si le robot est bel et bien mort... qui a commis le crime?

Fastolfe soupira.

– Je suis sûr que Daneel vous a dit ce que j'ai répété à l'enquête... mais vous voulez l'entendre de ma bouche?

– En effet, docteur Fastolfe.

– Eh bien, voilà. *Personne* n'a commis le crime. C'est un accident spontané dans le flot positronique, le long des circuits cérébraux, qui a causé le gel mental de Jander.

– Est-ce probable?

– Non, ça ne l'est pas. C'est même extrêmement improbable, mais si je ne l'ai pas commis, c'est la seule chose qui ait pu se passer.

– Ne pourrait-on pas répliquer qu'il y a une plus

grande chance que vous mentiez plutôt qu'il ne se produise un accident imprévisible ?

– Beaucoup le prétendent. Mais comme je sais pertinemment que je n'ai pas commis ce crime, cela ne laisse qu'une seule possibilité, l'accident spontané.

– Et vous m'avez fait venir pour que je démontre – que je *prouve* – que cet accident spontané s'est effectivement produit ?

– Oui.

– Mais comment peut-on prouver un événement spontané ? Et c'est uniquement en le prouvant, semble-t-il, que je pourrai vous sauver, vous, la Terre et moi-même.

– En ordre d'importance croissante, monsieur Baley ?

Baley parut agacé.

– Eh bien, dans ce cas, vous, moi-même et la Terre.

– Je crains, répliqua Fastolfe, qu'après mûre réflexion, je doive conclure qu'il n'y a aucun moyen d'obtenir une telle preuve.

Baley regarda Fastolfe d'un air horrifié.

– Aucun moyen ?

– Aucun. Pas le moindre...

Sur ce, dans un soudain élan de distraction apparente, le savant s'empara de l'épiceur et confia :

– Vous savez, je suis curieux de savoir si je suis encore capable de faire la triple évolution.

17

Fastolfe jeta l'épiceur en l'air d'une torsion particulière du poignet. L'ustensile fit une cabriole et, quand il redescendit, Fastolfe le rattrapa au vol par son extrémité étroite, sur le côté de sa main droite (la paume en l'air et le pouce rentré). L'épiceur rebondit, vacilla et retomba contre le côté du creux de la main gauche. Il sauta de nouveau en sens inverse et fut rattrapé par le côté de la paume droite, et puis de nouveau sur la gauche. Après ce troisième saut, il fut soulevé avec suffisamment de force pour exécuter un saut périlleux. Fastolfe le saisit dans son poing droit, en tenant la main gauche tout près, la paume en l'air. Une fois l'épiceur attrapé, Fastolfe montra le creux de sa main et Baley y vit une grosse pincée de sel.

– C'est une démonstration puérile pour un esprit scientifique et dont l'effort est totalement disproportionné au résultat qui n'est, bien entendu, qu'une pincée de sel. Mais le bon maître de maison aurorain est fier de pouvoir faire une petite exhibition. Il y a des experts capables de garder l'épiceur en l'air pendant une minute et demie, en bougeant les mains si rapidement que l'œil peut à peine les suivre. Naturellement, ajouta le savant d'un air songeur, Daneel est capable d'accomplir ce genre de chose avec une plus grande habileté et bien plus rapidement que n'importe quel être humain. Je l'ai mis à l'épreuve de cette façon, pour vérifier le fonctionnement de ses circuits cérébraux. Mais il serait terriblement malséant de lui demander d'exhiber de tels talents en public. Cela humilierait inutilement les épicistes humains – c'est ainsi qu'on les appelle vulgairement, familièrement plutôt, et vous ne trouverez ce mot dans aucun dictionnaire.

Baley grogna et Fastolfe soupira.

– Oui, revenons à nos affaires, cela vaudra mieux.

– C'est dans ce dessein que vous m'avez fait traverser plusieurs parsecs dans l'espace.

– Certes, certes... Eh bien, continuons !

– Dites-moi, docteur Fastolfe, votre petite démonstration avait-elle une raison précise ?

– Ma foi, nous semblions être dans une impasse. Je vous ai fait venir ici pour faire quelque chose qui ne peut être fait. Votre expression était plutôt éloquente et, pour tout vous avouer, je ne me sentais pas plus à l'aise que vous. Il m'a paru, par conséquent, que nous avions besoin d'un petit moment de détente. Et maintenant... Reprenons.

– La tâche impossible ?

– Pourquoi serait-elle impossible pour vous, monsieur Baley ? Vous avez la réputation de réussir l'impossible.

– La dramatique en Hyperonde ? Vous croyez à cette ridicule déformation de ce qui s'est passé à Solaria ?

Fastolfe écarta les bras.

– Je n'ai pas d'autre espoir.

– Et moi, je n'ai pas le choix. Je dois continuer d'essayer ! Je ne peux pas retourner sur Terre sur un échec. Cela m'a bien été précisé... Dites-moi, docteur, comment Jander a-t-il pu être tué ? Quelle sorte de manipulation de son cerveau aurait été exigée ?

– Monsieur Baley, je ne sais vraiment pas comment je pourrais expliquer cela, même à un autre roboticien, ce que vous n'êtes certainement pas, et même si j'étais prêt à publier mes théories, ce qui n'est pas le cas. Cependant, voyons un peu si je puis vous donner un semblant d'explication... Vous savez, bien entendu, que les robots ont été inventés sur la Terre.

– Sur la Terre, on s'occupe le moins possible de robotique.

– Les violents préjugés anti-robots des Terriens sont bien connus, dans les mondes spatiens.

– Mais l'origine terrienne des robots est évidente à toute personne, sur la Terre, qui veut bien y penser. On sait parfaitement que le voyage hyperspatial a été développé avec l'aide des robots et puisque les mondes spatiens n'auraient pas pu être colonisés sans voyage hyperspatial, il est évident que les robots existaient avant ces établissements, alors que la Terre était encore la seule planète habitée. Par conséquent, les robots ont été inventés sur Terre par des Terriens.

– Et pourtant la Terre n'en éprouve aucune fierté, n'est-ce pas ?

– Nous n'en parlons pas, répliqua sèchement Baley.

— Et les gens de la Terre ne savent rien de Susan Calvin ?

— J'ai découvert son nom dans quelques vieux livres. C'était une des pionnières de la robotique, je crois ?

— C'est tout ce que vous savez d'elle ?

Baley fit un geste d'indifférence.

— Je suppose que je pourrais apprendre davantage en fouillant dans les annales, mais je n'en ai jamais eu l'occasion.

— Comme c'est singulier, murmura Fastolfe. Elle est considérée comme une demi-déesse par tous les Spatiens, au point que très peu de Spatiens, sans doute, qui ne sont pas roboticiens, savent qu'elle était une Terrienne. A leurs yeux, ce serait pour ainsi dire une profanation de le leur dire. Ils refuseraient d'y croire, si on leur apprenait qu'elle est morte après n'avoir vécu que cent années métriques. Et pourtant, vous ne la connaissez que comme une des pionnières !

— A-t-elle un rapport avec tout ceci, docteur Fastolfe ?

— Pas directement, mais dans un sens. Vous devez comprendre que de nombreuses légendes entourent son nom. Une des plus célèbres, et celle qui a le moins de chances d'être vraie, concerne un robot manufacturé dans ces temps primitifs et qui, par suite d'un accident le long de la chaîne de production, aurait eu des facultés télépathiques...

— Quoi ?

— Une légende ! Je vous ai dit que c'était une légende, et indiscutablement une pure invention ! Notez bien, il existe une raison théorique de supposer que cela pourrait être possible, encore que personne n'ait jamais présenté de schéma plausible qui pourrait seulement commencer à incorporer une telle faculté. Cela n'aurait certainement jamais pu apparaître dans des cerveaux positroniques aussi rudimentaires et simples que ces robots de l'époque pré-hyperspatiale, non, c'est inconcevable, tout à fait. C'est pourquoi nous sommes certains que cette histoire-là est une fable. Mais laissez-moi parler quand même, car elle contient une moralité.

— Je vous en prie, continuez !

— Le robot, selon la légende, savait lire dans la pensée et, quand on lui posait des questions, il lisait dans l'esprit de la personne qui l'interrogeait et lui répondait ce qu'elle voulait entendre. Or, la Première Loi de la Robotique stipule très clairement qu'un robot n'a pas le droit de faire du mal à un être humain ou, par son inaction, de permettre qu'il arrive du mal à l'être humain. Mais pour les robots, cela signifie généralement un mal physique. Un robot capable de lire dans la pensée, en revanche, pourrait certainement comprendre que la déception, la colère ou toute autre émoticn violente rendrait malheureux l'être humain qui ressent ces émotions, et interpréterait l'inspiration de ces émotions comme un « mal ». Si, par conséquent, un robct télépathe savait que la vérité peut décevoir ou irriter un être humain qui l'interroge, ou faire de la peine à cette personne, ou lui causer de l'envie, alors il répondrait par un mensonge agréable. Vous saisissez cela ?

— Oui, naturellement.

— Donc il a menti, même à Susan Calvin. Les mensonges ne pouvaient durer longtemps, car différentes personnes entendaient des réponses différentes qui ne concordaient pas entre elles et, de plus, n'étaient confirmées par aucune réalité. Voyez-vous, Susan Calvin a découvert que le robot lui avait menti et, de plus, que ces mensonges l'avaient plongée dans une situation terriblement embarrassante. Ce qui l'aurait certainement déçue, pour commencer, la décevait maintenant d'une manière intolérable, à cause des faux espoirs... Vous n'avez jamais entendu cette histoire ?

— Je vous en donne ma parole !

— Stupéfiant ! Pourtant, elle n'a certainement pas été inventée à Aurora car elle circule également dans tous les mondes... Enfin bref, Calvin s'est vengée. Elle a fait observer au robot que quelle que fût son attitude

– qu'il mente ou qu'il dise la vérité –, il ferait un mal égal à la personne à qui il s'adressait. Il ne pouvait donc obéir à la Première Loi. Le robot, comprenant cela, fut obligé de se réfugier dans l'inaction totale. Si vous voulez une description plus imagée, ses circuits positroniques ont grillé. Le cerveau était irrémédiablement détruit. La légende prétend que le dernier mot de Susan Calvin au robot détruit fut « Menteur ! ».

– Et, dit Baley, si je comprends bien, c'est ce qui est arrivé à Jander Panell. Il a affronté une contradiction de termes et son cerveau a grillé ?

– C'est ce qui *semble* s'être produit. Mais ce n'est plus si facile à provoquer qu'au temps de Susan Calvin. Peut-être à cause de la légende, les roboticiens ont pris grand soin d'éviter tout risque de contradiction. Comme la théorie du cerveau positronique est devenue plus subtile et la pratique de conception de ce cerveau plus complexe, des systèmes toujours plus efficaces ont été inventés et mis au point pour que toutes les situations soient résolues dans une non-égalité, afin qu'une attitude puisse être adoptée qui sera interprétée comme une obéissance à la Première Loi.

– Eh bien, alors, on ne peut pas griller le cerveau d'un robot. C'est ça que vous voulez dire ? Parce que si c'est ça, qu'est-il arrivé à Jander ?

– Ce n'est pas ce que je veux dire. Les systèmes de plus en plus efficaces dont je parle ne sont jamais efficaces à cent pour cent. C'est impossible. Quelles que soient la subtilité et la complexité d'un cerveau, il y a toujours un moyen d'établir une contradiction. C'est une vérité fondamentale de la mathématique. Il sera éternellement impossible de produire un cerveau assez subtil et complexe pour réduire à zéro les risques de contradiction. Jamais tout à fait à zéro. Cependant, les systèmes sont si proches de zéro que pour produire un gel mental, en imposant une contradiction adéquate, il faudrait avoir une profonde connaissance de ce cerveau positronique particulier, et cela exigerait un roboticien expert et un théoricien habile.

– Tel que vous-même, docteur Fastolfe ?

– Tel que moi-même. Dans le cas des robots humaniformes, uniquement moi-même.

– Ou absolument personne, lança Baley avec une lourde ironie.

– Ou absolument personne précisément. Les robots humaniformes ont le cerveau – et le corps, devrais-je ajouter – construit selon une imitation consciente de l'être humain. Le cerveau positronique est d'une extrême délicatesse et tire naturellement une partie de cette fragilité du cerveau humain. Tout comme un être humain peut avoir une embolie, par suite d'un incident fortuit dans son cerveau et sans aucune intervention extérieure, ainsi le cerveau humaniforme peut par pur hasard – un déplacement imprévu de positrons – se mettre en état de gel mental.

– Pouvez-vous le prouver, docteur ?

– Je peux le démontrer mathématiquement, mais parmi ceux qui comprendraient la mathématique pure, peu seraient d'accord avec la validité du raisonnement. Cela entraîne certaines suppositions personnelles qui ne concordent pas avec la façon de penser admise en robotique.

– Et quelles sont les probabilités d'un gel mental spontané ?

– Etant donné un nombre important de robots humaniformes, disons cent mille, il y aurait une chance à égalité que l'un d'eux puisse subir un gel mental spontané, au cours d'une vie auroraine moyenne. Mais cela pourrait arriver bien plus tôt, comme pour Jander, malgré le peu de chances que cela se produise.

– Mais écoutez, docteur Fastolfe ! Même si vous arriviez à prouver d'une manière concluante qu'un gel mental spontané peut se produire chez les robots en général, ce ne serait pas la même chose que de prouver que cela est arrivé à Jander en particulier et à ce moment particulier.

— Non, en effet, reconnut Fastolfe. Vous avez raison.

— Vous, le grand maître de la robotique, ne pouvez rien prouver dans le cas précis de Jander.

— Encore une fois, vous avez parfaitement raison.

— Alors que voulez-vous que je fasse, moi qui ne connais rien à la robotique ?

— Il n'est pas nécessaire de *prouver* quoi que ce soit. Il me semble qu'il suffirait de présenter une suggestion ingénieuse, qui rendrait un gel spontané plausible au public en général.

— Laquelle, par exemple ?

— Je ne sais pas.

Baley s'emporta.

— Etes-vous bien certain de ne pas savoir, docteur Fastolfe ?

— Que voulez-vous dire ? Je viens d'avouer que je ne sais pas !

— Permettez-moi de vous faire observer quelque chose. Je suppose que les Aurorains, dans l'ensemble, savent que je suis venu sur cette planète pour résoudre ce problème. Il eût été difficile de me faire venir secrètement, si l'on considère que je suis un Terrien et que nous sommes à Aurora.

— Oui, certainement, et je ne l'ai pas tenté. J'ai consulté le président de la Législature et l'ai persuadé de me donner l'autorisation de vous convoquer. C'est ainsi que j'ai réussi à obtenir un sursis du jugement. On vous accorde une chance de résoudre le mystère avant de faire mon procès. Je doute que ce sursis dure très longtemps.

— Je vous répète donc... Les Aurorains en général savent que je suis ici et j'imagine qu'ils savent exactement pourquoi, à savoir que je suis censé élucider l'énigme de la mort de Jander.

— Naturellement. Quelle autre raison pourrait-il y avoir ?

— Et depuis l'instant où je suis monté à bord du vaisseau qui m'a transporté ici, vous m'avez gardé prisonnier, constamment et étroitement gardé contre le risque que vos ennemis cherchent à m'éliminer, jugeant que je suis une espèce de surhomme capable de résoudre cette énigme de manière à vous disculper entièrement, bien que toutes les chances soient contre moi.

– Je le crains en effet, oui.

– Et supposez que quelqu'un, qui ne veut pas voir ce mystère résolu et qui ne tient pas à ce que vous, docteur Fastolfe, soyez disculpé, réussisse à me tuer ? Est-ce que cela ne ferait pas pencher l'opinion publique en votre faveur ? Les gens n'en déduiraient-ils pas que vos ennemis croient à votre innocence ou qu'ils craignent tellement une enquête qu'ils voudraient se débarrasser de moi ?

– C'est un raisonnement plutôt compliqué, monsieur Baley. J'imagine que votre mort, si elle était bien exploitée, pourrait servir à un tel dessein, mais cela n'arrivera pas. Vous êtes protégé et vous ne serez pas tué.

– Mais pourquoi me protéger, docteur ? Pourquoi ne pas les laisser me tuer, et puis vous servir de ma mort pour remporter la partie ?

– Parce que je préfère que vous restiez en vie et que vous réussissiez à démontrer mon innocence.

– Mais enfin, vous devez bien savoir qu'il m'est impossible de démontrer cette innocence !

– Vous le pourrez peut-être. Vous avez tous les mobiles pour cela. Le bien, l'avenir de la Terre dépendent de votre réussite et, comme vous me l'avez dit, votre propre carrière.

– A quoi sert un mobile ? Si vous m'ordonniez de voler en battant des bras et m'avertissiez que si j'échouais, je serais promptement tué dans d'horribles tortures, que la Terre exploserait et que toute sa population serait détruite, j'aurais indiscutablement un puissant mobile pour battre des bras et voler... et pourtant j'en serais bien incapable.

— Je sais que les chances sont infimes, dit négligemment Fastolfe.

— Vous savez qu'elles sont inexistantes ! s'exclama Baley avec colère, et que seule ma mort peut vous sauver !

— Alors je ne serai pas sauvé, car je veillerai à ce que mes ennemis ne puissent vous atteindre.

— Mais vous, vous pouvez m'atteindre.

— Comment ?

— J'ai dans l'idée, docteur Fastolfe, que vous pourriez vous-même me tuer de manière à faire croire que les coupables sont vos ennemis. Vous vous serviriez alors de ma mort contre eux, et voilà pourquoi vous m'avez fait venir à Aurora.

Pendant quelques instants, Fastolfe regarda fixement Baley, avec un vague étonnement, puis, dans un élan de passion à la fois soudaine et excessive, il rougit et sa figure se convulsa de rage. Ramassant brusquement l'épiceur sur la table, il le leva au-dessus de sa tête et abaissa son bras pour le lancer violemment contre Baley.

Et Baley, surpris, eut à peine le temps de reculer contre son dossier en baissant la tête.

V

Daneel et Giskard

18

Si Fastolfe avait agi rapidement, Daneel réagit encore plus vite.

Baley, qui avait presque oublié l'existence du robot, n'eut qu'une vague impression de mouvement flou, de bruit confus et puis il vit Daneel debout à côté de Fastolfe, tenant l'épiceur à la main, et disant :

– J'espère, docteur Fastolfe, que je ne vous ai fait mal en aucune façon.

Baley, encore un peu égaré, remarqua que Giskard n'était pas loin de Fastolfe, de l'autre côté, et que chacun des quatre robots était sorti de sa niche et avait avancé presque jusqu'à la table.

Fastolfe, décoiffé et haletant un peu, marmonna :

– Non, Daneel, au contraire. Tu as très bien agi... Vous avez tous été très bien mais, rappelez-vous, vous ne devez rien laisser vous ralentir, pas même mes propres actions.

Il rit un peu nerveusement et se rassit en lissant ses cheveux d'une main.

– Excusez-moi de vous avoir surpris de la sorte, monsieur Baley, dit-il plus calmement, mais j'ai pensé que cette démonstration serait plus convaincante que tout ce que j'aurais pu dire.

Baley, dont le mouvement craintif n'avait été qu'un réflexe, relâcha un peu son col et répondit d'une voix encore mal assurée :

– J'avoue que je m'attendais à des paroles mais je reconnais que cette démonstration était persuasive. Je suis heureux que Daneel ait été assez près pour vous désarmer.

– Ils étaient tous assez près pour me désarmer mais Daneel était le plus rapproché et il s'est élancé le premier. Il s'est précipité assez vite pour faire cela en douceur. S'il avait été plus loin, peut-être aurait-il dû me tordre le bras ou même m'assommer.

– Serait-il allé aussi loin ?

– J'ai donné des instructions pour que vous soyez protégé et je sais comment donner des ordres. Ils n'auraient pas hésité à vous sauver, même si pour cela ils avaient dû me faire du mal. Ils se seraient naturellement efforcés de m'infliger le moins de mal possible, comme l'a fait Daneel. Il n'a blessé que ma dignité et l'ordonnance de ma coiffure. Et mes doigts picotent un peu, ajouta Fastolfe en les agitant d'un air contrit.

Baley respira profondément, pour tenter de se remettre de ce bref moment de confusion.

– Est-ce que Daneel ne m'aurait pas protégé, même sans vos instructions précises ?

– Indiscutablement. Il y aurait été obligé. Cependant, vous ne devez pas vous imaginer que la réaction robotique est un simple oui-ou-non, en haut ou en bas, en avant ou en arrière. C'est une erreur que commettent souvent les profanes. Il y a la question de la rapidité de la réaction. Mes instructions vous concernant étaient formulées de telle façon que le potentiel incorporé dans les robots de ma maison, Daneel compris, est anormalement élevé, aussi élevé que je pouvais le rendre. La réaction, par conséquent, à un danger actuel et précis, est extraordinairement rapide. Je savais qu'elle le serait et c'est pour cette raison que je vous ai attaqué aussi vite, en sachant pertinemment que je pouvais vous faire une démonstration absolument convaincante de mon incapacité de vous faire du mal.

– D'accord, mais franchement je ne peux guère vous en remercier.

– Oh, j'avais entière confiance dans mes robots, surtout en Daneel. L'idée m'est bien venue, mais un peu trop tard, que si je n'avais pas instantanément soulevé l'épiceur, il aurait pu, tout à fait involontairement – ou contre l'équivalent robotique de la volonté – me fracturer le poignet.

– Et moi je pense que vous avez pris un risque plutôt insensé.

– C'est aussi ce que je pense... à retardement. D'un autre côté, si vous-même vous étiez préparé à me lancer l'épiceur à la tête, Daneel aurait immédiatement contré votre geste, mais pas tout à fait avec la même rapidité, car il n'a pas reçu d'instructions particulières concernant ma sécurité. J'espère qu'il aurait été assez rapide pour me sauver mais je n'en suis pas sûr et j'aime mieux ne pas le mettre à l'épreuve, dit Fastolfe avec un bon sourire.

– Et si quelque engin explosif était lâché sur la maison, d'un véhicule aérien ? demanda Baley.

– Ou si un rayon-gamma était braqué sur nous d'une colline voisine... Mes robots ne représentent pas la protection absolue, mais ce genre de tentative de terrorisme extrémiste est quasi impensable, ici à Aurora. Croyez-moi, ne nous en inquiétons pas.

– Je veux bien ne pas m'en soucier. Je n'ai pas sérieusement pensé que vous représentiez un danger pour moi, docteur Fastolfe, mais j'avais besoin d'éliminer complètement cette possibilité, pour procéder à mon enquête. Et maintenant, nous pouvons continuer.

– Certainement. En dépit de cette diversion un peu dramatique, nous avons toujours notre problème à résoudre : comment prouver que le gel mental de Jander était un accident spontané bien que rare.

Baley toutefois avait maintenant conscience de la

présence de Daneel. Il se tourna vers lui et lui demanda avec un peu d'inquiétude :

– Daneel, est-ce que cela te peine que nous discutions de cette affaire ?

Daneel, qui était allé déposer l'épiceur sur une des tables vides les plus éloignées, répondit :

– Camarade Elijah, j'aimerais mieux que mon regretté ami Jander soit encore opérationnel mais comme il ne l'est plus, et comme son bon fonctionnement ne peut lui être rendu, le mieux est de prendre des mesures pour que des incidents semblables ne se reproduisent pas. Comme la discussion actuelle tend vers ce but, elle me plaît plus qu'elle ne me peine.

– Eh bien, dans ce cas, et simplement pour éclaircir une autre question, est-ce que tu crois, toi, que le Dr Fastolfe est responsable de la fin de son camarade-robot Jander ? Vous me pardonnez de poser cette question, docteur Fastolfe ?

Fastolfe fit un signe d'acquiescement et Daneel répondit :

– Le Dr Fastolfe a déclaré qu'il n'était pas responsable; alors, naturellement, il ne l'est pas.

– Tu n'as aucun doute à ce sujet, Daneel ?

– Aucun, camarade Elijah.

Fastolfe paraissait un peu amusé.

– Vous procédez au contre-interrogatoire d'un robot, monsieur Baley ?

– Oui, je sais, mais je n'arrive pas à considérer Daneel comme un robot, alors je l'ai interrogé.

– Ses réponses ne seraient recevables par aucune commission d'enquête, vous savez. Ses potentiels positroniques l'obligent à me croire.

– Je ne suis pas une commission d'enquête, docteur, et je procède à un débroussaillage. Revenons où j'en étais. Ou vous avez grillé le cerveau de Jander ou c'est arrivé par hasard. Vous m'assurez que je suis incapable de prouver le hasard et il ne me reste plus qu'à réfuter tout acte commis par vous-même. Autrement dit, si je peux démontrer qu'il vous était *impossible* de tuer Jander, nous n'aurons d'autre choix que l'accident survenu par hasard.

– Et comment pourriez-vous le faire?

– C'est une question de moyens, d'occasion et de mobile. Vous aviez les moyens de tuer Jander – l'habileté théorique de le manipuler de manière à provoquer un gel mental – mais en aviez-vous l'occasion? Il était votre robot, en ce sens que vous avez conçu les circuits de son cerveau et surveillé sa construction, mais était-il en votre possession au moment du gel?

– Non, justement. Il était en possession de quelqu'un d'autre.

– Depuis combien de temps?

– Depuis huit mois environ, c'est-à-dire la moitié d'une de vos années.

– Ah! Voilà qui est intéressant. Etiez-vous avez lui, ou près de lui au moment de sa destruction? Auriez-vous pu l'atteindre? En un mot, pouvons-nous démontrer que vous étiez si loin de lui, ou que vous n'aviez plus aucun contact avec lui, au point qu'il n'est pas raisonnable de supposer que vous avez pu commettre l'acte au moment où il a été commis?

– Je crains que ce soit impossible. Il y a un laps de temps assez long, pendant lequel cet acte a pu être commis. Il n'y a aucun changement robotique, après la destruction, comparable à la rigidité cadavérique ou à la décomposition d'un être humain. Nous pouvons simplement dire qu'à un certain moment Jander fonctionnait au su de tous et qu'à un autre moment donné il ne fonctionnait plus. Entre les deux il y a une période d'environ huit mois. Pour cette période, je n'ai pas d'alibi.

– Pas le moindre? Pendant ce temps, docteur Fastolfe, que faisiez-vous?

– J'étais ici, chez moi.

– Vos robots savent certainement que vous étiez ici, ils pourraient en témoigner.

– Ils le savent certainement mais ils ne peuvent en

témoigner légalement et, ce jour-là, Fanya était partie pour ses affaires personnelles.

— Fanya partage-t-elle vos connaissances en robotique, au fait ?

Fastolfe sourit ironiquement.

— Elle en sait moins que vous... et d'ailleurs tout cela n'a aucune importance.

— Pourquoi ?

De toute évidence, la patience de Fastolfe était mise à rude épreuve et ne tarderait pas à craquer.

— Mon cher, il ne s'agit pas d'une attaque physique définie, comme mon récent assaut simulé contre vous. Ce qui est arrivé à Jander n'exigeait pas une présence physique. Jander, tout en n'étant pas chez moi, n'était pas très éloigné sur le plan géographique mais il aurait pu être à l'autre bout d'Aurora que cela n'aurait rien changé. Je pouvais toujours l'atteindre électroniquement et il m'était possible, par les ordres que je lui donnais et les réactions que je pouvais provoquer, de causer son gel mental. Le geste crucial ne nécessiterait même pas beaucoup de temps et...

Baley l'interrompit vivement :

— C'est donc un procédé bref, sur lequel quelqu'un aurait pu buter par hasard ?

— Non ! s'exclama Fastolfe. Pour l'amour d'Aurora, Terrien, laissez-moi parler ! Je vous ai déjà dit que ce n'était pas le cas. Provoquer un gel mental chez Jander serait un procédé long, compliqué et tortueux, exigeant la plus grande compréhension et la plus grande intelligence, et il n'a pu être exécuté accidentellement par *personne*, à moins d'une incroyable et durable coïncidence. Il y aurait infiniment moins de chances de progresser sur cette voie extrêmement complexe que de risques de gel spontané, si mon raisonnement mathématique était accepté.

» Toutefois, si moi je souhaitais produire un gel, je procéderais petit à petit, avec le plus grand soin, à des changements et je provoquerais des réactions, durant plusieurs semaines, des mois ou même des années, jusqu'à ce que j'amène Jander au bord même de la destruction. Et à aucun moment, au cours de ce processus, ne présenterait-il le moindre signe d'être au bord de la catastrophe, tout comme vous pourriez vous rapprocher de plus en plus d'un précipice, en pleine nuit, sans vous apercevoir que vous perdez pied, pas même à l'extrême bord. Mais une fois que je l'aurais amené tout au bord – le bord du précipice – une simple réflexion de ma part le ferait basculer. C'est ce dernier geste qui ne prend qu'un instant. Comprenez-vous ?

Baley pinça les lèvres. Il lui était impossible de dissimuler sa déception.

– En un mot, donc, vous aviez l'occasion.

– N'importe qui en avait l'occasion. N'importe qui à Aurora, à la condition de posséder les connaissances et l'habileté nécessaires.

– Et vous seul les possédez ?

– J'en ai bien peur.

– Ce qui nous amène au mobile, docteur Fastolfe.

– Ah !

– Et c'est là que nous pourrions vous établir une bonne défense. Ces robots humaniformes sont à vous. Ils sont nés de votre théorie et vous avez participé à leur construction à tous les stades, même si c'est le Dr Sarton qui en était le premier dessinateur. Ils existent grâce à vous et uniquement grâce à vous. Vous avez parlé de Daneel comme de votre « premier-né ». Ils sont vos créations, vos enfants, votre cadeau à l'humanité, votre droit à l'immortalité !

(Baley se sentait devenir un peu grandiloquent et, un instant, il s'imagina qu'il s'adressait à une commission d'enquête.)

– Pourquoi diable, pour quelle raison au monde, ou plutôt à Aurora, auriez-vous détruit cette œuvre ? Pourquoi iriez-vous détruire la vie que vous avez produite par un miracle de labeur cérébral ?

Fastolfe se permit un petit sourire amusé.

– Voyons, Baley ! Vous n'y connaissez rien. Comment pouvez-vous savoir que ma théorie était le résultat d'un miracle de travail cérébral ? Elle pouvait fort bien être la très banale extension d'une équation que n'importe qui aurait pu effectuer mais à laquelle personne n'avait pensé avant moi.

– Je ne le crois pas, répliqua Baley en s'efforçant de se calmer. Si personne d'autre que vous ne comprend assez le cerveau humaniforme pour le détruire, alors à mon avis il est vraisemblable que personne d'autre que vous ne le comprend assez bien pour le créer. Allez-vous le nier ?

Fastolfe secoua la tête.

– Non, je ne le nie pas. Et pourtant, Baley, dit-il, votre analyse réfléchie ne fait qu'aggraver notre cas. Nous avons déjà établi que je suis le seul à avoir eu les moyens et l'occasion. Il se trouve que j'ai également un mobile : le meilleur mobile du monde, et mes ennemis le savent. Alors, comment diable allons-nous prouver que je n'ai pas commis ce crime ?

19

Baley fronça les sourcils, l'air furieux, se leva et s'éloigna vivement vers un coin de la pièce, comme s'il cherchait un refuge. Puis il pivota brusquement et déclara sur un ton sec :

– Docteur Fastolfe, j'ai l'impression que vous prenez plaisir à me dépiter !

Fastolfe haussa les épaules.

– Aucun plaisir, je vous assure. Je vous présente simplement les problèmes tels qu'ils se posent. Le pauvre Jander est mort de sa mort robotique par pure précarité du courant positronique. Comme je sais que je ne suis pas responsable, je sais que cela s'est passé ainsi. Mais personne d'autre ne peut en être certain. Je suis innocent et tout m'accuse... et nous devons affronter cela sans tergiverser, pour décider de ce que nous ferons ou pouvons faire, si tant est qu'il y ait quelque chose à faire.

– Bien. Alors, dans ce cas, examinons votre mobile. Ce qui vous fait l'effet d'un mobile flagrant n'est peut-être rien de tel.

– J'en doute. Je ne suis pas un imbécile.

– Vous n'êtes sans doute pas juge de vous-même, non plus, ni de vos mobiles. On ne l'est pas toujours. Vous dramatisez peut-être, pour une raison ou une autre.

– Je ne le crois pas.

– Alors dites-moi quel est votre mobile. Hein ? Quel mobile ? Dites-le moi !

– Pas si vite, Baley. Ce n'est pas facile à expliquer... Pourriez-vous venir dehors avec moi ?

Baley se tourna vivement vers la fenêtre. A l'Extérieur ?

Le soleil avait baissé et la salle n'en était que plus ensoleillée. Il hésita puis il répondit, un peu plus fort qu'il n'était nécessaire :

– Oui, certainement !

– Parfait, dit Fastolfe. (Il ajouta, plus aimablement encore :) Mais peut-être voudriez-vous d'abord passer à la Personnelle ?

Baley réfléchit. Il n'éprouvait aucun besoin particulièrement pressant mais il ne savait pas ce qui l'attendait à l'Extérieur, combien de temps il y resterait, de quelles commodités il disposerait. Surtout, il ne connaissait pas les coutumes auroraines à cet égard et ne se souvenait de rien, dans les livres-films qu'il avait vus à bord, qui puisse l'éclairer. Peut-être était-il plus sûr d'acquiescer à ce que suggérait son hôte.

– Merci, dit-il, volontiers.

Fastolfe fit un signe de tête.

– Daneel, accompagne M. Baley à la Personnelle des visiteurs.

– Camarade Elijah, voulez-vous me suivre ? dit Daneel.

Comme ils passaient tous deux dans la pièce voisine, Baley dit :

— Je suis navré, Daneel, que tu n'aies pas participé à cette conversation entre le Dr Fastolfe et moi.

— Cela aurait été malséant, camarade Elijah. Quand vous m'avez posé une question directe j'ai répondu, mais je n'ai pas été invité à y participer totalement.

— Je t'y aurais invité, Daneel, si je n'avais pas été retenu par le fait que je suis un invité. J'ai pensé que j'aurais probablement tort de prendre l'initiative à ce sujet.

— Je comprends... Voici la Personnelle des visiteurs, camarade Elijah. La porte s'ouvrira au contact de votre main en n'importe quel endroit, si la pièce est inoccupée.

Baley n'entra pas. Il resta un instant songeur, puis il dit :

— Si tu avais été invité à parler, Daneel, y a-t-il quelque chose que tu aurais dit ? Aurais-tu fait un commentaire ? J'aimerais beaucoup avoir ton opinion, mon ami.

Daneel répondit avec sa gravité habituelle :

— La seule réflexion que je ferai, c'est que la déclaration du docteur Fastolfe, selon laquelle il avait un excellent mobile pour faire cesser le fonctionnement de Jander, était inattendue pour moi. Je ne sais pas quel peut être ce mobile. Mais quel que soit celui qu'il vous donnera, vous devrez vous demander pourquoi il n'a pas le même mobile pour me mettre en état de gel mental. Si l'on peut croire qu'il a eu un mobile pour détruire Jander, pourquoi ce même mobile ne s'appliquerait-il pas à moi ? Je serais curieux de le savoir.

Baley regarda vivement Daneel, cherchant machinalement sur une figure qui ne pouvait en avoir une expression spontanée.

— Tu ne te sens pas en sécurité, Daneel ? Tu penses que le Dr Fastolfe est un danger pour toi ?

— Par la Troisième Loi, je dois protéger ma propre existence, mais je ne résisterais ni au Dr Fastolfe ni à aucun être humain s'ils jugeaient nécessaire de mettre fin à mon existence. C'est la Deuxième Loi. Cependant, je sais que j'ai une grande valeur, autant par l'investissement de matière, de travail et de temps que par mon importance scientifique. Il serait donc indispensable de m'expliquer calmement et avec précision les raisons nécessitant la fin de mon existence. Le Dr Fastolfe ne m'a jamais rien dit – *jamais,* camarade Elijah – qui puisse laisser supposer qu'il avait pareille idée en tête. Je ne crois pas qu'il ait envisagé un seul instant de mettre fin à mon existence pas plus que je ne crois qu'il a envisagé de mettre fin à celle de Jander. C'est le hasard d'un court-circuit positronique qui a mis fin à Jander et qui pourrait, un jour, causer ma propre fin. Il y a toujours un élément de hasard dans l'Univers.

– Tu le dis. Fastolfe le dit. Je le crois, aussi. Mais la difficulté, c'est de persuader le public en général d'accepter ce point de vue.

Baley se tourna d'un air maussade vers la porte de la Personnelle et demanda :

– Tu entres avec moi, Daneel ?

L'expression de Daneel parvint à sembler amusée.

– C'est flatteur, camarade Elijah, d'être pris à ce point pour un être humain. Je n'en ai nul besoin, naturellement.

– Naturellement. Mais tu peux entrer quand même.

– Ce ne serait pas approprié que j'entre. Il n'est pas d'usage que les robots entrent dans les Personnelles. L'intérieur de ce genre de pièce est purement humain... D'ailleurs, c'est une Personnelle à une personne.

– Une personne !

Baley fut tout d'abord choqué mais il se ressaisit, en se disant que d'autres mondes avaient d'autres mœurs. Cependant, il ne se souvenait pas que cette coutume était décrite dans les livres-films. Il demanda :

– C'est donc ce que tu voulais dire, en m'expliquant que la porte ne s'ouvrirait que si la pièce était inoccupée ? Et si elle est occupée, comme elle va l'être dans un instant ?

– Alors la porte ne s'ouvrira pas à un contact de

l'extérieur, bien entendu, et votre intimité sera donc préservée. Naturellement, elle s'ouvrira à un léger contact de l'intérieur.

— Et si un visiteur s'évanouit, a une attaque ou une crise cardiaque alors qu'il est enfermé et ne peut toucher la porte à l'intérieur? Que se passe-t-il? Personne ne peut entrer pour lui porter secours?

— Il y a des moyens d'ouvrir la porte en cas d'urgence, camarade Elijah, si cela paraît souhaitable, dit Daneel. (Il ajouta, visiblement troublé :) Pensez-vous qu'il peut vous arriver un tel accident fâcheux?

— Non, bien sûr que non. Simple curiosité.

— Je serai juste derrière la porte, dit Daneel avec une inquiétude visible. Si j'entends un cri, une chute, camarade Elijah, je prendrai immédiatement des mesures.

— Je doute que ce soit nécessaire.

Baley effleura la porte, légèrement, d'un revers de main, et elle s'ouvrit aussitôt. Il attendit un moment, pour voir si elle se refermerait. Elle resta ouverte. Il entra alors et la porte se referma immédiatement.

Pendant qu'elle était ouverte, la Personnelle lui avait donné l'impression d'être une pièce simple et fonctionnelle, servant carrément aux besoins intimes. Un lavabo, une cabine (renfermant probablement une douche), une baignoire, une demi-cloison translucide dissimulant certainement le lieu d'aisances. Il y avait divers appareils qu'il ne reconnaissait pas très bien et dont l'usage lui échappait. Il supposa qu'ils étaient destinés à des services personnels d'une espèce ou d'une autre.

Baley eut peu de temps pour les examiner car en un clin d'œil tout disparut et il se demanda si ce qu'il avait vu était réellement là ou si les appareils semblaient exister parce qu'il s'était attendu à les voir.

Lorsque la porte se ferma, la pièce s'assombrit car il n'y avait pas de fenêtre. Lorsqu'elle fut complètement fermée, la pièce se ralluma mais rien de ce qu'il venait de voir ne revint. Il faisait grand jour, et il était à l'Extérieur, ou du moins il en avait l'impression.

Il y avait le ciel au-dessus de sa tête, où passaient de légers nuages, d'une façon assez régulière pour qu'ils paraissent nettement artificiels. De tous côtés, un paysage verdoyant s'étendait, où les arbres bougeaient aussi de la même manière répétitive.

Baley sentit la crispation familière de son estomac, qui se produisait chaque fois qu'il était à l'Extérieur... mais il n'était pas dehors ! Il était entré dans une pièce sans fenêtre. Ce devait être un truc, une illusion d'optique.

Regardant droit devant lui, il exécuta lentement un pas glissé, les mains tendues. Lentement, en regardant fixement, il avança.

Ses mains touchèrent la surface lisse d'un mur. Il le suivit à tâtons, de chaque côté. Il toucha le lavabo qu'il avait vu durant cet instant de vision normale et, guidé par ses mains, il parvint à le distinguer, faiblement, faiblement, rien qu'un contour dans l'écrasante sensation de lumière.

Il trouva le robinet mais aucune eau n'en coula. Il suivit sa courbe mais ne découvrit rien qui fût l'équivalent des poignées normales qui contrôlaient l'écoulement de l'eau. Sous ses doigts, il sentit une plaque rectangulaire, que la sensation un peu rêche distinguait du mur environnant. En glissant les doigts dessus, il appuya, en hésitant, et aussitôt la verdure, qui s'étendait bien au delà du plan vertical du mur, que lui révélaient ses doigts, fut séparée par un filet d'eau tombant d'une certaine hauteur vers ses pieds, dans un grand bruit d'éclaboussures.

Il fit un bond en arrière, réflexe automatique, mais l'eau n'arriva pas jusqu'à ses pieds. Elle ne cessait pas de couler mais elle n'atteignait pas le sol. Il tendit la main. Ce n'était pas de l'eau mais une illusion d'optique d'eau. Elle ne mouillait pas sa main, il ne sentait rien. Cependant, ses yeux refusaient obstinément de se rendre à l'évidence : ils voyaient de l'eau.

Baley suivit le filet vers le haut et finit par toucher

de l'eau véritable, un mince flot coulant du robinet. Elle était froide.

Ses doigts retrouvèrent le rectangle râpeux et il fit quelques essais, en appuyant un peu au hasard. La température de l'eau changea rapidement et il finit par trouver l'endroit qui fournissait une tiédeur agréable.

Il ne trouva pas de savon. Toujours en hésitant, il frotta ses mains sous cette eau, qui avait l'air d'une source naturelle qui aurait dû le tremper de la tête aux pieds mais ne l'éclaboussait même pas. Et, comme si le mécanisme lisait dans sa pensée ou, plus vraisemblablement, était déclenché par le frottement des mains, il sentit l'eau devenir savonneuse, tandis que la source qu'il voyait et ne voyait pas se couvrait de bulles et de mousse.

Toujours craintivement, il se pencha sur le lavabo et se frotta la figure avec cette eau savonneuse. Il sentit sa barbe naissante mais savait qu'il n'avait aucun moyen de traduire l'équipement de cette pièce en matériel à raser, sans avoir reçu des instructions.

Le visage lavé, il tint ses mains sous l'eau, en se demandant comment arrêter l'écoulement du savon. Il n'eut pas à s'interroger longtemps. Ses mains, probablement, contrôlaient cela en cessant de se frotter. L'eau perdit sa sensation savonneuse et la mousse disparut. Il se bassina la figure, sans frotter, et elle fut rincée aussi. Sans rien avoir et avec la maladresse d'un novice ignorant tout du processus, il trempa tout le devant de sa chemise.

Des serviettes ? Du papier ?

Il recula, les yeux fermés, tenant la tête en avant pour éviter de mouiller davantage ses vêtements. Ce recul devait être le mouvement clef, car il sentit un courant d'air chaud. Il y plaça la figure puis les mains.

Ouvrant les yeux, il s'aperçut que la source ne coulait plus. Avec ses mains, il constata qu'il ne sentait plus de l'eau véritable.

Sa crispation d'estomac s'était changée depuis longtemps en irritation. Il savait bien que les Personnelles variaient énormément d'un monde à l'autre, mais cette ridicule illusion d'Extérieur, c'était vraiment aller trop loin !

Sur Terre, la Personnelle était une immense salle commune de commodités réservées à un sexe, avec des cabines privées dont chacun avait une clef. A Solaria, on accédait à la Personnelle par un étroit couloir, contre un des côtés de la maison, comme si les Solariens espéraient qu'elle ne serait pas considérée comme une pièce de leur demeure. Dans les deux mondes, cependant, aussi différents qu'il était possible par ailleurs, les Personnelles étaient clairement définies et personne ne pouvait se tromper sur l'usage de tous les appareils sanitaires.

Alors pourquoi, à Aurora, cette rusticité factice, qui masquait totalement tous les détails d'une Personnelle ?

Pourquoi ?

Quoi qu'il en soit, son agacement laissait peu de place aux émotions habituelles, au malaise que lui causait l'Extérieur ou cette parodie d'Extérieur. Il avança dans la direction où il se rappelait avoir vu la demicloison translucide.

Ce n'était pas la bonne. Il ne trouva ce qu'il voulait qu'en suivant lentement le mur, à tâtons et en se cognant contre divers éléments.

Finalement, il urina dans une illusion de petite mare qui ne semblait pas recevoir correctement le flot. Ses genoux lui apprenaient qu'il visait bien, entre les côtés de ce qu'il pensait être un urinoir, et il se dit que s'il se servait d'un mauvais réceptacle, ou s'il visait mal, ce n'était pas sa faute.

Un instant, quand il eut fini, il envisagea de retrouver le lavabo pour se passer les mains à l'eau mais y renonça. Il n'avait vraiment pas le courage d'affronter les recherches et cette fausse cascade.

Toujours à tâtons, il trouva la porte par laquelle il était entré mais il ne s'en rendit compte que lorsqu'il la toucha et qu'elle s'ouvrit. La lumière s'éteignit immédiatement et fut remplacée par celle, non illusoire, du jour.

Daneel l'attendait et, avec lui, Fastolfe et Giskard.

— Cela vous a pris près de vingt minutes, dit Fastolfe. Nous commencions à nous inquiéter.

Baley se sentit brûler de rage.

— J'ai eu des problèmes avec vos grotesques illusions, dit-il entre ses dents, tenant la bride à sa colère.

Fastolfe fit une petite moue et haussa les sourcils.

— Il y a un contact juste à côté de la porte, à l'intérieur, qui contrôle l'illusion. Il peut l'atténuer et vous permettre de voir la réalité à travers, ou même supprimer complètement l'illusion, si vous le souhaitez.

— On ne me l'a pas dit. Est-ce que toutes vos Personnelles sont comme ça ?

— Non. A Aurora, les Personnelles possèdent généralement des systèmes d'illusions mais elles varient avec chaque individu. L'illusion d'une nature verdoyante me plaît et j'en varie les détails de temps en temps. On se lasse de tout, vous savez, au bout d'un moment. Il y a des gens qui créent des illusions érotiques, mais ce n'est pas du tout de mon goût.

» Naturellement, quand on est habitué aux Personnelles, les illusions ne posent pas de problèmes. Les pièces sont toutes standard et l'on sait où tout se trouve. Ce n'est pas plus difficile que d'aller et venir dans un lieu bien connu, dans le noir... Mais dites-moi, monsieur Baley, pourquoi n'êtes-vous pas ressorti pour demander des instructions ?

— Parce que je ne le voulais pas. Je reconnais que j'étais extrêmement irrité par ces illusions mais je les acceptais. Après tout, c'était Daneel qui m'avait conduit à la Personnelle et il ne m'avait donné aucune explication, aucun avertissement. Il m'aurait certainement tout expliqué longuement, s'il avait éte libre de le faire, car il aurait sûrement prévu que je risquais de me blesser. J'ai donc été forcé de conclure que vous lui aviez donné des instructions pour qu'il ne m'avertisse pas, et comme je ne vous pensais pas vraiment capable de me jouer un mauvais tour, je devais en déduire que vous aviez un but sérieux pour agir ainsi.

– Ah ?

– Ma foi, vous m'avez demandé de venir à l'Extérieur et, quand j'ai accepté, vous m'avez immédiatement proposé de passer par la Personnelle. Par conséquent, j'ai pensé que votre dessein, en m'envoyant dans une illusion d'Extérieur, était de voir si je serais capable de le supporter ou si je ressortirais en pleine panique. Si je le supportais, alors on pouvait avoir confiance en moi pour m'emmener dans le véritable Extérieur. Eh bien, j'ai tout supporté. Je suis un peu mouillé, merci bien, mais ça sèchera vite.

– Vous avez un bon esprit lucide, Baley. Je vous fais des excuses pour la nature de l'épreuve et pour la gêne que je vous ai causée. Je tentais simplement d'éviter la possibilité d'un bien plus grand malaise. Souhaitez-vous toujours sortir avec moi ?

– Non seulement je le souhaite, Fastolfe, mais j'y tiens beaucoup !

20

Ils suivirent un couloir, avec Daneel et Giskard sur leurs talons.

– J'espère que cela ne vous fait rien que les robots nous accompagnent, dit aimablement Fastolfe. Les Aurorains ne vont jamais nulle part sans au moins un robot pour les escorter et dans votre cas en particulier, je dois insister pour que Daneel et Giskard soient avec vous à tout instant.

Il ouvrit une porte et Baley s'efforça de résister fermement au soleil et au vent, sans parler de l'odeur envahissante de la terre d'Aurora, bizarre et subtilement étrangère.

Fastolfe s'écarta et Giskard sortit le premier. Le robot regarda attentivement autour de lui. On avait l'impression que tous ses sens participaient à l'observation. Il se retourna, Daneel le rejoignit et fit de même.

— Laissons-les pour le moment, dit Fastolfe. Ils nous préviendront quand ils penseront que nous pouvons sortir sans danger. Je vais en profiter pour vous présenter encore une fois mes plus plates excuses pour le mauvais tour que je vous ai joué, avec la Personnelle. Je vous assure que nous l'aurions su, si vous aviez été en difficulté; vos divers signes vitaux étaient enregistrés. Je suis très content, et pas complètement surpris, que vous ayez deviné mon intention.

Il sourit et, avec une hésitation presque imperceptible, il posa une main sur l'épaule gauche de Baley et la pressa amicalement.

Baley restait très raide.

— Vous semblez avoir oublié votre autre méchant tour, votre attaque apparente avec l'épiceur. Si vous voulez bien m'assurer que désormais nous nous traiterons mutuellement avec franchise et honnêteté, j'accepte de considérer que ces épreuves avaient une intention raisonnable.

— D'accord !

— Pouvons-nous sortir maintenant ?

Baley regarda dehors, où Daneel et Giskard s'étaient éloignés et séparés à droite et à gauche, sans cesser d'observer et de sentir.

— Pas tout à fait encore. Ils vont faire tout le tour de mon établissement... Daneel me dit que vous l'avez invité à entrer à la Personnelle avec vous. Etait-ce une offre sérieuse ?

— Oui. Je savais qu'il n'avait nul besoin mais je pensais que ce serait impoli de l'exclure. Je n'étais pas sûr de la coutume, à cet égard, en dépit de toutes mes lectures sur les questions auroraines.

— C'est probablement une de ces choses que les Aurorains jugent inutile de mentionner et, naturellement, on ne peut demander à des livres de préparer des Terriens en visite à ce genre de problèmes...

– Parce qu'il y a si peu de visiteurs terriens ?

– Précisément. Le fait est, bien entendu, que les robots n'entrent jamais dans les Personnelles. C'est le seul endroit où les êtres humains en sont débarrassés. Je suppose qu'on estime qu'il y a des moments et des lieux où l'on doit se sentir libre de leur présence.

– Et pourtant, quand Daneel était sur Terre, à l'occasion de la mort de Sarton il y a trois ans, j'ai essayé de l'empêcher d'aller à la Personnelle commune en lui disant qu'il n'avait pas de besoins. Malgré tout, il a insisté pour y entrer.

– A fort juste titre. Il avait, à cette occasion, des ordres très stricts de ne jamais laisser soupçonner qu'il n'était pas humain, pour des raisons que vous n'avez sûrement pas oubliées. Mais ici à Aurora... Ah, ils ont fini.

Les robots revenaient vers la porte et Daneel leur faisait signe de sortir.

Fastolfe étendit le bras pour barrer le chemin à Baley.

– Si cela ne vous fait rien, monsieur Baley, je sortirai le premier. Comptez jusqu'à cent, patiemment, et ensuite venez nous rejoindre.

21

Baley, en arrivant à cent, sortit d'un pas ferme et marcha vers Fastolfe. Sans doute sa figure était-elle un peu crispée, ses mâchoires trop serrées, son dos trop raide.

Il regarda de tous côtés. Le paysage n'était pas très différent de celui qui lui avait été présenté dans la Personnelle. Peut-être Fastolfe avait-il pris modèle sur ses propres terres. Tout était verdoyant et, à un endroit, il y avait un ruisseau qui dévalait au flanc d'un coteau. Il était peut-être artificiel mais ce n'était pas une illusion. L'eau était réelle. Baley sentit la fraîcheur des gouttelettes en passant.

Tout paraissait un peu fabriqué, domestiqué. L'Extérieur de la Terre était bien plus sauvage et d'une beauté plus grandiose, du moins le peu qu'il en avait vu.

Fastolfe lui posa légèrement une main sur le bras et lui dit :

– Venez dans cette direction... Regardez !

Un espace entre deux arbres révélait une immense pelouse.

Pour la première fois, Baley ressentit une impression de distance. A l'horizon, on distinguait une habitation basse, longue, et qui, de couleur verte, paraissait se fondre dans le paysage.

– C'est un quartier résidentiel, expliqua Fastolfe. Cela ne vous fait sans doute pas cet effet-là, vous qui êtes habitué aux gigantesques ruches de la Terre, mais nous sommes dans la ville auroraine d'Eos, le centre administratif de la planète, la capitale, en quelque sorte. Avec ses vingt mille habitants humains, c'est la plus grande ville d'Aurora, et même de tous les mondes spatiens. Il y a autant d'êtres humains à Eos que dans tout Solaria, conclut-il avec fierté.

– Combien de robots ?

– Dans cette région ? Dans les cent mille, je pense. Sur l'ensemble de la planète, il y a en moyenne cinquante robots par être humain, et non pas dix mille par humain comme à Solaria. La plupart de nos robots sont dans nos fermes, nos mines, nos usines, dans l'espace. Nous souffririons plutôt d'une pénurie de robots, en fait, particulièrement de robots domestiques de maison. La plupart des Aurorains doivent se contenter de deux ou trois de ceux-là, certains même ne peuvent en avoir qu'un. Nous ne voulons pas marcher sur les traces de Solaria.

— Combien d'êtres humains n'ont pas du tout de robot employé de maison ?

— Aucun. Ce ne serait pas dans l'intérêt général. Si un être humain, pour une raison ou pour une autre, n'a pas les moyens de se payer un robot, on lui en fournit un, qui sera entretenu, si besoin est, par les deniers publics.

— Qu'arrive-t-il en cas d'augmentation de la population ? Vous ajoutez des robots ?

Fastolfe secoua la tête.

— La population n'augmente pas. Aurora a une population de deux cent millions d'êtres humains et ce chiffre est resté stable depuis trois siècles. C'est le nombre souhaité. Vous avez sûrement lu cela dans les livres que vous avez visionnés.

— Oui, en effet, mais j'ai eu du mal à le croire.

— Je puis vous assurer que c'est vrai. Ainsi, cela permet à chacun de nous d'avoir assez de terres, assez d'espace vital, assez d'intimité et une part abondante des ressources de notre monde. Nous ne sommes pas trop nombreux comme sur la Terre, ni en nombre insuffisant comme à Solaria.

Fastolfe offrit son bras à Baley, pour qu'ils poursuivent leur promenade.

— Ce que vous voyez, reprit-il, est un monde apprivoisé. C'est pour vous montrer cela que je vous ai fait sortir.

— Il ne comporte aucun danger ?

— Il y a toujours une certaine marge de danger. Nous avons des orages, des tempêtes, des éboulements de terrain, des séismes, des blizzards, des avalanches, un volcan ou deux... On ne peut pas totalement éliminer la mort accidentelle. Et il y a même les passions de gens coléreux ou envieux, les folies des jeunes et la démence des personnes à courte vue. Mais ces choses-là ne sont que des irritations mineures et ne troublent guère le calme civilisé qui règne dans notre monde.

Fastolfe parut ruminer un moment ses propres paroles, puis il soupira et avoua :

– Je ne puis guère désirer qu'il en soit autrement, mais je fais quand même certaines réserves intellectuelles. Nous n'avons apporté à Aurora que les plantes et animaux que nous jugions utiles, ornementaux ou les deux. Nous avons fait de notre mieux pour éliminer tout ce que nous considérions comme de mauvaises herbes, de la vermine, des animaux nuisibles ou même manquant de perfection. Nous avons sélectionné des êtres humains sains, forts et beaux, selon nos goûts naturellement. Nous avons essayé de... Mais vous souriez ?

Baley n'avait pas souri. Sa bouche avait à peine esquissé un pincement.

– Non, non, protesta-t-il. Il n'y a pas de quoi sourire.

– Si, car je sais aussi bien que vous que je ne suis pas beau, selon les canons aurorains. L'ennui, c'est que nous ne pouvons pas contrôler entièrement les combinaisons de gènes et les influences intra-utérines. De nos jours, bien entendu, avec l'extogénèse qui devient courante, encore que j'espère bien qu'elle ne deviendra jamais aussi courante qu'à Solaria, je pourrais éliminer ce stade fœtal tardif.

– Dans ce cas, docteur Fastolfe, les mondes auraient perdu un grand théoricien robotique.

– Vous avez parfaitement raison, répliqua Fastolfe sans aucune vergogne, mais les mondes ne l'auraient jamais su, n'est-ce pas ? Enfin bref, nous avons œuvré pour créer une équilibre écologique très simple mais complètement viable, un climat tempéré, une terre fertile et des ressources aussi également distribuées que possible. Le résultat est un monde qui produit tout ce dont nous avons besoin, en tenant compte de nos désirs... Voulez-vous que je vous dise vers quel idéal nous avons tendu ?

– Je vous en prie, dit Baley.

– Nous avons travaillé pour créer une planète qui,

dans son ensemble, obéirait aux Trois Lois de la Robotique. Elle ne fait rien qui blesse les êtres humains, par action ou par omission. Elle fait ce que nous voulons qu'elle fasse, du moment que nous ne lui demandons pas de faire du mal à des êtres humains. Et elle se protège, à des moments et dans des lieux où elle doit nous servir ou nous sauver même au prix d'un mal fait à elle-même. Nulle part ailleurs, ni sur Terre ni dans les autres mondes spatiens, cela n'est aussi vrai qu'à Aurora.

Baley confia tristement :

– Les Terriens aussi ont rêvé d'un tel monde, mais depuis longtemps nous sommes devenus trop nombreux et nous avons trop gravement endommagé notre planète, au temps de notre ignorance, pour pouvoir y remédier maintenant... Mais parlez-moi un peu des formes de vie indigènes d'Aurora. Vous n'êtes certainement pas arrivés sur une planète morte ?

– Vous savez bien que non, si vous avez visionné nos livres d'histoire. Aurora avait une flore et une faune, quand nous sommes arrivés, et une atmosphère d'azote-oxygène. C'était le cas aussi des cinquante mondes spatiens. Curieusement, dans chaque cas, les formes de vie étaient rares et peu variées. Elles n'étaient pas non plus particulièrement tenaces et ne se cramponnaient pas à leur planète. Nous avons pris la relève, pour ainsi dire, sans la moindre lutte et ce qui reste de la vie indigène est dans nos aquariums, nos zoos et dans quelques régions primitives soigneusement préservées.

» Nous ne comprenons pas très bien pourquoi les planètes porteuses de vie que les êtres humains ont explorées avaient si peu de formes de vie, pourquoi la Terre seule a très vite débordé d'une multitude de variétés follement tenaces, qui ont rempli toutes les niches de l'environnement, ni pourquoi seule la Terre a développé une vie intelligente.

– Peut-être est-ce une coïncidence, le hasard d'explorations incomplètes. Nous connaissons si peu de planètes, jusqu'à présent !

– Je reconnais que c'est l'explication la plus logique. Il peut certes y avoir quelque part un équilibre écologique aussi complexe que celui de la Terre. Il peut y avoir quelque part une vie intelligente et une civilisation technologique. Pourtant, la vie et l'intelligence de la Terre se sont déployées sur des parsecs dans toutes les directions. S'il y a de la vie et de l'intelligence ailleurs, pourquoi ne se sont-elles pas répandues aussi, et pourquoi n'en avons-nous jamais rencontré ?

– Cela peut arriver demain, qui sait ?

– C'est possible. Et si une telle rencontre est imminente, raison de plus pour ne pas attendre passivement. Car nous devenons passifs, Baley. Depuis deux siècles et demi, il n'y a pas eu un seul établissement sur un nouveau monde spatien. Nos planètes sont si apprivoisées, si délicieuses, que nous ne voulons pas les quitter. Ce monde-ci a été colonisé parce que la Terre était devenue si désagréable que les risques, les dangers des nouveaux mondes déserts paraissaient préférables, par comparaison. Lorsque finalement nos cinquante mondes spatiens ont été développés – Solaria en dernier – il n'y a plus eu d'aiguillon, plus de nécessité d'aller chercher ailleurs. Et la Terre elle-même s'est repliée dans ses souterrains d'acier. Fin de l'histoire. Fin de tout.

– Vous ne le pensez pas vraiment !

– Si nous restons comme nous sommes ? Si nous restons placides, douillettement inertes ? Si, je le pense certainement. L'humanité doit élargir sa vision, sa portée, si elle veut rester florissante. Une des voies d'expansion est l'espace, une exploration constante d'autres mondes et l'envoi de pionniers pour s'y établir. Si nous n'en faisons rien, une autre civilisation en cours d'expansion nous atteindra et nous ne serons pas de force à résister à son dynamisme.

– Vous vous attendez à une guerre cosmique, à une fusillade en hypervision ?

— Non, je doute que ce soit nécessaire. Une civilisation en voie d'expansion dans l'espace n'aura pas besoin de nos quelques mondes et sera sans doute trop avancée intellectuellement pour éprouver le besoin d'imposer ici son hégémonie par la force. Si, toutefois, nous sommes environnés par une civilisation plus vivace, plus vibrante, nous nous étiolerons, par la simple force de la comparaison; nous dépérirons et mourrons de voir ce que nous sommes devenus et le potentiel que nous avons gaspillé. Naturellement, nous pourrions substituer d'autres expansions : celle des connaissances scientifiques ou de la vigueur culturelle, par exemple. Je sens cependant que ces expansions-là ne sont pas séparables. Mourir dans l'une c'est mourir partout. Il est indiscutable que nous dépérissons en tout. Nous vivons trop longtemps. Nous avons trop de confort.

— Sur Terre, dit Baley, nous considérons les Spatiens comme des êtres tout-puissants, totalement sûrs d'eux. Je ne puis croire à ce que j'entends de la bouche de l'un d'eux!

— Vous ne l'entendrez pas d'une autre bouche. Mes opinions ne sont pas à la mode. Certains les trouvent intolérables et je ne parle pas souvent de toutes ces choses à des Aurorains. J'insiste simplement sur une nouvelle campagne pour de nouveaux établissements, mais sans exprimer ma peur des catastrophes qui nous guettent si nous renonçons à cette colonisation. En cela, au moins, je suis gagnant. Aurora envisage sérieusement, et même avec enthousiasme, une nouvelle ère d'explorations et d'établissements.

— Vous dites cela sans grand enthousiasme, pourtant. Qu'est-ce qui vous trouble?

— Eh bien, simplement, nous approchons de mon mobile pour détruire Jander Panell. (Fastolfe s'interrompit, soupira et reprit :) J'aimerais mieux comprendre les êtres humains, Baley. J'ai passé soixante ans à étudier les complexités du cerveau positronique et je m'attends à en consacrer encore cent cinquante ou deux cents à ce problème. Durant tout ce temps, j'ai à peine survolé celui du cerveau humain, qui est infiniment plus complexe. Existe-t-il des Lois de l'humanité, comme il y a des Lois de Robotique ? Combien peut-il y avoir de Lois de l'humanité et comment peuvent-elles être exprimées mathématiquement ? Je ne sais pas.

» Un jour viendra peut-être, cependant, où quelqu'un élucidera les Lois de l'humanité et pourra alors prédire les grands traits de l'avenir, savoir ce qu'il y a en réserve pour l'humanité, au lieu de supposer comme je le fais, saura comment améliorer les choses au lieu de se livrer à de simples spéculations. Je rêve parfois de fonder une nouvelle science que j'appelle la " psycho-histoire ", mais je sais que j'en suis incapable et j'ai bien peur que personne d'autre ne le puisse jamais.

Fastolfe se tut.

Baley attendit, puis il demanda à mi-voix :

— Et votre mobile pour la destruction de Jander Panell, docteur Fastolfe ?

Le savant ne parut pas entendre la question. Quoi qu'il en soit, il ne répondit pas. Il dit simplement :

— Daneel et Giskard nous font de nouveau signe que tout va bien. Dites-moi, Baley, consentiriez-vous à vous aventurer plus loin ?

— Jusqu'où ? demanda Baley avec prudence.

— Jusqu'à un établissement voisin. Dans cette direction, à travers la pelouse. Est-ce que l'espace à découvert vous inquiète ?

Baley pinça les lèvres et regarda dans la direction indiquée, comme pour tenter d'en mesurer les dangers.

— Je crois que je pourrai le supporter. Je ne prévois aucune menace.

Giskard, qui était assez près pour les entendre, se rapprocha d'eux; en plein jour, ses yeux ne paraissaient pas lumineux. Quand il parla, sa voix ne trahit aucune émotion humaine mais ses paroles révélèrent son souci.

— Monsieur, puis-je vous rappeler que pendant le

voyage, vous avez souffert d'un grave malaise au cours de la descente vers la planète ?

Baley se tourna vers lui. Quels que fussent ses sentiments pour Daneel, quel que fût le souvenir chaleureux de leur amitié passée qui modifiaient son attitude à l'égard des robots, il n'éprouvait rien de pareil maintenant. Il trouvait ce robot plus primitif nettement repoussant et fit un effort pour réprimer la vague colère qu'il ressentait.

– A bord du vaisseau, boy, j'ai été imprudent parce que j'étais exagérément curieux. J'affrontais une vision que je n'avais encore jamais expérimentée et je n'avais pas eu le temps de m'adapter. Ici, c'est différent.

– Vous n'éprouvez aucun malaise en ce moment, monsieur ? Puis-je en avoir la certitude ?

– Que j'en éprouve ou non, répliqua Baley avec fermeté (en se répétant que le robot était absolument tributaire de la Première Loi et en essayant d'être poli avec cette masse de métal qui, après tout, n'avait que le seul souci de son bien-être), cela n'a aucune importance. J'ai un devoir à remplir et cela ne peut se faire si je me cache dans des endroits clos.

– Votre devoir ? demanda Giskard comme s'il n'avait pas été programmé pour comprendre ce mot.

Baley regarda vivement du côté de Fastolfe mais le savant se tenait tranquillement à l'écart et ne cherchait pas à intervenir. Il semblait écouter, avec un intérêt abstrait, comme s'il soupesait la réaction d'un robot, d'un type donné, à une nouvelle situation et comparait les rapports, les variables, les constantes et les équations différentielles, les seules à être comprises.

Du moins ce fut l'impression qu'eut Baley. Il était irrité d'être soumis à une observation de ce genre, alors il demanda, un peu sèchement :

– Sais-tu ce que signifie le « devoir » ?

– Ce qui doit être fait, monsieur, répondit Giskard.

– Ton devoir est d'obéir aux Lois de Robotique et les êtres humains ont aussi leurs lois – comme ton maître, le Dr Fastolfe, le disait à l'instant – auxquelles il faut obéir. Je dois accomplir ma mission. C'est important.

– Mais aller à l'Extérieur alors que vous n'êtes pas...

– Cela doit être fait, néanmoins. Mon fils ira un jour sur une autre planète, probablement bien moins confortable que celle-ci, et s'exposera toute sa vie à l'Extérieur. Et, si je pouvais, j'irais avec lui.

– Mais pourquoi le feriez-vous ?

– Je te l'ai dit. Je considère que c'est mon devoir.

– Monsieur, je ne peux pas contrevenir aux Lois. Pouvez-vous désobéir aux vôtres ? Car je dois vous supplier de...

– Je peux choisir de ne pas faire mon devoir mais je ne le choisis pas, et c'est parfois la pulsion la plus forte, Giskard.

Il y eut un moment de silence, et puis Giskard demanda :

– Est-ce que cela vous ferait du mal si je réussissais à vous persuader de ne pas vous aventurer à découvert ?

– Oui, certainement, en ce sens où je sentirais que je n'ai pas su faire mon devoir.

– Plus de mal que tout malaise que vous pouvez éprouver à l'Extérieur ?

– Beaucoup plus.

– Merci de me l'avoir expliqué, monsieur, dit Giskard, et Baley crut voir passer une expression satisfaite sur la figure impassible du robot.

(La tendance humaine à personnaliser était irrésistible.)

Giskard recula et le Dr Fastolfe parla enfin.

– C'était très intéressant, Baley. Giskard avait besoin d'instructions, pour comprendre comment accorder la réaction positronique potentielle aux Trois Lois ou, plutôt, comment ces potentiels pouvaient s'accorder entre eux dans une telle situation. Maintenant, il sait comment se comporter.

– Je remarque que Daneel n'a posé aucune question.

– Daneel vous connaît. Il a été avec vous sur la Terre et à Solaria... Mais venez, marchons, voulez-vous ? Marchons lentement. Regardez autour de vous avec attention et si jamais vous désirez vous reposer, ou attendre, ou faire demi-tour, je compte sur vous pour me le faire savoir.

– Certainement, mais pourquoi cette promenade ? Puisque vous prévoyez un malaise possible pour moi, vous ne pouvez la suggérer sans raison.

– Non, en effet. Je pense que vous voulez voir le corps inerte de Jander.

– Pour le principe, oui, mais j'ai l'impression qu'il ne me dira rien du tout.

– J'en suis certain mais vous pourriez avoir aussi l'occasion d'interroger la personne qui était quasiment propriétaire de Jander au moment du drame. Vous voudrez sûrement parler de l'affaire à un être humain autre que moi.

22

Fastolfe se remit en marche sans se presser. Il cueillit au passage une feuille d'un buisson, la plia en deux et se mit à la grignoter.

Baley le considéra avec curiosité, en se demandant comment les Spatiens pouvaient mettre dans leur bouche une chose qui n'avait pas été traitée, ébouillantée ni même lavée, alors qu'ils avaient une telle peur de l'infection. Il se souvint qu'Aurora était dépourvue (*entièrement* dépourvue) de micro-organismes pathogènes, mais trouva tout de même le geste répugnant. La répulsion n'avait pas forcément une base rationnelle, se dit-il pour sa défense, et il fut soudain sur le point d'excuser l'attitude des Spatiens à l'égard des Terriens.

Il eut un mouvement de recul. C'était différent ! Dans ce cas, des êtres humains étaient en cause !

Giskard les précéda et se dirigea vers la droite. Daneel les suivait, un peu sur la gauche. Le soleil orangé d'Aurora (Baley remarquait à peine la teinte plus chaude, à présent) était agréablement tiède sur ses épaules, sans cette chaleur fébrile du soleil de la Terre en été, mais quel était le climat et la saison, dans cette région d'Aurora, en ce moment ?

L'herbe ou quoi que ce soit (cela ressemblait à de l'herbe) était à la fois un peu plus raide et un peu plus élastique que celle de la Terre, lui semblait-il, et le sol assez dur, comme s'il n'avait pas plu depuis longtemps.

Ils se dirigeaient vers la maison à l'horizon, probablement celle du propriétaire de Jander.

Baley perçut le bruissement d'un petit animal dans l'herbe, sur sa droite, le soudain pépiement d'un oiseau dans un arbre derrière lui; il entendit tout autour de lui un indéfinissable bourdonnement d'insectes. Il se dit que tous ces animaux avaient des ancêtres qui avaient jadis vécu sur la Terre. Ils n'avaient aucun moyen de savoir que ce coin de campagne où ils vivaient n'était pas tout ce qu'il y avait, depuis des éternités, depuis les temps les plus reculés. Les arbres mêmes et l'herbe venaient d'autres arbres, d'une autre herbe qui avaient autrefois poussé sur la Terre.

Seuls les êtres humains habitant ce monde savaient qu'ils n'étaient pas autochtones mais descendaient de Terriens... et pourtant ! Les Spatiens le savaient-ils réellement ou chassaient-ils simplement cette pensée de leur esprit ? Le jour viendrait-il où ils ne le sauraient plus du tout ? Où ils ne se souviendraient plus de quel monde ils étaient venus, ni même s'il existait une planète d'origine ?

– Docteur Fastolfe, dit Baley brusquement, un peu pour détourner le cours de pensées qui devenaient obsédantes, vous ne m'avez toujours pas dit quel était votre mobile pour détruire Jander.

– C'est vrai, je ne l'ai pas encore révélé... Pourquoi

croyez-vous, Baley, que j'aie travaillé à élaborer la base théorique du cerveau positronique du robot humaniforme ?

– Je n'en sais vraiment rien.

– Eh bien, réfléchissez. Ce travail consistait à concevoir un cerveau robotique se rapprochant le plus possible du cerveau humain et cela exigeait, me semblait-il, une certaine incursion dans l'art poétique...

Fastolfe s'interrompit et son petit sourire devint un rire franc.

– Vous savez, ça agace toujours certains de mes collègues quand je leur dis que si une conclusion n'est pas poétiquement équilibrée, elle ne peut être scientifiquement vraie. Ils me disent qu'ils ne comprennent pas ce que ça veut dire.

– J'ai peur de ne pas le comprendre non plus, avoua Baley.

– Mais moi je le comprends très bien. Je ne peux pas l'expliquer; je sens l'explication tout en étant incapable de la formuler, et c'est peut-être pour cette raison que j'ai obtenu des résultats et pas mes collègues. Mais voilà que je deviens grandiloquent, ce qui est un signe que je dois redevenir prosaïque. Pour imiter le cerveau humain, alors que je ne connais pratiquement rien de sa complexité et de son fonctionnement, il faut faire un bond intuitif, une chose qui me donne une impression de poésie. Et ce même bond intuitif qui me donne le cerveau positronique humaniforme doit sûrement me donner aussi un nouvel accès aux connaissances sur le cerveau humain. Voilà ce que je crois : grâce à l'humaniformité, si j'ose m'exprimer ainsi, je ferai au moins un petit pas vers cette psycho-histoire dont je vous ai parlé.

– Je vois.

– Et si je réussissais à mettre au point une structure théorique qui supposerait un cerveau humaniforme positronique, j'aurais besoin d'un corps humaniforme pour l'y placer. Le cerveau ne peut exister en soi, comprenez-vous. Il agit en commun avec le corps, si bien qu'un cerveau humaniforme dans un corps non humaniforme deviendrait lui-même, dans une certaine mesure, non humain.

– Vous en êtes certain ?

– Tout à fait. Vous n'avez qu'à comparer Daneel et Giskard.

– Ainsi, Daneel a été construit comme un prototype expérimental, pour vous donner une meilleure compréhension du cerveau humain ?

– Vous y êtes ! J'ai travaillé à cela pendant vingt ans, avec Sarton. Il y a eu de nombreux échecs, qui ont été rejetés. Daneel a été la première véritable réussite et, naturellement, je l'ai gardé pour mieux l'étudier et aussi (Fastolfe eut un petit sourire en coin, comme s'il avouait une bêtise) par affection. Après tout, Daneel sait comprendre la notion humaine du devoir alors que Giskard, malgré toutes ses vertus, a du mal à le faire. Vous avez vu.

– Et le séjour de Daneel sur la Terre, avec moi il y a trois ans, a été sa première mission en service commandé ?

– La première importante, oui. Quand Sarton a été assassiné, nous avions besoin de quelque chose qui serait un robot et pourrait résister aux maladies infectieuses de la Terre, et pourtant ressemblerait assez à un homme pour surmonter les préjugés anti-robotiques de la population terrienne.

– C'était une extraordinaire coïncidence que Daneel ait été là à votre disposition, à ce moment.

– Ah ? Vous croyez aux coïncidences ? J'ai le sentiment qu'à n'importe quel moment où un progrès aussi révolutionnaire que le robot humaniforme serait créé, une tâche exigeant son utilisation se présenterait. Des tâches similaires se sont probablement présentées régulièrement, durant tout le temps où Daneel n'existait pas et, comme il n'était pas là, on a dû avoir recours à d'autres solutions et expédients.

– Et vos travaux ont-ils été couronnés de succès,

docteur Fastolfe ? Comprenez-vous mieux le cerveau humain maintenant ?

Fastolfe marchait de plus en plus lentement et Baley calquait son allure sur la sienne. Puis ils s'arrêtèrent, à mi-chemin entre l'établissement de Fastolfe et l'autre. C'était un point pénible pour Baley, car il était à égale distance d'une protection, dans les deux directions, mais il lutta contre un malaise croissant, bien résolu à ne pas inquiéter Giskard. Il n'avait aucune envie de provoquer, par un mouvement ou un cri – ou même un changement d'expression – l'embarras de Giskard dans le désir de le sauver. Il ne tenait pas du tout à être soulevé et porté à l'abri.

Fastolfe ne paraissait pas comprendre les difficultés de Baley.

– Il ne fait aucun doute, dit-il, que l'on a fait de gros progrès en mentalogie. Il reste des problèmes énormes, et peut-être y en aura-t-il toujours, mais il y a eu un progrès certain. Malgré tout...

– Malgré tout ?

– Aurora ne se satisfait pas d'une étude purement théorique du cerveau humain. On a proposé des emplois pour les robots humaniformes, que je n'approuve pas du tout.

– Tels que leur utilisation sur la Terre ?

– Non, ce n'était qu'une brève expérience que j'approuvais assez et qui, même, me fascinait. Daneel pouvait-il abuser les Terriens ? Les événements ont révélé qu'il le pouvait, mais il faut dire, naturellement, que les yeux des Terriens ne sont pas très prompts à reconnaître des robots. Daneel ne pourrait pas tromper des Aurorains, encore que j'ose dire que de futurs robots humaniformes pourraient être améliorés au point de passer pour des êtres humains. Non, d'autres tâches ont été proposées.

– Lesquelles ?

L'air songeur, Fastolfe regarda dans le lointain.

– Je vous ai dit que ce monde était apprivoisé. Quand j'ai lancé ma campagne pour encourager un renouveau des explorations et des établissements, ce n'était pas aux super-confortables Aurorains ni aux Spatiens en général que je pensais pour les commander. Je pensais plutôt que nous devrions encourager les Terriens à prendre la tête du mouvement. Avec leur monde abominable – pardonnez-moi – et une courte espérance de vie, ils ont moins à perdre, si peu même qu'à mon avis ils devraient naturellement sauter sur cette chance, surtout si nous pouvions les aider technologiquement. Je vous ai parlé de tout ça quand je vous ai vu sur Terre, il y a trois ans. Vous vous souvenez ?

Il coula un regard vers Baley, qui répondit flegmatiquement :

– Je me souviens très bien. En fait, vous avez déclenché chez moi un entraînement de pensée qui a eu pour résultat un petit mouvement sur Terre dans cette même direction.

– Vraiment ? Ce ne doit pas être facile, j'imagine ! Vous devez vous heurter à la claustrophilie de tous les Terriens, leur terreur de quitter leurs murs.

– Nous la combattons, docteur. Notre organisation compte partir dans l'espace. Mon fils est un des dirigeants du mouvement et j'espère qu'un jour il quittera la Terre à la tête d'une expédition pour coloniser un nouveau monde. Et si réellement nous recevons l'aide technologique dont vous parlez...

Baley laissa la phrase en suspens.

– Si nous vous fournissions des vaisseaux, vous voulez dire ?

– Et d'autres équipements, oui.

– Il y a des difficultés. Beaucoup d'Aurorains ne veulent pas que des Terriens prennent de l'expansion et s'en aillent peupler de nouveaux mondes. Ils ont peur d'une propagation rapide de la culture terrienne, de ses Villes semblables à des ruches, de son chaos, expliqua Fastolfe – et il commença à s'agiter un peu. Mais pourquoi restons-nous plantés là, je vous le demande ? Marchons !

Il se remit en marche lentement et poursuivit :

— J'ai argué que cela ne se passerait pas comme ça. J'ai fait observer que les colons terrestres ne seraient pas des Terriens dans le sens classique. Ils ne seraient pas enfermés dans des Villes. En arrivant sur un nouveau monde, ils seraient comme les Pères Aurorains quand ils sont venus ici. Ils découvriraient un équilibre écologique viable, ils seraient, par leur attitude, plus près des Aurorains que des Terriens.

— Est-ce qu'ils ne manifesteraient pas avec le temps une tendance à toutes les faiblesses que vous reprochez à la culture spatienne, docteur Fastolfe ?

— Peut-être pas. Nos erreurs leur serviraient de leçon... Mais c'est parler pour ne rien dire, car une chose s'est développée qui rend un peu vaine la discussion.

— Quoi donc ?

— Eh bien, le robot humaniforme, voyons ! Il y a des gens qui voient dans le robot humaniforme le colon idéal, comprenez-vous ? Qui disent que c'est eux qui peuvent bâtir de nouveaux mondes.

— Vous avez toujours eu des robots. Vous voulez dire que cette idée n'avait encore jamais été avancée ?

— Si, bien sûr, mais elle était manifestement impossible à réaliser. Les robots ordinaires, non humaniformes et sans surveillance humaine immédiate, construiraient un monde convenant à leur nature non humaniforme; on ne pourrait pas attendre d'eux qu'ils domestiquent et bâtissent un monde convenant aux esprits et aux corps plus délicats et souples des êtres humains.

— Mais le monde qu'ils bâtiraient servirait certainement de première approximation raisonnable, il me semble.

— Oui, bien sûr, Baley. Malheureusement, et c'est un signe de la décadence auroraine, il y a dans notre peuple un nombre écrasant de personnes qui estiment qu'une première approximation raisonnable est déraisonnablement insuffisante. En revanche, un groupe de robots humaniformes, ressemblant aussi étroitement que possible aux êtres humains par le corps et par l'esprit, réussiraient à construire un monde qui, en leur convenant, conviendrait inévitablement aux Aurorains. Est-ce que vous suivez ce raisonnement ?

– Tout à fait.

– Ils construiraient ce monde si bien, voyez-vous, que lorsqu'ils auraient fini, quand les Aurorains seraient enfin prêts à partir, nos êtres humains passeraient d'Aurora dans une autre Aurora. Ils ne seraient jamais partis de chez eux ! Ils auraient simplement une nouvelle maison, exactement comme l'ancienne, où ils continueraient de sombrer dans la décadence. Suivez-vous aussi ce raisonnement-là ?

– Oui, bien sûr, mais si je comprends bien, les Aurorains ne le suivent pas ?

– Ils risquent de ne pas le suivre. Je crois que je peux présenter l'argument d'une manière persuasive, si l'opposition ne me ruine pas politiquement, avec cette affaire Jander. Comprenez-vous le mobile qui m'est attribué ? Je suis censé m'être embarqué dans un programme de destruction des robots humaniformes, plutôt que de leur permettre d'être utilisés pour aller coloniser d'autres planètes. Du moins c'est ce que prétendent mes ennemis.

Cette fois, ce fut Baley qui s'arrêta de marcher. Il considéra Fastolfe d'un air songeur et hocha la tête.

– Docteur Fastolfe, vous devez comprendre que l'intérêt de la Terre est que vous imposiez totalement votre point de vue.

– Et c'est aussi votre intérêt personnel, M. Baley.

– C'est aussi le mien. Mais si je me place à l'écart pour le moment, il demeure capital, pour notre planète, que notre population soit autorisée, encouragée et aidée à explorer la Galaxie; que nous conservions autant de nos coutumes que nous le pouvons pour nous sentir à l'aise, que nous ne soyons pas condamnés à l'emprisonnement éternel sur la Terre, puisque nous ne pourrions que périr.

– Certains d'entre vous, je crois, tiendront à demeurer emprisonnés.

— Naturellement. Peut-être la grande majorité. Cependant, certains autres au moins, les plus nombreux possible, s'échapperont s'ils en reçoivent l'autorisation. Par conséquent, c'est mon devoir, pas seulement comme représentant de la loi pour une importante fraction de l'Humanité mais aussi comme simple Terrien, de vous aider à vous disculper, que vous soyez coupable ou innocent. Néanmoins, je ne puis me lancer à fond dans cette mission que si je sais pertinemment que les accusations portées contre vous sont sans fondement.

— Bien entendu ! Je le comprends très bien.

— Alors, à la lumière de ce que vous venez de me dire sur le mobile qui vous est attribué, assurez-moi encore une fois que vous n'avez pas commis ce crime.

— Baley, je comprends parfaitement que vous n'ayez pas le choix dans cette affaire. Je sais très bien que je peux vous avouer impunément que je suis coupable, et que vous serez quand même forcé, par la nature de vos besoins et de ceux de votre monde, de vous associer avec moi pour étouffer cette vérité. En fait, si j'étais réellement coupable, je me sentirais contraint de vous l'avouer, afin que vous puissiez prendre cela en considération et, connaissant la vérité, travailler plus efficacement à ma défense et à mon sauvetage... et au vôtre. Mais je ne peux le faire, pour la bonne raison que je suis innocent. Même si les apparences sont contre moi, je n'ai pas détruit Jander. Une telle idée ne m'est jamais venue à l'esprit.

— Jamais ?

Fastolfe sourit tristement :

— Oh, il se peut que j'aie pensé une ou deux fois qu'il aurait peut-être mieux valu pour Aurora que je ne découvre jamais les ingénieuses théories qui ont permis le développement du cerveau positronique humaniforme; ou qu'il vaudrait mieux que ces cerveaux se révèlent instables et facilement sujets à des gels mentaux. Mais ce n'était que des pensées fugaces, de vagues regrets. Pas un instant, pas une fraction de seconde je n'ai envisagé de provoquer pour cette raison la destruction de Jander.

– Alors nous devons démolir ce mobile qu'on vous attribue.

– Parfait, mais comment ?

– Nous pouvons montrer que ça n'a servi à rien. A quoi bon détruire Jander ? On peut construire de nouveaux robots humaniformes, par milliers, par millions.

– Je crains que ce ne soit pas le cas. Aucun ne peut être construit. Moi seul sais comment les concevoir et tant que la colonisation par les robots restera une possibilité, je refuse d'en construire d'autres. Jander n'est plus et il ne reste que Daneel.

– Le secret sera découvert par d'autres.

Fastolfe releva le menton.

– Je voudrais bien connaître le roboticien qui en serait capable ! Mes ennemis ont fondé un Institut de Robotique, sans autre but que de découvrir les méthodes ayant servi à la construction du robot humaniforme, mais ils ne réussiront pas. Ils n'ont pas réussi jusqu'à présent et je sais qu'ils ne réussiront pas.

Baley fronça les sourcils.

– Si vous êtes le seul à connaître le secret du robot humaniforme, et si vos ennemis le cherchent désespérément, ne vont-ils pas tenter de vous l'arracher ?

– Si, bien sûr. En menaçant mon existence politique, en imaginant quelque châtiment qui m'interdirait de faire des recherches dans ce domaine et mettrait ainsi fin à ma carrière aussi, à mon existence professionnelle, peut-être espèrent-ils que je partagerai mon secret avec eux. Ils peuvent même me faire ordonner par la Législature de partager le secret, sous peine de confiscation des biens, d'emprisonnement, etc. Mais je suis bien décidé à subir n'importe quoi – n'importe quoi – plutôt que de céder. Seulement je ne voudrais pas avoir à le faire, comprenez-vous.

– Sont-ils au courant de votre détermination à résister ?

– Je l'espère. Je l'ai déclaré assez clairement. Ils

s'imaginent sans doute que je bluffe, que je ne parle pas sérieusement. Mais je suis très sérieux.

– D'autre part, s'ils vous croient, ils risquent d'avoir recours à des mesures plus graves.

– Que voulez-vous dire ?

– Voler vos papiers. Vous enlever. Vous torturer.

Fastolfe éclata de rire et Baley rougit.

– Je n'aime pas jouer au feuilleton en Hyperonde, dit-il d'un air pincé, mais avez-vous envisagé tout cela ?

– Mr Baley ! Premièrement, mes robots peuvent me protéger. Il faudrait une guerre totale pour me capturer, moi ou mes travaux. Deuxièmement, même si d'une façon ou d'une autre ils y parvenaient, pas un des roboticiens qui s'opposent à moi ne supporterait de faire savoir à tout le monde qu'il n'a pu obtenir le secret du cerveau positronique humaniforme qu'en le volant ou en me l'arrachant par la force. Il ou elle perdrait complètement sa réputation professionnelle. Troisièmement, ce genre de chose est inconcevable à Aurora, ça ne s'est jamais vu. Le moindre soupçon d'une tentative de cet ordre contre ma personne retournerait immédiatement la Législature – et aussi l'opinion publique – en ma faveur.

– Ah oui ? marmonna Baley, en pestant à part lui sur l'obligation de travailler dans une civilisation, une culture dont il ne comprenait absolument pas la tournure d'esprit.

– Oui. Vous pouvez me croire sur parole. Tenez, j'aimerais qu'ils tentent un coup aussi mélodramatique. J'aimerais qu'ils soient assez incroyablement stupides pour faire ça. Et même, Baley, je voudrais pouvoir vous persuader d'aller les trouver, de vous insinuer dans leurs bonnes grâces, de gagner leur confiance et de les pousser à organiser une attaque contre mon établissement, ou encore de m'agresser sur une route déserte, ou tout autre forfait de ce genre qui, je suppose, est courant sur la Terre.

– Je ne pense pas que ce serait mon style, répliqua Baley d'un air toujours aussi pincé.

— Je ne le pense pas non plus, alors je n'ai aucune intention de chercher à réaliser mon souhait. Et, croyez-moi, c'est bien dommage, car si nous ne pouvons pas les amener à employer cette méthode suicidaire, ils vont continuer à faire quelque chose de beaucoup mieux, à leur point de vue. Ils vont me détruire avec des calomnies.

— Quelles calomnies ?

— Ils ne m'attribuent pas seulement la destruction d'un robot. C'est déjà assez grave et pourrait suffire. Ils chuchotent — ce n'est encore qu'une vague rumeur — que la mort n'est qu'une de mes expériences, dangereuse et réussie. Ils murmurent que je travaille à un système pour la destruction rapide et efficace des cerveaux humaniformes, afin que lorsque mes ennemis auront créé leurs propres robots humaniformes, je puisse, avec les membres de mon parti, les détruire tous et empêcher ainsi Aurora d'aller bâtir de nouveaux mondes, tout cela afin de laisser la Galaxie à mes alliés terriens.

— Il ne peut y avoir un mot de vérité dans tout cela !

— Bien sûr que non. Des calomnies, je vous dis. Et ridicules, de surcroît. Une telle méthode de destruction n'est même pas possible théoriquement et les gens de l'Institut de Robotique sont loin d'être sur le point de créer leurs propres robots humaniformes. Je suis absolument incapable de me livrer à une orgie de destruction massive, même si je le voulais. *Je ne peux pas.*

— Alors est-ce que tout ne s'écroule pas sous son propre poids ?

— Malheureusement, ça n'arrivera sans doute pas à temps. Cette affaire est peut-être grotesque, mais elle va probablement durer suffisamment pour retourner l'opinion publique contre moi et obtenir juste assez de voix à la Législature pour me condamner. Eventuellement, on reconnaîtra que toute cette histoire était ridicule, mais il sera trop tard. Et notez bien, je vous prie, que dans tout cela la Terre sert de bouc émissaire. L'accusation selon laquelle je sers les intérêts de la

Terre est puissante et beaucoup de gens choisiront de croire à cette cabale, contre tout bon sens, uniquement parce qu'ils détestent la Terre et les Terriens.

– Vous voulez me dire, en somme, qu'un ressentiment actif contre la Terre est en train de se répandre et d'augmenter ?

– Précisément. La situation empire de jour en jour, pour moi et pour la Terre, et nous avons très peu de temps devant nous.

– Mais n'y a-t-il pas un moyen facile de réfuter tout ça d'un bon coup ? (Baley, en désespoir de cause, jugeait qu'il était temps de se rabattre sur l'observation de Daneel.) Si vous cherchiez vraiment à expérimenter une méthode de destruction d'un robot humaniforme, pourquoi en choisir un dans un autre établissement, qui risquerait de mal se prêter à votre expérience ? Vous aviez Daneel sur place, dans votre propre établissement. Il était à votre disposition, bien commodément. Est-ce que l'expérience n'aurait pas été pratiquée sur lui, s'il y avait une vérité dans toutes ces rumeurs ?

– Non, non, riposta Fastolfe. Non, je ne ferai croire ça à personne. Daneel est ma première réussite, mon triomphe. En aucun cas, sous aucun prétexte, je ne le détruirais. Il était tout naturel que je me tourne vers Jander. Cela sautera aux yeux de tout le monde et je serais fou de chercher à faire croire que cela aurait été plus logique pour moi de sacrifier Daneel.

Ils s'étaient remis en marche et ils arrivaient presque à destination. Baley, la figure fermée, les lèvres serrées, gardait le silence.

– Comment vous sentez-vous, Baley ? demanda enfin Fastolfe.

– Si c'est à ma présence dans l'Extérieur que vous pensez, je n'en ai même pas conscience, murmura Baley. Si vous voulez parler de notre dilemme, je crois que je suis bien près de renoncer, si je peux le faire sans me placer dans une chambre ultrasonique de dissolution de cerveau. Pourquoi m'avez-vous fait venir, docteur Fastolfe ? s'écria-t-il passionnément, en élevant la voix. Pourquoi me confiez-vous cette tâche ? Que vous ai-je fait pour que vous me traitiez ainsi ?

– A vrai dire, répondit Fastolfe, ce n'est pas moi qui ai eu cette idée et je ne puis plaider, pour ma défense, que le désespoir.

– C'est l'idée de qui, alors ?

– C'est la personne à qui appartient cet établissement où nous venons d'arriver qui l'a suggéré initialement... et je n'ai pas trouvé de meilleure idée.

– Le propriétaire de cet établissement ? Mais pourquoi a-t-il...

– Elle.

– Bon, elle, pourquoi a-t-elle fait une pareille suggestion ?

– Ah, j'ai omis de vous dire qu'elle vous connaît, Baley. Voyez, c'est elle qui nous attend, en ce moment.

Baley tourna la tête et resta bouche bée.

– Nom de Josaphat ! souffla-t-il.

VI

Gladia

23

La jeune femme les accueillit avec un pâle sourire.

– Je savais que lorsque nous nous retrouverions, Elijah, ce serait le premier mot que j'entendrais, dit-elle.

Baley la dévisagea. Elle avait changé. Ses cheveux étaient plus courts, son expression plus inquiète qu'elle ne l'était deux ans plus tôt, elle paraissait en quelque sorte avoir vieilli de plus de deux ans. Mais c'était toujours la même Gladia, avec son visage triangulaire et ses pommettes saillantes. Elle était toujours aussi petite, menue, encore vaguement enfantine.

Baley avait souvent rêvé d'elle, après son retour sur la Terre. Ces rêves n'étaient pas particulièrement érotiques, plutôt des aventures au cours desquelles il n'arrivait jamais à l'atteindre tout à fait. Elle était toujours là, un peu trop éloignée pour lui parler aisément. Elle ne l'entendait pas, quand il l'appelait. Quand il courait vers elle, elle ne se rapprochait pas.

Ce n'était pas difficile de comprendre pourquoi les rêves étaient ceux-là. Gladia était une Solarienne, et par conséquent elle avait rarement le droit de se trouver physiquement en présence d'autres êtres humains.

Elle avait été interdite à Elijah parce qu'il était humain et surtout (naturellement) parce qu'il était un Terrien. Les nécessités de l'affaire criminelle sur laquelle il enquêtait les forçaient à se rencontrer mais, tout le temps que durèrent ces rapports, elle était entièrement couverte pour éviter tout contact. Et pourtant, lors de leur dernière entrevue elle avait, au défi de tout bon sens, posé un instant sa main nue sur la joue de Baley. Elle devait bien savoir qu'elle risquait là une infection. Il n'en chérit que plus cet effleurement car tous les aspects de l'éducation de Gladia s'alliaient pour le rendre inconcevable.

Petit à petit, les rêves avaient cessé.

Baley dit, assez bêtement :

– C'est donc vous qui possédiez le...

Il s'interrompit et Gladia termina la phrase à sa place :

– Le robot, oui. Et il y a deux ans, c'était moi aussi qui avais le mari. Tout ce que je touche est détruit.

Sans trop savoir ce qu'il faisait, Baley porta une main à sa joue. Gladia ne parut pas remarquer le geste.

– Vous êtes venu à mon secours cette première fois, reprit-elle. Pardonnez-moi, mais je dois de nouveau faire appel à vous... Entrez, Elijah. Entrez, docteur Fastolfe.

Fastolfe s'effaça pour laisser Baley passer, puis il entra à son tour. Daneel et Giskard suivirent et, avec la discrétion caractéristique des robots, ils allèrent tout de suite se placer dans des niches inoccupées, des deux côtés opposés de la pièce, et restèrent debout en silence, le dos au mur.

Un instant, il apparut que Gladia allait les traiter avec cette indifférence que les êtres humains réservaient généralement aux robots. Cependant, après un coup d'œil à Daneel, elle se détourna et dit à Fastolfe, d'une voix un peu étranglée :

– Celui-là. S'il vous plaît, dites-lui de partir.

D'un air fort étonné, Fastolfe murmura :

– Daneel ?

— Il est trop... Il ressemble trop à Jander!

Fastolfe se tourna vers Daneel et une expression de vive douleur assombrit un instant son visage.

— Certainement, mon enfant. Je vous supplie de m'excuser. Je n'ai pas réfléchi... Daneel, passe dans l'autre pièce et restes-y tout le temps que nous serons ici.

Sans un mot, Daneel s'en alla.

Gladia examina Giskard, comme pour juger si, lui aussi, ressemblait trop à Jander, mais vite elle se détourna avec un léger haussement d'épaules.

— Désirez-vous boire quelque chose? proposa-t-elle aux deux visiteurs. J'ai une excellente boisson à la noix de coco, toute fraîche et bien froide.

— Non, merci, Gladia, répondit Fastolfe. J'ai simplement accompagné Mr Baley ici comme je l'avais promis. Je ne vais pas rester longtemps.

— Si je pouvais avoir un verre d'eau, dit Baley. Je ne vous demande rien de plus.

Gladia leva une main. Elle devait certainement être observée, car un moment plus tard un robot entra sans bruit, apportant sur un plateau un verre d'eau et, dans une coupe, de petits biscuits avec un peu de substance rosâtre sur le dessus.

Baley ne pouvait éviter d'en prendre un, bien qu'il ignorât ce que c'était. Ce devait être quelque chose qui descendait de la Terre car il ne pouvait croire qu'on lui ferait manger un produit indigène de la planète ou quelque chose de synthétique. Néanmoins, les descendants des espèces alimentaires terriennes avaient pu changer avec le temps, soit par la culture, soit par l'influence d'un environnement différent. Fastolfe, au déjeuner, avait bien dit qu'une grande partie de l'alimentation auroraine nécessitait une initiation.

Il fut agréablement surpris. Le goût était un peu piquant et épicé, mais il trouva le biscuit délicieux et en prit immédiatement un autre. Puis il remercia le robot et prit la coupe ainsi que le verre d'eau.

Le robot repartit.

L'après-midi tirait à sa fin et le soleil rougeoyait aux fenêtres exposées à l'ouest. Baley eut l'impression que cette maison était plus petite que celle de Fastolfe mais elle aurait été plus gaie si la présence de la triste silhouette de Gladia n'avait eu un effet déprimant.

Baley se dit que ce devait être son imagination qui lui jouait des tours. De toute manière, la gaieté lui paraissait impossible dans une structure prétendant abriter et protéger des êtres humains mais qui restait exposée de tous côtés à l'Extérieur. Pas un seul mur, pensait-il, n'avait derrière lui la chaleur de la vie humaine. On ne pouvait se tourner dans aucune direction pour trouver de la compagnie, une sensation de communauté. Au delà de chaque mur extérieur, de tous les côtés, en haut et en bas, s'étendait un monde inanimé. Froid ! Froid !

Et le froid refluait sur Baley alors qu'il songeait de nouveau au dilemme dans lequel il était plongé. Pendant un moment, le choc qu'il avait éprouvé en revoyant Gladia le lui avait fait oublier.

— Approchez-vous, Elijah, dit-elle. Venez vous asseoir. Je vous prie de me pardonner de ne pas avoir toute ma tête à moi. Je me trouve, pour la seconde fois, en plein scandale planétaire et je vous avouerai que la première expérience suffisait.

— Je comprends, Gladia. Je vous en prie, ne vous excusez pas, répondit Baley.

— Quant à vous, cher docteur, ne vous croyez pas obligé de nous laisser.

— Ma foi...

Fastolfe jeta un coup d'œil à la bande horaire, au mur.

— Je veux bien rester encore un petit moment mais du travail m'attend, mon enfant, même si le ciel nous tombe sur la tête. Plus encore si je songe à un proche avenir où je risque d'être empêché de poursuivre mes travaux.

Gladia cligna rapidement des yeux comme pour refouler des larmes.

— Je sais, docteur. Vous avez de graves ennuis à cause... à cause de ce qui s'est passé ici, et j'ai un peu honte de ne pouvoir penser qu'à ma propre infortune.

— Je vais faire de mon mieux pour résoudre mon problème, Gladia, et je ne veux pas que vous éprouviez dans cette affaire un sentiment de culpabilité. Mr Baley va peut-être pouvoir nous aider tous les deux.

A ces mots, Baley bougonna :

— Je ne me rendais pas compte, Gladia, que vous étiez en quelque sorte impliquée dans cette affaire.

— Qui d'autre le serait ? répliqua-t-elle en soupirant.

— Vous êtes... Vous étiez, plutôt, en possession de Jander Panell ?

— Pas réellement en possession. Il m'avait été prêté par le Dr Fastolfe.

— Etiez-vous avec lui quand... quand il...

Baley hésita, ne sachant trop comment dire.

— Quand il est mort ? Pouvons-nous dire qu'il est mort ? Non, je n'étais pas là. Et, avant que vous posiez la question, il n'y avait personne d'autre dans la maison à ce moment. J'étais seule. Je le suis généralement. Presque toujours. C'est à cause de mon éducation solarienne, rappelez-vous. Naturellement, cette solitude n'est pas obligatoire. Vous êtes ici tous les deux et cela ne me gêne pas... Enfin, pas beaucoup.

— Et vous étiez toute seule au moment où Jander est mort ? C'est bien ça ?

— Je viens de le dire ! s'exclama Gladia avec une certaine irritation. Ah, ne faites pas attention, Elijah. Je sais que vous devez vous faire répéter et répéter les choses. Oui, j'étais bien seule. Franchement.

— Mais il y avait des robots avec vous, sans doute ?

— Oui, bien sûr. Quand je dis « seule », je veux dire qu'il n'y avait pas d'autres êtres humains avec moi.

— Combien de robots possédez-vous, Gladia ? Sans compter Jander.

Elle hésita, comme si elle comptait mentalement, puis elle répondit :

— Vingt. Cinq dans la maison et quinze sur les terres. Je dois dire aussi que les robots vont et viennent librement, entre ma maison et celle du Dr Fastolfe, ce qui fait qu'il n'est pas toujours facile de juger, quand on aperçoit un robot un instant dans l'un ou l'autre établissement, s'il est à moi ou à lui.

— Ah ! dit Baley. Et comme le Dr Fastolfe a cinquante-sept robots dans son établissement cela signifie, si nous faisons l'addition, que dans l'ensemble il y en a soixante-dix-sept. Y a-t-il d'autres établissements voisins dont les robots pourraient se mêler aux vôtres sans qu'il soit possible de les distinguer ?

Fastolfe intervint :

— Il n'y en a aucun qui soit assez près pour cela. Et il n'est pas d'usage d'autoriser ce genre de relations. Gladia et moi, nous sommes un cas d'espèce, parce qu'elle n'est pas auroraine et parce que je me sens en quelque sorte responsable d'elle.

— Tout de même... Soixante-dix-sept robots, marmonna Baley.

— Oui, dit Fastolfe, mais pourquoi insistez-vous sur ce point ?

— Parce que cela signifie que vous avez l'habitude de voir du coin de l'œil, sans y faire particulièrement attention, soixante-dix-sept objets qui se déplacent, chacun ayant une forme vaguement humaine. N'est-il pas possible, Gladia, que si un véritable être humain pénétrait dans la maison, dans quelque intention que ce soir, vous n'y feriez pas attention ? Ce ne serait qu'un objet ambulant de plus, de forme vaguement humaine, qui ne vous surprendrait pas.

Fastolfe rit tout bas et Gladia secoua la tête, sans sourire.

— On voit bien que vous êtes un Terrien, Elijah. Comment pouvez-vous imaginer qu'un être humain, même le Dr Fastolfe, pourrait s'approcher de ma maison sans que je sois avertie par un de mes robots ? Je pourrais ne pas faire attention à une forme mouvante, supposer que c'est un des robots, mais jamais aucun robot ne s'y tromperait. Je vous attendais sur le seuil, quand vous êtes arrivé, mais uniquement parce que mes robots m'avaient prévenue. Non, non, quand Jander est mort, il n'y avait aucun autre être humain dans la maison.

– A part vous.

– A part moi. Tout comme il n'y avait personne à part moi dans la maison quand mon mari a été tué.

De nouveau, Fastolfe intervint avec délicatesse.

– Il y a une différence, Gladia. Votre mari a été tué avec un instrument contondant. La présence physique d'un assassin était nécessaire et si vous étiez l'unique personne présente, c'était très grave. Dans le cas présent, Jander a été mis hors de fonctionnement par un subtil programme verbal. La présence physique n'était pas indispensable. Le fait que vous étiez seule sur les lieux ne signifie rien, surtout si vous ne savez pas comment bloquer le cerveau d'un robot humaniforme.

Tous deux se tournèrent vers Baley, Fastolfe d'un air interrogateur, Gladia tristement. (Il était plutôt irrité de voir que Fastolfe, dont l'avenir était aussi sombre que le sien, avait l'air de prendre les choses avec humour. Il n'y avait vraiment pas de quoi rire, pensa Baley avec morosité.)

– L'ignorance, dit-il lentement, peut n'avoir aucune importance. Il arrive qu'une personne ne sache pas comment se rendre à tel ou tel endroit et l'atteigne cependant en marchant au hasard. Il est possible que l'on ait parlé à Jander et, sans en avoir la moindre conscience, appuyé sur le bouton du gel mental.

– Et quelles seraient les chances de ce hasard-là ? demanda Fastolfe.

– C'est vous l'expert, docteur, et je suppose que vous allez me dire qu'elles sont pratiquement inexistantes ?

– Incroyablement réduites. Il se peut qu'une personne ne sache pas se rendre à tel ou tel endroit, mais si le seul chemin est une suite de cordes raides tendues dans une multitude de directions, quelles sont les chances d'atteindre ce lieu par hasard en marchant les yeux bandés ?

Gladia s'agita fébrilement. Elle crispa les poings, comme pour empêcher ses mains de trembler, et les abattit sur ses genoux.

– Accident ou non, je ne suis pas responsable ! s'écria-t-elle. Je n'étais pas avec lui quand c'est arrivé. Je n'y étais pas ! Je lui ai parlé dans la matinée, il allait bien, il était parfaitement normal. Quelques heures plus tard, quand je l'ai appelé, il n'est pas venu. Je l'ai cherché et je l'ai trouvé debout dans sa niche habituelle, l'air tout à fait normal. Seulement il ne m'a pas répondu, il n'y a eu aucune réaction. Et il n'a eu aucune réaction depuis.

– Avez-vous pu lui dire quelque chose, tout à fait en passant, qui aurait provoqué le gel mental après que vous l'avez quitté ? Disons une heure plus tard, par exemple ?

Fastolfe s'interposa vivement.

– C'est tout à fait impossible, Baley ! Si un gel mental se produit, il se produit instantanément. Je vous prie de ne pas harceler Gladia de cette façon. Elle est incapable de provoquer délibérément un gel mental et il est inconcevable qu'elle en ait provoqué un accidentellement.

– N'est-il pas tout aussi inconcevable qu'il ait été produit par le hasard d'un court-circuit positronique, comme vous dites que ce pourrait être le cas ?

– Pas tout à fait.

– Les deux incidents sont extrêmement improbables. Quelle est la différence, dans l'inconcevable des deux cas ?

– Elle est très importante. Je suppose qu'un gel mental par court-circuit positronique aurait une probabilité de 1 sur 10^{12} alors que celle d'un ordre accidentel serait de 1 sur 10^{100}. Ce n'est qu'une estimation, mais une évaluation assez raisonnable des improbabilités comparées. La différence est encore plus grande qu'entre un seul électron et l'Univers tout entier, et elle est en faveur du court-circuit accidentel.

Un silence tomba. Au bout d'un moment, Baley le rompit.

– Docteur Fastolfe, vous disiez que vous ne pouviez pas vous attarder.

– Je suis déjà resté trop longtemps.

– Bien. Alors voudriez-vous partir maintenant ?

Fastolfe fit mine de se lever puis il demanda :

– Pourquoi ?

– Parce que je veux parler à Gladia seul à seule.

– Pour la harceler ?

– Je dois l'interroger hors de votre présence. Notre situation est beaucoup trop grave pour nous embarrasser de politesse.

– Je n'ai pas peur de Mr Baley, cher docteur, assura Gladia. (Elle ajouta, non sans une certaine nostalgie :) Mes robots me protègeront si son impolitesse dépasse les bornes.

Fastolfe sourit.

– Très bien, Gladia.

Il se leva et lui tendit la main. Elle la serra très brièvement.

– J'aimerais que Giskard reste ici, pour une protection générale, dit-il, et Daneel restera dans la pièce voisine, si cela ne vous fait rien. Pourriez-vous me prêter un de vos robots pour me raccompagner chez moi ?

– Certainement, répondit-elle en levant un bras. Vous connaissez Pandion, je crois ?

– Naturellement ! Un bon gardien solide et digne de confiance.

Fastolfe partit, suivi de près par le robot.

24

Baley attendit, en observant Gladia, en l'examinant. Elle baissait les yeux sur ses mains, croisées sur ses genoux.

Il était certain qu'elle avait plus de choses à révéler. Comment il la persuaderait de parler, il n'en savait rien, mais il était au moins sûr d'une chose : tant que Fastolfe serait là, elle ne dirait pas toute la vérité.

Enfin, elle releva la tête et demanda d'une petite voix d'enfant :

— Comment allez-vous, Elijah ? Comment vous sentez-vous ?

— Assez bien, Gladia.

— Le Dr Fastolfe a dit qu'il vous conduirait ici, à l'Extérieur, et qu'il s'arrangerait pour vous faire attendre un certain temps, au pire moment.

— Ah ? Pourquoi donc ? Pour s'amuser ?

— Mais non, voyons ! Je lui ai raconté comment vous aviez réagi au grand air. Vous vous souvenez, quand vous vous êtes évanoui et que vous êtes tombé dans la mare ?

Elijah secoua vivement la tête. Il ne pouvait nier l'incident ni le souvenir qu'il en gardait, mais il n'appréciait guère qu'on le lui rappelle. Il grommela :

— Je ne suis plus tout à fait comme ça. Je me suis amélioré.

— Néanmoins le Dr Fastolfe a dit qu'il vous mettrait à l'épreuve. Est-ce que tout s'est bien passé ?

— Assez bien. Je ne me suis pas évanoui.

Baley se rappela son malaise à bord du vaisseau, durant l'approche d'Aurora, et il grinça des dents. Mais c'était différent et il ne voyait pas la nécessité d'en parler. Il changea de conversation :

— Comment dois-je vous appeler ? Comment vous appelle-t-on ici ?

– Jusqu'à présent, vous m'avez appelée Gladia.

– C'est peut-être impropre. Je pourrais dire Mrs Delamarre mais il se peut...

Elle étouffa une exclamation et l'interrompit précipitamment :

– Je ne me suis pas servie de ce nom depuis mon arrivée ici. Je vous en prie, ne l'employez pas !

– Comment vous appellent les Aurorains, alors ?

– Le plus souvent, ils disent Gladia Solaria, mais cela indique simplement que je ne suis pas de leur planète et je n'aime pas ça non plus. Je suis simplement Gladia. Un seul nom. Ce n'est pas un nom aurorain et je doute qu'il y en ait une autre dans ce monde, alors il suffit. Je continuerai de vous appeler Elijah, si vous n'y voyez pas d'inconvénient.

– Pas du tout.

– J'aimerais servir le thé.

C'était une nette déclaration et Baley acquiesça en disant :

– Je ne savais pas que les Spatiens buvaient du thé.

– Ce n'est pas du thé comme sur Terre. C'est l'extrait d'une plante, qui est agréable et jugé absolument inoffensif. Nous l'appelons du thé.

Elle leva un bras et Baley remarqua que sa manche était resserrée au poignet et rejoignait des gants très fins, couleur chair. En sa présence, elle exposait toujours le minimum de peau nue.

Son bras resta en l'air quelques instants et au bout de deux ou trois minutes un robot arriva avec un plateau. Il était manifestement encore plus primitif que Giskard mais il disposa les tasses, les assiettes de canapés et de petits fours sans heurt et versa le thé avec même un semblant de grâce.

Curieux, Baley demanda :

– Comment faites-vous ça, Gladia ?

– Quoi donc ?

– Vous levez le bras chaque fois que vous voulez quelque chose et les robots comprennent toujours ce que vous demandez. Comment est-ce que celui-ci a su que vous vouliez qu'il serve le thé?

– Ce n'est pas difficile. Chaque fois que je lève le bras, cela coupe un petit champ électro-magnétique maintenu en permanence dans la pièce. Des positions légèrement différentes de ma main et de mes doigts produisent diverses déformations du champ et mes robots les interprètent comme des ordres. Mais je ne m'en sers que pour les commandements les plus simples : Viens ici! Apporte du thé!... des ordres courants.

– Je n'ai pas remarqué que le docteur Fastolfe se servait de ce système dans son établissement.

– Ce n'est pas tellement aurorain. C'est notre méthode à Solaria et j'y suis habituée... D'ailleurs, je prends toujours le thé à cette heure. Borgraf s'y attend.

– C'est celui-là, Borgraf?

Baley examina le robot avec un certain intérêt, en s'apercevant que jusque-là il lui avait à peine accordé un coup d'œil. L'indifférence naissait vite de la familiarité. Encore vingt-quatre heures, et il ne remarquerait plus du tout les robots. Ils s'agiteraient autour de lui sans qu'il les voie et les travaux auraient l'air de se faire tout seuls.

Mais il ne tenait pas simplement à ne pas les remarquer, il voulait qu'ils ne soient pas là.

– Gladia, dit-il, je veux être seul avec vous. Sans même un robot... Giskard, va rejoindre Daneel. Tu peux monter la garde à côté.

– Bien, monsieur, répondit Giskard, sa réaction brusquement réveillée au bruit de son nom.

Gladia parut amusée.

– Comme vous êtes drôles, les Terriens! Je sais que vous avez des robots sur la Terre mais vous n'avez pas l'air de savoir les commander. Vous aboyez des ordres, comme s'ils étaient sourds.

Elle se tourna vers Borgraf et lui dit à voix basse :

– Borgraf, aucun d'entre vous ne doit entrer dans cette pièce sans y avoir été appelé. Ne nous interrompez pas, à moins d'une menace ou d'une affaire réellement urgente.

— Oui, madame, répondit Borgraf.

Il recula, jeta un dernier coup d'œil sur la table pour s'assurer qu'il n'avait rien oublié, tourna les talons et quitta la pièce.

Ce fut au tour de Baley d'être amusé. Gladia avait parlé à voix basse, certainement, mais sur un ton sec d'adjudant s'adressant à une nouvelle recrue. Dans le fond, pensa-t-il, pourquoi s'en étonner? Il savait depuis longtemps qu'il était plus facile de voir les folies des autres que ses propres défauts.

— Nous voilà seuls, Elijah, dit Gladia. Même les robots sont partis.

— Vous n'avez pas peur d'être seule avec moi?

Lentement elle secoua la tête.

— Pourquoi aurais-je peur? Un bras levé, un geste, un cri, et plusieurs robots se précipiteront. Sur aucun des mondes spatiens, on n'a de raison de craindre un être humain. Nous ne sommes pas sur la Terre, vous savez. Mais, au fait, pourquoi cette question?

— Il y a d'autres peurs que les craintes physiques. Il n'est pas question que j'use contre vous de violence, ni que je vous maltraite physiquement. Mais n'avez-vous pas peur de mon interrogatoire et de ce qu'il pourrait me permettre de découvrir sur vous? Souvenez-vous que nous ne sommes pas non plus sur Solaria. Là-bas, je sympathisais avec vous, je vous plaignais et je m'efforçais de démontrer votre innocence.

— Vous ne sympathisez plus avec moi, maintenant? murmura-t-elle.

— Cette fois, ce n'est pas un mari mort. Vous n'êtes pas soupçonnée de meurtre. Ce n'est qu'un robot qui a été détruit et, autant que je sache, vous n'êtes soupçonnée de rien. C'est au contraire le Dr Fastolfe qui est mon problème. Il s'agit pour moi d'une affaire de la plus haute importance — pour des raisons que je n'ai pas besoin d'exposer — et je dois absolument prouver son innocence, à lui. Si mon enquête se révèle de nature à vous faire du tort, je n'y pourrai rien. Je n'ai pas l'intention de vous faire volontairement du mal, toutefois si je vous en fais, si je ne peux pas l'éviter, tant pis. Il était juste que je vous avertisse.

Elle releva la tête et le regarda dans les yeux, avec arrogance.

– Pourquoi votre enquête risquerait-elle de me faire du tort ?

– C'est ce que nous allons peut-être découvrir maintenant, répliqua froidement Baley, sans que le Dr Fastolfe soit là pour intervenir.

Il prit un des canapés avec une petite fourchette (il était inutile de se servir de ses doigts au risque de rendre tout le plat impropre à la consommation pour Gladia), le déposa sur son assiette, le mit ensuite dans sa bouche et but une gorgée de thé.

Elle l'imita, canapé pour canapé, gorgée pour gorgée. S'il tenait à être froidement flegmatique, elle aussi, apparemment.

– Gladia, reprit-il, il est important que je sache, avec précision, quels sont vos rapports avec le Dr Fastolfe. Vous vivez près de chez lui et vous formez tous les deux, en quelque sorte, une seule maison robotique. Il se fait visiblement du souci pour vous. Il n'a fait aucun effort pour se défendre et prouver sa propre innocence, sauf en déclarant simplement qu'il est innocent, mais il vous défend ardemment, il vous a défendue dès que j'ai durci mon interrogatoire.

Gladia sourit légèrement.

– Que soupçonnez-vous, Elijah ?

– Ne croisez pas le fer avec moi. Je ne veux pas soupçonner. Je veux savoir.

– Le Dr Fastolfe ne vous a pas parlé de Fanya ?

– Si.

– Lui avez-vous demandé si elle était sa femme, ou simplement sa compagne ? S'il avait des enfants ?

Baley, mal à l'aise, changea de position. Il aurait pu poser des questions, bien sûr. Mais sur la Terre surpeuplée, où l'on vivait les uns sur les autres, l'intimité était d'autant plus précieuse qu'elle avait pour ainsi dire disparu. Sur Terre, il était pratiquement impossible de ne pas tout savoir de ses voisins, de leur vie familiale ou de leur état civil, si bien que l'on ne posait jamais de questions et que l'on feignait l'ignorance. C'était un pieux mensonge universel.

Ici, sur Aurora, bien entendu, les usages terriens n'y avaient aucune raison d'être et Baley ne savait pas pourquoi il s'y tenait. C'était idiot !

– Non, je ne lui ai rien demandé, répondit-il. Dites-le moi, voulez-vous ?

– Fanya est sa femme. Il a été marié plusieurs fois, consécutivement, bien sûr, encore que les mariages simultanés pour l'un ou l'autre sexe ne soient pas absolument inconnus à Aurora.

Le léger dégoût avec lequel elle dit cela amena une défense tout aussi légère.

– On n'a jamais vu ça à Solaria. D'ailleurs, l'actuel mariage du Dr Fastolfe sera probablement dissous d'ici peu et chacun sera alors libre de nouer de nouveaux liens, encore qu'il arrive souvent que l'un ou l'autre conjoint n'attende pas pour cela la dissolution... Je ne dis pas que je comprends cette manière désinvolte de traiter le mariage, Elijah, mais c'est ainsi à Aurora. Le Dr Fastolfe, à ma connaissance, est assez collet monté. Ses mariages se sont toujours succédé et il ne cherche rien d'extra-conjugal. Les Aurorains jugent cela vieux jeu et plutôt bête.

Baley hocha la tête.

– Mes lectures me l'ont laissé entendre. Si je comprends bien, on se marie quand on a l'intention d'avoir des enfants.

– En principe, oui, mais il paraît que plus personne ne prend ça au sérieux aujourd'hui. Le Dr Fastolfe a déjà deux enfants et ne peut en avoir d'autres, mais il se marie quand même et postule pour un troisième. Il est rejeté, bien entendu, et il sait qu'il le sera. Des gens ne se donnent même pas la peine de postuler.

– Alors pourquoi se marier ?

— Il y a des avantages sociaux. C'est plutôt compliqué et, comme je ne suis pas auroraine, je ne suis pas sûre de très bien comprendre.

— Enfin, peu importe. Parlez-moi des enfants du Dr Fastolfe.

— Il a deux filles de deux mères différentes. Aucune des mères n'est Fanya, naturellement. Il n'a pas de fils. Ses deux filles ont été incubées dans le sein de la mère, comme le veut l'usage à Aurora. Toutes deux sont adultes, maintenant, et elles ont leurs propres établissements.

— Est-il resté proche de ses filles ?

— Je ne sais pas. Il ne parle jamais d'elles. L'une est roboticienne, alors il doit bien se tenir au courant de ses travaux, je pense. Je crois que l'autre est candidate à un poste au conseil d'une des villes, à moins qu'elle ait déjà été élue et soit en fonction. Je ne sais vraiment pas.

— Est-ce qu'il y a des querelles de famille, des tensions ?

— Pas que je sache, et j'avoue ne pas savoir grand-chose, Elijah. A ma connaissance, il est resté en bons termes avec toutes ses ex-femmes. Aucune de ces dissolutions ne s'est faite dans la colère et les récriminations. D'abord, ce n'est pas du tout le genre du Dr Fastolfe. Je ne puis rien imaginer dans la vie qui soit capable d'arracher à Fastolfe une réaction plus extrême qu'un soupir de résignation dans la bonne humeur. Il plaisantera sur son lit de mort.

Cela, au moins, sonnait vrai, pensa Baley.

— Et quels sont les rapports du Dr Fastolfe avec vous ? demanda-t-il. La vérité, s'il vous plaît. La situation ne nous permet pas d'éluder la vérité sous prétexte de nous éviter de l'embarras.

Gladia leva les yeux et soutint franchement le regard de Baley.

— Il n'y a aucun embarras à éviter. Le Dr Fastolfe est mon ami, un excellent ami.

— Excellent, jusqu'où ?

— Jusque-là, comme je viens de le dire. Excellent.

— Attendez-vous la dissolution de son mariage afin de devenir sa prochaine femme ?

— Non, répondit-elle très calmement.

— Vous êtes amants, alors ?

— Non.

— L'avez-vous été ?

— Non... Cela vous étonne ?

— J'ai simplement besoin d'information.

— Alors permettez-moi de répondre à vos questions d'une manière suivie et ne me les aboyez pas au nez comme si vous cherchiez à me prendre par surprise et à me faire avouer ce qu'autrement j'aurais gardé secret.

Elle dit cela sans la moindre animosité apparente. Presque comme si elle était amusée.

Baley, en rougissant légèrement, ouvrit la bouche pour dire que ce n'était pas du tout son intention mais naturellement, c'était ce qu'il avait cherché et il ne lui servirait à rien de le nier. Alors il se contenta de grommeler :

— Bon, je vous écoute.

Les restes du thé encombraient la table. Baley se demanda si, normalement, elle n'aurait pas levé le bras, en le pliant de telle ou telle façon, et si le robot, Borgraf, ne serait pas entré en silence pour tout desservir.

Est-ce que ces restes dérangeaient Gladia, la rendraient-ils moins maîtresse de ses réactions ? Si c'était le cas, mieux valait que tout traîne encore... mais Baley n'avait pas un bien grand espoir car toutes ces miettes ne semblaient la troubler en rien et elle n'avait même pas l'air de les remarquer.

Elle baissait de nouveau les yeux sur ses mains, croisées sur ses genoux, et sa figure s'était assombrie, son expression s'était durcie comme si elle plongeait dans un passé qu'elle aurait mieux aimé effacer.

— Vous avez eu un aperçu de ma vie sur Solaria, dit-elle. Elle n'était pas heureuse mais je n'en connaissais pas d'autre. C'est seulement lorsque j'ai connu un peu de bonheur que j'ai soudain compris à quel point ma précédente vie avait été profondément malheureuse. Et cela s'est produit grâce à vous, Elijah.

– Grâce à moi ? s'écria-t-il, surpris.

– Oui, Elijah. Notre toute dernière entrevue à Solaria – j'espère que vous vous en souvenez, Elijah – m'a appris quelque chose. Je vous ai touché ! J'ai ôté mon gant, un gant semblable à ceux que je porte en ce moment, et je vous ai touché la joue. Le contact n'a pas duré longtemps. Je ne sais pas quel effet il vous a fait – ne me le dites pas, c'est sans importance – mais cela a été très important pour moi.

Elle releva les yeux et regarda Baley en face comme pour le défier.

– Cela a été capital pour moi. Ma vie en a été changée. N'oubliez pas, Elijah, que jusqu'alors, après les quelques années de mon enfance, je n'avais jamais touché un homme, ni même aucun être humain, à part mon mari. Et mon mari et moi, nous nous touchions rarement. J'avais regardé des hommes à la télévision, naturellement, et je m'étais ainsi familiarisée avec tous leurs aspects physiques, toutes les parties de leur corps. De ce côté-là, je n'avais rien à apprendre.

» Mais je n'avais aucune raison de penser que la sensation du toucher différait suivant les hommes. Je savais ce que je sentais en touchant mon mari, la sensation que me donnaient ses mains quand il parvenait à se résoudre à me toucher, ce que... enfin, tout. Je n'avais aucune raison de penser qu'avec un autre homme ce serait différent. Le contact de mon mari ne me procurait pas de plaisir, mais pourquoi en aurais-je ressenti ? Est-ce que j'éprouve un plaisir particulier au contact de mes doigts sur cette table, sinon que j'en apprécie peut-être la surface lisse ?

» Le contact avec mon mari faisait partie d'un rite occasionnel qu'il pratiquait parce qu'on attendait cela de lui et, en bon Solarien, il s'exécutait selon le calendrier et la pendule, pour la durée et de la manière prescrites par la bonne éducation. Sauf que, dans un autre sens, ce n'était pas de la bonne éducation, car si ce contact périodique était d'ordre sexuel, mon mari n'avait pas postulé pour un enfant et je crois que ça ne l'intéressait pas d'en produire un. Et il m'impressionnait beaucoup trop pour que j'aille postuler de ma propre initiative, comme j'en avais le droit.

» Quand j'y réfléchis avec le recul, je comprends que ces rapports sexuels étaient méthodiques et de pure forme. Je n'avais jamais d'orgasme. Jamais, pas une seule fois. D'après mes lectures, je devinais vaguement que cette chose existait, mais les descriptions ne faisaient que m'intriguer et me dérouter et comme on ne les trouvait que dans les livres importés – les ouvrages solariens ne traitent jamais de sujets sexuels – je n'arrivais pas à y croire. Je les prenais simplement pour des métaphores exotiques.

» Pas plus que je ne pouvais essayer – et encore moins réussir – l'auto-érotisme. La masturbation, je crois que c'est le mot courant. Du moins, j'ai entendu ce mot ici à Aurora. A Solaria, naturellement, on ne parle jamais de tout ce qui peut avoir trait au sexe, pas plus qu'aucun mot ayant une corrélation avec le sexe n'est employé dans la bonne société... Et d'ailleurs, il n'y a pas d'autre genre de société à Solaria.

» D'après certaines de mes lectures, je devinais comment on devait s'y prendre pour pratiquer la masturbation et, à l'occasion, il m'est arrivé de faire une tentative timide, d'essayer de faire ce qui était décrit. Mais j'étais incapable d'aller jusqu'au bout. Les tabous contre tout contact avec un corps humain me rendaient mes propres attouchements déplaisants et interdits. Je peux effleurer mon côté avec ma main, croiser les jambes, sentir la pression d'une cuisse sur l'autre, mais c'est là des contacts fortuits, auxquels on ne fait pas attention. C'était tout autre chose de faire du toucher un instrument délibéré de plaisir. Chaque fibre de mon corps savait que cela ne devait pas être fait, et comme je le savais, le plaisir ne venait pas.

» Et l'idée ne m'est jamais venue, pas une fois, que l'on pourrait éprouver du plaisir à toucher, dans d'autres circonstances. Pourquoi me serait-elle venue ? Comment l'aurait-elle pu ?

» Jusqu'au moment où je vous ai touché, cette fois-là. Pourquoi je l'ai fait, je n'en sais rien. J'éprouvais pour vous un élan d'affection, parce que vous m'aviez sauvée de l'accusation de meurtre. Et puis vous n'étiez pas formellement interdit, vous n'étiez pas solarien. Vous n'étiez pas – pardonnez-moi – tout à fait un homme. Vous étiez une créature de la Terre. Humain en apparence mais avec une vie courte et menacée par les infections, un être considéré au mieux comme un demi-humain.

» Alors, parce que vous m'aviez sauvée et que vous n'étiez pas réellement un homme, j'ai pu vous toucher. Et, de plus, vous ne m'avez pas regardée avec l'hostilité et la répugnance que mon mari me manifestait, ni avec l'indifférence soigneusement étudiée de quelqu'un qui me verrait à la télévision. Vous étiez là, bien palpable, votre regard était chaleureux et grave. Vous avez même tremblé quand ma main s'est approchée de votre joue. Je l'ai vu.

» Pourquoi ce tremblement, je n'en sais rien. Le contact a été si fugace et en aucune façon la sensation physique n'était différente de celle que j'aurais ressentie si j'avais touché mon mari ou un autre homme... ou peut-être même une femme. Mais cela dépassait de loin la sensation physique. Vous étiez là, vous avez accueilli le geste, vous m'avez donné tous les signes de ce que j'ai reconnu comme de... de l'affection. Et quand nos deux peaux, ma main, votre joue, sont entrées en contact, c'était comme si j'avais touché un feu très doux qui est instantanément remonté le long de ma main et de mon bras et qui m'a embrasée.

» Je ne sais pas combien de temps cela a duré, sûrement pas plus de quelques instants, mais pour moi le temps s'est arrêté. Il m'est arrivé quelque chose qui ne m'était jamais arrivé. En réfléchissant par la suite à ce que j'en avais appris, j'ai compris que j'avais presque connu un orgasme.

» Je me suis efforcée de ne pas le montrer...

Baley, n'osant plus la regarder, secoua la tête.

— Eh bien, donc, je n'ai rien montré. Je vous ai dit « Merci, Elijah ». Je le disais pour ce que vous aviez fait pour moi, dans l'affaire de la mort de mon mari. Mais je vous le disais aussi, et bien plus, pour avoir éclairé mon existence, pour m'avoir montré, même à votre insu, ce qu'il y avait dans la vie, pour avoir ouvert une porte, révélé un chemin, indiqué un horizon. L'acte physique n'était rien en soi. Rien qu'un simple contact, mais c'était le commencement de tout.

La voix de Gladia mourut et, pendant un moment, plongée dans ses souvenirs, elle garda le silence.

Puis elle leva un doigt.

— Non, ne dites rien. Je n'ai pas encore fini. J'avais fait des rêves éveillés, avant cela, très, très vagues. Un homme et moi, faisant ce que nous faisions mon mari et moi, mais quelque peu différemment — je ne savais même pas de quelle façon ce serait différent — et ressentant quelque chose de différent, que je ne pouvais même pas imaginer en déployant tous les prodiges d'imagination dont j'étais capable. J'aurais pu continuer toute ma vie à essayer d'imaginer l'inimaginable et j'aurais pu mourir comme je suppose que meurent les femmes de Solaria — et aussi les hommes — depuis trois ou quatre siècles, sans jamais rien savoir. Ignorantes. On a des enfants, mais on ne sait toujours pas.

» Mais il m'a suffi de toucher votre joue, Elijah, et j'ai su. N'était-ce pas stupéfiant ? Vous m'avez appris ce que je ne pouvais imaginer. Pas la mécanique, pas les gestes ni l'ennuyeux contact de deux corps mal consentants, mais quelque chose que je n'aurais jamais pu concevoir, dont jamais je n'aurais pu comprendre le rapport. Votre expression, la lueur dans vos yeux, l'impression de... de gentillesse, de bonté... quelque chose que je ne peux même pas décrire... une acceptation, l'abaissement d'une terrible barrière entre les individus. De l'amour, je suppose. Un mot commode pour englober tout cela et plus encore.

» J'ai éprouvé de l'amour pour vous, Elijah, parce que je croyais que vous pouviez en éprouver pour moi. Je ne dis pas que vous m'aimiez mais que vous sembliez en être capable, à mes yeux tout au moins. Je n'avais jamais connu cela et s'il en était question dans l'ancienne littérature, je ne comprenais pas ce que les auteurs voulaient dire, pas plus que je ne pouvais comprendre les hommes, dans ces mêmes livres, quand ils parlaient d'« honneur » et s'entretuaient pour défendre le leur. Je reconnaissais ce mot sans en pénétrer la signification. Je ne sais toujours pas ce que ça veut dire. Et pour moi, c'était la même chose que ce qu'on appelle l'amour, jusqu'à ce que je vous touche.

» Après, j'ai pu imaginer et je suis venue à Aurora en me souvenant de vous, en pensant à vous, en vous parlant inlassablement en pensée, en croyant qu'à Aurora je ferais la connaissance d'un million d'Elijah.

Elle s'interrompit, resta un moment perdue dans ses pensées, et puis, brusquement, elle poursuivit :

— Je ne les ai pas trouvés. J'ai découvert qu'Aurora, à sa façon, ne valait pas mieux que Solaria. A Solaria, la sexualité était interdite. Elle était détestée et nous nous en détournions tous. Nous ne pouvions pas aimer, à cause de cette haine qu'elle suscitait.

» A Aurora, la sexualité était ennuyeuse. On l'acceptait calmement, facilement, c'était aussi banal que de respirer. Si l'on avait envie de se livrer à des rapports sexuels, on s'adressait à celui ou celle qui vous plaisait, et si cette aimable personne n'avait rien de mieux à faire à cet instant, les rapports s'ensuivaient, de n'importe quelle manière commode. Comme la respiration... Mais où est l'extase, dans la respiration ? Si l'on étouffe, il se peut que la première aspiration d'air suivant la privation soit un merveilleux soulagement et un délice. Mais si l'on n'a jamais étouffé ?

» Mais si l'on n'a jamais été privé de sexe contre son gré ? Si cela était enseigné aux jeunes de la même façon que la lecture ou la programmation ? Si ce genre d'expérience était toute naturelle pour les enfants et si les adolescents plus âgés les aidaient ?

» Les rapports sexuels autorisés, aussi libres que possible, aussi abondants que l'eau, n'ont rien à voir avec l'amour, à Aurora. Tout comme ces rapports interdits et honteux à Solaria n'ont rien à voir avec l'amour. Dans un cas comme dans l'autre, les enfants sont rares, on ne peut en avoir qu'après avoir fait une demande officielle... Et ensuite, si l'autorisation est accordée, on doit se livrer à des rapports ayant pour seul objet la production d'enfants – rapports ennuyeux et ternes. Si, après un laps de temps raisonnable, l'imprégnation ne suit pas, l'esprit se rebelle, et on a recours à l'insémination artificielle.

» Avec le temps, l'extogénèse deviendra courante, tout comme à Solaria, la fécondation et le développement de l'embryon se feront dans une genitaria, l'amour physique sera abandonné, ne deviendra qu'une forme de rapport social, un jeu qui n'évoquera pas plus l'amour que le cosmo-polo.

» J'étais incapable d'adopter l'attitude auroraine, Elijah. Je n'avais pas été élevée comme ça. Avec terreur, j'ai recherché des rapports sexuels et personne ne m'a repoussée... et personne ne comptait. Tous les hommes avaient des yeux indifférents quand je m'offrais, et ils restaient indifférents, en m'acceptant. Une de plus, pensaient-ils, quelle importance ? Ils étaient consentants mais ça s'arrêtait là. Et quand je les touchais, il ne se produisait rien. C'était comme lorsque je touchais mon mari. J'ai appris à faire tous les gestes, à suivre leurs indications, à aller jusqu'au bout en acceptant qu'ils me guident, et cela ne me faisait toujours rien. Dans tout cela, je n'ai même pas puisé l'envie de faire cela moi-même, à moi-même. La sensation que vous aviez provoquée ne m'est jamais revenue et, finalement, j'ai renoncé.

» Durant tout ce temps, le Dr Fastolfe a été mon ami. Lui seul, dans tout Aurora, savait tout ce qui s'était passé sur Solaria. Du moins, je le crois. Vous savez que cette histoire n'a jamais été rendue publique et qu'elle n'a certainement pas été représentée dans sa réalité, dans cette effroyable émission en Hyperonde dont j'ai entendu parler et que je n'ai jamais voulu voir.

» Le Dr Fastolfe m'a protégée contre le manque de compréhension des Aurorains, contre leur mépris total des Solariens. Il m'a également protégée contre la détresse qui m'a envahie au bout d'un certain temps.

» Non, nous n'avons pas été amants. Je me serais bien offerte, mais quand l'idée m'est venue que je le pourrais, je pensais déjà que cette sensation que vous aviez inspirée, Elijah, ne me reviendrait jamais. Je me disais que c'était peut-être une illusion, une déformation de la mémoire, et j'y ai renoncé. Je ne me suis pas offerte. Et il ne s'est pas offert non plus. Je ne sais pas pourquoi. Peut-être devinait-il mon désespoir de n'avoir rien pu trouver qui me convienne, dans les rapports sexuels, et n'a-t-il pas voulu l'aggraver en m'infligeant un nouvel échec. Ce serait caractéristique de sa prévenance et de ses bontés pour moi d'avoir ce genre de délicatesse... Nous n'avons donc jamais été amants. Il n'a été que mon ami, à un moment où j'en avais besoin plus que tout le reste.

» Voilà, Elijah. Vous avez les réponses à toutes les questions que vous avez posées. Vous vouliez savoir quels étaient mes rapports avec le Dr Fastolfe et vous avez dit que vous vouliez des renseignements. Vous les avez. Etes-vous satisfait ?

Baley s'efforça de masquer sa détresse.

– Je suis navré, Gladia, que la vie ait été si dure pour vous. Oui, vous m'avez renseigné comme je le souhaitais. Vous m'avez même donné plus d'informations que vous ne le pensez.

Gladia fronça les sourcils.

– Comment cela ?

Baley ne répondit pas directement.

– Gladia, dit-il, je suis heureux que votre souvenir

de moi ait eu tant de prix pour vous. Quand j'étais à Solaria, à aucun moment l'idée ne m'est venue que je vous impressionnais de la sorte, et même si je l'avais cru, je n'aurais pas cherché à... vous savez.

– Je sais, Elijah, murmura-t-elle avec douceur. Et même si vous aviez essayé, cela ne vous aurait servi à rien. Je ne pouvais pas.

– Oui, je sais... Et je ne prends pas du tout ce que vous venez de me dire comme une invitation. Un bref contact, un instant de lucidité sexuelle, pourquoi aller plus loin ? Il est fort probable que cela ne se répétera jamais. Il ne faudrait pas gâcher un souvenir fugace en tentant maladroitement de le ressusciter. C'est une des raisons pour lesquelles, maintenant, je ne... m'offre pas. Et vous ne devez pas considérer cela comme un rejet. D'ailleurs...

– Oui ?

– Comme je le disais, vous m'avez peut-être révélé plus que vous ne croyez. Vous m'avez dit que l'histoire ne se termine pas sur votre désespoir.

– Moi ? Je ne vous ai jamais dit ça !

– Si. Quand vous m'avez parlé de la sensation inspirée par le contact de votre main sur ma joue, vous avez dit qu'en y réfléchissant longtemps après, ou par la suite, en songeant avec le recul et lorsque vous aviez appris, vous vous êtes rendu compte que vous aviez presque connu un orgasme... Mais ensuite, vous m'avez raconté que vos expériences sexuelles avec les Aurorains n'avaient jamais été couronnées de succès, d'où je conclus qu'elle ne vous ont pas amenée jusqu'à l'orgasme. Et pourtant, vous avez dû le connaître, Gladia, pour qualifier la sensation que vous avez éprouvée cette fois-là sur Solaria. Vous ne pouviez pas y réfléchir avec le recul et la reconnaître pour ce qu'elle était à moins d'avoir appris à aimer réellement, pleinement. Autrement dit, vous avez eu un amant et vous avez connu l'amour. Si je dois vous croire sur parole, croire que le Dr Fastolfe n'est pas et n'a jamais été votre amant, alors il y a eu quelqu'un d'autre.

– Et après ? En quoi est-ce que cela vous regarde, Elijah ?

– Je ne sais pas si cela me regarde ou non, Gladia. Mais dites-moi qui est cet homme et s'il se révèle que cette affaire ne me regarde pas, nous n'en parlerons plus.

Gladia ne répondit pas. Baley insista :

– Si vous ne me le dites pas, Gladia, il va falloir que je vous le dise. Je vous ai avertie dès le début que la situation ne me permettait pas de vous épargner.

Elle garda le silence, les lèvres pincées, la figure pâle.

– Ce doit bien être quelqu'un, Gladia, et la perte de Jander vous cause un chagrin extrême. Vous avez fait sortir Daneel parce que vous ne pouviez pas supporter de le voir, parce qu'il vous rappelait trop Jander. Si je me trompe en jugeant que c'était Jander Panell...

Baley s'interrompit un moment puis il insista d'une voix dure :

– Si le robot Jander Panell n'était pas votre amant, dites-le !

Et Gladia souffla :

– Jander, le robot, n'était pas mon amant... (Puis sa voix s'affermit et elle déclara avec une grande fermeté :) Il était mon mari !

25

Baley remua les lèvres. Aucun son n'en sortit mais on ne pouvait se méprendre sur les trois syllabes de son exclamation.

– Oui, dit Gladia. Par Josaphat ! Vous êtes suffoqué. Pourquoi ? Vous réprouvez cela ?

– Ma foi... ce n'est pas à moi d'approuver ou de réprouver, bredouilla-t-il.

– Ce qui signifie que vous désapprouvez.

– Ce qui signifie simplement que je veux me renseigner, que je procède à une enquête. Comment fait-on la distinction entre un amant et un mari, à Aurora ?

– Si deux personnes vivent ensemble dans le même établissement pendant un certain temps, elles peuvent se faire appeler mari et femme, plutôt qu'amants.

– Combien de temps ?

– Ça varie, ça dépend des régions, je crois, de la mentalité locale. En ville, à Eos au moins, la période est de trois mois.

– Est-il aussi exigé que, pendant cette période, on s'interdise des relations sexuelles avec des tierces personnes ?

Gladia haussa les sourcils avec étonnement.

– Pourquoi ?

– Simple question.

– L'exclusivité est inconcevable, à Aurora. Mari ou amant, ça ne change rien. On s'abandonne à ses désirs selon son bon plaisir.

– Et vous abandonniez-vous à votre bon plaisir quand vous étiez avec Jander ?

– Non, pas du tout, mais c'était par choix personnel.

– D'autres se sont offerts ?

– A l'occasion.

– Et vous avez refusé ?

– Je peux toujours refuser, selon ma volonté. Ça fait partie de la non-exclusivité.

– Mais avez-vous refusé ?

– Oui.

– Et ceux que vous avez repoussés savaient-ils pourquoi vous refusiez ?

– Que voulez-vous dire ?

– Savaient-ils que vous aviez un mari-robot ?

– J'avais un *mari* ! Ne le traitez pas de mari-robot. Cette expression n'existe pas.

– Le savaient-ils ?

Elle hésita.

– Je ne sais pas.

– Vous ne leur avez pas dit ?

– Quelle raison avais-je de le leur dire ?

– Ne répondez pas à mes questions par des questions ! Leur avez-vous dit ?

– Non.

– Comment pouviez-vous l'éviter ? Ne pensez-vous pas qu'une explication de votre refus aurait été toute naturelle ?

– Aucune explication n'est jamais exigée. Un refus est simplement un refus et il est toujours accepté. Je ne vous comprends pas.

Baley prit un temps pour mettre un peu d'ordre dans ses pensées. Ils ne se contrecarraient pas dans leurs propos, ils suivaient des voies parallèles. Il reprit :

– Sur Solaria, est-ce qu'il aurait été normal de prendre un robot pour mari ?

– Sur Solaria, c'était absolument impensable et l'idée d'une telle possibilité ne me serait jamais venue. Sur Solaria, tout était inconcevable... Et sur Terre aussi, Elijah. Votre femme aurait-elle pu prendre pour mari un robot ?

– Ça n'a aucun rapport et c'est à côté de la question.

– Peut-être, mais votre expression est une réponse assez éloquente. Nous ne sommes peut-être pas aurorains, vous et moi, mais nous sommes sur Aurora et voilà deux ans que je vis ici, alors j'accepte ses mœurs.

– Vous voulez dire que des relations sexuelles entre robot et être humain sont courantes ici, sur cette planète ?

– Je ne sais pas. Je sais simplement qu'elles sont acceptées parce que tout est accepté en sexualité, tout ce qui est volontaire, tout ce qui apporte une satisfaction mutuelle et ne fait physiquement de mal à personne. Qu'est-ce que ça peut bien faire aux gens, à qui que ce soit, comment un individu ou un groupe d'individus trouve sa satisfaction ? Est-ce que quelqu'un va s'occuper des livres que je visionne, de ce que je mange, de l'heure à laquelle je me couche ou me lève, de ce que j'aime les chats ou déteste les roses? La sexualité aussi est affaire de goûts, et cela laisse tout le monde indifférent, sur Aurora.

– Sur Aurora, répéta Baley. Mais vous n'êtes pas née sur Aurora et vous n'avez pas été élevée dans ses mœurs et usages. Vous m'avez dit tout à l'heure que vous ne pouviez vous adapter à cette indifférence sexuelle que vous approuvez à présent. Tout à l'heure, vous exprimiez votre dégoût pour les multiples mariages et les nombreuses aventures sans lendemain. Si vous n'avez pas donné les raisons de votre refus aux hommes que vous avez repoussés, c'est peut-être bien que tout au fond de vous-même, dans un recoin caché, vous aviez honte d'avoir Jander pour mari. Peut-être saviez-vous, ou soupçonniez-vous, ou supposiez-vous simplement, que c'était insolite, inhabituel même sur Aurora, et vous aviez honte.

– Non, Elijah, vous n'allez pas me persuader que j'avais honte. Si, même sur Aurora, c'est inhabituel d'avoir un robot pour mari, c'est parce que les robots comme Jander sont inhabituels. Les robots que nous avons sur Solaria, que vous avez sur la Terre – ou même à Aurora à l'exception de Daneel et Jander – ne sont pas conçus pour apporter des satisfactions sexuelles, à part les plaisirs plus rudimentaires. Ils peuvent être utilisés comme appareils de masturbation, peut-être, de la même manière qu'un vibrateur mécanique, mais rien de plus. Quand le nouveau robot humaniforme se répandra, de même la sexualité entre robot et être humain deviendra courante.

– Au fait, comment en êtes-vous venue à posséder Jander, Gladia? Il n'en existait que deux, tous deux chez le Dr Fastolfe. Alors vous en a-t-il simplement donné un, la moitié du total?

– Oui.

– Pourquoi?

– Par générosité, sans doute. J'étais seule, désillusionnée, misérable, étrangère dans un pays que je ne comprenais pas. Il m'a donné Jander pour me tenir compagnie et jamais je ne pourrai assez l'en remercier. Cela n'a duré que six mois, mais ces six mois valent sans doute amplement tout le reste de ma vie.

– Le Dr Fastolfe savait-il que Jander était votre mari ?

– Il n'y a jamais fait allusion. Alors je n'en sais rien.

– Et vous, y avez-vous fait allusion ?

– Non.

– Pourquoi ?

– Je n'en voyais pas la nécessité... ce n'est pas du tout parce que j'avais honte.

– Comment est-ce arrivé ?

– Que je n'en aie pas vu la nécessité ?

– Non. Comment Jander est-il devenu votre mari ?

Gladia sursauta, pâlit et riposta d'une voix pleine d'animosité :

– Pourquoi devrais-je vous expliquer ça ?

– Ecoutez, Gladia, il se fait tard. Ne me contrez pas à tout instant ! Etes-vous désespérée que Jander soit... parti ?

– Avez-vous besoin de le demander ?

– Vous voulez savoir ce qui est arrivé ?

– Encore une fois, avez-vous besoin de le demander ?

– Alors aidez-moi ! J'ai besoin de tous les renseignements possibles, pour commencer – et seulement commencer – à progresser vers la solution d'un problème apparemment insoluble. Comment Jander est-il devenu votre mari ?

Gladia s'adossa et brusquement ses yeux se remplirent de larmes. Elle repoussa le plat de pâtisserie où il ne restait que des miettes et dit d'une voix étranglée :

– Les robots ordinaires ne portent pas de vêtements, mais ils sont conçus de sorte à donner l'impression d'être habillés. Je connais bien les robots, puisque j'ai vécu à Solaria, et j'ai un certain talent artistique...

– Je me rappelle vos sculptures de lumière, murmura Baley.

Gladia remercia d'un signe de tête.

– J'ai fait quelques dessins de nouveaux modèles qui posséderaient, à mon avis, plus de style et seraient plus intéressants que ceux que l'on employait à Aurora. Certaines de mes toiles, inspirées de ces dessins, sont ici sur les murs. J'en ai d'autres dans d'autres pièces.

Baley se tourna vers les tableaux. Il les avait déjà remarqués. Ils représentaient indiscutablement des robots. Ce n'était pas de la peinture absolument figurative, les silhouettes étaient allongées, étirées et anormalement arrondies. Il comprit que ces distorsions étaient destinées à souligner, très habilement, des parties du corps qui, maintenant qu'il les regardait d'un nouvel œil, suggéraient des vêtements. Cela donnait en quelque sorte une impression de livrées de domestique qu'il avait vues dans un livre consacré à l'Angleterre victorienne. Gladia connaissait-elle ces anciennes modes, ou bien était-ce un simple hasard, une coïncidence ? Cela n'avait probablement aucune importance mais Baley se dit qu'il valait mieux (peut-être) garder le fait en mémoire.

Quand il avait remarqué les tableaux au premier abord, il avait pensé que c'était la façon qu'avait choisie Gladia de s'entourer de robots à l'imitation de la vie sur Solaria. Elle disait avoir détesté cette vie, mais ce n'était là que le produit de ses réflexions. Solaria avait été la seule patrie qu'elle avait jamais connue et ce n'est pas un souvenir dont on se débarrasse facilement, peut-être même est-ce impossible. Il se pouvait que cet élément demeurât dans sa peinture, même si ses nouvelles occupations lui donnaient des mobiles plus intéressants.

Cependant, elle parlait toujours :

– J'ai eu du succès. Certaines des grandes industries, des constructeurs de robots, m'ont fort bien payé mes dessins et dans bien des cas ont modifié les robots déjà existants suivant mes indications. C'était pour moi une satisfaction, qui compensait dans une certaine mesure le vide émotionnel de ma vie.

» Quand Jander m'a été donné par le Dr Fastolfe, j'ai

eu un robot qui, naturellement, portait des tenues ordinaires. Le cher docteur a même eu la gentillesse de me donner aussi quelques vêtements de rechange pour Jander.

» Tout cela manquait par trop d'imagination et je me suis amusée à acheter ce que je considérais comme des tenues plus élégantes. Pour cela, il me fallait mesurer Jander, avec une grande précision, puisque j'avais l'intention de lui faire faire des costumes d'après mes croquis et à ses mesures. Et pour cela, il a dû se déshabiller petit à petit, entièrement.

» C'est seulement quand je l'ai vu complètement nu que j'ai compris à quel point il était semblable à un homme. Il ne lui manquait absolument rien et ces parties du corps qui doivent être érectiles l'étaient effectivement. Et elles étaient soumises à ce que l'on appellerait, chez un être humain, un contrôle conscient. Jander pouvait entrer en érection et au repos sur commande. C'est ce qu'il m'a dit quand je lui ai demandé si son pénis était fonctionnel à cet égard. Comme j'étais curieuse, il m'en a fait la démonstration.

» Vous devez bien comprendre que s'il ressemblait tout à fait à un homme, je savais que c'était un robot. J'hésitais toujours à toucher les hommes, comprenez-vous, et je suis sûre que cela a joué un certain rôle dans mon incapacité d'avoir des rapports sexuels satisfaisants avec les Aurorains. Mais ce n'était pas un homme que j'avais là, et j'avais été entourée de robots toute ma vie. Je pouvais donc librement toucher Jander.

» Il ne m'a pas fallu longtemps pour m'apercevoir que j'aimais le toucher, et Jander n'a pas été long à comprendre que j'aimais cela. C'était un robot extrêmement perfectionné, qui obéissait attentivement aux Trois Lois. S'il ne m'avait pas apporté de la joie, il m'aurait sans doute déçue, et la déception pouvait être considérée comme un mal. Et il ne pouvait pas faire de mal à un être humain. Alors il prenait un soin infini à m'apporter de la joie et comme je voyais en lui le désir de me donner de la joie, ce que je n'avais jamais constaté chez les hommes d'Aurora, j'étais bien entendu joyeuse. Et finalement, j'ai découvert, pleinement je crois, ce qu'est un orgasme.

– Vous étiez donc totalement heureuse ?

– Avec Jander ? Naturellement ! Totalement.

– Vous ne vous disputiez jamais ?

– Avec Jander ? Comment était-ce possible ? Son seul but, sa seule raison d'être était de me faire plaisir.

– Et cela ne vous troublait pas ? Il ne vous faisait plaisir que parce qu'il le devait.

– Quel autre mobile pourrait avoir n'importe qui de faire quelque chose sinon que, pour une raison ou une autre, il le doit ?

– Et vous n'avez jamais eu envie d'essayer avec de véritables... d'essayer avec des Aurorains, après avoir appris à atteindre l'orgasme ?

– Ce n'aurait été que des succédanés décevants. Je ne voulais que Jander... Alors, comprenez-vous, maintenant, ce que j'ai perdu ?

La figure habituellement grave de Baley s'allongea encore et prit une expression presque solennelle.

– Je comprends, Gladia. Si je vous ai fait de la peine, tout à l'heure, je vous prie de me pardonner, car je ne comprenais pas très bien.

Elle pleurait, maintenant, alors il attendit, incapable de rien dire de plus, incapable de trouver les mots qui consolent.

Enfin, elle secoua la tête, s'essuya les yeux d'un revers de main et demanda dans un murmure :

– Vous voulez savoir encore autre chose ?

Baley répondit, un peu comme s'il s'excusait :

– Encore quelques questions sur un autre sujet, et j'aurai fini de vous ennuyer... Pour le moment, rectifia-t-il avec prudence.

– Quoi donc ?

Elle paraissait soudain très fatiguée.

— Savez-vous qu'il y a des gens qui accusent le Dr Fastolfe d'être responsable du meurtre de Jander ?

— Oui.

— Savez-vous que le Dr Fastolfe reconnaît que lui seul possède les connaissances et l'habileté nécessaires pour tuer Jander comme il a été tué ?

— Oui. Le cher docteur me l'a dit lui-même.

— Eh bien alors, Gladia, pensez-vous, vous-même, que le Dr Fastolfe a tué Jander ?

Elle releva brusquement la tête, d'un mouvement sec, et protesta avec colère :

— Jamais de la vie ! Pourquoi l'aurait-il fait ? Jander était son robot, pour commencer, et il y tenait énormément, il était aux petits soins pour lui. Vous ne connaissez pas le cher docteur comme je le connais, Elijah. C'est la douceur même, il est incapable de faire du mal à qui que ce soit, et encore moins à un robot. Supposer qu'il aurait pu en tuer un, c'est comme si l'on supposait une pierre qui tombe de bas en haut !

— Je n'ai plus de questions à vous poser, Gladia, et pour le moment, la seule autre chose qui m'intéresse, c'est de voir Jander... ce qui reste de Jander. Avec votre permission.

Elle parut de nouveau méfiante, hostile.

— Pourquoi ? Pourquoi voulez-vous le voir ?

— Gladia ! Je vous en prie ! Je crains que cela ne me serve pas à grand-chose, mais je dois voir Jander même en sachant que ça ne me servira à rien. Je m'efforcerai de ne rien faire qui puisse blesser votre sensibilité.

Gladia se leva. Sa robe, si simple qu'elle n'était rien de plus qu'une longue chemise fourreau, n'était pas noire (comme elle l'aurait été sur la Terre) mais d'une teinte neutre, terne, sans le moindre reflet ni scintillement. Baley, tout en n'étant guère connaisseur en matière de mode, trouva qu'elle représentait admirablement le deuil.

— Suivez-moi, murmura-t-elle.

26

Baley suivit Gladia à travers diverses pièces, dont les murs brillaient faiblement. Une ou deux fois, il surprit comme un soupçon de mouvement et pensa que c'était un robot s'esquivant rapidement, puisqu'on leur avait dit de ne pas déranger.

Ils passèrent par un couloir puis ils montèrent quelques marches, vers une petite pièce dont un mur étincelait en partie, pour donner un effet de projecteur.

La chambre contenait un petit lit et un fauteuil, rien d'autre.

– C'était sa chambre, murmura Gladia puis, comme si elle répondait à la pensée de Baley, elle ajouta : Il n'avait besoin de rien d'autre. Je le laissais tranquille et seul autant que je le pouvais, toute la journée si possible. Je ne voulais pas me lasser de lui. (Elle soupira.) Je regrette maintenant de n'avoir pas profité de lui à chaque seconde. Je ne savais pas que notre temps serait si court... Le voici.

Jander était couché sur le lit étroit et Baley le contempla gravement. Le robot était couvert d'une matière lisse et brillante. Le mur éclairé illuminait sa tête, qui était lisse également et presque humaine dans sa sérénité. Les yeux étaient grands ouverts mais opaques et ternes. Il ressemblait assez à Daneel pour que l'on comprenne la gêne de Gladia en présence de l'autre robot humaniforme. Son cou et ses épaules se voyaient, au-dessus du drap.

– Est-ce que le Dr Fastolfe l'a examiné ? demanda Baley.

– Oui, complètement. Au désespoir, j'ai couru chez lui et si vous l'aviez vu se précipiter ici, si vous aviez vu son inquiétude, son chagrin, sa... sa panique, jamais vous n'iriez imaginer qu'il pourrait être responsable. Mais il n'a rien pu faire.

– Il est déshabillé ?

– Oui. Le Dr Fastolfe a dû lui ôter tous ses vêtements, pour un examen approfondi. Il m'a paru inutile de le rhabiller.

– Me permettez-vous de rabattre les draps, Gladia ?

– Vous le devez absolument ?

– Je ne voudrais pas qu'on me reproche d'avoir laissé échapper le moindre détail indispensable à mon examen.

– Mais que pourriez-vous découvrir que le Dr Fastolfe n'a pas vu ?

– Rien, Gladia. Mais je dois *savoir* qu'il n'y a rien à découvrir de plus pour moi. Je vous en prie, ne gênez pas mon enquête.

– Eh bien... Bon, faites ce que vous devez mais, je vous en supplie, remettez les couvertures exactement comme elles sont maintenant, quand vous aurez fini.

Elle tourna le dos à Baley et à Jander, replia son bras gauche contre le mur et y posa son front. Aucune plainte ne lui échappa, elle ne fit aucun mouvement, mais il comprit qu'elle se remettait à pleurer.

Le corps n'était peut-être pas tout à fait, tout à fait humain. La forme des muscles avait été quelque peu simplifiée, schématisée, en quelque sorte, mais il ne manquait aucun détail. Tout était là, les bouts de seins, le nombril, le pénis, les testicules, les poils pubiens, et même un léger duvet sur la poitrine.

Baley se demanda depuis combien de temps, combien de jours Jander avait été tué. Il s'étonna de ne pas le savoir mais pensa que ce ne pouvait être qu'avant son départ pour Aurora. Plus d'une semaine s'était donc écoulée et pourtant il n'y avait pas la plus petite trace, visuelle ou olfactive, de décomposition. C'était une nette différence robotique.

Il hésita puis il glissa un bras sous les épaules de Jander et l'autre sous ses hanches. Il n'envisagea pas un instant de demander de l'aide à Gladia, ce serait impossible. Non sans peine, en haletant et en prenant mille précautions, il parvint à retourner Jander sans le faire tomber du lit.

Le sommier grinça, Gladia devait savoir ce que faisait Baley, mais elle ne se retourna pas. Si elle ne proposa pas son aide, elle ne protesta pas non plus.

Baley retira ses bras de sous le corps. Jander était tiède au toucher. Vraisemblablement, la génératrice d'énergie continuait de faire un travail aussi simple que de maintenir la température corporelle malgré l'incapacité fonctionnelle du cerveau. Le corps donnait une impression de fermeté et d'élasticité. Il n'avait certainement pas dû passer par un stade correspondant à la rigidité cadavérique.

Un bras pendait à présent du lit, d'une manière tout à fait humaine. Baley le remua doucement et le lâcha. Le bras se balança légèrement et s'immobilisa. Il replia ensuite une jambe au genou pour examiner le pied; puis il fit de même pour l'autre. Les fesses étaient parfaitement formées et il y avait même un anus.

Baley n'arrivait pas à chasser un sentiment de malaise. L'impression qu'il violait l'intimité d'un être humain refusait de se dissiper. S'il s'était agi d'un corps humain, sa froideur et sa rigidité l'auraient privé de toute humanité.

Il se dit, avec gêne : « Un corps de robot est beaucoup plus humain qu'un cadavre humain. »

De nouveau, il glissa ses bras sous Jander, le souleva et le retourna.

Il remonta et lissa le drap de son mieux, puis il remit le couvre-pied et le lissa aussi. En reculant d'un pas, il jugea que tout était exactement semblable, ou s'en rapprochait autant qu'il était possible.

— J'ai fini, Gladia, dit-il.

Elle se retourna, contempla Jander avec des yeux humides et demanda :

— Nous pouvons partir, alors ?

— Oui, naturellement mais, Gladia...

— Eh bien ?

— Allez-vous le garder ainsi ? Je sais qu'il ne se décomposera pas mais...

— Vous n'êtes pas d'accord ?

— Dans un sens, non. Il faut vous donner une chance de vous remettre. Vous ne pouvez pas porter le deuil pendant trois siècles, voyons. Ce qui est fini est fini.

(Ces propos parurent creux, même aux oreilles de Baley. Quel effet devaient-ils donc lui faire, à elle ?)

— Je sais que vous partez d'un bon sentiment, Elijah. On m'a priée de garder Jander jusqu'à la fin de l'enquête. Ensuite, il sera passé à la torche, à ma demande.

— A la torche ?

— On le placera sous une torche de plasma pour le réduire à ses éléments, comme on le fait ici pour les cadavres humains. Je conserverai de lui un hologramme... et des souvenirs. Cela vous satisfait-il ?

— Naturellement... Maintenant, je dois retourner chez le Dr Fastolfe.

— Le corps de Jander vous a-t-il appris quelque chose ?

— Non, Gladia, mais je ne m'y attendais pas.

Elle fit face à Baley et lui dit gravement :

— Elijah, je veux que vous découvriez qui a fait cela et pourquoi. Je *dois* le savoir !

— Mais, Gladia...

Elle secoua violemment la tête, comme pour tenir à l'écart tout ce qu'elle ne voulait pas entendre.

— Je sais que vous pouvez réussir !

VII

Encore Fastolfe

27

Baley sortit de la maison de Gladia dans le coucher de soleil. Il se tourna vers ce qu'il pensait être l'ouest et découvrit le soleil d'Aurora, d'une couleur écarlate foncé, couronné de fines écharpes de nuages rougeoyants dans un ciel vert pomme.

– Nom de Josaphat ! marmonna-t-il.

Manifestement, le soleil d'Aurora, plus frais et plus orangé que celui de la Terre, accentuait la différence au crépuscule, quand sa lumière traversait une plus grande épaisseur de l'atmosphère d'Aurora.

Daneel était derrière lui ; Giskard, comme à l'aller, en avant-garde.

Il entendit à son oreille la voix de Daneel :

– Vous sentez-vous bien, camarade Elijah ?

– Tout à fait bien, répondit Baley content de lui. Je supporte très bien l'Extérieur. Je peux même admirer le coucher de soleil. C'est toujours comme ça ?

Daneel se tourna avec indifférence vers le couchant.

– Oui, mais rentrons vite à l'établissement du Dr Fastolfe. A cette époque de l'année, le crépuscule ne dure pas longtemps, camarade Elijah, et j'aimerais que vous rentriez tant que l'on y voit encore.

— Je suis prêt. Partons.

Baley se demanda s'il ne vaudrait pas mieux attendre la nuit. Le paysage serait moins agréable à voir mais, d'un autre côté, l'obscurité lui donnerait l'illusion d'être dans un lieu clos; tout au fond de lui-même, il ne savait pas combien de temps durerait cette euphorie causée par l'admiration d'un coucher de soleil (un coucher de soleil, notez bien, à l'Extérieur). Mais cette incertitude tenait de la lâcheté et il ne voulait pas l'avouer.

Giskard revint vers lui, sans bruit, et demanda :

— Préféreriez-vous attendre, monsieur? Est-ce que la nuit vous conviendrait mieux? Nous-mêmes ne serions pas incommodés.

Baley s'aperçut de la présence d'autres robots, plus éloignés, de tous les côtés. Gladia avait-elle dépêché ses robots des champs comme gardes du corps, ou bien Fastolfe avait-il envoyé les siens?

Cela accentuait la protection dont il était l'objet et, non sans une certaine perversité, il refusa de reconnaître une faiblesse.

— Non, dit-il, partons tout de suite.

Sur ce, il se mit en marche d'un bon pas vers l'établissement de Fastolfe qu'il distinguait tout juste entre les arbres lointains.

Que les robots me suivent ou non, pensait-il audacieusement. Il savait que s'il se permettait d'y penser, il y aurait en lui quelque chose qui renâclerait encore à l'idée de lui-même à la surface extérieure d'une planète, sans autre protection que de l'air entre lui et le grand vide, mais il n'allait pas y penser!

C'était la joyeuse exaltation d'être délivré de la peur qui le faisait un peu trembler, qui le faisait claquer des dents. Ou alors c'était le vent frais du soir, qui faisait naître aussi la chair de poule sur ses bras.

Ce n'était pas l'Extérieur.

Non, non et non!

En faisant un effort pour desserrer les dents, il demanda :

– Connaissais-tu Jander, Daneel ?

– Oui, camarade Elijah. Nous avons été côte à côte pendant un certain temps. Depuis le moment de la construction de l'Ami Jander jusqu'à ce qu'il passe dans l'établissement de Miss Gladia, nous avons été constamment ensemble.

– Est-ce que cela te gênait, Daneel, que Jander te ressemble tant ?

– Non, monsieur. Lui et moi savions nous distinguer et le Dr Fastolfe ne nous confondait pas non plus. Nous étions, par conséquent, deux individus distincts.

– Et toi, Giskard, tu savais les distinguer aussi ?

Ils étaient plus près de lui, maintenant, sans doute parce que les autres robots avaient pris la relève, pour la protection à longue distance.

– Il ne s'est présenté aucune occasion, si ma mémoire est bonne, où il a été important que je fasse cela.

– Et s'il y en avait eu, Giskard ?

– Alors, j'aurais pu les distinguer.

– Quelle était ton opinion de Jander, Daneel ?

– Mon opinion, camarade Elijah ? Vous souhaitez avoir mon opinion sur quel aspect de Jander ?

– Est-ce qu'il effectuait bien son travail, par exemple ?

– Certainement.

– Etait-il satisfaisant en tout ?

– En tout, à ma connaissance.

– Et toi, Giskard ? Quelle était ton opinion ?

– Je n'ai jamais été aussi proche de l'Ami Jander que de l'Ami Daneel et il ne serait pas convenable de ma part de donner une opinion. Je puis dire que, à ma connaissance, le Dr Fastolfe était parfaitement satisfait de l'Ami Jander. Il paraissait également satisfait de l'Ami Jander et de l'Ami Daneel. Cependant, je ne pense pas que ma programmation soit de nature à me permettre d'être catégorique à ce sujet.

– Et pendant la période où Jander est entré au service de Miss Gladia ? Est-ce que tu le fréquentais à ce moment, Daneel ?

— Non, camarade Elijah. Miss Gladia le gardait chez elle. Quand elle rendait visite au Dr Fastolfe, Jander ne l'accompagnait jamais, autant que je sache. Lorsqu'il m'est arrivé d'escorter le Dr Fastolfe pour une visite à l'établissement de Miss Gladia, je n'ai pas vu l'Ami Jander.

Baley fut un peu surpris d'apprendre cela. Il se tourna vers Giskard pour lui poser la même question, hésita puis haussa les épaules. Il n'arriverait pas à grand-chose de cette façon et, comme l'avait fait observer le Dr Fastolfe, il ne servait à rien d'interroger un robot. Jamais ils ne diraient en connaissance de cause des choses qui pourraient faire du mal à un être humain, pas plus qu'ils ne pouvaient être harcelés, cajolés ou soudoyés pour parler. Ils ne débiteraient pas de mensonges flagrants, en revanche, ils pouvaient s'en tenir obstinément, mais poliment, à des réponses évasives ou inutilisables.

Et — peut-être — cela n'avait-il plus d'importance.

Ils étaient maintenant sur le seuil de la maison de Fastolfe et Baley sentit sa respiration s'accélérer. Maintenant, il était bien certain que le tremblement de son bras et de sa lèvre inférieure avait été provoqué par la fraîcheur du vent.

Le soleil avait disparu, quelques étoiles apparaissaient, le ciel s'assombrissait en prenant une curieuse teinte violet verdâtre qui lui donnait un aspect maladif. Baley franchit la porte et entra dans la chaleur des murs lumineux.

Il était en sécurité.

Fastolfe l'accueillit.

— Vous êtes rentré rapidement, Baley. Votre entrevue avec Gladia a-t-elle été féconde ?

— Très féconde, docteur Fastolfe. Il est même possible que je tienne dans ma main la clef de la solution.

28

Fastolfe se contenta de sourire poliment, d'une manière n'indiquant ni surprise, ni plaisir, ni scepticisme. Il précéda son invité dans une pièce, visiblement une salle à manger, mais plus petite et plus intime que celle où ils avaient déjeuné.

— Nous allons, mon cher Baley, annonça Fastolfe avec amabilité, faire un petit dîner sans cérémonie, tous les deux. Rien que nous. Nous n'aurons même pas les robots, si cela peut vous faire plaisir. Et nous ne parlerons pas de notre affaire à moins que vous n'y teniez absolument.

Baley ne dit rien mais s'arrêta pour contempler les murs avec stupéfaction. Ils étaient d'un vert lumineux changeant, mouvant, avec des différences d'éclat et d'une nuance qui allait en progressant, de bas en haut. Il y avait des soupçons de palmes ou de larges feuilles d'un vert plus foncé et de vagues ombres ici et là. Ces murs donnaient à la salle l'illusion d'une grotte bien éclairée, au fond de la mer. L'effet était vertigineux, du moins Baley eut-il cette impression.

Fastolfe n'eut pas de mal à interpréter l'expression de son invité.

— C'est un goût acquis, Baley, je le reconnais... Giskard, atténue l'illumination du mur, s'il te plaît... Merci.

Baley laissa échapper un soupir de soulagement.

— Merci infiniment, docteur Fastolfe. Si je pouvais aller à la Personnelle... ?

— Certainement.

Baley hésita.

— Pourriez-vous...

Fastolfe rit tout bas.

— Vous la trouverez parfaitement normale, Baley. Vous n'aurez à vous plaindre de rien.

Baley baissa la tête.

— Ah ! Je vous remercie.

Sans les intolérables illusions, la Personnelle — il pensa que c'était la même qu'il avait utilisée plus tôt dans la journée — n'était que ce qu'elle était, bien plus luxueuse et hospitalière que toutes celles qu'il avait connues. Elle était tout à fait différente de celles de la Terre, où l'on trouvait des rangées de cabines s'étendant à l'infini, toutes identiques, toutes destinées à une seule personne.

Baley éprouva un léger malaise à la pensée que celle-ci était une Personnelle universelle, dont n'importe qui pouvait être invité à se servir, homme ou femme, jeune ou vieux.

La pièce étincelait, en quelque sorte, de propreté hygiénique. Chaque surface moléculaire externe pouvait être détachée après chaque usage et remplacée par une neuve. Obscurément, Baley sentait que s'il restait assez longtemps sur Aurora, il aurait peut-être du mal à se réadapter aux foules de la Terre, qui repoussaient à l'arrière-plan l'hygiène et la propreté, au rang d'un idéal difficile sinon impossible à atteindre, que l'on respectait de loin.

Baley, entouré d'appareils d'ivoire et d'or (pas de l'ivoire véritable, sans nul doute, ni de l'or vrai) lisses et brillants, se surprit soudain à frémir au souvenir de l'indifférence des Terriens aux échanges de bactéries et aux dangers de contagion. N'était-ce pas justement ce qu'éprouvaient les Spatiens ? Pouvait-il le leur reprocher ?

Très songeur, il se lava les mains, en jouant avec les petits contacts de la commande, ici et là, pour varier la température. Et pourtant, ces Aurorains décoraient leurs intérieurs avec un luxe si criard, ils cherchaient tellement à feindre de vivre à l'état de nature, alors qu'ils avaient domestiqué et brisé la nature... Ou bien était-ce seulement Fastolfe ?

Après tout, pensa Baley, l'établissement de Gladia

était beaucoup plus austère... mais peut-être était-ce parce qu'elle avait été élevée à Solaria.

Le dîner qui suivit fut un ravissement. Encore une fois, comme au déjeuner, il eut le sentiment très net d'être plus près de la nature. Les plats étaient nombreux, variés, tous servis par petites portions et, dans bien des cas, il était possible de voir qu'ils étaient composés de parties de plantes ou d'animaux. Les inconvénients, un petit os par-ci, un peu de cartilage par-là, des brins de fibres qui l'auraient dégoûté naguère commençaient à lui faire un peu l'effet d'une aventure.

Le premier service était du poisson, un petit poisson que l'on mangeait entier avec tous les organes internes, et cela lui parut, au premier abord, une autre manière assez ridicule de se frotter à la Nature avec un grand N. Mais il avala quand même le petit poisson, comme le fit Fastolfe, et il fut immédiatement converti par le goût. Jamais il n'avait rien mangé de pareil. C'était comme si des papilles du goût avaient été soudain inventées et greffées sur sa langue.

Les goûts changeaient, d'un plat à l'autre. Certains étaient vraiment bizarres et pas particulièrement plaisants mais Baley n'y attacha pas d'importance. Le plaisir d'un goût distinct, de goûts distincts (sur les conseils de Fastolfe, il buvait une gorgée d'eau légèrement parfumée entre chaque plat), voilà ce qui comptait, et non les détails.

Baley s'efforça de ne pas dévorer, de ne pas concentrer toute son attention sur le repas, de ne pas récurer son assiette. Désespérément, il continua d'observer et d'imiter Fastolfe, en s'appliquant à ne pas se soucier du regard amical mais nettement amusé de son hôte.

– J'espère, dit Fastolfe, que vous trouvez tout ceci à votre goût ?

– C'est délicieux, répondit Baley en se forçant un peu.

– Je vous en prie, ne vous contraignez pas à une politesse inutile. Ne mangez rien qui vous paraisse trop bizarre ou désagréable. A la place de ce qui vous déplaît, je ferai apporter ce que vous aimez.

– Ce n'est pas nécessaire, docteur Fastolfe. Tout est plutôt à ma satisfaction.

– J'en suis heureux.

Malgré l'offre de Fastolfe de se passer de la présence de robots, le service était effectué par un robot. (Fastolfe, qui y était habitué, ne le remarquait sans doute même pas, pensa Baley, et il ne fit aucune réflexion.)

Comme il fallait s'y attendre, le robot était silencieux et ses mouvements d'une admirable précision. Son élégante livrée semblait sortir des émissions historiques que Baley avait vues en Hyperonde. Ce n'était qu'en regardant de très près, avec attention, que l'on voyait que le costume n'était qu'une illusion d'optique, due à l'éclairage, et que la surface externe du robot était aussi proche que possible d'un revêtement de métal poli, pas davantage.

– Est-ce que la surface du serveur a été dessinée par Gladia ? demanda Baley.

– Oui, répondit Fastolfe, visiblement ravi. Elle serait flattée de savoir que vous avez reconnu son talent. Elle en a beaucoup, n'est-ce pas ? Ses œuvres ont de plus en plus de succès et elle occupe un créneau fort utile dans la société auroraine.

Durant tout le repas, la conversation fut plaisante mais banale. Baley n'avait pas tellement envie de « parler affaires » d'ailleurs, préférant de loin garder le silence pour mieux apprécier les mets, en laissant son subconscient, ou toute autre faculté prenant la relève, décider comment aborder la question qui, maintenant, lui semblait être le point crucial du problème Jander.

Fastolfe lui évita d'en faire l'effort, en disant cependant :

– Et maintenant que vous mentionnez Gladia, Baley, puis-je vous demander comment il se fait que vous vous êtes rendu chez elle dans un état d'assez profonde dépression et que vous en revenez presque gai, en déclarant que vous aviez peut-être dans votre main la clef de toute l'affaire. Avez-vous appris quelque chose de nouveau, d'inattendu peut-être, chez elle ?

– En effet, répondit distraitement Baley mais il s'intéressait surtout au dessert, qu'il n'identifiait pas du tout et dont une seconde petite portion venait d'être placée devant lui (un vague désir dans ses yeux ayant sans doute inspiré le serveur).

Il se sentait repu. Jamais encore dans sa vie il n'avait tant apprécié un repas et, pour la première fois, il regrettait les limites physiologiques qui l'empêchaient de continuer de manger éternellement. Il en avait d'ailleurs un peu honte.

– Et ce que vous avez appris était-il nouveau et inattendu ? insista Fastolfe avec patience. Quelque chose que j'ignore moi-même, peut-être ?

– Peut-être. Gladia m'a dit que vous lui avez donné Jander il y a environ six mois, en temps normal.

Fastolfe hocha la tête.

– Cela, je le sais, bien sûr. Oui, c'est vrai.

– Pourquoi ? demanda vivement Baley.

L'expression aimable de Fastolfe s'altéra quelque peu et il riposta :

– Pourquoi pas ?

– Je ne sais pas... Mais peu importe, docteur Fastolfe. Ma question demeure : Pourquoi le lui avez-vous donné ?

Fastolfe secoua légèrement la tête et ne dit rien.

– Docteur Fastolfe, je suis ici pour éclaircir une bien regrettable affaire. Rien de ce que vous avez fait, absolument rien, n'a simplifié les choses. Au contraire, vous avez paru prendre un malin plaisir à me montrer à quel point elle était grave et à réfuter toutes les solutions possibles que je pourrais avancer. Je ne m'attends pas à ce que d'autres répondent à mes questions. Je n'ai aucune position officielle dans ce monde et je n'ai pas le droit de poser des questions, encore moins de forcer les gens à répondre.

» Vous, toutefois, vous êtes différent. Je suis ici à votre demande et j'essaie de sauver votre carrière aussi bien que la mienne. De plus, à en juger par votre récit de l'affaire, je dois essayer de sauver non seulement la Terre mais Aurora. Par conséquent, j'aimerais que vous répondiez à mes questions, pleinement et franchement, en toute vérité. Je vous en prie, ne vous livrez pas à une tactique aboutissant à des impasses en me demandant par exemple « pourquoi pas » quand je vous demande pourquoi. Alors, encore une fois, et pour la dernière fois, pourquoi avez-vous donné Jander à Gladia ?

Fastolfe fit une moue et sa figure s'assombrit.

– Pardonnez-moi, Baley. Si j'hésitais à répondre c'est parce que, à la réflexion, il me semble qu'il n'y a pas de raison très pertinente. Gladia Delamarre – non, elle ne veut pas qu'on l'appelle par ce nom – Gladia, donc, est une étrangère sur cette planète; elle a subi une épreuve traumatisante dans son monde natal, comme vous le savez, et une épreuve traumatisante ici, comme vous ne le savez peut-être pas...

– Si, je le sais maintenant. Je vous en prie, soyez plus direct.

– Eh bien donc, elle me faisait de la peine. Elle était seule et Jander, pensais-je, serait une compagnie pour elle.

– De la peine ? Simplement comme ça ? Etiez-vous amants ? L'avez-vous été ?

– Non, pas du tout. Je n'ai rien offert. Elle non plus... Pourquoi ? Vous aurait-elle dit que nous étions amants ?

– Non, non, mais j'avais besoin d'une confirmation. Je vous le ferai savoir, quand il y aura une contradiction; vous n'avez pas à vous inquiéter pour cela. Comment se fait-il qu'avec la sympathie que vous éprouvez pour elle et, d'après ce qu'elle m'a dit, la reconnaissance qu'elle ressent pour vous, ni l'un ni l'autre ne vous soyez offert ? J'ai cru comprendre qu'à Aurora les propositions sexuelles sont aussi courantes que les conversations sur la pluie et le beau temps.

Fastolfe fronça les sourcils.

– Vous n'avez rien compris du tout, Baley. Ne nous jugez pas par les principes de votre monde. Les rapports sexuels n'ont pas pour nous une importance capitale mais nous ne nous y livrons pas à la légère. En dépit des apparences et des idées que vous vous faites, aucun d'entre nous ne s'offre à la légère. Gladia, inaccoutumée à nos usages et sexuellement frustrée sur Solaria, s'est peut-être offerte sans discrimination – ou plutôt en désespoir de cause, ce serait plus juste – et ce n'est probablement pas très surprenant, par conséquent, qu'elle n'ait guère apprécié les résultats.

– N'avez-vous pas tenté d'améliorer les choses ?

– En m'offrant moi-même ? Je ne suis pas ce qu'il lui faut et elle n'est pas non plus ce qu'il me faut. Elle me faisait de la peine. Elle me plaît beaucoup, j'admire ses talents artistiques et je veux qu'elle soit heureuse... Après tout, Baley, vous devez bien reconnaître que la sympathie d'un être humain pour un autre ne repose pas forcément sur le désir sexuel, ni sur autre chose qu'une affinité naturelle. N'avez-vous jamais éprouvé de sympathie pour quelqu'un ? N'avez-vous jamais voulu aider quelqu'un sans autre raison que la joie de soulager ses misères ? De quelle espèce de planète venez-vous donc ?

– Ce que vous dites est juste, docteur. Je ne doute pas que vous soyez un être généreux. Malgré tout, ayez un peu de patience avec moi, s'il vous plaît. Quand je vous ai demandé, la première fois, pourquoi vous avez donné Jander à Gladia, vous ne m'avez pas répondu ce que vous venez de me dire maintenant, et avec une émotion considérable, dois-je ajouter. Votre premier mouvement a été d'éluder la question, d'hésiter, de répondre à côté, de gagner du temps en demandant « pourquoi pas ? ».

» Compte tenu de ce que vous m'avez enfin dit à l'instant, qu'y avait-il dans ma question qui vous a gêné au début ? Quelle raison, que vous ne vouliez pas avouer, vous est venue à l'esprit avant que vous vous décidiez pour celle que vous acceptiez d'avouer ? Pardonnez mon insistance mais je dois le savoir, et pas du tout par curiosité personnelle, je vous assure. Si ce que vous me dites n'est d'aucune utilité dans cette triste affaire, alors considérez que c'est déjà rejeté dans un trou noir.

A voix basse, Fastolfe répondit :

– En toute franchise, je ne sais pas trop pourquoi j'ai éludé votre question. Vous m'avez surpris, montré peut-être quelque chose que je ne voulais pas affronter. Laissez-moi réfléchir, Mr Baley.

Ils gardèrent un moment le silence. Le robot vint desservir et quitta la pièce. Daneel et Giskard étaient ailleurs (ils gardaient probablement la maison). Baley et Fastolfe se retrouvaient enfin seuls dans la salle à manger, sans robots.

Finalement, le savant hasarda :

– Je ne sais pas ce que je dois vous dire mais, si vous le voulez bien, laissez-moi revenir en arrière de quelques dizaines d'années. J'ai deux filles. Peut-être le savez-vous. Elles sont de deux mères différentes...

– Auriez-vous préféré des fils, docteur Fastolfe ?

Fastolfe parut sincèrement surpris.

– Non, pas du tout ! La mère de ma seconde fille voulait un fils, je crois, mais je n'ai pas donné mon autorisation à l'insémination artificielle avec du sperme sélectionné – pas même avec le mien – car je tenais à ce que les dés génétiques soient jetés naturellement. Avant que vous me demandiez pourquoi, c'est parce que je préfère qu'il y ait un certain élément de hasard dans la vie et parce que je crois que, dans l'ensemble, j'aimais mieux avoir une fille. J'aurais accepté un garçon, bien sûr, mais je ne voulais pas renoncer à la chance d'avoir une fille. Je ne sais pas pourquoi, j'aime bien les filles. Bref, la seconde a donc été encore une fille et c'est peut-être pour cela que la mère a voulu dissoudre le mariage peu après la naissance. D'autre part, un assez grand nombre de mariages sont dissous peu après une naissance, alors j'ai tort sans doute de chercher des raisons particulières.

— Elle a emmené l'enfant avec elle, je suppose?

Fastolfe regarda Baley d'un air perplexe.

— Pourquoi diable l'aurait-elle fait?... Ah oui, j'oubliais. Vous êtes de la Terre. Non, bien sûr que non. L'enfant devait être placée dans une crèche, où elle pourrait être soignée correctement, bien entendu... A vrai dire, confia le savant en plissant le nez comme si un souvenir bizarre le mettait soudain dans l'embarras, elle n'y a pas été placée. J'ai décidé de l'élever moi-même. C'était légal mais inhabituel. J'étais très jeune, il faut dire, je n'avais pas encore atteint mon premier siècle, mais je m'étais déjà taillé une réputation en robotique.

— Et vous n'avez pas eu de difficultés?

— Pour bien l'élever, vous voulez dire? Oh non! Je me suis beaucoup attaché à elle. Je l'ai appelée Vasilia. C'était le nom de ma mère, vous savez. (Il rit un peu d'une réminiscence.) Il m'arrive d'avoir de ces singuliers petits élans du cœur... comme mon affection pour mes robots. Je n'ai jamais connu ma mère, bien entendu, mais son nom figure dans mes documents. Et elle est encore en vie, à ma connaissance, alors je pourrais la voir... mais il me semble qu'il y a quelque chose d'un peu... je ne sais pas... d'écœurant à rencontrer une personne dans le ventre de qui on a été... Où en étais-je?

— Vous avez appelé votre fille Vasilia.

— Oui. Je l'ai élevée moi-même et, naturellement, je me suis attaché à elle. Beaucoup attaché. Je comprenais l'attrait que pouvait avoir une telle façon d'agin mais, bien entendu, j'étais une source de gêne pour mes amis et je devais tenir ma fille à l'écart, où elle n'aurait de contacts avec personne, autant sur le plan mondain que professionnel. Je me rappelle, ur jour...

Fastolfe s'interrompit.

— Oui?

— Voilà bien des dizaines d'années que je n'y ai plus repensé. Elle est arrivée en courant et pleurant, je ne sais plus pourquoi, et s'est jetée dans mes bras alors que j'étais avec le Dr Sarton. Nous discutions d'un des tout premiers projets de robot humaniforme. Elle n'avait que sept ans, je crois, alors bien sûr je l'ai serrée contre moi, je l'ai embrassée, j'ai oublié l'affaire en cours, ce qui était tout à fait impardonnable de ma part. Sarton est parti, en s'étranglant, profondément indigné et choqué. J'ai mis une semaine entière à reprendre contact avec lui et à poursuivre nos délibérations. Les enfants ne doivent pas produire cet effet sur les gens, je suppose, mais il y a si peu d'enfants et on les croise si rarement !

— Et votre fille, Vasilia, elle vous aimait aussi ?

— Oh oui, du moins, jusqu'à ce que... Oui, oui, elle m'aimait beaucoup. Je m'occupais de ses études, je m'assurais que son intelligence se développait pleinement.

— Vous dites qu'elle vous aimait jusqu'à... Vous avez laissé votre phrase en suspens. Il est donc venu un moment où elle ne vous a plus aimé ? Quand ?

— Elle a voulu avoir son propre établissement, une fois qu'elle a été assez âgée pour cela. C'était bien naturel.

— Et vous ne le vouliez pas ?

— Qu'entendez-vous par là ? Je ne le voulais pas ? Bien sûr que si, je le voulais. Vous avez l'air de me prendre pour un monstre, Baley.

— Dois-je donc penser qu'une fois à l'âge où elle pouvait avoir son propre établissement, elle n'a plus éprouvé pour vous cette affection qu'elle avait quand elle était réellement votre fille, vivait avec vous et dépendait de vous ?

— Ce n'est pas tout à fait aussi simple. A vrai dire, c'est plutôt compliqué. Voyez-vous... (Fastolfe parut gêné.) Je l'ai repoussée quand elle s'est offerte à moi.

— Elle s'est offerte... à vous ? s'exclama Baley, horrifié.

— Cela, c'était assez normal, dit Fastolfe avec indifférence. Elle me connaissait mieux que personne. Je lui avais appris les choses de l'amour physique, je l'avais encouragée à faire des expériences, je l'avais emmenée aux Jeux d'Eros, j'avais fait tout ce que je pouvais pour elle. Il fallait donc s'y attendre et j'ai été fou de ne pas m'y attendre et de me laisser prendre par surprise.

— Un inceste !

— Pardon ? dit Fastolfe. Ah oui, un mot terrien. A Aurora, ce mot n'existe pas, Baley. Très peu d'Aurorains connaissent leur famille proche. Naturellement, s'il est question de mariage et si l'on postule pour des enfants, il y a une enquête généalogique, mais quel rapport avec la sexualité ? Non, non, l'anormal, c'est que j'aie repoussé ma propre fille.

Fastolfe rougit, ses grandes oreilles plus encore que le reste de sa figure.

— Eh bien vrai ! marmonna Baley.

— Je n'avais aucune raison valable non plus, du moins aucune que je pouvais expliquer à Vasilia. C'était criminel de ma part de ne pas l'avoir prévu et de n'avoir pas préparé des raisons pour rejeter une personne aussi jeune et inexpérimentée, si cela devenait nécessaire, des explications qui éviteraient de la blesser et de la soumettre à une terrible humiliation. Je suis réellement honteux d'avoir assumé la responsabilité d'élever une enfant, pour finir par lui imposer une telle épreuve. Il me semblait que nous pourrions continuer à avoir des rapports de père et de fille — d'amis — mais elle n'a pas renoncé. Chaque fois que je la repoussais, même avec mille ménagements et toute l'affection possible, les choses ne faisaient qu'empirer entre nous.

— Jusqu'à ce que finalement...

— Finalement, elle a voulu son propre établissement. Je m'y suis opposé au début, non que je ne voulais pas qu'elle en ait un, mais parce que je souhaitais rétablir nos rapports affectueux avant qu'elle s'en aille. Rien de ce que j'ai tenté n'y a fait. Ce fut, probablement, la période la plus éprouvante de ma vie. Enfin, elle a si bien insisté, avec violence, pour partir, qu'il me fut impossible de la retenir plus longtemps. Elle était déjà une roboticienne professionnelle – je suis heureux qu'elle n'ait pas abandonné la profession par animosité envers moi – et elle était capable de fonder un établissement sans mon aide. C'est ce qu'elle a fait et, depuis, il y a eu très peu de contacts entre nous.

– Il se pourrait, docteur Fastolfe, que dans la mesure où elle n'a pas renoncé à la robotique elle ne se soit pas totalement détachée de vous.

– C'est ce qu'elle fait le mieux et ce qui l'intéresse le plus. Cela n'avait rien à voir avec moi. Je le sais parce qu'au début, j'ai pensé comme vous et j'ai fait des avances amicales mais elles ont été repoussées.

– Vous manque-t-elle, docteur ?

– Naturellement, elle me manque, Baley ! C'est un exemple de l'erreur qu'il y a à élever soi-même son enfant. On cède à une impulsion irrationnelle, à un désir atavique, et cela finit par inspirer à l'enfant le sentiment d'amour le plus fort possible et par vous soumettre à l'embarras d'avoir à refuser la première offre que fait d'elle-même cette enfant, en la marquant psychologiquement pour la vie. Et, en plus de cela, on s'inflige à soi-même ce sentiment totalement irrationnel du chagrin de l'absence. C'est une chose que je n'avais jamais ressentie et que je n'ai jamais éprouvée depuis. Elle et moi avons inutilement souffert et je suis le seul coupable.

Fastolfe se plongea dans une sorte de méditation et Baley demanda, avec douceur :

– Et quel est le rapport de tout cela avec Gladia ?

Fastolfe sursauta.

– Ah oui ! J'avais oublié. Eh bien, c'est assez simple. Tout ce que je vous ai dit sur Gladia est vrai. Elle me plaisait. Je sympathisais avec elle, je la plaignais, j'admirais son talent. Mais, de plus, elle ressemble à Vasilia. Je l'ai remarqué dès que j'ai vu le premier reportage en Hyperonde de son arrivée de Solaria. La ressemblance est frappante et c'est à cause de cela que je me suis intéressé à elle. (Il soupira.) Quand je me suis rendu compte que, comme Vasilia, elle avait été sexuellement frustrée et portait aussi une cicatrice, ce fut plus que je n'en pouvais supporter. Je me suis arrangé pour qu'elle soit établie près de moi, comme vous voyez. J'ai été son ami et j'ai tout fait pour aplanir ses difficultés d'adaptation à un monde étranger.

— En somme, vous avez opéré un transfert, elle est pour vous une figure de fille.

— Dans un sens, oui, je suppose qu'on pourrait dire cela, Baley... Et vous n'avez pas idée, vous ne pouvez pas savoir combien je suis heureux qu'elle ne se soit jamais mis en tête de s'offrir à moi. Si je l'avais repoussée, j'aurais revécu mon rejet de Vasilia. Si je l'avais acceptée, par incapacité de répéter ce rejet, cela aurait empoisonné ma vie car alors j'aurais eu l'impression de faire pour cette étrangère, pour ce vague reflet de ma fille, ce que j'avais refusé à ma fille elle-même. Dans un sens comme dans l'autre... Mais peu importe. Vous comprenez maintenant pourquoi j'ai hésité à vous répondre au début. Cela ramenait en quelque sorte mon esprit vers ce drame de ma vie.

— Et votre autre fille ?

— Lumen ? dit Fastolfe avec indifférence. Je n'ai jamais eu de contact avec elle, bien que j'aie de ses nouvelles de temps en temps.

— Il paraît qu'elle se présente à une fonction politique ?

— Une élection locale. Sur la liste globaliste.

— Qu'est-ce que c'est que ça ?

— Les globalistes ? Ils sont pour Aurora seule, rien que notre propre globe, vous comprenez. Les Aurorains doivent prendre la tête pour coloniser la Galaxie. Les autres doivent être rejetés le plus loin possible, en particulier les Terriens. Ils appellent cela de l'« auto-intérêt éclairé ».

— Ce ne sont pas vos opinions, naturellement.

— Bien sûr que non ! Je suis à la tête du parti humaniste, qui croit que tous les êtres humains ont un droit sur la Galaxie. Quand je parle de mes ennemis, je veux dire les globalistes.

— Donc, Lumen fait partie de vos ennemis.

— Vasilia aussi. Elle fait même partie de l'Institut de Robotique d'Aurora, l'I.R.A., fondé il y a quelques années et dirigé par des roboticiens qui me considèrent comme un démon qu'on doit vaincre à n'importe quel prix. A ma connaissance, cependant, mes diverses ex-femmes sont apolitiques; peut-être même humanistes.

Fastolfe sourit ironiquement et demanda :

— Eh bien, Baley, avez-vous posé toutes les questions que vous vouliez poser ?

Les mains de Baley cherchèrent distraitement des poches dans son large pantalon d'Aurorain — un geste qu'il faisait régulièrement depuis qu'il avait dû adopter ce costume à bord du vaisseau — et n'en trouva pas. Il eut recours à un compromis, comme cela lui arrivait souvent, et croisa les bras.

— Ma foi, Fastolfe, pour tout vous avouer je ne suis pas du tout sûr que vous ayez répondu à la première. On dirait que vous ne vous lassez pas de l'éluder. *Pourquoi avez-vous donné Jander à Gladia ?* Finissons-en une fois pour toutes, étalons tout ça sur la table pour qu'un peu de lumière jaillisse au milieu de ce qui n'est pour le moment qu'obscurité.

29

Encore une fois, Fastolfe rougit. Peut-être était-ce de colère, à présent, mais il continua de parler d'une voix basse et posée.

– Ne me bousculez pas, Baley. Je vous ai donné votre réponse. Gladia me faisait de la peine, j'ai pensé que Jander serait pour elle une bonne compagnie. Je vous ai parlé plus franchement qu'à n'importe qui, en partie à cause de la situation dans laquelle je me trouve, en partie parce que vous n'êtes pas aurorain. En échange, j'exige un respect normal.

Baley se mordit la lèvre. Il n'était pas sur la Terre. Il n'était soutenu par aucune autorité officielle et il y avait plus en jeu que son simple orgueil professionnel.

– Je vous fais des excuses, docteur, si je vous ai blessé. Je ne voulais pas insinuer que vous mentiez ou que vous refusiez de collaborer avec moi. Néanmoins, il m'est impossible d'enquêter si je ne connais pas toute la vérité. Permettez-moi de suggérer la réponse possible que je cherche, et ensuite vous me direz si j'ai raison, ou en partie raison ou tout à fait tort. Se pourrait-il que vous ayez donné Jander à Gladia afin qu'il serve de cible à ses pulsions sexuelles et qu'elle n'ait ainsi ni l'occasion ni l'idée de s'offrir à vous ? Peut-être n'était-ce pas votre raison consciente, mais pensez-y maintenant. Est-il possible qu'un tel sentiment soit à l'origine du cadeau ?

Fastolfe allongea la main et prit un léger ornement transparent sur la table de la salle à manger. Il le tourna et le retourna entre ses doigts. A part ce mouvement, il restait figé, apparemment pétrifié. Enfin il soupira.

– C'est possible, Baley. Il est certain qu'après lui avoir prêté Jander – incidemment, ce n'était pas vraiment un cadeau – je me suis senti moins inquiet à ce sujet.

– Savez-vous si Gladia s'est servie de Jander pour des besoins sexuels ?

– Avez-vous demandé à Gladia si elle s'était servie de lui, Baley ?

– C'est sans rapport avec ma question. Je vous demande si vous le savez, vous. Avez-vous été témoin de pratiques sexuelles, entre eux ? Un de vos robots vous l'a-t-il dit ? Est-ce qu'elle-même vous l'a dit ?

– La réponse à toutes ces questions, Baley, est la même. C'est non. A la réflexion, l'usage de robots par des hommes ou des femmes, pour des actes sexuels, n'a rien de particulièrement insolite. Les robots, en général, ne sont pas faits pour cela, mais à cet égard les êtres humains ne manquent pas d'ingéniosité. Quant à Jander, il y était adapté parce qu'il est aussi humaniforme qu'il m'a été possible de le faire...

– Pour qu'il puisse participer à des rapports sexuels ?

– Non, cela n'a jamais été notre intention. Ce qui intéressait le regretté Dr Sarton et moi-même, c'était le problème abstrait de la fabrication d'un robot totalement humaniforme.

– Mais ces robots humaniformes sont conçus pour des rapports sexuels, n'est-ce pas ?

– Je suppose qu'ils le sont et maintenant que j'y réfléchis... – et j'avoue que cette idée a peut-être été cachée dans un coin de mon cerveau dès le début – maintenant que j'y réfléchis, il est très possible que Gladia se soit servie de Jander pour cela. Dans l'affirmative, j'espère que cela lui a procuré du plaisir. Je considérerais alors mon prêt comme une bonne action.

– Est-ce que cette bonne action n'a pas pu être encore meilleure que ce que vous escomptiez ?

– En quel sens ?

– Que diriez-vous si je vous apprenais que Gladia et Jander étaient mari et femme ?

La main de Fastolfe, qui tenait toujours l'ornement, se referma convulsivement, le garda un moment serré et le laissa tomber.

— Quoi ? C'est complètement ridicule ! C'est légalement impossible. Il ne peut être question d'enfants, il est donc inconcevable qu'on en postule. Sans cette intention, il ne peut y avoir de mariage.

— Ce n'était pas une question de légalité, docteur Fastolfe. Gladia est solarienne, ne l'oubliez pas, et elle n'a pas le point de vue aurorain. Non, c'est une question d'émotion. Gladia elle-même m'a confié qu'elle considérait Jander comme son mari. Je crois qu'à présent, elle se considère comme sa veuve et qu'elle a subi un nouveau traumatisme sexuel, très grave celui-là. Si, de quelque manière que ce soit, vous avez en connaissance de cause contribué à ce trau...

— Par tous les astres ! s'écria Fastolfe avec une violence exagérée. Je n'y ai pas contribué ! Quelle qu'ait pu être ma pensée, jamais je n'ai imaginé que Gladia pourrait élaborer le fantasme d'un mariage avec un robot, tout humaniforme qu'il fût ! Aucun Aurorain ne pourrait imaginer une chose pareille !

Baley hocha la tête et leva une main.

— Je vous crois, docteur. Je ne pense pas que vous soyez assez bon comédien pour m'abuser avec une fausse sincérité. Mais je dois savoir. C'était après tout possible, tout juste, que...

— Non, ça ne l'était pas ! Vous voulez dire, possible que j'aie prévu cette situation ? Que j'aie délibérément créé cet abominable veuvage ? Jamais ! Non, Baley. Je n'ai pas voulu cela. Les bonnes intentions sont une mauvaise défense, je le sais, mais c'est tout ce que j'ai à vous offrir.

— Bien, docteur, nous n'en parlerons plus. Ce que j'ai maintenant à vous offrir, moi, déclara Baley, c'est une solution possible à ce mystère.

Fastolfe poussa un profond soupir et se laissa retomber contre son dossier.

— C'est ce que vous m'avez laissé entendre quand

vous êtes revenu de chez Gladia, dit-il. (Il examina Baley avec une certaine dureté dans les yeux.) Est-ce que vous n'auriez pas pu me dire quelle est cette fameuse clef dès le début de notre conversation ? Au lieu de m'imposer... tout ceci ?

– Je suis navré, docteur Fastolfe. La clef n'a aucun sens sans... tout ceci.

– Eh bien alors, parlez !

– C'est ce que je vais faire. Jander se trouvait dans une situation que vous, le plus grand roboticien de tous les mondes, vous n'aviez pas prévue, de votre propre aveu. Il plaisait tant à Gladia, il lui procurait tant de plaisir qu'elle était profondément amoureuse de lui et le considérait comme son mari. Et s'il se révélait que, en lui plaisant, il lui déplaisait aussi ?

– Je ne comprends pas très bien.

– Ecoutez, docteur. Elle est assez secrète, à propos de toute l'affaire. J'ai cru comprendre, que, sur Aurora, les histoires de rapports sexuels ne sont pas des choses que l'on cache à tout prix, n'est-ce pas ?

– Nous ne les diffusons pas en Hyperonde, dit ironiquement Fastolfe, mais nous n'en faisons pas non plus un plus grand mystère que toute autre affaire strictement personnelle. Nous savons généralement qui a été le dernier partenaire de qui et, si l'on a affaire à des amis, on se fait le plus souvent une idée des talents, de l'enthousiasme, ou des réticences, de l'un ou l'autre partenaire. Ou des deux. C'est parfois abordé, dans des conversations à bâtons rompus.

– Oui, mais vous ne saviez rien des rapports de Gladia avec Jander.

– Je soupçonnais...

– Ce n'est pas la même chose. Elle ne vous a rien dit. Vous n'avez rien vu. Vos robots n'ont rien pu vous rapporter. Elle a gardé le secret, envers vous qui êtes certainement son meilleur ami sur Aurora. Manifestement, vos robots avaient reçu des instructions précises pour ne jamais parler de Jander et Jander lui-même avait reçu l'ordre de ne rien révéler.

– Je suppose que c'est une déduction juste.

– Pourquoi a-t-elle fait ça, docteur ?

– Les principes solariens concernant les tabous sexuels ?

– Est-ce que cela ne revient pas à dire qu'elle en avait honte ?

– Il n'y avait aucune raison. Encore que si l'on avait su qu'elle considérait Jander comme un mari, elle eût été la risée de tout le monde.

– Elle aurait pu dissimuler cet aspect-là très facilement sans cacher absolument tout. Supposons qu'elle en ait eu honte, à sa manière solarienne.

– Bon, et alors ?

– Personne n'aime avoir honte et elle a pu en rendre Jander responsable, à la façon déraisonnable qu'ont les gens de chercher à rejeter sur d'autres la responsabilité des désagréments qui leur arrivent par leur propre faute.

– Oui ?

– Alors il y a eu peut-être un moment où Gladia, qui a un caractère emporté, a fondu en larmes, disons, et s'est mise en colère contre Jander en l'accusant d'être la cause de sa honte et de son malheur. Il est possible que cela n'ait pas duré longtemps, qu'elle se soit rapidement confondue en excuses et l'ait couvert de caresses, mais est-ce que Jander n'aurait pas eu quand même la nette impression qu'il était la cause de la honte et du malheur de Gladia ?

– Peut-être.

– Et est-ce que cela n'aurait pas signifié, pour Jander, que s'il poursuivait ces rapports il la rendrait encore plus malheureuse, et que s'il mettait fin aux rapports il la rendrait malheureuse aussi ? Quoi qu'il fît, il violerait la Première Loi. Alors, incapable d'agir de manière à éviter cette transgression, il ne pouvait que se réfugier dans la non-action et il s'est donc mis en état de gel mental... Vous rappelez-vous l'histoire que vous m'avez racontée à midi, sur le robot télépathe légendaire, qui a été poussé à la stase par cette pionnière de la robotique?

— Par Susan Calvin, oui! Je vois! Vous fondez votre scénario sur cette vieille légende. Très ingénieux, Baley, mais ça ne marche pas.

— Pourquoi? Quand vous m'avez dit que vous pouviez provoquer un gel mental chez Jander, vous n'aviez pas la moindre idée qu'il était si profondément plongé dans une situation aussi inattendue. Elle correspond exactement à la situation de Susan Calvin.

— Supposons que l'histoire de Susan Calvin et du robot télépathe ne soit pas une légende. Prenons-la au sérieux. Il n'y aurait quand même aucun parallèle entre cette histoire et la situation de Jander. Dans le cas de Susan Calvin, nous avions un robot incroyablement primitif, un robot qui, aujourd'hui, ne serait même pas accepté comme jouet. Il ne pouvait traiter de telles affaires que qualitativement : A crée du malheur; non-A crée du malheur : donc, gel mental.

— Et Jander? demanda Baley.

— N'importe quel robot moderne, n'importe quel robot du siècle passé, soupèserait les questions quantitativement. Laquelle des deux situations, A et non-A, créerait le plus de malheur? Le robot prendrait rapidement une décision et choisirait le moindre mal. Les chances qu'il juge les deux situations s'excluant mutuellement et capables de produire un malheur égal sont minimes, et même dans ce cas, le robot moderne possède un facteur supplémentaire où entre le hasard. Au cas où A et non-A produisent exactement le même degré de malheur selon son jugement, il choisit l'un ou l'autre d'une manière complètement imprévisible et il obéit ensuite à sa décision sans la remettre en question. Il ne se met pas en état de gel mental.

— Vous voulez dire qu'il était impossible à Jander de se provoquer un gel mental? Vous disiez que vous pouviez l'avoir provoqué, vous.

— Dans le cas du cerveau positronique humaniforme, il y a un moyen de court-circuiter le facteur hasard, qui dépend entièrement de la construction initiale du cerveau. Même si vous connaissez la théorie fondamentale, c'est très long et très difficile de mener ainsi le robot par le bout du nez, pour ainsi dire, au moyen d'une habile succession de questions et d'ordres qui finissent par provoquer le gel mental. Il est inconcevable que cela arrive accidentellement, et la simple existence d'une contradiction apparente telle que celle qui est produite par l'amour et la honte simultanés ne pourrait y parvenir sans le plus laborieux réglage quantitatif dans les conditions les plus insolites... Ce qui nous laisse, comme je me tue à le répéter, le facteur indéterminable comme unique cause de l'accident.

– Mais vos ennemis vont affirmer que votre culpabilité n'en est que plus probable... Ne pourrions-nous, à notre tour, affirmer que Jander a été amené à l'état de gel mental par le conflit entre l'amour et la honte de Gladia ? Est-ce que ça ne paraîtrait pas plausible ? Et est-ce que cela ne ferait pas basculer l'opinion publique en votre faveur ?

Fastolfe fronça les sourcils.

– Baley, vous commettez un excès de zèle. Réfléchissez sérieusement. Si nous tentions d'échapper à notre dilemme de cette manière plutôt malhonnête, quelles en seraient les conséquences ? Je ne parlerai pas de la honte et du malheur que cela causerait à Gladia, qui souffrirait non seulement de la perte de Jander mais du remords d'avoir elle-même provoqué cette perte, si, en fait, elle a réellement éprouvé de la honte et l'a révélée. Je ne voudrais pas faire ça, mais laissons cela de côté, si nous le pouvons. Considérez, plutôt, que mes ennemis prétendraient que je lui ai prêté Jander, précisément pour aboutir à ce qui s'est passé. J'aurais fait cela, diraient-ils, afin de mettre au point une méthode, pour causer le gel mental des robots humaniformes, tout en échappant moi-même à tout soupçon. Notre situation serait encore pire que maintenant, car je ne serais pas seulement accusé d'être un ignoble intrigant et un traître mais, en plus, de m'être conduit d'une façon monstrueuse avec une femme innocente dont je me prétendais l'ami, ce qui m'a été épargné jusqu'à présent.

Baley était suffoqué. Il resta un moment bouche bée avant de bredouiller :

– Mais... mais sûrement ils ne...

– Oh que si ! Vous-même étiez presque enclin à le penser il n'y a pas plus de cinq minutes.

– Simplement comme une très lointaine...

– Mes ennemis ne trouveraient pas cette possibilité lointaine et ils la crieraient sur les toits.

Baley savait qu'il rougissait. Il sentait monter la bouffée de chaleur et avait du mal à regarder Fastolfe en face. Il s'éclaircit la gorge et murmura :

– Vous avez raison. Je me suis précipité sur un moyen d'en sortir, sans réfléchir, et je ne puis qu'implorer votre pardon. Je suis profondément honteux... Il n'y a pas d'issue, sans doute, à part la vérité. Si nous pouvons la découvrir.

– Ne désespérez pas. Vous avez déjà découvert des événements se rapportant à Jander que jamais je n'aurais pu imaginer. Vous pourrez en trouver d'autres et, éventuellement, ce qui est pour nous un mystère total en ce moment s'éclairera et deviendra évident. Que comptez-vous faire ?

Mais Baley ne pouvait penser à rien d'autre qu'à la honte de son fiasco.

– Je n'en sais vraiment rien.

– Ma foi, dans ce cas je suis injuste de le demander. Vous avez eu une longue journée, et pas facile, Baley. Il n'est pas étonnant que votre cerveau soit un peu lent en ce moment. Vous devriez vous reposer, voir un film, dormir. Vous irez mieux demain matin.

Baley acquiesça.

– Vous avez peut-être raison.

Mais, à cet instant, il ne pensait pas du tout qu'il irait mieux le lendemain matin.

30

La chambre était froide, autant par la température que par l'ambiance. Baley frissonna légèrement. Une température aussi basse, dans une pièce, lui donnait toujours l'impression désagréable d'être à l'Extérieur. Les murs étaient d'un blanc cassé et (inattendu dans l'établissement de Fastolfe) sans la moindre décoration. Le sol ressemblait à de l'ivoire poli, à la vue, mais sous ses pieds nus il avait une illusion de tapis. Le lit était blanc et la couverture aussi froide au toucher que le reste.

Il s'assit sur le bord du lit et constata qu'il était souple et s'affaissait légèrement sous son poids.

Il dit à Daneel, qui était entré avec lui :

– Daneel, est-ce que cela te dérange quand un être humain raconte un mensonge ?

– Je sais bien qu'il arrive aux êtres humains de mentir, camarade Elijah. Parfois, un mensonge peut être utile, ou même indispensable. Mon sentiment du mensonge dépend du menteur, des circonstances et de la raison.

– Peux-tu toujours deviner quand un être humain dit un mensonge ?

– Non, camarade Elijah.

– Est-ce qu'il te semble que le Dr Fastolfe ment souvent ?

– Je n'ai jamais eu l'impression que le Dr Fastolfe me disait un mensonge.

– Même en ce qui concerne la mort de Jander ?

– Autant qu'il me soit permis de le savoir, il dit la vérité dans tous les cas.

– Peut-être t'a-t-il ordonné de me répondre de cette façon, si jamais je te posais la question ?

– Il ne l'a pas fait, camarade Elijah.

– Mais peut-être t'a-t-il aussi ordonné de dire cela...

Baley s'interrompit. Encore une fois, à quoi servait d'interroger un robot ? Et, dans ce cas particulier, il invitait à des dénégations à l'infini.

Il s'aperçut soudain que le matelas s'était peu à peu affaissé au point que maintenant il lui enveloppait à demi les hanches. Il se leva brusquement et demanda :

– Y a-t-il un moyen de chauffer cette pièce, Daneel ?

– Elle vous paraîtra plus chaude quand vous serez sous les couvertures et une fois la lumière éteinte, camarade Elijah.

Baley regarda autour de lui avec méfiance.

– Veux-tu éteindre, Daneel, et rester dans la chambre quand tu l'auras fait ?

La lumière s'éteignit presque aussitôt et Baley comprit qu'il s'était lourdement trompé en s'imaginant que cette pièce de la maison, au moins, n'était pas décorée. Car dès qu'il fit noir, il eut l'impression d'être à l'Extérieur. Il entendait le léger murmure du vent dans les arbres, les petits marmonnements ou pépiements ensommeillés de lointaines formes de vie. Il y avait même une illusion de ciel étoilé où passait, de temps en temps, un nuage à peine visible.

– Rallume, Daneel !

La lumière inonda la chambre.

– Daneel, je ne veux rien de tout ça ! protesta Baley. Je ne veux pas d'étoiles, de nuages, de bruits, d'arbres, de vent... et pas d'odeurs non plus ! Je veux de l'obscurité, opaque, sans rien, sans fioritures. La nuit. Peux-tu m'arranger ça ?

– Certainement, camarade Elijah.

– Alors fais-le et montre-moi comment je peux éteindre moi-même quand je voudrai dormir.

– Je suis ici pour vous protéger, camarade Elijah.

Baley bougonna :

– Tu peux le faire de l'autre côté de la porte, j'en suis sûr. J'imagine que Giskard est juste sous les fenêtres, s'il y a des fenêtres derrière ces draperies.

– Il y en a... Camarade Elijah, si vous franchissez ce

seuil, vous trouverez une Personnelle, réservée pour vous seul. Cette partie du mur n'est pas matérielle et vous passerez facilement au travers. La lumière s'allumera dès que vous entrerez et s'éteindra quand vous sortirez. Et il n'y a pas de décoration. Vous pourrez prendre une douche, si vous le désirez, ou faire tout ce que vous avez l'habitude de faire avant de vous coucher ou à votre réveil.

Baley se tourna dans la direction indiquée. Il ne vit aucune brèche, aucune trace sur le mur mais le sol, à cet endroit, paraissait un peu renflé, comme s'il y avait effectivement un seuil.

— Comment verrai-je dans le noir, Daneel ? demanda-t-il.

— Cette partie du mur — qui n'est pas un mur — deviendra faiblement lumineuse. Quant à la lumière de la chambre, il y a cette petite dépression au chevet de votre lit. Si vous y placez le doigt alors que la chambre est éclairée, elle s'éteindra, et s'éclairera si elle est plongée dans l'obscurité.

— Merci, Daneel. Tu peux me laisser, maintenant.

Une demi-heure plus tard, quand il eut fini de faire usage de la Personnelle, Baley se blottit sous la couverture, la lumière éteinte, enveloppé par une chaude obscurité rassurante.

Comme le disait Fastolfe, la journée avait été longue. Il n'arrivait pas à croire que c'était ce matin seulement qu'il était arrivé à Aurora. Il avait appris beaucoup de choses mais rien de tout cela ne lui était vraiment utile.

Allongé dans le noir, il passa en revue les événements de la journée, calmement et par ordre chronologique, dans l'espoir qu'une idée lui viendrait, quelque chose qui lui aurait échappé, mais il ne se passa rien.

Et voilà pour les réflexions posées, pondérées de l'astucieux super-cerveau Elijah Baley, du feuilleton en Hyperonde, pensa-t-il.

De nouveau, le matelas l'enveloppait comme un lieu clos bien douillet. Il bougea légèrement et le matelas s'aplanit pour se replier ensuite lentement autour de lui en se moulant sur la nouvelle position.

Baley savait qu'il ne servirait à rien de repasser encore une fois la journée dans son esprit fatigué et déjà englué de sommeil, mais il ne put s'empêcher de le tenter une seconde fois, en suivant ses propres pas durant tout le jour – le premier à Aurora – du cosmoport jusqu'à l'établissement de Fastolfe, puis chez Gladia et de nouveau chez Fastolfe.

Gladia – plus belle qu'il ne se la rappelait, mais dure – oui, elle avait quelque chose de dur, à moins que ce ne fût qu'une carapace protectrice? Pauvre femme! Il songea chaleureusement à la réaction qu'elle avait eue quand elle lui avait touché la joue... s'il avait pu rester avec elle... il aurait pu lui apprendre... imbéciles d'Aurorains... avec leur attitude licencieuse répugnante... tout permettre... ce qui veut dire que rien n'a de valeur... rien ne va plus... stupides... Fastolfe... Gladia... Fastolfe... retournons à Fastolfe.

Baley s'agita un peu et sentit le matelas se mouler différemment autour de lui. Revenons à Fastolfe. Que s'était-il passé pendant le retour chez Fastolfe? On avait dit quelque chose? On n'avait pas dit quelque chose? Et à bord du vaisseau, avant l'arrivée à Aurora... quelque chose qui avait un rapport...

Baley était plongé dans les limbes du demi-sommeil, où l'esprit est libéré et obéit à une loi qui lui est propre. C'est un peu comme si l'on volait, si le corps planait dans les airs, libéré de la gravité.

De lui-même, le cerveau prenait les événements... de petits aspects que Baley n'avait pas notés... les assemblait... une chose aboutissait à une autre... s'enclenchait, se tissait... formait une trame... une étoffe.

Alors Baley crut entendre un bruit. Il se secoua et remonta à un niveau de réveil. Il tendit l'oreille, n'entendit rien et retomba dans son demi-sommeil pour essayer de reprendre le cours de ses pensées... mais elles lui échappèrent.

On aurait dit une œuvre d'art sombrant dans un

marécage. Il distinguait encore son contour, les masses de couleur. Elles s'estompèrent mais il savait qu'elles étaient encore là. Mais quand il chercha désespérément à la rattraper, elle avait complètement disparu et il ne se la rappelait même pas, pas du tout.

Avait-il réellement pensé à quelque chose ? Ou bien son souvenir de l'avoir fait n'était-il lui-même qu'une illusion née de quelque vagabondage sans queue ni tête d'un esprit endormi ? Et, d'ailleurs, il dormait.

Mais il se réveilla brièvement pendant la nuit et se dit : « J'ai eu une idée, une idée importante. »

Seulement il ne se souvenait de rien, sinon qu'il y avait eu quelque chose.

Il resta un moment éveillé, les yeux ouverts dans le noir. S'il y avait bien eu quelque chose, après tout, cela lui reviendrait.

Ou ne reviendrait jamais ! (Nom de Josaphat !)

... Et il se rendormit.

VIII

Fastolfe et Vasilia

31

Baley se réveilla en sursaut et aspira vivement avec une certaine méfiance. Il y avait dans l'air une légère odeur indéfinissable, qui se dissipa à sa seconde inspiration.

Daneel se tenait gravement à côté du lit.

– J'espère, camarade Elijah, dit-il, que vous avez bien dormi.

Baley regarda autour de lui. Les rideaux étaient toujours tirés mais il faisait manifestement jour dehors. Giskard disposait des vêtements entièrement différents, des souliers à la veste, de ce qu'il avait porté la veille.

– Très bien, Daneel, répondit-il. Est-ce que quelque chose m'a réveillé ?

– Il a été procédé à une injection d'anti-somnine dans la circulation d'air de la chambre, camarade Elijah. Elle a activé le système d'éveil. Nous avons employé une plus petite dose que d'habitude, car nous étions incertains de votre réaction. Peut-être aurions-nous dû en utiliser moins encore.

– J'avoue que cela m'a fait l'effet d'un coup de bâton sur l'arrière-train. Quelle heure est-il ?

— Il est 7h05, selon les mesures auroraines. Physiologiquement, le petit déjeuner sera prêt dans une demi-heure, répondit Daneel sans la moindre nuance d'humour, mais un être humain aurait peut-être eu envie de sourire.

Giskard intervint, d'une voix un peu plus mécanique et moins modulée que celle de Daneel.

— Monsieur, l'Ami Daneel et moi n'avons pas le droit d'entrer dans la Personnelle. Si vous souhaitez y aller maintenant, et nous faire savoir s'il y a quelque chose dont vous auriez besoin, nous vous le fournirons immédiatement.

— Oui, certainement.

Baley se redressa, pivota et se leva du lit.

Aussitôt, Giskard commença à enlever draps et couvertures.

— Puis-je avoir votre pyjama, monsieur ?

Baley n'hésita qu'un instant. C'était un robot qui le demandait, rien de plus. Il se déshabilla et donna le pyjama à Giskard qui le prit avec un petit signe de tête de remerciement.

Baley se contempla sans aucun plaisir. Il avait soudain conscience de son corps, un corps d'un certain âge en moins bonne forme, certainement, que celui de Fastolfe qui était quatre fois plus vieux.

Machinalement, il chercha ses pantoufles mais il n'y en avait pas. On devait penser qu'il n'en avait pas besoin. Le sol était tiède et doux sous ses pieds.

Il passa dans la Personnelle et appela pour demander des instructions. De l'autre côté de la paroi illusoire, Giskard expliqua gravement le maniement de la douche, du distributeur de dentifrice, comment régler la chasse d'eau sur le système automatique, comment contrôler la température de la douche.

Tout était plus grandiose et plus luxueux que tout ce que la Terre avait à proposer et il n'y avait aucune cloison à travers laquelle filtreraient les mouvements et les sons involontaires de quelqu'un d'autre; il devait s'efforcer de ne pas y penser, pour conserver l'illusion d'intimité.

C'était désuet, pensait sombrement Baley en se livrant à ses ablutions, mais d'une désuétude à laquelle (il le savait) il serait facile de s'habituer. S'il restait assez longtemps à Aurora, il éprouverait un choc culturel pénible en retournant sur la Terre, surtout pour tout ce qui touchait aux Personnelles. Il espérait que la réadaptation ne serait pas trop longue, et aussi que les Terriens qui s'établiraient dans les nouveaux mondes ne se sentiraient pas obligés de se cramponner à la coutume des Personnelles communautaires.

Peut-être, pensa-t-il, était-ce ainsi que l'on devait définir le mot « désuet » : une chose à laquelle on peut facilement s'habituer.

Baley sortit de la Personnelle, ayant accompli tous les gestes nécessaires, le menton bien rasé, les dents étincelantes, le corps douché et séché.

— Giskard, demanda-t-il, où est le désodorisant ?

— Je ne comprends pas, monsieur.

Daneel intervint vivement :

— Quand vous avez mis en marche le système de savonnage, camarade Elijah, cela a introduit un effet désodorisant. Excusez l'Ami Giskard de ne pas avoir compris. Il lui manque mon expérience de la Terre.

Baley haussa les sourcils, avec scepticisme, et commença à s'habiller avec l'aide de Giskard.

— Je vois, dit-il, que Giskard et toi restez encore avec moi à tout instant. A-t-on remarqué des signes d'une tentative pour se débarrasser de moi ?

— Aucun jusqu'ici, camarade Elijah, répondit Daneel. Néanmoins, il est plus sage que l'Ami Giskard et moi restions à tout moment auprès de vous, si c'est possible.

— Pourquoi, Daneel ?

— Pour deux raisons, camarade Elijah. Tout d'abord, nous pouvons vous aider à affronter tous les aspects de la culture humaine ou des usages qui ne vous sont pas familiers. Ensuite l'Ami Giskard, en particulier, peut enregistrer et reproduire chaque mot de toutes vos conversations. Cela peut vous être précieux. Vous vous souviendrez qu'il y a eu des moments, au cours de vos conversations avec le Dr Fastolfe et avec Miss Gladia, où l'Ami Giskard et moi étions à une certaine distance ou dans une autre pièce...

– Si bien que ces conversations n'ont pas été enregistrées par Giskard ?

– A vrai dire si, elles l'ont été, camarade Elijah, mais avec assez peu de fidélité et il est possible que certaines parties ne soient pas aussi claires que nous le voudrions. Il vaudrait mieux que nous restions aussi près de vous que possible.

– Daneel, es-tu d'avis que je serais plus à l'aise si je vous considérais comme des guides et des systèmes d'enregistrement, plutôt que des gardes ? Pourquoi ne pas décider tout simplement que, en tant que gardes, vous êtes tous deux complètement inutiles ? Comme jusqu'à présent il n'y a eu aucune tentative contre moi, pourquoi ne serait-il pas possible d'en conclure qu'il n'y en aura aucune dans l'avenir ?

– Non, camarade Elijah, ce serait imprudent. Le Dr Fastolfe estime que ses ennemis considèrent votre présence avec une grande appréhension. Ils avaient tenté de persuader le président de ne pas accorder au Dr Fastolfe l'autorisation de vous faire venir et ils vont certainement tenter encore de le persuader de vous renvoyer sur Terre à la première occasion.

– Ce genre d'opposition pacifique ne nécessite pas de gardes du corps.

– Non, monsieur, mais si l'opposition a des raisons de craindre que vous parveniez à disculper le Dr Fastolfe, il est possible qu'elle se sente poussée à des extrémités regrettables. Vous n'êtes pas un Aurorain, après tout, et dans votre cas, par conséquent, les inhibitions de notre monde contre la violence seraient atténuées.

Baley répliqua avec mauvaise humeur :

– Le fait que j'ai passé ici une journée entière et

qu'il ne s'est rien passé devrait vous rassurer et réduire considérablement toute menace de violence.

– Il le semblerait en effet, dit Daneel sans paraître remarquer la légère ironie dans la voix de Baley.

– D'un autre côté, reprit Baley, si j'ai l'air de progresser dans mon enquête, alors le danger que je cours augmentera.

Daneel réfléchit un moment.

– Ce serait sans doute une conséquence logique.

– Et dans ce cas, Giskard et toi m'accompagnerez partout, simplement au cas où j'arriverais à faire un peu trop bien mon travail.

Encore une fois, Daneel prit le temps de la réflexion.

– Vous formulez cela d'une manière qui me déroute, camarade Elijah, mais il me semble que vous avez raison.

– Eh bien alors, je suis prêt maintenant pour le petit déjeuner, déclara Baley. Encore que j'avoue avoir un peu perdu l'appétit à la pensée que je me trouve devant une affreuse alternative : ou j'échoue, ou je suis assassiné !

32

Fastolfe sourit à Baley, à la table du petit déjeuner.

– Avez-vous bien dormi, Baley ?

Baley examinait avec fascination sa tranche de jambon. Elle avait été coupée avec un couteau. Elle était un peu granuleuse et il y avait une discrète bande de gras le long d'un des côtés. En un mot, elle n'avait pas été traitée. Le résultat, c'était un goût de jambon plus prononcé.

Il y avait aussi des œufs poêlés, avec la demi-sphère aplatie du jaune au milieu, entourée de blanc, un peu comme les marguerites que Ben lui avait montrées dans les champs, sur la Terre. Intellectuellement, Baley savait à quoi ressemblait un œuf avant d'être traité, il savait qu'il contenait à la fois un jaune et un blanc, mais il n'en avait jamais vu encore séparés quand ils étaient prêts à être mangés. Même sur le vaisseau pendant le voyage, et même à Solaria, les œufs étaient toujours servis brouillés.

Il leva vivement les yeux vers Fastolfe.

– Je vous demande pardon ?

Fastolfe répéta patiemment sa question.

– Avez-vous bien dormi ?

– Oui, très bien. Je dormirais sans doute encore, sans l'anti-somnine.

– Ah oui ! Ce n'est pas tout à fait l'hospitalité à laquelle un invité est en droit de s'attendre, mais j'ai pensé que vous voudriez peut-être commencer de bonne heure cette journée.

– Vous avez eu parfaitement raison. Et je ne suis pas précisément un invité, non plus.

Fastolfe mangea en silence pendant quelques instants. Il goûta sa boisson chaude, puis il demanda :

– Avez-vous un peu progressé pendant la nuit ? Vous ne vous êtes pas réveillé, par hasard, avec une nouvelle perspective, une nouvelle idée ?

Baley considéra Fastolfe avec méfiance, mais l'expression du savant n'avait rien d'ironique. Baley porta sa tasse à ses lèvres.

– Je crains que non, répondit-il. Je suis tout aussi perplexe que je l'étais hier soir.

Il but et ne put réprimer une grimace involontaire.

– Excusez-moi, dit Fastolfe. Vous n'aimez pas cette boisson ?

Baley grogna et goûta encore une fois, avec prudence.

– Ce n'est que du café, vous savez. Décaféiné.

Baley fronça les sourcils.

– Cela n'a pas le goût du café et... Pardonnez-moi, docteur Fastolfe, je ne voudrais pas vous paraître paranoïaque, mais Daneel et moi venons d'échanger des propos, en plaisantant à moitié, sur la possibilité d'actes de violence contre moi – c'est moi, naturellement, qui plaisantais à moitié, pas Daneel – et j'ai dans l'idée qu'un moyen de m'atteindre serait de...

Il laissa sa phrase en suspens.

Les sourcils de Fastolfe se haussèrent. Il se pencha pour prendre la tasse de Baley, en murmurant des excuses, et la renifla. Puis il en prit une cuillerée et la goûta.

– Ce café est parfaitement normal, Baley, déclara-t-il. Aucune tentative d'empoisonnement.

– J'ai un peu honte de me conduire si sottement, puisque je sais qu'il a été préparé par vos propres robots... mais vous en êtes certain ?

Fastolfe sourit.

– Il est arrivé que l'on manipule des robots, mais je vous assure que cette fois il n'y a eu aucune manipulation. Tout simplement, le café, tout en étant universellement apprécié dans les divers mondes, vient de récoltes différentes. Il est notoire que chaque être humain préfère le café de son propre monde. Je suis navré, mais je n'ai aucun café terrestre à vous offrir. Préféreriez-vous du lait ? Cette boisson est relativement semblable d'un monde à l'autre. Un jus de fruits ? Le jus de raisin d'Aurora est jugé supérieur à celui des autres mondes, en général. Certaines personnes insinuent même, assez méchamment, que nous le laissons un peu fermenter mais bien entendu ce n'est pas vrai. De l'eau ?

– Je vais essayer votre jus de raisin, dit Baley en considérant dubitativement le café. Mais je suppose que je devrais tenter de m'habituer à cela.

– Pas du tout ! Pourquoi vous imposeriez-vous un désagrément alors que c'est inutile ?... Ainsi, dit Fastolfe en changeant de ton, avec un sourire vaguement contraint, la nuit et le sommeil ne vous ont pas porté conseil ?

– Je regrette...

Baley fronça alors les sourcils, en se rappelant un vague souvenir.

– Bien que...

– Oui ?

– J'ai eu l'impression, juste avant de m'endormir, alors que j'étais plongé dans les limbes du demi-sommeil et des associations d'idées... il m'a semblé que je tenais quelque chose.

– Vraiment ? Quoi donc ?

– Je ne sais pas. La pensée s'est échappée. Ou alors un bruit imaginaire m'a distrait. Je ne me souviens pas. J'ai essayé de rattraper la pensée, en vain. Je crois que ce genre de chose n'est pas rare.

Fastolfe prit un air songeur.

– Vous êtes certain de cela ?

– Pas tellement. La pensée est si vite devenue ténue que je ne pouvais même pas être sûr de l'avoir réellement eue. Et même si cette idée m'est venue, elle n'a paru avoir un sens que parce que j'étais dans un état de demi-sommeil. Si elle m'était répétée maintenant, en plein jour, il est possible que je la trouverais tout à fait ridicule.

– Même si c'était fugitif, cela aurait dû au moins laisser une trace.

– Probablement. Dans ce cas, elle me reviendra. J'en suis certain.

– Devons-nous attendre ?

– Que pourrions-nous faire d'autre ?

– Connaissez-vous ce que l'on appelle le sondage psychique ?

Baley se laissa retomber contre son dossier et considéra un moment Fastolfe.

– J'en ai entendu parler mais sur la Terre ce n'est pas utilisé dans le travail de la police.

– Nous ne sommes pas sur la Terre, Baley, murmura Fastolfe.

– Cela risque d'endommager le cerveau. N'ai-je pas raison ?

– Entre de bonnes mains, ce n'est guère vraisemblable.

– Mais pas impossible, même entre de bonnes mains, rétorqua Baley. Je crois savoir qu'à Aurora on ne peut pas y avoir recours, sauf dans des circonstances bien définies. Ceux sur qui cette méthode est utilisée doivent s'être rendus coupables d'un crime majeur ou doivent...

– Oui, Baley, mais cela se rapporte aux Aurorains. Vous n'êtes pas aurorain.

– Vous voulez dire que comme je suis terrien je dois être traité comme quelqu'un qui n'est pas humain ?

Fastolfe sourit et écarta les mains.

– Allons, Baley ! Ce n'était qu'une idée. Hier soir, vous étiez assez désespéré pour suggérer d'essayer de résoudre notre dilemme en plaçant Gladia dans une situation tragique, horrible. Je me demandais si vous étiez encore assez désespéré pour vous exposer vous-même.

Baley se frotta les yeux et, pendant une minute ou deux, il garda le silence. Puis il dit, d'une voix altérée :

– Hier soir, j'avais tort, je le reconnais. Quant à ce qui nous préoccupe en ce moment, rien n'assure que l'idée qui m'est venue dans mon demi-sommeil avait le moindre rapport avec le problème. Ce n'était peut-être qu'un pur fantasme, un non-sens illogique. Et il a pu n'y avoir aucune pensée du tout. Rien. Jugeriez-vous raisonnable, pour une aussi petite probabilité de découverte, de risquer d'endommager mon cerveau, alors que c'est sur ce cerveau que vous comptez pour trouver une solution au problème ?

Fastolfe hocha la tête.

– Vous plaidez votre cause avec éloquence. Et je ne parlais pas vraiment sérieusement.

– Je vous remercie, docteur Fastolfe.

– Cela ne nous dit pas ce que nous allons faire maintenant.

– Pour commencer, je veux encore parler à Gladia.

Il y a des points sur lesquels j'ai besoin de quelques éclaircissements.

— Vous auriez dû les aborder hier soir.

— Oui, j'aurais dû, mais j'en avais entendu plus que je n'étais capable d'absorber d'un coup et certaines choses m'ont échappé. Je suis un policier, un enquêteur, pas un ordinateur infaillible.

— Je ne voulais pas vous faire un reproche. Simplement, j'ai horreur de voir Gladia troublée inutilement. D'après ce que vous m'avez révélé hier soir, je me doute qu'elle doit être dans une profonde détresse.

— C'est certain. Mais elle est aussi désespérément anxieuse de savoir ce qui s'est passé, de savoir qui, s'il y a un coupable, a tué celui qu'elle considérait comme son mari. C'est bien compréhensible aussi, il me semble. Je suis certain qu'elle ne demandera pas mieux que de m'aider... Et j'aimerais aussi parler à une autre personne.

— A qui ?

— A votre fille Vasilia.

— A Vasilia ? Pourquoi ? A quoi cela vous servirait-il ?

— Elle est roboticienne. Je voudrais parler à un roboticien, autre que vous.

— Cela ne me plaît pas, Baley.

Ils avaient fini de déjeuner. Baley se leva.

— Docteur Fastolfe, une fois encore je dois vous rappeler que je suis ici à votre demande. Je n'ai pas d'autorité officielle pour mener mon enquête de police. Je n'ai aucun contact avec les autorités auroraines. Ma seule chance d'arriver au fond de cette lamentable affaire est l'espoir que diverses personnes accepteront de collaborer avec moi et de répondre à mes questions.

» Si vous me mettez des bâtons dans les roues, alors il est évident que je ne pourrai pas aller plus loin que là où je suis à présent, c'est-à-dire nulle part. Cela vous ferait le plus grand tort — et par conséquent à la Terre aussi —, alors je vous conjure de ne pas me gêner dans mon enquête. Si vous vous arrangez pour que je puisse interroger qui je veux — ou même simplement si vous essayez de vous arranger en intercédant pour moi – alors le peuple d'Aurora considérera immanquablement que c'est la preuve que vous avez bien conscience de votre innocence. Si vous contrecarrez mon investigation, en revanche, quelle conclusion pourra-t-on en tirer, sinon que vous êtes coupable et craignez que je le prouve ?

Fastolfe répliqua avec un agacement mal dissimulé :

– Je comprends très bien, Baley. Mais pourquoi Vasilia ? Il y a d'autres roboticiens.

– Vasilia est votre fille. Elle vous connaît. Elle doit avoir des opinions bien arrêtées sur vos possibilités de détruire un robot. Comme elle est membre de l'Institut de Robotique et dans le camp de vos ennemis politiques, tout témoignage favorable qu'elle me donnerait serait convaincant.

– Et si elle témoigne contre moi ?

– Nous affronterons cela quand le moment sera venu. Pourriez-vous prendre contact avec elle et lui demander de me recevoir ?

– Je veux bien essayer pour vous faire plaisir, dit Fastolfe d'une voix résignée. Mais vous vous trompez si vous pensez que j'y parviendrai aisément. Il est possible qu'elle soit trop occupée, ou le croie. Elle a été absente d'Aurora. Et puis il est possible, plus simplement, qu'elle ne veuille pas être mêlée à cette affaire. Hier soir, j'ai tenté de vous expliquer qu'elle avait une raison – qu'elle pense avoir une raison – de m'en vouloir. Si c'est moi qui lui demande de vous recevoir, il se peut qu'elle refuse uniquement pour me manifester son animosité.

– Voulez-vous essayer, docteur Fastolfe ?

Le savant soupira.

– Je vais essayer pendant que vous serez chez Gladia... Je suppose que vous voulez la voir directement ? Je vous ferai observer qu'une entrevue télévisée suffirait. L'image est d'une assez haute fidélité pour que vous ne fassiez aucune différence avec une présence personnelle.

– Je n'en doute pas, docteur, mais Gladia est solarienne et les entrevues télévisées lui rappellent des souvenirs déplaisants. Et, pour ma part, j'estime qu'un face à face réel a une plus grande efficacité. La situation actuelle est trop délicate et les difficultés trop grandes pour que j'accepte de renoncer à cette efficacité supplémentaire.

– Eh bien, je vais avertir Gladia...

Fastolfe se leva, fit quelques pas, hésita et revint.

– Mais, Baley...

– Qu'y a-t-il ?

– Hier soir, vous m'avez dit que la situation était assez grave pour que vous passiez outre à tout désagrément que l'on pourrait causer à Gladia. Il y avait, disiez-vous, des choses beaucoup plus importantes en jeu.

– C'est exact, mais vous pouvez compter sur moi pour ne pas la bouleverser si je peux l'éviter.

– Je ne vous parle pas de Gladia, en ce moment. Je vous avertis simplement que votre point de vue, essentiellement raisonnable, doit aussi s'étendre à moi-même. Je ne vous demande pas de vous inquiéter de mes problèmes ou de ma fierté, si vous avez l'occasion de parler à Vasilia. Je n'attends pas grand-chose de bon des résultats, mais si vous arrivez à la rencontrer, je devrai supporter tout ennui qui en résulterait, et vous ne devez pas chercher à m'épargner. Vous comprenez ?

– Pour parler très franchement, docteur Fastolfe, je n'ai jamais eu l'intention de vous épargner. Si je devais peser d'un côté votre embarras ou votre honte et de l'autre la poursuite de votre politique et le bien de la Terre, je n'hésiterais pas un seul instant à vous humilier.

– Parfait !... Baley, cette attitude doit également s'étendre à vous-même. Vous ne devez pas laisser votre propre intérêt, votre amour-propre ou votre bien-être vous entraver.

– On ne m'a pas permis de les prendre en considération quand vous avez décidé de me faire venir ici sans me consulter.

– Je faisais allusion à autre chose. Si, après un temps raisonnable – pas très long, mais raisonnable – vous ne progressez pas vers une solution, alors nous devrons envisager les possibilités d'un sondage psychique, après tout. Notre dernière chance serait peut-être de découvrir ce que votre esprit sait que vous ignorez.

– Il se peut qu'il ne sache rien, docteur.

Fastolfe regarda tristement Baley.

– D'accord. Mais comme vous l'avez dit à propos de la possibilité que Vasilia témoigne contre moi, nous affronterons cela le moment venu.

Il se retourna de nouveau et, cette fois, il sortit de la pièce.

Baley le suivit des yeux d'un air songeur. Il lui semblait maintenant que s'il progressait, il affronterait des représailles physiques d'une nature inconnue mais vraisemblablement dangereuse; et s'il ne progressait pas, alors il serait soumis au sondage psychique, ce qui ne valait guère mieux.

– Nom de Josaphat ! marmonna-t-il.

33

Le trajet à pied jusque chez Gladia parut plus court que la première fois. La journée était de nouveau agréable et ensoleillée mais le paysage paraissait tout à fait changé. Le soleil brillait de la direction opposée, naturellement, et cela modifiait un peu les couleurs.

Baley se dit que peut-être la flore avait un aspect différent, le matin et le soir, ou d'autres odeurs. Il se souvenait qu'il avait pensé la même chose des plantes de la Terre.

Daneel et Giskard l'accompagnaient comme auparavant mais se tenaient plus près de lui et semblaient être moins sur le qui-vive.

— Est-ce qu'ici le soleil brille tout le temps? demanda distraitement Baley.

— Non, camarade Elijah, répondit Daneel. S'il brillait continuellement, ce serait désastreux pour le monde des plantes et, par conséquent, pour l'humanité. D'après les prévisions, justement, le ciel devrait se couvrir au cours de la journée.

— Qu'est-ce que c'est que ça? s'écria soudain Baley en sursautant.

Un petit animal gris-brun était tapi dans l'herbe. En les voyant, il s'enfuit en sautant, sans se presser.

— Un lapin, monsieur, répondit Giskard.

Baley se détendit. Il en avait vu aussi dans les champs, sur la Terre.

Cette fois, Gladia ne les attendait pas à sa porte mais elle avait été avertie de leur venue. Quand un robot les fit entrer, elle ne se leva pas mais dit, d'une voix à la fois lasse et irritée :

— Le Dr Fastolfe m'a appris que vous vouliez me revoir. Qu'est-ce qu'il y a encore?

Elle portait une longue robe qui la moulait et n'avait manifestement rien dessous. Ses cheveux étaient tirés en arrière, sans forme ni grâce, et elle était très pâle. Elle avait les traits plus marqués que la veille et il était visible qu'elle avait très peu dormi.

Daneel, se rappelant l'incident, n'entra pas dans la pièce. Giskard, lui, y pénétra, regarda avec attention de tous côtés puis se retira dans une niche. Un des robots de Gladia se tenait dans une autre.

— Je suis profondément navré, Gladia, de venir encore vous ennuyer, dit Baley.

— J'ai oublié de vous dire hier soir qu'une fois qu'il aura été passé à la torche, Jander sera recyclé, naturellement, pour être de nouveau utilisé dans les usines de robotique. Ce sera amusant, je suppose, de me dire chaque fois que je verrai un robot neuf, que de nombreux atomes de Jander font partie de lui.

– Nous-mêmes, quand nous mourons, sommes recyclés et qui sait quels sont les atomes que nous avons en nous en ce moment, vous et moi, ou lesquels des nôtres seront dans d'autres personnes ?

– Vous avez raison, Elijah. Et vous me rappelez combien il est facile de philosopher sur les chagrins des autres.

– C'est vrai aussi, Gladia, mais je ne suis pas venu pour philosopher.

– Faites ce que vous êtes venu faire, alors.

– Je dois vous poser des questions.

– Celles d'hier ne vous ont pas suffi ? Avez-vous passé le temps, depuis, à en inventer de nouvelles ?

– En partie, oui, Gladia... Hier, vous m'avez dit que même lorsque vous étiez avec Jander, vivant comme mari et femme, d'autres hommes se sont offerts à vous et que vous avez refusé. C'est à ce propos que je dois vous interroger.

– Pourquoi ?

Baley laissa cette question de côté.

– Dites-moi combien d'hommes se sont offerts à vous, pendant que vous étiez mariée avec Jander ?

– Je ne tiens pas de livres de comptes, Elijah. Trois ou quatre.

– L'un d'eux a-t-il insisté ? Y en a-t-il qui sont revenus à la charge, qui se sont offerts plus d'une fois ?

Gladia, qui avait évité jusque-là le regard de Baley, le regarda en face et demanda :

– Avez-vous parlé de cela à d'autres personnes ?

– Non. Je n'ai abordé ce sujet avec personne d'autre que vous. Mais votre question, cependant, me donne à penser qu'il y en a eu au moins un qui a été insistant.

– Oui. Santirix Gremionis, dit-elle en soupirant. Les Aurorains ont des noms si bizarres... et il était bizarre, lui, pour un Aurorain. Je n'en ai connu aucun qui soit aussi persévérant que lui à ce sujet. Il était toujours poli, il acceptait toujours mon refus avec un petit sourire et une inclinaison du buste mais, le plus souvent, il tentait encore sa chance le lendemain, et même le surlendemain. La simple répétition était un peu discourtoise. Un Aurorain correct accepte un refus définitivement, à moins que la partenaire convoitée laisse clairement voir qu'elle a changé d'idée.

— Dites-moi aussi... Est-ce que ceux qui se sont offerts étaient au courant de vos rapports avec Jander ?

— Ce n'était pas le genre de choses que je mentionnais dans la conversation courante.

— Eh bien alors, prenons le cas particulier de ce Gremionis. Savait-il, lui, que Jander était votre mari ?

— Je ne le lui ai jamais dit.

— N'écartez pas cela de cette façon, Gladia. Il n'est pas question de ce qu'on lui a dit. Contrairement aux autres, il s'est offert plusieurs fois, avec insistance. Au fait, combien de fois ? Trois fois ? Quatre ? Combien de fois ?

— Je n'ai pas compté, répondit Gladia avec lassitude. Peut-être dix, douze, ou plus. S'il n'avait pas été sympathique par ailleurs, je lui aurais fait interdire ma porte par mes robots.

— Ah ! Mais vous ne l'avez pas fait. Et il faut du temps pour faire de multiples offres. Il venait vous voir. Il vous rencontrait. Il avait le temps de remarquer la présence de Jander, votre comportement avec lui. Est-ce qu'il n'aurait pas pu deviner vos rapports ?

Gladia secoua la tête.

— Je ne le crois pas. Jander n'apparaissait jamais quand j'étais avec un être humain, n'importe lequel.

— Etait-ce sur votre ordre ? Je le suppose.

— Oui, en effet. Et avant que vous cherchiez à insinuer que j'avais honte de ces rapports, c'était uniquement pour éviter d'ennuyeuses complications. J'ai conservé un certain instinct d'intimité des choses sexuelles, que ne possèdent pas les Aurorains.

— Réfléchissez bien. Aurait-il pu deviner ? Il vient ici, un homme amoureux...

— Amoureux ! s'exclama-t-elle avec un mépris écrasant. Qu'est-ce que les Aurorains savent de l'amour ?

— Disons un homme qui se croit épris. Vous restez insensible. N'aurait-il pu, avec la sensibilité et l'état d'esprit soupçonneux d'un amant déçu, tout deviner? Réfléchissez! N'a-t-il jamais fait une réflexion, une allusion qui aurait pu vous faire comprendre...

— Non! Non! C'est inconcevable qu'un Aurorain fasse des réflexions péjoratives sur les préférences sexuelles ou les habitudes d'un autre!

— Pas forcément péjoratives. Un commentaire ironique, peut-être, Une indication qu'il se doutait de vos rapports avec Jander.

— Non! Si le jeune Gremionis avait soufflé un mot dans ce sens, il n'aurait plus jamais remis les pieds dans mon établissement, et j'aurais bien veillé à ce qu'il ne puisse plus jamais m'aborder ni s'approcher de moi... Mais il était incapable de faire quelque chose de pareil. Avec moi, il était l'image même de la politesse dévouée.

— Vous avez dit « jeune ». Quel âge a ce Gremionis?

— A peu près mon âge. Peut-être même un an ou deux de moins. Trente-cinq ans.

— Un enfant, dit tristement Baley. Encore plus jeune que moi. A cet âge... Mais supposons qu'il ait deviné vos rapports avec Jander et n'ait rien dit, pas un mot. N'aurait-il pu, néanmoins, être jaloux?

— Jaloux?

L'idée vint à Baley que ce mot n'avait peut-être pas grande signification ni sur Aurora ni sur Solaria.

— Furieux que vous lui préfériez quelqu'un d'autre.

— Je sais ce que veut dire jaloux! protesta sèchement Gladia. Si je l'ai répété, c'est uniquement par étonnement que vous puissiez imaginer un Aurorain jaloux. A Aurora, les gens ne sont pas jaloux, pour ce qui a trait aux rapports sexuels. Pour d'autres choses, certainement, mais pas du tout pour ça, dit-elle avec un ricanement nettement dédaigneux. Et même s'il était jaloux, qu'est-ce que ça pouvait faire? Qu'aurait-il pu faire?

— Est-ce qu'il n'aurait pas pu dire à Jander que des

rapports avec un robot vous compromettaient, menaçaient votre situation à Aurora...

— Cela n'aurait pas été vrai du tout !

— Jander a pu le croire si on le lui a dit, croire qu'il vous mettait en danger, qu'il vous faisait du mal. Est-ce que cela n'aurait pas pu être la raison du gel mental ?

— Jander n'aurait jamais cru ça ! Il m'a rendue très heureuse, chaque jour, tant qu'il était mon mari, et je le lui ai souvent dit.

Baley s'efforça de garder son calme. Gladia refusait de comprendre. Alors il faudrait mettre les points sur les i.

— Je suis sûr qu'il vous croyait mais il a pu aussi se sentir contraint de croire une autre personne qui lui disait le contraire. S'il se trouvait alors prisonnier d'un intolérable dilemme à cause de la Première Loi...

Les traits de Gladia se convulsèrent et elle glapit :

— C'est complètement fou ! Vous me racontez simplement le vieux conte de fées de Susan Calvin et de son robot télépathe ! Personne, au-dessus de dix ans, ne peut croire à des sornettes pareilles !

— N'est-il pas possible que...

— Non, ce n'est pas possible ! Je suis de Solaria et je connais les robots depuis assez longtemps pour savoir que ce n'est pas possible. Il faudrait un incroyable expert pour ligoter un robot dans des nœuds de Première Loi. Le Dr Fastolfe en serait peut-être capable mais certainement pas Santirix Gremionis. Gremionis est styliste. Il travaille avec des êtres humains. Il coupe les cheveux, crée des vêtements. J'en fais autant mais moi au moins, je travaille sur des robots. Gremionis n'a jamais touché un robot. Il ne sait rien d'eux, sauf ordonner à un robot de fermer la fenêtre ou d'ouvrir une porte. Et vous venez me raconter que c'est nos rapports, entre Jander et moi... moi ! répéta-t-elle en se frappant durement la poitrine, qui ont causé sa mort ?

Baley eût voulu se taire, s'arrêter, mais était incapable de renoncer à ce sondage.

– Vous n'avez certainement rien fait consciemment, mais... Et si Gremionis avait appris par le Dr Fastolfe comment...

– Gremionis ne connaissait pas le Dr Fastolfe ! Et d'ailleurs, il aurait été incapable de comprendre ce que Fastolfe aurait pu lui expliquer.

– Vous ne savez pas avec certitude ce que Gremionis pouvait ou ne pouvait comprendre, et quant à ne pas connaître le Dr Fastolfe... Gremionis a dû venir assez souvent ici chez vous, s'il vous a tellement harcelée et...

– Fastolfe ne vient presque jamais chez moi. Hier soir, quand il est venu avec vous, ce n'était que la deuxième fois qu'il franchissait ma porte. Il avait peur de me chasser en étant trop près de moi. Il me l'a avoué une fois. C'est ainsi qu'il a perdu sa fille, pensait-il, une folie de ce genre... Voyez-vous, Elijah, quand on vit plusieurs siècles, on a tout le temps de perdre des *milliers* de choses. Alors... Alors fé... félicitez-vous d'avoir une vie courte, Elijah.

Elle sanglotait, maintenant, elle pleurait sans pouvoir se maîtriser.

Baley la contempla en ne sachant que faire.

– Pardonnez-moi, Gladia. Je n'ai plus de questions. Dois-je appeler un robot ? Avez-vous besoin d'aide ?

Elle secoua la tête et agita une main.

– Allez-vous-en, c'est tout... allez-vous-en, dit-elle d'une voix étranglée. Laissez-moi...

Baley hésita puis il sortit de la pièce, en jetant un dernier regard indécis à Gladia. Giskard suivit sur ses talons et Daneel les rejoignit lorsqu'il sortit de la maison. Il le remarqua à peine. L'idée lui vint, vaguement, qu'il en arrivait à accepter leur présence à tous deux comme celle de son ombre ou de ses vêtements; il en arrivait à un point où il se sentirait nu sans eux.

Les idées en plein chaos, il retourna d'un pas rapide chez Fastolfe. Au début, c'était en désespoir de cause qu'il avait voulu voir Vasilia, faute d'un autre objet de curiosité; mais maintenant tout changeait. Il y avait une petite chance qu'il soit tombé sur quelque chose de capital.

34

La figure sans beauté de Fastolfe était sombre quand Baley revint.

– Du nouveau ? demanda-t-il.

– J'ai éliminé une partie d'une possibilité... peut-être.

– Une *partie* d'une possibilité ? Comment éliminez-vous les autres parties ? Mieux encore, comment établissez-vous une possibilité ?

– En trouvant une possibilité impossible à éliminer, je commence à en établir une; c'est un premier pas.

– Et si vous êtes dans l'impossibilité d'éliminer les autres parties de cette possibilité que vous mentionnez si mystérieusement ?

Baley haussa les épaules.

– Avant de perdre notre temps en vaines considérations, je dois voir votre fille.

Fastolfe eut l'air contrit et navré.

– Ma foi, Baley, j'ai fait ce que vous m'avez demandé et j'ai essayé de la contacter. Il a fallu la réveiller.

– Vous voulez dire qu'elle est dans une région de la planète où il fait nuit ? Je n'avais pas pensé à ça, dit Baley, chagriné. J'ai peur d'être assez bête pour me croire encore sur la Terre. Dans les villes souterraines, le jour et la nuit perdent leur signification et le temps est uniforme.

– Ce n'est pas trop grave. Eos est le centre robotique d'Aurora et vous trouverez peu de roboticiens qui vivent au loin. Non, simplement elle dormait et ça n'a pas amélioré son humeur d'être réveillée, apparemment. Elle n'a pas voulu me parler.

– Rappelez-la ! insista Baley.

– J'ai parlé à son secrétaire robot, et il y a eu un relais de messages assez gênant. Elle a bien fait comprendre qu'elle ne me parlerait en aucune façon. Elle a été un peu plus indulgente avec vous. Le robot a annoncé qu'elle vous accorderait cinq minutes sur sa chaîne de télévision privée si vous l'appelez dans... (Fastolfe consulta la bande horaire au mur) dans une demi-heure. Elle refuse de vous voir en personne.

– Ces conditions sont insuffisantes et le temps aussi. Je dois la voir en personne et aussi longtemps que ce sera nécessaire. Lui avez-vous expliqué l'importance de cette entrevue, docteur Fastolfe ?

– J'ai essayé. Ça ne l'intéresse pas.

– Vous êtes son père. Sûrement...

– Elle aura encore moins tendance à assouplir son attitude pour moi que pour un étranger choisi au hasard. Je le savais, alors j'ai utilisé Giskard.

– Giskard ?

– Oui, elle adore Giskard, c'est son grand favori. Quand elle étudiait la robotique à l'université, elle prenait la liberté de régler et de modifier de petits aspects de sa programmation et rien ne peut nouer de liens plus intimes avec un robot... à part la méthode de Gladia, naturellement. On aurait presque dit que Giskard était Andrew Martin...

– Qui est Andrew Martin ?

– Etait, pas est, répondit Fastolfe. Vous n'avez jamais entendu parler de lui ?

– Jamais !

– Comme c'est bizarre ! Toutes nos anciennes légendes ont la Terre pour décor et pourtant elles ne sont pas connues sur Terre... Andrew Martin était un robot qui, progressivement, pas à pas, était censé devenir humaniforme. Il est certain qu'il y a eu des robots humaniformes avant Daneel, mais c'était de simples jouets guère mieux que des automates. Néanmoins, on a raconté des histoires fantastiques sur les facultés et les talents d'Andrew Martin, un signe indiscutable de la nature légendaire du récit. Il y avait une femme, qui faisait partie des légendes, et qu'on appelait généralement Petite Miss. Les rapports sont trop compliqués à décrire maintenant, mais je suppose que toutes les petites filles d'Aurora ont rêvé d'être Petite Miss et d'avoir Andrew Martin comme robot. Vasilia en rêvait et Giskard était son Andrew Martin.

— Et alors ?

— J'ai demandé à son robot de lui dire que vous seriez accompagné par Giskard. Il y a des années qu'elle ne l'a pas vu et j'ai pensé que cela pourrait la décider à vous recevoir.

— Mais ça n'a pas réussi, je présume ?

— Hélas non.

— Alors nous devons trouver autre chose. Il doit bien y avoir un moyen de la persuader de me voir.

— Peut-être en trouverez-vous un. Dans quelques minutes, vous la verrez à la télévision et vous aurez cinq minutes pour la convaincre qu'elle doit vous recevoir personnellement.

— Cinq minutes ! Qu'est-ce que je peux faire en cinq minutes ?

— Je ne sais pas. C'est mieux que rien, après tout.

35

Un quart d'heure plus tard, Baley se plaça devant l'écran de télévision, prêt à faire la connaissance de Vasilia Fastolfe.

Le savant était parti en déclarant, avec un sourire ironique, que sa présence rendrait certainement sa fille encore plus difficile à convaincre. Daneel n'était pas là non plus. Il ne restait que Giskard derrière Baley, pour lui tenir compagnie.

— La chaîne de télévision du Dr Vasilia est ouverte pour la réception. Etes-vous prêt, monsieur ?

— Aussi prêt que je peux l'être, répondit aigrement Baley.

Il avait refusé de s'asseoir, pensant qu'il serait plus imposant s'il restait debout. (Mais dans quelle mesure un Terrien pouvait-il être imposant ?)

L'écran devint lumineux alors que le reste de la pièce s'assombrissait et une femme apparut, assez floue au début. Elle était debout face à Baley, la main droite appuyée sur une table de laboratoire jonchée de tableaux et de graphiques. (Sans nul doute, elle cherchait elle aussi à être imposante.)

Quand l'image se précisa, les bords de l'écran parurent se fondre et disparaître; l'image de Vasilia (comme si c'était elle-même) prit du relief et devint tridimensionnelle. Elle était là debout dans la pièce, avec toutes les apparences de la réalité, à cette différence près que le décor de la salle où elle se trouvait ne concordait pas avec celui de la pièce où était Baley et la coupure était très distincte.

Elle portait une jupe marron qui devenait une sorte de pantalon bouffant, à demi transparent, si bien que ses jambes étaient visibles, des pieds jusqu'à mi-cuisse. Elle avait un corsage serré, sans manches, laissant les bras nus jusqu'à l'épaule, et très décolleté. Ses cheveux blonds étaient coiffés en boucles serrées.

Elle n'avait rien hérité de la laideur de son père, surtout pas les grandes oreilles. Baley supposa que sa mère avait été très belle et qu'elle avait eu de la chance dans la répartition des gènes.

Elle était petite et Baley ne put éviter de remarquer sa ressemblance frappante avec Gladia, mais elle avait une expression plus froide qui paraissait être la marque d'une personnalité dominatrice.

— C'est vous le Terrien qui venez résoudre le problème de mon père ? demanda-t-elle sèchement.

— Oui, docteur Fastolfe, répondit Baley sur le même ton sec.

— Vous pouvez m'appeler Dr Vasilia. Je ne veux pas qu'on me confonde avec mon père.

— Docteur Vasilia, je dois absolument avoir une chance de vous parler, en personne et face à face, pendant un temps peut-être assez long.

— Nul doute que vous le souhaitiez. Vous êtes un Terrien, et une source certaine de contagion.

— J'ai été médicalement traité et ne suis absolument pas contagieux, je ne représente un danger pour personne. Votre père a été constamment avec moi pendant plus d'une journée.

— Mon père prétend être un idéaliste et il est obligé de commettre des idioties pour soutenir cette prétention. Je ne tiens pas à l'imiter.

— Je suppose que vous ne lui voulez pas de mal. Vous lui en ferez beaucoup si vous refusez de me recevoir.

— Vous perdez votre temps. Je ne peux pas vous voir, sauf de cette manière et la moitié du temps que je vous ai accordé est passée. Si vous voulez, nous arrêterons là cet entretien, si vous le trouvez non satisfaisant.

— Giskard est ici, docteur Vasilia, et il aimerait vous persuader de me recevoir.

Giskard avança dans le champ visuel.

— Bonjour, Petite Miss, dit-il à voix basse.

Pendant quelques instants, Vasilia eut l'air gênée et, quand elle parla, ce fut sur un ton quelque peu radouci.

— Je suis très heureuse de te voir, Giskard, et je te recevrai quand tu voudras, mais je refuse de voir ce Terrien, même à ta prière.

— Dans ce cas, déclara Baley en jouant désespérément le tout pour le tout, je serai contraint de porter l'affaire Santirix Gremionis à la connaissance du public, sans avoir eu l'occasion de vous consulter à ce sujet.

Les yeux de Vasilia s'arrondirent et elle leva sa main de la table en serrant le poing.

– Que signifie cette histoire de Gremionis ?

– Simplement qu'il est un beau et séduisant jeune homme et qu'il vous connaît bien. Devrai-je m'occuper de cette affaire sans avoir entendu ce que vous avez à en dire ?

– Je peux vous dire tout de suite que...

– Non, interrompit Baley d'une voix forte. Vous ne me direz rien à moins que ce soit face à face, en personne.

Elle fit une grimace.

– Eh bien, je vous recevrai, mais je ne resterai pas avec vous une seconde de plus que je ne le voudrai. Et amenez Giskard.

La communication télévisée prit fin avec un déclic sec et Baley fut soudain pris de vertige alors que toute la pièce revenait à son état normal. Il chercha un siège à tâtons et s'assit.

Giskard lui avait pris légèrement le coude, pour s'assurer qu'il atteindrait le fauteuil sans encombre.

– Puis-je vous aider en quelque chose, monsieur ? demanda-t-il.

– Merci, ça va aller, murmura Baley. J'ai simplement besoin de reprendre haleine.

Le Dr Fastolfe était entré.

– Encore une fois, mes excuses pour avoir manqué à tous mes devoirs d'hôte. J'ai écouté sur un poste annexe équipé pour recevoir et non pour transmettre. Je voulais voir ma fille, même si elle ne me voyait pas.

– Je comprends, dit Baley en haletant un peu. Si la bonne éducation veut que ce que vous avez fait exige des excuses, alors je vous pardonne volontiers.

– Mais quelle est cette affaire Santirix Gremionis ? Ce nom ne me dit strictement rien.

Baley leva les yeux vers le savant.

– Docteur Fastolfe, son nom a été prononcé ce matin par Gladia. Je sais très peu de choses sur lui mais j'ai quand même pris le risque de parler de lui à votre fille. Je n'avais aucune chance, apparemment, mais j'ai pourtant obtenu le résultat que je cherchais. Comme vous pouvez le constater, je suis capable de faire d'utiles déductions même quand j'ai très peu de renseignements, alors je vous conseille de me laisser continuer en paix. Je vous en conjure, collaborez entièrement avec moi à l'avenir et ne me parlez plus de sondage psychique.

Fastolfe ne répondit pas et Baley éprouva la sombre satisfaction d'avoir imposé sa volonté à la fille d'abord, au père ensuite.

Pendant combien de temps il pourrait continuer de le faire, il n'en savait rien.

IX

Vasilia

36

Baley s'arrêta à la portière de l'aéroglisseur et dit avec fermeté :

– Giskard, je ne veux pas que les vitres soient opacifiées. Je ne veux pas m'asseoir à l'arrière. Je veux être à l'avant et observer l'Extérieur. Comme je me trouverai entre Daneel et toi, il me semble que je serai suffisamment en sécurité, à moins que le véhicule lui-même soit détruit et, dans ce cas, nous le serons tous, que je sois à l'arrière ou à l'avant.

Giskard répondit à la force de ces instructions en se refugiant dans un respect plus profond encore.

– Monsieur, si vous éprouviez un malaise...

– Alors tu arrêteras la voiture et je monterai à l'arrière. Tu pourras opacifier ces vitres-là. Ou tu n'auras même pas besoin de t'arrêter. Je peux très bien passer par-dessus le dossier du siège avant pendant que nous nous déplaçons. Le fait est, Giskard, qu'il est important que je me familiarise le plus possible avec Aurora et très important, aussi, que je m'habitue à l'Extérieur. Alors ce que je t'ai demandé est un ordre, Giskard.

Daneel intervint gentiment.

– La demande du camarade Elijah est tout à fait

raisonnable, Ami Giskard. Il sera en sécurité entre nous.

Giskard céda, peut-être à contrecœur (Baley savait mal interpréter les expressions de sa figure pas tout à fait humaine) et prit sa place aux commandes. Baley le suivit et regarda par le pare-brise transparent avec moins d'assurance que ne laissait supposer la fermeté de ses ordres. Cependant, la présence d'un robot de chaque côté était réconfortante.

La voiture se souleva sur ses jets d'air comprimé et se balança légèrement, comme si elle cherchait son équilibre. Baley ressentit le mouvement au creux de l'estomac en s'efforçant de ne pas regretter sa petite manifestation de bravoure. Il ne servait à rien de se répéter que Daneel et Giskard ne présentaient aucun signe de frayeur. Ils étaient des robots et ne pouvaient connaître la peur.

Sur ce, la voiture avança brusquement et Baley fut rejeté avec force contre le dossier. En moins d'une minute, il filait déjà plus vite que cela ne lui était jamais arrivé sur les Voies Express de la Ville. Une large route herbue s'étirait devant eux à perte de vue.

La vitesse paraissait d'autant plus grande qu'il n'y avait pas, de chaque côté, les lumières et les structures rassurantes de la Ville mais d'assez vastes étendues de verdure et de formations irrégulières.

Baley faisait de vaillants efforts pour respirer régulièrement et pour parler aussi naturellement que possible de choses normales.

— On dirait que nous ne traversons ni cultures ni pâturages, dit-il. Toutes ces terres me paraissent incultes, Daneel.

— C'est le territoire de la Ville, camarade Elijah. Ces terres sont des parcs et des domaines appartenant à des particuliers.

La Ville! Baley ne pouvait accepter ce mot. Il savait que c'était une Ville!

— Eos est la plus grande et la plus importante Ville d'Aurora, expliqua Daneel. La première à avoir été fondée. C'est le siège de la Législature du Monde. Le président de la Législature y a sa propriété et nous allons passer devant.

Non seulement une Ville mais la plus grande. Baley regarda à droite et à gauche.

– J'avais l'impression que les établissements du Dr Fastolfe et de Gladia étaient dans la banlieue d'Eos. Il me semble que nous aurions déjà dû franchir les limites de la Ville.

– Pas du tout, camarade Elijah. Nous passons par le centre, en ce moment. Les limites sont à sept kilomètres et notre destination près de quarante kilomètres plus loin.

– Le centre de la Ville ? Je ne vois pas de bâtiments.

– Ils ne sont pas faits pour être vus de la route, mais il y en a un que vous pourrez distinguer entre les arbres. C'est l'établissement de Fuad Labord, un écrivain bien connu.

– Tu connais tous les établissements de vue ?

– Ils sont dans mes banques de mémoire, répondit solennellement Daneel.

– Il n'y a pas de circulation sur cette route. Pourquoi ?

– Les longues distances sont couvertes en véhicules atmosphériques ou en mini-voitures magnétiques. Les liaisons télévisées...

– A Solaria, on dit les visions, interrompit Baley.

– Ici aussi, plus familièrement, mais officiellement, c'est les LTV. Elles permettent une grande partie de la communication. Et puis aussi les Aurorains aiment beaucoup la marche et il n'est pas rare de faire à pied plusieurs kilomètres afin de rendre visite à des amis ou même pour aller à des réunions d'affaires si le temps n'est pas trop mesuré.

– Et comme nous devons nous rendre à une distance trop longue pour la marche, trop proche pour les atmosphériques, et que nous ne voulons pas de télévision... nous utilisons une voiture de sol.

– Un aéroglisseur, plus exactement, camarade Elijah. Mais oui, on pourrait l'appeler une voiture de sol, je suppose.

— Combien de temps nous faudra-t-il pour arriver chez Vasilia ?

— Pas très longtemps, camarade Elijah. Elle est à l'Institut de Robotique, comme vous le savez peut-être.

Un silence tomba, que Baley finit par rompre :

— On dirait que le ciel se couvre, là-bas à l'horizon.

Giskard négocia un virage à pleine vitesse et l'aéroglisseur prit une gîte de plus de trente degrés. Baley ravala un cri d'effroi et se cramponna à Daneel qui lui mit un bras autour des épaules et le maintint solidement comme dans un étau. Quand l'aéroglisseur se redressa, Baley laissa lentement échapper le souffle qu'il retenait.

— Oui, répondit Daneel, ces nuages apporteront les précipitations que j'ai prédites, dans le courant de la journée.

Baley fronça les sourcils. Il avait été surpris par la pluie une fois — rien qu'une seule fois — pendant son travail expérimental dans les champs, dans l'Extérieur de la Terre. C'était comme si on passait sous une douche froide, tout habillé. Il avait eu un instant de panique, en s'apercevant qu'il ne pouvait tendre la main vers aucune commande pour la faire cesser. L'eau allait tomber éternellement ! Et puis tout le monde s'était mis à courir et il avait couru avec les autres, vers l'abri sec et contrôlable de la Ville.

Mais ici, c'était Aurora, et il ne savait pas du tout ce que l'on faisait quand il se mettait à pleuvoir. Et il n'y avait pas de Ville où se réfugier. Courait-on vers l'établissement le plus proche ? Ceux qui se réfugiaient étaient-ils automatiquement bien accueillis ?

Un autre petit virage se présenta et Giskard annonça :

— Monsieur, nous sommes dans le parking de l'Institut de Robotique. Nous pouvons maintenant entrer et visiter l'établissement que possède le Dr Vasilia sur les terres de l'Institut.

Baley acquiesça. Le trajet avait duré entre un quart d'heure et vingt minutes (autant qu'il pouvait en juger selon le temps terrestre) et il était content qu'il soit fini. Il dit, d'une voix légèrement essoufflée :

– J'aimerais savoir diverses choses sur la fille du Dr Fastolfe, avant de la rencontrer. Tu ne la connais pas, Daneel ?

– A l'époque où mon existence a commencé, le Dr Fastolfe et sa fille étaient séparés depuis un temps considérable. Je ne l'ai jamais vue.

– Mais toi, Giskard, tu la connaissais très bien, en revanche. C'est bien cela ?

– C'est cela, monsieur, répondit imperturbablement Giskard.

– Et vous vous aimiez beaucoup, tous les deux ?

– Je crois, monsieur, que la fille du Dr Fastolfe éprouvait du plaisir à être avec moi.

– Est-ce que cela te faisait plaisir d'être avec elle ?

Giskard parut choisir ses mots.

– Cela me procure une sensation qui est je crois celle que les êtres humains appellent « plaisir » d'être avec n'importe quel être humain.

– Mais encore plus avec Vasilia, je pense. Est-ce que je me trompe ?

– Son plaisir d'être avec moi, monsieur, semblait effectivement stimuler ces potentiels positroniques qui produisent en moi des actions qui sont l'équivalent de ce que le plaisir produit chez les êtres humains. Du moins c'est ce que m'a expliqué un jour le Dr Fastolfe.

Baley demanda alors, avec brusquerie :

– Pourquoi Vasilia a-t-elle quitté son père ?

Giskard ne répondit pas.

Avec soudain l'accent péremptoire d'un Terrien s'adressant à un robot, Baley gronda :

– Je t'ai posé une question, boy !

Giskard tourna la tête et regarda Baley qui, pendant un moment, crut voir la lueur dans les yeux du robot étinceler et devenir un brasier de ressentiment contre ce terme avilissant.

Cependant, Giskard répondit posément :

– J'aimerais vous répondre, monsieur, mais pour tout ce qui concerne cette séparation, Miss Vasilia m'a ordonné à l'époque de n'en rien dire.

– Mais je t'ordonne de me répondre et je peux te l'ordonner avec beaucoup de fermeté, si je le veux.

– Je regrette. Miss Vasilia, même en ce temps-là, était une habile roboticienne et les ordres qu'elle m'a donnés étaient suffisamment puissants pour être en vigueur encore aujourd'hui, en dépit de tout ce que vous pourrez me dire, monsieur.

– Elle devait vraiment s'y connaître en robotique, car le Dr Fastolfe m'a dit qu'elle avait été amenée à te reprogrammer.

– Ce n'était pas dangereux de le faire, monsieur. Le Dr Fastolfe aurait pu corriger des erreurs s'il y en avait eu.

– Et y en avait-il ?

– Aucune, monsieur.

– Quelle était la nature de la reprogrammation ?

– Des modifications mineures, monsieur.

– Peut-être, mais fais-moi plaisir. Qu'a-t-elle fait, au juste ?

Giskard hésita et Baley comprit immédiatement ce que cela signifiait. Le robot répliqua :

– Je crains de ne pouvoir répondre à aucune question concernant cette reprogrammation.

– On te l'a interdit ?

– Non, monsieur, mais la reprogrammation efface automatiquement ce qui s'est passé avant. Si je suis changé en quoi que ce soit, il m'est impossible de le savoir et je ne conserve aucun souvenir de ce que j'étais auparavant.

– Alors, comment sais-tu que la reprogrammation a été mineure ?

– Comme le Dr Fastolfe n'a vu aucune raison de corriger ce que Miss Vasilia avait fait – ou du moins il me l'a dit une fois – je ne puis que supposer que ces

modifications ont été mineures. Vous pourriez peut-être demander cela à Miss Vasilia, monsieur.
– C'est bien ce que je compte faire.
– Je crains cependant qu'elle ne réponde pas.
Le cœur de Baley se serra. Jusqu'à présent, il n'avait interrogé que le Dr Fastolfe, Gladia et les deux robots, qui tous avaient d'excellentes raisons de coopérer avec lui. Maintenant, pour la première fois, il allait affronter un sujet hostile.

37

Baley sortit de l'aéroglisseur, qui s'était posé sur un carré de pelouse, en éprouvant un certain plaisir à sentir de la terre ferme sous ses pieds.
Il regarda autour de lui avec étonnement, car les bâtiments étaient plutôt étendus et, sur sa droite, il y en avait un particulièrement grand, de construction fort simple, un peu comme un énorme bloc de métal et de verre aux angles droits.
– C'est l'Institut de Robotique ? demanda-t-il.
– Tout ce complexe est l'Institut, camarade Elijah, répondit Daneel. Vous n'en voyez qu'une partie et il est bâti d'une manière plus dense que la normale à Aurora, parce que c'est une entité politique en soi. Il contient des établissements particuliers, des laboratoires, des bibliothèques, un gymnase commun et d'autres bâtiments. Le plus grand, là, est le centre administratif.
– C'est si peu aurorain, avec tous ces bâtiments – du moins à en juger par ce que j'ai vu jusqu'ici d'Eos – qu'il me semble qu'il a dû y avoir pas mal d'objections.
– Je crois qu'il y en a eu, camarade Elijah, mais le directeur de l'Institut est l'ami du président, qui a une grande influence, et il paraît qu'il y a eu une dispense spéciale, à cause des nécessités de la recherche.

Daneel, l'air songeur, regarda aussi autour de lui.

— C'est en effet plus compact que ce que j'avais supposé.

— Que tu avais supposé ? Tu n'es donc encore jamais venu ici, Daneel ?

— Non, camarade Elijah.

— Et toi, Giskard ?

— Moi non plus, monsieur.

— Tu as trouvé ton chemin jusqu'ici sans encombre, et pourtant tu ne connais pas cet endroit.

— Nous avons été bien informés, camarade Elijah, dit Daneel, puisqu'il était nécessaire que nous venions avec vous.

Baley réfléchit un moment puis il demanda :

— Pourquoi le Dr Fastolfe ne nous a-t-il pas accompagnés ?

Mais aussitôt il se dit, une fois de plus, qu'il ne servait à rien d'essayer de prendre des robots par surprise. Si l'on passait une question rapidement, ou à l'improviste, ils attendaient simplement qu'elle soit absorbée et puis ils répondaient. Jamais ils n'étaient pris de court.

— Comme l'a dit le Dr Fastolfe, expliqua Daneel, il ne fait pas partie de l'Institut et il a jugé qu'il ne serait pas convenable de venir en visite sans y avoir été invité.

— Mais pourquoi n'en fait-il pas partie ?

— On ne m'a pas dit la raison de cela, camarade Elijah.

Baley se tourna vers Giskard qui répondit immédiatement.

— Ni à moi, monsieur.

Ils ne le savaient pas ? Leur avait-on dit de ne pas savoir ? Baley haussa les épaules. Peu importait. Les êtres humains pouvaient mentir et les robots recevoir des instructions.

Naturellement, il était possible d'impressionner des êtres humains ou de les manipuler pour leur soutirer une vérité, si on savait les interroger avec assez d'habileté ou de brutalité, et les robots pouvaient être manœuvrés pour leur faire oublier leurs instructions, à condition d'être assez adroit ou dépourvu de scrupules... mais les talents n'étaient pas les mêmes et Baley n'en avait aucun en ce qui concernait les robots.

– Où aurons-nous le plus de chances de trouver le Dr Vasilia Fastolfe ? demanda-t-il.

– Voici son établissement, juste devant nous, répondit Daneel.

– On vous a donc expliqué où il était ?

– Le site a été enregistré dans nos banques de mémoire, camarade Elijah.

– Parfait, alors montrez-moi le chemin.

Le soleil orangé était monté dans le ciel; il ne devait pas être loin de midi. Ils se dirigèrent vers l'établissement de Vasilia, s'arrêtèrent dans l'ombre du bâtiment et Baley frissonna un peu en sentant aussitôt la baisse de température.

Ses lèvres se pincèrent à la pensée d'occuper des mondes sans Villes et de s'y établir, des mondes où la température n'était pas contrôlée, était soumise à des variations imprévisibles, à des changements stupides. Et, remarqua-t-il avec une sourde inquiétude, la masse de nuages à l'horizon se rapprochait insensiblement. Il pourrait pleuvoir d'un moment à l'autre, laissant cascader des trombes d'eau.

La Terre ! pensa-t-il. Les Villes lui manquaient.

Giskard entra le premier dans l'établissement et Daneel étendit le bras pour empêcher Baley de le suivre.

Naturellement ! Giskard partait en reconnaissance.

Daneel épiait aussi, d'ailleurs. Ses yeux observaient le paysage avec une intensité dont aucun être humain n'aurait été capable. Baley était certain que rien n'échappait à ces yeux robotiques.

Il se demanda pourquoi les robots n'étaient pas équipés de quatre yeux également distribués tout autour de la tête, ou d'une bande optique qui l'entourerait complètement. Pour Daneel c'était impossible, bien entendu, puisqu'il devait avoir une apparence humaine, mais pourquoi pas Giskard ? A moins que cela ne provoque des complications de la vision que les circuits positroniques ne pourraient pas rectifier ? Baley eut un instant un vague aperçu des complexités accablant la vie d'un roboticien.

Giskard reparut sur le seuil et fit un signe de tête. Le bras de Daneel exerça une pression respectueuse et Baley s'avança. La porte était entrouverte.

Il n'y avait pas de serrure à celle de Vasilia mais (Baley s'en souvint brusquement) il n'y en avait pas non plus à celles de Gladia ou du Dr Fastolfe. Une population clairsemée et la séparation assuraient l'intimité et, sans aucun doute, la coutume de non-ingérence aidait aussi. De plus, tout bien réfléchi, l'omniprésence des gardes robots était plus efficace que n'importe quelle serrure.

La pression de la main de Daneel sur son bras arrêta Baley. Giskard, devant eux, parlait à voix basse à deux robots à peu près du même modèle que lui.

Une brusque froideur frappa Baley au creux de l'estomac. Et si une rapide manœuvre substituait un autre robot à Giskard ? Serait-il capable de reconnaître la substitution ? Distinguer l'un de l'autre deux de ces robots ? Se retrouverait-il avec un robot sans instructions particulières de le protéger et qui pourrait innocemment le mettre en danger et réagir ensuite avec une rapidité insuffisante quand une aide deviendrait nécessaire ?

Maîtrisant sa voix, il dit calmement à Daneel :

— Ces robots sont remarquablement semblables, Daneel. Peux-tu les distinguer ?

— Certainement, camarade Elijah. Leurs vêtements sont différents et leur numéro de code aussi.

— Je ne les trouve pas différents.

— Vous n'avez pas l'habitude de remarquer ce genre de détails.

Baley regarda attentivement les robots.

— Quels numéros de code ?

— Ils ne sont pas facilement visibles, camarade Elijah, sauf quand on sait où regarder et quand, de plus, les yeux sont plus sensibles aux infra-rouges que les yeux des êtres humains.

— Dans ce cas, j'aurais bien des ennuis si je devais les identifier, n'est-ce pas ?

— Pas du tout, camarade Elijah. Vous n'auriez qu'à demander son nom entier et son numéro de série à un robot. Il vous les donnerait.

— Même s'il avait reçu l'ordre de donner un faux nom et un faux numéro ?

— Pourquoi un robot recevrait-il un tel ordre ?

Baley préféra ne pas donner d'explications.

D'ailleurs, Giskard revenait. Il annonça à Baley :

— Vous allez être reçu, monsieur. Par ici, s'il vous plaît.

Les deux robots de l'établissement prirent les devants. Derrière eux venaient Baley et Daneel, ce dernier ne relâchant pas son étreinte protectrice.

Giskard fermait la marche.

Les deux robots s'arrêtèrent devant une porte à deux battants qui s'ouvrit, automatiquement sembla-t-il. La pièce était baignée d'une lumière tamisée grisâtre, celle du jour filtrant à travers d'épais rideaux.

Baley distingua, pas très clairement, une petite silhouette humaine au centre, à demi assise sur un haut tabouret, un coude reposant sur une table occupant toute la longueur du mur.

Baley et Daneel entrèrent et Giskard derrière eux. La porte se referma, plongeant la pièce dans une pénombre encore plus prononcée.

Une voix féminine dit sèchement :

— N'approchez pas davantage ! Restez où vous êtes !

Sur ce, la salle fut illuminée par la lumière de midi.

Baley cligna des yeux. Le plafond était vitré et, au travers, il vit le soleil. Mais ce soleil paraissait curieusement atténué et l'on pouvait le regarder en face, même si cela ne semblait pas diminuer l'éclairage intérieur. Il pensa que le verre (ou toute autre substance transparente) diffusait la lumière sans l'absorber.

Il abaissa les yeux sur la femme, qui gardait la même position sur le tabouret, et demanda :

— Docteur Vasilia Fastolfe ?

— Dr Vasilia Aliena, si vous voulez un nom complet. Je n'emprunte pas le nom des autres. Vous pouvez m'appelez simplement Dr Vasilia. C'est par ce nom que je suis couramment connue à l'Institut, dit-elle, et sa voix assez dure se radoucit. Comment vas-tu, mon vieil ami Giskard ?

Giskard répondit, sur un ton curieusement éloigné de sa voix habituelle :

— Je vous salue... (Il s'interrompit et se reprit :) Je te salue, Petite Miss.

— Et voici, je suppose, le robot humaniforme dont j'ai entendu parler ? Daneel Olivaw ?

— Oui, docteur Vasilia, répondit vivement Daneel.

— Et, finalement, nous avons le... le Terrien.

— Elijah Baley, docteur.

— Oui, je sais que les Terriens ont des noms et qu'Elijah Baley est le vôtre, dit-elle froidement. Vous ne ressemblez absolument pas à l'acteur qui jouait votre rôle dans ce spectacle en Hyperonde.

— Je le sais pertinemment, docteur.

— Celui qui jouait Daneel était assez ressemblant, cependant, mais je suppose que nous ne sommes pas ici pour parler de cette émission.

— Non, en effet.

— Si je comprends bien, Terrien, nous sommes ici pour parler de Santirix Gremionis. Quoi que vous ayez à dire, finissons-en. D'accord ?

— Pas tout à fait, dit Baley. Ce n'est pas la principale raison de ma visite, mais nous y viendrons sans doute.

— Vraiment ? Auriez-vous l'impression que nous sommes réunis pour nous livrer à une longue discussion compliquée sur tous les sujets qu'il vous plairait d'aborder ?

– Je pense, docteur Vasilia, que vous feriez mieux de me laisser procéder à cet entretien comme je l'entends.

– C'est une menace ?

– Non.

– Ma foi, je n'ai encore jamais rencontré de Terrien et ce sera peut-être intéressant de voir à quel point vous ressemblez à l'acteur qui a joué votre rôle... je veux dire autrement qu'en apparence. Etes-vous l'homme autoritaire et sûr de lui que dépeignait cette dramatique ?

– L'émission, dit Baley avec une répugnance manifeste, était outrageusement dramatisée et exagérait ma personnalité à tous les égards. J'aimerais mieux que vous m'acceptiez tel que je suis et me jugiez uniquement d'après ce que je vous parais en ce moment.

Vasilia éclata de rire.

– Au moins, je ne semble pas trop vous impressionner. C'est un bon point en votre faveur. A moins que vous ne pensiez que cette affaire Gremionis que vous avez à l'esprit vous mette en mesure de me donner des ordres ?

– Je ne suis pas venu pour autre chose que pour découvrir la vérité sur la mort du robot humaniforme Jander Panell.

– La mort ? Il était donc vivant ?

– J'emploie une seule syllabe de préférence à une locution telle que « rendu non fonctionnel ». Le mot « mort » vous dérouterait-il ?

– Vous êtes bon escrimeur, observa Vasilia. Debrett ! Apporte un siège au Terrien. Il va se fatiguer à rester debout ainsi, si notre conversation doit être longue. Et ensuite, retire-toi dans ta niche. Et tu peux t'en choisir une aussi, Daneel... Giskard, viens près de moi.

Baley s'assit.

– Merci Debrett... Docteur Vasilia, je n'ai aucune autorité pour vous interroger, je n'ai aucun moyen légal de vous forcer à répondre à mes questions. Cependant, la mort de Jander Panell a mis votre père dans une situation assez...

— A mis *qui* dans une situation ?

— Votre père.

— Sachez, Terrien, que j'appelle parfois un certain individu du nom de père, mais personne d'autre ne le fait. Employez son nom, s'il vous plaît.

— Le Dr Han Fastolfe. Il est bien votre père, n'est-ce pas ? C'est un fait avéré ?

— Vous utilisez un terme biologique. Je partage avec lui des gènes, d'une manière caractérisant ce que l'on considérerait, *sur la Terre,* comme une relation père-fille. A Aurora, cela est totalement indifférent, sauf en ce qui concerne les questions médicales et génétiques. Je conçois que je peux souffrir de certains états métaboliques dans lesquels il serait juste de considérer la physiologie et la biochimie de ceux dont je partage les gènes, parents, alliés, enfants et ainsi de suite. Autrement, ces rapports ne sont généralement pas évoqués dans la bonne société auroraine... Je vous explique cela parce que vous êtes terrien.

— Si j'ai péché contre la coutume, c'est par ignorance, répliqua Baley, et je vous fais mes excuses. Puis-je appeler le monsieur dont il est question par son nom ?

— Certainement.

— Dans ce cas, la mort de Jander Panell a mis le Dr Han Fastolfe dans une situation assez difficile et je pense que vous êtes suffisamment intéressée pour souhaiter l'aider.

— Vous pensez cela, vraiment ?

— Il est votre... Il vous a élevée. Il a pris soin de vous. Vous aviez une profonde affection l'un pour l'autre. Il a toujours énormément d'affection pour vous.

— Il vous a dit ça ?

— C'était évident, par certains détails de nos conversations... même du fait qu'il s'intéresse à la Solarienne, Gladia Delamarre, parce qu'elle vous ressemble.

— Il vous a dit *ça* ?

— Oui, mais même s'il ne me l'avait pas avoué, la ressemblance saute aux yeux.

— Néanmoins, Terrien, je ne dois rien au Dr Fastolfe. Vos suppositions peuvent être écartées.

Baley s'éclaircit la gorge.

— A part les sentiments personnels que vous éprouvez ou non, il y a la question de l'avenir de la Galaxie. Le Dr Fastolfe souhaite que de nouveaux mondes soient explorés et colonisés pour les êtres humains. Si les répercussions politiques de la mort de Jander aboutissaient à l'exploration et à la colonisation des nouveaux mondes par des robots, ce serait catastrophique, pense le Dr Fastolfe, pour Aurora et pour l'humanité. Vous ne voudrez sûrement pas être en partie responsable d'une telle catastrophe.

Vasilia, en examinant attentivement Baley, répondit avec indifférence :

— Sûrement pas, si j'étais d'accord avec le Dr Fastolfe, mais je ne le suis pas. Je ne vois aucun mal à faire faire le travail par des robots humaniformes. C'est même la raison pour laquelle je suis ici à l'Institut, pour rendre cela possible. Je suis globaliste. Comme le Dr Fastolfe est humaniste, il est mon ennemi politique.

Elle s'exprimait par petites phrases courtes et sèches, avec des mots directs. A chaque fois, un net silence suivait, comme si elle attendait, avec intérêt, la question suivante. Baley avait l'impression qu'elle était curieuse de lui, qu'il l'amusait, qu'elle faisait des paris avec elle-même quant à ce que pourrait être la prochaine question, résolue à ne lui donner que le minimum de renseignements nécessaires pour le forcer à en poser encore une.

— Il y a longtemps que vous faites partie de cet Institut ? demanda-t-il.

— Depuis sa création.

— Y a-t-il beaucoup de membres ?

— Je crois qu'un tiers environ des roboticiens d'Aurora en font partie. Mais la moitié seulement d'entre eux vit et travaille dans le complexe de l'Institut.

— Est-ce que d'autres membres de cet Institut partagent votre opinion sur l'exploration robotique d'autres mondes ? S'opposent-ils tous sans exception au point de vue du Dr Fastolfe ?

— Je pense que la plupart sont globalistes mais je ne sais pas si nous avons procédé à un vote à ce sujet, ni même si nous en avons discuté officiellement. Vous feriez mieux de les interroger tous, individuellement.

— Est-ce que le Dr Fastolfe est membre de l'Institut ?

— Non.

Baley attendit quelques instants, mais elle n'ajouta rien à la négation.

— N'est-ce pas surprenant ? dit-il enfin. Il me semble que lui, entre tous les autres, devrait en faire partie.

— Il se trouve que nous ne voulons pas de lui. Ce qui est peut-être moins important, il ne veut pas de nous.

— N'est-ce pas encore plus étonnant ?

— Je ne crois pas...

Et puis, comme poussée à en dire plus par sa propre irritation, elle ajouta :

— Il habite dans la Ville d'Eos. Je suppose que vous connaissez la signification de ce nom, Terrien ?

— Oui. Eos est l'ancienne déesse grecque de l'aube; comme Aurora était la déesse romaine de l'aurore.

— Précisément. Le Dr Han Fastolfe vit dans la Ville de l'Aube sur le Monde de l'Aurore, mais lui-même ne croit pas à l'Aube. Il ne comprend pas la méthode nécessaire d'expansion dans toute la Galaxie, pour convertir l'Aube en un grand Jour galactique. L'exploration robotique de la Galaxie est le seul moyen pratique de mener à bien cette tâche et il refuse de l'accepter... et de nous accepter.

Baley demanda lentement :

— Pourquoi est-ce le seul moyen pratique ? Aurora et les autres mondes spatiens ont été explorés et colonisés par des êtres humains, pas par des robots.

– Permettez-moi de rectifier. Par des Terriens. C'était un gaspillage, une procédure inefficace et maintenant il n'y a pas de Terriens à qui nous permettions de devenir de futurs colonisateurs. Nous sommes devenus des Spatiens, avec une longue espérance de vie et de santé et nous avons des robots infiniment plus variés et adaptables que ceux qu'avaient à leur disposition les êtres humains qui ont été à l'origine de la colonisation de nos mondes. Les temps et les circonstances sont absolument différents et *aujourd'hui* seule l'exploration robotique est réalisable.

– Supposons que vous ayez raison et que le Dr Fastolfe ait tort. Même alors, il a un point de vue logique. Pourquoi l'Institut et lui ne s'accepteraient-ils pas mutuellement ? Simplement parce que vous êtes en désaccord sur ce point ?

– Non, ce désaccord est relativement mineur. Il y a un conflit beaucoup plus fondamental.

Encore une fois, Baley attendit une suite mais elle n'ajouta rien à sa réflexion. Il ne jugea pas prudent de manifester son irritation. Il dit calmement, presque en hésitant :

– Quel est ce conflit plus fondamental ?

L'amusement qu'il y avait dans la voix de Vasilia perça quelque peu dans son expression. Cela adoucit ses traits et, pendant un instant, elle ressembla encore plus à Gladia.

– Vous ne pourriez jamais le deviner, à moins qu'il ne vous soit expliqué, je pense.

– C'est justement pourquoi je pose la question, docteur Vasilia.

– Eh bien, Terrien, je me suis laissé dire que les gens de la Terre ont la vie courte. On ne m'a pas abusée, n'est-ce pas ?

Baley fit un geste vague.

– Certains d'entre nous vivent jusqu'à cent ans, en temps terrestre. Ce qui ferait... (Il calcula un instant.) Ce qui ferait dans les cent trente années métriques, peut-être.

— Et quel âge avez-vous ?

— Quarante-cinq ans terrestres; soixante métriques.

— J'ai soixante-six ans métriques. Je compte vivre au moins trois siècles métriques de plus, si je suis prudente.

Baley écarta les bras et s'inclina.

— Je vous félicite.

— Il y a des inconvénients.

— On m'a dit ce matin même qu'en trois ou quatre siècles, on risque d'accumuler beaucoup, beaucoup de pertes.

— J'en ai peur, dit Vasilia. Et aussi d'accumuler beaucoup, beaucoup de gains. Dans l'ensemble, cela s'équilibre.

— Eh bien, donc, quels sont les inconvénients ?

— Vous n'êtes pas un savant, naturellement.

— Je suis un inspecteur. Un policier, si vous préférez.

— Mais peut-être connaissez-vous des savants, dans votre monde ?

— J'en ai rencontré quelques-uns, répondit Baley sans se compromettre.

— Vous savez comment ils travaillent ? On nous dit que, sur la Terre, ils collaborent par nécessité. Ils ont, au plus, un demi-siècle de travail actif dans le courant de leur courte existence. Moins de sept décennies métriques. On ne peut pas faire grand-chose dans ce laps de temps.

— Certains de nos savants ont accompli beaucoup en bien moins de temps.

— Parce qu'ils profitaient des découvertes que d'autres avaient faites avant eux, et parce qu'ils profitent de l'usage qu'ils peuvent faire des découvertes contemporaines des autres. N'est-ce pas ainsi que ça se passe ?

— Naturellement. Nous avons un milieu scientifique auquel ils contribuent tous, à travers les étendues de l'espace et du temps.

Exactement. Ça ne marcherait pas autrement. Chaque savant, sachant qu'il a peu de chances d'accomplir beaucoup de choses uniquement par lui-même, est forcé de contribuer aux travaux de tous, il ne peut pas éviter de faire partie du centre d'échanges. Ainsi, le progrès est infiniment plus grand que si cette collaboration n'existait pas.

– N'est-ce pas également le cas à Aurora et dans les autres mondes spatiens ? demanda Baley.

– En principe, si. Théoriquement. En pratique, pas tellement. Les pressions sont moins vives dans une société à longue vie. Les savants ont trois siècles, trois siècles et demi à consacrer à un problème. Alors l'idée vient que des progrès importants peuvent être accomplis durant ce temps par un chercheur solitaire. Il devient possible de ressentir une sorte de gloutonnerie intellectuelle, de *vouloir* accomplir quelque chose par soi-même, tout seul, de s'arroger un droit de propriété sur telle ou telle facette du progrès, d'accepter de ralentir l'avance générale plutôt que de renoncer à ce que l'on juge être à soi seul. Et l'avance générale est effectivement ralentie par cet état de choses, dans les mondes spatiens, au point qu'il est difficile de dépasser le travail effectué sur la Terre, malgré nos énormes avantages.

– Vous ne diriez pas cela, sans doute, si le Dr Han Fastolfe ne se conduisait pas de cette façon, n'est-ce pas ?

– C'est bien ce qu'il fait. C'est son analyse théorique du cerveau positronique qui a rendu possible le robot humaniforme. Il s'en est servi pour construire – avec l'aide du regretté Dr Sarton – votre ami robot Daneel. Mais il n'a pas publié les détails importants de sa théorie, il ne les a communiqués à personne, absolument personne. Ainsi la production de robots humaniformes est son exclusivité.

Baley plissa le front.

– Et l'Institut de Robotique s'est voué à la collaboration entre savants ?

– Exactement. Cet Institut est formé de plus de cent roboticiens de tout premier plan, d'âges, d'avancement et de talents différents, et nous espérons établir des branches dans d'autres mondes et en faire une association interstellaire. Nous avons tous fait vœu de communiquer nos découvertes ou nos hypothèses personnelles au fond commun, de faire de notre plein gré pour le bien général ce que vous faites sur la Terre par la force des choses, à cause de votre vie si courte.

» Mais cela, le Dr Han Fastolfe s'y refuse. Je suis sûre que vous considérez le Dr Fastolfe comme un noble patriote aurorain idéaliste, mais il ne veut pas mettre sa propriété intellectuelle – comme il l'envisage – dans le fond commun et, par conséquent, il ne veut pas de nous. Et comme il détient un droit de propriété personnelle sur des découvertes scientifiques, nous ne voulons pas de lui... Je suppose que vous ne trouvez plus si singulière notre animosité mutuelle ?

Baley hocha lentement la tête puis il demanda :

– Vous croyez que ça marchera... ce renoncement volontaire à la gloire personnelle ?

– Il faut que ça marche ! déclara sévèrement Vasilia.

– Et est-ce que l'Institut, grâce aux recherches en commun, a repris le travail personnel du Dr Fastolfe et redécouvert la théorie du cerveau positronique humain ?

– Nous y arriverons, avec le temps. C'est inévitable.

– Et vous ne faites rien pour réduire le temps qu'il vous faudrait, en persuadant le Dr Fastolfe de vous livrer son secret ?

– Je pense que nous sommes en bonne voie de le persuader.

– Grâce au scandale Jander ?

– Je crois que vous n'avez vraiment pas besoin de poser cette question... Alors, est-ce que je vous ai dit tout ce que vous vouliez savoir, Terrien ?

– Vous m'avez appris des choses que je ne savais pas.

– Alors il est temps pour vous de me parler de Gremionis. Pourquoi avez-vous cité le nom de ce barbier en l'associant à moi ?

— Ce barbier ?

— Il se prétend styliste capillaire, entre autres choses, mais il n'est qu'un vulgaire barbier. Parlez-moi de lui, ou jugeons que cette entrevue est terminée.

Baley était fatigué. Il était évident que l'escrime verbale avait amusé Vasilia. Elle lui en avait dit assez pour aiguiser son appétit et maintenant il allait être forcé d'« acheter » de nouveaux renseignements avec une information à lui... Mais il n'en avait aucune. Ou du moins, il n'avait que des suppositions. Et si elles étaient toutes fausses, radicalement fausses, tout était fini pour lui.

Par conséquent, il eut à son tour recours à l'escrime.

— Vous devez comprendre, docteur Vasilia, que vous ne pourrez pas vous en tirer en prétendant qu'il est burlesque de supposer qu'il existe un rapport entre Gremionis et vous.

— Pourquoi, alors que justement c'est burlesque ?

— Oh non ! Si c'était si comique, vous m'auriez ri au nez et vous auriez coupé le contact télévisuel. Le simple fait que vous ayez accepté de renoncer à votre intransigeance première et de me recevoir, que vous veniez de me parler longuement et de m'apprendre beaucoup de choses, prouve bien que vous pensez qu'il serait bien possible que je vous tienne le couteau sur la gorge.

Les muscles de Vasilia se crispèrent et elle dit d'une voix basse et furieuse :

— Ecoutez un peu, petit Terrien ! Ma situation est vulnérable et vous le savez probablement. Je suis, en effet, la fille du Dr Fastolfe et il y en a ici, à l'Institut, qui sont assez bêtes, ou assez plats valets, pour se méfier de moi à cause de cela. Je ne sais pas quel genre d'histoire vous avez entendue, ou inventée, mais il est certain qu'elle est plus ou moins bouffonne. Néanmoins, malgré la bouffonnerie, elle pourrait être utilisée contre moi. Par conséquent, je consens à faire un échange. Je vous ai dit certaines choses et je vous en dirai encore, mais uniquement si vous me dites maintenant ce que vous avez dans la manche et si je suis convaincue que vous me dites la vérité. Alors racontez-moi cela tout de suite!

» Si vous essayez de jouer à de petits jeux avec moi, je ne serais pas dans une position pire qu'à présent si je vous jetais dehors et au moins j'en tirerais un grand plaisir. Et je me servirais de toute l'influence que je puis avoir sur le président pour obtenir de lui qu'il annule sa décision de vous laisser venir ici et qu'il vous réexpédie sur la Terre. Il subit en ce moment des pressions considérables pour faire justement cela, et vous ne voudriez pas que j'y ajoute les miennes.

» Alors parlez! Immédiatement!

39

Le premier mouvement de Baley fut d'aller au but par des chemins détournés, en suivant sa voie à tâtons pour voir s'il avait raison. Mais il estima que cela ne donnerait rien. Elle verrait tout de suite la manœuvre – elle n'était pas bête – et l'arrêterait. Il savait qu'il était sur la piste de quelque chose et il ne voulait pas tout gâcher.

Ce qu'elle disait de sa position vulnérable, parce qu'elle était la fille de son père, était peut-être vrai, mais elle n'aurait quand même pas été effrayée au point de le recevoir si elle n'avait pas suspecté qu'une partie au moins de ce qu'il pensait était loin d'être burlesque.

Il devait donc trouver quelque chose, quelque chose d'important qui établirait, instantanément, une sorte de domination sur elle. Donc... le coup de dés.

– Santirix Gremionis s'est offert à vous, dit-il, et avant que Vasilia puisse réagir il augmenta la mise en ajoutant, avec plus de dureté : Et pas seulement une fois mais plusieurs fois.

Vasilia croisa ses mains sur un genou, puis elle se redressa et s'assit complètement sur le tabouret, comme pour être plus à l'aise. Elle regarda Giskard, qui se tenait immobile et impassible à côté d'elle.

Puis elle se tourna vers Baley et dit :

– Ma foi, cet imbécile s'offre à tous les gens qu'il voit, sans distinction d'âge ou de sexe. Je serais un phénomène s'il n'avait fait aucune attention à moi.

Baley fit le geste d'écarter ce propos. Elle n'avait pas ri. Elle n'avait pas coupé court à l'entretien. Elle ne s'était même pas mise en colère. Elle attendait de voir comment il élaborerait son idée à partir de cette première déclaration. Donc, il tenait bien quelque chose.

– C'est une exagération, docteur Vasilia. Nul être, même boulimique, ne peut manquer de faire des choix et, dans le cas de Gremionis, vous avez été choisie. Et en dépit de votre refus, il a continué à s'offrir, ce qui est tout à fait contraire à la coutume auroraine.

– Je suis heureux de constater que vous avez deviné mon refus. Il y en a qui pensent que, par courtoisie, n'importe quelle offre... enfin, presque n'importe laquelle, doit être acceptée. Ce n'est pas mon avis. Je ne vois aucune raison de me soumettre à un événement sans intérêt qui me fera simplement perdre du temps. Avez-vous une objection à faire à cela, Terrien ?

– Je n'ai aucune opinion dans l'affaire, favorable ou défavorable, rien à dire sur les coutumes auroraines.

(Elle attendait toujours, en écoutant attentivement. Il se demanda ce qu'elle attendait. Etait-ce ce qu'il voulait dire ? Mais oserait-il ?)

Elle dit avec une légèreté forcée :

– Avez-vous vraiment quelque chose à me dire, ou en avez-vous fini ?

– Nous n'avons pas fini, répliqua Baley, et il était maintenant forcé de tenter un nouveau coup de dés. Vous avez remarqué cette persévérance si peu auroraine, chez Gremionis, et l'idée vous est venue que vous pourriez en profiter.

— Vraiment ? Quelle folie ! A quoi diable pouvait-il bien me servir ?

— Comme, manifestement, il était très vivement attaché à vous, ce ne serait pas difficile de vous arranger pour qu'il soit attiré par une autre, qui vous ressemblerait beaucoup. Vous lui avez conseillé de le faire, peut-être avec insistance et en promettant de l'accepter si l'autre le repoussait.

— Qui donc est cette pauvre femme qui me ressemble tant ?

— Vous ne le savez pas ? Allons donc ! Ne soyez pas naïve, docteur Vasilia. Je parle de la Solarienne, Gladia, dont j'ai déjà dit qu'elle était devenue la protégée du Dr Fastolfe précisément à cause de cette ressemblance frappante. Vous n'avez exprimé aucune surprise quand j'en ai parlé au début de notre entretien. Il est trop tard maintenant pour feindre l'ignorance.

Vasilia lui jeta un coup d'œil aigu.

— Et, à cause de l'intérêt de Gremionis pour elle, vous avez déduit qu'il avait d'abord dû s'intéresser à moi ? C'est avec cette folle hypothèse que vous m'avez abordée ?

— Ce n'est pas entièrement une folle hypothèse. Il y a d'autres facteurs concluants. Est-ce que vous niez tout en bloc ?

Elle passa la main d'un air songeur sur la longue table à côté d'elle, comme pour l'épousseter, et Baley se demanda quels détails contenaient ces grandes feuilles de papier. Il distinguait, de loin, des schémas complexes qui n'auraient certainement aucune signification pour lui, même s'il les examinait et les étudiait pendant des heures ou même des jours.

— Vous commencez à me fatiguer, dit Vasilia. Vous me dites que Gremionis s'est intéressé d'abord à moi, puis à mon sosie, la Solarienne. Et maintenant vous voudriez que je le nie. Pourquoi prendrais-je la peine de le nier ? Et quelle importance ? Même si c'était vrai, comment est-ce que cela pourrait me faire du tort ? Vous dites que j'étais agacée par des attentions que je jugeais importunes et que je les ai ingénieusement détournées. Et alors ?

– Ce n'est pas ce que vous avez fait qui est intéressant, mais pourquoi. Vous saviez que Gremionis était le genre de garçon qui insisterait. Il s'était offert à vous à plusieurs reprises et, de même, il s'offrirait inlassablement à Gladia.

– Et elle le refuserait.

– Elle est solarienne, elle a des problèmes avec la sexualité, elle refusait tout le monde, ce que vous deviez bien savoir puisque j'imagine qu'en dépit de tout votre détachement de votre pè... du Dr Fastolfe, vous avez assez de sentiment pour garder un œil sur votre remplaçante.

– Eh bien dans ce cas, tant mieux pour elle ! Si elle a refusé Gremionis, c'est qu'elle a bon goût.

– Vous savez qu'il n'y a pas de « si ». Vous saviez qu'elle le repousserait.

– Encore une fois... et alors ?

– Alors, ces offres répétées signifieraient que Gremionis se rendrait fréquemment chez Gladia, qu'il se cramponnerait à elle.

– Une dernière fois ! Et alors ?

– Alors, dans l'établissement de Gladia, il y avait un objet très insolite, un des deux robots humaniformes qui existent dans l'univers, Jander Panell.

Vasilia hésita. Puis elle demanda :

– Où voulez-vous en venir ?

– Je crois que l'idée vous est venue que si, d'une façon ou d'une autre, le robot humaniforme était tué dans des circonstances qui incrimineraient le Dr Fastolfe, alors cela pourrait être utilisé comme une arme, pour lui arracher le secret du cerveau humaniforme positronique. Gremionis, irrité par les refus répétés de Gladia et profitant de sa présence constante dans son établissement, a pu être poussé à chercher une effroyable vengeance en tuant le robot.

Vaisilia cligna rapidement des yeux.

– Ce pauvre barbier pourrait avoir vingt mobiles de

ce genre et vingt occasions, cela n'aurait aucune importance. Il ne saurait pas ordonner à un robot de lui serrer correctement la main. Comment pourrait-il s'arranger en moins d'une année-lumière à seulement tenter d'imposer un gel mental à un robot ?

– Voilà, dit Baley d'une voix aimable, ce qui nous amène au but. Un but que vous avez prévu, je crois, car vous vous êtes retenue de me jeter dehors, parce que vous deviez savoir avec certitude si c'était là mon dessein ou non. Donc, je dis que Gremionis a commis l'acte, avec l'aide de cet Institut de Robotique et *en travaillant par votre intermédiaire* !

X

Encore Vasilia

40

On se serait cru dans une dramatique de l'hypervision, soudain figée en plan fixe holographique.

Aucun des robots ne bougeait, naturellement, pas plus que Baley et le Dr Vasilia Aliena. Plusieurs secondes s'écoulèrent – anormalement longues – avant que Vasilia laisse échapper son souffle et se lève très lentement.

Les traits crispés, elle souriait, la figure glaciale.

– Vous dites, Terrien, articula-t-elle à voix basse, que je serais complice de la destruction du robot humaniforme ?

– C'est un peu ce qui m'est venu à l'idée, docteur.

– Merci de votre idée ! L'entrevue est terminée. Vous pouvez partir.

D'un geste, elle montra la porte.

– Malheureusement, je n'en ai pas envie, riposta Baley.

– Je n'ai que faire de vos envies, Terrien.

– Vous devriez, car comment me faire partir contre mon gré ?

– J'ai des robots qui, à ma demande, vous mettront

poliment mais fermement dehors et sans blesser autre chose que votre amour-propre, si vous en avez.

– Vous n'avez ici qu'un seul robot. J'en ai deux, qui ne le permettront pas.

– J'en ai vingt qui se précipiteront à mon appel.

– Docteur Vasilia, réfléchissez, voyons ! Vous avez été surprise en voyant Daneel. Je suis à peu près sûr que, tout en travaillant à l'Institut de Robotique, où les robots humaniformes sont en priorité à l'ordre du jour, vous n'en aviez jamais vu un complètement fini et en fonctionnement. Vos robots, par conséquent, n'en ont jamais vu non plus. Regardez donc Daneel. Il a l'air humain. Il a l'air plus humain que n'importe quel robot qui a jamais existé, à l'exception de Jander qui est mort. Pour vos robots, Daneel sera sûrement un être humain. Et il saura aussi présenter un ordre de telle manière que les robots lui obéiront de préférence à vous, peut-être.

– Je peux, en cas de besoin, appeler vingt êtres humains de l'Institut qui vous jetteront dehors, avec quelques dégâts cette fois, et vos robots, même Daneel, seront incapables d'intervenir pour vous défendre efficacement.

– Comment comptez-vous appeler ces personnes, puisque mes robots ne vont pas vous permettre de bouger ? Ils ont des réflexes extraordinairement rapides.

Les dents de Vasilia brillèrent mais le pli de ses lèvres ne pouvait en aucun cas passer pour un sourire.

– Je ne puis parler pour Daneel mais j'ai connu Giskard toute ma vie. Je suis persuadée qu'il ne fera *rien* pour m'empêcher d'appeler du secours et je pense même qu'il empêchera Daneel d'intervenir.

Baley s'efforça de maîtriser sa voix, car il savait qu'il s'aventurait sur de la glace de plus en plus mince.

– Avant de faire quoi que ce soit, conseilla-t-il, peut-être pourriez-vous demander à Giskard ce qu'il ferait si vous et moi lui donnions des ordres contradictoires.

– Giskard ? demanda Vasilia avec une confiance absolue.

Les yeux de Giskard se tournèrent vers elle et il répondit, avec un curieux timbre de voix :

– Petite Miss, je suis obligé de protéger Mr Baley. Il passe en premier.

– Vraiment ? Sur quel ordre ? Celui de ce Terrien, de cet étranger ?

– Sur l'ordre du Dr Han Fastolfe.

Les yeux de Vasilia fulgurèrent et elle se rassit lentement sur le tabouret. Ses mains, posées sur ses genoux, tremblaient et elle dit presque sans remuer les lèvres :

– Il t'a même pris à moi. Toi !

Puis elle se tourna vers Baley :

– Que voulez-vous ?

– Me renseigner. J'ai été convoqué à Aurora, ce monde de l'Aube, pour élucider un événement qui ne semble avoir aucune explication vraisemblable, un incident dont le Dr Fastolfe est accusé injustement, avec la possibilité de terribles conséquences pour votre monde et pour le mien. Daneel et Giskard comprennent cette situation et savent très bien que rien, à part la Première Loi, dans son principe le plus absolu et le plus inviolable, ne peut avoir de priorité sur les efforts que je fais pour résoudre cette énigme. Comme ils ont entendu ce que j'ai dit et savent que vous pourriez être complice de ce crime, ils comprennent qu'ils ne doivent pas permettre à cette entrevue de prendre fin. Par conséquent, ne prenez pas le risque de vous exposer à ce qu'ils seraient obligés de faire si vous refusiez de répondre à mes questions. Je vous ai accusée d'être complice du meurtre de Jander Panell. Niez-vous cette accusation, oui ou non ? Vous *devez* répondre !

– Je répondrai, dit amèrement Vasilia. N'ayez crainte ! Un meurtre ? Un robot tombe en panne et c'est un *meurtre* ? Mais, meurtre ou non, je le nie catégoriquement. Je le nierai de toutes mes forces. Je n'ai pas donné à Gremionis d'information sur la robotique dans le propos de lui permettre d'anéantir Jander. Je ne suis pas assez savante pour cela et je doute fort que quelqu'un de l'Institut en sache assez.

– J'ignore si vous en savez assez pour aider à commettre ce crime ou si quelqu'un de l'Institut est dans ce cas, mais nous pouvons au moins parler des mobiles. Premièrement, vous éprouvez peut-être de la tendresse pour ce Gremionis. Même si vous repoussez ses offres, même si vous le méprisez et le trouvez risible comme amant éventuel, serait-il si inconcevable que vous ne vous sentiez flattée par son insistance, assez pour accepter de l'aider s'il faisait appel à vous et vous implorait, sans aucune exigence sexuelle qui vous importunerait ?

– Vous voulez dire qu'il aurait pu venir me trouver en disant : « Vasilia, chère amie, j'aimerais faire tomber en panne un robot. Je vous en prie, dites-moi comment m'y prendre, je vous serai éternellement reconnaissant. » Et j'aurais répondu : « Mais comment donc, mon chou, je serais ravie de vous aider à commettre cet acte ! »... C'est insensé ! Personne, sauf un Terrien qui ne connaît rien des coutumes et des usages d'Aurora, ne peut croire à une fable aussi ridicule. Et même, il faut pour y croire un Terrien particulièrement stupide !

– Peut-être, mais je dois envisager toutes les possibilités. Par exemple, en voici une seconde. N'auriez-vous pas pu être jalouse de ce que Gremionis ait transféré son affection sur une autre, si bien que vous ne l'auriez pas aidé par pure tendresse abstraite mais dans le dessein précis et très concret de le regagner ?

– Jalouse ? C'est une émotion terrienne, la jalousie. Si je ne veux pas de Gremionis pour moi, vraiment, qu'est-ce que ça pourrait me faire qu'il aille s'offrir à une autre femme et qu'elle accepte ? Ou même qu'une femme s'offre à lui et qu'il accepte ?

– On m'a déjà dit que la jalousie sexuelle est inconnue à Aurora et je veux bien admettre que c'est vrai en principe, mais généralement, les principes ne résistent guère à la pratique. Il y a sûrement des exceptions. De plus, la jalousie est le plus souvent une émotion irrationnelle que l'on ne peut dissiper au moyen de la logique pure. Mais laissons cela pour le moment. Passons à la troisième possibilité. Vous pourriez être jalouse de Gladia et désireuse de lui faire du mal, même si vous n'éprouvez pas le moindre sentiment pour Gremionis.

– Jalouse de Gladia ? Je ne l'ai jamais vue sauf une fois sur les Hyperondes, quand elle est arrivée à Aurora. Et s'il est arrivé que l'on fasse de temps en temps des réflexions sur notre ressemblance, cela ne m'a absolument pas gênée.

– Cela vous gêne peut-être qu'elle soit devenue la pupille du Dr Fastolfe, sa filleule, presque la fille que vous avez été. Elle vous a remplacée.

– Grand bien lui fasse ! C'est vraiment le cadet de mes soucis.

– Même s'ils étaient amants ?

Vasilia dévisagea Baley avec une fureur croissante; un peu de sueur apparut à la racine de ses cheveux.

– Il est inutile de parler de cela. Vous m'avez demandé de nier que j'avais été complice de ce que vous vous amusez à appeler un meurtre, et je l'ai nié. Je vous ai dit que je n'étais pas assez savante pour cela et que je n'avais aucun mobile. Allez donc présenter votre affaire à tout Aurora. Essayez donc de m'attribuer des mobiles. Affirmez, si vous en avez envie, que j'ai toutes les connaissances voulues pour commettre cet acte. Cela ne vous rapportera rien, absolument rien !

Elle tremblait de colère mais Baley eut la très nette impression qu'elle parlait sincèrement.

Elle ne craignait pas l'accusation.

Elle avait accepté de le recevoir, donc il était bien sur la piste de quelque chose qu'elle craignait, peut-être désespérément.

Mais ce n'était pas cela.

Il se demanda dans quelle mesure et à quel moment il s'était trompé.

41

Troublé (et cherchant un moyen de se tirer d'affaire), Baley reprit :

– Admettons que j'accepte votre déclaration, docteur Vasilia. Admettons que je reconnaisse que mes soupçons étaient sans fondement, que j'avais tort de penser que vous aviez été complice de ce... roboticide. Cela ne voudrait quand même pas dire qu'il vous est impossible de m'aider.

– Et pourquoi vous aiderais-je ?

– Par solidarité humaine. Le Dr Han Fastolfe nous assure qu'il n'a pas commis cet acte, qu'il n'est pas un tueur de robots, qu'il n'a pas mis hors d'état de fonctionner ce robot particulier, Jander. Vous avez connu le Dr Fastolfe mieux que personne, semble-t-il. Vous avez vécu des années en rapports familiers avec lui, quand vous étiez une enfant bien-aimée, sa fille adolescente. Vous l'avez vu à des moments et dans des circonstances où personne d'autre ne l'a vu. Quels que soient aujourd'hui vos sentiments pour lui, cela ne peut rien changer au passé. Le connaissant comme vous le connaissez, vous devez pouvoir témoigner que son caractère est tel que jamais il ne ferait de mal à un robot, surtout pas à un robot qui était une de ses plus éclatantes réussites. Accepteriez-vous de porter publiquement ce témoignage ? A tous les mondes ? Cela rendrait un grand service.

La figure de Vasilia se durcit.

– Comprenez-moi, dit-elle en articulant distinctement, je ne veux pas être mêlée à cette affaire.

– Vous devez l'être !

– Pourquoi ?

– Ne devez-vous rien à votre père ? Il est quand même votre père. Que ce mot ait ou n'ait pas de signification pour vous, c'est une réalité biologique. Et de plus, père ou non, il a pris soin de vous, vous a nourrie, élevée, instruite, pendant des années. Vous avez une dette envers lui.

Vasilia tremblait et claquait des dents. Elle essaya de répondre, n'y parvint pas, essaya de respirer calmement.

– Giskard, tu entends tout ce qui se passe ?

Giskard baissa la tête.

– Oui, Petite Miss.

– Et toi, l'humaniforme... Daneel ?

– Oui, docteur Vasilia.

– Tu entends tout cela aussi ?

– Oui, docteur Vasilia.

– Vous comprenez tous les deux que le Terrien insiste pour que je témoigne à propos de la personnalité du Dr Fastolfe ?

Tous deux hochèrent la tête.

– Alors je parlerai, contre mon gré et dans la colère. C'est parce que je pensais que je lui devais justement un minimum de considération, parce qu'il m'avait transmis ses gènes et, à sa façon, m'avait élevée, c'est pour cela que je n'ai pas porté témoignage. Mais à présent je vais le faire. Ecoutez-moi, Terrien. Le Dr Han Fastolfe, dont je porte quelques gènes, n'a pas pris soin de moi – *moi, moi* – comme d'un être humain distinct, autonome. Je n'étais pour lui qu'un sujet d'expérience, un phénomène à observer.

Baley secoua la tête.

– Ce n'est pas ce que je vous demande.

Elle lui coupa rageusement la parole :

– Vous avez insisté pour que je parle, alors je parlerai et je vous répondrai ! Une seule chose intéresse le Dr Fastolfe. Une seule. Uniquement une chose. C'est le fonctionnement du cerveau humain. Il veut le réduire à des équations, à un schéma de montage, avec tous ses circuits, afin de créer une science du comportement humain qui lui permettrait de prédire l'avenir de l'humanité. Il appelle cette science la « psycho-histoire ». Je ne peux pas croire que vous vous soyez entretenu avec lui ne serait-ce qu'une heure sans qu'il en parle. C'est son idée fixe, sa monomanie.

Vasilia examina l'expression de Baley et s'écria, avec une joie féroce :

— J'en étais sûre ! Il vous en a parlé. Alors il a dû vous dire qu'il ne s'intéressait aux robots que dans la mesure où ils pourraient lui faire comprendre le cerveau humain. Il ne s'intéresse aux robots humaniformes que dans la mesure où ils pourraient le rapprocher encore plus du cerveau humain... Oui, il vous a dit cela aussi, je le vois.

» La théorie fondamentale qui a rendu possible les robots humaniformes est venue, j'en suis absolument certaine, de ses tentatives de comprendre le cerveau humain. Il tient à cette théorie comme à sa propre vie et il ne la fera jamais connaître à personne, parce qu'il veut résoudre seul le problème du cerveau humain pendant les deux ou trois siècles qui lui restent à vivre. Tout est subordonné à cela. Moi incluse, indiscutablement.

Baley, cherchant à remonter le courant de ce déferlement de fureur, demanda à voix basse :

— En quoi est-ce que cela vous « incluait », docteur Vasilia ?

— Quand je suis née, j'aurais dû être placée, avec d'autres de mon espèce, chez des professionnels qui savent comment s'occuper des bébés. Je n'aurais pas dû être laissée seule, confiée à un amateur, père ou non, savant ou non. Le Dr Fastolfe n'aurait pas dû être autorisé à soumettre une enfant à un tel environnement et on ne l'aurait jamais permis à quiconque d'autre. Pour cela, il a tiré profit de tout son prestige, de toutes les faveurs qu'on lui devait, il a persuadé les plus hautes personnalités qu'il en était capable, jusqu' à ce qu'enfin il me contrôle seul.

— Il vous aimait, marmonna Baley.

— M'aimait ? N'importe quel bébé aurait fait l'affaire, mais il n'en avait pas d'autre à sa disposition. Ce qu'il voulait, c'était un enfant grandissant en sa présence, un cerveau en plein développement. Il voulait se livrer à une étude approfondie des modalités de ce développement, de sa manière de s'épanouir. Il voulait un cerveau humain sous sa forme la plus simple, devenant plus complexe, afin de l'étudier en détail. Dans ce dessein, il m'a soumise à un environnement anormal et à une expérimentation subtile, sans aucun égard pour moi en tant qu'être humain.

— Je ne puis le croire. Même s'il s'intéressait à vous comme sujet d'expérience, cela ne l'empêchait pas de vous aimer sur le plan humain.

— *Non !* Vous parlez en Terrien. Sur la Terre il y a peut-être quelque considération pour les rapports biologiques. Ici, il n'y en a pas. J'étais pour lui un sujet d'expérience, un point c'est tout.

— Quand bien même cela aurait été vrai pour commencer, le Dr Fastolfe n'a pu s'empêcher d'apprendre à vous aimer... vous, petit objet sans défense abandonné à ses soins. Même sans le moindre rapport biologique, même si vous aviez été un animal, disons, il aurait appris à vous aimer.

— Ah vraiment ? s'exclama-t-elle amèrement. Vous ne connaissez pas la force de l'indifférence, chez un homme comme le Dr Fastolfe. Si, pour les besoins de son étude, il avait eu besoin de me faire mourir, il n'aurait pas hésité une seconde.

— C'est ridicule ! Voyons, docteur Vasilia, il vous a traitée avec tellement de bonté et de considération que vous en avez éprouvé de l'amour. Je le sais. Vous... Vous vous êtes offerte à lui.

— Il vous a dit ça, hein ? Oui, ça ne m'étonne pas. Pas un instant, même aujourd'hui, il ne prendrait la peine de se demander si une telle révélation ne serait pas embarrassante pour moi. Je me suis offerte à lui, oui, et pourquoi pas ? Il était le seul être humain que je connaissais vraiment. Superficiellement, il était gentil avec moi et je ne comprenais pas son dessein réel. Il était pour moi un objectif naturel. Et puis il s'était aussi fort bien appliqué à me faire connaître la stimulation sexuelle dans des conditions contrôlées; des contrôles qu'il avait organisés lui-même. C'était inévitable qu'un jour je me tourne vers lui. Je le devais bien, puisqu'il n'y avait personne d'autre. Mais il a refusé.

— Et, pour cela, vous l'avez détesté.

— *Non!* Pas au début. Pas pendant des années. Même si mon développement sexuel en a été compromis, avec des résultats dont je souffre encore, je ne lui reprochais rien. J'étais trop ignorante. Je lui trouvais des excuses. Il avait trop à faire. Il avait les autres. Il avait besoin de femmes plus âgées. Vous seriez stupéfait de l'ingéniosité que je déployais à trouver des raisons à son refus. C'est seulement bien des années plus tard que j'ai compris que quelque chose n'allait pas, que j'ai réussi à aborder la question ouvertement, face à face. Je lui ai demandé pourquoi il m'avait refusée, je lui ai dit qu'en acceptant il aurait pu me mettre sur la bonne voie, tout résoudre...

Elle s'interrompit, la gorge serrée, et resta un moment une main sur les yeux. Baley attendit, pétrifié de gêne. Les robots étaient impassibles (incapables sans doute, pensa Baley, de ressentir une quelconque variation dans leurs circuits positroniques qui produirait une sensation comparable de près ou de loin à la gêne humaine).

Le Dr Vasilia reprit, plus calmement :

— Il a éludé la question, aussi longtemps qu'il l'a pu, mais je revenais sans cesse à la charge. « Pourquoi m'as-tu refusée? Pourquoi m'as-tu refusée? » Il n'hésitait pas à se livrer à des pratiques sexuelles. J'étais au courant de plusieurs occasions... Je me souviens que je me suis demandé s'il préférait les hommes. Quand les enfants ne sont pas en cause, les préférences personnelles dans ce domaine sont sans importance, et certains hommes peuvent ne pas trouver les femmes à leur goût ou vice versa. Mais ce n'était pas le cas de cet homme que vous appelez mon père. Il aimait les femmes, parfois les jeunes femmes, aussi jeunes que je l'étais quand je me suis offerte la première fois. « Pourquoi m'as-tu refusée ? » Il a fini par me répondre, et je vous laisse deviner quelle était cette réponse !

Elle se tut et attendit, l'air ironique.

Baley, mal à l'aise, changea de position et marmonna :

– Il n'aimait pas faire l'amour avec sa fille ?

– Ah, ne soyez pas stupide ! Qu'est-ce que ça peut faire ? Compte tenu que pratiquement aucun homme d'Aurora ne sait qui est sa fille, en faisant l'amour avec n'importe quelle femme de vingt ans plus jeune que lui il risquerait... Mais peu importe, c'est l'évidence même. Non, non, ce qu'il m'a répondu, et je me rappelle chaque mot, oh oui ! c'est ceci : « Petite idiote, si j'avais ce genre de rapports avec toi, comment pourrais-je conserver mon objectivité et à quoi me servirait mon étude de toi ? »

» A ce moment, voyez-vous, j'étais au courant de son intérêt pour le cerveau humain. Je marchais même sur ses traces et je devenais une roboticienne par moi-même. Je travaillais en ce sens avec Giskard et je faisais des expériences avec sa programmation. Je m'y prenais très bien, n'est-ce pas, Giskard ?

– En effet, Petite Miss.

– Mais je voyais bien que cet homme que vous appelez mon père ne me considérait pas comme un être humain. Il préférait me voir désaxée pour la vie plutôt que de renoncer à son objectivité. Ses observations étaient plus importantes pour lui que ma normalité. A partir de ce moment, j'ai compris ce que j'étais et ce qu'il était et j'ai fini par le quitter.

Un silence suivit, un silence pesant.

Baley avait un peu mal à la tête. Mille questions se bousculaient dans son esprit : « Ne pouviez-vous tenir compte de l'égocentrisme d'un grand savant ? De l'importance d'un immense problème ? Ne pouviez-vous juger sa réponse en faisant la part de l'irritation d'être forcé à discuter de ce qu'il ne voulait pas aborder ? » Et d'autres : La colère même de Vasilia, maintenant, n'était-elle pas du même ordre ? Est-ce que son idée fixe de sa propre « normalité » (et comment savoir ce qu'elle entendait par là ?) à l'exclusion des deux plus importants problèmes, sans doute, confrontant l'humanité – la nature du cerveau humain et la conquête de la Galaxie – ne représentait pas un égocentrisme égal et bien moins pardonnable ?

Mais il ne dit rien de tout cela. Il ne savait pas comment le rendre intelligible à cette femme et il ne savait d'ailleurs pas s'il la comprendrait au cas où elle répondrait.

Que faisait-il dans ce monde, parmi ces gens ? Il était incapable de comprendre leurs coutumes, leur tournure d'esprit, en dépit de toutes les explications, pas plus qu'ils ne pouvaient comprendre les siennes.

– Je regrette, docteur Vasilia, dit-il avec lassitude. Je conçois votre colère, mais si vous parveniez à la maîtriser pour le moment et à réfléchir à l'affaire du Dr Fastolfe et au robot assassiné, ne pourriez-vous reconnaître que nous traitons de deux choses différentes ? Le Dr Fastolfe a peut-être voulu vous observer d'une manière objective et détachée, même au prix de votre bonheur, tout en étant à des années-lumière du désir de détruire un robot humaniforme avancé.

Vasilia rougit et glapit :

– Vous ne comprenez pas ce que je vous dis, Terrien ? Croyez-vous que je vous ai raconté tout ça parce que je pensais que vous seriez intéressé – vous ou n'importe qui – par la triste histoire de ma vie ? Est-ce que vous vous imaginez que ça me fait plaisir de me révéler de cette manière ?

» Si je vous ai raconté tout ça, c'est uniquement pour vous démontrer que le Dr Han Fastolfe, mon père biologique comme vous ne vous lassez pas de me le répéter, a bien détruit Jander. C'est évident, voyons ! Je me suis retenue de le dire parce que personne, avant vous, n'avait été assez bête pour me poser la question et aussi à cause d'un reste de sotte considération que j'ai encore pour cet homme. Mais maintenant que vous le demandez, je vous réponds, et par Aurora, je continuerai de le dire à tout le monde, de le crier sur les toits, de le déclarer publiquement, s'il le faut.

» Le docteur Han Fastolfe a bien détruit Jander Panell. J'en suis certaine. Etes-vous satisfait ?

42

Baley considéra avec horreur cette femme égarée. Il bredouilla et dut s'y reprendre à deux fois pour parler.

– Je ne comprends pas, docteur Vasilia. Je vous en prie, calmez-vous et réfléchissez. Pourquoi le docteur Fastolfe aurait-il voulu détruire ce robot ? Et quel rapport y a-t-il avec sa manière de vous traiter ? Imaginez-vous une forme de représailles contre vous ?

Vasilia respirait rapidement (nota Baley distraitement et sans intention consciente, en remarquant malgré lui que si elle était aussi menue que Gladia elle avait des seins plus gros) et elle parut faire un effort surhumain pour maîtriser sa voix.

– Il me semble vous avoir expliqué, Terrien, que Han Fastolfe est intéressé par l'observation du cerveau humain. Il n'a pas hésité à infliger des tensions au mien afin d'observer les résultats. Et il préfère les cerveaux qui sortent de l'ordinaire, celui d'un bébé, par exemple, pour en étudier le développement. N'importe quoi sauf un cerveau commun.

– Mais quel rapport avec...

– Demandez-vous donc pourquoi il s'intéresse tellement à l'étrangère !

– A Gladia ? Je le lui ai demandé, justement, et il me l'a dit. Elle lui rappelle sa fille, vous. Et j'avoue que la ressemblance est très nette.

– Quand vous m'avez dit cela tout à l'heure, ça m'a amusée et je vous ai demandé si vous l'aviez cru. Alors je vous pose encore une fois la question. Le croyez-vous ?

– Pourquoi ne le croirais-je pas ?

– Parce que ce n'est pas vrai. La ressemblance a pu attirer son attention, mais la véritable clef de cet intérêt c'est que l'étrangère est... étrangère. Elle a été élevée à Solaria, où les coutumes, les croyances, les axiomes sociaux ne sont pas ceux d'Aurora. Il pouvait par conséquent étudier un cerveau coulé dans un moule différent du nôtre et y découvrir des perspectives intéressantes. Vous ne le comprenez pas ? Et puisque nous y sommes, pourquoi s'intéresse-t-il à *vous*, Terrien ? Est-il bête au point de s'imaginer que vous serez capable de résoudre un problème d'Aurora, vous qui ne connaissez rien d'Aurora ?

Daneel intervint soudain, et le son de sa voix fit sursauter Baley. Daneel était resté si longtemps immobile et silencieux qu'il avait oublié sa présence.

– Docteur Vasilia, dit le robot, le camarade Elijah a résolu un problème à Solaria, bien qu'il ne sût rien de Solaria.

– Oui, dit aigrement Vasilia, tous les mondes ont pu admirer cet exploit en hypervision, dans cette fameuse émission. Et la foudre tombe aussi mais je ne pense pas que Han Fastolfe soit tellement certain qu'elle frappera deux fois de suite si rapidement. Non, Terrien, vous l'avez attiré, d'abord, parce que vous êtes un Terrien. Vous possédez vous aussi un cerveau étranger qu'il peut étudier et manipuler.

– Enfin, docteur Vasilia, vous n'allez pas croire qu'il risquerait de compromettre des affaires d'une importance vitale pour Aurora, en faisant venir un homme qu'il saurait incapable dans l'unique but d'étudier un vague cerveau !

– Mais certainement, il prendrait ce risque ! Aucune crise mettant Aurora en danger ne lui paraîtrait un seul instant plus importante que la solution du problème du cerveau. Et si vous lui posiez la question, je sais exactement ce qu'il vous répondrait. Aurora peut croître ou dépérir, prospérer ou tomber dans la misère : ce ne serait absolument rien comparé au problème du cerveau. Car si les êtres humains arrivent à réellement comprendre le cerveau, tout ce qui a été perdu en un millénaire de négligence ou de mauvaises décisions serait regagné en dix ans de développement humain habilement dirigé et guidé par son rêve de « psycho-histoire ». Il emploierait le même argument pour justifier n'importe quoi, les mensonges, la cruauté, n'importe quoi, en disant simplement que c'est pour faire avancer la connaissance du cerveau.

– Je ne puis imaginer que le Dr Fastolfe soit cruel. C'est la bonté même.

– Vraiment? Combien de temps avez-vous passé près de lui?

– Je l'ai vu pendant une heure ou deux sur Terre, il y a trois ans. Ici à Aurora, maintenant, depuis une journée entière.

– Une journée entière. Une journée *entière* ! Je suis restée constamment avec lui pendant près de trente ans, et depuis j'ai suivi sa carrière de loin avec une grande attention. Et vous, vous avez passé avec lui une journée entière, Terrien? Dites-moi, pendant cette journée, il n'a vraiment rien fait qui vous ait effrayé ou humilié?

Baley garda le silence. Il songeait à la soudaine attaque avec l'épiceur dont Daneel l'avait sauvé, de la Personnelle camouflée dont il n'avait pu se servir qu'avec difficulté, de la lente marche dans l'Extérieur destinée à étudier ses capacités de s'adapter au dehors.

– Je vois qu'il l'a fait, dit Vasilia. Votre figure n'est pas le masque d'impassibilité que vous croyez peut-être, Terrien. Vous a-t-il menacé de sondage psychique?

– Il en a été question.

– Un seul jour, et il en a déjà été question. Je suppose que cela vous a mis mal à l'aise?

– En effet.

– Et qu'il n'avait aucune raison d'en parler?

– Ah, mais si! répondit vivement Baley. J'avais dit

que pendant un instant j'avais eu une idée et qu'ensuite elle m'avait échappé, et il était normal qu'il suggère un sondage psychique pour m'aider à retrouver cette idée.

– Non, pas du tout. Le sondage psychique ne peut être employé avec une délicatesse suffisante pour cela et, si on le tentait, les risques de dégâts permanents au cerveau seraient considérables.

– Sûrement pas si ce sondage était effectué par des experts. Le Dr Fastolfe, par exemple.

– Par *lui* ? Il est incapable de distinguer un bout de la sonde de l'autre ! C'est un théoricien, pas un technicien. Il ne sait absolument pas se servir de ses mains.

– Par quelqu'un d'autre, alors. En fait, il n'a pas dit qu'il le ferait lui-même.

– Non, Terrien. Par *personne*. Réfléchissez ! Réfléchissez ! Si le sondage psychique pouvait être utilisé sans danger sur des êtres humains, par n'importe qui, et si Han Fastolfe était si préoccupé par le problème de désactivation du robot, alors pourquoi n'a-t-il pas suggéré que le sondage psychique soit appliqué à lui-même ?

– A lui-même ?

– Ne me dites pas que cette idée ne vous est pas venue ! N'importe quel être pensant en viendrait à la conclusion que Fastolfe est coupable. Le seul point en faveur de son innocence, c'est qu'il se déclare lui-même innocent avec beaucoup d'insistance. Mais alors, pourquoi ne propose-t-il pas de prouver son innocence en se faisant psychiquement sonder pour démontrer qu'aucune trace de culpabilité ne peut être détectée dans un recoin de son cerveau ? A-t-il fait une telle proposition, Terrien ?

– Non.

– Parce qu'il sait très bien que ce serait mortellement dangereux. Et pourtant, il n'a pas hésité à le suggérer pour vous, simplement pour observer comment votre cerveau réagit à une tension, comment vous réagissez à la peur. Ou peut-être l'idée lui est venue que même si le sondage est dangereux pour vous, il pourrait lui apporter des renseignements intéressants sur les détails de votre cerveau modelé par la Terre. Alors dites-moi, maintenant, si ce n'était pas cruel, ça?

Baley écarta la question d'un petit geste irrité du bras.

– Comment cela s'applique-t-il à l'affaire en soi, au roboticide?

– La Solarienne, Gladia, a plu à mon ex-père. Elle a un cerveau intéressant... à ses yeux à lui. Par conséquent, il lui a donné ce robot, Jander, pour voir ce qui se passerait si une femme qui n'a pas été élevée à Aurora est mise en contact avec un robot qui paraît absolument humain dans tous les détails. Il savait qu'une Auroraine se servirait fort probablement de lui immédiatement, pour des rapports sexuels, et n'aurait aucun mal à faire cela. Je sais que j'aurais sans doute des ennuis, parce que je n'ai pas été élevée normalement, mais aucune autre Auroraine ne serait perturbée. La Solarienne, d'autre part, devait avoir beaucoup de difficultés car elle a été élevée dans un monde extrêmement robotisé et a donc une attitude mentale rigide à l'égard des robots. La différence, voyez-vous, serait certainement instructive pour mon père, qui cherchait, par ces variantes, à échafauder sa théorie du fonctionnement cérébral. Han Fastolfe a attendu patiemment la moitié d'une année que la Solarienne en soit arrivée au point où elle se hasardait aux premières approches expérimentales...

– Votre père, interrompit Baley, ne savait absolument rien des rapports entre Gladia et Jander.

– Qui vous a dit ça, Terrien? Mon père? Gladia? Si c'est lui, il ment, c'est évident; si c'est elle, elle l'ignore tout simplement. Vous pouvez être assuré que Fastolfe savait ce qui se passait; il le fallait bien, car cela avait dû figurer dans son étude du développement du cerveau humain dans les conditions solariennes.

» Et puis il s'est demandé – j'en suis aussi certaine que si j'avais le don de lire dans sa pensée – ce qui arriverait maintenant que la Solarienne commençait tout juste à dépendre de Jander, si brusquement, sans raison, elle le perdait. Il savait ce que ferait une Auroraine. Elle serait déçue et puis elle chercherait un remplaçant. Mais que ferait une Solarienne ? Il s'est donc arrangé pour détraquer Jander...

— Détruire un robot d'une valeur inestimable simplement pour satisfaire une banale curiosité ?

— Monstrueux, n'est-ce pas ? Mais c'est bien dans la manière de Han Fastolfe. Alors retournez auprès de lui, Terrien, et annoncez-lui que son petit jeu est terminé. Si cette planète, dans l'ensemble, ne le croit pas coupable en ce moment, elle n'en doutera certainement pas une fois que j'aurai fait ce que j'ai à faire !

43

Baley, pendant un long moment, resta comme assommé sous l'œil satisfait de Vasilia. Elle avait une figure dure qui ne ressemblait plus du tout à celle de Gladia.

Apparemment, il n'y avait rien à faire...

Baley se leva et se sentit vieux, beaucoup plus vieux que ses quarante-cinq ans normaux (l'enfance pour ces Aurorains). Jusqu'à présent, tout ce qu'il avait fait n'avait abouti à rien. Pire même, car à chacune de ses tentatives d'élucidation, la corde paraissait se resserrer autour de Fastolfe.

Il leva les yeux vers le plafond transparent. Le soleil était encore bien haut mais peut-être avait-il dépassé son zénith; il était plus diffus que jamais. De fines écharpes de nuages le voilaient par moments.

Vasilia parut s'en apercevoir à la direction du regard de Baley. Elle allongea le bras sur la partie du long établi près duquel elle était assise et le plafond perdit sa transparence. En même temps, une lumière brillante baigna la salle de la même clarté vaguement orangée que celle du soleil.

– Je pense que cette entrevue est terminée, dit-elle. Je n'ai aucune raison de vous revoir, Terrien, ni vous de me rendre visite. Peut-être feriez-vous mieux de quitter Aurora.

Elle sourit froidement et prononça sa phrase suivante presque sauvagement :

– Vous avez fait assez de mal à mon père, encore que ce soit bien loin de ce qu'il mérite !

Baley fit un pas vers la porte et ses deux robots l'encadrèrent. Giskard demanda à voix basse :

– Vous sentez-vous bien, monsieur ?

Baley haussa les épaules. Que répondre à cela ?

– Giskard ! cria Vasilia. Quand le Dr Fastolfe jugera qu'il n'a plus besoin de toi, viens donc faire partie de mon personnel.

Giskard la dévisagea calmement.

– Si le Dr Fastolfe le permet, c'est ce que je ferai, Petite Miss.

Le sourire de Vasilia devint plus chaleureux.

– Ne l'oublie pas, Giskard. Tu n'as jamais cessé de me manquer.

– Je pense souvent à vous, Petite Miss.

A la porte, Baley se retourna.

– Docteur Vasilia, auriez-vous une Personnelle privée que je pourrais utiliser ?

Elle ouvrit de grands yeux.

– Certainement pas, Terrien. Il y a des Personnelles communautaires, ici et là dans l'Institut. Vos robots devraient pouvoir vous y conduire.

Il la contempla en secouant la tête. Il n'était pas surpris qu'elle ne veuille pas que ses appartements soient contaminés par un Terrien, et pourtant cela le mettait en colère.

Alors ce fut avec colère qu'il parla, plus que par jugement rationnel :

– Docteur Vasilia, si j'étais vous, je ne parlerais pas de la culpabilité du Dr Fastolfe.

— Qu'est-ce qui m'en empêchera ?

— Le danger de la découverte par le grand public de vos manigances avec Gremionis. Le danger pour vous.

— Ne soyez pas ridicule ! Vous avez vous-même reconnu qu'il n'y avait aucune conspiration entre Gremionis et moi.

— Pas vraiment, en effet. J'ai reconnu qu'il semblait raisonnable de conclure qu'il n'y avait pas eu de conspiration directe entre vous et lui pour détruire Jander. Mais il demeure la possibilité d'une conspiration indirecte.

— Vous êtes fou ! Et qu'est-ce qu'une conspiration indirecte ?

— Je n'ai pas envie de discuter de cela devant les robots du Dr Fastolfe, à moins que vous insistiez. Et vous n'avez aucune raison pour cela, n'est-ce pas ? Vous savez très bien ce que je veux dire.

Baley n'avait aucune raison de penser qu'elle se laisserait impressionner par ce coup de bluff. Il risquait au contraire d'aggraver la situation.

Mais le bluff marcha ! Vasilia parut se recroqueviller, en fronçant les sourcils.

Il existe donc bien une conspiration indirecte, se dit-il, quelle qu'elle soit, et ça pourrait bien la faire tenir tranquille jusqu'à ce qu'elle ait compris que je bluffais.

Il reprit, avec un espoir renaissant :

— Je le répète. Ne dites rien contre le Dr Fastolfe.

Mais, naturellement, il ne savait pas combien de temps il avait gagné. Bien peu, peut-être...

XI

Gremionis

44

Ils étaient de nouveau assis dans l'aéroglisseur, tous les trois à l'avant avec Baley au milieu, qui sentait la pression des robots de chaque côté. Il leur était reconnaissant d'être là, de leurs soins perpétuels, même s'ils n'étaient que des appareils, incapables de désobéir à des ordres.

Et puis il se dit : Pourquoi les mépriser en les traitant d'appareils ? Ce sont de *bons* appareils, dans un Univers d'humains parfois bien mauvais. Je n'ai pas plus le droit d'établir des sous-catégories opposant la machine à l'être humain que d'opposer plus généreusement le bien au mal.

– Je dois encore une fois poser la question, monsieur. Vous sentez-vous bien ? demanda Giskard.

– Tout à fait bien, Giskard. Je suis heureux d'être ici, dehors, avec vous deux.

Le ciel, dans l'ensemble, était blanc... d'un blanc cassé, plutôt. Une brise légère soufflait et il avait fait nettement frais, avant qu'ils montent dans la voiture.

– Camarade Elijah, dit Daneel, j'ai écouté soigneusement la conversation entre le Dr Vasilia et vous. Je ne voudrais pas faire de réflexions désobligeantes sur ce que le Dr Vasilia a dit, mais je dois vous assurer qu'autant que j'ai pu l'observer, le Dr Fastolfe est un être humain bon et courtois. Il n'a jamais, à ma connaissance, été délibérément cruel, pas plus qu'il n'a jamais, autant que je puisse en juger, sacrifié les valeurs essentielles d'un être humain afin de satisfaire sa curiosité.

Baley regarda le visage de Daneel, qui donnait une impression d'intense sincérité.

– Pourrais-tu dire quelque chose contre le Dr Fastolfe, même s'il était réellement cruel et impitoyable ?

– Je pourrais garder le silence.

– Mais le ferais-tu ?

– Si, en disant un mensonge, je devais faire du mal à un Dr Vasilia véridique en jetant un doute injustifié sur sa sincérité, si, en gardant le silence, je blessais le Dr Fastolfe en paraissant approuver les accusations portées contre lui, et si les deux maux étaient, selon mon jugement, d'une égale gravité, alors il serait nécessaire que je garde le silence. Le mal en acte prend en général le pas sur le mal par omission... toutes choses étant raisonnablement égales d'ailleurs.

– Ainsi, même si la Première Loi stipule : « Un robot ne doit pas faire de mal à un être humain ni, *par son inaction*, permettre qu'il arrive du mal à un être humain », les deux moitiés de la Loi ne sont pas égales ? Le péché en acte, comme tu dis, est plus grand que le péché par omission ?

– La lettre de la Loi n'est qu'une description approximative des variations constantes des forces positroniques dans les circuits robotiques, camarade Elijah. Je ne suis pas assez savant pour expliquer cela mathématiquement, mais je sais quelles sont mes tendances.

– Et elles te poussent toujours à choisir l'inaction plutôt que l'action si le mal est à peu près égal d'un côté et de l'autre ?

– En général. Et à toujours choisir la vérité plutôt que la contre-vérité si le mal est dans l'une et l'autre direction à peu près égal. En général.

– Et dans ce cas, alors que tu parles pour réfuter le Dr Vasilia et lui faire ainsi du mal, tu ne peux le faire que parce que la Première Loi est suffisamment ambiguë et que tu dis la vérité ?

– C'est exact, camarade Elijah.

– Cependant, le fait est que tu aurais dit ce que tu as dit même si c'était un mensonge, si le Dr Fastolfe t'avait donné l'ordre, avec une intensité suffisante, de proférer ce mensonge si besoin était, et de refuser d'admettre que tu avais reçu cet ordre ?

Il y eut un temps, puis Daneel répondit :

– C'est exact, camarade Elijah.

– C'est une affaire bien embrouillée, Daneel, mais... crois-tu toujours que le Dr Fastolfe n'a pas assassiné Jander ?

– L'expérience de ma vie avec lui, c'est qu'il est franc, véridique, camarade Elijah, et qu'il n'aurait pas fait de mal à l'Ami Jander.

– Et pourtant, le Dr Fastolfe m'a lui-même donné un puissant mobile pour avoir commis ce crime, alors que le Dr Vasilia a évoqué un tout autre mobile mais tout aussi puissant et encore plus honteux que le premier...

Baley réfléchit un moment, les sourcils froncés.

– Si le public avait connaissance de l'un ou l'autre mobile, la croyance à la culpabilité du Dr Fastolfe deviendrait universelle, dit-il. (Il se tourna brusquement vers Giskard.) Et toi, Giskard ? Tu connais le Dr Fastolfe depuis plus longtemps que Daneel. Es-tu d'accord pour penser que le Dr Fastolfe n'a pu commettre cet acte et n'a pu détruire Jander, en te fondant sur ce que tu sais du caractère du Dr Fastolfe ?

– Certainement, monsieur.

Baley considéra le robot et hésita. Giskard était moins avancé que Daneel. Jusqu'à quel point pouvait-on avoir confiance en lui, et en son témoignage ? N'aurait-il pas tendance à suivre l'exemple de Daneel quelle que soit la direction que prendrait l'humaniforme ?

— Tu connaissais aussi très bien le Dr Vasilia, n'est-ce pas ? demanda-t-il.

— Je la connaissais très bien, répondit Giskard.

— Et tu l'aimais bien, je suppose ?

— Elle m'a été confiée pendant de nombreuses années et cette responsabilité ne me pesait en aucune façon.

— Même si elle s'amusait à modifier ta programmation ?

— Elle était très habile.

— Est-elle capable de mentir au sujet de son père... je veux dire du Dr Fastolfe ?

Giskard hésita.

— Non, monsieur. Absolument pas.

— Alors, en somme, tu m'affirmes que ce qu'elle dit est la vérité ?

— Pas tout à fait, monsieur. Ce que j'affirme, c'est qu'elle croit elle-même qu'elle dit la vérité.

— Mais pourquoi croirait-elle à la vérité des méchantes accusations contre son père si, en réalité, il est aussi bon que vient de m'en assurer Daneel ?

— Elle a été aigrie par divers événements de sa jeunesse, répondit lentement Giskard, des événements dont elle croit le Dr Fastolfe responsable et dont il est possible qu'il le soit, dans une certaine mesure et involontairement. Il me semble que son intention n'était pas que les événements en question aient les conséquences qu'ils ont eues. Cependant, les êtres humains ne sont pas gouvernés par les strictes lois de la robotique. Il est donc difficile de juger de la complexité de leurs motivations dans la plupart des conditions.

— C'est assez logique, marmonna Baley.

Giskard demanda :

— Pensez-vous qu'il n'y a aucun espoir de démontrer l'innocence du Dr Fastolfe ?

Encore une fois, Baley fronça les sourcils.

— Peut-être bien. Pour le monde, je ne vois aucun moyen et si le Dr Vasilia parle, comme elle a menacé de le faire...

– Mais vous lui avez ordonné de ne pas parler. Vous lui avez expliqué que ce serait dangereux pour elle.

Baley secoua la tête.

– Je bluffais. Je ne trouvais rien d'autre à dire.

– Avez-vous l'intention de renoncer, alors ?

A cela, Baley répondit avec force :

– Non ! S'il n'y avait que Fastolfe, peut-être. Après tout, quelle atteinte physique risque-t-il ? Apparemment, le roboticide n'est même pas un crime, rien qu'un simple délit. Au pire, il perdrait de son influence politique et se verrait probablement dans l'incapacité de poursuivre pendant un certain temps ses travaux scientifiques. Je le regretterais, si cela arrivait, mais si je ne peux plus rien faire, je ne peux plus rien faire.

» Et s'il ne s'agissait que de moi, je renoncerais aussi. L'échec porterait un rude coup à ma réputation mais qui peut construire une maison de brique sans briques ? Je retournerais sur Terre un peu terni, je mènerais une vie misérable et déclassée, mais c'est le risque qui guette tout homme et toute femme de la Terre. De meilleurs hommes que moi ont eu à affronter tout aussi injustement la misère et l'opprobre.

» Mais c'est de la Terre qu'il s'agit. Si j'échoue, en plus de ces graves dommages pour le Dr Fastolfe et pour moi, ce sera la fin de tout espoir des Terriens de quitter la Terre et de s'installer dans l'ensemble de la Galaxie. Pour cette raison, je ne dois pas échouer, je dois persévérer vaille que vaille, aussi longtemps que je ne serai pas physiquement rejeté hors de ce monde.

Ce discours de Baley se termina presque dans un chuchotement. Brusquement, il redressa la tête et demanda d'une voix irritée :

– Mais qu'est-ce que nous fichons ici, encore garés, Giskard ? Est-ce que tu fais tourner le moteur pour t'amuser ?

– Sauf votre respect, monsieur, répondit le robot, vous ne m'avez pas dit où vous voulez que je vous conduise.

– C'est vrai... Je te demande pardon, Giskard.

Conduis-moi d'abord à la plus proche des Personnelles communautaires dont a parlé le Dr Vasilia. Vous êtes tous deux immunisés contre ce genre d'inconvénients, mais j'ai une vessie qui a besoin d'être vidée. Ensuite, trouve un endroit près d'ici où nous pourrons déjeuner. J'ai un estomac qui doit être rempli. Et après ça...

— Oui, camarade Elijah ? demanda Daneel.

— A parler très franchement, Daneel, je n'en sais rien. Cependant, une fois que j'aurai satisfait ces besoins purement physiques, je trouverai bien quelque chose.

Et Baley aurait bien voulu le croire !

45

L'aéroglisseur ne rasa pas longtemps la surface du sol. Il s'arrêta, en se balançant un peu, et Baley ressentit l'habituelle crispation de son estomac. Ce léger déséquilibre lui disait qu'il était dans un véhicule et chassait le sentiment temporaire de sécurité d'être dans un lieu clos entre deux robots. A travers les vitres devant lui et sur les côtés (et derrière s'il se tordait le cou), il voyait la blancheur du ciel et le vert du feuillage, tout cela se rapportant à l'Extérieur, c'est-à-dire à rien.

Ils s'étaient arrêtés devant une petite construction.

— Est-ce la Personnelle communautaire ? demanda-t-il.

— C'est la plus proche de toutes celles qui se trouvent sur les terres de l'Institut, camarade Elijah, répondit Daneel.

— Tu l'as vite trouvée. Est-ce que ces édicules sont inclus dans le plan tracé dans ta mémoire ?

— En effet, camarade Elijah.

— Est-ce que celle-ci est occupée en ce moment ?

— C'est possible, camarade Elijah, mais trois ou

quatre personnes peuvent s'en servir simultanément.

– Y a-t-il de la place pour moi ?

– Très probablement, camarade Elijah.

– Eh bien, alors, laisse-moi descendre, j'irai et je verrai bien...

Les robots ne bougèrent pas.

– Monsieur, dit Giskard, nous ne pouvons pas entrer avec vous.

– Oui, je le sais, Giskard.

– Nous ne pourrons pas vous protéger comme il convient, monsieur.

Baley fronça les sourcils. Le robot rudimentaire avait naturellement le cerveau le plus rigide, et Baley entrevit brusquement le risque de ne pas être autorisé à se laisser perdre de vue, et par conséquent de ne pas avoir le droit d'aller à la Personnelle. Il se fit plus insistant en se tournant vers Daneel, dont il espérait qu'il comprendrait mieux les besoins humains.

– Je n'y peux rien, Giskard... Daneel, je n'ai vraiment pas le choix. Laisse-moi descendre !

Daneel regarda Baley, sans bouger, et pendant quelques instants horribles, il crut que le robot allait lui suggérer de se soulager là dans le champ, en plein air, comme un animal.

L'instant passa.

– Je pense, dit Daneel, que nous devons permettre au camarade Elijah de faire ce qu'il veut dans ce cas précis.

Sur quoi Giskard déclara à Baley :

– Si vous pouvez attendre encore un petit moment, monsieur, je vais d'abord examiner les lieux.

Baley fit une grimace. Lentement, Giskard se dirigea vers la petite construction et, posément, il en fit le tour. Baley aurait aisément pu prédire que dès que Giskard aurait disparu, son besoin se ferait plus pressant.

Pour n'y plus penser, il regarda le paysage. Après un examen attentif, il distingua de minces fils dans le ciel, ici et là; comme des cheveux noirs très fins sur le fond blanc des cieux. Il ne les avait pas vus tout de suite et ne les avait remarqués qu'en voyant un objet ovale glisser devant les nuages. Il comprit que c'était un véhicule et qu'il ne volait pas mais était suspendu à un long câble horizontal. En suivant le câble des yeux, des deux côtés, il en remarqua d'autres. Il aperçut alors un autre véhicule, plus loin, et puis un autre plus éloigné encore. Le plus éloigné n'était qu'un minuscule point indistinct dont la nature ne se devinait que grâce aux deux autres.

Indiscutablement, c'était une sorte de téléphérique pour le transport interne, d'une partie de l'Institut de Robotique à une autre.

Comme c'est étendu ! pensa Baley. Comme l'Institut occupe inutilement un espace immense !

Et cependant, il n'en couvrait pas toute la surface. Les bâtiments étaient suffisamment dispersés pour que le paysage paraisse intact et que la faune et la flore continuent de vivre (supposa Baley) à l'état sauvage.

Il se rappelait Solaria qui était si vide, désert. Tous les mondes spatiens devaient être vides, sans aucun doute, puisque Aurora, le plus peuplé, était désert même là, dans la région la plus construite de la planète. D'ailleurs, même sur Terre, en dehors des Villes, tout était désert.

Mais là-bas, il y avait les Villes et Baley éprouva une brusque nostalgie qu'il s'empressa de chasser.

– Ah, l'Ami Giskard a terminé son inspection, dit Daneel.

Giskard revenait et Baley lui demanda avec agacement :

– Alors ? Vas-tu avoir l'extrême obligeance de m'autoriser...

Mais il s'interrompit. Pourquoi gaspiller des sarcasmes sur la carcasse impénétrable d'un robot ?

– Il semble tout à fait certain que la Personnelle est inoccupée, déclara Giskard.

– Bien ! Alors, laissez-moi descendre !

Baley ouvrit la portière de l'aéroglisseur et mit le

pied sur le gravier de l'étroit sentier. Il marchait rapidement, suivi par Daneel.

Quand ils arrivèrent à la porte, Daneel indiqua d'un geste le contact qui l'ouvrait, mais sans y toucher lui-même. Sans doute, pensa Baley, y toucher sans instructions particulières aurait signifié une intention d'entrer, et cette simple intention était interdite.

Baley appuya sur le contact et entra, laissant les deux robots dehors.

Ce fut seulement alors que Baley se rendit compte que Giskard n'avait pas pu pénétrer dans la Personnelle pour s'assurer qu'elle était inoccupée et que le robot avait dû juger uniquement sur l'aspect extérieur... une procédure douteuse dans le meilleur des cas.

Et, avec un certain malaise, Baley s'aperçut que pour la première fois, il était isolé et séparé de ses protecteurs et que ces protecteurs, de l'autre côté de la porte, ne pourraient entrer facilement si jamais il se trouvait soudain en difficulté. Et s'il n'était pas seul, en ce moment ? Si quelque ennemi avait été averti par Vasilia, qui savait qu'il cherchait une Personnelle, et si cet ennemi se cachait là ?

Baley s'aperçut aussi, avec inquiétude, qu'il était absolument désarmé (ce qui n'aurait jamais été le cas sur la Terre).

46

Certes, le bâtiment n'était pas grand. Il y avait de petits urinoirs, côte à côte, environ six ou sept, et autant de lavabos alignés. Pas de douches, pas de vestiaires ni de cabines à nettoyage automatique des vêtements, pas de quoi se raser.

Les cabines existantes, une demi-douzaine en tout,

étaient séparées par des cloisons et chacune avait une porte. Quelqu'un pourrait se cacher dans l'une d'elles, l'attendant...

Les portes ne descendaient pas jusqu'au sol. Sans faire de bruit, Baley se baissa et jeta un coup d'œil sous chacune d'elles, pour voir s'il apercevait des jambes. Puis il ouvrit chaque porte avec prudence, prêt à la claquer au moindre signe de danger, avant de bondir vers la porte extérieure.

Toutes les cabines étaient vides.

Il regarda autour de lui, pour s'assurer qu'il n'y avait pas d'autres cachettes.

Il n'en vit aucune.

En retournant vers la porte extérieure, il constata qu'il n'y avait pas de verrou. L'impossibilité de s'enfermer lui parut assez naturelle, à la réflexion. La Personnelle était évidemment destinée à être utilisée par plusieurs hommes à la fois. Donc, d'autres devaient pouvoir entrer.

Cependant, Baley ne pouvait guère partir et en essayer une autre, car le même danger existerait dans n'importe laquelle.

Pendant un moment il hésita, incapable de savoir quel urinoir employer. Pour la première fois de sa vie, il en avait plusieurs à sa disposition, sans rien qui indiquât lequel était le sien. Il pouvait choisir n'importe lequel.

Ce manque d'hygiène le révolta. Il eut la vision de plusieurs personnes arrivant à la fois, se servant indifféremment des diverses commodités, se bousculant. Il en avait la nausée et pourtant la nécessité l'obligeait à faire de même.

Il se força à faire un choix et puis, conscient d'être totalement à découvert, il fut en butte à une vessie récalcitrante. Le besoin devenait de plus en plus pressant mais il dut néanmoins attendre que l'appréhension se dissipe.

Il ne craignait plus l'arrivée d'ennemis mais simplement l'entrée intempestive de n'importe qui.

Finalement, il se dit que les robots retiendraient au moins un moment toute personne désireuse d'entrer.

Cette pensée réussit à le détendre...

Il avait fini et se sentit immensément soulagé. Il était sur le point de se retourner vers un lavabo quand il entendit une voix, modérément haut perchée et assez tendue, qui demandait :

– Etes-vous Elijah Baley ?

Il se figea. Malgré toute sa vigilance, il n'avait entendu personne entrer. Apparemment, il avait été complètement absorbé par le simple plaisir de vider sa vessie, alors que, en temps normal, cela n'aurait pas dû distraire un instant son attention ! (Se faisait-il vieux ?)

La voix n'avait certes rien de redoutable. Elle ne contenait aucune menace. Baley était d'ailleurs certain que Daneel au moins, sinon Giskard, n'aurait pas laissé entrer quelqu'un de menaçant.

Ce qui l'inquiétait, c'était l'intrusion. Jamais, il n'avait été abordé – et encore moins interpellé – dans une Personnelle. Sur la Terre, c'était un tabou, et à Solaria (et jusqu'alors à Aurora), il n'avait utilisé que des édicules à une personne.

La voix reprit, plus impatiente :

– Répondez ! Vous devez être Elijah Baley !

Lentement, il se retourna. Il vit un homme de taille moyenne, élégamment habillé de vêtements bien coupés de diverses teintes de bleu. L'inconnu avait la peau claire, des cheveux blonds et une petite moustache un peu plus foncée que les cheveux. Baley regarda avec fascination ces quelques poils sur la lèvre supérieure. C'était la première fois qu'il voyait un Spatien avec une moustache.

Un peu honteux de parler dans une Personnelle, il répondit :

– Oui, je suis Elijah Baley.

Sa voix, même à ses propres oreilles, lui parut sourde.

Indiscutablement, le Spatien ne la trouva pas

convaincante. Examinant Baley d'un air sceptique, il répliqua :

– Les robots, près de la porte, m'ont dit qu'Elijah Baley était là, mais vous ne ressemblez pas du tout à ce que vous étiez en hypervision. Pas du tout.

Cette maudite dramatique ! pensa Baley avec rage. Il ne pouvait rencontrer personne, même au bout des mondes, qui n'eût été marqué par cette ridicule représentation de lui-même. Personne n'acceptait de le considérer comme un être humain tout simple, un mortel faillible et, en découvrant qu'il l'était, déçus, ils le prenaient pour un imbécile.

Avec mauvaise humeur, il se tourna vers le lavabo et fit couler l'eau sur ses mains, puis il les secoua vaguement en se demandant où était le jet d'air chaud. Le Spatien effleura un contact et parut cueillir dans le vide un bout de tissu absorbant.

– Merci, marmonna Baley. Ce n'est pas moi que vous avez vu en hypervision mais un acteur qui jouait mon rôle.

– Je sais, mais ils auraient pu en choisir un qui vous ressemble davantage, il me semble, dit le Spatien avec un curieux ressentiment. Je veux vous parler.

– Comment avez-vous passé la barrière de mes robots ?

C'était là, apparemment, un autre sujet de ressentiment.

– J'ai eu du mal ! s'exclama le Spatien. Ils ont voulu m'arrêter et je n'avais qu'un robot avec moi. J'ai dû prétendre que je devais entrer de toute urgence, et ils m'ont *fouillé* ! Ils ont osé porter les mains sur moi pour savoir si je détenais un objet dangereux. Je déposerais une plainte contre vous, si vous n'étiez pas un Terrien. Vous n'avez pas le droit de donner à des robots des ordres qui peuvent embarrasser un être humain.

– Je regrette, répliqua sèchement Baley, mais ce n'est pas moi qui ai donné ces ordres. Que me voulez-vous ?

– Je voulais vous parler.

– Vous me parlez en ce moment... Qui êtes-vous ?
L'autre hésita un instant, puis il répondit :
– Gremionis.
– Santirix Gremionis ?
– C'est ça.
– Pourquoi voulez-vous me parler ?
Pendant un moment, Gremionis regarda fixement Baley, d'un air un peu gêné, puis il marmonna :
– Eh bien, puisque je suis là... si ça ne vous fait rien... je pourrais en profiter...
Et il se tourna vers la rangée d'urinoirs.
Baley comprit, avec un malaise mêlé de répulsion. Il se détourna vivement et dit :
– Je vous attendrai dehors.
– Non, non, ne partez pas, protesta désespérément Gremionis d'une voix affolée. Ça ne prendra qu'une seconde. Je vous en prie !
Ce fut uniquement parce qu'il souhaitait tout aussi désespérément parler à Gremionis – et surtout ne pas l'offenser de peur qu'il refuse de répondre – que Baley accepta d'accéder à sa requête.
Il garda le dos tourné et ferma les yeux dans un réflexe de pudeur outragée. Il ne se détendit, plus ou moins, que lorsque Gremionis revint vers lui en s'essuyant les mains sur une serviette absorbante.
– Pourquoi voulez-vous me parler ? répéta-t-il.
– Gladia, la Solarienne...
Gremionis hésita et se tut.
– Oui, je connais Gladia, dit impatiemment Baley.
– Gladia m'a visionné – à la télévision, vous savez ? – et m'a dit que vous aviez posé des questions sur moi et elle m'a demandé si j'avais, d'une façon ou d'une autre... maltraité un robot qu'elle possédait... un robot à l'aspect humain, comme un de ceux qui sont dehors...
– Et alors ? L'avez-vous fait, monsieur Gremionis ?
– *Non !* Je ne savais même pas qu'elle possédait un tel robot, avant que... Vous lui avez dit que je le savais ?
– Je n'ai fait que poser des questions.
Gremionis serra son poing droit et le tourna nerveu-

sement dans sa main gauche. Il reprit, d'une voix crispée :

– Je ne veux pas être accusé à tort de quoi que ce soit... et surtout pas quand une telle accusation risque de compromettre mes rapports avec Gladia.

– Comment m'avez-vous découvert ? demanda Baley.

– Elle m'a interrogé à propos de ce robot, elle m'a dit que vous vous étiez renseigné sur moi et, par ailleurs, j'avais appris que le Dr Fastolfe vous avait fait venir à Aurora pour résoudre ce... cette énigme... au sujet du robot. C'était au journal en Hyperonde. Et...

Ses phrases étaient entrecoupées, comme s'il s'arrachait les mots avec difficulté.

– Continuez, dit Baley.

– Il fallait que je vous parle, que je vous explique que je n'avais rien à voir avec ce robot. *Rien !* Gladia ne savait pas où vous étiez mais j'ai pensé que le Dr Fastolfe pourrait me le dire.

– Alors vous lui avez téléphoné ?

– Oh non, je... je n'aurais pas eu l'aplomb de... C'est un savant si prestigieux ! Mais Gladia l'a appelé pour moi. Elle... elle est comme ça. Il lui a dit que vous étiez allé voir sa fille, le Dr Vasilia Aliena. C'était une chance, puisque je la connais.

– Oui, je le sais.

Gremionis parut mal à l'aise.

– Comment... Est-ce que vous lui avez aussi posé des questions sur moi ? (Sa gêne devenait de l'inquiétude.) Finalement, j'ai appelé le Dr Vasilia et elle m'a dit que vous veniez de partir et que je vous trouverais probablement dans une Personnelle communautaire, et celle-ci était la plus voisine de son établissement. J'étais sûr que vous n'auriez aucune raison d'attendre d'en trouver une plus éloignée.

– Bien raisonné, mais comment se fait-il que vous soyez arrivé si vite ?

– Je travaille à l'Institut de Robotique et mon établissement se trouve dans l'enceinte de l'Institut. Mon scooter m'a amené ici en quelques minutes.

– Vous êtes venu seul ?

– Oui ! Avec un seul robot. Le scooter n'a que deux places.

– Et votre robot attend dehors ?

– Oui.

– Répétez-moi pourquoi vous vouliez me voir.

– Je tiens à m'assurer que vous ne pensez pas que j'aie rien à voir avec ce robot. Jamais je n'en avais seulement entendu parler avant que cette affaire éclate au grand jour. Alors, maintenant, puis-je vous parler ?

– Oui, mais pas ici, répliqua fermement Baley. Sortons.

Il trouva bizarre d'éprouver tant de plaisir à quitter des murs et à se retrouver à l'Extérieur. Cette Personnelle avait quelque chose de plus étranger que tout ce qu'il avait connu tant sur Aurora que sur Solaria. Il était moins déconcerté par l'usage sans discrimination qu'on en faisait que par l'horreur d'être abordé là.

Les livres-films qu'il avait visionnés ne lui avaient rien appris de cela. Il comprenait qu'ils n'avaient pas été écrits pour des Terriens mais pour des Aurorains et, dans une moindre mesure, pour des touristes des quarante-neuf autres mondes spatiens. Les Terriens, après tout, n'allaient presque jamais dans les mondes spatiens, et moins encore à Aurora. Ils n'y étaient pas les bienvenus, alors pourquoi se serait-on adressé à eux ?

Et pourquoi les livres-films auraient-ils expliqué ce que tout le monde savait ? Devaient-ils faire toute une histoire du fait qu'Aurora était de forme sphérique ou que l'eau était mouillée, ou qu'il soit licite d'adresser librement la parole à un homme dans une Personnelle ?

Et pourtant, cette liberté ne ridiculisait-elle pas le nom même de l'édicule ? Malgré tout, Baley ne put s'empêcher de penser aux Personnelles des Dames, sur Terre, où comme le lui avait souvent dit Jessie, les femmes bavardaient constamment sans en éprouver la moindre gêne. Pourquoi les femmes et pas les hommes, après tout ? Baley n'y avait jamais réfléchi sérieusement, il avait tout simplement accepté cet usage – un usage inviolable – mais dans le fond, pourquoi les femmes et pas les hommes ?

Cela n'avait pas grande importance. La pensée ne touchait que son intellect et non le sentiment qui lui faisait éprouver une inexprimable répulsion pour cette idée. Il répéta :

– Sortons.

Gremionis protesta.

– Mais vos robots sont là, dehors !

– Et alors ? Qu'est-ce que ça peut faire ?

– Il s'agit d'une chose dont je veux parler en particulier, d'homme à... à homme.

– Je suppose que vous voulez dire de Spatien à Terrien ?

– Si vous voulez.

– Mes robots sont nécessaires. Ils sont mes collègues, dans cette enquête.

– Mais cela n'a rien à voir avec l'enquête. C'est ce que j'essaye de vous expliquer.

– Permettez-moi d'en être seul juge, déclara Baley avec fermeté, et il sortit.

Gremionis hésita, puis il le suivit.

47

Daneel et Giskard attendaient, impassibles, patients. Baley crut discerner sur la figure de Daneel une trace d'inquiétude mais il se pouvait qu'il attribue simplement cette émotion à ses traits faussement humains. Giskard ne révélait rien, bien entendu, même avec le plus fort penchant pour l'anthropomorphisme.

Un troisième robot attendait aussi, probablement celui de Gremionis. Il était d'une apparence encore plus simple que Giskard et paraissait assez mal entretenu. De toute évidence, Gremionis ne devait pas être très riche.

Daneel dit, avec ce que Baley prit automatiquement pour du soulagement et de l'affection :

– Je suis heureux que vous alliez bien, camarade Elijah.

– Très bien. Je suis curieux, cependant. Si vous m'aviez entendu appeler au secours, à l'intérieur, seriez-vous entrés ?

– Immédiatement, monsieur, répondit Giskard.

– Même si vous êtes programmés pour ne pas entrer dans une Personnelle ?

– La nécessité de protéger un être humain, en l'occurrence vous, monsieur, passerait avant tout.

– C'est exact, camarade Elijah, confirma Daneel.

– Je suis bien aise de l'apprendre, dit Baley. Cette personne est Santirix Gremionis. Monsieur Gremionis, voici Daneel et voici Giskard.

Chaque robot inclina gravement la tête. Gremionis leur jeta à peine un coup d'œil et leva une main indifférente. Il ne présenta pas son robot.

Baley regarda de tous côtés. Le jour avait nettement baissé, le vent était plus vif, l'air plus frais et le soleil complètement caché par des nuages. Tout le paysage était plongé dans une pénombre qui n'inquiéta pas du tout Baley; il continuait d'être enchanté d'avoir échappé à la Personnelle. Son moral monta en flèche à la pensée stupéfiante qu'il était capable de se féliciter d'être à l'Extérieur. C'était un cas particulier, bien sûr, mais tout de même un commencement et il ne pouvait se retenir de considérer cela comme une victoire.

Baley allait se tourner vers Gremionis pour reprendre la conversation quand, du coin de l'œil, il surprit un mouvement. Une femme, accompagnée par un robot, traversait la pelouse. Elle venait vers eux mais avec une totale indifférence et se dirigeait manifestement vers la Personnelle.

Baley tendit un bras vers elle, comme pour l'arrêter bien qu'elle fût encore à trente mètres, en marmonnant :

– Ne sait-elle pas que c'est une Personnelle pour hommes ?

– Quoi ? fit Gremionis.

La femme avançait toujours, sous les yeux de Baley de plus en plus perplexe. Finalement, le robot d'escorte se plaça d'un côté pour attendre et la femme entra dans l'édicule.

– Mais elle ne peut pas entrer là ! s'exclama Baley.

– Pourquoi ? s'étonna Gremionis. C'est communautaire.

– Mais c'est pour les hommes !

– C'est pour tout le monde, dit Gremionis, apparemment très dérouté.

– Pour les deux sexes ? Indifféremment ? Vous ne parlez pas sérieusement !

– Pour n'importe quel être humain. Bien sûr que je parle sérieusement ! Comment voudriez-vous que ce soit ? Je ne comprends pas.

Baley se détourna. Quelques minutes plus tôt, il trouvait que la conversation dans une Personnelle était le summum du mauvais goût. S'il avait cherché à imaginer quelque chose de pire, il aurait été bien en peine de concevoir la possibilité d'une rencontre avec une femme dans une Personnelle.

Et si, pendant qu'il était dans cette Personnelle, une femme était entrée – tout naturellement, avec indifférence – comme celle-ci venait de le faire ? Ou, pis encore, s'il y était entré et y avait trouvé une femme ?

Il ne pouvait pas imaginer sa réaction. Et de cela non plus, les livres-films n'avaient pas parlé !

Il les avait étudiés afin de ne pas commencer son enquête dans l'ignorance totale de la manière de vivre auroraine... et ces lectures ne lui avaient rien laissé entrevoir de ce qui était important.

Alors comment pourrait-il démêler l'écheveau embrouillé de la mort de Jander, si à tout instant il se trouvait égaré par son ignorance ?

Un instant plus tôt, il s'était senti triomphant, heureux d'avoir vaincu sa terreur de l'Extérieur, mais à présent il affrontait le drame de tout ignorer, d'ignorer jusqu'à la nature même de son ignorance.

Ce fut à ce moment, alors qu'il faisait des efforts pour ne pas imaginer la femme dans cet espace si récemment occupé par lui-même, qu'il faillit sombrer dans le désespoir total.

48

Giskard demanda encore une fois (et d'une façon qui trahissait son souci, plus par les mots que par le ton de la voix) :

– Vous ne vous sentez pas bien, monsieur ? Avez-vous besoin d'aide ?

– Non, non, je vais très bien, grogna Baley. Mais ne restons pas là. Nous gênons les personnes qui voudraient utiliser ce lieu.

Il marcha rapidement vers l'aéroglisseur qui reposait sur la pelouse, près du sentier. De l'autre côté, il y avait un petit véhicule à deux roues, avec deux sièges l'un derrière l'autre. Baley supposa que c'était le scooter de Gremionis.

Son irritation et sa dépression étaient aggravées, il le sentait, par la faim. L'heure du déjeuner était passée depuis longtemps et il n'avait rien mangé. Il se tourna vers Gremionis.

– Causons... Mais, si cela ne vous fait rien, faisons cela à table. C'est-à-dire, si vous n'avez pas déjà déjeuné et si vous acceptez de vous asseoir avec moi.

– Où allez-vous manger ?

— Je ne sais pas. Où prend-on ses repas à l'Institut ?

— Pas dans le Réfectoire communautaire. Nous ne pourrions pas y parler commodément.

— Y a-t-il un autre choix ?

— Venez à mon établissement, proposa aussitôt Gremionis. Ce n'est pas un des plus luxueux. Je ne suis pas d'un rang bien élevé. Malgré tout, j'ai quelques bons robots de service et je peux vous promettre une table assez bien garnie. Je vais prendre mon scooter, avec Brundij — c'est mon robot — et vous me suivrez. Il faudra que vous alliez lentement, mais ce n'est qu'à un kilomètre. Cela ne nous demandera que deux ou trois minutes.

Il s'éloigna en courant. Baley l'observa en se disant qu'il avait l'air d'un jeune garçon dégingandé, encore tout gauche. Il était difficile de lui donner un âge, naturellement; les Spatiens ne vieillissaient pas et Gremionis pouvait aisément avoir cinquante ans. Mais il avait un comportement très jeune, presque d'un adolescent selon les normes terriennes. Baley ne savait pas très bien ce qui lui donnait cette impression.

Il se tourna brusquement vers Daneel.

— Connais-tu Gremionis, Daneel ?

— Je ne l'avais encore jamais rencontré, camarade Elijah.

— Et toi, Giskard ?

— Je l'ai vu une fois, monsieur, mais seulement en passant.

— Sais-tu quelque chose de lui, Giskard ?

— Rien qui ne soit pas apparent à la surface, monsieur.

— Son âge? Sa personnalité?

— Non, monsieur.

— Prêts ? leur cria Gremionis.

Son scooter vrombissait assez irrégulièrement. Il était évident qu'il n'était pas assisté par des jets d'air comprimé. Les roues ne quitteraient pas le sol. Brundij était assis derrière Gremionis.

Giskard, Daneel et Baley remontèrent rapidement dans leur aéroglisseur.

Gremionis démarra et décrivit un cercle assez large. Ses cheveux volaient au vent derrière lui et Baley eut soudain la sensation de ce que cela devait être de voyager dans un véhicule découvert. Il fut heureux d'être complètement enfermé dans un aéroglisseur, qui lui paraissait une manière de se déplacer infiniment plus civilisée.

Le scooter se redressa et fila avec un grondement étouffé. Gremionis leva une main pour leur faire signe de le suivre. Derrière lui, le robot conservait son équilibre avec une parfaite aisance, sans se tenir à la taille de Gremionis comme l'aurait certainement fait un être humain.

L'aéroglisseur suivit. Le scooter avançait en droite ligne et paraissait aller très vite, mais ce ne devait être qu'une illusion produite par sa petite taille. L'aéroglisseur avait du mal à maintenir une allure assez réduite pour éviter de l'emboutir par-derrière.

– Malgré tout, murmura Baley, une chose m'étonne.

– Quoi donc, camarade Elijah ?

– Vasilia appelait ce Gremionis un barbier, non sans mépris. Apparemment, il s'occupe de coiffure, de vêtements, et d'autres questions d'ornements vestimentaires humains. Comment se fait-il, donc, qu'il ait un établissement dans l'enceinte de l'Institut de Robotique ?

XII

Encore Gremionis

49

Quelques minutes plus tard à peine, Baley se trouva dans le quatrième établissement aurorain qu'il voyait sur la planète depuis son arrivée, il n'y avait qu'un jour et demi.

Celui de Gremionis lui parut plus petit et plus modeste que les autres même s'il présentait, à l'œil de Baley peu accoutumé aux affaires auroraines, des signes de construction récente. La marque distinctive des établissements aurorains, les niches robotiques, était présente, cependant. En entrant, Giskard et Daneel allèrent rapidement se placer dans deux niches vides, où ils restèrent immobiles et silencieux. Le robot de Gremionis, Brundij, se dirigea presque aussi vivement vers une troisième.

Ils ne semblèrent avoir aucun mal à faire leur choix et rien n'indiquait qu'une niche plutôt qu'une autre fût réservée aux deux robots en visite. Baley se demanda comment les robots évitaient les conflits et pensa qu'il devait y avoir entre eux un quelconque moyen de communication par signes, non perceptible aux êtres humains. Il se promit de demander des précisions à Daneel à ce sujet.

Baley remarqua que Gremionis aussi examinait les niches.

Gremionis avait porté une main à sa lèvre supérieure et, pendant un instant, il caressa de l'index sa petite moustache. Il dit, d'une voix un peu hésitante :

– Votre robot, celui à l'aspect humain, n'a pas l'air à sa place, dans cette niche. C'est Daneel Olivaw, n'est-ce pas ? Le robot du Dr Fastolfe ?

– Oui. Il était dans la dramatique, lui aussi. Ou du moins un acteur jouait son rôle, qui avait davantage le physique de l'emploi.

– Oui, je me souviens.

Baley nota que Gremionis, comme Vasilia, et même comme Gladia et Fastolfe, gardait une certaine distance. On aurait dit qu'il y avait un champ de répulsion... invisible, intangible, que l'on ne sentait en aucune façon, qui entourait Baley et empêchait les Spatiens de s'approcher trop près de lui, qui les contraignait à faire un petit détour quand ils devaient passer près de lui.

Il se demanda si Gremionis en avait conscience ou si c'était purement automatique. Et que faisaient-ils des fauteuils dans lesquels il s'asseyait chez eux, des assiettes où il mangeait, des serviettes qu'il employait ? Est-ce qu'il suffisait de les laver ? Existait-il des procédures spéciales de désinfection ? Est-ce qu'ils jetteraient tout ? Les établissements seraient-ils désinfectés une fois qu'il aurait quitté la planète ? Et la Personnelle communautaire dont il s'était servi ? Allaient-ils la démolir et la reconstruire ?

Il se dit qu'il devenait stupide.

Tout cela était idiot. Ce que faisaient les Aurorains, comment ils se débrouillaient avec leurs problèmes, c'était leur affaire et il n'avait pas à s'en soucier. Par Josaphat ! Il avait bien assez de ses propres problèmes et, pour le moment, l'épine dans le pied était Gremionis... et Baley se dit qu'il s'occuperait de ça après le déjeuner.

Ce déjeuner fut assez simple, principalement végétarien mais, pour la première fois, Baley n'eut pas de difficultés. Chaque chose en soi était facile à reconnaître. Les carottes avaient un goût de carottes plutôt prononcé, les petits pois de petits pois, pour ainsi dire.

Un peu trop, sans doute.

Il mangea du bout des lèvres, en essayant de ne pas montrer son léger dégoût.

Bientôt, il s'aperçut qu'il s'y habituait... comme si ses papilles saturées lui permettaient d'absorber plus facilement les goûts excessifs. L'idée lui vint, assez tristement, que s'il continuait de manger longtemps de la cuisine auroraine, à son retour sur la Terre il regretterait ces nettes différences de saveur et ne saurait plus apprécier celles des nourritures terrestres plus faibles et plus nuancées.

Même la consistance croustillante de divers mets, qui l'avait tant surpris au début, chaque fois qu'en mordant il faisait un bruit qui devait sûrement (pensait-il) gêner la conversation, commençait à lui plaire, comme s'il avait là une preuve manifeste qu'il était bien en train de manger. Quand il retrouverait le silence des repas de la Terre, il lui manquerait quelque chose.

Il se mit à faire attention à ce qu'il absorbait, à étudier les divers goûts. Peut-être, quand les Terriens s'établiraient sur d'autres mondes, cette nourriture à la mode d'Aurora serait la caractéristique de la nouvelle alimentation, surtout s'il n'y avait pas de robots pour préparer et servir les repas.

Non, se reprit-il, pas « quand » mais « si » les Terriens s'établissaient sur d'autres mondes, et ce grand « si » dépendait uniquement de lui, de l'inspecteur Elijah Baley. Le fardeau d'une telle responsabilité l'accabla.

Le repas terminé, deux robots apportèrent des serviettes chaudes et humides, avec lesquelles les convives se nettoyèrent les mains. Mais celles-ci n'étaient pas des serviettes ordinaires car, lorsque Baley posa la sienne sur le plateau elle parut bouger légèrement et s'étirer. Puis, brusquement, elle bondit et disparut par un orifice, au plafond. Baley sursauta et leva les yeux.

— C'est quelque chose de nouveau que j'ai fait installer, expliqua Gremionis. Elles se désintègrent, vous voyez, mais je ne sais pas si ça me plaît. Certains me disent que ça ne tardera pas à boucher l'orifice de désagrégation, d'autres s'inquiètent de la pollution, en disant qu'on risque d'aspirer des particules. Le fabricant assure que non, mais...

Baley s'aperçut tout à coup que Gremionis n'avait pas prononcé un mot pendant le repas, que c'était la première fois que l'un ou l'autre parlait depuis ces quelques mots au sujet de Daneel avant que le déjeuner soit servi. Et il n'avait que faire de considérations oiseuses à propos de serviettes.

Il demanda, assez brutalement :

— Etes-vous barbier, monsieur Gremionis ?

Le jeune homme rougit et sa peau claire se colora jusqu'à la racine des cheveux. Il répondit d'une voix étranglée :

— Qui vous a dit ça ?

— Si c'est là une manière impolie de désigner votre profession, je vous fais mes excuses. Sur Terre, c'est une façon de parler courante, et aucunement insultante.

— Je suis créateur capillaire et styliste. C'est une forme d'art reconnue. Je suis, en fait, un artiste.

Encore une fois, son index caressa sa moustache.

— J'ai remarqué votre moustache, dit gravement Baley. Est-il courant d'en porter à Aurora ?

— Non, pas du tout. J'espère lancer la mode. Prenez un visage masculin... Beaucoup peuvent être améliorés, virilisés, par l'emploi artistique de la barbe et de la moustache. Tout est dans le style, et cela fait partie de ma profession. On peut aller trop loin, naturellement. Dans le monde de Pallas, la barbe est chose courante mais on a l'habitude de la teindre de plusieurs couleurs. Chaque poil est teint séparément pour produire une sorte de mélange de nuances... Ça, c'est idiot. Ça ne dure pas, les couleurs s'altèrent avec le temps et c'est vraiment très laid. Mais même cela vaut mieux qu'un visage glabre, bien souvent. Rien n'est moins plaisant qu'un désert facial. C'est une expression à moi; je l'emploie dans mes conversations personnelles avec ma clientèle future, et cela a beaucoup de succès. Les femmes peuvent se passer d'ornements pileux, parce qu'elles les compensent par d'autres moyens. Dans le monde de Smitheus...

La voix basse, rapide, de Gremionis, son expression franche, produisaient un effet hypnotique, comme sa manière d'arrondir les yeux en fixant Baley avec une intense sincérité. Baley dut se secouer pour s'en libérer.

– Etes-vous roboticien, monsieur Gremionis? demanda-t-il.

Gremionis parut surpris et un peu décontenancé d'être ainsi interrompu en plein exposé.

– Roboticien?

– Oui. Roboticien.

– Non, non, pas du tout. J'emploie des robots, comme tout le monde, mais je ne sais pas ce qu'ils ont à l'intérieur... A vrai dire, je m'en moque.

– Mais vous vivez ici, dans l'enceinte de l'Institut de Robotique. Comment cela se fait-il?

– Pourquoi n'y vivrais-je pas?

La voix de Gremionis était nettement plus hostile.

– Si vous n'êtes pas roboticien...

– C'est stupide! L'Institut, quand il a été conçu il y a quelques années, devait être une communauté se suffisant à elle-même. Nous avons nos propres ateliers de réparation de véhicules de transport, nos propres ateliers d'entretien des robots, nos propres structuralistes. Notre personnel habite ici et si on a besoin d'un artiste, il y a Santirix Gremionis et je vis également ici. Y a-t-il quelque chose de répréhensible dans ma profession qui me l'interdirait?

– Je n'ai pas dit ça!

Gremionis se détourna avec un reste de mauvaise humeur que la protestation hâtive de Baley n'avait pas dissipée. Il appuya sur un bouton puis, après avoir examiné une bande rectangulaire multicolore, il fit un geste qui ressemblait singulièrement à des doigts qui pianotaient.

Une sphère tomba lentement du plafond et resta en suspens à un mètre au-dessus de leur tête. Elle s'ouvrit, comme une orange se séparant par quartiers, et un déploiement de couleurs apparut à l'intérieur, en même temps que se diffusait une sorte de musique douce. Les couleurs et les sons se mêlaient avec un tel art que Baley, contemplant avec stupéfaction ce spectacle, s'aperçut au bout d'un court moment qu'il avait du mal à distinguer les uns des autres.

Les fenêtres s'opacifièrent et les quartiers d'orange devinrent plus vifs.

— Trop vif ? demanda Gremionis.

— Non, répondit Baley après une légère hésitation.

— C'est conçu pour l'ambiance et j'ai choisi une combinaison apaisante, qui nous permettra de parler plus facilement d'une manière civilisée, vous savez... Bon, si nous en venions au vif du sujet ? ajouta Gremionis en changeant de ton.

Baley, non sans quelque difficulté, s'arracha à la contemplation de ce... (Gremionis ne lui avait pas donné de nom) et répondit :

— Si vous voulez. Je ne demande pas mieux.

— M'avez-vous accusé d'avoir eu quelque chose à faire avec l'immobilisation de ce robot, Jander ?

— J'enquête simplement sur les circonstances de la fin de ce robot.

— Mais vous m'avez cité, en rapport avec cette fin... En fait, il y a un instant, vous me demandiez si j'étais roboticien. Je sais à quoi vous pensiez. Vous cherchiez à me faire avouer que je connais un peu la robotique, afin de pouvoir étayer votre hypothèse et me présenter comme le... le... le *finisseur* du robot.

— Vous pourriez dire le tueur.

— Le tueur ? On ne peut pas tuer un robot. Quoi qu'il en soit, je ne l'ai pas fait, je ne l'ai pas achevé, ou je ne l'ai pas tué, comme vous voudrez ! Je vous l'ai dit, je ne suis pas roboticien. Je ne connais *rien* à la robotique. Comment pouvez-vous penser une seconde que...

– Je dois explorer toutes les pistes, étudier tous les rapports. Jander appartenait à Gladia, la Solarienne, et vous étiez très ami avec elle. Il y a un rapport.

– Cela pourrait être vrai de tous ses amis. Ce n'est pas un rapport.

– Etes-vous prêt à déclarer que vous n'avez jamais vu Jander, durant le temps qu'il vous est arrivé de passer dans l'établissement de Gladia ?

– Jamais ! Pas une seule fois !

– Vous ne saviez pas qu'elle avait un robot humaniforme ?

– *Non !*

– Elle ne vous a jamais parlé de lui ?

– Elle avait des robots dans tous les coins. Rien que des robots ordinaires. Elle n'a parlé d'aucun autre.

Baley haussa les épaules.

– Très bien. Je n'ai aucune raison – jusqu'à présent – de supposer que ce n'est pas la vérité.

– Alors dites-le à Gladia !

– Gladia a-t-elle une raison de penser autrement ?

– Naturellement ! Vous lui avez empoisonné l'esprit. Vous l'avez interrogée sur moi, dans ce contexte, et elle a supposé... elle a douté... Le fait est qu'elle m'a appelé ce matin et m'a demandé si j'avais eu quelque chose à voir avec ça. Je vous l'ai dit.

– Et vous avez nié ?

– Bien sûr que j'ai nié ! Et avec une grande force, parce que je n'ai *réellement* rien eu à voir dans cette affaire. Mais ce n'est pas convaincant si c'est moi qui le nie. Je veux que vous le fassiez, vous. Je veux que vous lui disiez que, à votre avis, je suis absolument innocent dans cette histoire. Vous venez de me dire que vous le pensiez et vous ne pouvez, sans la moindre preuve, détruire ma réputation. Je pourrais vous signaler.

– A qui ?

– Au Comité de Défense Personnelle. A la Législature. La directeur de cet Institut est un ami personnel du Président lui-même et je lui ai déjà envoyé un rapport complet sur cette affaire. Je n'attends pas, vous comprenez. J'agis !

Gremionis secoua la tête d'un air qui se voulait féroce, mais qui, avec la douceur naturelle de son visage, n'emportait pas la conviction.

– Ecoutez, reprit-il, nous ne sommes pas sur la Terre. Ici, nous sommes *protégés.* Là-bas, sur votre planète surpeuplée, les gens ne sont qu'autant de ruches, de fourmilières. Vous pouvez vous bousculer, vous étouffer les uns les autres, ça n'a pas d'importance. Une vie ou un million de vies... ça n'a pas d'importance.

Baley intervint en faisant un effort pour ne pas parler avec dédain.

– Vous lisez trop de romans historiques.

– J'en lis, bien sûr, et ils décrivent la Terre comme elle est. On ne peut avoir un milliard de gens sur un seul monde sans qu'il en soit ainsi... A Aurora, nous représentons chacun une vie *précieuse.* Nous sommes tous physiquement protégés, par nos robots, si bien qu'il n'y a jamais une seule agression, et moins encore un meurtre, sur Aurora.

– Sauf dans le cas de Jander.

– Ce n'est pas un meurtre ! Ce n'était qu'un robot. Et nous sommes protégés par notre Législature contre d'autres maux que les agressions. Le Comité de Défense Personnelle considère d'un mauvais œil – d'un très mauvais œil – tout acte qui nuit injustement à une réputation, ou à la situation sociale de n'importe quel citoyen. Un Aurorain, agissant comme vous le faites, aurait beaucoup d'ennuis. Quant à un Terrien... ma foi...

– Je poursuis une enquête à la demande, je présume, de la Législature. Je ne pense pas que le Dr Fastolfe m'aurait fait venir ici sans une autorisation législative.

– C'est possible, mais cela ne vous donne pas le droit de dépasser les limites de l'investigation loyale.

– Allez-vous porter cela devant la Législature, alors ?

– Je vais demander au directeur de l'Institut...

– Au fait, comment s'appelle-t-il ?

– Kelden Amadiro. Je vais lui demander de porter cela devant la Législature – et il fait *partie* de la Législature, vous savez – c'est un des chefs du parti globaliste. Alors je pense que vous feriez mieux d'expliquer clairement à Gladia que je suis totalement innocent.

– Je ne demande pas mieux, monsieur Gremionis, car j'ai l'impression que vous devez l'être, mais comment puis-je changer cette impression en certitude, si vous ne me permettez pas de vous poser quelques questions ?

Gremionis hésita. Puis, avec méfiance, il s'appuya contre le dossier de sa chaise, en croisant les mains derrière son cou, sans réussir pour autant à paraître à l'aise.

– Posez toujours. Je n'ai rien à cacher. Et quand vous aurez fini, vous devrez appeler Gladia, là, par cet émetteur de télévision derrière vous, et lui dire ce que vous avez à lui dire, sinon vous aurez plus d'ennuis que vous ne pouvez l'imaginer.

– Je comprends. Mais d'abord... Depuis combien de temps connaissez-vous le Dr Vasilia Fastolfe ? Ou le Dr Vasilia Aliena, si vous la connaissez sous ce nom ?

Gremionis hésita, puis il répondit d'une voix tendue :

– Pourquoi me demandez-vous ça ? Quel rapport y a-t-il ?

Baley soupira et son expression amère s'accentua encore.

– Je vous rappelle, monsieur Gremionis, que vous n'avez rien à cacher et que vous devez me convaincre de votre innocence, afin que je puisse à mon tour en convaincre Gladia. Alors dites-moi simplement depuis quand vous connaissez le Dr Vasilia. Si vous ne la connaissez pas, dites-le, mais avant que vous disiez cela, il est juste que je vous prévienne que le Dr Vasilia a déclaré que vous la connaissiez très bien, assez bien, tout au moins, pour vous être offert à elle.

Gremionis parut chagriné et répondit, sur un ton mal assuré :

– Je ne sais pas pourquoi on fait tant de bruit autour de cela. Une offre est un usage social tout à fait naturel, qui ne regarde personne... Naturellement, vous êtes un Terrien, alors bien sûr vous en faites toute une histoire !

– J'ai cru comprendre qu'elle n'avait pas accepté votre offre.

Gremionis laissa tomber ses mains sur ses genoux, les poings crispés.

– Accepter ou refuser, c'était uniquement son affaire. Il y a des personnes qui se sont offertes à moi, que j'ai repoussées. C'est sans la moindre importance.

– Admettons. Depuis combien de temps la connaissez-vous ?

– Depuis des années. Une quinzaine d'années.

– Vous la connaissiez quand elle vivait encore avec le Dr Fastolfe ?

– Je n'étais qu'un petit garçon, dit Gremionis en rougissant.

– Comment avez-vous fait sa connaissance ?

– Quand j'ai terminé mes études d'artiste, j'ai été chargé de lui créer une garde-robe. Elle en a été contente et ensuite elle a eu recours à mes services, pour cela exclusivement.

– Est-ce sur sa recommandation que vous avez obtenu votre situation actuelle de – comment dire... – d'artiste officiel pour les membres de l'Institut de Robotique ?

– Elle a reconnu mes qualifications. J'ai été pris à l'essai, avec d'autres, et j'ai obtenu la place grâce à mes seuls mérites.

– Mais vous a-t-elle recommandé ?

Laconiquement, et avec agacement, Gremionis répliqua :

– Oui.

— Et vous avez estimé que le meilleur moyen de la remercier serait de vous offrir à elle ?

Gremionis fit une grimace et humecta ses lèvres comme s'il goûtait quelque chose de déplaisant.

— Ce que vous dites est... répugnant ! Je suppose que ce doit être la tournure d'esprit des Terriens. Mon offre signifiait simplement que j'avais du plaisir à la faire.

— Parce qu'elle est très séduisante et possède une personnalité chaleureuse ?

Gremionis hésita.

— Eh bien, non, on ne peut pas dire qu'elle ait une personnalité chaleureuse... mais il est certain qu'elle est très séduisante.

— Je me suis laissé dire que vous vous offriez à tout le monde, sans discrimination.

— Ce n'est pas vrai !

— Qu'est-ce qui n'est pas vrai ? Que vous vous offrez à tout le monde ou qu'on me l'ait dit ?

— Que je m'offre à tout le monde. Qui vous a raconté ça ?

— Je crois qu'il ne servirait à rien que je réponde à cette question. Voudriez-vous que je vous cite comme une source d'informations embarrassantes ? Me parleriez-vous librement, si vous pensiez que je le ferais ?

— Ma foi, celui ou celle qui vous a dit ça a menti.

— Ce n'était peut-être qu'une exagération spectaculaire. Vous êtes-vous offert à d'autres personnes, avant le Dr Fastolfe ?

Gremionis se détourna.

— Une ou deux fois. Jamais sérieusement.

— Mais vous pensiez sérieusement au Dr Fastolfe ?

— Ma foi...

— Si j'ai bien compris, vous vous êtes offert à elle à plusieurs reprises, ce qui est tout à fait contraire aux usages aurorains.

— Oh, vous savez, les usages aurorains... (Il s'interrompit, pinça les lèvres, et son front se plissa.) Ecoutez, monsieur Baley, est-ce que je peux vous parler confidentiellement ?

— Certainement. Toutes mes questions sont simplement destinées à me convaincre que vous n'êtes responsable en rien de la mort de Jander. Une fois que je serai satisfait de ce que vous me dites, soyez assuré que je garderai vos réflexions pour moi.

— Très bien, alors. Ce n'est rien de mal, rien dont je puisse avoir honte, comprenez-vous. Mais simplement, j'ai un sens profond de l'intimité personnelle et c'est bien mon droit, il me semble. Non ?

— Absolument.

— Eh bien, voyez-vous, j'estime que les rapports sexuels sont meilleurs quand il existe entre les partenaires une affection et un amour profonds.

— Je crois que c'est tout à fait vrai.

— Alors, on n'a pas besoin des autres, n'est-ce pas ?

— Cela me paraît... plausible.

— J'ai toujours rêvé de trouver la partenaire idéale et de ne plus rechercher personne d'autre. On appelle cela de la monogamie. Cette pratique n'existe pas à Aurora, mais elle existe dans d'autres mondes, sur Terre, il paraît. N'est-ce pas ?

— En principe, monsieur Gremionis.

— C'est ça que je veux. C'est ce que je cherche depuis des années. Au cours de mes quelques expériences sexuelles, j'ai compris qu'il manquait quelque chose. Et puis j'ai fait la connaissance du Dr Vasilia et elle m'a dit... Vous savez, les gens se confient facilement à leur styliste personnel, parce qu'ils font un travail très personnel, et voici la partie vraiment confidentielle...

— Eh bien ? Je vous écoute.

Gremionis s'humecta encore les lèvres.

— Si ce que je vais dire maintenant se savait, je serais ruiné, détruit. Elle ferait tout pour cela, pour que je n'aie plus une seule commande. Etes-vous bien sûr que cela ait un rapport avec l'affaire ?

— Je vous affirme, avec le plus de force que je peux, que cela peut être d'une importance capitale.

Gremionis ne parut pas entièrement convaincu mais il se lança tout de même :

– Eh bien, voilà. Je crois avoir compris, d'après certaines bribes de confidences, diverses choses que le Dr Vasilia m'a dites que... qu'elle est... (et il baissa la voix de plusieurs tons) qu'elle est encore vierge.

– Je vois, murmura Baley.

Il se rappela la certitude qu'avait Vasilia que son père en la refusant avait marqué et perverti sa vie et il comprit mieux la haine qu'elle ressentait pour lui.

– Cela m'a excité. Il me semblait que je pourrais l'avoir toute à moi. Que je serais le seul homme qu'elle aurait jamais. Je ne peux pas expliquer l'importance que cela avait pour moi. Cela la rendait encore plus merveilleusement belle à mes yeux et je la désirais comme un fou.

– Vous vous êtes donc offert à elle.

– Oui.

– Avec insistance. Vous n'étiez pas découragé par ses refus ?

– Ça ne faisait que confirmer sa virginité, pour ainsi dire, et augmentait mon désir. C'était d'autant plus excitant que ce n'était pas facile. Je ne peux pas vous l'expliquer et je n'espère pas que vous le comprendrez.

– Figurez-vous, monsieur Gremionis, que je le comprends très bien... Mais il me semble qu'un moment est venu où vous avez cessé de vous offrir au Dr Vasilia ?

– Eh bien... oui.

– Et vous avez commencé à vous offrir à Gladia.

– Oui.

– Avec insistance.

– Eh bien, oui.

– Pourquoi ? Pourquoi ce changement ?

– Le Dr Vasilia a fini par me faire comprendre que je n'avais aucune chance et puis Gladia est arrivée, elle ressemblait au Dr Vasilia et... et... Et voilà.

– Mais Gladia n'est pas vierge. Elle était mariée, sur Solaria. Et il paraît qu'elle a eu pas mal d'expériences, sur Aurora.

– Je sais, mais elle... elle s'est arrêtée. Vous comprenez, elle est solarienne, pas auroraine, et elle ne comprenait pas très bien les usages d'ici. Mais elle a cessé, parce qu'elle n'aimait pas ce qu'elle appelait la débauche.

– Elle vous a dit ça ?

– Oui. La monogamie est d'usage à Solaria. Elle n'était pas heureuse en ménage mais c'était malgré tout la coutume à laquelle elle était habituée. Alors, quand elle a essayé les usages aurorains, ils ne lui ont pas plu, et justement, la monogamie c'est ce que je recherche aussi. Vous comprenez ?

– Oui. Mais comment avez-vous fait sa connaissance ?

– Comme ça, simplement. Elle est passée en hypervision à son arrivée, en réfugiée romanesque de Solaria, et puis elle jouait un rôle dans cette dramatique...

– Oui, oui, mais il y avait autre chose, n'est-ce pas ?

– Je ne sais pas ce que vous voulez encore.

– Eh bien, voyons un peu, que je devine. Est-ce qu'un moment n'est pas venu où le Dr Vasilia vous a dit qu'elle vous refusait à jamais, et ne vous a-t-elle pas alors suggéré une solution de remplacement ?

Gremionis, soudain furieux, hurla :

– C'est le Dr Vasilia qui vous a dit ça ?

– Non, pas du tout, mais malgré tout, je crois savoir ce qui s'est passé. Est-ce qu'elle ne vous a pas dit que ce serait une bonne idée de rendre visite à une nouvelle venue, une jeune Solarienne qui était la pupille ou la protégée du Dr Fastolfe... lequel, vous le savez sans doute, est le père du Dr Vasilia. Ne vous aurait-elle pas dit que de l'avis de tous, cette jeune femme, Gladia, lui ressemblait beaucoup mais qu'elle était plus jeune et avait une personnalité chaleureuse ? En un mot, est-ce que le Dr Vasilia ne vous a pas encouragé à transférer vos attentions ?

Visiblement, Gremionis souffrait. Il jeta un coup d'œil à Baley et se détourna. C'était la première fois que Baley voyait de la peur au fond des yeux d'un Spatien... Ou bien était-ce de la crainte respectueuse ?

Baley secoua imperceptiblement la tête, en se disant qu'il ne devait pas trop se glorifier d'avoir impressionné un Spatien. Cela risquait de compromettre son objectivité.

– Eh bien ? demanda-t-il. Ai-je tort ou raison ?

Et Gremionis répondit à voix basse :

– Ainsi, cette dramatique n'était pas une exagération... Vous êtes vraiment capable de lire dans les pensées !

50

Baley reprit, calmement :

– Je me contente de poser des questions... Et vous ne m'avez pas répondu directement. Ai-je tort ou raison ?

– Ça ne s'est pas passé tout à fait comme ça. Pas tout simplement comme ça. Elle n'a pas parlé de Gladia mais... (Il se mordilla la lèvre inférieure.) Mais ça se résumait à peu près à ce que vous avez dit. Oui, vous ne l'avez pas si mal décrit.

– Et vous n'avez pas été déçu ? Vous avez trouvé que Gladia ressemblait effectivement au Dr Vasilia ?

– Dans un sens, oui, répondit Gremionis, et ses yeux s'animèrent. Mais pas vraiment. Si vous les mettez côte à côte, vous verrez la différence. Gladia a beaucoup plus de délicatesse et de grâce. Un esprit bien plus vif... plus gai.

– Vous êtes-vous offert à Vasilia, depuis que vous avez fait la connaissance de Gladia ?

– Etes-vous fou ? Jamais de la vie !

– Mais vous vous êtes offert à Gladia.

– Oui.

— Et elle vous a repoussé ?

— Eh bien... oui, mais vous devez comprendre qu'elle voulait être sûre, comme je veux l'être aussi. Pensez à l'erreur que j'aurais commise si j'avais persuadé le Dr Vasilia de m'accepter. Gladia ne veut pas commettre cette erreur et je la comprends.

— Mais vous, vous ne pensiez pas qu'elle aurait tort de vous accepter, alors vous vous êtes offert encore une fois... puis deux... puis trois...

Pendant un moment, Gremionis regarda fixement Baley et puis un frisson le parcourut. Il fit une moue d'enfant récalcitrant.

— Vous dites cela d'une manière insultante...

— Excusez-moi. Je n'avais aucune intention de vous insulter. Répondez à ma question, s'il vous plaît.

— Eh bien, oui, c'est vrai.

— Combien de fois vous êtes-vous offert ?

— Je n'ai pas compté. Quatre fois. Ou cinq. Ou peut-être plus.

— Et elle vous a toujours repoussé ?

— Oui, bien sûr, sinon je n'aurais pas fait de nouvelles offres, n'est-ce pas ?

— Vous repoussait-elle avec colère ?

— Oh non ! Ce ne serait pas Gladia. Non, très gentiment.

— Est-ce que cela vous a poussé à vous offrir à d'autres ?

— Pardon ?

— Quand Gladia vous a rejeté. Par réaction, vous auriez pu vous offrir à quelqu'un d'autre. Pourquoi pas ? Si Gladia ne voulait pas de vous...

— *Non !* Je ne veux personne d'autre.

— Pourquoi, à votre avis ?

Gremionis soupira.

— Comment voulez-vous que je sache pourquoi ? Je veux Gladia. C'est un... une espèce de folie, encore que je pense que ce soit la folie la meilleure et la plus raisonnable. Je serais fou de ne pas souffrir de ce genre de folie... mais vous ne pouvez pas comprendre, bien sûr.

– Avez-vous essayé d'expliquer cela à Gladia ? Elle comprendrait peut-être, elle.

– Jamais. Je lui ferais de la peine. Je la gênerais. On ne parle pas de ces choses-là. Je devrais consulter un mentologue.

– Vous ne l'avez pas fait ?

– Non.

– Pourquoi ?

Gremionis fronça les sourcils.

– Vous avez le chic de poser les questions les plus indiscrètes, Terrien !

– Sans doute parce que je suis un Terrien. Je ne suis pas très raffiné. Mais je suis aussi un enquêteur et je dois être éclairé. Pourquoi n'avez-vous pas consulté un mentologue ?

Gremionis surprit Baley en éclatant de rire.

– Je vous l'ai dit. Le remède serait pire que le mal. Je préfère être repoussé par Gladia qu'accepté par n'importe quelle autre personne. Rendez-vous compte ! Avoir l'esprit dérangé et vouloir qu'il reste dérangé ! Tous les mentologues me soumettraient à un traitement intensif.

Baley réfléchit un moment, puis il demanda :

– Savez-vous si le Dr Vasilia est mentologue ?

– Elle est roboticienne. Il paraît que c'est ce qui s'en approche le plus. Si l'on sait comment fonctionne un robot, on doit savoir comment fonctionne le cerveau humain, du moins à ce qu'on dit.

– Avez-vous jamais pensé que Vasilia connaît ces singuliers sentiments que vous éprouvez pour Gladia ?

Gremionis se redressa.

– Je ne lui en ai jamais parlé... Du moins pas ouvertement.

– Ne serait-il pas possible qu'elle comprenne vos sentiments sans avoir à vous poser de questions ? Sait-elle que vous vous êtes offert plusieurs fois à Gladia ?

– Ma foi... Il est arrivé qu'elle me demande si je

progressais. Sur un plan strictement amical, vous savez. Je lui disais diverses choses. Rien d'intime.

– Vous êtes bien sûr qu'il n'y avait rien d'intime? Elle vous a sûrement encouragé à persévérer, non?

– C'est bizarre... Maintenant que vous en parlez, je vois les choses sous un autre jour. Je ne sais pas comment vous vous êtes arrangé pour me fourrer ça dans la tête. C'est vos questions, je suppose, mais il me semble maintenant qu'elle a bien continué à encourager mon amitié pour Gladia. Elle l'a activement soutenue. (Il parut soudain mal à l'aise.) Je ne m'en étais jamais rendu compte. Dans le fond, je n'y avais jamais pensé.

– Pourquoi croyez-vous qu'elle vous a encouragé à persister à vous offrir à Gladia?

Gremionis fronça les sourcils et lissa machinalement sa moustache.

– Elle essayait peut-être de se débarrasser de moi? De s'assurer que je ne viendrais plus l'importuner? Ce n'est pas très flatteur pour moi, on dirait, ajouta-t-il avec un petit rire gêné.

– Est-ce que le Dr Vasilia vous a conservé son amitié?

– Oh oui, tout à fait. Elle était même plus amicale, dans un sens.

– Vous a-t-elle conseillé, expliqué, comment mieux réussir auprès de Gladia? Par exemple, en vous intéressant à ce qu'elle faisait, à son art?

– Elle n'en avait pas besoin. Le travail de Gladia ressemble beaucoup au mien. Je m'occupe d'êtres humains et elle de robots mais nous sommes tous deux stylistes, artistes... Ça rapproche, vous savez. Parfois, nous nous entraidions, même. Quand je ne m'offrais pas, et que donc je n'étais pas repoussé, nous étions très bons amis... C'est beaucoup, si l'on veut bien y réfléchir.

– Est-ce que le Dr Vasilia vous a suggéré de vous intéresser davantage aux travaux du Dr Fastolfe?

– Pourquoi l'aurait-elle suggéré? J'ignore tout des travaux de Fastolfe.

– Gladia pourrait s'intéresser à ce que fait son bienfaiteur, et cela aurait été pour vous une façon de vous glisser dans ses bonnes grâces.

Gremionis ferma à demi les yeux. Il se leva, avec une violence presque explosive, marcha jusqu'au fond de la pièce, revint et se planta devant Baley.

– Vous... écoutez... une minute ! Je ne suis peut-être pas l'homme le plus intelligent de cette planète, ni même le second, mais je ne suis pas un fichu imbécile ! Je vois où vous voulez en venir, vous savez.

– Ah ?

– Toutes vos questions ont réussi à me faire plus ou moins avouer que c'est le Dr Vasilia qui m'a poussé à tomber amoureux... C'est ça ! s'exclama-t-il avec un certain étonnement. Je suis amoureux, comme dans les romans historiques...

Il réfléchit un instant, d'un air quelque peu stupéfait. Et puis sa colère revint.

– Qu'elle m'a poussé à tomber amoureux et à le rester, pour que je découvre des choses grâce au Dr Fastolfe et que j'apprenne comment immobiliser ce robot, Jander ?

– Et vous ne le croyez pas ?

– Non, pas du tout ! cria Gremionis. Je n'entends rien à la robotique. *Rien !* Même si la robotique m'était longuement expliquée, avec méthode, je n'y comprendrais rien. Et Gladia non plus, je pense. D'ailleurs, je n'ai jamais interrogé personne à ce sujet. Jamais personne, ni le Dr Fastolfe ni personne, ne m'a rien dit de la robotique. Personne n'a jamais suggéré que je m'occupe de robotique. Le Dr Vasilia ne l'a jamais suggéré. Toute votre foutue hypothèse s'effondre, elle ne vaut rien ! N'y pensez plus.

Il se rassit, croisa les bras et pinça les lèvres fortement. Sa petite moustache se hérissa.

Baley leva les yeux vers les quartiers d'orange qui bourdonnaient toujours leur légère mélodie, en diffusant une lumière aux couleurs changeantes et en se balançant doucement sur un rythme hypnotique.

Si l'éclat de Gremionis avait désorganisé l'attaque de Baley, il n'en montra rien.

– Je comprends ce que vous me dites, mais il n'en

reste pas moins vrai que vous voyez beaucoup Gladia, n'est-ce pas ? demanda-t-il.

— Oui, c'est vrai.

— Vos offres répétées ne l'offensent pas et ses refus répétés ne vous offensent pas non plus ?

Gremionis haussa les épaules.

— Mes offres sont polies. Ses refus n'ont rien d'agressif. Pourquoi serions-nous offensés ?

— Mais comment passez-vous le temps, quand vous êtes ensemble ? Les rapports sexuels sont exclus, manifestement, et vous ne parlez pas de robotique. Alors que faites-vous ?

— Est-ce que la bonne compagnie se limite à ça, la sexualité ou la robotique ? Nous faisons beaucoup de choses ensemble. Nous bavardons, d'abord. Elle est très curieuse d'Aurora et je passe des heures à décrire notre planète. Elle l'a très peu visitée, vous savez. Et elle passe des heures à me parler de Solaria, du trou infernal que c'est, apparemment. J'aimerais encore mieux vivre sur Terre, soit dit sans vous offenser. Et puis il y a son mari, qui est mort. Quel sale caractère il avait. Gladia a eu une triste vie.

» Nous allons au concert. Je l'ai emmenée quelques fois à l'Institut d'Art, et puis nous travaillons ensemble. Je vous l'ai dit. Nous examinons ensemble mes dessins, ou les siens. Pour être tout à fait franc, je ne trouve pas très intéressant de travailler sur des robots, mais à chacun ses idées, vous savez. Tenez, par exemple, elle était stupéfaite quand je lui ai expliqué pourquoi il était si important de couper les cheveux correctement... Les siens ne sont pas très bien coiffés... Mais, le plus souvent, nous nous promenons, à pied.

— A pied ? Où donc ?

— Sans but particulier. De simples promenades. C'est son habitude, c'est ainsi qu'elle a été élevée à Solaria. Etes-vous jamais allé à Solaria ?... Oui, bien sûr, que je suis bête... A Solaria, il y a d'immenses propriétés avec un seul être humain ou deux, et à part ça rien que des robots. On peut faire des kilomètres à pied en restant solitaire, et Gladia me dit que cela vous donne l'impression que toute la planète vous appartient. Les robots sont toujours là, naturellement, pour vous surveiller et prendre soin de vous mais ils restent hors de vue et ici, à Aurora, elle regrette cette sensation de posséder le monde.

– En somme, elle aimerait posséder le monde ?

– Vous voulez dire par ambition, par goût du pouvoir ? C'est de la folie. Elle veut simplement dire que l'impression d'être seule avec la nature lui manque. J'avoue que je ne le comprends pas très bien, mais je ne veux pas la contrarier. Il est évident qu'on ne peut trouver à Aurora cette sensation solarienne de solitude. On rencontre fatalement du monde, surtout dans la zone urbaine d'Eos, et les robots ne sont pas programmés pour rester hors de vue. En fait, les Aurorains se déplacent en général avec des robots... Malgré tout, je connais des chemins agréables, pas trop encombrés, et Gladia les aime bien.

– Et vous ?

– Au début, seulement parce que j'étais avec Gladia. Les Aurorains sont grands marcheurs aussi, dans l'ensemble, mais je dois reconnaître que je ne le suis pas. Au commencement, mes muscles protestaient et Vasilia se moquait de moi.

– Elle était au courant de vos promenades, alors ?

– Eh bien, un jour, je suis arrivé en boitant, j'avais mal aux cuisses, les articulations qui craquaient et j'ai dû lui expliquer. Elle a ri en disant que c'était une bonne idée et que le meilleur moyen d'obtenir que les marcheurs acceptent vos offres, c'était de marcher avec eux. « Persévérez, disait-elle, et elle reviendra sur ses refus avant que vous ayez l'occasion de vous offrir encore une fois. Elle s'offrira d'elle-même. » Ce n'est pas arrivé, mais malgré tout j'ai fini par beaucoup aimer nos promenades.

Gremionis semblait avoir surmonté son emportement et il était tout à fait à l'aise. Peut-être pensait-il aux promenades, se dit Baley, car il avait un demi-sourire aux lèvres. Il avait l'air plutôt sympathique – et vulnérable – tandis qu'il se rappelait on ne sait quelles bribes de conversation au cours d'une promenade on ne sait où. Baley faillit sourire aussi.

– Vasilia sait donc que vous avez poursuivi ces promenades ?

– Sans doute. J'ai pris l'habitude de m'accorder les mercredis et les samedis, parce que cela convenait à l'emploi du temps de Gladia et parfois Vasilia plaisantait à ce sujet quand je lui apportais des croquis.

– Est-ce que le docteur Vasilia aime la marche ?

– Certainement pas.

Baley changea de position et contempla attentivement ses mains en disant :

– Je suppose que des robots vous accompagnaient dans vos promenades ?

– Oui, bien sûr. Un des miens, un des siens. Mais ils restaient plutôt à distance. Ils n'étaient pas sur nos talons, à la manière auroraine, comme dit Gladia. Elle disait qu'elle préférait la solitude solarienne, alors je ne demandais pas mieux que de lui faire plaisir. Encore qu'au début, j'attrapais un torticolis à force de me retourner pour voir si Brundij était toujours avec moi.

– Et quel robot accompagnait Gladia ?

– Ce n'était pas toujours le même. De toute façon, il se tenait à l'écart aussi. Je n'ai jamais eu l'occasion de lui parler.

– Et Jander ?

Aussitôt, la figure de Gremionis s'assombrit.

– Quoi, Jander ? grogna-t-il.

– Il n'est jamais venu, lui ? S'il était venu, vous l'auriez su, n'est-ce pas ?

– Un robot humaniforme ? Certainement. Il ne nous a jamais accompagnés. Jamais.

– Vous en êtes certain ?

– Absolument, répliqua Gremionis avec mauvaise humeur. Elle devait le trouver trop précieux pour le gaspiller en lui confiant des tâches à la portée de n'importe quel robot.

— Vous paraissez agacé. Vous le pensiez aussi ?

— C'était son robot. Je ne m'en souciais pas.

— Et vous ne l'avez jamais vu quand vous étiez chez Gladia ?

— Jamais.

— Vous a-t-elle parlé de lui ?

— Je ne m'en souviens pas.

— Vous ne trouvez pas ça bizarre ?

Gremionis secoua la tête.

— Non. Pourquoi aurions-nous parlé de robots ?

Les yeux sombres de Baley se fixèrent sur la figure du jeune homme.

— Aviez-vous une idée des rapports entre Gladia et Jander ?

— Vous voulez dire qu'il y en avait, entre eux ?

— Est-ce que cela vous surprendrait ?

— Ce sont des choses qui arrivent, marmonna Gremionis. Ce n'est pas insolite. On peut se servir d'un robot, parfois, si on en a envie. Et un robot humaniforme... totalement humaniforme, je crois...

— Totalement, affirma Baley.

Gremionis fit une grimace.

— Eh bien, dans ce cas, une femme aurait du mal à résister, je pense.

— Elle vous a résisté, à vous. Ça ne vous gêne pas que Gladia vous ait préféré un robot ?

— Ma foi, si on en arrive là... J'avoue avoir du mal à croire que ce soit vrai mais, si ça l'est, il n'y a aucune raison de s'en inquiéter. Un robot n'est qu'un robot. Une femme et un robot, ou un homme et un robot, ce n'est que de la masturbation.

— Très franchement, vous avez tout ignoré de ces rapports ? Vous n'avez jamais rien soupçonné ?

— Je n'y ai jamais pensé.

— Vous ne le saviez pas ? Ou bien vous le saviez mais n'y faisiez pas attention ?

Gremionis fronça les sourcils.

— Vous recommencez à insister. Que voulez-vous que je vous dise ? Maintenant que vous me mettez cette idée dans la tête, et que vous insistez, il me semble, avec le recul, que je me suis peut-être interrogé. Malgré tout, je n'ai jamais eu l'impression qu'il se passait quelque chose avant que vous vous mettiez à poser des questions.

— Vous en êtes bien sûr ?

— Oui, j'en suis sûr. Ne me harcelez pas !

— Je ne vous harcèle pas. Je me demande simplement s'il est possible que vous ayez su que Gladia avait des rapports sexuels réguliers avec Jander, si vous saviez que jamais elle ne vous accepterait comme amant tant que cette liaison durerait, si vous la désiriez tant que vous auriez fait n'importe quoi pour éliminer Jander, en un mot, si vous étiez si jaloux que vous...

A ce moment Gremionis — comme si un ressort, tenu serré depuis plusieurs minutes, s'était brusquement détendu — se jeta sur Baley en poussant un grand cri. Baley, pris au dépourvu, eut un mouvement de recul instinctif et sa chaise bascula en arrière.

51

Immédiatement, des bras solides entourèrent Baley. Il se sentit soulevé. La chaise fut redressée et il eut conscience d'être soutenu par un robot. Il était facile d'oublier leur présence dans une pièce, quand ils se tenaient immobiles et silencieux dans leurs niches.

Ce n'était pas Daneel ni Giskard qui étaient venus à son secours, cependant. C'était Brundij, le robot de Gremionis.

— Monsieur, dit-il d'une voix un peu anormale, j'espère que vous ne vous êtes pas fait mal.

Mais où étaient Daneel et Giskard ?

La réponse fut aussitôt donnée. Les robots s'étaient partagé le travail rapidement et intelligemment. Daneel et Giskard, estimant instantanément qu'une chaise renversée risquait moins de blesser Baley qu'un Gremionis enragé, s'étaient rués sur lui. Brundij, voyant tout de suite qu'on n'avait pas besoin de lui de ce côté, s'occupa de l'invité.

Gremionis, encore debout, haletant, était complètement immobilisé dans la double étreinte des robots de Baley.

– Je vous en prie, croyez-moi, murmura-t-il, je suis tout à fait maître de moi.

– Oui, monsieur, dit Giskard.

– Certainement, monsieur Gremionis, susurra aimablement Daneel.

Leur étreinte se relâcha mais ni l'un ni l'autre ne s'écarta. Gremionis regarda à droite et à gauche, lissa un peu ses vêtements et puis il alla se rasseoir. Sa respiration était encore rapide et il était plus ou moins décoiffé.

Baley s'était relevé et s'appuyait des deux mains sur le dossier de sa chaise.

– Excusez-moi de m'être laissé emporter, dit Gremionis. De toute ma vie d'adulte, cela ne m'est pas arrivé. Vous m'avez accusé d'être... jaloux. C'est un mot qu'aucun Aurorain qui se respecte n'emploierait à l'égard d'un autre, mais j'aurais dû me souvenir que vous êtes un Terrien. C'est un mot qu'on ne trouve que dans les romans historiques et, même alors, il est généralement écrit « j » suivi de points de suspension. Naturellement, il n'en est pas de même chez vous. Je le comprends.

– Je vous présente également mes excuses, répondit gravement Baley. Je suis navré que mon oubli des usages aurorains m'ait égaré. Je vous donne ma parole que cela ne m'arrivera plus.

Il se rassit et déclara sur un autre ton :

– Je crois que nous nous sommes tout dit...

Mais Gremionis parut ne pas l'entendre.

– Quand j'étais enfant, murmura-t-il, il m'arrivait de bousculer un camarade et d'être bousculé, et il fallait un moment avant que les robots prennent la peine de venir nous séparer, naturellement...

Daneel intervint :

— Si je puis me permettre d'expliquer, camarade Elijah. Il a été établi que la suppression totale de l'agressivité chez les très jeunes enfants a des conséquences peu souhaitables. Un peu de bagarre, une certaine compétitivité sont permises, et même encouragées, à la condition que personne ne se fasse vraiment mal. Les robots chargés des petits sont soigneusement programmés pour évaluer les risques et le degré de violence qui ne doit pas être dépassé. Moi, par exemple, je ne suis pas programmé en ce sens et je ne serais pas qualifié comme gardien de jeunes enfants, sauf en cas d'urgence et pour de brèves périodes. Giskard non plus.

— Ce genre de comportement agressif est réprimé durant l'adolescence, je suppose ? demanda Baley.

— Progressivement, répondit Daneel, à mesure que le degré du mal infligé risque d'augmenter et quand la nécessité de se contrôler devient plus indispensable.

— Quand je suis arrivé à l'âge des études secondaires, dit Gremionis, comme tous les Aurorains je savais déjà très bien que toute compétition se limitait à la comparaison des qualités mentales et du talent...

— Il n'y avait pas de compétitions physiques ?

— Si, bien sûr, mais seulement dans des activités n'entraînant pas de contact physique avec intention de blesser.

— Mais depuis votre adolescence...

— Je n'ai attaqué personne. Non, vraiment pas. Il m'est arrivé d'en avoir envie, c'est certain. Je suppose que dans le cas contraire, je ne serais pas entièrement normal, mais jusqu'à cet instant, j'ai toujours su me maîtriser. Mais aussi, jamais personne ne m'avait traité de... de ce que vous avez dit.

— D'ailleurs, il ne servirait à rien d'attaquer, si des robots sont là pour vous retenir, n'est-ce pas ? Je présume qu'il y a toujours un robot à deux pas, des deux côtés, pour l'agresseur et l'agressé.

— Certainement... Raison de plus pour que j'aie honte de m'être laissé aller. J'espère que vous n'aurez pas besoin de signaler cet incident dans la relation de votre enquête.

– Je vous assure que je n'en parlerai à personne. Cela n'a aucun rapport avec l'affaire qui nous occupe.

– Merci. Avez-vous dit que cette entrevue est terminée ?

– Je crois qu'elle l'est.

– Dans ce cas, voulez-vous faire ce que je vous ai demandé ?

– Quoi donc ?

– Dire à Gladia que je ne suis en rien responsable de l'immobilisation de Jander.

Baley hésita.

– Je lui dirai que telle est mon opinion.

– Je vous en prie, soyez plus catégorique ! Je veux qu'elle soit absolument certaine que je n'ai rien à voir avec ça et d'autant plus si elle avait de l'affection pour ce robot sur le plan sexuel. Je ne pourrais pas supporter qu'elle pense que j'étais j... j... Comme elle est solarienne, elle pourrait le penser.

– Oui, elle le pourrait, murmura Baley, tout songeur.

Gremionis parla alors rapidement et avidement :

– Je ne sais rien des robots et personne – ni le Dr Vasilia ni aucune autre personne – ne m'en a jamais parlé. Pour m'expliquer leur fonctionnement, je veux dire. Je n'avais absolument aucun moyen de détruire Jander.

Pendant un moment, Baley resta plongé dans ses pensées. Puis il dit, comme à contrecœur :

– Je ne puis m'empêcher de vous croire. Il est certain que je ne sais pas tout et il est possible – je dis cela sans vouloir vous offenser – que vous mentiez, le Dr Vasilia ou vous. Je sais étonnamment peu de chose sur la nature intime de la société auroraine et il est sans doute facile de m'abuser. Et, pourtant, je ne puis m'empêcher de vous croire. Néanmoins, je ne puis faire plus que dire cela à Gladia, à savoir qu'à mon avis, vous êtes totalement innocent. Je suis obligé de dire « à mon avis ». Je suis sûr qu'elle trouvera cela suffisamment convaincant.

– Il faudra donc que je m'en contente, marmonna Gremionis. Mais si cela peut aider, je vous donne ma parole de citoyen aurorain que je suis innocent.

Baley sourit légèrement.

– Loin de moi la pensée de douter de votre parole, mais mon entraînement me force à ne me fier qu'aux seules preuves objectives.

Il se leva, contempla gravement Gremionis pendant un moment, puis il dit :

– Gremionis, je vous prie de ne pas prendre en mauvaise part ce que je vais vous dire. Si j'ai bien compris, vous voulez que je rassure ainsi Gladia, parce que vous tenez à conserver son amitié.

– J'y tiens beaucoup.

– Et vous avez l'intention, quand l'occasion propice se présentera, de vous offrir encore une fois ?

Gremionis rougit, ravala sa salive, et répondit :

– Oui, c'est mon intention.

– Puis-je me permettre de vous donner un conseil ? Ne le faites pas.

– Vous pouvez garder vos conseils. Je n'ai aucune intention de renoncer à elle.

– Ce que je veux dire, c'est... Ne vous y prenez pas de la manière habituelle, protocolaire. Vous pourriez envisager de, simplement... (Baley se détourna, inexplicablement gêné)... de la prendre dans vos bras et de l'embrasser.

– Non ! s'écria Gremionis. Je vous en prie ! Aucune Auroraine ne le supporterait. Et aucun Aurorain !

– Ne pouvez-vous vous rappeler que Gladia n'est pas auroraine ? Elle est solarienne, elle a d'autres usages, d'autres traditions. A votre place, j'essaierais.

L'expression posée de Baley masquait une fureur intérieure. Qui était donc Gremionis, pour qu'il lui donne un tel conseil ? Pourquoi dire à un autre de faire ce que lui-même rêvait de faire ?

XIII

Amadiro

52

Baley en revint à l'affaire, d'une voix un peu plus grave que la normale.

— Vous avez cité le nom du directeur de l'Institut de Robotique, tout à l'heure. Pourriez-vous me répéter ce nom ?

— Kelden Amadiro.

— Et y a-t-il un moyen de le joindre, d'ici ?

— Eh bien, oui et non. Vous pouvez joindre sa réceptionniste, ou son assistant. Je doute que vous puissiez le voir. C'est un homme assez distant, à ce qu'on dit. Je ne le connais pas personnellement, bien sûr. Je l'ai aperçu, mais je ne lui ai jamais parlé.

— Si je comprends bien, il ne vous emploie pas comme styliste personnel, pour ses costumes ou sa coiffure ?

— Je crois qu'il n'emploie personne et, à en juger par les quelques occasions où je l'ai aperçu, ça se voit. Naturellement, je préférerais que vous ne répétiez pas cette réflexion.

— Vous avez sûrement raison, mais je vous promets le secret, assura gravement Baley. J'aimerais quand même essayer de le rencontrer, malgré sa réputation de réserve. Si vous avez un poste d'holovision, me permettez-vous de m'en servir à cette fin ?

– Brundij peut vous demander la communication.

– Non, je crois que mon partenaire, Daneel, devrait... Si cela ne vous gêne pas, naturellement.

– Non, non, ça ne me gêne pas du tout. Le poste est par ici, si vous voulez bien me suivre. Le numéro à former est le 75-30-hausse-20, Daneel.

Daneel inclina la tête.

– Merci, monsieur.

La pièce contenant le poste d'holovision était absolument vide, à part un mince pilier d'un côté. Il s'arrêtait à hauteur de la taille et il était surmonté d'une surface plane sur laquelle était posé un pupitre assez complexe. Le pilier se trouvait au milieu d'un cercle d'un gris neutre, tracé sur le revêtement de sol vert clair. A côté, il y avait un cercle identique, de la même taille et de la même couleur, mais sans pilier.

Daneel s'avança vers le pupitre et, au même instant, le cercle sur lequel il se tenait devint d'un blanc vaguement lumineux. Sa main se déplaça au-dessus des touches, et ses doigts pianotèrent si vite que Baley ne put voir au juste ce qu'ils faisaient. Cela dura à peine quelques secondes et puis l'autre cercle prit une luminescence exactement semblable à celle du premier. Un robot y apparut, d'aspect tridimensionnel, mais entouré d'un très faible scintillement révélant que c'était une image holographique. A côté de lui, il y avait un pupitre semblable à celui qu'avait utilisé Daneel, mais qui scintillait comme le robot; c'était donc aussi une image.

– Je suis R. Daneel Olivaw, dit Daneel (en insistant un peu sur le R, afin que le robot ne le prenne pas pour un être humain), et je représente mon partenaire, Elijah Baley, un inspecteur de la Terre. Mon partenaire voudrait parler au Maître roboticien Kelden Amadiro.

– Maître Amadiro est en conférence, répondit le robot. Lui suffirait-il de parler au roboticien Cicis ?

Daneel se tourna aussitôt vers Baley, qui acquiesça.

– Ce sera tout à fait satisfaisant, dit Daneel.

– Si tu veux bien prier l'inspecteur Baley de prendre ta place, je vais essayer de trouver le roboticien Cicis.

– Il vaudrait mieux peut-être que tu ailles d'abord...

Mais Baley intervint :

– Ça ne fait rien, Daneel. Je veux bien attendre.

– Camarade Elijah, en tant que représentant personnel du Maître roboticien Han Fastolfe, vous êtes assimilé à son rang social, du moins temporairement. Vous n'avez pas à attendre que...

– Je te dis que ça ne fait rien, Daneel! interrompit Baley avec suffisamment de force pour couper court à toute discussion. Je ne veux pas provoquer de retard pour des questions d'étiquette.

Daneel quitta le cercle et Baley prit sa place. Il ressentit un léger picotement (peut-être imaginaire) qui passa vite.

L'image du robot, debout sur l'autre cercle, s'estompa et disparut. Baley attendit patiemment et finalement une autre image apparut en trois dimensions.

– Maloon Cicis, dit l'image d'une voix claire, assez cassante.

L'homme avait des cheveux couleur de bronze, coupés très court, et cela seul suffisait à lui donner un type spatien caractéristique, aux yeux de Baley, bien qu'une certaine asymétrie de l'arête du nez fût très peu spatienne.

– Je suis l'inspecteur Elijah Baley et je viens de la Terre. Je voudrais parler au Maître roboticien Kelden Amadiro.

– Avez-vous rendez-vous, inspecteur?

– Non, monsieur.

– Alors il faudra en fixer un si vous désirez le voir et son temps est complètement pris cette semaine et la semaine prochaine.

– Je suis l'inspecteur Elijah Baley, de la Terre...

– Je l'ai fort bien compris. Cela ne change rien à la réalité.

– A la demande du Dr Han Fastolfe, et avec l'autorisation de la Législature d'Aurora, je procède à une enquête sur le meurtre du robot Jander Panell...

— Le *meurtre* du robot Jander Panell? demanda Cicis si poliment que cela indiquait du mépris.

— Le roboticide, si vous préférez. Sur la Terre, la destruction d'un robot ne serait pas une grosse affaire, mais à Aurora, où les robots sont traités plus ou moins comme des êtres humains, il me semble que le mot « meurtre » peut être employé.

— Qu'il s'agisse de meurtre ou de roboticide, il demeure impossible de voir le Maître roboticien Amadiro.

— Puis-je laisser un message pour lui?

— Si vous voulez.

— Lui sera-t-il transmis immédiatement? En ce moment même?

— Je peux essayer, mais il est évident que je ne garantis rien.

— Je comprends. Je tiens à aborder plusieurs points, que je vais numéroter. Peut-être aimeriez-vous prendre des notes...

Cicis sourit légèrement.

— Je crois que je serai capable de tout me rappeler.

— Premièrement, quand il y a crime, il y a un criminel, et j'aimerais fournir l'occasion au Dr Amadiro de présenter sa propre défense...

— Quoi! s'exclama Cicis.

(Et Gremionis, qui observait dans le fond de la pièce, en resta bouche bée.)

Baley parvint à imiter le léger sourire ironique qui venait de disparaître.

— Vais-je trop vite pour vous, monsieur? Aimeriez-vous prendre des notes, après tout?

— Accuseriez-vous le Maître roboticien d'avoir un rapport quelconque avec l'affaire Jander Panell?

— Au contraire, roboticien. C'est parce que je ne veux pas l'accuser que je dois le voir. Je ne voudrais pas l'impliquer avec le robot immobilisé, en me fondant sur des informations incomplètes, alors qu'un mot de lui pourrait tout éclaircir.

– Vous êtes fou !

– Très bien. Alors dites au Maître roboticien qu'un fou veut lui dire un mot afin d'éviter de l'accuser de meurtre. C'est mon premier point. Il y en a un second. Pouvez-vous lui dire que ce même fou vient de procéder à un long interrogatoire détaillé du styliste personnel Santirix Gremionis et qu'il appelle de l'établissement de Gremionis. Quant au troisième point... Suis-je trop rapide pour vous ?

– Non ! Achevez !

– Le troisième point est le suivant. Il se peut que le Maître roboticien, qui est un homme extrêmement important et très occupé, ne se rappelle pas qui est le styliste Santirix Gremionis. Dans ce cas, dites-lui, je vous prie, que c'est une personne qui vit dans l'enceinte de l'Institut et qui, dans le courant de l'année dernière, a fait de nombreuses promenades avec Gladia, une Solarienne qui vit maintenant sur Aurora.

– Je ne peux pas transmettre un message aussi ridicule et offensant, Terrien.

– Dans ce cas, voulez-vous avertir le Maître que je vais aller tout droit à la Législature et annoncer qu'il m'est impossible de poursuivre mon enquête parce qu'un certain Maloon Cicis a pris sur lui de m'assurer que le Maître roboticien Kelden Amadiro ne m'aidera pas dans mes investigations quant à la destruction du robot Jander Panell et ne se défendra pas contre l'accusation d'être responsable de cette destruction ?

Cicis rougit.

– Vous n'oseriez pas faire une chose pareille !

– Vous croyez ? Qu'est-ce que j'aurais à perdre ? D'autre part, qu'en pensera le grand public ? Après tout, les Aurorains savent parfaitement que le Dr Amadiro n'est dépassé que par le Dr Han Fastolfe, dans la science de la robotique, et que si Fastolfe n'est pas lui-même responsable du roboticide... Est-il nécessaire que je continue ?

– Vous découvrirez bientôt, Terrien, que les lois d'Aurora contre la diffamation sont très strictes.

– Indiscutablement, mais si le Dr Amadiro est efficacement diffamé, il en souffrira probablement plus que moi. Alors pourquoi n'allez-vous pas transmettre mon message tout de suite ? Ainsi, s'il veut bien m'expliquer quelques détails mineurs, nous pourrons éviter toute question de diffamation ou d'accusation.

Cicis fronça les sourcils et répondit entre ses dents :

– Je vais répéter cela au Dr Amadiro et je lui conseillerai vivement de refuser de vous voir.

Il disparut.

De nouveau, Baley attendit patiemment, tandis que Gremionis gesticulait d'un air affolé et marmonnait :

– Vous ne pouvez pas faire ça, Baley ! Vous ne pouvez pas !

Baley lui fit signe de se taire.

Au bout de cinq minutes (qui parurent plus longues à Baley), Cicis reparut, visiblement très en colère.

– Le Dr Amadiro va prendre ma place ici dans quelques minutes et il vous parlera. Attendez !

– Inutile d'attendre, répliqua vivement Baley. Je vais aller directement au bureau du docteur et je le verrai là-bas.

Il quitta le cercle gris et fit un geste tranchant à l'adresse de Daneel, qui se hâta de couper la communication.

Gremionis s'exclama, d'une voix étranglée :

– Vous ne pouvez pas parler sur ce ton aux gens du Dr Amadiro, Terrien !

– Je viens de le faire.

– Il vous fera jeter hors de la planète dans les douze heures.

– Si je ne progresse pas dans l'élucidation de cette exaspérante affaire, je risque aussi d'être chassé brutalement de la planète dans les douze heures.

– Camarade Elijah, intervint Daneel, je crains que Mr Gremionis n'ait raison d'être alarmé. La Législature auroraine ne peut faire plus que vous expulser, puisque vous n'êtes pas citoyen aurorain. Mais elle peut faire pression pour que les autorités de la Terre vous punissent sévèrement, et la Terre le fera. Elle ne pourrait résister aux exigences d'Aurora. Je ne voudrais pas que vous soyez puni de cette façon, camarade Elijah.

– Je ne souhaite pas du tout être puni, Daneel, mais je dois courir ce risque... Gremionis, je suis désolé d'avoir dû dire que j'appelais de chez vous. Je devais faire quelque chose, pour le persuader de me recevoir, et j'ai pensé qu'il y attacherait une certaine importance. C'était la vérité, après tout.

Gremionis secoua la tête.

– Si j'avais su ce que vous alliez faire, je ne vous aurais pas permis d'appeler de chez moi. Je suis sûr que je vais perdre ma situation ici, et que comptez-vous faire pour me dédommager ?

– Je ferai tout mon possible pour que vous ne perdiez pas votre situation. Je suis certain que vous n'aurez pas d'ennuis. Si j'échouais, cependant, vous êtes libre de me présenter comme un fou qui a proféré contre vous des accusations insensées et qui vous a effrayé avec des menaces de diffamation, au cas où vous ne le laisseriez pas utiliser votre poste d'holovision. Je suis sûr que le Dr Amadiro vous croira. Dans le fond, vous lui avez déjà envoyé une note pour vous plaindre, n'est-ce pas ?

Baley sourit et agita une main.

– Au revoir, monsieur Gremionis. Merci encore et ne vous inquiétez pas. Et rappelez-vous ce que je vous ai dit, pour Gladia.

Avec Daneel et Giskard l'encadrant, Baley sortit de l'établissement de Gremionis, en se rendant à peine compte qu'il repartait dans l'Extérieur.

53

Une fois dehors, cependant, ce fut une autre affaire. Baley s'arrêta et leva les yeux.

— Bizarre, dit-il. Je ne pensais pas qu'il s'était passé si longtemps, même en tenant compte de ce que les journées auroraines sont plus courtes que la normale.

— Qu'y a-t-il, camarade Elijah ? demanda Daneel avec sollicitude.

— Le soleil est couché. Je n'aurais pas cru qu'il fût si tard.

— Il n'est pas couché, monsieur, dit Giskard. Il y a encore deux heures environ, avant le coucher du soleil.

— C'est l'orage qui se prépare, camarade Elijah. Les nuages s'amoncellent, mais l'orage ne va pas éclater tout de suite.

Baley frissonna. L'obscurité, en soi, ne le dérangeait pas. Au contraire, quand il était à l'Extérieur, la nuit, avec son illusion de murs protecteurs, était infiniment plus apaisante que le jour, qui élargissait les horizons et découvrait les grands espaces dans toutes les directions.

L'ennui, c'était que cet instant n'était ni le jour ni la nuit.

Encore une fois, il essaya de se rappeler comment c'était, cette fois où il avait plu alors qu'il était à l'Extérieur.

Il s'aperçut soudain qu'il n'avait jamais été dehors quand il neigeait, qu'il ne savait même pas très bien à quoi ressemblait cette pluie de cristaux solides. Les simples descriptions étaient nettement insuffisantes. Les enfants, les jeunes, sortaient parfois pour faire des glissades ou de la luge, et revenaient en poussant des cris de joie, surexcités, mais toujours heureux de se retrouver entre les murs de la Ville. Ben avait essayé un jour de fabriquer une paire de skis, en suivant les instructions trouvées dans un vieux grimoire, un manuel, et il s'était à moitié enseveli dans un grand amoncellement de poudre blanche. Et même ses descriptions de ce qu'il avait vu et ressenti dans la neige restaient désespérément vagues et insatisfaisantes.

Et puis personne ne sortait quand il neigeait vraiment et ce n'était pas la même chose que d'avoir cette neige simplement étalée sur le sol. Baley se dit, à ce moment, que la seule chose sur laquelle tout le monde était d'accord, c'était qu'il ne neigeait que lorsqu'il faisait très froid. Il ne faisait pas très froid maintenant; simplement frais. Ces nuages ne voulaient pas dire qu'il allait neiger, se dit-il, mais il n'en fut que très légèrement rassuré.

Cela ne ressemblait pas au temps couvert de la Terre, ce qu'il en avait vu. Sur Terre, les nuages étaient moins foncés, il en était sûr. Ils étaient d'un blanc grisâtre, même quand ils recouvraient entièrement le ciel. Ici, la lumière, le peu qu'il y en avait, était plutôt bilieuse, d'une horrible couleur d'ardoise jaunâtre.

Etait-ce parce que le soleil d'Aurora était plus orangé que celui de la Terre ?

– Est-ce que la couleur du ciel n'est pas... anormale ? demanda-t-il.

Daneel regarda en l'air.

– Non, camarade Elijah. C'est simplement un orage.

– Vous avez souvent des orages comme celui-ci ?

– En cette saison, oui. Des orages locaux. Celui-ci n'est pas une surprise. Il a été prédit dans le bulletin météorologique d'hier et de nouveau ce matin. Il sera fini avant le lever du jour et les champs ont bien besoin d'eau. Nous avons eu une certaine sécheresse, dernièrement.

– Et il fait aussi froid ? Est-ce que ce froid est normal aussi ?

– Oh oui... Mais venez, montons dans l'aéroglisseur, camarade Elijah. Il y a le chauffage.

Baley acquiesça et marcha vers le véhicule, sur la pelouse. De nouveau, il s'arrêta.

– Attendez. Ne devrions-nous pas demander à Gremionis comment nous rendre à l'établissement d'Amadiro, ou à son bureau ?

– Ce n'est pas la peine, camarade Elijah, dit immédiatement Daneel, une main sous le coude de Baley pour le pousser doucement (mais fermement). L'Ami Giskard a le plan de l'Institut enregistré dans sa mémoire et il nous conduira au bâtiment administratif. C'est très probablement là que le Dr Amadiro a son bureau.

– Mon information, dit Giskard, est bien que le bureau du Dr Amadiro se trouve dans le bâtiment administratif. Si par hasard il n'était pas à son bureau mais chez lui, son établissement est tout à côté.

Baley se retrouva serré à l'avant entre les deux robots. Il appréciait surtout Daneel, avec sa chaleur corporelle quasi humaine. La surface de Giskard à l'aspect de textile était isolante, et moins froide au toucher que du métal nu, mais il était le moins agréable des deux.

Baley se retint alors qu'il était sur le point de mettre un bras autour des épaules de Daneel, dans l'intention de mieux se réchauffer en le serrant contre lui. Tout confus, il ramena sa main sur ses genoux.

– Je n'aime pas l'aspect de ce paysage, dit-il.

Daneel, peut-être pour distraire Baley de sa crainte de l'Extérieur et du mauvais temps, lui demanda :

– Camarade Elijah, comment saviez-vous que le Dr Vasilia avait encouragé l'intérêt de Mr Gremionis pour Miss Gladia ? Je ne vous ai pas entendu recevoir des indications à cet effet.

– Je n'en ai pas reçu, avoua Baley. J'étais assez désespéré pour lancer des ballons d'essai... c'est-à-dire miser sur la probabilité supposée d'un événement. Gladia m'a dit que Gremionis était la seule personne qui s'intéressait suffisamment à elle pour s'offrir à plusieurs reprises. J'ai pensé qu'il avait pu tuer Jander par jalousie. Je ne pensais pas qu'il connaissait suffisamment la robotique pour le faire lui-même mais à ce moment j'ai appris que la fille de Fastolfe, Vasilia, était roboticienne et ressemblait physiquement à Gladia. Je me suis donc demandé si Gremionis, ayant été fasciné par Gladia, ne l'avait pas été auparavant par Vasilia... et si le meurtre n'était pas, peut-être, les suites d'une conspiration entre eux deux. C'est d'ailleurs en faisant une obscure allusion à l'existence d'une telle complicité que j'ai pu persuader Vasilia de me recevoir.

– Mais il n'y avait pas de conspiration, camarade Elijah... du moins pas en ce qui concerne la destruction de Jander. Vasilia et Gremionis n'auraient pas pu provoquer cette destruction, même s'ils avaient travaillé ensemble.

– Je te l'accorde, et pourtant Vasilia a été effrayée par la suggestion d'un rapport avec Gremionis. Pourquoi ? Quand Gremionis nous a dit qu'il avait d'abord été attiré par Vasilia et ensuite par Gladia, je me suis demandé si le rapport entre les deux avait été plus indirect, si Vasilia ne l'avait pas encouragé à transférer ainsi son affection, pour une raison en rapport lointain, mais néanmoins en rapport avec la mort de Jander. Après tout, il devait bien y avoir un rapport quelconque entre eux. La réaction de Vasilia à ma première suggestion le prouve.

» Mes soupçons étaient bien fondés. C'est Vasilia qui est à l'origine du passage de Gremionis d'une femme à l'autre. Gremionis était ahuri que je le sache et cela aussi a été utile, car si c'était une chose absolument innocente, il n'y avait aucune raison d'en faire un secret. Et pourtant, c'était manifestement un secret. Tu te souviens que Vasilia n'a pas du tout dit qu'elle avait poussé Gremionis à se tourner vers Gladia. Quand je lui ai dit que Gremionis s'était offert à Gladia, elle s'est conduite comme si c'était la première fois qu'elle en entendait parler.

– Mais, camarade Elijah, quelle importance cela a-t-il ?

— Nous le découvririons peut-être. Il me semble que ça n'avait pas d'importance, ni pour Gremionis ni pour Vasilia. Par conséquent, s'ils y attachent de l'importance, il se peut qu'une tierce personne y soit mêlée. Si cela avait un quelconque rapport avec l'affaire Jander, il faudrait que cette tierce personne soit un roboticien encore plus habile que Vasilia et cela pourrait être Amadiro. Alors, pour lui aussi, j'ai fait allusion à l'existence d'une conspiration, en indiquant à dessein que j'avais interrogé Gremionis et que j'appelais de chez lui... et cela a marché aussi.

— Je ne sais toujours pas ce que tout cela veut dire, camarade Elijah.

— Moi non plus... à part quelques hypothèses... Mais peut-être allons-nous avoir des éclaircissements chez Amadiro. Notre situation est si déplorable, vois-tu, que nous n'avons rien à perdre en devinant et en lançant des ballons d'essai ou des coups de dés.

Pendant cette conversation, l'aéroglisseur s'était élevé sur son coussin d'air, à une hauteur modérée. Il survola une rangée de buissons et prit de la vitesse au-dessus des régions herbeuses et des routes de gravier. Baley remarqua que là où l'herbe était plus haute, elle était couchée d'un côté par le vent, comme si un aéroglisseur invisible mais beaucoup plus grand passait au-dessus.

— Giskard, dit Baley, tu as enregistré les conversations qui se sont déroulées en ta présence, n'est-ce pas ?

— Oui, monsieur.

— Et tu peux les reproduire selon les besoins ?

— Oui, monsieur.

— Et tu peux facilement retrouver, et reproduire, toute déclaration particulière faite par telle ou telle personne ?

— Oui, monsieur. Vous n'auriez pas à écouter l'enregistrement tout entier.

— Et pourrais-tu, si besoin était, servir de témoin dans un tribunal ?

— Moi, monsieur ? Oh non, monsieur ! répondit

Giskard sans quitter la route des yeux. Comme on peut faire mentir un robot par des ordres assez habilement donnés, et puisque aucune des menaces ou des exhortations d'un juge n'y changera rien, la Loi considère sagement qu'un robot est un témoin non recevable.

– Mais alors, si c'est le cas, à quoi servent tes enregistrements ?

– C'est une tout autre chose, monsieur. Un enregistrement, une fois fait, ne peut être modifié sur simple commandement, encore qu'il puisse être effacé. Un tel enregistrement peut, par conséquent, être admis comme pièce à conviction. Il n'y a pas de jurisprudence, cependant, et le fait qu'il soit recevable ou non dépend de l'affaire en cause ou de chaque juge.

Baley ne savait trop si ces explications étaient par elles-mêmes déprimantes ou s'il était influencé par la déplaisante teinte livide qui baignait le paysage.

– Est-ce que tu y vois assez bien pour conduire, Giskard ? demanda-t-il.

– Certainement, monsieur, mais je n'en ai pas besoin. L'aéroglisseur est équipé d'un radar informatisé capable d'éviter les obstacles de lui-même, même si je devais, inexplicablement, faillir à ma mission. Ce système fonctionnait hier matin quand nous avons voyagé confortablement, bien que toutes les vitres fussent opacifiées.

– Camarade Elijah, dit Daneel pour tenter encore une fois de détourner la conversation de l'inquiétude de Baley, espérez-vous que le Dr Amadiro pourra vous aider ?

Giskard arrêta l'aéroglisseur sur une grande pelouse, devant un long bâtiment pas très haut, dont la façade artistement sculptée était neuve, tout en donnant l'impression de s'inspirer d'un art très ancien.

Baley n'eut besoin de personne pour comprendre que c'était le bâtiment administratif.

– Non, Daneel, répondit-il au robot, je crains que le Dr Amadiro ne soit beaucoup trop intelligent pour nous donner la moindre prise sur lui.

– Et si c'est le cas, que comptez-vous faire ensuite ?

— Je ne sais pas, avoua Baley avec un pénible sentiment de déjà vu. Mais j'essaierai de trouver quelque chose.

54

Quand Baley entra dans le bâtiment administratif, sa première sensation fut le soulagement d'être maintenant à l'abri de l'éclairage anormal de l'Extérieur. La seconde fut de la stupéfaction ironique.

Sur Aurora, les établissements — les demeures particulières — étaient absolument aurorains. Pas un instant, que ce soit dans le salon de Gladia, dans la salle à manger de Fastolfe, dans le laboratoire de Vasilia ou en utilisant le poste d'holovision de Gremionis, Baley ne s'était imaginé sur la Terre. Ces quatre maisons étaient distinctes, différentes, mais toutes appartenaient à une même espèce, un même style, aussi éloigné que possible de celui des habitations de la Terre.

Le bâtiment administratif, en revanche, représentait la fonction publique, c'était l'essence même de tout ce qui était officiel et cela, apparemment, transcendait la variété humaine commune. Il n'appartenait pas à la même espèce que les demeures d'Aurora, pas plus qu'un bâtiment officiel de la ville natale de Baley ne ressemblait à un appartement des quartiers résidentiels. Mais les deux bâtiments officiels, sur les deux mondes de nature absolument différente, se ressemblaient singulièrement.

C'était le premier endroit d'Aurora où Baley, un instant, aurait pu se croire sur la Terre. Il y avait les mêmes longs couloirs nus et froids, le même commun dénominateur le plus bas pour l'architecture et la décoration, avec des éclairages conçus pour irriter le moins de gens possible et plaire à tout aussi peu.

Il y avait quelques touches, ici et là, qu'on ne trouvait pas sur Terre, une plante verte suspendue, prospérant à la lumière artificielle et probablement (se dit Baley) équipée d'un système d'arrosage automatique. Ces petits rappels de la nature étaient absents sur la Terre, et leur présence ne l'enchantait pas. Ces pots de fleurs ne risquaient-ils pas de tomber ? N'attiraient-ils pas des insectes ? L'eau ne risquait-elle pas de couler ?

Il manquait aussi d'autres choses. Sur Terre, quand on était dans une Ville il y avait toujours la perpétuelle et grouillante animation, le bourdonnement constant des gens et des machines, même dans les édifices administratifs les plus froidement officiels. C'était le *Bzz du Bizness,* pour employer le jargon à la mode des journalistes et des hommes politiques de la Terre.

Ici, en revanche, tout était calme. Baley n'avait pas spécialement remarqué le silence dans les établissements qu'il avait visités dans la journée et la veille; tout lui paraissait tellement anormal et extraordinaire qu'une bizarrerie de plus passait inaperçue. Il avait même été beaucoup plus frappé par le bourdonnement des insectes, à l'Extérieur, par le vent dans la végétation que par l'absence de ce que l'on appelait (autre cliché populaire) la constante palpitation de l'Humanité.

Mais là, dans ce bâtiment qui évoquait tellement la Terre, l'absence de la « palpitation » le déconcertait tout autant que la nuance nettement orangée de l'éclairage artificiel, qui se remarquait plus là, sur ces murs nus d'un blanc grisâtre, que dans l'abondance de décoration caractérisant les établissements aurorains.

La rêverie de Baley ne dura pas longtemps. Ils étaient juste à l'intérieur de l'entrée principale et Daneel avait allongé le bras pour retenir ses compagnons. Une trentaine de secondes s'écoulèrent avant que Baley demande, en chuchotant machinalement dans le silence :

– Pourquoi attendons-nous ?

– Parce que c'est souhaitable, camarade Elijah, répondit Daneel. Il y a un champ picotant devant nous.

– Un quoi ?

– Un champ picotant, camarade Elijah. En réalité, cette formule est un euphémisme. Ce champ stimule les extrémités nerveuses et provoque une assez vive douleur. Les robots peuvent passer, bien sûr, mais pas les êtres humains. Et toute rupture du champ, qu'elle soit causée par un robot ou un être humain, déclenche un système d'alarme.

– Comment sais-tu qu'il y a un champ picotant ?

– On peut le voir, camarade Elijah, si l'on sait le chercher. L'air semble vibrer légèrement et le mur au delà de cette zone a une nuance vaguement plus verdâtre.

– Je ne vois rien du tout ! s'exclama Baley avec indignation. Qu'est-ce qui m'empêcherait, moi ou tout autre visiteur innocent, d'entrer dans le champ et de souffrir le martyre ?

– Les membres de l'Institut portent sur eux un appareil neutralisant; les visiteurs sont presque toujours accompagnés par un ou plusieurs robots qui détectent avec certitude le champ dangereux.

Un robot arrivait par le couloir, de l'autre côté du champ. (Sur sa surface métallique lisse, la vibration de l'air, le vague scintillement, se remarquait mieux.) Il ne fit pas attention à Giskard mais hésita un moment, son regard allant de Baley à Daneel et vice versa. Enfin, ayant pris une décision, il s'adressa à Baley, qui pensa que, peut-être, Daneel avait l'air trop humain pour être humain.

– Votre nom, monsieur ? demanda le robot.

– Je suis l'inspecteur Elijah Baley, de la Terre. Je suis accompagné par deux robots de l'établissement du Dr Fastolfe, Daneel Olivaw et Giskard Reventlov.

– Vous avez des papiers d'identité, monsieur ?

Le numéro de série de Giskard apparut en chiffres phosphorescents sur le côté gauche de son torse.

– Je me porte garant de mes deux compagnons, Ami, dit-il.

Le robot examina un moment le numéro, comme s'il

le comparait avec une liste enregistrée dans sa mémoire, puis il hocha la tête.

– Numéro de série accepté. Vous pouvez passer.

Daneel et Giskard avancèrent aussitôt mais Baley marcha plus lentement, en tendant le bras devant lui comme pour guetter la venue de la douleur.

– Le champ n'est plus là, camarade Elijah, lui dit Daneel. Il sera rétabli une fois que nous serons passés.

Prudence est mère de sûreté, se dit Baley, et il continua de traîner les pieds jusqu'à ce qu'il ait largement dépassé la fin supposée du barrage.

Les robots, sans manifester d'impatience ni de réprobation, attendirent que la marche hésitante de Baley l'amène jusqu'à eux.

Ils passèrent ensuite sur une rampe hélicoïdale où deux personnes seulement pouvaient se placer de front. Le robot était en tête, tout seul, Baley et Daneel derrière lui côte à côte (la main de Daneel reposant légèrement, mais presque d'un geste possessif, sur le bras de Baley), et Giskard en arrière-garde.

Baley sentit ses souliers pointer vers le haut, d'une manière plutôt inconfortable, et pensa vaguement que ce serait fatigant de devoir monter par cette rampe trop inclinée, le corps penché en avant pour conserver son équilibre. Il se dit que les semelles de ses souliers ou la surface de la rampe (ou les deux) devraient être striées; ni les unes ni l'autre ne l'étaient.

En tête, le robot dit « Mr Baley », comme s'il donnait un avertissement, et sa main se resserra visiblement sur la rampe.

Aussitôt, la rampe se divisa en sections qui glissèrent les unes contre les autres pour former des marches. Et puis, presque immédiatement, la rampe entière se mit en marche et s'éleva. Elle effectua un tour complet, passa à travers le plafond dont un panneau avait coulissé, et quand elle s'arrêta, ils étaient (fort probablement) au premier étage. Les marches disparurent et les quatre passagers quittèrent la rampe.

Baley se retourna avec curiosité.

— Je suppose qu'elle peut servir aussi à ceux qui veulent descendre, mais qu'arrive-t-il s'il y a un moment où plus de gens veulent monter que descendre ? Est-ce qu'elle finirait par se dresser d'un kilomètre dans les airs ? Ou par plonger d'autant dans le sol, dans le cas contraire ?

— Ceci est une spirale montante, répondit Daneel à voix basse. Il y a des spirales descendantes séparées.

— Mais il faut bien qu'elle redescende, n'est-ce pas ?

— Elle s'affaisse au sommet — ou au fond selon le côté dont nous parlons — et, en périodes de non-emploi, elle se détend, pour ainsi dire. Cette spirale montante est en train de descendre, camarade Elijah.

Baley se retourna de nouveau. La surface lisse glissait peut-être vers le bas mais aucune irrégularité, aucun mouvement ne se remarquait.

— Et si quelqu'un veut s'en servir quand elle est montée aussi haut qu'elle le peut ?

— Alors cette personne doit attendre la détente, qui dure moins d'une minute... Il y a aussi des escaliers normaux, camarade Elijah, et la plupart des Aurorains ne dédaignent pas de les emprunter. Les robots prennent presque toujours l'escalier. Comme vous êtes un visiteur, on vous offre la spirale par courtoisie.

Ils suivaient de nouveau un couloir, en direction d'une porte plus décorée que les autres.

— Ils me traitent avec courtoisie, donc, dit Baley. C'est bon signe.

Peut-être était-ce également bon signe qu'un Aurorain apparaisse maintenant, ouvrant la porte sculptée. Il était grand, d'au moins dix centimètres de plus que Daneel qui en avait au moins cinq de plus que Baley. L'homme, sur le seuil, était puissant, assez trapu, avec une figure ronde, un nez plutôt bulbeux, des cheveux noirs frisés, un teint basané. Il souriait.

On remarquait surtout le sourire, large, apparemment sincère, montrant de grandes dents bien blanches et régulières.

— Ah ! s'exclama-t-il. C'est Mr Baley, le célèbre

enquêteur de la Terre, qui vient sur notre petite planète pour démontrer que je suis un abominable malfaiteur. Entrez, entrez. Vous êtes le bienvenu. Je regrette que mon assistant zélé, le roboticien Maloon Cicis, vous ait donné l'impression que je ne vous recevrais pas, mais c'est un garçon prudent et il s'inquiète beaucoup plus que moi de mon temps précieux.

Il s'écarta pour laisser entrer Baley et lui donna une petite claque sur l'épaule au passage. Selon toute apparence, c'était un geste d'amitié, comme Baley n'en avait pas encore connu à Aurora.

Avec prudence (en se demandant s'il n'espérait pas trop), il dit :

– Si je ne me trompe pas, vous êtes le Maître roboticien Kelden Amadiro ?

– Tout juste, tout juste. Celui qui cherche à détruire le Dr Han Fastolfe en tant que puissance politique sur cette planète... mais cela, comme j'espère vous en convaincre, ne fait pas de moi un criminel. Après tout, je ne cherche pas à prouver que c'est Fastolfe le malfaiteur, à cause simplement de cet acte de vandalisme ridicule commis contre sa propre création, le pauvre Jander. Disons simplement que je vais démontrer que Fastolfe... se trompe.

Il fit un geste et le robot qui les avait guidés s'avança et alla se placer dans une niche.

Tandis que la porte se fermait, Amadiro désigna aimablement à Baley un fauteuil confortable et, avec une admirable économie de gestes, indiqua de l'autre main des niches pour Daneel et Giskard.

Baley remarqua qu'Amadiro examinait Daneel avec une envie non dissimulée et que, pour un instant, son sourire disparaissait pour faire place à une expression presque gourmande. Mais elle s'effaça aussitôt et le sourire reprit sa place. Ce fut si rapide que Baley se demanda s'il n'avait pas imaginé ce changement d'expression fugace.

– Comme tout porte à croire que nous allons avoir à supporter un peu de mauvais temps, dit Amadiro, je pense que nous pouvons nous passer de ce jour assez douteux qui nous éclaire si inefficacement.

Sans que Baley sache comment (il ne vit pas très bien ce que faisait Amadiro sur le tableau de commandes de son bureau), les fenêtres s'opacifièrent et les murs brillèrent d'un agréable éclairage tamisé.

Le sourire d'Amadiro parut s'élargir.

– En réalité, nous n'avons pas grand-chose à nous dire, monsieur Baley. J'ai pris la précaution de parler à Mr Gremionis, pendant que vous étiez en route pour venir ici. Après l'avoir entendu, j'ai décidé d'appeler aussi le Dr Vasilia. Apparemment, vous les avez plus ou moins accusés tous les deux de complicité dans la destruction de Jander et, si j'ai bien compris, vous m'avez accusé également.

– J'ai simplement posé des questions, docteur Amadiro, comme j'ai l'intention de le faire maintenant.

– Sans doute, sans doute, mais vous êtes un Terrien, alors vous ne vous rendez pas compte de la gravité de vos actes et je suis sincèrement navré que vous deviez en subir les conséquences. Vous savez probablement que Mr Gremionis m'a envoyé une note concernant vos diffamations.

– Il me l'a dit, mais il a mal interprété mon attitude. Ce n'était pas de la diffamation.

Amadiro pinça les lèvres, comme s'il réfléchissait à ce propos.

– J'ose dire que vous avez raison, à votre point de vue, mais vous ne comprenez pas la définition auroraine de ce mot. J'ai été obligé de transmettre la note de Gremionis au Président et, en conséquence, il est fort probable que vous serez expulsé de la planète dès demain matin. Je le regrette, naturellement, mais je crains que votre enquête soit sur le point de toucher à sa fin.

XIV

Encore Amadiro

55

Baley fut pris de court. Il ne savait que penser d'Amadiro et ne s'était pas attendu à être aussi déconcerté. Gremionis avait dit que le Maître était « distant ». D'après ce qu'avait dit Cicis, il pensait avoir à affronter un autocrate. En personne, cependant, Amadiro paraissait jovial, ouvert, presque amical. Pourtant, à l'en croire, Amadiro s'appliquait calmement à arrêter l'enquête. Il le faisait impitoyablement et cependant avec un petit sourire de commisération.

Quel homme était-il ?

Machinalement, Baley jeta un coup d'œil vers les niches où se tenaient Daneel et Giskard, le primitif Giskard sans expression, bien entendu, et Daneel, plus calme et tranquille. Il trouvait assez improbable que Daneel, durant sa brève existence, ait jamais rencontré Amadiro. Giskard, d'autre part, au cours de ses nombreuses années de vie (combien ?) avait fort bien pu le connaître.

Baley serra les lèvres en pensant qu'il aurait pu demander à Giskard quel genre d'homme était Amadiro. S'il avait pris cette précaution, il serait maintenant plus capable de juger dans quelle mesure l'attitude actuelle du roboticien était naturelle ou savamment calculée.

Pourquoi diable, pensa-t-il, n'avait-il pas plus intelligemment utilisé les ressources de ses robots ? Et pourquoi Giskard ne l'avait-il pas renseigné de lui-même... mais non, c'était injuste. Giskard était évidemment incapable d'une telle activité autonome. Il renseignait à la demande mais ne ferait jamais rien de sa propre initiative.

Amadiro, suivant le bref regard de Baley, dit :

– Je suis seul contre trois, on dirait. Comme vous le voyez, je n'ai aucun de mes robots dans mon bureau, bien qu'ils soient tous instantanément disponibles à mon appel, je l'avoue, alors que vous avez les robots de Fastolfe; ce bon vieux Giskard, et cette merveille d'ingéniosité, Daneel.

– Je vois que vous les connaissez tous les deux, dit Baley.

– De réputation seulement. En réalité je les vois – j'allais dire « en chair et en os », moi, un roboticien ! – je les vois physiquement pour la première fois. Mais j'ai vu Daneel incarné par un acteur, dans cette dramatique.

– Sur toutes les planètes, apparemment, tout le monde a vu cette émission, grommela Baley. Cela rend bien difficile ma vie d'individu réel et limité.

– Pas avec moi, assura Amadiro en accentuant son sourire. Je puis vous affirmer que je n'ai pas pris au sérieux votre histoire romancée. Je comprenais bien que, dans la vie réelle, vous aviez des limites. Et je ne me trompais pas, sinon vous ne vous seriez pas livré aussi librement, à Aurora, à des accusations sans fondement.

– Docteur Amadiro, répondit Baley, je vous assure que je n'ai porté aucune accusation précise. Je poursuis simplement une enquête et j'envisage toutes les possibilités.

– Ne vous méprenez pas, répliqua Amadiro avec une gravité soudaine. Je ne vous reproche rien. Je suis certain que vous vous êtes conduit très correctement selon les usages de la Terre. Mais vous êtes maintenant en butte aux usages aurorains. Nous attachons un très grand prix à notre réputation.

– Si c'est le cas, docteur Amadiro, il semblerait que les autres globalistes et vous ayez diffamé le Dr Fastolfe en le soupçonnant, dans une bien plus grande mesure que moi et bien plus gravement.

– C'est exact, reconnut Amadiro, mais je suis un Aurorain éminent et je bénéficie d'une certaine influence, alors que vous êtes un Terrien et n'avez pas la moindre influence. C'est tout à fait injuste, je l'admets, et je le déplore, mais c'est ainsi que vont les mondes. Que faire ? D'ailleurs, l'accusation contre Fastolfe peut être prouvée – et elle le sera – et la diffamation n'en est pas quand elle exprime la vérité. Votre erreur a été de proférer des accusations qui ne peuvent absolument pas être soutenues. Je suis sûr que vous devez reconnaître que ni Mr Gremionis, ni le Dr Vasilia Aliena, ni tous deux ensemble, n'ont pu détruire le pauvre Jander.

– Je ne les ai pas formellement accusés non plus.

– Peut-être pas, mais vous ne pouvez pas vous cacher derrière le mot « formellement », à Aurora. C'est dommage que Fastolfe ne vous en ait pas averti quand il vous a fait venir ici pour entreprendre cette enquête... Une enquête bien mal partie, je le crains.

Baley fit une petite grimace involontaire, en se disant qu'en effet Fastolfe aurait pu le prévenir.

– Vais-je avoir le droit d'être écouté dans cette affaire, ou tout est-il déjà réglé ? demanda-t-il.

– Vous serez écouté, naturellement, avant d'être condamné. Les Aurorains ne sont pas des barbares. Le Président étudiera la note que je lui ai transmise, ainsi que mes suggestions en la matière. Il consultera probablement Fastolfe, l'autre personne directement concernée, et voudra certainement nous voir tous les trois, peut-être demain. Il prendra alors une décision, à ce moment ou plus tard, qui devra être ratifiée par la

Législature au complet. La Loi sera absolument respectée, je peux vous le garantir.

– La lettre de la Loi sera respectée, je n'en doute pas, mais si le siège du Président est déjà fait, si rien de ce que je dis n'est accepté, et si la Législature se contente de sanctionner une décision prise d'avance ? N'est-ce pas possible ?

Amadiro ne sourit pas exactement de cela mais il parut subtilement amusé.

– Vous êtes réaliste, et j'en suis heureux. Les gens qui rêvent de justice risquent trop d'être désappointés et ce sont généralement des hommes si remarquables qu'on n'aime pas les voir déçus.

Le regard d'Amadiro se fixa de nouveau sur Daneel.

– Un travail extraordinaire, ce robot humaniforme, murmura-t-il. C'est ahurissant que Fastolfe ait si bien gardé le secret et c'est vraiment dommage que Jander soit perdu. Fastolfe a commis là l'impardonnable.

– Le Dr Fastolfe nie qu'il ait la moindre implication dans cette affaire, monsieur.

– Oui, naturellement. Est-ce qu'il dit que j'en suis responsable, moi ? Ou m'accusez-vous de votre propre chef ?

– Je ne vous accuse pas, déclara catégoriquement Baley. Je souhaite simplement vous interroger à ce sujet. Quant au Dr Fastolfe, il n'est pas un candidat pour une de vos accusations de diffamation. Il est convaincu que vous n'avez rien à voir avec ce qui est arrivé à Jander, parce qu'il est absolument certain que vous ne possédez pas les connaissances ni l'habileté nécessaires pour immobiliser un robot humaniforme.

Si Baley espérait attiser le débat de cette façon, il échoua. Amadiro accepta l'insulte sans rien perdre de sa bonne humeur et répondit :

– Il a raison en cela. Cette habileté ne peut se trouver chez aucun roboticien, vivant ou mort, à l'exception de Fastolfe. N'est-ce pas ce qu'il affirme, notre modeste Maître des Maîtres ?

– Si.

— Alors, selon lui, qu'est-il arrivé à Jander, je me demande ?

— Un accident fortuit. Un pur hasard.

Amadiro éclata de rire.

— A-t-il calculé les probabilités d'un tel hasard ?

— Oui, Maître. Cependant, même un accident invraisemblable peut se produire, surtout si des péripéties surviennent, qui augmentent les risques.

— Lesquelles, par exemple ?

— Voilà ce que j'espère découvrir. Comme vous vous êtes déjà arrangé pour me faire expulser de la planète, avez-vous maintenant l'intention de couper court à tout interrogatoire de vous-même, ou puis-je poursuivre mon enquête pendant le peu de temps qui me reste légalement ? Avant de répondre, docteur Amadiro, considérez, je vous prie, que l'enquête n'a pas encore pris fin légalement et que, dans n'importe quelle audience qui me sera accordée, demain ou plus tard, je pourrai vous accuser d'avoir refusé de répondre à mes questions, si vous insistez pour mettre fin maintenant à cette entrevue. Cela influencera peut-être le Président, quand il devra prendre une décision.

— Non, pas du tout, monsieur Baley. N'allez pas imaginer un instant que vous pouvez me mettre dans l'embarras. Cependant, vous pouvez m'interroger aussi longtemps que vous voudrez. Je collaborerai pleinement avec vous, ne serait-ce que pour jouir du spectacle du bon Fastolfe essayant en vain de se dépêtrer de sa malheureuse action. Je ne suis pas extraordinairement vindicatif, Baley, mais le fait que Jander ait été la propre création de Fastolfe ne lui donnait pas le droit de le détruire.

— Il n'a pas été établi légalement qu'il l'ait fait, alors ce que vous venez de dire est, du moins en puissance, de la diffamation. Nous allons donc laisser cela de côté et procéder à cet interrogatoire. J'ai besoin de renseignements. Je poserai des questions brèves et directes et si vous répondez de la même façon, l'entrevue sera courte.

– Non, ce n'est pas vous qui allez poser les conditions de cette entrevue, riposta Amadiro. Je suppose qu'un de vos robots, ou les deux, est équipé de manière à enregistrer complètement notre conversation.

– Je crois.

– J'en suis certain. J'ai moi-même un système d'enregistrement. N'allez pas penser que vous m'entraînerez dans une jungle de brèves réponses vers quelque chose qui servira les desseins de Fastolfe. Je répondrai comme je le juge bon en m'assurant que je suis bien compris. Et mon propre enregistrement m'aidera à m'assurer qu'il n'y a aucun malentendu.

Pour la première fois, on sentait percer le loup sous le masque amical d'Amadiro.

– Très bien, mais si vos réponses sont volontairement alambiquées et évasives, cela aussi ressortira à l'enregistrement.

– C'est évident.

– Cela étant bien compris, pourrais-je avoir un verre d'eau avant de commencer ?

– Certainement... Giskard, veux-tu servir Mr Baley ?

Giskard sortit aussitôt de sa niche. On entendit l'inévitable tintement de la glace, au bar dans le fond de la pièce, et presque aussitôt un grand verre d'eau apparut sur le bureau devant Baley.

– Merci, Giskard, dit-il, et il attendit que le robot ait regagné sa niche. Docteur Amadiro, ai-je raison de vous considérer comme le directeur de l'Institut de Robotique ?

– Oui, je le suis, en effet.

– Et aussi son fondateur ?

– Exact... Vous voyez, je réponds brièvement.

– Depuis combien de temps existe-t-il ?

– En tant que projet, depuis des dizaines d'années. J'ai réuni des personnes d'opinions semblables pendant au moins quinze ans. L'autorisation a été obtenue de la Législature il y a douze ans. La construction a commencé il y a neuf ans et le travail actif il y a six ans. Sous sa forme actuelle achevée, l'Institut est vieux de deux ans et nous avons des plans d'expansion à long terme... Là, vous avez une réponse plus longue, monsieur, mais présentée d'une manière raisonnablement concise.

— Pourquoi avez-vous jugé nécessaire de créer l'Institut ?

— Ah ! A cela, vous ne pouvez sûrement pas attendre autre chose qu'une longue réponse.

— A votre aise, monsieur.

A ce moment, un robot apporta un plateau de petits sandwiches et de pâtisseries encore plus petites, dont aucune n'était familière à Baley. Il prit un sandwich et le trouva croustillant, pas précisément déplaisant mais assez bizarre pour qu'il ne le finisse qu'avec effort. Il le fit passer avec une gorgée d'eau.

Amadiro l'observait avec un léger amusement.

— Vous devez comprendre, monsieur Baley, que les Aurorains sont des gens insolites. Comme tous les Spatiens en général, mais en ce moment je parle des Aurorains en particulier. Nous descendons des Terriens — ce que la plupart d'entre nous ne se rappellent pas volontiers — mais nous sommes auto-sélectionnés.

— Qu'est-ce que cela veut dire, monsieur ?

— Les Terriens ont longtemps vécu sur une planète de plus en plus surpeuplée et se sont rassemblés dans des villes encore plus surpeuplées qui ont fini par devenir des ruches et des fourmilières, que vous appelez des Villes avec un grand V. Quelle espèce de Terriens, dans ces conditions, accepterait de quitter la Terre pour aller dans d'autres mondes déserts et hostiles, afin d'y construire de nouvelles villes à partir de rien ? De fonder des sociétés dont ils ne pourraient pas jouir de leur vivant sous leur forme achevée, de planter des arbres qui ne seraient encore que des plants à leur mort, pour ainsi dire ?

— Des gens sortant de l'ordinaire, je suppose.

— Tout à fait insolites. En particulier, des gens qui ne dépendent pas de la foule de leurs semblables au point de ne pas être capables d'affronter le vide. Des gens, même, qui préfèrent le vide, qui aimeraient travailler de leurs mains et résoudre les problèmes par eux-mêmes, plutôt que de se cacher dans la masse du troupeau et partager le fardeau, afin que le leur, personnel, soit plus léger. Des individualistes, monsieur Baley, des individualistes !

– Je comprends bien.

– Et c'est sur cela que notre société est fondée. Toutes les directions vers lesquelles les mondes spatiens se sont développés ont souligné davantage notre individualisme. Nous sommes fièrement humains, à Aurora, nous ne ressemblons pas aux moutons en troupeaux serrés de la Terre. Notez bien, monsieur Baley, que je n'emploie pas cette métaphore dans une intention péjorative. C'est simplement une société différente, que je ne puis admirer, mais que vous trouvez probablement idéale et rassurante.

– Quel rapport cela a-t-il avec la fondation de l'Institut, docteur Amadiro ?

– L'individualisme fier et sain a ses inconvénients. Les plus grands esprits, travaillant seuls même pendant des siècles, ne peuvent progresser rapidement, s'ils refusent de communiquer leurs découvertes. Un problème épineux peut retarder un savant d'un siècle, alors qu'un collègue peut avoir déjà la solution sans même se douter du problème qu'elle résout. L'Institut est donc une tentative pour introduire, au moins dans le domaine étroit de la robotique, une certaine communauté de pensée.

– Est-il possible que le problème particulièrement épineux auquel vous faites allusion soit celui de la construction du robot humaniforme ?

Les yeux d'Amadiro pétillèrent.

– Oui, c'est évident, n'est-ce pas ? Il y a trente-six ans que le nouveau système mathématique de Fastolfe, qu'il appelle l'analyse intersectionnelle, a rendu possible la conception de robots humaniformes, mais il a gardé ce système pour lui. Des années plus tard, quand tous les difficiles détails techniques furent aplanis, Sarton et lui ont appliqué leur théorie à la création, d'abord, de Daneel, puis de Jander, mais tous ces détails ont eux aussi été gardés secrets.

» La plupart des roboticiens haussaient les épaules et trouvaient cela naturel. Ils ne pouvaient qu'essayer, individuellement, d'aplanir les détails eux-mêmes. Moi, au contraire, j'ai été frappé par la possibilité d'un Institut où tous ces efforts seraient mis en commun. Ça n'a pas été facile de persuader d'autres roboticiens de l'utilité de ce projet, et de persuader la Législature de le subventionner, contre la redoutable opposition de Fastolfe, ni de persévérer durant des années d'efforts, mais nous avons fini par réussir.

– Pourquoi le Dr Fastolfe s'y opposait-il ?

– Par amour-propre pur et simple, pour commencer, et je n'ai rien à reprocher à cela, comprenez-vous. Nous avons tous de l'amour-propre, c'est bien normal. Cela fait partie de l'individualisme. Mais le point essentiel, c'est que Fastolfe se considère comme le plus grand roboticien de tous les temps et considère aussi le robot humaniforme comme sa réussite personnelle. Il ne veut pas que cette réussite soit imitée par un groupe de roboticiens, des individus anonymes comparés à lui-même. Je suppose qu'il considérait l'Institut comme une conspiration d'inférieurs destinée à affadir et déformer sa grande victoire.

– Vous dites que c'était la raison de son opposition « pour commencer ». Cela veut dire qu'il avait d'autres mobiles. Lesquels ?

– Il s'oppose aussi à l'utilisation que nous comptons faire des robots humaniformes.

– Quelle utilisation, docteur Amadiro ?

– Allons, allons, ne tournons pas autour du pot ! Le Dr Fastolfe vous a sûrement parlé des projets des globalistes pour la colonisation de la Galaxie.

– Oui, bien entendu, et d'ailleurs le Dr Vasilia m'a parlé des difficultés du progrès scientifique parmi les individualistes. Cela ne m'empêche cependant pas de vouloir entendre votre propre opinion en la matière. Et cela ne devrait pas vous empêcher de souhaiter me la donner. Par exemple, voulez-vous que j'accepte l'interprétation des plans des globalistes du Dr Fastolfe, en la jugeant objective et impartiale, et dans ce cas j'aimerais que vous le disiez. Ou préférez-vous me décrire ces projets à votre façon ?

– Si vous le présentez ainsi, monsieur Baley, vous ne me laissez aucun choix.

– Aucun, docteur Amadiro.

– Très bien. Je... nous, devrais-je dire, car les membres de l'Institut sont tous du même avis, nous envisageons l'avenir et nous souhaitons voir l'humanité ouvrir de plus en plus de nouvelles planètes à la colonisation. Mais nous ne voulons pas que le processus d'auto-sélection détruise les autres planètes ou les rende moribondes comme dans le cas – pardonnez-moi – de la Terre. Nous ne voulons pas que les nouvelles planètes prennent le meilleur de nous en laissant la lie. Vous le comprenez, n'est-ce pas ?

– Continuez, je vous en prie.

– Dans une société robotisée, comme la nôtre, la solution facile est d'envoyer des robots comme colons. Les robots construiront la société et le monde et ensuite nous pourrons tous suivre, plus tard, sans sélection, car le nouveau monde sera aussi confortable et bien adapté à nous-mêmes que l'étaient les anciens. Si bien que nous pourrons, si j'ose dire, émigrer dans de nouveaux mondes sans quitter le nôtre.

– Les robots ne vont-ils pas créer des mondes-robots, plutôt que des mondes humains ?

– Précisément, si nous envoyons des robots qui ne sont que des robots. Nous avons cependant l'occasion d'envoyer des robots humaniformes, comme Daneel, qui en créant des mondes pour eux-mêmes créeront automatiquement des mondes pour nous. Le Dr Fastolfe s'y oppose. Il aime cette idée d'êtres humains taillant un nouveau monde dans une planète inconnue et hostile, il ne voit pas que l'effort pour y parvenir reviendrait non seulement très cher en vies humaines, mais créerait aussi un monde façonné par des événements catastrophiques qui ne ressemblerait en rien aux mondes que nous connaissons.

– Comme les mondes spatiens d'aujourd'hui sont différents de la Terre et les uns des autres ?

Amadiro, un instant, perdit sa jovialité et devint songeur.

– A vrai dire, monsieur Baley, vous soulevez là un point important. Je ne parle que pour les Aurorains. Les mondes spatiens sont certes différents les uns des autres et je ne les aime guère, dans l'ensemble. Il est clair à mes yeux – mais je puis être de parti pris – qu'Aurora, le plus ancien de tous, est aussi le meilleur et le mieux réussi. Je ne veux pas de toute une variété de nouveaux mondes dont quelques-uns seulement auront réellement de la valeur. Je veux de nombreux Aurora, d'innombrables millions d'Aurora, et pour cette raison, je veux de nouveaux mondes taillés sur le modèle d'Aurora *avant* que des êtres humains y aillent. C'est pourquoi nous nous sommes baptisés « globalistes », incidemment. Nous nous intéressons à ce globe-ci, le nôtre, Aurora, et à nul autre.

– N'accordez-vous aucune valeur à la diversité, docteur Amadiro ?

– Si toutes les variétés sont également bonnes, peut-être ont-elles de la valeur, mais si certaines, ou la majorité, sont inférieures, quel bénéfice y aurait-il pour l'humanité ?

– Quand commencerez-vous ces travaux ?

– Quand nous aurons les robots humaniformes pour les effectuer. Jusqu'à présent, il n'y avait que les deux de Fastolfe et il en a détruit un, laissant Daneel comme unique spécimen.

Tout en parlant, le roboticien détourna brièvement les yeux vers Daneel.

– Et quand aurez-vous les robots humaniformes ?

– Difficile à dire. Nous n'avons pas encore rattrapé le Dr Fastolfe.

– Même s'il est tout seul alors que vous êtes nombreux ?

Les épaules d'Amadiro se voûtèrent légèrement.

— Vos sarcasmes ne m'atteignent pas. Fastolfe nous devançait de loin, pour commencer, et il a continué d'avancer alors que l'Institut n'était encore et pour longtemps qu'à l'état d'embryon. Nous ne travaillons réellement que depuis deux ans. D'ailleurs, il faudra non seulement que nous rattrapions Fastolfe mais que nous le dépassions. Daneel est un bon produit mais il n'est qu'un prototype, et il n'est pas totalement satisfaisant.

— De quelle façon les robots humaniformes doivent-ils être améliorés, pour être meilleurs que Daneel ?

— Ils doivent être encore plus humains, évidemment. Il doit y en avoir des deux sexes, et il doit y avoir l'équivalent d'enfants. Nous avons besoin d'un étalement des générations, pour qu'une société suffisamment humaine soit construite sur les planètes.

— Je crois entrevoir les difficultés, docteur.

— Je n'en doute pas. Elles sont nombreuses. Quelles difficultés entrevoyez-vous, monsieur Baley ?

— Si vous produisez des robots si bien humaniformes qu'ils créeront une société humaine, et s'ils sont produits selon un étalement des générations, et des deux sexes, comment allez-vous les distinguer des êtres humains ?

— Vous croyez que ça a de l'importance ?

— Cela pourrait en avoir. Si ces robots sont trop humains, ils risquent de se fondre dans la société auroraine, de faire partie de groupes familiaux humains, et risquent de ne pas être aptes à servir de pionniers.

Cela fit rire Amadiro.

— Cette pensée vous est manifestement venue à cause de l'attachement de Gladia Delamarre pour Jander. Vous voyez que je suis au courant de votre interrogatoire de cette femme, d'après mes conversations avec Gremionis et avec le Dr Vasilia. Je vous rappelle que Gladia est solarienne et que son idée de ce qu'est un mari n'est pas nécessairement auroraine.

— Je ne pensais pas à elle en particulier. Je pensais

que la sexualité, à Aurora, est interprétée dans son sens le plus large et que les robots sont tolérés, déjà aujourd'hui, comme partenaires sexuels, alors que ces robots ne sont qu'approximativement humaniformes. Si vous ne pouvez réellement pas distinguer un robot d'un être humain...

– Il y a la question des enfants. Les robots ne peuvent pas en avoir.

– Mais cela soulève un autre point. Les robots devront avoir la vie longue, puisque la fondation d'une société peut durer des siècles.

– Oui, certainement et, de toute façon, ils doivent avoir une longue vie pour ressembler aux Aurorains.

– Et les enfants... Ils auront une longue vie, eux aussi ?

Amadiro ne répondit pas. Baley insista :

– Il y aura des enfants-robots artificiels qui ne vieilliront jamais, ils ne deviendront jamais adultes, ils ne mûriront jamais. Il me semble que cela créera un élément suffisamment non humain pour jeter le doute sur la nature de la société.

Amadiro soupira.

– Vous êtes perspicace, monsieur Baley. C'est effectivement notre intention de trouver un moyen qui permette aux robots de produire des bébés capables, d'une façon ou d'une autre, de grandir et de devenir adultes... du moins assez longtemps pour établir la société que nous voulons.

– Et ensuite, quand les êtres humains arriveront, les robots seront rendus à leur nature, et retrouveront un comportement plus robotique ?

– Peut-être... si cela paraît souhaitable.

– Et cette production de bébés ? De toute évidence, il vaudrait mieux que le système utilisé soit le plus proche de l'humain que possible, n'est-ce pas ?

– Sans doute.

– Rapports sexuels, fécondation, accouchement ?

– C'est possible.

– Et si ces robots fondent une société si humaine

qu'elle ne se distingue pas de celle des hommes, alors, quand les véritables êtres humains arriveront, est-ce que les robots ne risquent pas de protester contre l'invasion de ces immigrés, et de les chasser ? Ne vont-ils pas traiter les Aurorains comme vous traitez vous-mêmes les Terriens ?

— Mais les robots seraient encore tenus par les Trois Lois !

— Les Trois Lois stipulent que les robots ne doivent pas faire de mal aux êtres humains et doivent leur obéir.

— Précisément.

— Et si les robots sont si proches des êtres humains qu'ils se considèrent *eux-mêmes* comme des êtres humains qui doivent être protégés et à qui on doit obéir ? Ils pourraient, très vraisemblablement, se placer au-dessus des immigrants.

— Mon bon monsieur Baley, pourquoi vous inquiétez-vous tant de tout cela ? Cela se passera dans un lointain avenir. On aura trouvé des solutions, à mesure que se feront les progrès et à mesure que nous comprendrons, grâce aux observations, ce que sont vraiment les problèmes.

— Il est possible, docteur Amadiro, que les Aurorains n'approuvent guère ce que vous projetez, une fois qu'ils auront compris ce que c'est. Ils risquent de préférer le point de vue du Dr Fastolfe.

— Vraiment ? Le Dr Fastolfe estime que si les Aurorains ne peuvent pas coloniser de nouvelles planètes eux-mêmes et sans l'aide des robots, alors les Terriens devraient être autorisés à le faire.

— Il me semble que c'est le bon sens même.

— Parce que vous êtes un Terrien. Je vous assure que les Aurorains ne trouveraient pas du tout agréable que des Terriens grouillent partout dans les nouveaux mondes, construisent de nouvelles ruches et forment une espèce d'empire galactique avec leurs trillions et quadrillions et réduisent les mondes spatiens à quoi ? A l'insignifiance, au mieux, et à l'extinction, au pire.

– Mais l'autre choix est une multitude de mondes de robots humaniformes, construisant des sociétés quasi humaines sans accueillir parmi eux de véritables êtres humains. Ils créeraient progressivement un empire galactique robotique, réduisant les mondes spatiens à l'insignifiance au mieux ou à l'extinction au pire. Les Aurorains préféreraient sûrement un empire galactique humain à un empire robotique !

– Comment pouvez-vous en être si certain, monsieur Baley ?

– Cette certitude me vient de la forme que prend maintenant votre société. On m'a dit, pendant mon vol vers Aurora, qu'il n'existait ici aucune ségrégation entre les robots et les êtres humains mais c'est manifestement faux. C'est peut-être un idéal, que les Aurorains eux-mêmes croient avoir réalisé et dont ils se flattent, mais ce n'est pas vrai.

– Vous êtes ici depuis... quoi ? Moins de deux jours, et vous pouvez déjà le voir ?

– Oui, docteur Amadiro. C'est sans doute précisément parce que je suis un étranger que je le vois plus clairement. Je ne suis pas aveuglé par les usages et les idéaux. Les robots n'ont pas le droit d'entrer dans les Personnelles, par exemple, et c'est là une ségrégation évidente. Cela permet aux êtres humains d'avoir un endroit où ils sont seuls. Par ailleurs, vous et moi sommes confortablement assis, alors que les robots restent debout dans leurs niches, comme vous le voyez, dit Baley en tendant un bras vers Daneel. C'est une autre forme de ségrégation. Je crois que les êtres humains, même les Aurorains, voudront toujours établir une distinction et préserver leur propre humanité.

– Ahurissant !

– Cela n'a rien d'ahurissant, docteur. Vous avez perdu. Même si vous réussissez à faire croire à tout Aurora que le Dr Fastolfe a détruit Jander, même si vous réduisez Fastolfe à l'impuissance politique, même si vous obtenez de la Législature et du peuple aurorain qu'ils approuvent votre projet de colonisation par des robots, vous n'aurez fait que gagner du temps. Dès que les Aurorains comprendront toutes les implications de votre plan, ils se retourneront contre vous. Il vaudrait donc mieux, dans ces conditions, que vous mettiez fin à votre campagne contre le Dr Fastolfe et que vous le rencontriez, pour mettre au point un compromis par lequel la colonisation des nouveaux mondes par les Terriens pourra être organisée de manière à ne représenter aucune menace pour Aurora, ni pour les mondes spatiens en général.

– Ahurissant, monsieur Baley, répéta le docteur Amadiro.

– Vous n'avez pas le choix !

Amadiro répondit nonchalamment et d'un air amusé :

– Quand je dis que vos réflexions sont ahurissantes, je ne veux pas parler de vos déclarations elles-mêmes, mais du simple fait que vous les profériez, en vous imaginant qu'elles valent quelque chose.

56

Baley regarda Amadiro prendre la dernière pâtisserie et mordre dedans avec une satisfaction évidente.

– Délicieux, dit le roboticien. Mais j'aime un peu trop les bonnes choses. Voyons, où en étais-je ?... Ah oui ! monsieur Baley, croyez-vous avoir découvert un secret ? Que je vous ai révélé quelque chose que notre monde ne sait pas encore ? Que mes plans sont dangereux mais que je les expose à tous les nouveaux venus ? Vous devez penser que si je vous parle assez longtemps, je finirai par laisser échapper quelque sottise dont vous pourrez profiter. Soyez assuré que cela ne m'arrivera pas. Mes projets de robots encore plus humaniformes, de familles-robots, d'une culture aussi humaine que possible, sont tous bien connus. Ils sont enregistrés et à la disposition de la Législature et de tous ceux qui sont intéressés.

– Est-ce que le grand public les connaît ?

– Probablement pas. Le grand public a ses propres priorités et s'intéresse davantage à son prochain repas, à la nouvelle émission en hypervision, au prochain match de cosmo-polo qu'au prochain siècle ou au prochain millénaire. Mais le grand public sera aussi heureux d'accepter mes projets que l'élite intellectuelle qui les connaît déjà. Ceux qui s'y opposeront ne seront pas assez nombreux pour avoir de l'importance.

– En êtes-vous bien certain ?

– Chose curieuse, oui. J'ai peur que vous ne compreniez pas, hélas ! l'intensité de l'animosité des Aurorains, et des Spatiens en général, contre les Terriens. Je ne partage pas ces sentiments, notez bien, et je me sens tout à fait à l'aise avec vous, par exemple. Je n'ai pas cette peur primitive de la contamination, je n'imagine pas que vous sentez mauvais, je ne vous attribue pas toutes sortes de traits de caractère que je juge offensants, je ne pense pas que vous et vos semblables complotiez pour nous tuer ou nous voler nos biens... mais l'immense majorité des Aurorains nourrit ces préjugés. Ce n'est peut-être pas toujours conscient et les Aurorains peuvent être très polis avec des Terriens individuels qui leur paraissent inoffensifs, mais mettez-les à l'épreuve et vous verrez émerger toute la haine et tous les soupçons. Dites-leur que les Terriens grouillent dans de nouveaux mondes et vont s'emparer de la Galaxie, et ils réclameront à grands cris la destruction de la Terre plutôt que de lui permettre une chose pareille.

– Même si l'unique autre choix est une société-robot ?

– Certainement. Vous ne comprenez pas non plus ce que nous éprouvons à l'égard des robots. Nous sommes familiers avec eux. Nous sommes à l'aise avec eux. Ils sont nos amis.

– Non. Ils sont vos serviteurs. Vous vous sentez supérieurs et vous êtes à l'aise avec eux uniquement tant que cette supériorité reste établie. Si vous êtes menacés par un renversement de la situation, s'ils deviennent vos supérieurs, vous réagirez avec horreur.

– Vous jugez en vous fondant sur la réaction des Terriens.

– Non. Vous les tenez à l'écart des Personnelles. C'est un signe.

– Ils n'ont que faire de ces endroits. Ils ont leurs propres commodités pour se laver et ils n'excrètent pas. Naturellement, ils ne sont pas vraiment humaniformes. S'ils l'étaient, nous ne ferions peut-être pas cette distinction.

– Vous les craindriez encore plus.

– Vraiment ? C'est ridicule ! répliqua Amadiro. Craignez-vous Daneel ? Si je peux me fier à cette fameuse émission, mais j'avoue que je n'y crois guère, vous vous êtes pris d'une considérable affection pour Daneel. Vous en éprouvez en ce moment, n'est-ce pas ?

Le silence de Baley fut éloquent et Amadiro profita de son avantage.

– En ce moment, cela ne vous fait rien que Giskard soit là debout, silencieux et sans réaction, dans une alcôve, mais je vois bien, à de petits gestes, de menus détails de langage corporel, que cela vous gêne que Daneel soit là aussi de la même façon. Vous le sentez trop humain, d'aspect, pour être traité comme un robot. Vous ne le craignez pas davantage parce qu'il a l'air humain.

– Je suis un Terrien. Nous avons des robots, mais pas une culture robotisée. Vous ne pouvez pas juger à partir de mon cas personnel.

– Et Gladia, qui préférait Jander à des êtres humains...

– Elle est solarienne. C'est un mauvais exemple aussi.

– Sur quel exemple vous fondez-vous donc pour juger ? Vous tâtonnez, c'est tout. Pour moi, il paraît évident que si un robot était suffisamment humain, il serait accepté comme un être humain. Est-ce que vous me demandez de prouver que je ne suis pas un robot ? J'ai l'air humain et cela vous suffit. A la fin, peu nous importera qu'un nouveau monde soit colonisé par des Aurorains humains de fait ou d'apparence, si personne ne peut distinguer la différence. Mais – humains ou robots – les colons seront entièrement et tous *aurorains*, pas terriens.

L'assurance de Baley vacilla. Il dit, sans conviction :

– Et si vous ne parvenez jamais à construire des robots humaniformes ?

– Pourquoi n'y parviendrions-nous pas ? Notez bien que je dis « nous ». Nous sommes nombreux dans cette affaire.

– Il se peut que, même nombreuses, des médiocrités ne s'additionnent pas pour donner un génie.

– Nous ne sommes pas des médiocres, rétorqua sèchement Amadiro. Fastolfe trouvera peut-être profitable un jour de se joindre à nous.

– Je ne le crois pas.

– Moi si. Cela ne va pas lui plaire d'être sans aucun pouvoir dans la Législature, et quand nos projets de colonisation de la Galaxie avanceront, quand il verra que son opposition ne nous arrête pas, il se joindra à nous. Sinon, il ne serait pas humain.

– Je ne crois pas que vous gagnerez, dit Baley.

– Parce que vous imaginez que votre enquête va innocenter Fastolfe, m'impliquer, peut-être, moi ou un autre ?

– Peut-être, dit Baley en désespoir de cause.

Amadiro secoua la tête.

– Mon ami, si je pensais que ce que vous pouvez faire risque de ruiner mes projets, serais-je assis là et attendrais-je tranquillement ma destruction ?

– Vous n'êtes pas tranquille. Vous faites tout ce que vous pouvez pour que cette enquête échoue. Pourquoi agir de cette manière si vous êtes sûr que rien de ce que je peux faire ne compromettra vos plans ?

– Eh bien... Vous pouvez me gêner en démoralisant certains membres de cet Institut. Vous ne pouvez pas être dangereux, mais vous pouvez être agaçant et je ne veux pas de ça non plus. Donc, si je peux, je me débarrasserai du sujet d'agacement... mais je le ferai d'une manière raisonnable, en douceur même. Si vous étiez réellement dangereux...

– Que feriez-vous dans ce cas, docteur Amadiro ?

– Je pourrais vous faire emprisonner jusqu'à votre expulsion. Je ne crois pas que les Aurorains en général s'inquiéteraient beaucoup de ce que je ferais à un Terrien.

– Vous cherchez à m'impressionner mais ça ne marchera pas. Vous savez très bien que vous ne pouvez pas lever la main sur moi en présence des mes robots.

– Vous ne vous doutez donc pas que j'ai cent robots à portée de voix ? Que pourraient faire alors les vôtres ?

– Vos cent robots ne pourraient me faire de mal. Ils ne savent pas distinguer les Terriens des Aurorains. Je suis un être humain, selon l'acception des Trois Lois.

– Ils pourraient vous immobiliser, sans vous faire de mal, pendant que vos robots seraient détruits.

– Non, absolument pas. Giskard vous entend et si vous faites un mouvement pour appeler vos robots, c'est *vous* qui serez immobilisé par Giskard. Il agit très rapidement et, à ce moment, vos robots seront impuissants, même si vous réussissez à les appeler. Ils comprendront que le moindre geste contre moi provoquerait une blessure pour vous.

– Vous voulez dire que Giskard me ferait du mal ?

– Pour me protéger ? Certainement. Il vous tuerait, si c'était absolument nécessaire.

– Vous ne parlez pas sérieusement !

– Si, répliqua Baley. Daneel et Giskard ont reçu l'ordre de me protéger. La Première Loi, dans ce cas, a été renforcée, avec toute l'habileté que le Dr Fastolfe peut consacrer à la tâche, pour me concerner, moi particulièrement. On ne me l'a pas dit carrément, mais je sais pertinemment que c'est vrai. Si mes robots doivent choisir entre le mal pour vous ou le mal pour moi, tout Terrien que je suis, il leur sera facile de choisir de vous faire du mal, à vous. Vous devez certainement savoir que le Dr Fastolfe ne serait pas très empressé à assurer votre sauvegarde.

Amadiro rit tout bas, puis il sourit.

– Je suis sûr que vous avez parfaitement raison, en tout point, monsieur Baley, mais je suis très heureux de vous l'entendre dire. Vous savez, mon bon monsieur, que j'enregistre cette conversation aussi – je vous en ai averti tout de suite – et je m'en félicite. Il est possible que le Dr Fastolfe efface la dernière partie de cette conversation mais pas moi, je vous le garantis. Il est clair, d'après ce que vous venez de me dire, qu'il est tout prêt à imaginer un moyen robotique de me faire du mal – et même de me tuer s'il peut y arriver –, alors que rien, dans cette conversation, ou dans n'importe quelle autre, ne permet de dire que je médite de lui faire physiquement du mal, d'une façon ou d'une autre, ni même à vous. Alors, de nous deux, qui est le méchant, monsieur Baley ?... Je pense que vous l'avez établi et je crois donc que c'est le parfait moment pour mettre fin à cette entrevue.

Amadiro se leva, toujours souriant, et Baley l'imita presque machinalement.

– Un dernier mot, cependant, monsieur Baley. Cela n'a rien à voir avec notre petit contretemps, ici à Aurora, celui de Fastolfe et le mien. Plutôt avec votre propre problème.

– Mon problème ?

– Le problème de la Terre, devrais-je dire. Vous êtes très anxieux de sauver ce pauvre Fastolfe de sa folie, parce que vous pensez que cela donnera à votre planète une chance d'expansion... Ne vous illusionnez pas. Vous vous trompez absolument, vous êtes cul-dessus-dessous, pour employer une expression plutôt triviale découverte dans certains des romans historiques de votre planète.

– Je ne la connais pas, dit Baley d'un air pincé.

– J'entends par là que vous renversez la situation. Voyez-vous, quand mon point de vue se sera imposé à la Législature – et vous remarquerez que je dis « quand » et non « si » –, la Terre sera forcée de rester dans son propre petit système planétaire, je l'avoue, mais en réalité ce sera un mal pour un bien. Aurora aura des perspectives d'expansion, d'établissement d'un empire infini... Si à ce moment nous savons que la Terre ne sera jamais que la Terre et rien de plus, en quoi nous inquiétera-t-elle ? Avec la Galaxie à notre disposition, nous abandonnerons volontiers aux Terriens leur petit monde. Nous serons même disposés à rendre la Terre aussi confortable que possible pour sa population.

» D'un autre côté, si les Aurorains font ce que demande Fastolfe et permettent aux Terriens d'aller explorer et coloniser, nous serons bientôt de plus en plus nombreux à comprendre que la Terre va s'emparer de la Galaxie, que nous serons encerclés, investis, condamnés à dépérir et à mourir. A ce moment, je ne pourrai plus rien faire. Mes sentiments bienveillants envers les Terriens ne seront pas capables de résister au déferlement général de méfiance et de préjugés et ce sera alors *très* mauvais pour la Terre.

» Donc, monsieur Baley, si vous avez un réel et sincère souci de votre peuple, vous devriez vivement souhaiter, au contraire, que Fastolfe ne réussisse pas à imposer à cette planète son projet très mal inspiré. Vous devriez être mon solide allié. Réfléchissez. Et j'ajouterai ceci : je parle, je vous l'assure, par très sincère amitié, pour vous et pour votre planète.

Amadiro souriait toujours aussi largement, mais maintenant c'était vraiment un sourire de loup.

57

Baley et ses robots suivirent Amadiro hors de la pièce et le long d'un corridor.

Le roboticien s'arrêta devant une porte discrète.

– Voudriez-vous profiter des commodités avant de partir ? proposa-t-il.

Baley fut un instant dérouté, car il ne comprenait pas. Puis il se rappela la formule désuète qu'Amadiro avait dû glaner au cours de ses lectures de romans historiques.

– Un très ancien général, dont j'ai oublié le nom, a dit un jour, songeant aux terribles exigences des affaires militaires : « Ne refusez jamais une occasion de pisser. »

Amadiro sourit largement.

– Excellent conseil. Tout aussi bon que le conseil que je vous ai donné de réfléchir sérieusement à ce que j'ai dit... Mais je vous vois hésiter malgré tout. Vous ne pensez tout de même pas que je vous tends un piège ? Croyez-moi, je ne suis pas un barbare. Vous êtes ici mon invité et, pour cette seule raison, vous êtes en parfaite sécurité.

– Si j'hésite, c'est parce que je m'interroge, je me demande s'il est bienséant que j'utilise vos... euh... commodités, alors que je ne suis pas aurorain.

– Ridicule, mon cher Baley. Vous n'avez pas le choix. Nécessité n'a point de loi. Utilisez, utilisez, je vous en prie. Que ce soit le symbole de ma libération de tous les préjugés aurorains, le signe que je ne veux que du bien à la Terre et à vous.

– Pourriez-vous faire plus encore ?

– En quel sens ?

– Pourriez-vous me montrer que vous êtes réellement au-dessus du préjugé de cette planète contre les robots...

– Il n'y a aucun préjugé contre les robots, trancha vivement le roboticien.

Baley hocha gravement la tête, comme pour acquiescer, et termina sa phrase :

– ... en leur permettant d'entrer dans la Personnelle avec moi ? Je me suis si bien habitué à leur présence que, sans eux, je me sens mal à l'aise.

Un instant, Amadiro parut choqué, mais il se ressaisit et dit d'assez mauvaise grâce :

– Naturellement, monsieur Baley.

– Cependant, la personne qui s'y trouve déjà pourrait élever de sérieuses objections. Je ne voudrais pas causer de scandale.

– Il n'y a là personne. C'est une Personnelle d'une place seulement et si elle était occupée en ce moment, un signal l'indiquerait.

– Merci, docteur Amadiro, dit Baley en ouvrant la porte. Giskard, entre, s'il te plaît.

Giskard hésita visiblement mais ne protesta pas et obéit. Sur un geste de Baley, Daneel le suivit mais en franchissant le seuil, il prit Baley par le bras et le tira à l'intérieur.

Tandis que la porte se refermait derrière lui, Baley dit à Amadiro :

– Je n'en ai pas pour longtemps. Je vous remercie d'avoir permis ceci.

Il entra dans la pièce avec autant d'insouciance qu'il le put, mais en éprouvant toutefois une crispation au creux de l'estomac. N'allait-il pas trouver là une surprise désagréable ?

58

La Personnelle était vide. Il n'y avait même pas grand-chose à examiner. Elle était beaucoup plus petite que celle de l'établissement de Fastolfe.

Baley finit par remarquer que Daneel et Giskard se tenaient côte à côte, silencieux, adossés à la porte comme s'ils s'efforçaient de pénétrer le moins possible dans la pièce.

Il essaya de parler normalement mais une sorte de vague croassement sortit de sa gorge. Il toussota, trop bruyamment, et réussit à dire :

– Vous pouvez entrer, tous les deux. Et tu n'as pas besoin de garder le silence, Daneel.

Daneel avait été sur la Terre; il connaissait le tabou interdisant toute conversation dans les Personnelles. Il porta un doigt à ses lèvres.

– Je sais, je sais, dit Baley, mais oublie ça. Si Amadiro peut oublier le tabou aurorain contre les robots dans les Personnelles, je peux bien oublier le tabou terrien interdisant d'y parler.

– Cela ne va-t-il pas vous mettre mal à l'aise, camarade Elijah ? demanda Daneel à voix basse.

– Pas le moins du monde, affirma Baley sur un ton normal.

(En réalité, c'était différent de parler à Daneel... un robot. Le son d'une voix, de la parole dans une pièce telle que celle-ci où, à vrai dire, aucun *être humain* n'était présent, était moins scandaleux qu'il aurait pu l'être. Ce n'était même pas scandaleux du tout, avec seulement des robots présents, si humaniforme que pût être l'un d'eux. Baley ne pouvait l'affirmer cependant. Si Daneel n'avait pas de sentiments qu'un être humain était capable de blesser, Baley en avait pour lui.)

Baley pensa alors à autre chose et il eut la nette impression d'être un parfait imbécile. Il baissa la voix à son tour.

– Ou bien conseilles-tu le silence parce qu'il peut y avoir un système d'écoute ? chuchota-t-il et, pour le dernier mot, il se contenta de remuer simplement les lèvres.

– Si vous voulez dire, camarade Elijah, que des personnes en dehors de cette pièce peuvent percevoir ce qui est dit à l'intérieur par l'un ou l'autre système, c'est tout à fait impossible.

— Pourquoi, impossible ?

La chasse d'eau s'actionna d'elle-même, avec une efficacité rapide et silencieuse, et Baley s'approcha du lavabo.

— Sur Terre, dit Daneel, le surpeuplement des Villes rend toute intimité impossible. Il va de soi d'écouter les autres et employer un système pour rendre l'écoute meilleure peut sembler naturel. Si un Terrien souhaite ne pas être entendu, il n'a qu'à ne pas parler. C'est pourquoi le silence est si fortement imposé quand il existe un semblant d'intimité, comme dans cette pièce même que vous appelez Personnelle.

» A Aurora, d'autre part, comme dans tous les mondes spatiens, l'intimité est l'essence même de la vie et on la juge extrêmement précieuse. Vous vous souvenez de Solaria, et à quelles extrémités pathologiques elle atteint là-bas. Mais même à Aurora, qui n'est pas Solaria, chaque être humain est isolé et protégé des autres par une sorte d'extension de l'espace qui est inconcevable sur la Terre, et par, en plus, un rempart de robots. Violer cette intimité est un acte inimaginable.

— Tu veux dire que ce serait un crime d'installer un système d'écoute dans cette pièce ? demanda Baley.

— Bien pire, camarade Elijah. Ce ne serait pas l'acte d'un gentleman aurorain civilisé.

Baley regarda autour de lui. Daneel, se méprenant sur le mouvement, détacha une serviette d'un distributeur qui n'était peut-être pas immédiatement apparent aux yeux d'un Terrien peu habitué à ces lieux, et la tendit à Baley.

Baley la prit, mais ce n'était pas ce qu'il avait cherché. Ses yeux guettaient un micro clandestin car il avait du mal à croire que l'on renoncerait à une astuce sous prétexte qu'elle ne serait pas digne d'un être civilisé. Mais, comme il s'en doutait un peu, il chercha en vain. D'ailleurs, il n'aurait pas été capable de reconnaître un micro aurorain, même s'il y en avait eu un. Dans cette civilisation inconnue, il ne savait pas ce qu'il cherchait au juste.

Il suivit alors le cours d'autres pensées méfiantes qui le tourmentaient.

— Dis-moi, Daneel, puisque tu connais les Aurorains mieux que moi, pourquoi penses-tu qu'Amadiro prend ainsi des gants avec moi ? Il me parle à loisir. Il me raccompagne à la porte. Il m'offre l'usage de cette pièce, ce que Vasilia n'aurait jamais fait. Il a l'air d'avoir tout le temps du monde à me consacrer. Par politesse ?

— Beaucoup d'Aurorains se flattent de leur politesse. Il se peut que ce soit le cas d'Amadiro. Il a souligné plusieurs fois, avec insistance, qu'il n'était pas un barbare.

— Autre question. Pourquoi penses-tu qu'il ait consenti à ce que Giskard et toi m'accompagnent ici dans cette pièce ?

— Il me semble que c'est pour dissiper votre soupçon qu'il pourrait y avoir un piège ici.

— Mais pourquoi s'est-il donné cette peine ? Parce qu'il craignait que j'éprouve une anxiété inutile ?

— Ce doit être encore le geste de courtoisie d'un Aurorain civilisé, je suppose.

Baley secoua la tête.

— Ma foi, s'il y a ici un système d'écoute et si Amadiro m'entend, tant pis. Je ne le considère pas comme un Aurorain civilisé. Il a clairement laissé entendre que si je ne renonçais pas à cette enquête, il veillerait à ce que la Terre, dans son ensemble, en souffre. Est-ce l'acte d'un civilisé ? Ou d'un maître chanteur brutal ?

— Un Aurorain trouve peut-être nécessaire de proférer des menaces mais il le fait d'une manière courtoise.

— Comme l'a fait Amadiro. C'est donc la manière et non la substance des propos qui marque le gentleman. Mais aussi, Daneel, tu es un robot et par conséquent tu ne peux réellement pas critiquer un être humain, n'est-ce pas ?

— J'aurais du mal à le faire. Mais puis-je poser une question, camarade Elijah ? Pourquoi avez-vous demandé la permission de faire entrer l'Ami Giskard et moi ici ? Il m'a semblé, plus tôt, que vous n'aimiez pas vous croire en danger. Jugez-vous maintenant que vous n'êtes pas en sécurité, sauf en notre présence ?

– Non, pas du tout, Daneel. Je suis tout à fait convaincu de ne pas être en danger et je ne le pensais pas avant.

– Cependant, camarade Elijah, quand vous êtes entré vous aviez une attitude nettement soupçonneuse. Vous avez tout fouillé.

– Naturellement ! Je dis que je ne suis pas en danger mais je ne dis pas qu'il n'y a pas de danger.

– Je ne vois pas très bien la différence, camarade Elijah.

– Nous parlerons de ça plus tard, Daneel. Je ne suis pas encore tout à fait persuadé qu'il n'y a ici aucun système d'écoute.

Baley avait achevé de se rafraîchir.

– Voilà, Daneel. J'ai pris mon temps, je ne me suis pas pressé du tout. Maintenant je suis prêt à ressortir et je me demande si Amadiro nous attend encore, ou s'il a délégué un subordonné pour nous accompagner jusqu'à la sortie. Après tout, Amadiro est un homme très occupé et il ne peut pas passer toute la journée avec moi. Qu'en penses-tu, Daneel ?

– Il serait plus logique qu'Amadiro ait délégué ses pouvoirs à quelqu'un.

– Et toi, Giskard ? Qu'en penses-tu ?

– Je suis d'accord avec l'Ami Daneel, bien que mon expérience m'ait appris que les êtres humains n'ont pas toujours une réaction logique.

– Pour ma part, dit Baley, je pense qu'Amadiro nous attend très patiemment. Si quelque chose l'a poussé à perdre tellement de temps avec nous, je pense que ce mobile, quel qu'il soit, reste toujours aussi fort.

– Je ne sais quel peut être ce mobile dont vous parlez, camarade Elijah.

– Moi non plus, Daneel. Et cela m'inquiète beaucoup. Mais ouvrons la porte, maintenant. Nous verrons bien.

59

Amadiro les attendait, à l'endroit précis où ils l'avaient laissé. Il leur sourit, sans manifester la moindre impatience. Baley ne put résister au plaisir de jeter à Daneel un petit coup d'œil – « je te le disais bien ». Daneel resta parfaitement impassible.

– Je regrette un peu, monsieur Baley, que vous n'ayez pas laissé Giskard dehors, quand vous êtes entré dans la Personnelle, dit Amadiro. Je le connaissais autrefois, quand Fastolfe et moi étions en meilleurs termes. Fastolfe a été mon professeur, vous savez.

– Vraiment ? Non, je ne le savais pas.

– Evidemment, si on ne vous l'a pas dit, et vous êtes depuis si peu de temps sur la planète que vous n'avez guère pu apprendre ce genre de détails mineurs, sans doute. Mais venez, je vous prie. J'ai pensé que vous ne me trouveriez guère hospitalier si je ne profitais pas de votre présence à l'Institut pour vous le faire visiter.

Baley se raidit un peu.

– Vraiment, je dois...

– J'insiste, dit Amadiro avec une nuance d'autorité dans la voix. Vous êtes arrivé à Aurora hier matin et je doute que vous restiez encore bien longtemps sur la planète. C'est peut-être la seule occasion que vous aurez d'avoir un aperçu d'un laboratoire moderne consacré à des travaux de recherche sur la robotique.

Il glissa son bras sous celui de Baley et continua de parler familièrement. (« Bavarder » fut le mot qui vint à l'esprit de Baley, fort étonné.)

– Il peut y avoir ici d'autres roboticiens que vous voudriez interroger et je ne demande pas mieux puisque je suis résolu à vous montrer que je ne place aucun obstacle sur votre chemin, durant le peu de temps qui vous reste pour poursuivre votre enquête. En fait, il n'y a pas de raison que vous ne dîniez pas avec nous.

Giskard intervint :

– Si je puis me permettre, monsieur...

– Tu ne le peux pas, trancha Amadiro avec une indiscutable fermeté et le robot se tut. Mon cher Baley, je connais ces robots. Qui les connaîtrait mieux que moi ? A part notre infortuné Fastolfe, bien entendu. Giskard, j'en suis sûr, va vous rappeler quelque rendez-vous, un problème, un devoir, et c'est tout à fait inutile. Comme l'enquête est pratiquement terminée, je vous promets que rien de ce qu'il veut vous rappeler n'a d'importance. Oublions toutes ces sottises et, pendant un petit moment, soyons amis...

» Vous devez comprendre que je suis un grand admirateur de la Terre et de sa culture. Ce n'est pas précisément le sujet le plus populaire, à Aurora, mais je le trouve fascinant. Je m'intéresse sincèrement à l'histoire et au passé de la Terre, au temps où elle avait une centaine de langues différentes, où le Standard interstellaire ne s'était pas encore répandu. Et permettez-moi de vous féliciter, incidemment, de votre propre maîtrise de ce langage.

» Par ici, par ici, dit-il en tournant au coin d'un couloir. Nous arrivons à la salle des sentiers simulés qui ne manque pas d'une étrange beauté particulière. Il peut y avoir une simulation en cours. Tout à fait symbolique, en réalité... Mais je parlais de votre maîtrise de l'interstellaire. Quand cette émission sur vous a été diffusée ici, beaucoup de gens ont dit que les acteurs ne pouvaient être des Terriens parce qu'on les comprenait, et pourtant je vous comprends très bien.

En disant cela, Amadiro sourit. Il reprit sur un ton confidentiel :

– J'ai essayé de lire Shakespeare, mais il m'a été impossible de le faire dans le texte original, et la traduction est curieusement plate. Je ne puis m'empêcher de penser que la faute en est à la traduction et non à Shakespeare. Je me débrouille mieux avec Dickens et Tolstoï, peut-être parce que c'est de la prose, bien que les noms des personnages soient, dans les deux cas, tout à fait imprononçables.

» Tout ceci pour vous dire que je suis un ami de la Terre. Vraiment. Je ne désire que ce qu'il y a de mieux pour elle. Comprenez-vous ?

Il regarda Baley, et de nouveau le loup se devina dans ses yeux pétillants.

Baley éleva la voix pour couvrir le débit monotone du roboticien.

– Je crains de ne pouvoir accepter, docteur Amadiro. Je dois réellement aller à mes affaires et je n'ai plus de questions à vous poser, ni à personne d'autre ici. Si vous...

Baley s'interrompit. Il percevait dans l'air un faible et curieux grondement. Il releva la tête, surpris.

– Qu'est-ce que c'est ?

– Quoi donc? demanda Amadiro. Je ne remarque rien.

Il se tourna vers les deux robots, qui suivaient gravement, à distance.

– Rien ! répéta-t-il avec force. Rien.

Baley reconnut là l'équivalent d'un ordre. Aucun des robots ne pourrait maintenant prétendre avoir entendu le grondement, en contradiction flagrante avec un être humain, à moins que Baley lui-même applique une contre-pression, et il était certain de ne pouvoir le faire assez habilement, face au professionnalisme d'Amadiro.

Cela n'avait d'ailleurs aucune importance. Il avait bien entendu quelque chose et il n'était pas un robot; on ne pourrait pas le persuader du contraire.

– Vous avez dit vous-même, docteur Amadiro, qu'il me reste peu de temps. Raison de plus pour que je doive...

Le grondement reprit, plus fort. Baley déclara, sur un ton tranchant :

– Voilà, je suppose, précisément ce que vous n'aviez pas entendu et que vous n'entendez pas maintenant.

Laissez-moi partir, monsieur, sinon je demanderai de l'aide à mes robots.

Amadiro lâcha aussitôt le bras de Baley.

– Mon ami, vous n'avez qu'à en exprimer le désir. Venez ! Je vais vous conduire jusqu'à la sortie la plus proche et, si jamais vous revenez sur Aurora, ce qui me semble extrêmement peu probable, j'espère que vous viendrez me voir et que j'aurai le plaisir de vous faire faire la visite promise.

Ils marchaient plus vite. Ils descendirent par la rampe en spirale, suivirent un long couloir jusqu'à la grande antichambre maintenant déserte et arrivèrent à la porte par laquelle ils étaient entrés.

Les fenêtres de l'antichambre étaient complètement obscures. Serait-ce déjà la nuit ? se demanda Baley.

Ça ne l'était pas. Amadiro marmonna :

– Sale temps ! On a opacifié les fenêtres... Il doit pleuvoir. On l'a prédit et en général on peut se fier aux prévisions météorologiques... en tout cas, quand elles sont désagréables.

La porte s'ouvrit et Baley laissa échapper un petit cri en faisant un bond en arrière. Un vent glacial soufflait en rafales et, sur le fond du ciel – pas noir mais gris foncé –, le sommet des arbres était fouetté en tous sens.

De l'eau tombait du ciel, à torrents. Baley, épouvanté, vit un éclair de lumière aveuglante zébrer le ciel et puis le grondement se refit entendre, cette fois avec un grand fracas d'explosion, comme si cette vive lumière avait déchiré les nuages pour en laisser échapper ce bruit horrible.

Baley tourna les talons et rebroussa chemin de toute la vitesse de ses jambes, en gémissant.

XV

Daneel et Giskard

60

Baley sentit la poigne solide de Daneel sur le haut de son bras, près de l'épaule. Il s'arrêta et s'efforça de maîtriser ses gémissements puérils, mais continua de trembler.

Daneel lui dit, avec un respect infini :

– Camarade Elijah, c'est un orage... attendu... prédit... normal.

– Je le sais, souffla Baley.

Oui, il le savait. Les orages avaient été longuement décrits dans les livres qu'il avait lus, romans ou documents. Il en avait vu en photographie et en hypervision, avec le bruit et tout.

Mais la réalité, cependant (le son et le spectacle réels), n'avait jamais pénétré dans les entrailles de la Ville et jamais de sa vie il n'avait assisté à pareil phénomène.

Malgré tout ce qu'il savait – intellectuellement – des orages, il était viscéralement incapable d'affronter leur réalité. En dépit des descriptions, des collections de mots, de ce qu'il avait vu sur de petites illustrations et des écrans, entendu par des enregistrements, en dépit de tout cela, il n'avait jamais imaginé que les éclairs étaient aussi aveuglants et s'étiraient en travers du ciel tout entier, que le son était aussi grave et vibrant ni qu'il se répercutait ainsi, que tout était si *soudain*, que la pluie tombait ainsi comme d'une cuvette renversée, inlassablement.

– Je ne peux pas sortir là-dedans, marmonna-t-il d'une voix désespérée.

– Ce ne sera pas la peine, dit gentiment Daneel. Giskard va aller chercher l'aéroglisseur. Il l'amènera juste devant la porte. Vous ne recevrez pas une goutte de pluie.

– Pourquoi ne pas attendre que cela cesse ?

– Ce ne serait pas souhaitable, camarade Elijah. Il va certainement continuer de pleuvoir, au moins un peu, jusqu'après minuit, et si le Président arrive demain matin, comme l'a laissé entendre le Dr Amadiro, il serait infiniment préférable de passer la soirée en consultation avec le Dr Fastolfe.

Baley se força à faire demi-tour et regarda Daneel dans les yeux. Ils lui parurent très soucieux, mais il pensa tristement que ce n'était là que son interprétation personnelle. Les robots n'avaient pas de sentiments, rien que des impulsions positroniques imitant ces sentiments. (Et peut-être les êtres humains n'avaient-ils pas de sentiments non plus, rien que des impulsions nerveuses interprétées comme des sentiments.)

Il s'aperçut vaguement qu'Amadiro n'était plus là.

– Amadiro m'a retardé sciemment, dit-il, en me conduisant à la Personnelle, en me distrayant par son bavardage oiseux, en empêchant Giskard et toi de l'interrompre et de m'avertir de l'orage. Il a même essayé de me persuader de visiter les lieux et de dîner avec lui. Il n'a bronché qu'au bruit de l'orage. C'était ce qu'il attendait.

– On le dirait. Et si l'orage vous retient ici maintenant, ce sera exactement ce qu'il espère.

Baley respira profondément.

– Tu as raison. Je dois partir... vaille que vaille.

A contrecœur, Baley fit un pas vers la porte, restée ouverte, encadrant encore un paysage gris foncé noyé de pluie battante. Encore un pas... puis un autre, en s'appuyant lourdement sur Daneel.

Giskard attendait patiemment sur le seuil.

Baley s'arrêta et ferma les yeux un moment. Puis il dit à voix basse, en parlant plus à lui-même qu'à Daneel :

– Il faut que j'y aille...

Et il avança encore d'un pas.

61

– Vous sentez-vous bien, monsieur? demanda Giskard.

C'était une question idiote, dictée par la programmation du robot, pensa Baley. Mais au moins ce n'était pas pire que les questions posées par des êtres humains, parfois follement hors de propos et programmées par l'étiquette.

– Oui, répondit-il d'une voix qu'il essayait – en vain – d'élever mais qui ne fut qu'un chuchotement rauque.

C'était une réponse inutile à une sotte question car Giskard, tout robot qu'il était, voyait bien que Baley se sentait très mal et que sa réponse était un mensonge flagrant.

Elle fut cependant acceptée et cela libéra Giskard pour la suite. Il dit :

– Je vais maintenant aller chercher l'aéroglisseur et je l'amènerai à la porte.

– Est-ce qu'il marchera, avec toute... toute cette eau, Giskard ?

– Oui, monsieur. Cette pluie n'est pas anormale.

Le robot partit en marchant posément sous l'averse.

Les éclairs scintillaient presque continuellement et le tonnerre n'était qu'un grondement incessant s'élevant toutes les quelques minutes en un crescendo fracassant.

Pour la première fois de sa vie, Baley se surprit à envier un robot. Pouvoir marcher ainsi, être indifférent à l'eau, au bruit, aux éclairs, être capable d'ignorer l'environnement et jouir d'une pseudo-vie absolument courageuse, ne pas connaître la peur de la douleur ou de la mort, parce que la peur et la mort n'existaient pas...

Et, cependant, être incapable d'une originalité de pensée, ne jamais connaître les bonds imprévisibles de l'intuition...

Ces dons valaient-ils le prix que l'humanité payait pour eux ?

A ce moment-là, Baley n'aurait pu le dire. Il savait qu'une fois qu'il n'éprouverait plus de terreur, il découvrirait qu'aucun prix n'est trop élevé pour avoir le privilège d'être humain. Mais à présent, alors qu'il ne ressentait rien d'autre que les battements de son cœur et la perte de toute volonté, il ne pouvait s'empêcher de se demander à quoi servait d'être humain si l'on ne pouvait pas maîtriser cette terreur profondément enracinée, cette agoraphobie maladive.

Pourtant, il y avait deux jours qu'il circulait à l'Extérieur et il avait réussi à y être presque à l'aise.

Mais la peur n'avait pas été vaincue. Il le savait maintenant. Il l'avait étouffée en pensant avec force à d'autres choses, mais l'orage écrasait toute pensée, forte ou non.

Il ne pouvait pas le permettre. Si tout le reste échouait – la pensée, la fierté, la volonté –, alors il devrait se rabattre sur la honte. Il ne pouvait pas s'effondrer sous le regard supérieur et impersonnel des robots. La honte devait être plus forte que la peur.

Il sentit la main ferme de Daneel sur sa taille et la honte le retint de faire la seule chose qu'il voulait faire en ce moment se tourner vers lui et cacher sa figure contre le torse du robot. Si Daneel avait été humain, il n'aurait pas résisté...

Il avait perdu tout contact avec la réalité car soudain il perçut la voix de Daneel, comme si elle lui parvenait de très loin. Il eut l'impression que Daneel ressentait quelque chose de voisin de la panique.

– Camarade Elijah, vous m'entendez?

La voix de Giskard, tout aussi éloignée, conseilla :

– Nous devons le porter.

– Non! marmonna Baley. Laissez-moi marcher.

Peut-être ne l'entendirent-ils pas. Peut-être n'avait-il pas vraiment parlé, il l'avait simplement cru. Il se sentit soulevé du sol. Son bras gauche pendait, inerte, et il essaya de le lever, de le poser sur des épaules, de se hisser.

Mais son bras gauche continuait de se balancer inutilement et il se débattit en vain.

Il eut vaguement conscience de se déplacer en l'air, il sentit quelque chose de mouillé sur sa figure. Ce n'était pas réellement de l'eau, plutôt de l'humidité. Puis il y eut la pression d'une surface dure contre son flanc gauche, d'une autre plus souple contre son côté droit.

Il était dans l'aéroglisseur, de nouveau coincé entre Giskard et Daneel. Il avait surtout conscience que Giskard était très mouillé.

Un air chaud cascada autour de lui, sur lui. Avec l'obscurité et l'eau ruisselant sur les vitres, elles étaient pratiquement opacifiées et Baley le crut jusqu'à ce que l'opacité réelle se fasse et qu'ils se trouvent dans l'obscurité absolue. Le bruit étouffé des jets d'air, quand l'aéroglisseur s'éleva en se balançant au-dessus de l'herbe, parut couvrir le tonnerre et diminuer son intensité.

– Je regrette l'inconfort de ma surface trempée, monsieur, dit Giskard. Je vais sécher rapidement. Nous allons attendre un moment ici que vous vous remettiez.

Baley respirait plus facilement. Il se sentait délicieusement protégé, enfermé. Rendez-moi ma Ville, pensa-t-il. Supprimez tout l'Univers et laissez les Spatiens le coloniser. La Terre est tout ce qu'il nous faut.

Alors même qu'il pensait cela, il savait que c'était sa folie qui parlait, pas lui.

Il éprouva le besoin d'occuper son esprit.

– Daneel, dit-il.

– Oui, camarade Elijah ?

– A propos du Président. Es-tu d'avis qu'Amadiro jugeait correctement la situation, en supposant que le Président mettrait un terme à l'enquête, ou bien qu'il prenait ses désirs pour des réalités ?

– Il est possible, camarade Elijah, que le Président interroge le Dr Fastolfe et le Dr Amadiro à ce sujet. Ce serait la procédure normale, pour régler une querelle de cette nature. Il y a de nombreux précédents.

– Mais pourquoi ? demanda Baley en soupirant. Si Amadiro est très persuasif, pourquoi le Président ne donnerait-il pas simplement l'ordre d'arrêter l'enquête ?

– Le Président, dit Daneel, est dans une situation politique difficile. Il était d'accord, initialement, pour vous permettre de venir à la demande du Dr Fastolfe, et il ne peut pas se déjuger si brusquement, si vite, sous peine de paraître faible et irrésolu, et de fâcher gravement le Dr Fastolfe qui est encore un personnage très influent de la Législature.

– Alors pourquoi n'a-t-il pas simplement rejeté la requête d'Amadiro ?

– Le Dr Amadiro a beaucoup d'influence aussi, camarade Elijah, et il en aura probablement de plus en plus. Le Président doit temporiser en écoutant les deux parties et en ayant au moins l'air de délibérer, avant de prendre une décision.

– Fondée sur quoi ?

– Sur la validité de l'affaire, sans doute.

– Alors il va falloir que je trouve avant demain matin quelque chose qui persuadera le Président de prendre le parti de Fastolfe, au lieu d'être contre lui. Si j'y arrive, est-ce que ce sera la victoire ?

– Le Président n'est pas tout-puissant mais son influence est grande. S'il se déclare ouvertement pour le Dr Fastolfe, alors, dans les conditions politiques actuelles, oui, le Dr Fastolfe obtiendra probablement le soutien de la Législature.

Baley se remettait à penser avec lucidité.

– Cela expliquerait assez bien qu'Amadiro tente de nous retarder. Il a dû se dire que je n'avais rien à présenter au Président et qu'il lui suffisait de gagner du temps, de me retarder et de m'empêcher de trouver rapidement quelque argument décisif.

– On le dirait bien, camarade Elijah.

– Et il ne m'a laissé partir que lorsqu'il pensait pouvoir compter sur l'orage pour continuer de me retenir.

– Peut-être, camarade Elijah.

– Dans ce cas, nous ne pouvons pas permettre à l'orage de nous retarder.

– Où désirez-vous être conduit, monsieur ? demanda calmement Giskard.

– Retournons à l'établissement du Dr Fastolfe.

– Pouvons-nous attendre encore un moment, camarade Elijah ? Comptez-vous annoncer au Dr Fastolfe que vous ne pouvez pas poursuivre l'enquête ?

– Pourquoi demandes-tu ça ? s'exclama Baley.

Sa voix forte et rageuse révélait qu'il s'était déjà bien ressaisi.

– Simplement, je crains que vous ayez oublié un instant que le Dr Amadiro vous a pressé de le faire pour le bien de la Terre.

– Je n'ai pas oublié, répliqua sombrement Baley, et je n'aime pas que tu t'imagines qu'il ait pu m'influencer, Daneel. Fastolfe doit être disculpé et la Terre doit envoyer ses pionniers dans la Galaxie. S'il y a en cela un danger de la part des globalistes, ce danger doit être affronté.

– Mais dans ce cas, camarade Elijah, pourquoi retourner chez le Dr Fastolfe ? Il me semble qu'il n'y a rien d'important à lui rapporter. N'y a-t-il aucune direction dans laquelle nous pourrions poursuivre nos investigations, *avant* d'aller faire notre rapport au Dr Fastolfe ?

Baley se redressa et posa une main sur Giskard, qui était maintenant complètement sec.

– Je suis satisfait des progrès que j'ai déjà faits, dit-il d'une voix tout à fait normale. Partons, Giskard. Conduis-nous à l'établissement de Fastolfe. (Et il ajouta, en serrant les poings et en raidissant son corps :) De plus, Giskard, dégage les vitres. Je veux regarder l'orage en face.

62

Baley retint sa respiration en se préparant à la transparence. L'aéroglisseur ne serait plus hermétiquement clos; il n'aurait plus des parois unies, solides.

Au moment où les vitres se dégageaient, un éclair jaillit qui disparut aussitôt avec pour seul résultat d'assombrir le paysage par contraste.

Baley ne put réprimer un mouvement de recul tout en s'efforçant de s'armer de courage en prévision du coup de tonnerre qui, quelques secondes plus tard, gronda.

– L'orage ne va plus empirer et, bientôt, il se calmera, dit Daneel d'une voix rassurante.

– Je me moque qu'il se calme ou non, répliqua Baley en serrant les dents. Allons, Giskard. Partons.

Il essayait, pour lui-même, de conserver l'illusion d'être un humain commandant à des robots.

L'aéroglisseur s'éleva légèrement et, aussitôt, il fut déporté sur le côté et pencha si fort que Baley fut collé contre Giskard.

– Redresse ce véhicule, Giskard ! cria-t-il ou, plutôt, gémit-il.

Daneel le prit par les épaules et l'attira contre lui. De

l'autre bras, il se retenait à une poignée fixée au châssis de l'aéroglisseur.

– Ce n'est pas possible, camarade Elijah. Le vent est assez violent.

Baley sentit ses cheveux se dresser.

– Tu veux dire... Tu veux dire que le vent va nous emporter ?

– Non, bien sûr que non, répondit Daneel. Si la voiture était anti-grav – une forme de technologie qui, bien entendu, n'existe pas – et si sa masse et son inertie étaient éliminées, alors elle serait emportée comme une plume dans les airs. Cependant, nous conservons toute notre masse, même quand nos jets nous soulèvent sur le coussin d'air, alors notre inertie résiste au vent. Néanmoins, le vent nous fait osciller, même si Giskard garde le contrôle absolu du véhicule.

– Ça n'en a pas l'air, marmonna Baley.

Il perçut un vague sifflement aigu, qu'il pensa être le vent glissant sur l'aéroglisseur alors que le véhicule fendait l'atmosphère turbulente. Puis l'aéroglisseur fit une embardée et Baley ne put absolument pas se retenir de saisir Daneel par le cou et de le serrer désespérément.

Daneel attendit un moment. Quand Baley eut repris haleine, quand son étreinte fut moins crispée, il s'en dégagea sans peine, tout en resserrant son bras autour des épaules de Baley.

– Afin de garder le cap, camarade Elijah, Giskard doit compenser la poussée du vent par une distribution asymétrique des jets d'air. Ils soufflent d'un côté pour que l'aéroglisseur se penche à contre-vent, et la force ainsi que la direction de ces jets doivent être réglées à mesure que le vent change d'intensité et de direction. Pour cela, il n'y a pas plus habile que Giskard, mais, malgré tout, il y a d'inévitables secousses et cahots. Il faudra donc excuser Giskard s'il ne participe pas à notre conversation. Il doit s'occuper uniquement de la conduite.

– Est-ce que c'est... sans danger ?

L'estomac de Baley se contractait à la pensée de jouer avec le vent de cette façon. Il était très heureux de ne pas avoir mangé depuis plusieurs heures. Il ne pouvait pas... il n'oserait pas être malade dans l'espace confiné de l'aéroglisseur. Cette idée même aggrava sa nausée et il tenta de se concentrer sur autre chose.

Il s'imagina en train de courir sur les bretelles mouvantes, sur la Terre, d'en descendre une pour sauter sur la voisine, plus rapide, et puis sur une autre encore plus rapide, de passer sur une plus lente, en se penchant contre le vent dans une direction ou l'autre selon que l'on rapidait (un curieux mot de jargon uniquement employé par les coureurs de bretelles mouvantes) ou que l'on ralentissait. Dans sa jeunesse, Baley faisait cela presque automatiquement, sans la moindre faute ni la moindre hésitation.

Daneel s'y était adapté sans peine et la seule fois où ils avaient fait la course tous les deux, Daneel s'en était tiré à la perfection. Eh bien, se dit Baley, c'était exactement la même chose ! L'aéroglisseur courait sur les bretelles. Absolument ! C'était pareil !

Pas tout à fait, bien sûr. Dans la Ville, la vitesse de la bretelle était fixe. Le vent soufflait d'une manière absolument prévisible, puisqu'il ne résultait que du mouvement du trottoir roulant. Mais là, sous l'orage, le vent avait une volonté à lui ou, plutôt, il dépendait d'une telle quantité de variables (Baley faisait exprès de rechercher le rationnel) qu'il paraissait n'obéir qu'à son caprice et Giskard devait en tenir compte et compenser cela. C'était tout. Autrement, c'était la même chose que si l'on courait simplement le long des bretelles, avec une petite complication en plus.

– Et si nous sommes jetés contre un arbre ? marmonna-t-il.

– Très improbable, camarade Elijah. Giskard est bien trop habile pour ça. Et nous ne sommes que très légèrement au-dessus du sol, si bien que les jets sont particulièrement puissants.

— Alors nous allons heurter une grosse pierre. Elle nous emboutira par en dessous.

— Nous ne heurterons pas de pierre, camarade Elijah.

— Pourquoi? Comment diable Giskard peut-il voir où il va, d'abord? grogna Baley en cherchant à regarder dans l'obscurité devant eux.

— Le soleil se couche à peine, dit Daneel, et un peu de jour filtre entre les nuages. Cela nous suffit pour voir avec l'aide de nos phares. Et s'il fait plus sombre, Giskard intensifiera leur lumière.

— Quels phares? demanda Baley d'un air agressif.

— Vous ne les voyez pas bien parce qu'ils ont une forte teneur en infrarouge, à laquelle les yeux de Giskard sont sensibles mais pas les vôtres. De plus, l'infrarouge est plus pénétrant que la lumière sur ondes plus courtes, et pour cette raison, c'est plus efficace sous la pluie ou dans le brouillard.

Malgré sa peur et son malaise, Baley éprouva de la curiosité.

— Et tes yeux à toi, Daneel?

— Mes yeux, camarade Elijah, sont conçus pour être aussi voisins que possible de ceux des êtres humains. C'est regrettable, peut-être, en ce moment.

L'aéroglisseur frémit et Baley retint de nouveau sa respiration.

— Les yeux des Spatiens sont encore adaptés au soleil de la Terre, même si ceux des robots ne le sont pas, murmura-t-il. C'est une bonne chose, sans doute, si ça peut leur rappeler qu'ils descendent des Terriens...

Sa voix s'étouffa. Il faisait de plus en plus sombre, au-dehors. Il ne voyait plus rien maintenant, et les éclairs intermittents n'éclairaient rien non plus. Ils étaient totalement aveuglants. Baley ferma les yeux mais en vain. Il avait encore plus conscience du tonnerre furieux, menaçant.

Ne devraient-ils pas s'arrêter? Attendre que le plus gros de l'orage soit passé?

Giskard annonça soudain :

– Ce véhicule ne réagit pas normalement.

Baley sentit que le véhicule était fortement secoué, comme s'il était sur roues et passait sur une surface irrégulière.

– Est-ce que l'orage a pu faire des dégâts, Ami Giskard ? demanda Daneel.

– Ce n'est pas l'impression que ça donne, Ami Daneel. Pas plus qu'il ne paraît probable que cet engin puisse souffrir de ce genre de dégâts dans cet orage, ou dans n'importe quel orage.

Baley écoutait sans très bien comprendre.

– Des dégâts ? Quel genre de dégâts ?

– Il me semble qu'il y a une fuite dans le compresseur, monsieur, mais très lente. Ce n'est pas le résultat d'une crevaison ordinaire.

– Comment est-ce arrivé, alors ? demanda Baley.

– Un sabotage, peut-être, pendant que le véhicule était dehors, près du bâtiment administratif. Je me suis aperçu, depuis quelque temps déjà, que nous sommes suivis et que l'on prend soin de ne pas nous dépasser.

– Pourquoi, Giskard ?

– Sans doute, monsieur, parce que l'on attend que nous tombions complètement en panne.

Les mouvements de l'aéroglisseur étaient de plus en plus saccadés.

– Pourrons-nous arriver jusque chez Fastolfe ?

– J'en doute, monsieur.

Baley essaya de fouetter son esprit affolé pour le forcer à réfléchir.

– Dans ce cas, je me suis radicalement trompé sur les raisons qu'avait Amadiro de nous retarder. Il nous gardait simplement là pendant qu'un de ses robots sabotait l'aéroglisseur de telle manière que nous tombions en panne au beau milieu de cette désolation.

– Mais pourquoi ferait-il cela ? s'exclama Daneel, choqué. Pour se saisir de vous ? Mais il vous avait déjà.

– Il ne veut pas de moi. Personne ne veut de moi, répliqua Baley avec une sorte de colère lasse. Le danger est pour toi, Daneel.

– Pour moi, camarade Elijah ?

– Oui, *toi*, Daneel !... Giskard, choisis un endroit sûr pour te poser et dès que tu seras arrêté, Daneel doit descendre et courir en lieu sûr.

– C'est impossible, camarade Elijah, protesta Daneel. Je ne peux pas vous abandonner alors que vous vous sentez malade et, plus particulièrement, s'il y a ces gens qui nous poursuivent et risquent de vous faire du mal.

– Daneel, c'est *toi* qu'ils poursuivent ! Tu *dois* partir. Quant à moi, je resterai dans l'aéroglisseur. Je ne risque rien.

– Comment puis-je croire cela ?

– Je t'en prie ! S'il te plaît ! Comment puis-je tout expliquer alors que le monde tourbillonne... Daneel, reprit Baley avec un calme désespéré, tu es ici l'individu le plus important, infiniment plus important que Giskard et moi réunis. Toute l'humanité dépend de toi. Ne t'inquiète pas d'un seul homme; pense à des *milliards d'hommes* ! Daneel... Je t'en prie...

63

Baley était balancé d'avant en arrière. Il se demanda si l'aéroglisseur se brisait complètement, ou si Giskard en perdait le contrôle. Ou bien tentait-il d'éluder les poursuivants ?

Baley s'en moquait. Il s'en *moquait* ! Que l'aéroglisseur s'écrase, qu'il éclate en mille morceaux. Il accueillerait la mort avec joie. N'importe quoi pour être débarrassé de cette terrible peur, de cette totale incapacité d'affronter l'Univers.

Mais il devait s'assurer que Daneel s'échappe sain et sauf. Comment ?

Tout était irréel et il n'allait rien pouvoir expliquer à

ces robots. Pour lui, la situation était claire, mais comment pourrait-il la faire comprendre à ces non-humains, qui ne connaissaient rien d'autre que leurs Trois Lois, et qui laisseraient la Terre entière et, à la longue, toute l'humanité, périr parce qu'ils ne pouvaient se soucier que d'un seul homme, celui qui était sous leur nez ?

Pourquoi avait-on inventé les robots ?

Et puis, assez curieusement, Giskard, le moins raffiné des deux, vint à son secours. Il dit de sa voix monotone :

– Ami Daneel, je ne vais plus pouvoir maintenir cet aéroglisseur en mouvement bien longtemps. Peut-être serait-il plus souhaitable de faire ce que propose Mr Baley. Il t'a donné un ordre très clair.

Daneel parut perplexe.

– Est-ce que je peux le laisser alors qu'il ne va pas bien, Ami Giskard ?

– Tu ne peux pas l'emmener avec toi sous l'orage, Ami Daneel. De plus, il a l'air très anxieux que tu partes, et tu lui ferais peut-être mal en restant.

Baley se sentit revivre.

– Oui... Oui ! s'écria-t-il d'une voix cassée. Giskard a raison. Giskard, pars avec lui, cache-le, assure-toi qu'il ne reviendra pas... et puis reviens me chercher.

Daneel protesta violemment :

– Cela n'est pas possible, camarade Elijah. Nous ne pouvons pas vous laisser seul, sans soins, sans protection.

– Pas de risque... Je ne risque rien. Fais ce que je dis...

– Ceux qui nous suivent sont probablement des robots, dit Giskard. Des êtres humains hésiteraient à sortir sous l'orage. Et des robots ne feront pas de mal à Mr Baley.

– Ils pourraient l'emmener.

– Pas sous l'orage, Ami Daneel, puisque cela lui ferait évidemment du mal. Je vais maintenant arrêter l'aéroglisseur, Ami Daneel. Tiens-toi prêt à obéir aux ordres de Mr Baley. Moi aussi.

– Bien, souffla Baley. Très bien !

Il était reconnaissant d'avoir là un robot plus simple, donc plus facile à impressionner, qui risquait moins de se perdre dans les incertaines considérations d'un cerveau plus raffiné.

Vaguement, il pensa à Daneel pris entre sa perception du malaise de l'être humain et l'insistance de l'ordre et imagina son cerveau craquant sous le conflit.

Non, non, Daneel, pensa-t-il, fais ce que je dis sans t'interroger.

Mais il manquait de force de volonté pour articuler et l'ordre resta à l'état de pensée.

L'aéroglisseur se posa avec une secousse et un bruit grinçant.

Les portières s'ouvrirent à la volée de chaque côté et se refermèrent dans un léger soupir. Les robots étaient partis. Ayant pris leur décision, ils n'avaient plus hésité et ils avaient agi avec une vitesse qu'aucun être humain ne pouvait égaler.

Baley respira profondément et frissonna. L'aéroglisseur était maintenant parfaitement stable. Il faisait partie du sol.

Baley comprit soudain que la majeure partie de sa détresse avait été causée par le roulis et le tangage du véhicule, la sensation d'insubstantialité, de ne plus être relié à l'Univers, d'être à la merci de forces indifférentes.

Maintenant, enfin, plus rien ne bougeait et il ouvrit les yeux.

Il ne s'était même pas aperçu qu'il les avait fermés.

Il y avait encore des éclairs à l'horizon et le tonnerre grondait sourdement. Le vent, rencontrant une masse plus résistante et bien ancrée, hurlait sur un registre plus aigu qu'auparavant.

Tout était noir. Baley n'avait que des yeux humains; alors, à part les éclairs intermittents, il ne voyait pas la moindre lueur. Le soleil s'était sûrement couché et les nuages étaient épais et bas.

Et, pour la première fois depuis qu'il avait quitté la Terre, Baley était seul.

64

Seul!

Baley avait été trop malade, trop affolé pour réfléchir raisonnablement. Encore maintenant, il se débattait avec lui-même, cherchant ce qu'il aurait dû faire, ce qu'il aurait fait s'il y avait eu place dans son esprit égaré pour une autre pensée que le départ impératif de Daneel.

Par exemple, il n'avait pas demandé où il se trouvait à présent, près de quoi il était, où Daneel et Giskard comptaient aller. Il ne connaissait absolument rien de cet aéroglisseur, il ne savait pas comment fonctionnaient ses divers éléments. Il ne pouvait pas le déplacer, naturellement, mais il aurait pu lui faire fournir de la chaleur s'il faisait trop froid, arrêter le chauffage s'il avait trop chaud... mais il ne savait pas le faire marcher.

Il ne savait pas non plus comment opacifier les vitres, s'il voulait être bien enfermé, ni comment ouvrir les portes s'il voulait sortir.

La seule chose qui lui restait à faire, à présent, c'était d'attendre que Giskard revienne le chercher. C'était certainement ce que Giskard attendait de lui. L'ordre qu'il lui avait donné était simple : Reviens me chercher.

Il n'avait pas été question que lui, Baley, change de position d'une manière ou d'une autre et l'esprit précis et peu encombré de Giskard interpréterait forcément ce « Reviens » comme une indication que c'était à l'aéroglisseur qu'il devait revenir.

Baley essaya de s'adapter à cette idée. Dans un sens, c'était un soulagement de n'avoir qu'à attendre, de ne pas avoir de décision à prendre pour le moment, parce qu'il ne pouvait en prendre absolument aucune. C'était un soulagement d'être stable et immobile, d'être débarrassé de ces terribles éclairs aveuglants et de ces coups de tonnerre fracassants.

Il se dit même qu'il pourrait se permettre le luxe de dormir.

Mais aussitôt il se redressa... L'oserait-il ?

Ils étaient poursuivis. Ils étaient sous observation. L'aéroglisseur, pendant qu'il était garé devant le bâtiment administratif de l'Institut de Robotique, avait été saboté et, sans aucun doute, les saboteurs allaient bientôt être sur lui.

Il les attendait aussi, pas seulement Giskard.

Avait-il lucidement réfléchi à tout cela, au cœur de sa détresse ? L'engin avait été saboté devant le bâtiment administratif. Cela pouvait être l'œuvre de n'importe qui mais plus probablement de quelqu'un qui savait qu'il était là... et qui le savait mieux qu'Amadiro ?

Amadiro avait voulu les retarder jusqu'à l'orage. C'était évident. Le véhicule devait partir sous l'orage et tomber en panne sous l'orage. Amadiro avait étudié la Terre et sa population, il s'en vantait. Il connaissait donc parfaitement les difficultés que les Terriens avaient avec l'Extérieur en général et, plus particulièrement, face à l'orage.

Il devait savoir que Baley serait réduit à l'impuissance totale.

Mais pourquoi le voulait-il ?

Pour le ramener à l'Institut ? Il l'avait déjà sous la main. Oui, mais il avait un Baley en possession de toutes ses facultés et accompagné par deux robots parfaitement capables de le défendre physiquement. A présent, ce serait différent !

Si l'aéroglisseur tombait en panne en plein orage, (devait penser Amadiro), Baley serait psychologiquement atteint. Il serait peut-être même inconscient, et certainement incapable de résister s'il était ramené. Et les deux robots de Baley ne s'y opposeraient pas, Baley étant visiblement malade, leur seule réaction serait d'aider les robots d'Amadiro à le sauver.

En fait, les deux robots seraient obligés de venir avec Baley et ils le feraient sans hésiter.

Et si jamais quelqu'un réprouvait cet enlèvement, Amadiro pourrait facilement dire qu'il avait craint pour la sécurité de Baley sous l'orage, qu'il avait tenté en vain de le retenir à l'Institut, qu'il avait envoyé ses robots à sa poursuite pour s'assurer qu'il arrivait à destination sans encombre et que lorsque l'aéroglisseur était tombé en panne sous la pluie, ces robots avaient ramené Baley à l'abri. A moins que les gens se doutent que c'était Amadiro qui avait ordonné le sabotage de l'aéroglisseur (qui le croirait? comment le prouver?), la seule réaction possible du grand public serait de féliciter Amadiro de ses sentiments humanitaires... d'autant plus louables mais surprenants qu'ils s'exprimaient à l'égard d'un Terrien.

Et que ferait alors Amadiro de Baley?

Rien. Il le garderait simplement, bien tranquille et impuissant, pendant quelque temps. Baley n'était pas la proie. C'était le nœud de l'affaire.

Amadiro aurait aussi les deux robots, réduits maintenant à l'impuissance. Leurs instructions les forçaient, de la manière la plus péremptoire, à garder Baley et si Baley était malade et soigné, ils ne feraient qu'obéir aux ordres d'Amadiro si ces ordres étaient donnés clairement et ostensiblement pour le bien de Baley. Et Baley ne serait (peut-être) pas assez lucide pour les protéger avec de nouveaux ordres... certainement pas s'il était gardé en état d'impuissance.

C'était lumineux! C'était évident! Amadiro avait eu Baley, Giskard et Daneel, alors qu'il ne pouvait pas les utiliser. Il les avait envoyés sous l'orage, afin de les ramener dans un état utilisable. Surtout Daneel! Daneel était la clef.

Sans aucun doute, Fastolfe finirait par les chercher,

il les trouverait, bien sûr, et les récupérerait, mais alors il serait trop tard, n'est-ce pas ?

Pourquoi Amadiro voulait-il Daneel ?

Baley, la tête bourdonnante, était sûr de le savoir... mais comment pourrait-il le prouver ?

Il était incapable de réfléchir davantage... Il pensa que s'il pouvait opacifier les vitres, recréer un petit monde bien clos et immobile, il parviendrait peut-être à poursuivre ses réflexions.

Mais il ne savait pas comment opacifier les vitres. Il ne pouvait que rester là et regarder l'orage gronder au-dehors, écouter le crépitement de la pluie, le tonnerre qui s'éloignait, voir les éclairs qui s'estompaient.

Il ferma fortement les yeux. Ses paupières aussi formaient un mur, mais il n'osait pas s'endormir.

La portière s'ouvrit à sa droite. Il entendit son léger bruit de soupir. Il sentit la brise humide, la température baissa, il respira la fraîche senteur de la verdure chassant l'odeur familière d'huile et de plastique qui lui rappelait en quelque sorte la Ville qu'il désespérait de revoir un jour.

Il ouvrit les yeux et ressentit la curieuse sensation d'être dévisagé par une figure de robot, de glisser d'un côté sans réellement bouger. Il avait un petit vertige.

Le robot, une ombre noire dans l'obscurité, paraissait grand. Il avait un air assez intelligent.

– Je vous demande pardon, monsieur. Etiez-vous en compagnie de deux robots ? demanda-t-il.

– Partis, marmonna Baley.

Il s'efforçait d'avoir l'air aussi malade que possible et avait conscience de n'avoir pas besoin de beaucoup jouer la comédie.

Un éclair plus brillant zébra le ciel et filtra à travers ses paupières maintenant entrouvertes.

– Partis ? Partis où, monsieur ? (Et puis, en attendant la réponse, le robot demanda :) Etes-vous malade, monsieur ?

Baley éprouva une petite satisfaction, dans ce recoin de son esprit encore capable de penser. Si le robot n'avait pas eu d'instructions particulières, avant de faire quoi que ce soit, il aurait réagi aux signes évidents de malaise. En s'inquiétant d'abord des robots, il révélait qu'il avait reçu à leur sujet des ordres précis et forts.

Cela concordait bien.

Baley essaya de parler normalement et de donner une impression de force qu'il ne possédait pas.

– Je vais bien. Ne t'inquiète pas pour moi.

Cela ne pouvait absolument pas convaincre le robot ordinaire mais celui-ci avait été si fortement instruit en ce qui concernait Daneel (manifestement) qu'il accepta cette assurance.

– Où sont allés les robots, monsieur ?

– Ils sont retournés à l'Institut de Robotique.

– A l'Institut ? Pourquoi, monsieur ?

– Ils ont été appelés par le Maître roboticien Amadiro, qui leur a ordonné de revenir. Je les attends ici.

– Mais pourquoi n'êtes-vous pas allé avec eux, monsieur ?

– Le Maître roboticien Amadiro ne souhaitait pas que je m'expose à l'orage. Il m'a ordonné d'attendre ici. J'obéis aux ordres du Maître roboticien Amadiro.

Il espérait qu'en insistant sur le titre prestigieux et ronflant, qu'en répétant le mot « ordre », il ferait impression sur le robot et le persuaderait de le laisser là où il était.

D'autre part, s'ils avaient été programmés avec un soin particulier pour ramener Daneel, et s'ils étaient convaincus que Daneel était déjà en route vers l'Institut, leur intérêt pour ce robot déclinerait. Ils auraient alors le temps de repenser à lui, Baley. Ils diraient...

– Mais, dit le robot, il semble que vous n'alliez pas bien, monsieur.

Baley éprouva une nouvelle satisfaction.

– Mais si, je vais bien, affirma-t-il.

Derrière le robot, il en distinguait vaguement plusieurs autres – il ne pouvait les compter – dont la figure brillait à chaque éclair. Ses yeux s'étant un peu accoutumés à l'obscurité, il vit luire ceux des robots.

Il tourna la tête. Il y avait aussi des robots à la portière de gauche, qui restait cependant fermée.

Combien Amadiro en avait-il envoyés ? Et devait-on les ramener tous les trois par la force, s'il le fallait ?

– Les ordres du Maître roboticien Amadiro étaient que mes robots devaient retourner à l'Institut et que je devais attendre. Si vous avez tous été envoyés pour leur porter secours et si vous disposez d'un véhicule, trouvez les robots, qui sont en chemin pour retourner là-bas, et transportez-les. Cet aéroglisseur ne fonctionne plus.

Il essaya de dire tout cela sans hésitation, avec fermeté, comme le ferait un homme bien portant. Il n'y parvint pas tout à fait.

– Ils sont repartis à pied, monsieur ?

– Trouvez-les. Vos ordres sont clairs, répliqua Baley.

Il y eut de l'hésitation. Une nette hésitation.

Baley finit par penser à déplacer son pied droit, correctement, espérait-il. Il aurait dû le faire plus tôt mais son corps physique n'obéissait pas très bien à sa pensée.

Les robots hésitaient toujours, et Baley s'en inquiéta. Il n'était pas spatien. Il ne connaissait pas les mots qui convenaient, le ton et l'expression qui s'imposaient pour diriger efficacement des robots. Un roboticien expert savait, d'un geste, d'un regard, commander un robot, comme si c'était une marionnette dont il tenait les fils. Surtout si le robot était sa propre création.

Mais Baley n'était qu'un Terrien.

Il fronça les sourcils – ce qui était facile dans sa détresse – et chuchota un faible « Allez », en accompagnant l'ordre d'un geste des deux mains.

Cela ajouta peut-être un peu de poids à son ordre, juste ce qu'il fallait; ou peut-être une limite avait-elle simplement été atteinte, dans le temps que mettaient les circuits positroniques des robots à déterminer, par voltage et contre-voltage, comment classer leurs instructions en conformité avec les Trois Lois.

Quoi qu'il en soit, ils avaient pris leur décision et, ensuite, il n'y eut plus d'hésitation. Ils retournèrent à leur véhicule, avec une telle rapidité qu'ils parurent tout bonnement disparaître.

La portière que le robot avait ouverte se referma d'elle-même. Baley avait bougé son pied de manière à le glisser dans l'ouverture. Il se demanda vaguement si son pied n'allait pas être sectionné ou écrasé, mais il ne le retira pas. Il était certain qu'aucun véhicule n'était conçu pour rendre possible une telle mésaventure.

Il se retrouvait seul. Il avait forcé des robots à abandonner un être humain manifestement malade en profitant de la force des ordres donnés par un Maître roboticien, qui avait tenu à renforcer la Deuxième Loi à ses propres fins et l'avait fait au point que les mensonges tout à fait apparents de Baley y avaient subordonné la Première.

Baley se flatta d'avoir réussi et s'aperçut que la portière restait entrouverte, bloquée par son pied, et que ce pied n'en avait aucunement souffert.

65

Baley sentait l'air frais sur son pied, ainsi qu'un filet d'eau. C'était effrayant, anormal, mais il ne pouvait laisser la portière se refermer car alors il ne saurait plus la rouvrir. Comment les robots faisaient-ils ? Bien sûr, ce ne devait pas être une énigme pour les gens de cette civilisation mais, en lisant les ouvrages sur la vie auroraine, il n'avait trouvé aucune instruction détaillée sur la manière précise d'ouvrir les portières d'un aéroglisseur de modèle standard. Toutes les choses importantes étaient jugées de notoriété publique. On était censé *savoir*, même si, en principe, ces ouvrages étaient faits pour informer.

En pensant à cela, Baley tâtonnait dans ses poches, et même les poches n'étaient pas faciles à trouver. Elles n'étaient pas aux endroits habituels et il y avait un système qu'il fallait découvrir tant bien que mal, jusqu'à ce que l'on trouve le geste précis qui provoquerait l'ouverture. Il y parvint, prit un mouchoir, le roula en boule et le plaça dans l'entrebâillement de la portière pour l'empêcher de se fermer. Il put alors retirer son pied.

Maintenant, il fallait réfléchir... s'il en était capable. Il ne servait à rien de garder la portière ouverte à moins qu'il ait l'intention de sortir. Mais avait-il intérêt à sortir ?

S'il attendait là, Giskard reviendrait le chercher tôt ou tard et, fort probablement, le conduirait en lieu sûr.

Prendrait-il le risque d'attendre ?

Il ne savait pas combien de temps mettrait Giskard pour emmener Daneel à l'abri et revenir.

Mais il ne savait pas non plus combien de temps il faudrait aux robots qui les poursuivaient pour comprendre qu'ils ne trouveraient pas Daneel et Giskard sur la route de l'Institut. (Il était impossible que Giskard et Daneel aient pris cette direction, en cherchant un abri sûr. Baley ne leur avait pas ordonné de ne pas retourner à l'Institut... Et si c'était le seul chemin praticable ? Mais non ! Impossible !)

Il secoua la tête comme pour nier cette éventualité et cela lui causa une vive douleur. Il porta les mains à ses tempes et serra les dents.

Pendant combien de temps les robots allaient-ils poursuivre leurs recherches, avant de comprendre qu'il les avait trompés, ou avait été trompé lui-même ? Reviendraient-ils s'emparer de lui, très poliment et en prenant bien soin de ne pas lui faire de mal ? Pourrait-il les en détourner en leur disant qu'il mourrait s'il était exposé à l'orage ?

Le croiraient-ils ? Se mettraient-ils en communication avec l'Institut pour rapporter cela ? Oui, très certainement. Et est-ce que des êtres humains arriveraient alors ? Ceux-là n'auraient pas tant de souci de son bien-être !

Baley se dit que s'il quittait la voiture et trouvait une cachette parmi les arbres environnants, les robots auraient beaucoup plus de mal à le trouver, et cela lui ferait gagner du temps.

Mais Giskard aussi aurait plus de mal à le retrouver. D'un autre côté, Giskard avait des instructions bien plus formelles pour le protéger que les robots pour le découvrir. La principale mission du premier était de trouver Baley, celle des seconds de mettre la main sur Daneel.

D'ailleurs, Giskard était programmé par Fastolfe en personne et Amadiro, bien que habile, n'arrivait pas à la cheville de Fastolfe.

Dans ce cas, et toutes choses égales d'ailleurs, Giskard arriverait auprès de lui bien avant les autres robots.

Mais les choses seraient-elles égales par ailleurs ? Avec un brin de scepticisme railleur, Baley se dit : Je suis épuisé et je suis incapable de réfléchir réellement; je me raccroche simplement à n'importe quoi pour tenter de me rassurer.

Malgré tout, que pouvait-il faire d'autre que soupeser ses chances, telles qu'il les concevait ?

Il poussa la portière et sortit. Le mouchoir tomba sur l'herbe mouillée et il se baissa machinalement pour le ramasser. Puis, en le serrant dans sa main, il s'éloigna en chancelant du véhicule.

Il fut suffoqué par les rafales de pluie qui giflaient sa figure et ses mains. Au bout d'un petit moment, ses vêtements mouillés se collèrent sur son corps et il grelotta.

Une lumière aveuglante déchira le ciel, trop rapide pour qu'il ait le temps de fermer les yeux et puis un monstrueux fracas le fit sursauter de terreur et plaquer ses mains sur ses oreilles.

L'orage revenait-il ? Ou bien le bruit paraissait-il plus fort maintenant qu'il était à découvert ?

Il devait avancer. Il lui fallait s'éloigner de l'aéroglisseur pour que ses poursuivants ne le retrouvent pas trop facilement. Il ne devait pas hésiter ni rester dans ce voisinage, sinon autant demeurer dans la voiture... et au sec.

Il voulut s'essuyer la figure avec le mouchoir mais il était tout aussi trempé. Il le jeta, il ne lui servait à rien.

Baley se remit en marche, les bras tendus devant lui. Y avait-il une lune, tournant autour d'Aurora ? Il lui semblait se souvenir qu'il n'en avait été question dans aucun livre. Sa clarté aurait été la bienvenue... Mais quelle importance ? Même s'il y avait en ce moment une pleine lune dans le ciel, les nuages la cacheraient.

Il sentit quelque chose contre ses mains. Il ne voyait pas ce que c'était mais cela évoquait de l'écorce rugueuse. Un arbre, indiscutablement. Même un homme de la Ville pouvait le deviner.

Il se rappela alors que la foudre pouvait tomber sur les arbres et tuer des gens. Il ne se souvenait pas d'avoir lu une description de ce qui arrivait quand on était frappé par la foudre, ni même s'il existait des moyens pour s'en protéger. Il savait en tout cas que jamais personne, sur la Terre, n'avait été frappé par la foudre.

Avec ses mains glacées, mouillées, il avança à tâtons sous les arbres, tremblant de peur. Il craignait de s'égarer, de tourner en rond, de ne pas conserver la même direction.

En avant !

Les fourrés devenaient plus denses, et il devait passer au travers. Il avait l'impression que de petits doigts osseux le griffaient, le retenaient. Rageusement, il tira son bras et entendit un bruit de déchirure.

En avant !

Il claquait des dents et tremblait de plus belle.

Encore un éclair. Pas trop effrayant. Pendant un bref instant, il aperçut ce qui l'entourait.

Des arbres ! Des arbres nombreux. Il était dans un bois. En cas de foudre, de nombreux arbres étaient-ils plus dangereux qu'un seul ?

Il n'en savait rien.

Serait-il plus en sécurité s'il ne touchait pas vraiment un arbre ?

Il n'en savait rien non plus. La mort par la foudre n'était pas un élément de la vie dans les Villes et les romans historiques (ou les livres d'histoire) qui en parlaient ne donnaient aucun détail.

Il leva les yeux vers le ciel noir et sentit l'humidité descendre. Il essuya ses yeux mouillés avec ses mains mouillées.

Et il repartit, en essayant de bien lever les pieds. A un moment donné, il pataugea dans un petit ruisseau étroit, glissant sur les cailloux du fond.

Comme c'était bizarre ! Cela ne le mouilla pas plus qu'il ne l'était.

Il repartit. Les robots ne le retrouveraient pas. Et Giskard ?

Baley ne savait pas où il était, ni où il allait ni à quelle distance il était de tout.

S'il voulait retourner à l'aéroglisseur, il en serait incapable.

S'il tentait de s'orienter, il ne le pourrait pas.

Et l'orage allait durer éternellement et finalement il se dissoudrait et fondrait lui-même en un ruisselet et personne ne le retrouverait jamais.

Ses molécules dissoutes couleraient vers l'océan.

Y avait-il un océan sur Aurora ?

Oui, naturellement ! Il était plus grand que ceux de la Terre mais il y avait plus de glace aux pôles aurorains.

Ah, il flotterait jusqu'aux glaces et y gèlerait, et brillerait sous le froid soleil orangé.

Ses mains touchaient de nouveau un arbre — des mains mouillées — des arbres mouillés — un grondement de tonnerre — curieux, il ne voyait pas l'éclair — or l'éclair venait d'abord — était-il touché ?

Il ne sentait rien... à part le sol.

Le sol était sous lui parce que ses doigts grattaient la boue froide, mouillée. Il tourna la tête pour mieux respirer. C'était assez confortable. Il n'avait plus besoin de marcher. Giskard le trouverait.

Il en fut soudain tout à fait sûr. Giskard le trouverait parce que...

Non, il avait oublié le « parce que ». C'était la seconde fois qu'il oubliait quelque chose. Avant de s'endormir... était-ce la même chose qu'il oubliait à chaque fois ?... La même chose ?...

Cela n'avait pas d'importance.

Il irait très bien... très...

Et il resta couché là, seul et inconscient, sous la pluie, au pied d'un arbre, tandis que l'orage continuait de se déchaîner autour de lui.

XVI

Gladia

66

Plus tard, avec le recul, Baley estima qu'il n'était pas resté sans connaissance moins de dix minutes et pas plus de vingt.

Sur le moment, cependant, cela lui parut éternel. Puis il perçut une voix. Il n'entendait pas les mots, rien qu'une voix qui lui sembla bizarre. Dans sa perplexité, il résolut le mystère à sa satisfaction en reconnaissant une voix féminine.

Il y avait des bras autour de lui, qui le soulevaient, le portaient. Un bras – le sien – pendait. Sa tête ballottait. Il essaya faiblement de se redresser mais n'en fut pas capable. De nouveau, la voix féminine.

Avec lassitude, il ouvrit les yeux. Il avait froid, il était trempé. Soudain, il s'aperçut que l'eau ne le frappait plus et qu'il ne faisait pas noir, pas complètement. Il y avait une lumière diffuse qui lui permettait de voir une figure de robot.

Il la reconnut.

– Giskard, souffla-t-il et, aussitôt, il se rappela l'orage et sa fuite.

Giskard l'avait trouvé le premier; il l'avait retrouvé avant les autres robots.

Baley, soulagé, pensa : J'en étais sûr.

Il referma les yeux et sentit qu'il se déplaçait rapidement avec une légère mais très perceptible irrégularité, indiquant qu'il était porté par quelqu'un qui marchait. Puis un arrêt et une lente adaptation, jusqu'à ce qu'il repose sur quelque chose de tiède et de confortable. Il comprit que c'était le siège arrière d'un véhicule, apparemment recouvert de tissu éponge.

Il y eut ensuite la sensation de mouvement dans l'air et d'un tissu doux et absorbant sur sa figure et ses mains. On ouvrit le devant de sa tunique, il sentit de l'air frais sur son torse et, de nouveau, le contact de la serviette.

Après cela, les sensations se précipitèrent.

Il était dans un établissement. Il y avait le scintillement des murs, de l'éclairage, des objets divers (des meubles) qu'il voyait de temps en temps quand il ouvrait les yeux.

Il sentit qu'on le déshabillait méthodiquement et il fit quelques tentatives inutiles pour aider; puis de l'eau chaude, tiède, et des frictions vigoureuses. Cela dura longtemps; il aurait voulu que ça ne s'arrête jamais.

Une pensée lui vint, à un moment donné, et il saisit le bras qui le soutenait.

— Giskard ! Giskard !

Il entendit la voix de Giskard.

— Je suis là, monsieur.

— Giskard, est-ce que Daneel est en sécurité ?

— Tout à fait, monsieur.

— Bien.

Baley referma les yeux et ne fit plus aucun effort. Il se laissa essuyer. Il fut tourné et retourné dans un flot d'air chaud et puis rhabillé d'un vêtement ressemblant à une robe de chambre douillette.

Le luxe ! Rien de semblable ne lui était arrivé depuis qu'il était bébé et il plaignit soudain les petits enfants pour qui on faisait tout cela et qui n'en avaient pas suffisamment conscience pour l'apprécier.

Mais était-ce bien vrai ? Le souvenir caché de ce luxe réservé aux bébés déterminait-il le comportement adulte ? Son propre sentiment actuel n'était-il pas l'expression du ravissement d'être redevenu un bébé ?

Et il avait entendu une voix de femme. Sa mère ?

Non, ce n'était pas possible.

Il était maintenant assis dans un fauteuil, il le sentait. Et il sentait aussi, en quelque sorte, que la brève période heureuse d'enfance retrouvée allait finir. Il devait retomber dans le triste monde de la conscience et de la responsabilité de soi-même.

Mais il y avait eu une voix féminine... Quelle femme ?

Baley rouvrit les yeux.

– Gladia ?

67

C'était une question, une question étonnée mais, tout au fond, il n'était pas vraiment surpris. En y réfléchissant, il se rendait compte qu'il avait reconnu la voix, naturellement.

Il regarda autour de lui. Giskard était debout dans sa niche mais il se désintéressa de lui. D'abord l'essentiel.

– Où est Daneel ? demanda-t-il.

– Il s'est nettoyé et séché dans les appartements des robots, répondit Gladia, et il a des vêtements secs. Il est entouré par mon personnel qui a des instructions. Je peux vous assurer qu'aucun intrus ne pourra s'approcher à moins de cinquante mètres de mon établissement, de n'importe quelle direction, sans que nous le sachions tous immédiatement... Giskard s'est nettoyé et séché aussi.

– Oui, je le vois bien, murmura Baley.

Il ne s'inquiétait pas de Giskard, uniquement de Daneel. Il était heureux que Gladia semble comprendre la nécessité de protéger Daneel et de ne pas avoir à affronter les complications de longues explications.

Cependant, il y avait une faille dans le mur de sécurité et ce fut avec anxiété qu'il demanda :

– Pourquoi l'avez-vous laissé, Gladia ? Vous partie, il n'y a aucun être humain dans la maison pour interdire l'approche d'une bande de robots de l'Extérieur. Daneel aurait pu être enlevé par la force.

– Ridicule ! s'exclama Gladia. Nous n'avons pas été absents longtemps et le Dr Fastolfe était prévenu. Beaucoup de ses robots sont venus pour prêter main-forte aux miens et le docteur pouvait être là en quelques minutes, en cas de besoin. Et je serais curieuse de voir une bande de robots de l'Extérieur qui lui résisteraient !

– Avez-vous vu Daneel depuis votre retour, Gladia ?

– Naturellement ! Il est sain et sauf, je vous dis.

– Merci...

Baley se détendit et ferma les yeux. Assez curieusement, il pensa : Ce n'était pas si grave.

Bien sûr, ça ne l'était pas. Il avait survécu, n'est-ce pas ? En pensant à cela il sourit, heureux et satisfait.

Il avait survécu !

Rouvrant les yeux, il demanda :

– Comment m'avez-vous trouvé, Gladia ?

– C'est Giskard. Ils sont venus ici, tous les deux, et Giskard m'a rapidement expliqué la situation. Je me suis immédiatement occupée de mettre Daneel en sécurité mais il a refusé de bouger avant que je promette d'ordonner à Giskard de partir vous chercher. Il était très éloquent. Ses sentiments à votre égard sont très intenses, Elijah.

» Daneel est resté ici, bien entendu. Il en était très malheureux mais Giskard a insisté pour que je lui ordonne de rester, de ma voix la plus forte. Vous avez dû donner à Giskard des ordres très stricts. Ensuite, nous avons prévenu le Dr Fastolfe et nous sommes partis dans mon aéroglisseur personnel.

Baley secoua légèrement la tête.

– Vous n'auriez pas dû venir, Gladia. Votre place était ici, vous deviez veiller sur la sécurité de Daneel.

Gladia fit une grimace de mépris.

– Et vous laisser mourir sous l'orage ? Ou enlever par les ennemis du Dr Fastolfe ? Non, Elijah, je pouvais être nécessaire, pour éloigner de vous les autres robots, s'ils vous avaient trouvé les premiers. Je ne suis peut-être pas bonne à grand-chose en général, mais tous les Solariens savent commander une bande de robots, permettez-moi de vous le dire. Nous y sommes habitués.

– Mais comment m'avez-vous trouvé ?

– Ce n'était pas tellement difficile. Votre aéroglisseur était tout près d'ici, finalement, et nous aurions pu y aller à pied, sans l'orage. Nous...

– Vous voulez dire que nous étions presque arrivés chez Fastolfe ?

– Oui. Votre aéroglisseur n'a pas été suffisamment saboté pour vous faire tomber en panne plus tôt, ou alors l'habileté de Giskard a réussi à le faire marcher plus longtemps que ne le prévoyaient les vandales. Ce qui est une bonne chose. Si vous étiez tombés en panne plus près de l'Institut, ils auraient pu vous enlever tous les trois. Bref, nous avons pris mon aéroglisseur pour aller jusqu'au vôtre. Giskard savait où il était, naturellement, et nous sommes descendus...

– Et vous vous êtes fait mouiller, n'est-ce pas, Gladia ?

– Pas du tout ! répliqua-t-elle avec vivacité. J'avais un grand contre-pluie et une sphère lumineuse. J'ai eu les souliers crottés de boue et les pieds un peu humides, parce que je n'avais pas pris le temps d'y vaporiser du latex, mais ce n'était pas grave... Nous sommes donc arrivés à votre aéroglisseur moins d'une demi-heure après le départ de Giskard et de Daneel et, bien entendu, vous n'y étiez pas.

– J'ai essayé...

– Oui, nous savons. J'ai pensé qu'ils – les autres – vous avaient enlevé parce que Giskard m'a dit que vous étiez suivis. Mais Giskard a trouvé votre mouchoir à une cinquantaine de mètres de l'aéroglisseur et il m'a dit que vous aviez dû partir dans cette direction. Il a dit que c'était illogique mais que les êtres humains sont souvent illogiques, et que nous devions vous chercher. Nous avons donc cherché tous les deux et c'est lui qui vous a découvert. Il dit qu'il a aperçu la lueur infrarouge de votre chaleur corporelle, au pied des arbres, et nous vous avons ramené.

— Pourquoi mon départ était-il illogique ? demanda Baley avec une pointe d'agacement.

— Il ne l'a pas expliqué, Elijah. Voulez-vous le lui demander ? proposa-t-elle en désignant la niche.

— Giskard, dit Baley, qu'est-ce que ça veut dire ?

Giskard perdit aussitôt son impassibilité et ses yeux se fixèrent sur Baley.

— Je pensais que vous vous étiez inutilement exposé à l'orage, répondit-il. Si vous aviez attendu, nous vous aurions ramené ici plus tôt.

— Les autres robots auraient pu m'atteindre.

— Ils l'ont fait mais vous les avez renvoyés, monsieur.

— Comment le sais-tu ?

— Il y avait beaucoup d'empreintes, près des portières de chaque côté, monsieur, mais aucune trace d'humidité à l'intérieur de l'aéroglisseur, comme il y en aurait eu si un bras mouillé y avait pénétré pour vous en extraire. J'ai jugé que vous ne seriez pas sorti de l'aéroglisseur de votre plein gré afin de les suivre, monsieur. Et, les ayant renvoyés, vous n'aviez pas à craindre qu'ils reviennent rapidement, puisque c'était Daneel qu'ils voulaient, selon votre propre estimation de la situation. De plus, vous pouviez être certain que moi, je reviendrais rapidement.

— Je n'étais pas en état de distiller ces raffinements de logique, marmonna Baley. J'ai fait ce qui m'a paru le mieux et malgré tout, tu m'as bien retrouvé.

— Oui, monsieur.

— Mais pourquoi m'amener ici ? Si nous étions si

près de l'établissement de Gladia, nous étions aussi près, et peut-être plus, de celui du Dr Fastolfe.

– Pas tout à fait, monsieur. Cette résidence était un peu plus près et j'ai jugé, d'après la force de vos ordres, que chaque seconde comptait pour assurer la sécurité de Daneel. Daneel était d'accord, bien qu'il lui répugnât beaucoup de vous quitter. Une fois qu'il a été ici, j'ai pensé que vous voudriez l'être aussi, afin de vous assurer par vous-même, si vous le désiriez, de sa sécurité.

Baley approuva, mais toujours d'un air maussade (il était encore irrité par la réflexion de Giskard sur son manque de logique).

– Tu as bien agi, Giskard.

– Est-il important que vous parliez au Dr Fastolfe, Elijah ? demanda Gladia. Je peux le faire venir ici. Ou bien vous pouvez le voir par le circuit fermé.

Baley se laissa retomber contre le dossier du fauteuil. Il avait eu tout le temps de constater que ses processus de pensée fonctionnaient mal et qu'il était très fatigué. Cela ne servirait à rien d'affronter Fastolfe en ce moment.

– Non. Je le verrai demain après le petit déjeuner. Ce sera bien assez tôt. Et puis je crois que je dois revoir cet homme, Kelden Amadiro, le directeur de l'Institut de Robotique. Et une haute personnalité, celui que vous appelez le Président. Il sera là aussi, je suppose.

– Vous me semblez épuisé, Elijah, dit Gladia. Naturellement, nous n'avons pas ces micro-organismes – ces microbes et ces virus – que vous avez sur la Terre, et vous avez été entièrement nettoyé, ce qui fait que vous n'attraperez aucune de ces maladies si communes sur votre planète, mais vous êtes vraiment très fatigué.

Baley pensa : Quoi ? Après tout cela, pas de rhume ? Pas de grippe ? Pas de pneumonie ?... Les mondes spatiens avaient quand même du bon.

– Je l'avoue, dit-il, mais un peu de repos y remédiera.

– Avez-vous faim ? C'est l'heure du dîner.

Baley fit une grimace.
– Je n'ai pas du tout envie de manger.
– Je crois que vous avez tort. Vous ne voulez pas d'un repas lourd, sans doute, mais que diriez-vous d'un peu de potage ? Ça vous ferait du bien.

Baley eut envie de sourire. Gladia était peut-être solarienne mais dans des circonstances données, elle se conduisait exactement comme une Terrienne. Il se doutait que ce devait être vrai aussi des Auroraines. Il y avait des choses que les différences de civilisation n'effaçaient pas.

– En avez-vous ? Du potage. Je ne voudrais déranger personne.
– Qui dérangeriez-vous ? J'ai un personnel. Pas aussi nombreux qu'à Solaria mais suffisant pour préparer un repas en quelques minutes. Restez là, reposez-vous et dites-moi quel genre de potage vous aimez. On vous en fera.

Baley ne put résister.
– De la soupe au poulet ?
– Certainement, dit-elle. (Puis, innocemment :) C'est exactement ce que j'aurais suggéré, avec de jolis morceaux de poulet pour que ce soit plus nourrissant.

Baley fut servi avec une rapidité surprenante.
– Vous ne mangez pas, Gladia ? demanda-t-il.
– J'ai déjà dîné, pendant qu'on vous soignait et vous baignait.
– On me soignait ?
– Simple adaptation biochimique de routine, Elijah. Vous avez été plutôt psycho-atteint et nous ne voulions pas qu'il y ait de répercussions... Mais mangez donc !

Il porta une cuillerée à sa bouche. Ce n'était pas un mauvais potage au poulet, mais comme toute la cuisine auroraine, il avait tendance à être un peu trop épicé à son goût. Ou peut-être, plus simplement, on employait des épices différentes de celles auxquelles il était habitué.

Il se rappela soudain sa mère, un souvenir vivace où

elle paraissait plus jeune qu'il ne l'était lui-même maintenant. Il la revoyait debout à côté de lui, tandis qu'il rechignait à manger sa « bonne soupe ».

Elle lui disait : « Voyons, mange, Lija. C'est du vrai poulet, c'est très cher. Même les Spatiens n'ont rien de meilleur. »

C'était vrai. Il lui cria par la pensée, à travers les années : Ils n'ont rien de meilleur, maman !

Vraiment ! S'il pouvait se fier à sa mémoire, même en tenant compte du manque de discernement des papilles enfantines, la soupe au poulet de sa mère, quand elle n'était pas affadie par la répétition, était infiniment supérieure.

Il goûta encore une cuillerée, en prit une autre et, quand il eut fini, il marmonna avec un peu de confusion :

– Est-ce qu'il y en aurait encore un peu ?

– Tant que vous voudrez, Elijah.

– Rien qu'un peu.

Et quand il eut fini la seconde assiettée, Gladia dit :

– Elijah, à propos de cette réunion de demain...

– Oui ?

– Est-ce que ça signifie que votre enquête est terminée ? Est-ce que vous savez ce qui est arrivé à Jander ?

Baley répondit judicieusement :

– Je n'ai pas la moindre idée de ce qui a pu arriver à Jander. Je ne pense pas que je puisse persuader quelqu'un que j'ai raison.

– Alors pourquoi cette conférence ?

– Ce n'est pas moi qui l'ai voulue, Gladia. C'est une idée du Maître roboticien Amadiro. Il s'oppose à l'enquête, il va essayer de me faire renvoyer sur Terre.

– C'est lui qui a saboté votre aéroglisseur et qui a envoyé ses robots enlever Daneel ?

– Je le crois.

– Eh bien, ne peut-il être jugé, condamné et puni pour ça ?

– Il le pourrait certainement, sans le tout petit problème du manque total de preuves !

– Et peut-il faire tout cela, s'en tirer impunément, et mettre fin aussi à l'enquête ?

– J'ai bien peur qu'il n'ait une bonne chance d'y parvenir. Comme il le dit lui-même, les gens qui n'espèrent pas de justice n'ont pas à souffrir de déceptions.

– Mais il ne faut pas ! Vous ne devez pas le laisser faire, vous devez terminer votre enquête et découvrir la vérité !

Baley soupira.

– Et si je ne peux pas la découvrir ? Ou si je peux, et que je n'arrive pas à me faire écouter ?

– Vous *pouvez* découvrir la vérité ! Et vous *pouvez* vous faire écouter.

– Vous avez en moi une confiance touchante, Gladia. Malgré tout, si la Législature auroraine veut me renvoyer et ordonner l'abandon de l'enquête, je ne pourrai absolument rien y faire.

– Vous n'allez sûrement pas accepter de repartir sans avoir rien accompli !

– Non, bien sûr. C'est encore pire que de ne simplement rien accomplir. Je retournerai là-bas avec ma carrière brisée et l'avenir de la Terre détruit.

– Alors ne les laissez pas faire ça, Elijah.

– Par Josaphat, Gladia ! Je vais essayer, mais je ne peux pas soulever toute une planète avec mes mains nues. Vous ne pouvez pas exiger de moi des miracles.

Gladia hocha la tête et, les yeux baissés, elle porta un poing à sa bouche et resta immobile, comme plongée dans ses réflexions. Baley mit un moment à s'apercevoir qu'elle pleurait sans bruit.

68

Baley se leva vivement et contourna la table pour aller vers Gladia. Il remarqua distraitement, et avec irritation, que ses jambes tremblaient et qu'il avait un tic dans la cuisse droite.

– Gladia, implora-t-il, ne pleurez pas !

– Ne vous inquiétez pas pour moi, murmura-t-elle. Ça va passer.

Il resta les bras ballants, ne sachant que faire, hésitant à lui mettre une main sur l'épaule.

– Je ne vous touche pas, dit-il. Je crois que j'aurais tort, mais...

– Oh, touchez-moi. Touchez-moi. Je n'aime pas tellement mon corps et vous n'allez pas me contaminer. Je ne suis pas... ce que j'étais.

Alors Baley leva une main et lui caressa légèrement, maladroitement, le bras du bout des doigts.

– Je ferai ce que je pourrai demain, Gladia. Je ferai tout mon possible.

Elle se leva et se tourna vers lui :

– Elijah...

Sachant à peine ce qu'il faisait, Baley la prit dans ses bras. Et, tout aussi spontanément, elle s'y blottit, et il la serra contre lui en tenant sa tête au creux de son épaule.

Il la serrait aussi légèrement qu'il le pouvait, attendant qu'elle se rende compte qu'elle était enlacée par un Terrien. (Elle avait bien embrassé un robot humaniforme, mais il n'était pas un Terrien.)

Elle renifla bruyamment et parla, la bouche contre la chemise de Baley.

– Ce n'est pas juste ! C'est parce que je suis solarienne. Personne ne se soucie de ce qui est arrivé à Jander, alors que ce serait une autre affaire si j'étais auroraine. Tout se résume à des préjugés et à des considérations politiques.

Baley pensa : Les Spatiens sont des êtres *humains*. C'était exactement ce que Jessie dirait, dans un cas semblable. Et si c'était Gremionis qui tenait Gladia dans ses bras, il dirait la même chose que moi... si je savais ce que je dirais.

— Ce n'est pas tout à fait vrai, répondit-il. Je suis sûr que le Dr Fastolfe se soucie de ce qui est arrivé à Jander.

— Non, pas du tout. Pas vraiment. Il veut simplement imposer sa volonté à la Législature et cet Amadiro veut imposer la sienne, et l'un comme l'autre échangerait volontiers Jander contre la réalisation de son ambition.

— Je vous promets, Gladia, que je n'échangerai Jander contre rien.

— Non ? S'ils vous disent que vous pouvez retourner sur la Terre en sauvant votre carrière, sans que votre monde ait à souffrir, à condition que vous ne pensiez plus à Jander, que ferez-vous ?

— Il est inutile d'imaginer des situations hypothétiques qui ne peuvent absolument pas exister. Ils ne vont rien me donner en échange de l'abandon de Jander. Ils vont simplement essayer de me renvoyer sans rien d'autre que la ruine pour moi et pour ma planète. Mais s'ils me laissaient faire, je retrouverais l'homme qui a détruit Jander, et je veillerais à ce qu'il soit puni comme il le mérite.

— Que voulez-vous dire, s'ils vous laissent faire ? Contraignez-les à vous laisser faire !

Baley sourit amèrement.

— Si vous pensez que les Aurorains ne se soucient pas de vous parce que vous êtes solarienne, imaginez le peu d'attention que l'on vous accorderait si vous veniez de la Terre, comme moi.

Il la serra plus fort, oubliant qu'il était de la Terre alors même qu'il le disait.

— Mais j'essaierai, Gladia. Il ne sert à rien de vous

donner de l'espoir, mais je n'ai pas les mains complètement vides. J'essaierai...

Il laissa sa phrase en suspens.

– Vous répétez que vous essaierez... mais *comment* ?

Elle le repoussa légèrement, pour le regarder en face.

Baley fut décontenancé.

– Eh bien, il se peut que je...

– Que vous trouviez l'assassin ?

– Oui, ou bien... Gladia, je vous en prie, je dois m'asseoir.

Il se rapprocha de la table et s'y appuya.

– Elijah, qu'avez-vous ?

– J'ai eu une journée assez difficile, et je n'ai pas encore bien récupéré, je pense.

– Vous feriez mieux d'être au lit, dans ce cas.

– Pour tout vous avouer, Gladia, je ne demande pas mieux.

Gladia le libéra, la mine inquiète, oubliant ses larmes. Elle leva un bras et fit un geste rapide des doigts et aussitôt (sembla-t-il) Baley fut entouré de robots.

Quand il se retrouva dans un lit, quand le dernier robot l'eut quitté, il resta les yeux ouverts dans le noir.

Il ne savait pas s'il pleuvait encore dehors, ni si les derniers éclairs lointains jetaient encore quelques étincelles ensommeillées, mais il n'entendait plus de tonnerre.

Il aspira profondément et pensa : Qu'est-ce que j'ai donc promis à Gladia ? Que se passera-t-il demain ?

Dernier acte : L'échec.

Et alors que Baley dérivait dans son premier sommeil, il se rappela cet incroyable éclair de perception qui lui était venu avant qu'il s'endorme.

69

Cela lui était arrivé deux fois. Une fois la veille au soir, alors qu'il s'endormait, comme maintenant; une autre fois, au début de la soirée quand il avait sombré dans l'inconscience au pied des arbres, sous l'orage. A chaque fois, une idée lui était venue, une intuition qui avait éclairci le problème comme les éclairs illuminaient la nuit.

Et cela avait été aussi bref que la luminosité de l'éclair.

Qu'est-ce que c'était ?

Est-ce que cela lui reviendrait ?

Cette fois, il s'efforça consciemment de saisir l'idée; de mettre le doigt sur la vérité fugitive... Ou bien n'était-ce qu'une illusion fugitive ? Etait-ce le lent départ de la raison consciente et l'arrivée des séduisants non-sens que l'on ne pouvait analyser correctement ?

Sa quête cependant lui échappa lentement. Cela ne viendrait pas sur un simple appel, pas plus qu'une licorne ne surgirait sur un monde où les licornes n'existaient pas.

Il trouva plus facile de penser à Gladia et à l'effet qu'elle lui avait fait. Il y avait eu le contact direct avec le tissu soyeux de sa blouse, et aussi celui des bras minces et délicats, du dos lisse.

Aurait-il osé l'embrasser, si ses jambes ne s'étaient pas dérobées ? Ou bien était-ce aller trop loin ?

Il entendit sa propre respiration s'exhaler dans un léger ronflement et, comme toujours, cela le gêna. Il se força à se réveiller et pensa de nouveau à Gladia. Avant de partir, sûrement... mais pas s'il ne pouvait rien faire pour elle en... est-ce que ce serait un paiement pour services... Il entendit de nouveau le léger ronflement et en fut moins embarrassé cette fois.

Gladia... il n'avait jamais pensé la revoir... encore moins la toucher, encore moins l'enlacer, l'enlacer...

Et il ne sut à quel moment il passa de la pensée libre au rêve.

Il la tenait de nouveau dans ses bras, mais il n'y avait pas de blouse. Elle avait la peau tiède et satinée et il laissait lentement glisser sa main sur ses épaules, le long de ses côtes...

C'était d'un réalisme total. Tous les sens de Baley y participaient. Il respirait le parfum de ses cheveux, ses lèvres découvraient le goût légèrement, très légèrement salé de sa peau et puis, sans savoir comment, ils n'étaient plus debout. S'étaient-ils couchés ? Et qu'était devenue la lumière ?

Il sentait le matelas sous lui, le drap sur lui... dans l'obscurité... et elle était toujours dans ses bras, entièrement nue.

Il se réveilla en sursaut.

– Gladia ?

Elle lui posa le bout des doigts sur la bouche.

– Chut, Elijah... Ne dis rien...

Autant lui demander d'arrêter le flot de sa circulation.

– Mais... Que faites-vous ? bredouilla-t-il.

– Tu ne le sais pas ? murmura-t-elle. Je suis au lit avec toi.

– Mais pourquoi ?

– Parce que j'en ai envie, dit-elle, et elle se serra contre lui.

Elle tira sur le col du vêtement de nuit de Baley et la veste s'entrouvrit.

– Ne bouge pas, Elijah. Tu es fatigué et je ne veux pas t'épuiser davantage.

Elijah sentit une chaleur dans son bas-ventre et décida de ne pas protéger Gladia contre elle-même.

– Je ne suis pas fatigué à ce point !

– Non ! ordonna-t-elle. Je veux que tu te reposes. Ne bouge pas.

Elle avait la bouche sur les lèvres de Baley, comme

pour le forcer à se taire. Il se détendit et une petite pensée lui passa par la tête : il obéissait à des ordres, il était vraiment fatigué et ne demandait qu'à être plus passif qu'actif. Et, avec un peu de honte, l'idée lui vint que cela atténuait un peu sa culpabilité. (Je n'ai pas pu l'en empêcher, s'entendit-il protester. Elle m'a forcé.) Par Josaphat, quelle lâcheté ! Quelle intolérable dégradation !

Mais ces pensées-là s'enfuirent aussi. Il y avait maintenant une musique douce et la température s'était un peu élevée. Les draps avaient disparu, le vêtement de nuit aussi. Baley sentit sa tête attirée au creux du bras de Gladia.

Avec un détachement étonné, il comprit, à sa position, que cette douceur était celle du sein gauche de Gladia.

Tout doucement, elle chantait sur la musique, un air joyeux et berceur qu'il ne connaissait pas.

Elle ondula lentement et caressa le menton et le cou de Baley. Il se détendit, heureux de ne rien faire, de lui laisser l'initiative.

Il ne l'aidait pas et quand il finit par réagir avec une excitation croissante, jusqu'au soulagement explosif, ce fut parce qu'il ne pouvait faire autrement.

Elle paraissait infatigable et il ne voulait pas qu'elle s'arrête. Tout à fait à part de la sensualité et de la réaction sexuelle, il éprouvait ce qu'il avait déjà ressenti : le luxe total d'une passivité d'enfant.

Finalement, il fut incapable de réagir encore une fois et elle-même n'en pouvait plus, semblait-il, car elle retomba, la tête au creux de l'épaule gauche de Baley, son bras en travers de son torse, caressant tendrement les courts poils frisés.

Il crut l'entendre murmurer :

— Merci... Merci...

De quoi ? se demanda-t-il.

Il avait à peine conscience d'elle, à présent, car cette fin incroyablement douce d'une dure journée était aussi génératrice de sommeil que le légendaire Nepenthé et il se sentit glisser, comme si le bout de ses doigts se détachait du bord du précipice de la dure réalité afin qu'il tombe... tombe... dans les légers nuages du sommeil, dans les eaux onduleuses de l'océan du rêve.

Au même instant, ce qui n'était pas venu à sa demande arriva... Pour la troisième fois, le rideau fut levé et tous les événements depuis qu'il avait quitté la Terre reparurent nettement. Encore une fois, tout était clair. Il se débattit, fit un effort pour parler, pour entendre les mots qu'il avait besoin d'entendre. Mais il eut beau tenter de les saisir avec tous les tentacules de son esprit, ils lui échappèrent et disparurent.

Ainsi, de ce côté-là, la deuxième journée de Baley à Aurora se termina presque de la même façon que la première.

XVII

Le Président

70

Quand Baley ouvrit les yeux, il trouva la pièce inondée de soleil et en fut heureux. Dans son étonnement encore ensommeillé, il l'accueillit avec joie.

Cela signifiait que l'orage était fini, c'était comme s'il n'avait jamais éclaté. Le soleil, quand on ne le considérait que comme l'alternative de la lumière égale, tamisée, chaude et contrôlée des Villes, ne pouvait être jugé que néfaste et incertain. Mais si on le comparait à l'orage, c'était la promesse de la paix. Tout, pensa Baley, est relatif et il comprit que plus jamais il ne pourrait envisager le soleil comme un mal absolu.

– Camarade Elijah?

Daneel se tenait à côté de lui. Giskard était derrière lui.

La longue figure de Baley s'éclaira d'un de ses rares sourires de plaisir pur. Il tendit les deux mains, une à chaque robot.

– Par Josaphat, mes garçons, s'exclama-t-il sans avoir le moins du monde conscience, à ce moment, de l'incongruité de cette appellation, la dernière fois que je vous ai vus ensemble tous les deux, je n'étais pas du tout certain de vous retrouver un jour!

– Voyons, dit gentiment Daneel, il ne pouvait rien arriver de mal à aucun de nous, dans ces circonstances.

– Maintenant, avec ce soleil, je le vois bien. Mais hier soir, j'avais l'impression que l'orage me tuerait et j'étais certain que tu courais un danger mortel, Daneel. Il me semblait même possible que Giskard puisse être endommagé, je ne sais comment, en essayant de me défendre contre des ennemis écrasants. C'était mélodramatique, je le reconnais, mais je n'étais pas dans mon état normal, vous savez.

– Nous le sentions bien, monsieur, dit Giskard. C'est ce qui nous a fait hésiter à vous quitter en dépit de votre ordre pressant. Nous espérons qu'aujourd'hui ce n'est pas pour vous une source de mécontentement.

– Pas du tout, Giskard.

– Et, dit Daneel, que vous avez été bien soigné depuis que nous vous avons quitté.

Ce fut alors, seulement, que Baley se rappela les événements de la soirée.

Gladia !

Il regarda de tous côtés, avec une stupéfaction subite. Elle n'était pas dans la chambre. Avait-il imaginé...

Non, bien sûr que non. Ce serait impossible.

Il regarda Daneel en fronçant les sourcils, comme s'il soupçonnait sa réflexion d'être de nature libidineuse.

Mais cela aussi, c'était impossible. Un robot, même humaniforme, ne pouvait être conçu pour prendre aux sous-entendus un plaisir lubrique.

– Très bien soigné, répondit Baley. Mais pour le moment, j'ai surtout besoin qu'on m'indique la Personnelle.

– Nous sommes là, monsieur, expliqua Giskard, pour vous guider et vous aider toute la matinée. Miss Gladia a pensé que vous seriez plus à l'aise avec nous qu'avec son propre personnel et elle a bien insisté pour que nous ne vous laissions manquer de rien.

Baley parut un peu inquiet.

– Jusqu'où vous a-t-elle ordonné d'aller ? Je me sens

assez bien, maintenant, alors je n'ai pas besoin qu'on me lave et qu'on m'essuie. Je peux très bien faire ça moi-même. Elle le comprend, j'espère.

– Vous n'avez à craindre aucune gêne, camarade Elijah, dit Daneel avec ce petit sourire qui (semblait-il à Baley) chez un être humain, dans ces moments-là, pourrait traduire de l'affection. Nous devons simplement veiller à votre confort. Si, à quelque moment que ce soit, vous devez être plus à l'aise dans la solitude, nous resterons à distance.

– Dans ce cas, Daneel, allons-y, dit Baley, et il sauta du lit.

Il constata avec plaisir qu'il se tenait fort bien sur ses jambes. La nuit de repos et le traitement administré avaient fait merveille... et Gladia aussi.

71

Encore nu, juste assez humide après la douche pour se sentir parfaitement frais, Baley, s'étant brossé les cheveux, se regarda d'un œil critique. Il lui semblait normal de prendre le petit déjeuner avec Gladia mais il ne savait pas trop comment il serait reçu. Peut-être vaudrait-il mieux faire comme s'il ne s'était rien passé, se laisser guider. Et peut-être, pensa-t-il, vaudrait-il mieux aussi faire bonne figure... à condition que ce soit dans le domaine du possible. Il se fit une grimace dans la glace et appela :

– Daneel !

– Oui, camarade Elijah ?

Parlant tout en se brossant les dents, Baley grommela :

– On dirait des vêtements neufs, que tu as là.

– Ils ne m'appartiennent pas, camarade Elijah. Ils étaient à l'Ami Jander.

Baley haussa les sourcils.

– Elle t'a prêté les effets de Jander ?

– Miss Gladia ne souhaitait pas que je reste sans vêtements en attendant que les miens soient lavés et séchés. Ils sont maintenant prêts, mais Miss Gladia dit que je peux garder ceux-ci.

– Quand te l'a-t-elle dit ?

– Ce matin, camarade Elijah.

– Elle est donc levée ?

– Certes. Et vous la rejoindrez pour le petit déjeuner quand vous serez prêt.

Baley pinça les lèvres. Bizarrement, il était plus inquiet à la pensée d'affronter Gladia maintenant que, un peu plus tard, le Président. L'affaire avec le Président, après tout, était celle du Destin. Baley avait décidé de sa stratégie et elle marcherait ou ne marcherait pas. Tandis que pour Gladia... il n'avait aucune stratégie.

Il lui faudrait donc l'affronter.

Il dit, avec le plus d'indifférence nonchalante qu'il put :

– Et comment va Miss Gladia ce matin ?

– Elle paraît aller bien, répondit Daneel.

– Gaie ? Déprimée ?

Daneel hésita.

– C'est difficile de juger de l'humeur interne d'un être humain. Il n'y a rien dans son comportement qui indique un bouleversement intérieur.

Baley jeta un bref coup d'œil à Daneel et se demanda encore une fois si le robot humaniforme ne faisait pas allusion aux événements de la nuit, mais il écarta tout de suite cette possibilité.

Baley passa dans la chambre et considéra, d'un air songeur, les vêtements qui avaient été préparés pour lui. Il se demandait s'il saurait les mettre sans commettre d'erreurs et sans l'aide des robots. L'orage et la nuit étaient passés et il voulait retrouver ses responsabilités d'adulte et son indépendance.

– Qu'est-ce que c'est que ça ? demanda-t-il en prenant une longue et large écharpe de tissu couverte d'arabesques multicolores.

– C'est une ceinture de pyjama, répondit Daneel. Purement décorative. Elle se passe sur l'épaule gauche et se noue à la taille du côté droit. Dans certains mondes spatiens, on la porte traditionnellement au petit déjeuner, mais ce n'est pas tellement la mode à Aurora.

– Alors pourquoi la porterais-je ?

– Miss Gladia a pensé qu'elle vous irait bien, camarade Elijah. La méthode, pour faire le nœud, est assez compliquée et je me ferai un plaisir de vous aider.

Par Josaphat, pensa Baley, elle veut que je sois joli ! Qu'est-ce qu'elle peut bien avoir en tête ?

N'y pense pas !

– Laisse, dit-il. Je suis bien capable de faire un simple nœud tout seul. Mais écoute, Daneel, après le petit déjeuner je dois aller chez le Dr Fastolfe, où il y aura une conférence entre lui, Amadiro, le Président de la Législature et moi. Je ne sais pas s'il y aura d'autres personnes présentes.

– Oui, camarade Elijah, je suis au courant. Je crois qu'il n'y aura personne d'autre.

– Eh bien, dans ce cas, dit Baley en commençant à mettre ses sous-vêtements, lentement pour ne pas commettre d'erreurs qui nécessiteraient de faire appel à Daneel, parle-moi du Président. Je sais, d'après mes lectures, qu'il est à Aurora l'équivalent d'un chef d'Etat. Mais j'ai cru comprendre, d'après ces mêmes lectures, que cette fonction est purement honorifique. Il n'a aucun pouvoir, semble-t-il.

– Je crains, camarade Elijah...

Giskard interrompit Daneel :

– Monsieur, je suis plus au courant de la situation politique sur Aurora que ne l'est l'Ami Daneel. Je fonctionne depuis beaucoup plus longtemps. Voulez-vous que je réponde à votre question ?

– Certainement, Giskard. Je t'écoute.

– Initialement, lorsque le gouvernement d'Aurora a été constitué, commença Giskard sur un ton didactique, comme si une cassette d'information se dévidait méthodiquement, il était entendu que le chef de l'Etat n'accomplirait que des devoirs officiels, cérémoniels. Il devait accueillir les dignitaires des autres mondes, ouvrir toutes les sessions de la Législature, présider à ses délibérations et ne voter qu'en cas de scrutin égal, pour départager les parties. Après la Controverse Fluviale, cependant...

– Oui, j'ai lu tout ça, dit Baley. Tu n'as pas besoin d'entrer dans les détails.

– Bien, monsieur. Donc, après la Controverse Fluviale, il y a eu un consensus pour ne plus jamais permettre à la controverse de mettre en péril la société auroraine. Par conséquent, la coutume s'est instaurée de régler toutes les querelles en privé et pacifiquement, en dehors de la Législature. Quand les législateurs passent au vote, c'est après s'être mis d'accord, si bien qu'il y a toujours une importante majorité, d'un côté ou de l'autre.

» Le personnage clef, dans le règlement des disputes, est le Président de la Législature. Il est considéré comme au-dessus des partis et ses pouvoirs, bien qu'entièrement théoriques, sont considérables en pratique. Mais ils ne durent qu'aussi longtemps qu'il reste impartial. Le Président conserve donc jalousement son objectivité et, tant qu'il réussit à le faire, c'est lui qui prend généralement la décision qui règle toute controverse dans un sens ou un autre.

– Tu veux dire que le Président m'écoutera, écoutera Fastolfe et Amadiro, et prendra ensuite une décision ?

– Probablement. D'autre part, monsieur, il peut rester indécis et faire appel à d'autres témoignages, exiger un temps de réflexion, ou les deux à la fois.

– Et si le Président prend une décision, est-ce qu'Amadiro la respectera si elle s'oppose à lui, ou Fastolfe si elle s'oppose à lui ?

– Ce n'est pas une nécessité absolue. Il y a presque toujours des gens qui n'acceptent pas la décision du

Président et le Dr Amadiro comme le Dr Fastolfe sont deux hommes volontaires et obstinés, à en juger par leur conduite. La plupart des législateurs, cependant, accepteront la décision du Président, quelle qu'elle soit. Le Dr Amadiro ou le Dr Fastolfe, suivant que la décision du Président aille à l'encontre des vœux de l'un ou de l'autre, sera alors certain de se trouver une petite minorité lorsqu'on passera au vote.

– Tout à fait certain, Giskard?

– Presque. Le mandat du Président est ordinairement de trente ans, avec la possibilité d'être renouvelé par la Législature pour trente ans de plus. Si, toutefois, le vote devait aller à l'encontre de la recommandation du Président, il serait forcé de démissionner tout de suite et il y aurait une crise gouvernementale, pendant que la Législature lui cherche un remplaçant, dans un climat d'aigres querelles. Peu de législateurs sont prêts à prendre ce risque et les chances d'obtenir une majorité contre le Président, alors qu'une crise peut en résulter, sont pratiquement nulles.

– Dans ce cas, dit Baley avec inquiétude, tout dépend de la conférence de ce matin.

– C'est fort probable.

– Merci, Giskard.

Préoccupé, Baley mit de l'ordre dans ses pensées. Il lui semblait avoir des raisons d'espérer, mais il n'avait pas la moindre idée de ce que dirait Amadiro, et il ne savait pas du tout comment était le Président. C'était Amadiro qui avait organisé cette réunion et il devait être assez sûr de lui.

Baley se rappela alors qu'une fois de plus, alors qu'il s'endormait avec Gladia dans ses bras, il avait vu – ou cru voir – la signification de tous les événements d'Aurora. Tout lui avait paru clair, évident, certain. Et une fois de plus, l'illumination avait disparu sans laisser de traces.

Et, avec cette pensée, ses espoirs s'envolaient aussi.

72

Daneel conduisit Baley dans la pièce où le petit déjeuner était servi, plus intime qu'une salle à manger ordinaire. Elle était très simple, sans autres meubles qu'une table et deux chaises. Quand Daneel se retira, il ne se plaça pas dans une niche. Il n'y avait d'ailleurs pas de niches et, pendant un moment, Baley se trouva seul – entièrement seul – dans la pièce.

Non, il n'était pas entièrement seul, il en était certain. Il devait y avoir des robots à portée de voix. Malgré tout, c'était une pièce pour deux; une pièce sans robots; une pièce (l'idée fit hésiter Baley) pour des amants.

Sur la table, il y avait deux piles de grosses crêpes mais qui ne sentaient pas la crêpe, tout en ayant quand même une bonne odeur. Elles étaient flanquées de deux récipients contenant quelque chose qui ressemblait à du beurre fondu et il y avait un pichet d'une boisson chaude (que Baley avait déjà goûtée et n'aimait pas beaucoup) qui remplaçait le café.

Gladia arriva, habillée assez strictement, les cheveux brillants, bien coiffés. Elle s'arrêta un instant sur le seuil, avec un demi-sourire.

– Elijah?

Baley, surpris de cette apparition soudaine, se leva d'un bond.

– Comment allez-vous, Gladia? demanda-t-il en bafouillant un peu.

Elle n'y prit pas garde. Elle paraissait gaie, insouciante.

– Si l'absence de Daneel vous inquiète, vous avez tort, dit-elle. Il est en sécurité. Quant à nous...

Elle s'approcha et leva lentement une main vers la joue de Baley comme elle l'avait fait sur Solaria. Elle rit, légèrement.

– C'est tout ce que j'ai fait alors, Elijah. Vous vous souvenez ?

Il hocha la tête en silence.

– Avez-vous bien dormi, Elijah ?... Mais asseyez-vous donc, chéri.

Il se rassit.

– J'ai très bien dormi... Merci, Gladia.

Il hésita, avant de renoncer à employer des mots tendres.

– Ne me remerciez pas. J'ai passé ma meilleure nuit depuis des semaines, et je n'aurais pas si bien dormi si je n'avais pas quitté ce lit avant d'être sûre que vous dormiez profondément. Si j'étais restée – comme je le voulais –, je vous aurais agacé avant que la nuit soit finie et vous n'auriez pas profité de votre repos.

Il comprit la nécessité d'être galant.

– Il y a des choses plus importantes que le repos, Gladia, dit-il, mais sur un ton si protocolaire qu'elle rit encore.

– Pauvre Elijah ! Vous êtes embarrassé.

Il fut d'autant plus gêné qu'elle s'en apercevait. Il s'était préparé à de la contrition, du dégoût, de la honte, à une indifférence affectée, à des larmes... à tout sauf à cette attitude franchement érotique.

– Allons, ne souffrez pas tant, dit-elle. Vous avez faim. Vous n'avez pratiquement rien mangé hier soir. Il faut emmagasiner des calories, vous vous sentirez plus en forme.

Baley regarda d'un air sceptique les crêpes.

– Ah ! s'exclama Gladia, vous n'avez probablement jamais vu ça. C'est une spécialité solarienne. Des pachinkas. J'ai dû reprogrammer mon chef pour qu'il arrive à les réussir. Tout d'abord, il faut utiliser une farine importée de Solaria. Celles d'Aurora ne donnent pas de bons résultats. Et les pachinkas sont fourrées. On peut employer au moins mille garnitures différentes mais celle-ci est ma préférée et je suis sûre que vous l'aimerez aussi. Je ne vous dirai pas tout ce qu'elle contient, à part de la purée de châtaignes et un peu de miel. Mais goûtez et dites-moi ce que vous en pensez. Vous pouvez manger avec vos doigts mais faites attention en mordant.

Elle prit une pachinka, délicatement entre le pouce et le majeur de chaque main, en mordit une petite bouchée, lentement, et lécha la crème dorée, à demi liquide, qui en coulait.

Baley l'imita. La pachinka était dure au toucher, chaude mais pas brûlante. Il en mit prudemment une extrémité dans sa bouche et s'aperçut qu'elle résistait un peu sous les dents. Il mordit plus fortement, la croûte craqua et le contenu se répandit sur ses mains.

– Vous avez pris une trop grande bouchée et mordu trop fort, lui dit Gladia en se précipitant vers lui avec une serviette. Maintenant léchez vos doigts. D'ailleurs, personne ne peut manger proprement une pachinka. C'est impossible. On est censé se barbouiller. Idéalement, ça devrait se manger tout nu et on prendrait une douche après.

Baley lécha avec précaution le bout de ses doigts et son expression fut assez éloquente.

– Vous aimez ça, n'est-ce pas ? dit Gladia.

– C'est délicieux, assura-t-il, et il prit une autre bouchée, plus lentement et plus doucement.

Ce n'était pas trop sucré et ça fondait dans la bouche.

Il mangea trois pachinkas et seule la bienséance le retint d'en prendre davantage. Il se lécha les doigts sans avoir besoin d'y être invité et négligea la serviette.

– Trempez vos doigts dans le rinceur, Elijah, dit-elle en lui montrant comment faire.

Le « beurre fondu » n'était autre qu'un rince-doigts.

Baley obéit et s'essuya les mains. Elles ne gardaient pas la moindre odeur.

– Etes-vous embarrassé à cause d'hier soir, Elijah ? demanda Gladia. C'est tout l'effet que ça vous fait ?

Que répondre à cela ? se demanda-t-il. Il finit par acquiescer.

– Un peu, je le crains. Ce n'est pas tout ce que je

ressens, de très loin, mais oui, je suis embarrassé. Réfléchissez, Gladia. Je suis un Terrien, vous le savez, mais pour le moment vous préférez ne pas vous en souvenir et « Terrien » n'est pour vous qu'un mot de deux syllabes sans signification particulière. Hier soir, vous aviez pitié de moi, vous vous inquiétiez des problèmes que j'avais eus pendant l'orage, vous éprouviez pour moi ce que vous auriez éprouvé pour un enfant et... et par compassion, à cause de cette vulnérabilité, vous êtes venue à moi. Mais ce sentiment se dissipera – je suis étonné qu'il n'en soit pas déjà ainsi – et alors vous vous souviendrez que je suis un Terrien et vous aurez honte, vous vous sentirez avilie, souillée. Vous m'en voudrez terriblement et je ne veux pas être détesté... Je ne veux pas être détesté, Gladia !

(Il se dit que s'il avait l'air aussi malheureux qu'il l'était, il devait avoir une mine vraiment pitoyable.)

Gladia dut le penser aussi car elle allongea un bras vers lui et lui caressa la main.

– Je ne vous déteste pas, Elijah. Pourquoi vous en voudrais-je ? Vous ne m'avez rien fait que je n'aie désiré. C'est moi qui vous ai forcé et je m'en réjouirai toute ma vie. Vous m'avez libérée par un contact il y a deux ans, Elijah, et hier soir vous m'avez libérée encore une fois. Il y a deux ans, j'avais besoin de savoir que j'étais capable de désir et, hier soir, j'avais besoin de savoir que je pouvais de nouveau éprouver du désir, après Jander. Elijah... Restez avec moi. Ce serait...

Il l'interrompit et parla avec une grande sincérité :

– Comment serait-ce possible, Gladia ? Je dois retourner dans mon propre monde. J'ai là-bas des devoirs, des tâches et vous ne pouvez pas venir avec moi. Vous seriez incapable de mener la vie que l'on mène sur Terre. Vous pourriez mourir de maladies terriennes, si la foule et la claustrophobie ne vous tuaient pas avant. Vous devez le comprendre !

– Pour ce qui est de la Terre, je comprends, reconnut-elle avec un soupir, mais vous n'avez pas besoin de partir immédiatement.

— Il se peut qu'avant la fin de la matinée je sois chassé de la planète par le Président.

— Vous ne le serez pas, déclara Gladia avec force. Vous ne le permettrez pas... Et si vous êtes chassé, nous pouvons nous réfugier dans un autre monde spatien. Il y en a des dizaines parmi lesquels nous pouvons choisir. La Terre vous tient-elle tant à cœur que vous ne voudriez pas vivre dans un monde spatien ?

— Je pourrais vous répondre évasivement, Gladia, faire observer que dans aucun monde spatien on ne me permettra de m'établir définitivement, et vous le savez très bien. Mais ce qui est beaucoup plus vrai, c'est que même si un des mondes spatiens m'accueillait, m'acceptait, la Terre aurait quand même une grande importance pour moi et il faudrait que j'y retourne... Même si pour cela je dois vous abandonner.

— Et ne plus jamais revenir sur Aurora ? Ne plus jamais me revoir ?

— Si je pouvais vous revoir, je reviendrais, dit Baley. Je reviendrais sans cesse. Mais à quoi bon le dire ? Vous savez que je ne serai sûrement plus invité. Et vous savez que je ne puis revenir sans invitation.

— Je ne veux pas croire cela, Elijah, murmura Gladia d'une voix sourde.

— Gladia... Gladia, ne vous rendez pas malheureuse. Il s'est passé quelque chose de merveilleux, mais il vous arrivera d'autres choses merveilleuses — beaucoup, de toutes sortes — mais pas la *même* chose. Tournez-vous vers l'avenir, tournez-vous vers d'autres.

Elle ne répondit pas.

— Gladia, reprit Baley sur un ton pressant, a-t-on besoin de savoir ce qui s'est passé entre nous ?

Elle releva la tête, l'air peiné.

— En auriez-vous tellement honte ?

— De ce qui s'est passé ? Certainement pas ! Mais même si je n'en ai pas honte, cela pourrait avoir des conséquences plutôt embarrassantes. On parlerait de l'affaire. Par la faute de cette horrible dramatique, qui a présenté une version déformée de nos rapports, nous sommes à la pointe de l'actualité. Le Terrien et la Solarienne. S'il y a jamais le moindre soupçon de... d'amour entre nous, cela se saura sur la Terre, à la rapidité d'un vol hyperspatial.

Gladia haussa les sourcils avec un certain dédain.

– Et la Terre vous jugera avili? Vous vous serez permis des relations sexuelles avec une personne au-dessous de votre condition?

– Mais non, mais non, voyons, bien sûr que non, protesta Baley, mal à l'aise car il savait que ce serait certainement l'opinion de milliards de Terriens. Mais l'idée ne vous est donc pas venue que ma femme pourrait en entendre parler? Je suis marié!

– Et alors? Qu'est-ce que ça peut faire?

Baley poussa un profond soupir.

– Vous ne comprenez pas, Gladia. Les mœurs de la Terre ne sont pas celles des Spatiens. Nous avons connu des époques dans notre histoire où les mœurs sexuelles étaient assez libres, du moins dans certains pays et pour certaines classes. L'époque actuelle n'est pas comme ça. Les Terriens vivent les uns sur les autres et, dans ces conditions, une morale stricte, puritaine, est indispensable pour conserver la stabilité du système de la famille.

– Vous voulez dire que chacun a un seul ou une seule partenaire?

– Non, avoua Baley. Pour être tout à fait franc, ça ne se passe pas toujours ainsi. Mais on prend soin de garder ces irrégularités suffisamment discrètes pour que tout le monde... que tout le monde puisse...

– Faire comme si elles n'existaient pas?

– Eh bien, oui. Mais dans notre cas...

– Ce serait tellement public que personne ne pourrait feindre de n'en rien savoir et votre femme serait très fâchée contre vous. Elle vous frapperait?

– Non, elle ne me frapperait pas, mais elle serait humiliée, ce qui est pire. Je serais humilié aussi, ainsi que mon fils. Ma situation sociale en souffrirait et... Gladia, si vous ne comprenez pas, bon, vous ne comprenez pas, mais promettez-moi de ne pas parler librement de cela, comme le font les Aurorains.

Baley se rendait compte qu'il avait une attitude assez piteuse. Gladia le considéra d'un air songeur.

— Je ne voulais pas vous taquiner, Elijah. Vous avez été bon pour moi et je ne voudrais pas être méchante avec vous mais... (elle leva les mains et les laissa retomber, d'un geste résigné)... mais que voulez-vous... Vos coutumes terriennes sont ridicules.

— Sans aucun doute. Cependant, je dois les observer, comme vous avez observé les coutumes solariennes.

— Oui, reconnut-elle, la figure assombrie par ce souvenir. Pardonnez-moi, Elijah. Je vous fais des excuses. Réellement et sincèrement. Je veux ce que je ne peux pas avoir, et je m'en prends à vous.

— Ça ne fait rien.

— Si. Je vous en prie, Elijah, laissez-moi vous expliquer quelque chose. J'ai l'impression que vous ne comprenez pas ce qui s'est passé hier soir. Croyez-vous que vous serez encore plus embarrassé si je vous l'explique ?

Baley se demanda ce que Jessie éprouverait et ce qu'elle ferait si elle pouvait entendre cette conversation. Il savait très bien qu'il ferait mieux de se préoccuper de sa confrontation avec le Président, qui n'allait pas tarder, et non de son dilemme conjugal, qu'il devait penser au danger de la Terre et non à celui de sa femme, mais à la vérité, il ne pouvait penser qu'à Jessie.

— Je serai probablement embarrassé, dit-il, mais expliquez toujours...

Gladia déplaça sa chaise, sans appeler un robot de son personnel pour le faire. Baley attendit, nerveusement.

Elle plaça la chaise tout à côté de lui, en sens inverse, pour lui faire face en s'asseyant. En même temps, elle posa sa petite main dans la sienne et il la pressa machinalement.

– Vous voyez, dit-elle, je ne crains plus le contact. Je n'en suis plus au stade où je pouvais tout juste effleurer un instant votre joue.

– C'est possible, mais cela ne vous apporte pas ce que vous a apporté ce bref frôlement, il y a deux ans, n'est-ce pas, Gladia ?

– Non. Ce n'est pas la même chose, mais ça me plaît quand même. Je pense que c'est un progrès, réellement. D'être si profondément bouleversée par un simple contact fugace, c'était bien la preuve que je menais depuis bien longtemps une vie anormale. Maintenant, ça va mieux. Puis-je vous expliquer en quel sens ? Ce que je viens de dire n'est que le prologue.

– Je vous écoute.

– J'aimerais que nous soyons au lit et qu'il fasse noir. Je parlerais plus librement.

– Nous sommes assis et il fait jour, Gladia, mais je vous écoute.

– Oui... A Solaria, Elijah, il n'y a pour ainsi dire pas de rapports sexuels. Vous le savez.

– Oui.

– Je n'ai jamais vraiment su ce que c'était. Deux fois, seulement deux, mon mari s'est approché de moi par devoir. Je ne vous décrirai pas la scène, mais j'espère que vous me croirez si je vous dis que, lorsque j'y pense maintenant avec le recul, c'était pire que rien.

– Je n'en doute pas.

– Mais je savais ce que c'était. J'avais lu des descriptions dans des livres. J'en avais parlé, parfois, avec d'autres femmes, qui prétendaient toutes que c'était un horrible devoir que devaient subir les Solariennes. Si elles avaient des enfants, jusqu'à la limite de leur quota, elles disaient toutes qu'elles étaient enchantées de ne plus avoir à s'y soumettre.

– Et vous les avez crues ?

– Naturellement. Je n'avais jamais entendu dire autre chose, et les rares récits non solariens que j'avais lus étaient dénoncés, traités de fantaisies, de mensonges. Je croyais cela aussi. Mon mari a découvert des livres que je possédais, il les a appelés de la pornographie et il les a brûlés. Et puis aussi, vous savez, les gens peuvent se convaincre de n'importe quoi. Les Solariennes étaient certainement sincères et méprisaient ou détestaient réellement les rapports sexuels. Elles me paraissaient en tout cas sincères et ça me donnait l'impression d'être terriblement anormale, parce que j'étais curieuse de ces choses-là et... et parce que j'éprouvais des sensations bizarres que je ne comprenais pas.

— A ce moment-là, vous n'avez pas cherché à utiliser des robots pour calmer vos ardeurs, d'une façon ou d'une autre ?

— Non, cette idée ne m'est même pas venue. Ni mes mains ni aucun objet inanimé. On chuchotait que cela se faisait parfois, mais avec une telle horreur ou prétendue horreur, que pour rien au monde je ne me serais permis une chose pareille. Naturellement, je faisais des rêves et, parfois, quelque chose me réveillait qui, lorsque j'y pense maintenant, devait être un début d'orgasme. Je n'y ai jamais rien compris, bien entendu, et je n'osais pas en parler. J'en avais affreusement honte. J'étais même terrifiée par le plaisir que j'y prenais. Et puis je suis venue sur Aurora.

— Vous me l'avez dit. Mais les rapports avec les Aurorains n'ont pas été satisfaisants.

— Non. Ils me faisaient penser que les Solariens avaient raison, après tout. Que les rapports sexuels n'étaient pas du tout comme mes rêves. C'est seulement avec Jander que j'ai compris. Ce n'est pas comme les rapports sexuels qu'on a à Aurora. C'est... c'est une chorégraphie, ici. Chaque stade est dicté par la mode, par la méthode d'approche, du début jusqu'à la fin. Il n'y a rien d'inattendu, rien de spontané. A Solaria, comme il n'y a pas de sexualité, rien n'est donné ou reçu. Et à Aurora, tout est tellement stylisé que, finalement, rien n'est donné ni reçu non plus. Comprenez-vous ?

— Je ne sais pas, Gladia, puisque je n'ai jamais eu de

rapports avec une Auroraine. Et je n'ai jamais été un Aurorain. Mais il n'est pas nécessaire de donner des explications. J'ai une vague idée de ce que vous voulez dire.

– Vous êtes terriblement gêné, n'est-ce pas ?

– Pas au point de ne pouvoir vous écouter.

– Et puis j'ai connu Jander et j'ai appris à me servir de lui. Ce n'était pas un homme aurorain. Son seul but, son seul but possible, était de me plaire. Il donnait et je prenais, et pour la première fois j'ai vécu les rapports sexuels comme ils doivent l'être. Cela, vous le comprenez ? Pouvez-vous imaginer ce que c'est de s'apercevoir soudain qu'on n'est pas folle, ni anormale, ni perverse, ni même dans son tort, simplement... mais de savoir que l'on est une femme et que l'on a un partenaire sexuel ?

– Je pense pouvoir l'imaginer.

– Ensuite, après une période si brève, se voir privée de tout... Je pensais... Je pensais que c'était la fin. J'étais condamnée, maudite. Jamais plus, durant des siècles de vie, je ne connaîtrais de nouveau des rapports sexuels satisfaisants. Ne jamais avoir connu cela, c'était déjà assez grave. Mais l'avoir connu, contre toute attente, et ensuite tout perdre brusquement, se retrouver sans *rien*... Ça, c'était intolérable ! Vous voyez donc combien cette nuit a été importante.

– Mais pourquoi moi, Gladia ? Pourquoi pas quelqu'un d'autre ?

– Non, Elijah, il fallait que ce soit vous. Nous sommes arrivés et nous vous avons trouvé, Giskard et moi, et vous étiez sans défense. Vous n'étiez pas totalement inconscient mais votre corps ne vous obéissait plus. Vous deviez être porté, déposé dans la voiture. J'étais là quand vous avez été réchauffé, soigné, baigné, incapable de faire quoi que ce soit par vous-même. Les robots se sont occupés de vous avec une merveilleuse efficacité, se sont affairés pour vous faire revivre et empêcher qu'il vous arrive du mal, mais sans éprouver le moindre sentiment. Tandis que moi j'observais, et j'éprouvais des émotions, des sentiments.

Baley baissa la tête, serrant les dents à la pensée d'avoir été publiquement si désarmé. Sur le moment, il avait savouré le plaisir d'être dorloté, mais à présent il se sentait honteux.

– J'aurais voulu faire tout cela pour vous, reprit-elle. J'en voulais aux robots de se réserver le droit d'être gentils avec vous, de donner. Et je me voyais à leur place. J'éprouvais une excitation sexuelle croissante, ce que je n'avais pas ressenti depuis la mort de Jander... Et l'idée m'est venue, alors, que pendant mes seuls rapports sexuels réussis, je n'avais fait que prendre, recevoir. Jander donnait ce que je désirais mais il ne prenait jamais. Il était incapable de prendre puisque son seul plaisir était de me faire plaisir. Et il ne m'est jamais venu à l'idée de donner, parce que j'avais été élevée parmi des robots et que je savais qu'ils ne pouvaient pas recevoir.

» Et, en observant, j'ai pensé que je ne connaissais que la moitié des choses du sexe. Et je voulais désespérément connaître l'autre moitié. Mais alors, ensuite, à table au dîner, vous avez paru fort. Vous étiez assez fort pour me consoler et comme j'avais éprouvé ce sentiment pour vous, alors qu'on vous soignait, je n'ai plus eu peur de vous parce que vous étiez de la Terre. J'acceptais volontiers d'être dans vos bras, je le *voulais.* Mais même là, alors que vous m'enlaciez, j'ai eu des remords et du chagrin parce que, encore une fois, je prenais sans rien donner.

» Et vous m'avez dit alors que vous aviez besoin de vous asseoir. Ah, Elijah, c'est la chose la plus merveilleuse que vous pouviez me dire !

Baley se sentit rougir.

– J'en ai été affreusement gêné, c'était un aveu de faiblesse, à mes yeux.

– C'était justement ce qu'il me fallait. Cela m'a rendue folle de désir. Je vous ai obligé à vous coucher et puis je suis venue à vous et, pour la première fois de ma vie, j'ai donné. Je n'ai rien pris et le charme de Jander a été rompu car je comprenais qu'il n'avait pas suffi. Ce devait être possible de prendre et de donner à la fois... Elijah, restez avec moi !

Baley secoua la tête.

– Gladia, si je me coupais le cœur en deux, cela ne changerait rien à la réalité. Je ne peux pas rester sur Aurora. Je dois retourner sur la Terre. Vous ne pouvez pas venir sur la Terre.

– Et si je pouvais venir sur la Terre, Elijah ?

– Pourquoi dites-vous une telle sottise ? Même si vous le pouviez, je vieillirais rapidement et ne vous servirais plus à rien. Dans vingt ans, trente au plus, je serai un vieillard, et plus probablement mort, alors que vous resterez telle que vous êtes pendant des siècles.

– Mais c'est justement ce que je veux dire, Elijah ! Sur Terre, je serai sujette à vos maladies et je vieillirai moi aussi très vite.

– Vous ne le voudriez pas. D'ailleurs, la vieillesse n'est pas une maladie. On s'affaiblit, on tombe malade et, très rapidement, on meurt. Gladia, Gladia, vous pouvez trouver un autre homme.

– Un Aurorain ? dit-elle avec mépris.

– Vous pouvez enseigner. Maintenant que vous savez comment recevoir et donner, apprenez-leur à faire aussi les deux.

– Si j'enseigne, apprendront-ils ?

– Quelques-uns, oui. Il y en aura sûrement. Vous avez tout le temps de trouver un tel homme. Il y a...

(Non, pensa-t-il, ce n'est pas prudent de mentionner Gremionis en ce moment, mais peut-être que s'il venait à elle... moins poliment et avec un peu plus de détermination...)

Elle resta un moment songeuse.

– Est-ce possible ? murmura-t-elle, puis elle posa sur Baley ses yeux gris-bleu embués de larmes. Ah, Elijah ! Vous ne vous rappelez donc rien de ce qui s'est passé cette nuit ?

– Je dois avouer, dit-il un peu tristement, qu'une

partie de cette nuit reste assez vague dans mon souvenir.

– Si vous vous en souveniez, vous ne voudriez pas me quitter.

– Je ne veux pas vous quitter, Gladia. Simplement, je le dois.

– Et, ensuite, vous aviez l'air si paisiblement heureux, si reposé. J'étais blottie contre votre épaule et je sentais votre cœur battre, rapidement d'abord, puis plus lentement, sauf quand vous vous êtes redressé brusquement... Vous vous rappelez ça ?

Baley sursauta et recula un peu, en la regardant au fond des yeux.

– Non, je ne m'en souviens pas. Que voulez-vous dire ? Qu'est-ce que j'ai fait ?

– Je vous l'ai dit. Vous vous êtes redressé brusquement.

– Oui, mais quoi encore ?

Le cœur de Baley battait rapidement, maintenant, aussi rapidement sûrement que la veille après l'amour. Trois fois, quelque chose qui semblait être la vérité lui était apparu, mais les deux premières fois, il était seul. La troisième, la veille, Gladia était là. Il avait un témoin.

– Il n'y a rien eu d'autre, vraiment, dit-elle. Je vous ai demandé : « Qu'y a-t-il, Elijah ? » Mais vous n'avez pas fait attention à moi. Vous avez dit : « Ça y est, je l'ai. Je l'ai. » Vous ne parliez pas clairement et vos yeux étaient fixes. C'était assez effrayant.

– C'est tout ce que j'ai dit ? Par Josaphat, Gladia ! Je n'ai rien dit d'autre ?

Elle fronça les sourcils.

– Je ne me souviens pas. Vous vous êtes rallongé et je vous ai dit de ne pas avoir peur, que vous étiez en sécurité. Et je vous ai caressé, vous avez refermé les yeux et vous vous êtes endormi... et vous avez *ronflé* ! Je n'avais encore jamais entendu personne ronfler; mais c'était sûrement cela, d'après les descriptions.

Visiblement, elle en était amusée.

– Ecoutez-moi, Gladia. Qu'est-ce que j'ai dit, exactement ? « Je l'ai. Je l'ai. » Est-ce que je n'ai pas dit ce que c'était, que j'avais ?

Elle réfléchit encore.

– Non. Je ne me souviens pas... Si, attendez ! Vous avez dit autre chose, d'une voix très basse. Vous avez dit : « Il était là avant. »

– « Il était là avant. » C'est tout ce que j'ai dit ?

– Oui. J'ai pensé que vous vouliez dire que Giskard était arrivé avant les autres robots, que vous cherchiez à surmonter votre peur d'être enlevé, que vous reviviez ces moments sous l'orage. Oui ! C'est pour cela que je vous ai dit de ne pas avoir peur, que vous étiez en sécurité. Et vous avez fini par vous détendre.

– « Il était là avant... » « Il était là avant... »

– Maintenant, je ne l'oublierai pas, Gladia. Merci pour hier soir. Merci de m'avoir parlé.

– Est-ce que c'est important, que vous ayez dit que Giskard vous a trouvé avant les autres ? C'est la vérité. Vous le savez bien.

– Il ne peut pas s'agir de ça, Gladia. Ce doit être quelque chose que *je ne sais pas* mais que je parviens à découvrir uniquement quand mon esprit est totalement détendu.

– Mais alors, qu'est-ce que ça veut dire ?

– Je n'en suis pas sûr, mais si c'est bien ce que j'ai dit, cela doit avoir une signification. Et j'ai à peu près une heure pour le découvrir. (Il se leva.) Je dois partir, maintenant.

Il avait déjà fait quelques pas vers la porte quand Gladia se précipita et le prit dans ses bras.

– Attendez, Elijah !

Il hésita, puis il baissa la tête pour l'embrasser. Pendant un long moment, ils restèrent enlacés.

– Est-ce que je vous reverrai, Elijah ?

– Je ne sais pas, répondit-il tristement. Je l'espère.

Sur ce, il partit à la recherche de Daneel et de Giskard, pour qu'ils prennent les dispositions nécessaires en vue de la prochaine confrontation.

73

La tristesse de Baley persista, alors qu'il traversait la pelouse immense pour se rendre à l'établissement du Dr Fastolfe.

Les robots marchaient à sa droite et à sa gauche. Daneel paraissait tout à fait à l'aise mais Giskard, fidèle à sa programmation et apparemment incapable de l'oublier, surveillait attentivement tout ce qui les entourait.

– Comment s'appelle le Président de la Législature, Daneel ? demanda Baley.

– Je ne sais pas, camarade Elijah. Chaque fois qu'il a été question de lui devant moi, on disait simplement « le Président ». En s'adressant à lui, on l'appelle « monsieur le Président ».

– Il s'appelle Rutilan Horder, monsieur, dit Giskard, mais ce nom n'est jamais mentionné officiellement. On emploie uniquement le titre. Cela sert à souligner la continuité du gouvernement. Les êtres humains remplissant la fonction ont, individuellement, des mandats fixes, mais « le Président » existe toujours.

– Et ce Président particulier... quel âge a-t-il ?

– Il est très vieux, monsieur. Il a trois cent trente-deux ans, répondit Giskard qui, comme toujours, avait réponse à tout.

– Il est en bonne santé ?

– Je n'ai jamais entendu dire le contraire, monsieur.

– A-t-il des caractéristiques personnelles qu'il serait bon que je connaisse ?

Cela parut faire réfléchir Giskard. Il répondit après un silence :

– Cela m'est difficile de le dire, monsieur. Il est dans son second mandat. On le considère comme un Président efficace, compétent, qui travaille dur et obtient des résultats.

– Est-il coléreux ? Patient ? Dominateur ? Compréhensif ?

– Vous pourrez juger de ces choses par vous-même, monsieur.

– Camarade Elijah, intervint Daneel, le Président est au-dessus des partis et des querelles. Il est juste et impartial par définition.

– Je n'en doute pas, marmonna Baley, mais les définitions sont aussi abstraites que « le Président », alors qu'un Président, avec un nom, est un être concret, avec un esprit concret.

Il secoua la tête. Son propre esprit, il était prêt à en jurer, était fortement concret. Ayant par trois fois pensé à quelque chose, pour l'oublier trois fois, il connaissait maintenant son propre commentaire au moment même où il avait eu cette pensée, et cela ne lui apportait rien : « Il était là avant. »

Qui était là avant ? Quand ?

Baley n'avait aucune réponse à cela.

74

Le Dr Fastolfe attendait Baley à la porte de son établissement, avec un robot derrière lui qui paraissait très peu robotiquement agité, comme s'il était incapable de remplir correctement sa mission d'accueil et s'en désolait.

(Mais aussi, on avait toujours tendance à attribuer aux robots des réactions et des mobiles humains. Fort probablement, il ne s'agissait aucunement d'agitation – ni d'aucune autre espèce de sentiment – mais tout simplement d'une légère oscillation de potentiels positroniques résultant de ce que ses ordres étaient de saluer et d'examiner tous les visiteurs, et il ne pouvait parfaitement accomplir son devoir sans repousser Fastolfe, ce qu'il ne pouvait faire non plus en l'absence de toute nécessité urgente. Il exécutait donc de faux départs, l'un après l'autre, ce qui donnait cette apparence d'agitation.)

Baley regardait distraitement le robot et il dut faire un effort pour ramener les yeux sur Fastolfe. (Il pensait à des robots, sans savoir pourquoi.)

– Je suis heureux de vous revoir, docteur Fastolfe, dit-il en tendant machinalement la main.

(Après son aventure avec Gladia, il avait du mal à se souvenir que les Spatiens répugnaient à tout contact physique avec un Terrien.)

Fastolfe hésita un instant puis, la courtoisie l'emportant sur la prudence, il prit la main offerte, la tint légèrement et brièvement, la lâcha et dit :

– J'en suis encore plus enchanté que vous, Baley. Votre épreuve d'hier soir m'a beaucoup alarmé. Ce n'était pas un orage particulièrement violent, mais pour un Terrien ce devait être terrifiant.

– Vous êtes donc au courant de ce qui s'est passé ?

– Daneel et Giskard m'ont fait un rapport assez complet. J'aurais été plus rassuré s'ils étaient venus ici directement et si, éventuellement, ils vous avaient amené avec eux, mais leur décision venait du fait que l'établissement de Gladia était plus près de l'endroit de la panne de l'aéroglisseur, et que vos ordres avaient été particulièrement intenses pour faire passer la sécurité de Daneel avant la vôtre. Ils ne vous ont pas mal interprété, j'espère ?

– Pas du tout. Je les ai forcés à me laisser.

– Etait-ce bien prudent ?

Fastolfe le fit entrer et lui indiqua un fauteuil.

Baley s'y assit.

– Il m'a semblé que c'était la meilleure solution. Nous étions poursuivis.

– C'est ce que m'a dit Giskard. Il m'a également dit que...

– Docteur Fastolfe, interrompit Baley, excusez-moi.

J'ai très peu de temps et je dois vous poser certaines questions.

– Je vous en prie, dit aussitôt Fastolfe avec son inaltérable politesse.

– Il a été dit que vous placiez vos travaux sur le fonctionnement du cerveau au-dessus de tout le reste, que vous...

– Laissez-moi achever, Baley. On vous a dit que je ne supporterais aucun obstacle, que je suis totalement dénué de scrupules, sans la moindre considération pour l'immoralité ou les mauvaises actions, que je ne m'arrêterais à rien, que j'excuserais tout, au nom de l'importance de ma recherche.

– Oui.

– Qui vous a dit cela, Baley ?

– Est-ce important ?

– Peut-être pas. D'ailleurs, ce n'est pas difficile à deviner. C'est ma fille, Vasilia ? J'en suis certain.

– Peut-être. Ce que je voudrais savoir, c'est si cette estimation de votre caractère est juste.

Fastolfe sourit tristement.

– Attendez-vous de moi de la franchise sur mon propre caractère ? Par certains côtés, ces accusations sont fondées. Je considère *réellement* mes travaux comme la chose la plus importante du monde et j'ai *réellement* tendance à tout y sacrifier. Effectivement, je me désintéresse des idées conventionnelles de bien ou de mal, ou d'immoralité, si elles me gênent... J'en suis capable, mais je ne le fais pas. Je ne peux pas m'y résoudre. Et, plus particulièrement, si j'ai été accusé d'avoir tué Jander parce que cela me permettait en quelque sorte de faire progresser mon étude du cerveau humain, je le nie formellement. C'est absolument faux. Je n'ai pas tué Jander.

– Vous avez suggéré que je me soumette à un sondage psychique pour obtenir de mon esprit une information qu'il m'est impossible de découvrir autrement. Avez-vous pensé que si vous vous soumettiez, vous, à un sondage psychique, votre innocence serait démontrée ?

Fastolfe hocha la tête d'un air réfléchi.

– J'imagine que Vasilia a laissé entendre que puisque je n'ai pas proposé de m'y soumettre, c'est une preuve de ma culpabilité. Cela aussi, c'est faux. Un sondage psychique est dangereux et j'ai aussi peur de m'y soumettre que vous. J'aurais pu le faire en dépit de mes craintes, si mes adversaires n'y tenaient pas tellement. Ils réfuteraient toute preuve de mon innocence et le sondage psychique n'est pas un instrument assez délicat pour démontrer l'innocence au delà de toute dispute. Mais ce qu'ils obtiendraient surtout par ce sondage, ce serait des renseignements sur ma théorie et ma conception des robots humaniformes. C'est *cela* qu'ils recherchent, et c'est cela que je ne veux pas leur donner.

– Très bien. Je vous remercie, docteur Fastolfe.

– Il n'y a pas de quoi. Et maintenant, si je puis en revenir à ce que je disais, Giskard m'a rapporté qu'après être resté seul dans l'aéroglisseur, vous avez été abordé par des robots inconnus. Du moins, vous avez parlé de robots inconnus, d'une manière assez incohérente, quand vous avez été retrouvé.

– Ces robots inconnus ne m'ont pas attaqué, docteur Fastolfe. J'ai réussi à les dissuader et à les renvoyer, mais j'ai jugé préférable de quitter l'aéroglisseur plutôt que d'attendre leur retour. Je ne réfléchissais peut-être pas très lucidement quand j'ai pris cette décision. Giskard me l'a dit.

Fastolfe sourit.

– Giskard a un point de vue assez simpliste de l'Univers. Savez-vous à qui étaient ces robots ?

Baley changea nerveusement de position, sans arriver à s'asseoir confortablement dans le fauteuil.

– Est-ce que le Président est arrivé ? demanda-t-il.

– Pas encore, mais il ne va pas tarder. Amadiro sera là bientôt, lui aussi, le directeur de l'Institut de Robotique que vous avez vu hier. Je ne suis pas certain que c'était très prudent. Vous l'avez irrité.

– Je devais le voir, docteur Fastolfe, et il ne m'a pas paru irrité.

– Avec Amadiro, cela ne veut rien dire. A la suite de ce qu'il appelle vos diffamations et votre intolérable atteinte à sa réputation professionnelle, il a forcé la main du Président.

– De quelle façon ?

– La mission du Président est d'encourager la réunion de parties adverses en vue de travailler à un compromis. Si Amadiro souhaite avoir un entretien avec moi, le Président, par définition, ne peut pas s'y opposer, encore moins l'interdire. Il doit organiser la réunion et si Amadiro trouve suffisamment de preuves contre vous – et il est bien facile de trouver des preuves contre un Terrien –, alors cela mettra fin à l'enquête.

– Peut-être, docteur Fastolfe, avez-vous eu tort de faire appel à un Terrien pour vous aider, puisque vous êtes si vulnérable...

– Peut-être, Baley, mais je ne voyais pas d'autre solution. Je n'en vois toujours pas, alors je dois compter sur vous pour persuader le Président et l'amener à notre point de vue, si vous pouvez.

– La responsabilité repose sur moi ? grogna Baley d'une voix lugubre.

– Entièrement, répliqua Fastolfe sans se troubler.

– Serons-nous seuls, tous les quatre ?

– En réalité, nous serons trois : le Président, Amadiro et moi. Nous sommes les deux principaux intéressés, et l'agent de compromis, pour ainsi dire. Vous serez là comme quatrième partie, Baley, mais uniquement toléré. Le Président pourra vous ordonner de sortir, à son gré. J'espère donc que vous ne ferez rien pour l'irriter.

– Je ferai de mon mieux, docteur.

– Par exemple, ne lui tendez pas la main... si vous me pardonnez ma grossièreté.

Baley rougit au souvenir de son geste inconsidéré.

– Je ne le ferai pas.

– Et soyez d'une parfaite politesse. Ne portez aucune accusation, ne vous mettez pas en colère. N'insistez pas sur des déclarations impossibles à étayer...

– Vous voulez dire que je ne dois pas faire pression pour chercher à forcer quelqu'un à se trahir ? Amadiro, par exemple ?

– Oui, exactement. Ce serait de la diffamation et contre-productif. Par conséquent, soyez poli ! Si la politesse masque une attaque, nous ne vous le reprocherons pas. Et tâchez de ne parler que lorsqu'on vous adresse la parole.

– Comment se fait-il, docteur Fastolfe, que vous ayez tant de conseils de prudence à me donner maintenant, alors que jamais auparavant vous ne m'avez averti des dangers de la diffamation ?

– Je suis entièrement fautif, je vous l'accorde, répondit Fastolfe. Simplement, c'est une chose d'une telle notoriété publique que pas un instant je n'ai pensé qu'elle devait être expliquée.

– Ouais, grommela Baley. C'est ce que je pensais.

Fastolfe redressa soudain la tête.

– J'entends un aéroglisseur... J'entends même les pas d'un robot de mon personnel, se dirigeant vers l'entrée. Je suppose que le Président et le Dr Amadiro sont arrivés.

– Ensemble ? s'étonna Baley.

– Sans aucun doute. Amadiro a proposé mon établissement comme lieu de la réunion, m'accordant ainsi l'avantage d'être sur mon propre terrain. Il aura donc l'occasion d'offrir, par courtoisie apparente, d'aller chercher le Président et de le conduire ici. Après tout, ils doivent venir tous les deux. Cela lui donnera quelques minutes pour parler en particulier au Président et faire valoir son point de vue.

– Cela me semble assez injuste, dit Baley. N'auriez-vous pu l'empêcher ?

– Je ne le voulais pas. Amadiro a pris un risque

calculé. Il pourrait dire quelque chose qui irritera le Président.

– Le Président est-il anormalement irritable ?

– Non. Pas plus qu'un autre Président, dans la cinquième décennie de son mandat. Cependant, la nécessité de respecter strictement le protocole, la nécessité supplémentaire de ne jamais prendre parti et la réalité d'un pouvoir arbitraire, tout s'allie pour rendre inévitable une certaine irritabilité. Et Amadiro n'est pas toujours très prudent. Son sourire jovial, ses dents blanches, sa bonhomie exubérante peuvent être extrêmement irritants quand ceux qui en sont l'objet ne sont pas de bonne humeur, pour une raison ou une autre... Mais je dois aller les accueillir. Je vous en prie, restez ici et ne bougez pas de ce fauteuil.

Baley ne put donc qu'attendre. Il pensa, sans aucune raison, qu'il était sur Aurora depuis un peu moins de cinquante heures terriennes.

XVIII

Le Président

75

Le Président était petit, étonnamment petit. Amadiro le dépassait presque d'une tête.

Cependant, il était surtout court de jambes et, lorsque tout le monde fut assis, sa petite taille se remarqua beaucoup moins. Il était trapu, avec des épaules et un torse massifs.

Il avait aussi une grosse tête et une figure ridée, marquée par les ans, mais ce n'était pas des rides aimables, dessinées par la bonne humeur et le rire. Elles étaient gravées sur ses joues et son front, semblait-il, par l'exercice du pouvoir. Ses cheveux blancs clairsemés laissaient chauve le sommet du crâne.

La voix était bien accordée à son aspect, grave, décidée. L'âge en avait émoussé le timbre, sans doute, et lui donnait un peu de dureté mais chez un Président (pensa Baley) ce devait être plutôt un avantage qu'un inconvénient.

Fastolfe se livra à tout le protocole de l'accueil, prononça quelques phrases sans importance, offrit à boire et à manger. Durant tout ce rituel, il ne fut pas un instant question de l'étranger et personne ne fit attention à lui.

Ce fut seulement après les préliminaires, lorsqu'ils furent tous assis, que Baley (qui se tenait un peu à l'écart) fut présenté.

– Monsieur le Président, dit-il sans tendre la main. (Puis, avec un vague hochement de tête :) Et, naturellement, je connais déjà le docteur Amadiro.

Le sourire d'Amadiro ne fut pas troublé par la petite nuance d'insolence dans la voix de Baley.

Le Président, qui n'avait pas répondu à la salutation de Baley, plaqua ses mains sur ses genoux, les doigts bien écartés, et déclara :

– Commençons, messieurs, et tâchons de rendre cette conférence aussi brève et concluante que possible.

» Permettez-moi d'abord de souligner que je souhaite passer rapidement sur cette question de conduite, ou d'inconduite possible, d'un Terrien, pour en venir immédiatement au vif du sujet. Et quand je parle du vif du sujet, je ne veux pas évoquer cette affaire immodérément grossie du robot. Le sabotage d'un robot ne concerne que le tribunal civil. Il peut s'ensuivre un jugement pour atteinte à la propriété privée, assorti d'une condamnation en dommages-intérêts mais rien de plus. D'ailleurs, s'il était prouvé que le Dr Fastolfe a rendu le robot Jander Panell hors d'état de fonctionner, c'était après tout un robot qu'il avait conçu, aidé à dessiner, dont il avait surveillé la construction et qui lui appartenait au moment où la mise hors d'état de fonctionner a eu lieu. Par conséquent, aucune peine ne peut s'appliquer, puisqu'une personne est libre de faire ce qu'elle veut de ce qui lui appartient.

» Ce qui est réellement en cause, c'est l'affaire de l'exploration et de la colonisation de la Galaxie. Il s'agit de savoir si nous, les Aurorains, ferons cela seuls, au besoin avec la collaboration des autres mondes spatiens, ou si nous laisserons cette tâche à la Terre. Le Dr Amadiro et les globalistes voudraient qu'Aurora assume seule le fardeau; le Dr Fastolfe souhaite l'abandonner à la Terre.

» Si nous pouvons régler cette question, alors l'affaire du robot pourra être laissée au tribunal civil et celle du comportement du Terrien deviendra probablement caduque et nous pourrons simplement nous débarrasser de lui.

» En conséquence, je vais commencer par demander au Dr Amadiro s'il est prêt à accepter la position du Dr Fastolfe, afin de parvenir à un accord, ou si le Dr Fastolfe est prêt à s'aligner sur la position du Dr Amadiro.

Le Président se tut et attendit.

– Je regrette, monsieur le Président, dit Amadiro, mais je dois insister pour que les Terriens restent sur leur seule planète et que la Galaxie soit colonisée par les Aurorains. Je suis toutefois prêt à accepter un compromis, c'est-à-dire à permettre que d'autres mondes spatiens se joignent à nous, si cela peut éviter parmi nous un conflit inutile.

– Je vois, murmura le Président. Et vous, docteur Fastolfe, après avoir écouté cette déclaration, acceptez-vous de renoncer à votre position ?

– Le compromis du Dr Amadiro ne nous apporte pas grand-chose, monsieur le Président. J'en proposerai un autre, d'une plus grande portée. Pourquoi les mondes de la Galaxie ne seraient-ils pas ouverts aussi bien aux Terriens qu'aux Spatiens ? La Galaxie est immense et il devrait y avoir de la place pour tous. Je suis prêt à accepter volontiers ce genre d'arrangement.

– Sans aucun doute, dit Amadiro, car ce n'est pas un compromis. Les huit milliards d'habitants de la Terre représentent une fois et demie la population de tous les mondes spatiens réunis. Les Terriens ont une vie courte, ils sont habitués à remplacer rapidement leurs pertes. Ils n'ont aucun respect pour la vie humaine individuelle. Ils vont se répandre sur tous les mondes, à n'importe quel prix, se multiplier comme des insectes, s'emparer de la Galaxie alors que nous prendrons à peine le départ. Offrir à la Terre une chance prétendument égale de coloniser la Galaxie équivaut à la lui *donner*, et cela n'est pas de l'égalité. Les Terriens doivent demeurer sur la Terre.

– Qu'avez-vous à répondre à cela, Fastolfe? demanda le Président.

Fastolfe soupira.

– Mon point de vue est bien connu. Je crois que je n'ai pas besoin de me répéter. Amadiro a l'intention de se servir de robots humaniformes pour construire les mondes colonisés où les Aurorains s'établiront ensuite, trouvant ces mondes déjà tout prêts. Pourtant, il n'a même pas encore le premier de ces robots humaniformes. Il ne sait pas les construire et le projet se solderait par un échec même s'il en avait. Aucun compromis n'est possible à moins que le Dr Amadiro accepte le principe que les Terriens puissent au moins prendre une part dans la colonisation des nouveaux mondes.

– Aucun compromis n'est possible, déclara Amadiro.

Le Président parut mécontent.

– Je crains que l'un de vous deux ne soit *obligé* de céder. Je ne tiens pas à ce que le monde soit pris dans un déchaînement de passions sur une question d'une telle importance.

Il regarda fixement Amadiro, son expression bien contrôlée n'indiquant ni faveur ni défaveur.

– Vous avez l'intention de vous servir du sabotage de ce robot, Jander, comme argument contre le point de vue de Fastolfe, n'est-ce pas?

– Oui, répondit Amadiro.

– Un argument purement émotionnel. Vous allez prétendre que Fastolfe cherche à discréditer votre point de vue en faisant faussement paraître les robots humaniformes moins utiles qu'ils ne le sont en réalité.

– C'est précisément ce qu'il essaye de faire...

– Diffamation, intervint Fastolfe à voix basse.

– Pas si je peux le prouver, ce qui est le cas, répliqua Amadiro. L'argument est peut-être émotionnel mais il portera. Vous le comprenez, n'est-ce pas, monsieur le Président? Mon point de vue prévaudra, mais risque de provoquer des dégâts. Il vaudrait mieux que vous persuadiez le Dr Fastolfe d'accepter son inévitable défaite et d'épargner au monde l'immense tristesse d'un spectacle qui affaiblirait notre position parmi les autres mondes spatiens et saperait notre confiance en nous.

– Comment pouvez-vous prouver que le Dr Fastolfe a rendu le robot inopérant ?

– Il reconnaît lui-même qu'il est le seul être humain capable de le faire, vous le savez.

– Je sais, dit le Président, mais je voulais vous l'entendre dire, pas à vos électeurs, pas aux médias, mais à moi-même et en particulier. Ce que vous avez fait.

Il se tourna vers Fastolfe.

– Qu'en dites-vous, docteur Fastolfe ? Etes-vous le seul homme qui ait pu détruire le robot ?

– Sans laisser de traces physiques ? Oui, à ma connaissance, je suis le seul. Je ne crois pas que le Dr Amadiro ait suffisamment de connaissances en robotique pour le faire, et je ne cesse d'être stupéfait, alors qu'il a fondé cet Institut, de le voir si appliqué à proclamer sa propre incapacité, même épaulé par tous ses associés... et à le proclamer publiquement.

Il sourit à Amadiro, non sans ironie.

Le Président soupira.

– Non, docteur Fastolfe. Pas de rhétorique malicieuse, je vous en prie. Dispensons-nous des sarcasmes et des piques. Quelle est votre défense ?

– Eh bien, tout simplement que je n'ai fait aucun mal à Jander. Je n'accuse personne d'en avoir fait. C'était un accident, un hasard, l'élément d'incertitude présent dans les circuits positroniques. Cela peut arriver. Que le Dr Amadiro reconnaisse simplement que c'était le fait du hasard, que personne ne peut être accusé sans preuves, et alors nous pourrons discuter des diverses propositions de colonisation suivant leurs mérites.

– Non ! s'exclama Amadiro. Les chances d'une destruction accidentelle sont trop infimes pour être prises en considération, bien plus infimes que les chances de la responsabilité du Dr Fastolfe. Tellement plus infimes que ce serait de l'irresponsabilité de ne pas envisager sa culpabilité. Je ne céderai pas et je gagnerai. Vous le savez très bien, monsieur le Président, et il me semble que la seule mesure rationnelle serait de forcer Fastolfe à accepter sa défaite, cela dans l'intérêt de l'unité mondiale.

Fastolfe répliqua avec vivacité :

– Et cela nous amène à l'enquête que j'ai prié Mr Baley d'entreprendre et pour laquelle je l'ai fait venir de la Terre.

Et Amadiro riposta, tout aussi vivement :

– Une mesure à laquelle je me suis opposé dès qu'elle a été proposée. Le Terrien est peut-être un enquêteur habile mais il ne connaît pas Aurora et il ne peut rien accomplir ici. Rien, excepté diffamer tout le monde à droite et à gauche et présenter Aurora, aux autres mondes spatiens, sous un jour indigne et ridicule. Il y a déjà eu des articles satiriques sur cette affaire dans une demi-douzaine d'importants programmes d'actualités spatiens, dans de nombreux mondes. Des enregistrements de ces émissions ont été envoyés à votre bureau.

– Et ont été portés à mon attention, reconnut le Président.

– Et on commence à murmurer, ici à Aurora, continua Amadiro. Egoïstement, j'aurais tout intérêt à laisser l'enquête se poursuivre. Elle coûte à Fastolfe son soutien dans la population et des voix chez les législateurs. Plus elle durera, plus je serai certain de ma victoire, mais cette enquête fait du tort à Aurora et je ne voudrais pas augmenter ma certitude au détriment de ma planète. Je suggère – avec tout le respect que je vous dois – que vous fassiez cesser l'enquête, monsieur le Président, et que vous persuadiez le Dr Fastolfe de se soumettre tout de suite, de bonne grâce, à ce qu'il sera obligé d'accepter à un prix beaucoup plus élevé.

– Je reconnais que j'ai autorisé le Dr Fastolfe à

faire procéder à ces investigations et que ce n'était peut-être pas la sagesse. Je dis bien *peut-être*. J'avoue que je suis tenté d'y mettre fin. Et cependant le Terrien (il feignait d'ignorer la présence de Baley dans la pièce) est déjà ici depuis quelque temps...

Le Président s'interrompit, comme pour donner à Fastolfe l'occasion de le confirmer :

– C'est le troisième jour de son enquête, monsieur le Président.

– Dans ce cas, et avant d'y mettre fin, il serait juste, je crois, de demander s'il a déjà découvert des indices importants.

Il s'interrompit encore une fois. Fastolfe jeta un rapide coup d'œil à Baley et fit un petit geste de la main pour l'inviter à parler.

– Je ne souhaite pas, monsieur le Président, dit Baley d'une voix posée, me permettre des observations si je n'en suis pas prié. Est-ce qu'une question m'est posée ?

Le Président fronça les sourcils. Sans regarder Baley, il déclara :

– Je la pose. Je demande à Mr Baley, de la Terre, s'il a découvert des choses importantes.

Baley respira profondément. C'était son tour.

76

– Monsieur le Président, commença-t-il, hier après-midi j'ai interrogé le Dr Amadiro, qui m'a apporté son concours de bonne grâce et m'a été très utile. Quand mon personnel et moi sommes partis...

– Votre personnel ? interrompit le Président.

– J'étais accompagné par deux robots, durant toutes les phases de mon enquête, monsieur le Président.

– Des robots appartenant au Dr Fastolfe ? demanda

Amadiro. Je tiens à ce que ce soit précisé pour la forme.

— Pour la forme, oui, répondit Baley. L'un d'eux est Daneel Olivaw, un robot humaniforme, et l'autre Giskard Reventlov, un robot non humaniforme, plus ancien.

— Merci, murmura le Président. Continuez.

— Quand nous avons quitté l'enceinte de l'Institut, nous avons constaté que notre aéroglisseur avait été saboté.

— Saboté ? s'exclama le Président avec un sursaut. Par qui ?

— Nous ne savons pas, mais cela s'est fait dans l'enceinte de l'Institut. Nous étions là sur invitation, le personnel de l'Institut savait donc que nous viendrions. De plus, personne d'autre n'aurait pu être là sans invitation et à l'insu du personnel de l'Institut. Si la chose était concevable, il faudrait en conclure que le sabotage n'a pu être commis que par quelqu'un du personnel de l'Institut, ce qui est inconcevable, à moins que ce ne fût sur l'ordre du Dr Amadiro en personne, ce qui est tout aussi inconcevable.

— Vous m'avez l'air de beaucoup concevoir l'inconcevable, dit Amadiro. Est-ce que l'aéroglisseur a été examiné par un technicien qualifié, pour confirmer qu'il a réellement été saboté ? Ne pourrait-il s'agir d'une panne accidentelle ?

— Non, monsieur, il n'a pas été examiné, répondit Baley, mais Giskard, qui est qualifié pour conduire un aéroglisseur, et qui a très fréquemment conduit celui-ci, affirme qu'il a été saboté.

— Et il fait partie du personnel du Dr Fastolfe, il est programmé par lui et il reçoit quotidiennement ses ordres de lui, fit observer Amadiro.

— Suggérez-vous... ? demanda Fastolfe.

Amadiro leva benoîtement une main.

— Je ne suggère rien. Je fais une simple déclaration... pour les annales.

Le Président s'agita un peu.

– Si Mr Baley, de la Terre, veut bien continuer.

– Quand l'aéroglisseur est tombé en panne, reprit Baley, nous étions poursuivis.

– Poursuivis ?

– Par d'autres robots. Ils sont arrivés mais, à ce moment, mes robots étaient partis.

– Un instant, dit Amadiro. Dans quel état étiez-vous à ce moment, monsieur Baley ?

– Je n'allais pas parfaitement bien.

– Pas parfaitement bien ? Vous êtes un Terrien, vous n'êtes pas habitué à la vie en dehors du décor artificiel de vos Villes. Vous êtes mal à l'aise à l'Extérieur, n'est-ce pas, monsieur Baley ?

– En effet.

– Et il y avait hier soir un violent orage, comme le Président s'en souvient certainement. Ne serait-il pas plus juste de dire que vous alliez très mal ? Que vous étiez à demi inconscient, sinon mourant ?

– Je me sentais très mal, c'est vrai, avoua Baley.

– Alors comment se fait-il que vos robots étaient partis ? demanda le Président sur un ton sec. N'auraient-ils pas dû rester auprès de vous, si vous étiez malade ?

– Je leur ai ordonné de partir, monsieur le Président.

– Pourquoi ?

– J'ai pensé que c'était préférable et je l'expliquerai si l'on me permet de continuer.

– Je vous écoute.

– Nous étions effectivement poursuivis, car les robots qui nous suivaient sont arrivés peu après le départ des miens. Les poursuivants m'ont demandé où étaient mes robots et j'ai répondu que je les avais renvoyés. C'est ensuite seulement qu'ils m'ont demandé si j'étais malade. J'ai répliqué que je ne l'étais pas et ils m'ont laissé, afin de repartir à la recherche de mes robots.

– A la recherche de Daneel et de Giskard ?

– Oui, monsieur le Président. Il était évident qu'ils avaient reçu des ordres stricts de s'emparer des robots.
– Comment cela « évident » ?
– J'étais manifestement malade, mais ils ont demandé où étaient les robots, avant de s'inquiéter de moi. Et puis, plus tard, ils m'ont abandonné à mon malaise pour aller chercher ces robots. Ils avaient dû recevoir des instructions extrêmement fortes de s'emparer d'eux, sinon il ne leur aurait pas été possible de négliger un être humain visiblement malade. En fait, j'avais prévu cette recherche, et c'est pour cela que je les avais renvoyés. J'estimais qu'il était impératif d'empêcher qu'ils tombent entre des mains non autorisées.
– Monsieur le Président, intervint Amadiro, puis-je continuer l'interrogatoire de Mr Baley sur ce point, afin de montrer ce que vaut sa déclaration ?
– Vous le pouvez.
– Monsieur Baley, vous étiez seul, après le départ de vos robots, n'est-ce pas ?
– Oui, monsieur.
– Par conséquent, vous n'avez aucun enregistrement des événements ? Vous n'êtes pas équipé vous-même pour les enregistrer ? Vous n'aviez pas de système enregistreur ?
– Non aux trois questions, monsieur.
– Et vous étiez malade ?
– Oui, monsieur.
– Affolé ? Trop malade pour bien vous souvenir ?
– Non, je me souviens parfaitement.
– Vous le croyez, mais vous avez fort bien pu délirer, avoir une hallucination. Dans ces conditions, il apparaîtrait que les paroles des robots, et même leur venue, sont choses extrêmement douteuses.
Le Président dit, d'un air songeur :
– Je suis d'accord. Monsieur Baley, en supposant que ce dont vous vous rappelez, ou croyez vous rappeler, soit exact, comment interprétez-vous les événements que vous venez de révéler ?
– J'hésite à faire part de mes pensées à ce sujet,

monsieur le Président, de crainte de diffamer le très estimable Dr Amadiro.

– Comme vous parlez à ma demande et que vos réflexions ne franchiront pas les limites de cette pièce (le Président regarda autour de lui; les niches murales étaient vides de tout robot), il ne peut être question de diffamation à moins que vous me paraissiez parler avec de mauvaises intentions.

– Dans ce cas, monsieur le Président, j'ai pensé qu'il était possible que le Dr Amadiro m'ait retenu dans son bureau plus qu'il n'était nécessaire, afin que l'on ait le temps d'endommager mon véhicule, et qu'il m'ait aussi retenu pour que je parte alors que l'orage avait déjà éclaté, ainsi assuré que je serais malade pendant le trajet. Il a longuement étudié les conditions sociales de la Terre, il me l'a dit lui-même à plusieurs reprises, et il savait donc quelle pourrait être ma réaction à l'orage. Il m'a semblé que son projet était d'envoyer ses robots à notre poursuite pour que, une fois qu'ils auraient rattrapé notre aéroglisseur en panne, ils nous ramènent tous à l'Institut sous prétexte de me soigner pour mon malaise, mais en réalité pour mettre la main sur les robots du Dr Fastolfe.

Amadiro rit tout bas.

– Et quel mobile aurais-je eu pour tout cela ? Vous voyez, monsieur le Président, que ce n'est là qu'un échafaudage de suppositions, que n'importe quelle cour de justice du globe considérerait comme de la diffamation.

Le Président dit sévèrement :

– Monsieur Baley, avez-vous quelque élément pour étayer ces hypothèses ?

– Un raisonnement, monsieur le Président.

Le Président se leva, ce qui lui fit aussitôt perdre de sa prestance.

– Permettez-moi de faire quelques pas, afin que je réfléchisse à ce que je viens d'entendre. Je serai bientôt de retour.

Il partit pour la Personnelle.

Fastolfe se pencha vers Baley, qui l'imita. (Amadiro les observait avec une indifférence nonchalante, comme si tout cela lui importait peu.)

– N'avez-vous rien de mieux à dire ? chuchota Fastolfe.

– Je le crois, si on me le permet, mais le Président n'a pas l'air très bien disposé à mon égard.

– Il ne l'est pas. Jusqu'à présent, vous n'avez réussi qu'à tout aggraver et je ne serais pas surpris si, en revenant, il mettait fin à cette conférence.

Baley soupira et contempla ses souliers.

77

Baley regardait encore ses chaussures quand le Président revint, se rassit, et tourna vers le Terrien une figure dure et plutôt hostile.

– Monsieur Baley, de la Terre ?

– Oui, monsieur le Président ?

– Je pense que vous me faites perdre mon temps, mais je ne veux pas qu'il soit dit que je n'ai pas accordé le droit de parole aux deux parties. Pouvez-vous me donner un mobile qui expliquerait que le Dr Amadiro se soit livré aux actes dont vous l'accusez ?

– Monsieur le Président, dit Baley en désespoir de cause, il y a certainement un mobile, un excellent mobile. Il est fondé sur le fait que le projet du Dr Amadiro, pour coloniser la Galaxie, sera irréalisable si son Institut et lui ne peuvent produire des robots humaniformes. Jusqu'à présent, ils n'en ont produit aucun et ne peuvent en produire aucun. Demandez-lui s'il consent à ce qu'une commission législative visite et examine son Institut, pour voir s'il y a une indication de la production ou d'un avant-projet d'un robot humaniforme fonctionnel. S'il persiste à affirmer que des humaniformes réussis sont sur les chaînes de montage, ou encore au bureau d'études, ou même simplement sous forme de formule théorique, et s'il accepte de le prouver devant une commission qualifiée, je ne dirai rien de plus et je reconnaîtrai que mon enquête n'a abouti à rien.

Baley retint sa respiration.

Le Président regarda Amadiro, qui avait perdu le sourire.

— Je veux bien admettre que nous n'avons pas de robots humaniformes en perspective, pour le moment.

— Alors je vais continuer, reprit Baley après avoir laissé échapper un soupir de soulagement. Le Dr Amadiro peut, naturellement, trouver tous les renseignements dont il a besoin pour son projet, s'il se tourne vers le Dr Fastolfe, qui a toutes les données dans sa tête, mais le Dr Fastolfe refuse toute collaboration à ce sujet.

— Certainement, marmonna Fastolfe. En aucune circonstance, je ne collaborerai.

— Mais, monsieur le Président, continua Baley sans relever ce propos, le Dr Fastolfe n'est pas le seul individu qui détienne le secret du dessin, de la conception et de la construction des robots humaniformes.

— Non? s'exclama le Président. Qui d'autre le détiendrait? Le Dr Fastolfe lui-même est stupéfait par votre déclaration, monsieur Baley.

— Je suis véritablement abasourdi, déclara Fastolfe. A ma connaissance, je suis certainement le seul. Je ne comprends pas du tout ce que veut dire monsieur Baley.

Amadiro insinua, avec un petit sourire sarcastique :

— Je parie du reste que monsieur Baley n'en sait rien non plus.

Baley se sentit acculé. Son regard alla de l'un à l'autre et il vit qu'aucun, pas un, n'était de son côté.

— N'est-il pas vrai que n'importe quel robot humaniforme doit le savoir? Pas consciemment, sans doute, pas d'une telle façon qu'il pourrait donner des explications ou des instructions en la matière, mais l'information doit immanquablement être en lui, n'est-ce pas ? Si un robot humaniforme était correctement interrogé, ses réponses et ses réactions révéleraient son dessin et sa construction. Eventuellement, avec assez de temps, et avec des questions bien formulées, un robot humaniforme donnerait les renseignements permettant de concevoir d'autres robots humaniformes... En un mot, aucune mécanique ne peut être d'une conception secrète, si la mécanique elle-même est disponible pour une étude suffisamment poussée.

Fastolfe parut suffoqué.

– Je comprends ce que vous voulez dire, monsieur Baley, et vous avez raison. Je n'y avais jamais pensé !

– Avec tout le respect que je vous dois, docteur Fastolfe, dit Baley, je dois vous dire que, comme tous les Aurorains, vous êtes d'un orgueil singulièrement individualiste. Vous êtes tellement satisfait d'être le meilleur roboticien, le seul roboticien capable de créer des humaniformes, que vous refusez l'évidence.

Le Président se détendit et se permit un sourire.

– Là, il vous a eu, mon cher docteur. Je me suis demandé pourquoi vous vous entêtiez à affirmer que vous étiez le seul à posséder les connaissances suffisantes pour détruire Jander, alors que cela causait un tort si considérable à votre situation politique. Je vois clairement, maintenant, que vous préfériez sacrifier votre carrière politique plutôt que de renoncer à vos prérogatives.

Fastolfe se hérissa. Quant à Amadiro, il fronça les sourcils et grommela :

– Est-ce que ça a un rapport avec le problème qui nous occupe ?

– Oui, indiscutablement, répliqua Baley en sentant revenir son assurance. Vous ne pouvez pas soustraire directement des informations au Dr Fastolfe. Vous ne pouvez pas ordonner à vos robots de lui faire du mal, de le torturer, par exemple, pour lui faire révéler ses secrets. Vous ne pouvez lui faire du mal vous-même, puisque le Dr Fastolfe est sous la protection de son personnel. Cependant, vous pouvez isoler un robot et le faire enlever par d'autres robots, tandis que l'être humain présent est trop malade pour prendre les mesures nécessaires destinées à vous en empêcher. Tous les événements d'hier après-midi faisaient partie d'un plan improvisé rapidement pour mettre la main sur Daneel, docteur Amadiro. Vous avez sauté sur l'occasion dès que j'ai insisté pour aller vous voir à l'Institut. Si je n'avais pas renvoyé mes robots, si je n'avais pas été tout juste assez lucide pour affirmer que j'allais très bien, si je n'avais pas envoyé vos robots dans une mauvaise direction, vous vous seriez emparé de lui. Et, éventuellement, vous auriez découvert le secret des robots humaniformes, grâce à une longue analyse détaillée du comportement et des réactions de Daneel.

– Monsieur le Président, je proteste! s'exclama Amadiro. Je n'ai jamais entendu proférer d'aussi odieuses diffamations. Tout cela est né des fantasmes d'un malade. Nous ne savons pas, et nous ne saurons peut-être jamais, si l'aéroglisseur a réellement été saboté et, s'il l'a été, par qui, ni si des robots ont réellement suivi ce véhicule, ont réellement parlé à monsieur Baley ou non. Il ne fait qu'empiler les unes sur les autres des hypothèses et des insinuations, le tout fondé sur son douteux témoignage au sujet d'événements dont il a été l'unique témoin, et cela à un moment où il était à moitié fou de terreur et souffrait probablement d'hallucinations. Absolument rien de tout cela ne serait recevable dans un tribunal.

– Nous ne sommes pas dans un tribunal, docteur Amadiro, dit le Président, et mon devoir est d'écouter tout ce qui se rapporte à la question qui fait l'objet de ces débats.

– Cela ne s'y rapporte pas, monsieur le Président! Ce n'est qu'une toile d'araignée.

– Pourtant, cela m'a l'air de se tenir. Je ne puis

surprendre monsieur Baley en défaut flagrant de logique. Si l'on admet ce qu'il prétend avoir vécu, alors ses conclusions sont plutôt raisonnables. Niez-vous tout en bloc, docteur Amadiro ? Le sabotage de l'aéroglisseur, la poursuite, l'intention de vous approprier le robot humaniforme ?

– Absolument ! Je le nie absolument ! Rien de tout cela n'est vrai ! s'écria Amadiro. (Il y avait assez longtemps qu'on ne le voyait plus sourire.) Le Terrien peut produire un enregistrement de toute notre conversation et sans aucun doute il fera observer que je l'ai retenu en parlant d'abondance, en l'invitant à visiter l'Institut, en l'invitant à dîner, mais tout cela s'interprète aussi comme une intention de faire le maximum pour me montrer courtois et hospitalier. Je me suis laissé égarer par une certaine sympathie que j'éprouve pour les Terriens, sans doute, mais c'est tout. Je nie toutes ses insinuations et ses fausses conclusions et rien de ce qu'il dit ne peut être soutenu contre mes dénégations. Ma réputation est telle que de simples spéculations ne persuaderont jamais personne que je suis le genre de comploteur sournois que prétend ce Terrien.

Le Président se gratta le menton, d'un air songeur.

– Il est certain que je ne vais pas vous accuser en me fondant sur ce que le Terrien a dit jusqu'ici... Monsieur Baley, si c'est tout ce que vous avez à dire, c'est intéressant mais insuffisant. Vous n'avez pas de révélations plus concluantes, plus substantielles ? Je vous avertis que, si c'est tout, je vous ai maintenant accordé le temps que je pouvais me permettre de vous accorder.

78

– Il n'y a plus qu'un sujet que je voudrais aborder, monsieur le Président, dit Baley. Vous avez sans doute entendu parler de Gladia Delamarre, ou Gladia Solaria. Elle-même se nomme simplement Gladia.

– Oui, monsieur Baley, répondit le Président avec un peu d'agacement dans la voix. J'ai entendu parler d'elle. Nous avons vu cette émission où vous et elle teniez des rôles si remarquables.

– Elle a été en relation avec ce robot, Jander, pendant plusieurs mois. En fait, vers la fin, il était son mari.

L'expression méfiante du Président se changea en fureur.

– Son *quoi* ?

– Son mari, monsieur le Président.

Fastolfe, qui s'était à moitié levé, retomba dans son fauteuil, l'air perturbé.

– C'est illégal, déclara le Président d'une voix dure. Pire, c'est ridicule. Un robot ne pourrait l'imprégner. Il ne pourrait y avoir d'enfants. Le statut de mari ou de femme n'est jamais accordé sans une déclaration quant à la volonté d'avoir un enfant si l'autorisation est donnée. Même un Terrien, il me semble, devrait le savoir.

– Je le sais, monsieur le Président. Et Gladia aussi, j'en suis certain. Elle n'employait pas le mot « mari » dans son sens légal, mais dans un sens émotionnel. Elle considérait Jander comme l'équivalent d'un mari. Elle éprouvait pour lui les sentiments d'une femme pour son mari.

Le Président se tourna vers Fastolfe.

– Etiez-vous au courant de cela, docteur Fastolfe? C'était un robot de votre personnel.

Fastolfe, manifestement embarrassé, bredouilla :

– Je savais qu'elle avait de l'affection pour lui. Je la

soupçonnais de se servir de lui sexuellement. Mais j'ignorais tout de cette comédie illégale, avant que monsieur Baley n'en parle.

– Elle est solarienne, dit Baley. Son concept du « mari » n'est pas aurorain.

– C'est évident ! s'exclama le Président.

– Mais elle avait suffisamment le sens des réalités pour garder cela pour elle, monsieur le Président. Elle n'a jamais parlé de cette comédie, comme l'appelle le Dr Fastolfe, à des Aurorains. Elle m'a avoué cela avant-hier, parce qu'elle voulait m'exhorter à poursuivre une enquête qui a beaucoup d'importance pour elle. Malgré tout, je pense qu'elle n'aurait pas employé ce mot si elle n'avait pas su que je suis Terrien, et capable par conséquent de comprendre le sens qu'elle lui donnait, et non le sens aurorain.

– Bien, dit le Président, je lui accorde au moins un minimum de bon sens, pour une Solarienne. Etait-ce là cet autre sujet que vous vouliez aborder ?

– Oui, monsieur le Président.

– Dans ce cas, il n'a aucun rapport avec l'affaire et ne peut jouer aucun rôle dans nos délibérations.

– Monsieur le Président, il y a encore une question, une seule, que je dois poser. Une question. Quelques mots et j'en aurai fini.

Baley parla sur le ton le plus persuasif possible, car tout dépendait de cela.

Le Président hésita.

– Accordé. Une dernière question.

– Merci, monsieur le Président.

Baley avait envie de la hurler, sa question, mais il se retint. Il n'éleva même pas la voix. Il ne montra pas du doigt. Tout en dépendait. Tout avait abouti à cela et pourtant il se rappela l'avertissement de Fastolfe et demanda d'un air presque indifférent :

– Comment se fait-il que le Dr Amadiro savait que Jander était le mari de Gladia ?

– Quoi ? s'écria le Président en haussant ses sourcils broussailleux. Qui a dit qu'il était au courant ?

Comme on lui posait une question directe, Baley put continuer :

– Demandez-le lui, monsieur le Président.

Il fit simplement un signe de tête pour désigner Amadiro, qui s'était levé et le contemplait avec une horreur évidente.

79

Baley répéta, tout doucement, pour ne pas trop détourner d'Amadiro l'attention générale :

– Demandez-le lui, monsieur le Président. Il paraît très troublé.

– Qu'est-ce que ça signifie, docteur Amadiro ? Saviez-vous que ce robot était le prétendu mari de la Solarienne ?

Amadiro bafouilla, puis il pinça les lèvres un moment et se reprit. La pâleur qui avait envahi sa figure avait disparu, laissant la place à une sombre rougeur.

– Je ne comprends rien à cette accusation grotesque, monsieur le Président. Je ne sais pas du tout ce que cela signifie.

– Me permettez-vous de l'expliquer, monsieur le Président ? Très brièvement ? demanda Baley.

(N'allait-on pas l'en empêcher ?)

– Je vous le conseille, répliqua sévèrement le Président. Si vous avez une explication, je serais curieux de l'entendre.

– Monsieur le Président, j'ai eu une longue conversation avec le Dr Amadiro, hier après-midi. Comme son intention était de me retenir jusqu'à ce que l'orage éclate, il a parlé plus longuement qu'il ne le prévoyait et, apparemment, plus imprudemment. Quand il a été question de Gladia, il a parlé de Jander, négligemment, comme de son mari. J'aimerais savoir comment il avait connaissance de cela.

— Est-ce vrai, docteur Amadiro ? demanda le Président.

Amadiro était toujours debout, presque comme un accusé devant ses juges.

— Que ce soit vrai ou non n'a aucun rapport avec l'affaire dont nous délibérons, marmonna-t-il.

— Peut-être pas, mais je suis stupéfait par votre réaction à cette question, quand elle a été posée. Il me semble qu'il y a une signification à cela, que monsieur Baley et vous comprenez tous deux, mais qui m'échappe. J'aimerais comprendre aussi, par conséquent. Etiez-vous ou n'étiez-vous pas au courant de ces impossibles rapports entre Jander et la Solarienne ?

— Je n'avais aucun moyen de le savoir, répondit Amadiro d'une voix étranglée.

— Ce n'est pas une réponse, riposta le Président. Vous jouez sur les mots, je vous demande un souvenir et vous me proposez un jugement. Avez-vous ou n'avez-vous pas fait la déclaration qui vous est attribuée ?

— Avant qu'il réponde, intervint Baley, plus sûr de lui maintenant que le Président était motivé par la morale bafouée, il est juste que je rappelle au Dr Amadiro que Giskard, un robot également présent pendant notre entrevue peut, si on le lui demande, répéter toute la conversation, mot pour mot, en employant la voix et les intonations de chaque interlocuteur. En un mot, la conversation a été enregistrée.

La colère d'Amadiro éclata.

— Monsieur le Président, ce robot, Giskard, a été conçu, construit et programmé par le Dr Fastolfe, qui s'annonce lui-même comme le meilleur roboticien de l'Univers et qui est aigrement opposé à moi. Pouvez-vous vous fier à un enregistrement offert par un tel robot ?

— Peut-être devriez-vous écouter l'enregistrement et en juger par vous-même, monsieur le Président ? hasarda Baley.

— Je le devrais sans doute. Je ne suis pas ici, Amadiro, pour me faire dicter mes jugements et décisions. Mais laissons cela de côté pour le moment. Sans tenir compte des enregistrements, Amadiro, souhaitez-vous déclarer officiellement que vous ne saviez pas que la Solarienne considérait son robot comme son mari et que vous n'avez jamais fait allusion à lui comme à un mari ? Et tâchez de ne pas oublier, comme vous devriez le savoir tous deux en votre qualité de législateurs, que bien qu'aucun robot ne soit présent, cette conversation tout entière est enregistrée par mon appareil personnel, dit le Président en tapotant sa poche. Alors répondez, Amadiro. Oui ou non ?

Amadiro répondit, avec quelque chose de désespéré dans l'expression :

— Monsieur le Président, très sincèrement, je suis incapable de me rappeler ce que j'ai dit au cours d'une conversation à bâtons rompus. Si j'ai prononcé ce mot, et je ne l'avoue pas, ce peut être à la suite d'un vague souvenir, d'une autre conversation à bâtons rompus avec une autre personne, qui aurait observé que Gladia avait l'air si amoureuse de son robot qu'on l'eût pris pour son mari.

— Et avec qui avez-vous eu cette autre conversation à bâtons rompus ? Qui vous a dit cela ? demanda le Président.

— Là, sur le moment, je ne saurais le dire.

— Monsieur le Président, intervint de nouveau Baley, si le Dr Amadiro avait l'obligeance de nous faire une liste de toutes les personnes qui *auraient pu* employer ce mot, au cours d'une conversation avec lui, nous aurions la possibilité de les interroger à tour de rôle, pour voir si l'une d'elles se souvient d'avoir fait cette réflexion.

— J'espère, monsieur le Président, protesta Amadiro, que vous tiendrez compte de l'effet qu'un interrogatoire de ce genre ferait sur le moral de l'Institut.

— J'espère que vous en tiendrez compte aussi, Amadiro, et que vous allez nous donner une réponse plus satisfaisante, afin que nous ne soyons pas contraints à cette extrémité.

– Un instant, monsieur le Président, dit Baley aussi obséquieusement qu'il le put. Il reste encore une question.

– Encore ? Encore une ? (Le Président regarda Baley sans aucune aménité.) Laquelle ?

– Pourquoi le Dr Amadiro se débat-il tellement pour éviter de reconnaître qu'il était au courant des rapports de Jander et de Gladia ? Il dit que c'est sans lien avec l'affaire. Dans ce cas, pourquoi ne pas reconnaître qu'il était au courant, et qu'il n'en soit plus question ? Moi, je dis qu'il y a un lien et que le Dr Amadiro sait que son aveu pourrait être utilisé pour démontrer une activité criminelle de sa part.

– Cette expression est intolérable, tonna Amadiro, et j'exige des excuses immédiates !

Fastolfe eut un mince sourire et Baley pinça fortement les lèvres. Il avait poussé Amadiro à bout.

Le Président rougit d'une manière presque alarmante et s'emporta :

– Vous exigez ! Vous *exigez* ? De qui exigez-vous ? Je suis le Président. J'écoute tous les points de vue avant de prendre une décision et de suggérer ce qui doit être fait à mon avis. Laissez-moi entendre ce que le Terrien a à dire sur son interprétation de vos actes. S'il vous diffame, il sera puni, soyez-en assuré, et vous pouvez être certain que je m'en tiendrai à la lettre de la Loi. Mais vous, Amadiro, vous n'avez rien à exiger de moi. Parlez, Terrien. Dites ce que vous avez à dire, mais faites très, très attention.

– Merci, monsieur le Président. En réalité, il n'y a qu'un Aurorain à qui Gladia a révélé le secret de ses rapports avec Jander...

Le Président interrompit :

– Eh bien, qui est-ce ? Ne me jouez pas un de vos tours en hypervision !

– Je n'ai rien à déclarer que de très simple, monsieur le Président. Ce seul Aurorain est, bien entendu,

Jander lui-même. C'était peut-être un robot, mais un habitant d'Aurora, et on pourrait le considérer comme un Aurorain. Gladia a sûrement dû, dans sa passion, l'appeler « mon mari ». Comme le Dr Amadiro a admis qu'il avait pu entendre cela d'une personne qui lui aurait parlé des rapports conjugaux de Jander avec Gladia, n'est-il pas logique de supposer qu'il a entendu cela de la bouche de Jander ? Le Dr Amadiro accepterait-il, tout de suite, d'affirmer pour la bonne forme qu'il n'a jamais parlé à Jander pendant la période où Jander faisait partie du personnel de Gladia ?

Deux fois, Amadiro ouvrit la bouche et la referma, sans proférer le moindre son.

– Eh bien ? demanda le Président. Avez-vous parlé à Jander pendant cette période, Amadiro ?

Toujours pas de réponse. Baley murmura :

– S'il lui a parlé, cela a un rapport très net avec l'affaire qui fait l'objet de cette réunion.

– Je commence à le penser, monsieur Baley. Eh bien, Amadiro, encore une fois... Oui ou non ?

Et Amadiro explosa :

– Quelle preuve a ce Terrien contre moi ? Est-ce qu'il a un enregistrement d'une conversation que j'aurais eue avec Jander ? Est-ce qu'il a des témoins prêts à dire qu'ils m'ont vu avec Jander ? Est-ce qu'il a quelque preuve, en dehors de toutes ses élucubrations ?

Le Président se tourna vers Baley, qui dit :

– Monsieur le Président, si je n'ai aucune preuve, alors le Dr Amadiro ne devrait pas hésiter à nier, bien fort et pour la bonne forme, tout contact avec Jander... mais il ne le fait pas. Il se trouve qu'au cours de cette enquête j'ai parlé au Dr Vasilia Aliena, la fille du Dr Fastolfe. Je me suis également entretenu avec un jeune Aurorain, Santirix Gremionis. Dans les enregistrements de ces deux entrevues, on verra que le Dr Vasilia a encouragé Gremionis à faire la cour à Gladia. Vous pouvez interroger le Dr Vasilia sur la raison qu'elle avait de le faire, et si cette action ne lui avait pas été suggérée par le Dr Amadiro. Il apparaît aussi que Gremionis avait l'habitude de faire de longues promenades avec Gladia, promenades qui leur plaisaient à tous deux, et où ils n'étaient pas accompagnés par le robot Jander. Vous pouvez le vérifier si vous le désirez, monsieur le Président.

– Je le ferai peut-être, mais si cela est vrai, qu'est-ce que ça démontre ?

– J'ai dit que, en dehors du Dr Fastolfe, le secret du robot humaniforme pouvait être obtenu uniquement de Daneel lui-même. Avant la mort de Jander il pouvait l'être, tout aussi facilement, de Jander. Alors que Daneel faisait partie du personnel du Dr Fastolfe et n'était pas facile à atteindre, Jander était dans l'établissement de Gladia qui, n'étant pas aussi avisée que le Dr Fastolfe, voyait moins que lui la nécessité de protéger un robot.

» N'est-il pas vraisemblable que le Dr Amadiro a profité des absences périodiques de Gladia, quand elle se promenait avec Gremionis, pour se mettre en rapport et s'entretenir avec Jander, peut-être par vision holographique, pour étudier ses réactions, le soumettre à divers tests, et puis effacer toute trace de ces entretiens pour que Jander ne puisse jamais en parler à Gladia ? Il est possible qu'il ait été bien près de découvrir ce qu'il voulait savoir, avant que sa tentative échoue quand Jander a cessé de fonctionner. Il se serait alors intéressé à Daneel. Il pensait qu'il ne lui restait plus qu'à faire quelques tests et observations. Il aura donc tendu son piège hier soir, comme je l'ai exposé plus tôt dans mon... mon témoignage.

Le Président murmura :

– Maintenant, tout se tient. Je suis presque forcé de vous croire.

– Le point final, et je n'aurai vraiment plus rien à dire, reprit Baley. En examinant et en testant Jander, il est tout à fait possible que le Dr Amadiro ait accidentellement, et sans la moindre intention, immobilisé Jander et commis ainsi le roboticide.

Amadiro, fou de rage, hurla :

– Non ! Jamais ! Rien de ce que j'ai fait à ce robot n'a pu l'immobiliser !

Fastolfe intervint :

– Je suis d'accord, monsieur le Président. Moi non plus, je ne crois pas que le Dr Amadiro a bloqué Jander. Cependant, monsieur le Président, ce que vient de dire à l'instant le Dr Amadiro m'apparaît comme l'aveu implicite qu'il a bien travaillé avec Jander, et que l'analyse de monsieur Baley de la situation est essentiellement exacte.

Le Président hocha la tête.

– Je suis contraint d'en convenir, docteur Fastolfe... Docteur Amadiro, vous insistez pour nier tout cela en bloc, officiellement, et cela peut m'obliger à ordonner un complément d'enquête. Je pense, à ce stade, que cela risque fort probablement de se retourner contre vous. Je vous conseille de ne pas m'y forcer, de ne pas affaiblir encore votre position dans la Législature et, par la même occasion, d'affaiblir celle de la politique suivie par Aurora.

» A mon avis, avant cette regrettable affaire de l'immobilisation de Jander, le Dr Fastolfe bénéficiait d'une majorité dans la Législature – pas très grande, je veux bien – pour ce qui était de la question de la colonisation de la Galaxie. Vous auriez pu attirer suffisamment de législateurs dans votre camp, en poursuivant l'affaire de la prétendue responsabilité du Dr Fastolfe dans l'immobilisation de Jander et gagner ainsi la majorité. Mais maintenant le Dr Fastolfe, s'il le souhaite, peut inverser la situation en vous accusant, vous, de l'immobilisation et d'avoir, de plus, cherché à accumuler de fausses preuves, pour étayer vos accusations, et vous perdriez.

» Si je n'interviens pas, il est fort possible que vous, docteur Amadiro, et vous, docteur Fastolfe, animés par votre entêtement, ou même votre vindicte, rassembliez tous deux vos forces et vous accusiez mutuellement de toutes sortes de méfaits. Nos forces politiques, ainsi que notre opinion publique, seraient abominablement divisées, sans aucun espoir, au très grand dommage de notre planète.

» Je crois que dans ces conditions la victoire de Fastolfe, tout en étant inévitable, serait extrêmement coûteuse. Mon devoir de Président serait alors d'influencer d'abord le scrutin en sa faveur et ensuite de faire pression sur vous et votre faction, docteur Amadiro, pour accepter la victoire de Fastolfe d'aussi bonne grâce que possible, et de l'accepter sans plus tarder, pour le bien d'Aurora.

– Je ne cherche pas une victoire écrasante, monsieur le Président, dit Fastolfe. Je propose encore une fois un compromis, par lequel Aurora, les autres mondes spatiens et aussi la Terre seraient également libres de s'établir partout dans la Galaxie. En échange, je me ferais un plaisir de rejoindre l'Institut de Robotique, de mettre ma connaissance des robots humaniformes à sa disposition et ainsi de faciliter ses projets, à condition qu'il renonce officiellement à tout projet de représailles contre la Terre, à quelque moment que ce soit dans l'avenir. Je propose de rédiger cela sous forme de traité dont nous-mêmes et la Terre serions les signataires.

Le Président approuva.

– C'est une suggestion fort sage et digne d'un homme d'Etat. Puis-je avoir votre accord sur cela, docteur Amadiro ?

Amadiro se rassit. Il était l'image même de la défaite.

– Je n'ai recherché ni le pouvoir personnel ni la satisfaction de la victoire. Je ne voulais que le bien d'Aurora, ce que je sais être son bien, et je suis convaincu que ce projet du Dr Fastolfe signifiera la fin d'Aurora, un jour ou l'autre. Cependant, je reconnais qu'en ce moment je ne peux rien contre ce qu'a fait ce Terrien et je suis forcé d'accepter la suggestion du Dr Fastolfe... tout en demandant l'autorisation de m'adresser à la Législature à ce sujet, et d'exposer, pour la bonne forme, mes craintes quant aux conséquences.

– Nous le permettrons, naturellement, répondit le Président. Et si je puis vous donner un conseil, docteur Fastolfe, vous ferez en sorte que ce Terrien quitte notre planète le plus vite possible. Il vous a aidé à imposer votre point de vue, mais cette victoire ne sera pas très populaire si les Aurorains ont trop de temps pour y réfléchir et y voir une victoire des Terriens sur les Aurorains.

– Vous avez parfaitement raison, monsieur le Président, et monsieur Baley partira très vite, avec mes remerciements et, j'espère, les vôtres aussi.

– Ma foi, dit le Président sans trop de bonne grâce, puisque son ingéniosité nous a épargné un douloureux conflit politique, il a droit à mes remerciements... Je vous remercie, monsieur Baley.

XIX

Baley

80

Baley les regarda partir, de loin. Le Dr Amadiro et le Président étaient arrivés ensemble, mais ils s'en allèrent séparément.

Fastolfe revint, après les avoir accompagnés, et ne cacha pas son immense soulagement.

– Venez, Baley, dit-il, vous allez déjeuner avec moi et ensuite, dès que ce sera possible, vous repartirez pour la Terre.

Son personnel robotique était déjà visiblement prévenu et s'activait.

Baley hocha la tête et dit ironiquement :

– Le Président a réussi à me remercier, mais ça lui restait manifestement dans la gorge.

– Vous n'avez aucune idée de l'honneur qu'il vous a fait. Le Président remercie très rarement quelqu'un, mais aussi personne ne remercie jamais le Président. On laisse toujours à la postérité le soin de chanter ses louanges et celui-ci est en fonction, au service du pays, depuis plus de quarante ans. Il est devenu bougon et irritable, comme presque tous les Présidents dans les dernières décennies de leur mandat.

» Cependant, Mr Baley, une fois de plus je vous

remercie moi-même et, par mon intermédiaire, Aurora vous remerciera. Vous vivrez assez longtemps, même avec votre courte vie, pour voir les Terriens conquérir l'espace et nous vous aiderons avec notre technologie.

» Comment vous avez réussi à résoudre notre problème en deux jours et demi – même moins –, je ne le comprendrai jamais, Baley. Vous avez véritablement du génie... Mais venez, vous voulez certainement vous laver et vous reposer un peu. Je sais que moi-même j'en ai besoin.

Pour la première fois depuis l'arrivée du Président, Baley eut le temps de penser à autre chose qu'à sa phrase suivante.

Il ne savait toujours pas quelle était l'idée qui lui était venue par trois fois, d'abord au moment de s'endormir, puis à l'instant de perdre connaissance et enfin dans l'apaisement post-coïtal.

« Il était là avant. »

Cela ne signifiait toujours rien, et pourtant il avait amené le Président à ses vues. Alors, est-ce que c'était significatif, si cela faisait partie d'un mécanisme sans corrélation aucune et qui ne paraissait pas indispensable ? Etait-ce un non-sens ?

Cela continua de l'irriter quand il se mit à table, en vainqueur mais sans le moindre sentiment de victoire. Il avait l'impression que le plus important lui échappait encore.

Et d'abord, est-ce que le Président serait fidèle à sa résolution ? Amadiro avait perdu la bataille mais ne faisait pas du tout l'effet d'un homme prêt à céder. Mais mieux valait lui rendre justice et supposer qu'il pensait sincèrement ce qu'il disait, qu'il n'avait pas été poussé par une vanité personnelle mais par son patriotisme d'Aurorain. Dans ce cas, il ne pourrait pas renoncer.

Baley jugea nécessaire d'en avertir Fastolfe.

– Docteur Fastolfe, je ne crois pas que ce soit fini. Le Dr Amadiro va continuer de lutter pour exclure la Terre.

Fastolfe hocha la tête, alors qu'on leur servait le repas.

– Je n'en doute pas un instant. Je m'y attends. Mais je ne crains rien, tant qu'il ne sera plus question de l'immobilisation de Jander. Cette affaire mise de côté, je suis sûr de pouvoir déjouer les manœuvres d'Amadiro dans la Législature. N'ayez pas peur, Baley, la Terre ne sera pas exclue. Et vous n'avez pas non plus à craindre pour votre personne une vengeance d'Amadiro. Vous allez quitter la planète et retourner chez vous avant le coucher du soleil. Et Daneel vous accompagnera, naturellement. De plus, le rapport que nous enverrons vous assurera, une fois de plus, une intéressante promotion.

– J'ai hâte de partir, avoua Baley, mais j'espère que j'aurai le temps de faire mes adieux. J'aimerais... j'aimerais revoir une dernière fois Gladia, et dire aussi au revoir à Giskard, qui m'a probablement sauvé la vie hier soir.

– Très certainement, Baley. Mais mangez donc, je vous en prie.

Baley mangea, mais du bout des dents et sans rien savourer. Comme la confrontation avec le Président et la victoire qui avait suivi, les plats lui paraissaient singulièrement fades.

Il n'aurait pas dû gagner. Le Président aurait dû le faire taire. Amadiro aurait dû tout nier plus vigoureusement. Sa parole aurait été acceptée contre celle du Terrien, ou son raisonnement.

Mais Fastolfe jubilait.

– Je craignais le pire, dit-il. J'avais peur que cette réunion avec le Président soit prématurée et que rien de ce que vous pourriez dire ne parvienne à sauver la situation. Pourtant, vous vous êtes admirablement débrouillé. En vous écoutant, j'étais éperdu d'admiration. Je m'attendais à tout instant à ce qu'Amadiro exige qu'on préfère sa parole à celle d'un Terrien qui, après tout, était dans un état de demi-folie, sur une planète inconnue, en plein air...

— Sauf le respect que je vous dois, docteur Fastolfe, interrompit assez froidement Baley, je n'étais pas dans un état de demi-folie. Hier soir, c'était exceptionnel et c'est le seul moment où j'ai perdu le contrôle de moi-même. Pendant tout le reste de mon séjour ici, j'ai été parfois mal à l'aise, de temps en temps, mais j'ai toujours conservé toute ma lucidité. (Un peu de la colère qu'il avait réprimée à grand-peine durant la conversation avec le Président s'exprimait maintenant.) C'est seulement pendant l'orage, monsieur, et aussi, naturellement, pendant quelques instants dans le vaisseau spatial, avant l'atterrissage...

Baley ne sut absolument pas de quelle manière la pensée, le souvenir, l'interprétation lui vint, ni à quelle rapidité. L'idée n'existait pas et puis soudain, à l'instant suivant, elle était là, nette dans son esprit, comme elle l'avait toujours été et n'avait besoin que de la brusque déchirure d'un voile, de l'éclatement d'une bulle de savon pour resplendir.

— Par Josaphat ! murmura-t-il en abattant son poing sur la table au risque de casser la vaisselle. Par Josaphat !

— Qu'y a-t-il, Baley ? s'étonna le Dr Fastolfe.

Baley le regarda fixement et n'entendit la question qu'avec du retard.

— Rien, docteur Fastolfe. Je pensais simplement à l'infernal toupet d'Amadiro, infligeant ces dommages à Jander et essayant ensuite de rejeter le blâme sur vous, s'arrangeant pour me rendre à moitié fou sous l'orage, hier soir, pour ensuite se servir de cela pour faire douter de mes déclarations. J'étais simplement... momentanément... furieux.

— Vous n'avez pas à l'être, Baley. En réalité, il est tout à fait impossible qu'Amadiro ait immobilisé Jander. Je persiste à penser que c'était un accident fortuit... Certes, il est possible que les investigations d'Amadiro aient accru les risques d'un tel accident, mais je préfère ne pas en discuter.

Baley n'entendit cela que d'une oreille. Ce qu'il

venait de dire à Fastolfe était une pure invention et ce que répondait Fastolfe n'avait aucune importance. C'était (comme l'aurait dit le Président) sans rapport avec l'affaire. En fait, tout ce qui s'était passé, tout ce qu'il avait lui-même expliqué, ne comptait pas... Mais cela ne changeait rien.

Sauf un détail... au bout d'un moment.

Par Josaphat ! pensa-t-il encore une fois, et il attaqua soudain son repas, avec grand appétit et avec joie.

81

Une fois de plus, Baley traversait la longue pelouse, entre l'établissement de Fastolfe et celui de Gladia. Il allait la voir pour la quatrième fois en trois jours et (son cœur se serra à cette pensée) pour la dernière.

Giskard l'accompagnait, mais à distance, plus préoccupé que jamais par ce qui les entourait. Pourtant, maintenant que le Président était au courant de tout, il n'était sûrement plus nécessaire de s'inquiéter pour la sécurité du Terrien, si jamais il y avait eu une raison. Finalement, c'était Daneel qui avait été en danger. Giskard n'avait probablement pas encore reçu de nouvelles instructions à ce sujet.

Une fois seulement il s'approcha de Baley, et à la demande de ce dernier qui l'appela pour lui demander :

– Giskard, où est Daneel ?

Rapidement, Giskard couvrit la distance qui les séparait, comme s'il lui répugnait de parler autrement qu'à voix basse.

– Daneel est en route vers le cosmoport, monsieur, en compagnie de plusieurs autres robots du personnel, pour prendre des dispositions en vue de votre retour sur la Terre. Quand vous serez conduit au cosmoport, il vous y attendra et il sera dans le vaisseau avec vous. Il vous fera ses adieux au moment de vous quitter, une fois sur Terre.

– Voilà une bonne nouvelle. J'apprécie chaque instant passé en compagnie de Daneel. Et toi, Giskard? Viendras-tu avec nous?

– Non, monsieur. J'ai l'ordre de rester sur Aurora. Mais Daneel vous servira aussi bien en mon absence.

– J'en suis certain, Giskard. Il n'empêche que tu vas me manquer.

– Merci, monsieur, dit Giskard, et il battit en retraite aussi rapidement qu'il s'était approché.

Baley le suivit des yeux, en réfléchissant... Mais non, procédons par ordre, se dit-il. Il devait d'abord voir Gladia.

82

Elle s'avança à sa rencontre pour l'accueillir et il pensa que tout avait changé en deux jours. Elle n'était pas joyeuse, elle ne dansait pas, elle n'était pas rayonnante; elle avait toujours la mine grave d'une personne qui a subi un choc et une grande perte... mais l'aura d'inquiétude qui l'avait entourée s'était dissipée. Il émanait d'elle à présent une espèce de sérénité, comme si elle avait compris que la vie continuait malgré tout et qu'elle pourrait même, à l'occasion, être douce.

Ce fut avec un sourire chaleureux et amical qu'elle s'approcha et lui tendit la main.

– Ah, prenez-la, prenez-la, Elijah, dit-elle comme il hésitait. C'est ridicule de vous retenir et de faire semblant que vous ne voulez pas me toucher, après hier soir. Vous voyez, je m'en souviens encore et je ne regrette rien. Bien au contraire.

Baley n'eut pas à se forcer pour lui rendre son sourire.

– Je m'en souviens aussi, Gladia, et je ne regrette rien non plus. J'aimerais même recommencer, mais je suis venu vous faire mes adieux.

La figure de Gladia s'assombrit.

– Ainsi, vous repartez pour la Terre. Pourtant, le réseau de renseignements de robots, qui fonctionne constamment entre l'établissement de Fastolfe et le mien, m'a appris que tout s'est bien passé. Vous ne pouviez absolument pas échouer.

– Je n'ai pas échoué. Le Dr Fastolfe a même remporté une victoire totale. Je crois qu'aucune insinuation ne sera faite selon laquelle il aurait pu d'une façon ou d'une autre être responsable de la mort de Jander.

– A cause de ce que vous avez dit, Elijah ?

– Je crois.

– J'en suis certaine, dit-elle avec une certaine satisfaction. Je savais que vous réussiriez quand je leur ai dit de vous faire venir pour élucider l'affaire... Mais alors, pourquoi êtes-vous renvoyé chez vous ?

– Précisément parce que l'affaire est résolue. Si je restais ici plus longtemps, je serais un élément étranger irritant pour le corps politique, apparemment.

Elle le regarda un moment d'un air sceptique, puis elle dit :

– Je ne comprends pas très bien ce que vous entendez par là. Ce doit être une expression terrienne. Mais peu importe. Avez-vous pu découvrir qui a tué Jander ? C'est ça qui est le plus important.

Baley se tourna de tous côtés. Giskard était dans une niche, un des robots de Gladia dans une autre.

Elle interpréta sans difficulté son regard.

– Voyons, Elijah, vous devez cesser de vous soucier des robots. Vous ne vous inquiétez pas de la présence de ce fauteuil, n'est-ce pas ? Ni de ces rideaux ?

– Vous avez raison... Eh bien... Je suis navré, Gladia, terriblement navré mais j'ai dû leur dire que Jander était votre mari.

Elle ouvrit de grands yeux et il se hâta d'expliquer :

– C'était indispensable. C'était essentiel à l'affaire,

mais je vous promets que cela ne compromettra pas votre situation à Aurora.

Aussi brièvement qu'il le put, il fit un petit résumé de la confrontation et conclut :

— Ainsi, vous voyez, personne n'a tué Jander. L'immobilisation fut le résultat d'une modification accidentelle dans ses circuits positroniques, encore qu'il soit possible que les risques d'accident aient été aggravés par ce qui se passait.

— Et je n'en savais rien, gémit-elle. Dire que je ne me suis jamais doutée de rien ! J'ai été complice de cet odieux projet d'Amadiro... Et c'est lui le responsable, tout autant que s'il avait délibérément cassé Jander à coups de marteau !

— Gladia, protesta Baley, ce n'est pas charitable. Il n'avait aucune intention de lui faire du mal et il agissait, dans son idée, pour le bien d'Aurora. Il est assez puni. Il est vaincu, ses projets sont réduits à néant et l'Institut de Robotique va tomber entre les mains de Fastolfe. En dépit de tous vos efforts, vous n'auriez pu trouver vous-même de châtiment plus approprié.

— J'y réfléchirai... Mais que vais-je faire avec Santirix Gremionis, ce beau jeune valet dont la mission était de m'attirer au-dehors, loin de chez moi ? Pas étonnant qu'il se soit entêté à revenir malgré mes refus répétés. Eh bien, il peut revenir et j'aurai le plaisir de...

Baley secoua vigoureusement la tête.

— Non, Gladia ! Je l'ai interrogé et je vous assure qu'il ne savait absolument pas ce qui se passait. Il était tout aussi abusé que vous. Vous voyez même les choses à l'envers. Il ne persévérait pas parce qu'il était important de vous attirer loin de chez vous; il était utile à Amadiro justement à cause de sa persévérance, et s'il persévérait c'était par estime pour vous. Par amour, si le mot a la même signification à Aurora que sur la Terre.

— A Aurora, c'est de la chorégraphie. Jander était un robot et vous étiez un Terrien. C'est différent, avec les Aurorains.

– Vous me l'avez expliqué. Mais, Gladia, grâce à Jander, vous avez appris à recevoir; grâce à moi (sans que je le veuille), vous avez appris à donner. Si cela vous a été bénéfique, il n'est que juste et bon que vous enseigniez à votre tour. Gremionis défie déjà les conventions auroraines en persévérant malgré vos refus. Il continuera de les défier. Vous pouvez lui apprendre à donner et à recevoir, et vous apprendrez à faire les deux par alternance, ensemble, avec lui.

Gladia regarda Baley dans les yeux.

– Elijah, cherchez-vous à vous débarrasser de moi ?

Lentement, Baley hocha la tête.

– Oui, Gladia. En ce moment, je ne veux que votre bonheur, plus que je n'ai jamais rien voulu pour moi ou pour la Terre. Je ne peux pas vous apporter le bonheur, mais si Gremionis peut vous le donner, je serai aussi heureux – presque aussi heureux – que si je vous faisais moi-même ce cadeau.

» Gladia, vous verrez, il vous surprendra peut-être par son empressement à renoncer à la chorégraphie, quand vous lui montrerez comment faire. Et la rumeur s'en répandra au point que d'autres viendront se pâmer à vos pieds, et Gremionis jugera peut-être possible d'entraîner d'autres femmes. Il se peut que vous révolutionniez tous deux la sexualité d'Aurora. Vous avez devant vous trois siècles pour y parvenir !

Gladia le dévisagea encore un moment avant d'éclater de rire.

– Vous me taquinez ! Vous faites exprès de délirer. Jamais je n'aurais cru cela de vous, Elijah. Vous avez toujours une si longue figure, si grave. Par Josaphat ! s'exclama-t-elle en essayant d'imiter la voix de baryton de Baley.

– Je vous taquine peut-être un peu, mais c'est vrai pour l'essentiel. Promettez-moi d'accorder sa chance à Gremionis.

Elle s'avança encore plus près et, sans hésitation, il la prit dans ses bras. Elle lui plaça un doigt sur les lèvres, qu'il embrassa doucement.

– Est-ce que vous ne préféreriez pas m'avoir toute à vous, Elijah ? souffla-t-elle.

Il murmura, tout aussi doucement (et sans plus s'occuper de la présence des robots) :

– Si, j'aimerais mieux, Gladia. J'ai honte d'avouer qu'en ce moment il me serait égal que la Terre tombe en morceaux, si je pouvais vous avoir... mais je ne peux pas. Dans quelques heures, je vais quitter cette planète et il est impossible que vous soyez autorisée à venir avec moi. Pas plus que je ne serai jamais autorisé à revenir à Aurora, ni qu'il sera possible que vous visitiez jamais la Terre.

» Je ne vous reverrai jamais, Gladia, mais jamais je ne vous oublierai. Je mourrai dans quelques dizaines d'années et, à ce moment, vous serez encore aussi jeune que vous l'êtes aujourd'hui. De toute façon, nous serions obligés de nous dire adieu bientôt.

Elle appuya sa tête contre l'épaule de Baley.

– Ah, Elijah, vous êtes venu deux fois dans ma vie, à chaque fois pour quelques heures seulement avant de me dire adieu. La première, je n'ai pu que vous effleurer le visage, mais cela a tout changé. La seconde fois, j'ai fait un peu plus et, de nouveau, tout a changé. Moi non plus, Elijah, je ne vous oublierai jamais, même si je vis pendant plus de siècles que je ne pourrais compter.

– Alors, ne permettez pas que ce souvenir vous prive du bonheur. Acceptez Gremionis, rendez-le heureux et laissez-le vous rendre heureuse. Et, rappelez-vous, rien ne vous empêche de m'écrire. L'hyperposte existe, entre Aurora et la Terre.

– Je vous le promets, Elijah. Et vous me répondrez ?

– Certainement, Gladia.

Un silence tomba et, à contrecœur, ils se séparèrent. Elle resta debout au milieu de la pièce et, quand il arriva sur le seuil et se retourna, elle était toujours là, avec un petit sourire. Les lèvres de Baley formèrent le mot *adieu*. Et comme cet adieu était muet – car il n'aurait pas pu parler –, il ajouta : *mon amour*.

Et les lèvres de Gladia remuèrent aussi de la même façon : *Adieu, mon tendre amour*.

Il fit alors demi-tour et sortit, sachant qu'il ne la reverrait plus jamais sous une forme tangible, qu'il ne la toucherait plus jamais.

83

Il fallut un moment à Elijah pour se résoudre à envisager la tâche qu'il lui restait à accomplir. Il marcha un moment en silence, couvrant à peu près la moitié du chemin, vers l'établissement de Fastolfe, avant de s'arrêter et de lever le bras.

Giskard, toujours observateur, fut à ses côtés en un instant.

– Combien de temps me reste-t-il avant que je doive partir pour le cosmoport, Giskard ?

– Trois heures et dix minutes, monsieur.

Baley réfléchit un moment.

– J'aimerais aller jusqu'à cet arbre, là-bas, et m'asseoir le dos contre le tronc, pour y passer quelque temps tout seul. Avec toi, naturellement, mais loin des autres êtres humains.

– Au-dehors, monsieur ?

La voix du robot était incapable d'exprimer le choc ou la surprise, mais Baley eut l'impression que si Giskard avait été humain, ses paroles auraient exprimé sa stupéfaction.

– Oui, répondit-il. J'ai besoin de réfléchir et, après hier soir, une journée paisible comme celle-ci, ensoleillée, sans nuages, douce, ne me paraît guère dangereuse. Je rentrerai si je me sens repris par l'agoraphobie, je te le promets. Alors veux-tu me tenir compagnie ?

— Oui, monsieur.
— Bien.
Baley partit en tête. Ils arrivèrent à l'arbre et il toucha le tronc avec précaution puis il regarda ses doigts, qui étaient parfaitement propres. Rassuré, certain qu'il ne se salirait pas en s'y adossant, il examina le sol et puis il s'assit avec prudence par terre et appuya son dos contre l'arbre.
C'était beaucoup moins confortable que le dossier d'un fauteuil mais il y avait une sensation de paix (assez curieusement) qu'il n'aurait sans doute pas ressentie à l'intérieur d'une pièce.
Giskard resta debout et Baley demanda :
— Tu ne veux pas t'asseoir aussi ?
— Je suis très bien debout, monsieur.
— Je sais, Giskard, mais je réfléchirai mieux si je ne suis pas obligé de lever les yeux pour te regarder.
— Je ne pourrais pas vous protéger contre un danger possible, si j'étais assis, monsieur.
— Je sais cela aussi, mais il n'y a aucun danger pour le moment. Ma mission est terminée, l'affaire est résolue, le Dr Fastolfe est raffermi dans sa position. Tu peux prendre le risque de t'asseoir et je t'ordonne de t'asseoir avec moi.
Giskard obéit immédiatement. Il s'assit face à Baley mais ses yeux continuèrent de se tourner en tous sens, toujours vigilants.
Baley contempla le ciel à travers le feuillage de l'arbre, le vert sur le fond de bleu, il écouta le murmure des insectes, l'appel soudain d'un oiseau, il remarqua une légère agitation dans l'herbe, signifiant probablement qu'un petit animal passait par là, et il pensa de nouveau que tout était singulièrement paisible, que cette paix était bien différente de la Ville. C'était une paix tranquille, isolée, où l'on ne se pressait pas.
Pour la première fois, il comprit vaguement ce que cela pourrait être de préférer l'Extérieur à la Ville. Il se surprit à être reconnaissant de tout ce qu'il avait connu à Aurora, surtout l'orage. Il savait maintenant qu'il

serait capable de quitter la Terre et d'affronter les conditions du nouveau monde où il s'établirait peut-être avec Ben, et peut-être avec Jessie.

– Hier soir, dit-il, dans l'obscurité de l'orage, je me suis demandé si j'aurais pu voir le satellite d'Aurora, sans les nuages. Car il y a un satellite, si je me rappelle bien mes lectures.

– Il y en a deux, monsieur. Le plus grand est Tithonus, mais quand même il est si petit qu'il n'a l'air que d'une étoile modérément brillante. Le plus petit n'est pas visible à l'œil nu et quand on en parle, on l'appelle simplement Tithonus II.

– Merci... Et merci, Giskard, de m'avoir sauvé hier soir, dit Baley en regardant le robot. Je ne sais vraiment pas comment te remercier correctement.

– Ce n'est pas du tout nécessaire de me remercier, monsieur. Je ne fais qu'obéir à la Première Loi. Je n'avais pas le choix en la matière.

– Néanmoins, il se peut que je te doive la vie et il est important que tu saches que je le comprends... Et maintenant, Giskard, qu'est-ce que je devrais faire ?

– A quel sujet, monsieur ?

– Ma mission est terminée. La situation et le point de vue du Dr Fastolfe sont assurés. L'avenir de la Terre aussi. Il me semble que je n'ai plus rien à faire et, pourtant, il reste la question de Jander.

– Je ne comprends pas, monsieur.

– Eh bien, il semble établi qu'il est mort d'une modification accidentelle d'un potentiel positronique dans son cerveau, mais Fastolfe reconnaît que les chances de cela sont infinitésimales. Même avec les activités d'Amadiro, ce hasard – tout en étant plus grand – reste microscopique. Du moins, c'est ce que pense Fastolfe. Au contraire, il me semble, à moi, que la mort de Jander était un roboticide prémédité. Mais je n'ose pas soulever cette question maintenant. Je ne veux pas compromettre ce qui est arrivé à une conclusion si satisfaisante. Je ne veux pas remettre Fastolfe dans l'embarras, peut-être en danger. Je ne veux pas rendre

Gladia malheureuse. Je ne sais que faire. Je ne peux pas en parler à un être humain, alors je t'en parle à toi, Giskard.

— Oui, monsieur.

— Je pourrai toujours t'ordonner d'effacer ce que j'ai dit et de ne plus t'en souvenir.

— Oui, monsieur.

— A ton avis, qu'est-ce que je dois faire ?

— S'il y a eu un roboticide, monsieur, il doit y avoir quelqu'un capable de le commettre. Seul le Dr Fastolfe est capable de le commettre et il dit qu'il n'a rien fait de cela.

— Oui, c'est notre situation de départ et je crois le Dr Fastolfe, je suis tout à fait certain qu'il ne l'a pas fait.

— Alors comment pourrait-il y avoir eu roboticide, monsieur ?

— Suppose que quelqu'un d'autre en sache autant sur les robots que le Dr Fastolfe, Giskard.

Baley plia les jambes, croisa les mains autour de ses genoux, et sans regarder Giskard, il parut se perdre dans ses pensées.

— Qui cela pourrait-il être, Giskard ?

Et, enfin, Baley en arriva au point crucial :

— Toi, Giskard.

84

Si Giskard avait été humain, il aurait ouvert des yeux ronds, sans doute; il serait resté silencieux et comme assommé; ou il aurait pu s'emporter; ou reculer avec terreur, ou encore avoir toute une diversité de réactions. Comme c'était un robot, il ne manifesta aucune émotion, pas la moindre, et demanda simplement :

— Pourquoi dites-vous cela, monsieur ?

— Je suis tout à fait certain, Giskard, que tu sais exactement comment je suis arrivé à cette conclusion, mais tu me rendrais service si tu me permettais, en ce lieu paisible, durant ce peu de temps qui me reste avant de partir, d'expliquer l'affaire pour ma propre satisfaction. J'aimerais m'entendre en parler. Et j'aimerais que tu me corriges quand je me trompe.

— Certainement, monsieur.

— Je pense que mon erreur initiale a été de supposer que tu étais un robot moins complexe et plus primitif que Daneel, simplement parce que tu as l'air moins humain. L'être humain croira toujours que plus le robot paraît humain, plus il est avancé, complexe et intelligent. Il est évident qu'un robot comme toi est plus facile à créer et à construire que Daneel et que le robot humaniforme est un grand problème pour des hommes comme Amadiro; ce genre de robot ne saurait être fabriqué et dirigé que par un génie de la robotique comme Fastolfe. Cependant, la difficulté de création de Daneel, je pense, consiste à reproduire tous les aspects humains, tels que les expressions du visage, l'intonation de la voix, les gestes et mouvements, ce qui est extraordinairement compliqué mais n'a rien à voir avec la complexité du cerveau. Ai-je raison ?

— Tout à fait raison, monsieur.

— Donc, je t'ai automatiquement sous-estimé, comme le fait tout le monde. Cependant, tu t'es trahi quand nous avons atterri sur Aurora. Tu te souviens peut-être qu'au cours de l'atterrissage, j'ai succombé à une crise d'agoraphobie, j'ai été pris de convulsions et, pendant un moment, j'étais encore plus inconscient qu'hier soir pendant l'orage.

— Je me souviens, monsieur.

— A ce moment-là, Daneel était avec moi dans la cabine, alors que tu étais dehors, devant la porte. J'ai sombré dans une sorte d'état cataleptique, sans bruit, et peut-être Daneel ne me regardait-il pas et n'en a donc rien su. Tu étais hors de la cabine et pourtant c'est toi qui t'es précipité et qui as éteint l'astrosimulateur que je tenais. Tu es arrivé le premier, avant Daneel, bien qu'il ait des réflexes aussi rapides que les tiens, j'en suis sûr... comme il l'a d'ailleurs démontré quand il a empêché le Dr Fastolfe de me frapper.

– Voyons, monsieur, il n'est pas possible que le Dr Fastolfe ait voulu vous frapper !

– Non, il mettait simplement à l'épreuve les réflexes de Daneel... Et pourtant, comme je disais, c'est toi qui es arrivé avant, dans la cabine. Je n'étais guère en état de le remarquer mais j'ai été entraîné à tout observer et même la terreur agoraphobique ne me prive pas totalement de toutes mes facultés, comme je l'ai prouvé hier soir. J'ai bien remarqué que tu t'es précipité le premier, mais ensuite je l'ai oublié. Il n'y a à cela, naturellement, qu'une seule explication logique.

Baley s'interrompit, comme s'il attendait un accord de Giskard, mais le robot ne dit rien.

(Dans les années à venir, quand Baley songerait à son séjour à Aurora, c'était ce qu'il se rappellerait en premier. Pas l'orage. Pas même Gladia. C'était ce petit intermède paisible sous l'arbre, les feuilles vertes sur le bleu du ciel, la brise légère, le doux murmure des insectes et des animaux, et Giskard en face de lui avec des yeux légèrement lumineux.)

– Il semble donc, reprit-il, que tu aies pu, je ne sais comment, te rendre compte de mon état d'esprit. Même à travers la porte fermée tu aurais compris que j'avais une crise. Ou, pour parler plus brièvement et plus simplement, il semble que tu saches lire dans la pensée.

– Oui, monsieur, dit tranquillement Giskard.

– Et que tu puisses aussi, d'une certaine façon, influencer les pensées. Je crois que tu as su que je l'avais détecté et que tu l'as effacé dans mon cerveau, pour que je ne m'en souvienne pas, ou tout au moins que je n'en comprenne pas le sens si jamais je me rappelais vaguement la situation. Mais tu n'as pas entièrement réussi, peut-être parce que tes pouvoirs sont limités...

– Monsieur, la Première Loi passe avant tout. Je devais me porter à votre secours, bien que je fusse conscient que cela me trahissait. Et je devais vous brouiller au minimum la mémoire, de manière à ne causer aucun dommage à votre cerveau.

– Oui, je vois que tu as eu des difficultés. Brouiller au minimum... si bien que je me le rappelais quand mon esprit était suffisamment détendu et pouvait penser de lui-même, par libre association d'idées. Juste avant de perdre connaissance sous l'orage, j'ai su que tu arriverais avant les autres, le premier, comme à bord du vaisseau. Peut-être m'as-tu trouvé grâce à la radiation infrarouge mais tous les mammifères et les oiseaux dégagent des radiations aussi, et cela aurait pu t'égarer... Mais tu pouvais aussi détecter l'activité mentale, même si j'étais inconscient, ce qui allait t'aider à me retrouver.

– Cela m'a certainement aidé, reconnut Giskard.

– Quand je m'en souvenais, au bord du sommeil ou de l'inconscience, j'oubliais de nouveau dès que j'étais pleinement conscient. Hier soir, cependant, je me le suis rappelé pour la troisième fois et je n'étais pas seul. Gladia était avec moi et elle a pu me répéter ce que j'avais dit : « Il était là avant. » Et même alors, j'ai été incapable de me rappeler la signification, jusqu'à ce qu'une réflexion du Dr Fastolfe déclenche par hasard un processus de pensée qui a cheminé en forçant sa progression dans le brouillage mental. Quand j'ai enfin compris, je me suis rappelé d'autres incidents. Ainsi, alors que je me demandais si nous allions réellement atterrir sur Aurora, tu m'as assuré que c'était bien notre destination, avant même que je te le demande... Je présume que tu tiens à ce que personne ne connaisse tes facultés télépathiques ?

– C'est exact, monsieur.

– Pourquoi ?

– Ma télépathie me donne une facilité unique pour obéir à la Première Loi, monsieur, son existence m'est donc précieuse. Je peux éviter qu'il arrive une mésaventure à un être humain, plus rapidement et bien plus efficacement. Il me semble cependant que le Dr Fastolfe, ni d'ailleurs aucun autre être humain, ne tolérerait longtemps un robot télépathe, alors je garde le secret de cette faculté. Le Dr Fastolfe adore raconter la légende du robot qui lisait dans les pensées et qui a été détruit par Susan Calvin, et je ne voudrais pas qu'il imite le geste du Dr Calvin.

— Oui, il m'a raconté la légende. Je le soupçonne de savoir, subconsciemment, que tu lis dans les pensées, sinon il n'insisterait pas tant sur cette fameuse légende. Et dans ton cas, il a tort de faire ça, c'est dangereux, me semble-t-il. Elle a indiscutablement contribué à m'ouvrir les yeux.

— Je fais ce que je peux pour neutraliser le danger, sans vraiment manipuler le cerveau du Dr Fastolfe. Invariablement, il souligne la nature impossible et légendaire de cette histoire, quand il la raconte.

— Oui, je m'en souviens aussi. Mais si Fastolfe ne sait pas que tu lis dans les pensées, c'est probablement que tu n'as pas été initialement conçu avec cette faculté. Alors comment se fait-il que tu possèdes ce pouvoir ? Non, ne me le dis pas, Giskard. Laisse-moi hasarder une hypothèse. Miss Vasilia t'aimait beaucoup, tu la fascinais particulièrement quand elle était jeune fille et commençait à s'intéresser à la robotique. Elle m'a dit qu'elle s'était livrée à des expériences, en te programmant sous la surveillance, lointaine, de Fastolfe. Est-il possible qu'une fois, tout à fait accidentellement, elle ait fait quelque chose qui t'a donné ce pouvoir ? Est-ce que c'est ça ?

— C'est bien ça, monsieur.

— Et sais-tu ce qu'elle a fait alors ?

— Oui, monsieur.

— Es-tu le seul robot télépathe qui existe ?

— Jusqu'à présent, oui, monsieur. Il y en aura d'autres.

— Si je te demandais ce que le Dr Vasilia a fait pour te donner une telle faculté, ou si le Dr Fastolfe te le demandait, est-ce que tu nous le dirais en vertu de la Deuxième Loi ?

– Non, monsieur, car je juge que cela vous ferait du mal de le savoir et mon refus de vous le dire tomberait sous le coup de la Première Loi, qui est prioritaire. Mais le problème ne se posera pas, car je saurai quand une personne va poser la question et donner l'ordre, alors je retirerai de son cerveau le désir de le faire, avant qu'elle puisse formuler son ordre.

– Oui, murmura Baley. Avant-hier soir, alors que nous revenions chez Fastolfe, j'ai demandé à Daneel s'il avait été en contact avec Jander, lors du séjour de ce dernier chez Gladia, et il m'a répondu non très simplement. Je me suis alors tourné vers toi pour te poser la même question mais, je ne sais comment, je ne l'ai pas posée. Tu m'as ôté l'envie de le faire, si je comprends bien ?

– Oui, monsieur.

– Parce que si je te l'avais posée, tu aurais dû répondre que tu l'avais bien connu à ce moment et tu ne voulais pas que je le sache.

– En effet, monsieur.

– Mais au cours de cette période de contacts avec Jander, tu savais qu'il était examiné par Amadiro parce que, je présume, tu pouvais lire dans le cerveau de Jander, ou détecter ses potentiels positroniques...

– Oui, monsieur, la même faculté fonctionne avec le cerveau robotique, tout comme avec l'activité mentale humaine. Les robots sont beaucoup plus faciles à comprendre.

– Tu réprouvais les activités d'Amadiro, parce que tu es d'accord avec Fastolfe sur la colonisation de la Galaxie ?

– Oui, monsieur.

– Et pourquoi n'as-tu pas empêché Amadiro d'agir ? Pourquoi n'as-tu pas retiré de son esprit l'envie de sonder Jander ?

– Monsieur, répondit Giskard, je ne manipule pas légèrement les cerveaux. La résolution d'Amadiro était si profondément ancrée et complexe que j'aurais dû beaucoup manipuler, et son cerveau est si intelligent, si avancé, que je ne voulais pas l'endommager. J'ai laissé aller les choses pendant un long moment, tout en me demandant quelle serait la meilleure solution pour me permettre d'obéir aux impératifs de la Première Loi. Finalement, j'ai pris ma décision, et j'ai trouvé la façon de remédier à la situation. Ce n'a pas été une décision facile à prendre.

– Tu as décidé d'immobiliser Jander avant qu'Amadiro arrive à percer le secret de la conception et de la fabrication d'un robot totalement humaniforme. Tu savais comment t'y prendre puisque tu avais, au fil des années, parfaitement assimilé la théorie de Fastolfe en lisant dans son esprit. C'est bien ça ?

– Exactement, monsieur.

– Donc, Fastolfe n'était pas le seul, après tout, à être assez expert pour immobiliser Jander.

– Dans un sens, il l'est, monsieur. Mes propres capacités ne sont que le reflet des siennes, ou leur extension.

– Mais elles suffisent. Tu n'as pas vu que ce blocage allait mettre Fastolfe en grand danger ? Qu'il serait le suspect numéro un ? Est-ce que tu avais l'intention d'avouer ton acte et de révéler tes capacités, si cela avait été nécessaire pour le sauver ?

– Je voyais très bien que le Dr Fastolfe se trouverait dans une situation douloureuse, mais je n'avais pas du tout l'intention d'avouer ma culpabilité. J'espérais mettre à profit la situation pour vous faire venir à Aurora.

– Me faire venir, ici ? Moi ? C'était *ton* idée ? s'exclama Baley avec stupeur.

– Oui, monsieur. Avec votre permission, j'aimerais vous l'expliquer.

– Ah oui, je t'en prie !

– Je vous connaissais grâce à Miss Gladia et au Dr Fastolfe; non seulement par ce qu'ils disaient de vous, mais par ce qu'ils pensaient. J'ai ainsi appris la situation sur la Terre. Les Terriens, c'était évident, vivent entre des murs dont ils ont du mal à s'échapper, mais il était tout aussi évident pour moi que les Aurorains aussi vivent entre des murs.

» Les Aurorains vivent derrière des murs de robots, qui les abritent de toutes les vicissitudes de la vie et qui, selon les plans d'Amadiro, construiraient aussi des sociétés abritées pour y enfermer les Aurorains venus s'établir dans de nouveaux mondes. Les Aurorains vivent aussi derrière des murs faits de leur extrême longévité, qui les contraint à attacher un trop grand prix à l'individualité et les empêche de mettre en commun leurs ressources scientifiques. Ils ne se livrent pas non plus aux mêlées et aux corps à corps de la controverse mais, par l'intermédiaire de leur Président, ils exigent de court-circuiter toute incertitude, ils veulent que les solutions aux problèmes soient trouvées avant que ces problèmes soient présentés officiellement. Ça ne les intéresse pas de chercher eux-mêmes les meilleures solutions, ils ne veulent pas s'en donner la peine. Ce qu'ils veulent, c'est des solutions *tranquilles*.

» Les murs des Terriens sont réels et épais, si bien que leur existence est évidente et contraignante et il y a toujours des gens qui rêvent d'y échapper. Les murs des Aurorains sont immatériels et invisibles, et par conséquent personne ne peut concevoir une évasion. Il m'a donc semblé que ce devait être aux Terriens, et non aux Aurorains – ou aux autres Spatiens – de coloniser la Galaxie et de fonder ce qui deviendra un jour l'Empire galactique.

» Tout cela, c'était le raisonnement du Dr Fastolfe et j'étais d'accord avec lui. Mais le Dr Fastolfe, lui, se contentait du raisonnement tandis que moi, étant donné mes facultés, je ne le pouvais pas. Je devais examiner directement le cerveau d'au moins un Terrien, afin de vérifier mes conclusions, et vous étiez le Terrien que je pensais pouvoir faire venir à Aurora. L'immobilisation de Jander a donc servi à la fois à mettre fin aux agissements d'Amadiro et à assurer votre visite. J'ai très légèrement poussé Miss Gladia pour qu'elle suggère au Dr Fastolfe de vous convoquer; puis je l'ai poussé, lui, très légèrement, pour qu'il suggère cela à son tour au Président; et j'ai poussé le Président, très légèrement, pour qu'il donne son accord. Et quand vous êtes arrivé, je vous ai étudié et ce que j'ai découvert m'a plu.

Giskard se tut et redevint robotiquement impassible. Baley fronça les sourcils.

– On dirait que je ne mérite aucune félicitation pour ce que j'ai fait ici. Tu as dû faire en sorte que je découvre la vérité!

– Non, monsieur. Au contraire. J'ai placé des obstacles sur votre chemin... raisonnables, bien entendu. J'ai refusé de vous laisser reconnaître mes facultés, alors même que j'étais forcé de me trahir. Je vous ai encouragé à vous aventurer à l'Extérieur, afin d'étudier vos réactions. Je me suis assuré que vous passiez par des moments de découragement et de détresse. Et pourtant, vous avez réussi à aller de l'avant et à surmonter tous ces obstacles, et j'en ai été très content.

» J'ai découvert que vous regrettiez les murs de votre Ville mais que vous reconnaissiez que vous deviez apprendre à vous en passer. J'ai découvert que vous souffriez de la vue d'Aurora, de l'espace, et de votre exposition à l'orage, mais que rien de tout cela ne vous empêchait de réfléchir ni ne vous détournait de votre problème. J'ai découvert que vous acceptiez vos défauts et votre vie brève, et que vous n'éludiez pas la controverse.

– Et comment sais-tu si je suis un bon représentant des Terriens en général?

– Je sais que vous ne l'êtes pas. Mais dans votre esprit, je vois qu'il y en a d'autres comme vous et qu'avec ceux-là nous construirons. J'y veillerai... et maintenant que je connais clairement le chemin qu'il faut suivre, je préparerai d'autres robots comme moi, et ils y veilleront aussi.

Alarmé, Baley s'exclama :

— Tu veux dire que des robots télépathes vont venir sur la Terre ?

— Non, pas du tout. Et vous avez raison d'en avoir peur. L'emploi direct de robots ne servirait qu'à élever ces mêmes murs qui sont la condamnation d'Aurora et des mondes spatiens, et les paralysent. Les Terriens devront s'établir dans la Galaxie sans robots d'aucune sorte. Cela signifiera des dangers, des difficultés, des malheurs et des maux imprévisibles, des événements que les robots s'attacheraient à empêcher s'ils étaient présents; mais, à la longue, à la fin, les êtres humains bénéficieront d'avoir travaillé par eux-mêmes et peut-être un jour — un jour lointain dans l'avenir — les robots pourront de nouveau intervenir. Qui peut le dire ?

Baley demanda, avec curiosité :

— Peux-tu voir l'avenir ?

— Non, monsieur, mais en étudiant les esprits comme je le fais, je peux deviner vaguement qu'il existe des lois gouvernant le comportement humain, comme les Trois Lois de la Robotique gouvernent le comportement des robots, et grâce à elles, il se peut que l'avenir soit affronté avec succès, d'une façon ou d'une autre... un jour. Les lois humaines sont infiniment plus compliquées que celles de la Robotique, et je ne sais pas comment elles sont organisées. Elles peuvent être de nature statistique, ou bien ne pas porter de fruits sauf en cas d'énormes populations. Elles peuvent être si peu contraignantes qu'elles n'ont guère de sens, à moins que ces énormes populations ignorent le fonctionnement de ces lois.

— Dis-moi, Giskard, est-ce cela que le Dr Fastolfe appelle la future science de la « psycho-histoire » ?

— Oui, monsieur. J'ai doucement glissé cela dans son cerveau afin que le processus puisse commencer. Cette science sera nécessaire un jour, maintenant que l'existence des mondes spatiens, en tant que civilisation robotisée où règne une extraordinaire longévité, touche à sa fin et que va commencer une nouvelle vague d'expansion humaine avec des Terriens à la vie courte et sans robots.

» Et maintenant, dit Giskard en se levant, je crois, monsieur, que nous devons rentrer à l'établissement du Dr Fastolfe et préparer votre départ. Tout ce que nous avons dit ici ne sera pas répété, naturellement.

– Cela restera strictement confidentiel, je peux te le promettre, dit Baley.

– Certainement, répondit calmement Giskard. Mais vous n'avez pas à craindre la responsabilité de devoir garder le silence. Je vous permettrai de vous en souvenir, mais jamais vous n'aurez aucune envie d'en parler, pas la moindre.

Baley haussa les sourcils et poussa un petit soupir résigné.

– Un dernier mot, Giskard, avant que tu ne me dévoiles plus rien. Veux-tu veiller à ce que Gladia ne soit pas troublée, sur cette planète, à ce qu'elle ne soit pas maltraitée parce qu'elle est solarienne et qu'elle a accepté un robot pour mari, et... Et t'arrangeras-tu pour qu'elle accepte les offres de Gremionis ?

– J'ai entendu votre dernière conversation avec Miss Gladia, monsieur, et je comprends. Je m'en occuperai. Et maintenant, monsieur, puis-je vous faire mes adieux ici, alors que personne ne nous observe ?

Giskard tendit la main et ce fut le geste le plus humain que Baley lui ait jamais vu faire.

Baley la prit. Les doigts étaient durs et froids.

– Adieu... Ami Giskard.

– Adieu, Ami Elijah, répondit Giskard, et souvenez-vous que si les gens d'ici appliquent ces mots à Aurora, c'est désormais la Terre elle-même qui est le véritable Monde de l'Aube.

6792

Achevé d'imprimer en Slovaquie
par Novoprint SLK
le 12 ocotbre 2012
EAN 9782290332757
1er dépôt légal dans la collection : mars 2003

Éditions J'ai lu
87, quai Panhard-et-Levassor, 75013 Paris
Diffusion France et étranger : Flammarion